« PAVILLONS »

Collection dirigée par Maggie Doyle

DU MÊME AUTEUR

Le Complexe d'Eden Bellwether, Zulma, 2014

BENJAMIN WOOD

L'ÉCLIPTIQUE

roman

traduit de l'anglais par Renaud Morin

Robert
Laffont

Titre original : THE ECLIPTIC

ISBN : 978-2-221-19210-8
(édition originale : ISBN 978-1-4711-2672-7, Scribner, an imprint of Simon & Schuster UK Ltd)

Dépôt légal : août 2017

Pour Steph

« L'histoire se répète, mais l'appel particulier d'un art qui s'est éteint ne se reproduit jamais. Il a aussi complètement déserté le monde que le chant d'un oiseau sauvage d'une espèce disparue. »

Joseph CONRAD

PREMIÈRE PARTIE

ACCOUTUMANCES

1

Il avait à peine dix-sept ans quand il arriva à Pormantle, un fugueur comme nous tous, sauf que ce garçon exprimait un tourment que nous n'avions vu chez aucun des nouveaux venus. Les muscles de son visage paraissaient tétanisés par une souffrance intérieure, comme s'il avait connu trop jeune toutes les déceptions du monde et que cela avait figé son expression. Nous le connaissions sous le nom de Fullerton : un nom ordinaire, banal, mais pas de ceux qui disparaissent dans les tréfonds de la mémoire sans susciter le moindre écho.

L'attendre avait suffi à perturber nos routines, à nous faire dévier de notre cap, comme une manœuvre prématurée peut faire s'échouer un cerf-volant. Nous avions rarement prêté autant d'attention aux grilles du refuge, et accordé autre chose qu'une curiosité superficielle à la situation d'un autre résident. Mais on nous l'avait présenté comme un cas à part, une âme sœur digne de notre temps et notre intérêt. Aussi lui avions-nous offert l'un et l'autre.

Nous fûmes mobilisés à sa cause dès le départ : Quickman, MacKinney, Pettifer et moi. Le doyen en personne avait convoqué une réunion dans son bureau pour expliquer, autour d'un verre de jus de grenade, que Portmantle était sur le point d'accueillir son plus jeune résident, et laisser entendre qu'il nous saurait personnellement gré de notre soutien. « Vous savez que je répugne à vous imposer ce genre de responsabilité, nous avait-il dit, mais le garçon va avoir besoin qu'on l'aide à prendre ses marques, et Ender n'y suffira pas… son anglais n'est pas à la hauteur. J'ai besoin que tous les quatre, vous soyez là pour lui pendant mon absence. Vous vous rappelez ce que c'est que d'avoir du talent à cet âge… une oreille attentive peut vraiment faire la différence. » En vérité, c'est la promesse voilée d'une récompense qui avait fini par nous persuader, quelque petit luxe qu'il serait possible de se procurer sur le continent en échange de notre bonne action : Earl Grey en feuilles, bacon fumé, flocons d'avoine. Les denrées les plus ordinaires étaient pour nous des mets délicats, et cette perspective nous fit capituler.

Le doyen était loin de nous avoir tout expliqué et il y avait bien des choses que nous ignorions. Les détails relatifs aux problèmes de Fullerton étaient aussi confidentiels que les nôtres. Aucune question ne fut posée quant à son tempérament. Les motifs de son admission ne donnèrent lieu à aucune discussion. Nous avions simplement demandé à avoir un petit aperçu du genre de travail qui l'avait fait connaître, mais il était aussi difficile d'obtenir des réponses du doyen que de faire du cidre avec des géraniums. « Vous pourrez lui demander vous-mêmes dans quelques jours, avait-il biaisé. Je ne voudrais pas lui porter tort avant même qu'il n'arrive ici. »

Nous guettâmes son arrivée depuis le continent pendant deux mornes journées, comme des prisonniers s'attendant à recevoir du courrier, et le maudîmes pour ces après-midi gâchées où il nous avait fait faux bond. « À supposer que ce petit morveux arrive un jour, déclara Pettifer, il va trimer pour me dédommager de chaque seconde qu'il m'a fait perdre. Il pourra commencer par cirer mes bottes. Et que ça brille ! Je veux pouvoir me voir dedans. » C'était après que nous avions passé tout un samedi matin à aider le gardien dans ses préparatifs. Pendant qu'Ender et ses aides nettoyaient et préparaient le logement du garçon, nous avions déneigé tous les sentiers qui cernaient la bâtisse, pelletant à tour de rôle, mais le dimanche, à l'heure du déjeuner, les gros flocons tombés en cascade pendant la nuit n'avaient laissé qu'une vague ornière pour tout témoignage de notre besogne. Notre générosité n'allait pas jusqu'à déneiger le même chemin deux fois ; c'est pourquoi la neige était si épaisse et intacte quand Fullerton finit par se manifester.

Il arriva en gravissant péniblement la colline, un sac en toile pour tout bagage, la capuche de son anorak bien serrée autour de la tête. MacKinney le repéra par la fenêtre du réfectoire – « Ohé, dit-elle, voilà les ennuis qui arrivent » – et, délaissant nos assiettes, nous nous attroupâmes sur le palier pour mieux le voir.

À en juger par la simple résolution avec laquelle il louvoyait entre les pins poudrés de blanc, il était évident qu'il avait besoin de l'asile qu'offrait Pormantle autant que nous. Dès le premier coup d'œil, nous sûmes qu'il était l'un des nôtres. Il avait le pas rapide du fugitif, l'empressement inquiet du soldat qui a vu une grenade tomber quelque part sur le sentier derrière lui. Nous étions capables de reconnaître les fantômes qui le hantaient parce que c'était les mêmes fantômes qui avaient passé les grilles avec nous et dont nous tentions encore de nous détacher.

« Il ne s'est même pas arrêté pour reprendre son souffle, dites donc. C'est assez impressionnant », remarqua Quickman, qui s'était donné la peine d'extraire sa pipe d'entre ses dents pour la première fois de la journée. Il était à court de tabac depuis si longtemps que le fourneau était sec, mais il se contentait de mâchouiller le tuyau, dont le goût résiduel, soutenait-il, palliait ses envies de fumer. (Il conservait néanmoins dans la poche de son pantalon une blague vide de Golden Harvest, qu'on le voyait souvent inspecter, comme s'il espérait la trouver miraculeusement remplie.)

MacKinney regarda par-dessus les verres de ses lunettes. « Ce n'est pas le genre de manteau à porter en hiver », fit-elle remarquer. Le garçon luttait contre la pente, le dos à présent voûté, les deux mains passées sous les aisselles. « Je ne comprends pas pourquoi les hommes ont tant de mal à porter un manteau de saison. Il n'y a rien d'héroïque à mourir de froid. » Comme elle était un peu plus âgée et la seule à avoir des filles quelque part dans le vaste monde, c'était la plus protectrice d'entre nous quatre. Son tempérament maternel se manifestait fréquemment au moment des repas, par cette manie d'incliner la tête et de nous dire, trop souvent, que nous avions les traits tirés et que nous étions sous-alimentés. C'est précisément l'air qu'elle avait à ce moment-là.

Pettifer fit entendre le petit grognement amusé qui lui tenait lieu de rire. « Pas d'écharpe, pas de bonnet, pas de gants. Moi, j'appelle ça de la stupidité. » Le garçon, qui trébuchait dans le maquis couvert de givre, finit par atteindre l'espace découvert devant le mur d'enceinte. Arrivé à la grille, il tomba en avant en se raccrochant aux barreaux, la tête pressée contre le métal, comme en prière. « Regardez-le... il tient à peine debout avec ses chaussures ridicules. » Et, à ces mots, le garçon se plia en deux et vomit. Le liquide jaunâtre fuma à ses pieds. « Oh, mon Dieu ! Voilà le petit déjeuner.

— Ne vous moquez pas, dis-je. Il doit être épuisé. »

Il y avait plus d'un kilomètre et demi de montée depuis le ferry, une marche déjà épuisante par beau temps. Et le garçon n'était même pas correctement chaussé. Pas étonnant qu'il ait des haut-le-cœur.

« Comment sais-tu que ce n'est pas quelque chose qu'il aurait mangé sur le continent ? demanda Pettifer avec un grand sourire. Ces abats qu'on mange dans la rue et dont les Turcs sont si friands. Cette chose coupée en petits morceaux. » Il se tourna vers Quickman. « Comment ça s'appelle, déjà ?

— *Kokoreç*, répondit Quickman. Des boyaux de mouton.

— C'est ça. Tout ce qu'il y a de plus savoureux à la descente, mais une fois dans votre organisme… »

Il mima une explosion silencieuse avec la bouche, puis fit le geste de déplier les doigts, en guise d'illustration.

Je l'ignorai.

« Quelqu'un aurait pu l'avertir, quand même.

— De quoi ?

— Pour la neige. Je parie qu'il n'a pas grand-chose dans son sac, non plus.

— Personne ne m'a mis en garde contre le *kokoreç*, fit valoir Pettifer, et j'ai survécu. C'est un adolescent, pas un octogénaire. »

MacKinney essuya le carreau qui s'embuait.

« Tif a raison. Commence à dire aux gens quoi mettre dans leur valise, et après ils rappliquent avec leurs valets de chambre.

— Surtout les femmes, ajouta Pettifer avec un clin d'œil. On ne va pas les laisser débarquer ici avec leurs robes du soir et tous leurs falbalas. »

Ce genre de provocation faisait partie du personnage. Flirter était un réflexe chez lui, et comme le choix de femmes était fort restreint à Portmantle, il concentrait assez souvent ses inclinations sur moi avec des taquineries de cour d'école. Il jouait les séducteurs avec d'autant plus d'assurance qu'il savait que je n'éprouvais aucune attirance physique pour lui et que je le lui montrais constamment ; c'était une tendance masculine, je le savais d'expérience. Il n'était pas plus machiste que fasciste, mais il aimait parfois me provoquer ; ça lui faisait une distraction.

MacKinney se pencha plus près de la vitre.

« Quand on a vraiment besoin de cet endroit, ce n'est pas un peu de neige qui vous arrête. Qu'on soit homme ou femme. Et de toute façon... il a l'air en pleine forme à présent, regardez. Il ne se plaint pas.

— Il ne doit plus rien avoir à rendre, dit Pettifer. La moitié de ses tripes sont par terre. »

Cette remarque lui valut de prendre le bout de ma chaussure dans le tibia.

« Je voudrais que ça te réjouisse un peu moins. À quand remonte *ta* dernière randonnée ?

— Je faisais du cross-country à son âge, rétorqua-t-il en tapotant sa bedaine. Aujourd'hui, je n'arrive plus à me décoller des toilettes le matin.

— Bon sang, s'écria Quickman. Quelle image !

— Y a pas de quoi. »

Il était difficile à présent de me rappeler le temps où Pettifer et Quickman étaient pour moi des inconnus. Ils avaient débarqué au refuge à une saison d'intervalle, mais s'étaient liés d'amitié presque immédiatement en discutant de la météo pendant le dîner (y avait-il meilleur sujet de conversation pour deux Anglais ?). Plus tard, alors que MacKinney et moi jouions au backgammon à l'extrémité ombragée du portique, ils étaient venus rôder à quelque distance de notre table, un verre de *çay* à la main, échangeant à voix basse des remarques désobligeantes sur notre façon de jouer.

« Si vous comptez rester là à glousser toute la journée, leur avait lancé MacKinney, pourquoi vous ne venez pas nous montrer comment on s'y prend ? Ce n'est pas une lutte à mort, non plus. » Ils nous avaient demandé d'excuser leur grossièreté et s'étaient assis avec nous. « Personne ne vous a jamais dit que tous les jeux devaient être pris au sérieux ? avait demandé Quickman. C'est mon père qui me rabâchait ça. » Je lui avais alors lancé un regard noir, ne sachant pas trop où il voulait en venir.

« Mais une fois qu'on a vu un adulte se casser la cheville en jouant aux chaises musicales, on commence à prendre ses conseils avec des pincettes. » Mac était partie de son grand rire franc, et c'est ainsi qu'avait débuté notre attachement. Le fait que nous nous retrouvions liés les uns aux autres après avoir parcouru des milliers de kilomètres pour nous soustraire aux contraintes de la vie en Angleterre semblait sans importance.

« Quelqu'un a vu Ender ? Il faut faire entrer le garçon. »

Je me retournai vers le réfectoire qui était en train de se vider et où le vieux gardien avait été aperçu pour la dernière fois, faisant la queue pour le ragoût de tassergal[1]. Une poignée d'autres pensionnaires, regroupés à la même longue table, n'avaient pas encore terminé leur repas. Nous avions à peine pris le temps d'apprendre leurs noms, mais nous avions eu différents échos de leurs projets, et les avions déjà rejetés comme étant des résidents de « court séjour », des « clients de passage », comme les appelait Pettifer, ce qui était sa façon de dire « talents mineurs ».

Nous étions d'avis que la durée d'un séjour à Pormantle était proportionnelle à la valeur du travail qu'on y effectuait : si vous étiez parti au bout d'une saison, c'est sans doute que votre projet ne méritait pas une période de gestation plus longue. Par exemple, il y avait ce poète espagnol à qui nous avions parlé au déjeuner et qui avait fièrement annoncé qu'il travaillait à une suite de poèmes minimalistes faisant fi de la linéarité, de la narration et du sens. « Ça m'a l'air d'être un recueil important, avait réagi Quickman, avant de se tourner vers nous, les yeux levés au ciel. S'il y a quelque chose à éradiquer dans la poésie, c'est bien le sens. » L'Espagnol avait acquiescé d'un

1. Un poisson bleu, typique de la mer de Marmara et du Bosphore (toutes les notes sont du traducteur).

hochement de tête, sourd à ce sarcasme, et avait entrepris de discuter de la remarquable complexité de son travail avec Quickman, dont l'intérêt feint s'était maintenu jusqu'au bout de façon admirable.

Nous donnions à ce poète deux saisons, maximum. Tout pensionnaire incapable d'attendre pour parler du projet qui l'occupait était en général un court-séjour ; tel était notre critère d'évaluation. Quiconque professait son propre génie était un imposteur car, comme Quickman l'avait un jour formulé, le génie n'a pas le temps d'admirer son reflet ; il a trop de pain sur sa planche. Nous ne recherchions jamais la compagnie des courts-séjours. Nous les laissions travailler et trouver leur « clarté » seuls, tandis que nous continuions à nous colleter avec nos encombrants projets. Aucun d'entre nous ne semblait admettre que notre isolement était, de fait, une manière d'affirmer tacitement notre propre génie, et faisait de nous, en toute logique, les plus grands imposteurs entre tous. Nous n'envisagions même pas que le talent le plus pur de Portmantle puisse se tenir derrière la grille, les pieds dans son vomi.

« Ça ne sert à rien d'appeler le vieux, observa Quickman, les yeux à la fenêtre. Notre garçon s'apprête à sonner. »

Et, à point nommé, la sonnerie de l'interphone résonna dans l'entrée au-dessous de nous : trois longs coups désagréables. Quickman replaça sa pipe dans le pli de ses lèvres.

« En place, tout le monde », dit-il, sa voix trahissant une légère excitation.

L'interphone sonna à nouveau.

Ender, le vieux gardien, émergea du réfectoire, une serviette en papier fourrée dans son col de chemise. Elle était auréolée de taches de ragoût. Il avait encore sa cuiller à la main.

« C'est lui ? La sonnerie ?

— Ouaip, répondit Pettifer. Il est probablement en hypothermie à l'heure qu'il est. Vous feriez bien de vous hâter un peu.

— D'accord. J'y vais. Vous restez. » Ender arracha sa serviette, se tamponna la moustache, et glissa la cuiller dans sa poche de poitrine. Puis il descendit l'escalier à petits pas précipités. « Vous pouvez attendre à l'intérieur de la bibliothèque, oui ? nous lança-t-il au pied des marches, tandis qu'il enfilait son manteau. Je l'amène. »

Par la fenêtre, nous regardâmes le vieil homme fouler les pelouses blanchies, faisant des trous dans l'épaisse couverture de neige. Comme le voulait l'usage, il portait le fusil de chasse du doyen, cassé sur l'avant-bras gauche et déchargé. La fourrure qui garnissait sa parka était assortie aux deux nuances de gris de ses cheveux. Quand il arriva à la grille, il s'adressa au garçon à travers les ferronneries.

On demandait aux nouveaux résidents de prononcer une phrase secrète, que le doyen changeait à chaque saison, même s'il s'agissait en général d'un vers ou d'une phrase empruntés à ses auteurs préférés. MacKinney et moi avions eu la même citation à réciter : « *Nous nous tournons vers l'Est, pour rentrer, solitaires, chargés de souvenirs.* » Pettifer avait eu : « *Comme des nageurs bondissent dans la pureté des eaux, nous nous détournons joyeux d'un monde vieilli*[1]. » La phrase de Quickman était d'un auteur turc, Hüseyin Rahmi Gürpinar, dont l'œuvre était le sujet d'étude obsessionnel du doyen. Quickman, cependant, affirmait être incapable de se rappeler sa citation en détail. Saison après saison, ce pauvre vieil Ender devait mémoriser toutes ces phrases secrètes. Son esprit devait être farci de suffisamment de vers disparates pour faire concurrence à notre résident espagnol. Pourtant, depuis qu'il officiait en tant que gardien, il n'avait jamais

1. Citations tirées de deux poèmes de Rupert Brooke [N.d.T.].

eu à tirer un seul coup de fusil. Le système fonctionnait trop bien. Quiconque osait sonner à la grille de Portmantle devait connaître la procédure d'admission. Faute de quoi vous étiez refoulé sous la menace d'une arme.

Après que Fullerton avait prononcé sa phrase silencieuse, le vieil homme le fit entrer. Le garçon s'avança, levant les yeux vers la fenêtre où nous nous tenions, au-dessus du portique. S'il nous vit en train de l'épier, il n'en laissa rien paraître. Il attendit patiemment qu'Ender referme la grille ; après quoi tous deux traversèrent le parc d'un pas lourd, en file indienne.

Sur le perron, Fullerton s'arrêta pour tapoter ses chaussures poudrées de neige et changer son sac d'épaule. Il se retourna pour regarder dans la direction qu'il avait suivie, s'attardant un peu, comme si la grille représentait une frontière entre le présent et le passé et qu'il prenait acte de la gravité de l'instant. Nous avions été témoins de cette bizarrerie chez d'autres. Il y a un certain temps de cela, trop longtemps pour nous rappeler ce que nous avions éprouvé, nous avions fait ce même geste.

« On devrait peut-être se magner le train », dit MacKinney.

Nous suivîmes le couloir jusqu'à la sombre bibliothèque, son odeur de salle de classe et son étrange collection de meubles. J'ouvris les rideaux et allumai les lampes. Pettifer et Quickman s'accroupirent devant le foyer, se demandant s'il y avait lieu de faire du feu.

« Combien de temps est-on censés divertir ce petit gars ? demanda Pettifer à personne en particulier. Je veux dire, je ne vais pas pouvoir prolonger ces simagrées éternellement.

— Dépêche-toi d'allumer ce machin. Il va en avoir besoin, lui dit MacKinney.

— J'ai comme l'impression..., soupira Pettifer en tendant le bras pour prendre une bûche, que le fruit de mon labeur profite un peu trop souvent aux autres ces temps-ci. »

Quickman lui donna un petit coup de coude.

« Et si tu nous faisais profiter de ton silence, pour changer ?

— Tu vas regretter d'avoir dit ça. »

Quickman rit.

« Tiens... jette ce papier sur le tas.

— Tu devrais le tire-bouchonner d'abord. Ça prendra mieux. »

Tous les deux étaient encore en train d'allumer le feu quand Ender entra d'un pas traînant. Le garçon apparut derrière lui, frissonnant sur le seuil. Il était enveloppé dans une couverture, le modèle standard, en laine orange rêche avec un P brodé à la main.

Ender toussota et dit :

« Excusez-moi, notre invité a très froid et il est très fatigué, alors peut-être pas trop de bavardage pour aujourd'hui. Bonjour, bonjour et après nous allons... d'accord ? »

Il fit un pas de côté et étendit le bras pour présenter le garçon, comme si celui-ci était la conclusion d'un tour de magie. Puis il dit :

« Fullerton, voici des gens qui s'occupent de vous maintenant, pour aujourd'hui, et bientôt le doyen sera là de sa personne. » Dans la langue malhabile du vieil homme, on entendait plutôt *Foulertine.* « Ils sont vieux mais pas si mal pour la conversation. Vous pouvez les aimer bien. »

Pettifer se releva en essuyant de la suie sur son pantalon.

« Mince, alors. Impossible d'être à la hauteur de ce genre de présentation. »

Le garçon souleva le menton et se força à murmurer un « Salut ». Il tremblait tellement que la couverture frémissait sur son corps comme un tourmentin. Maintenant qu'il avait relevé sa capuche et qu'il était suffisamment près, nous pouvions voir son visage en plein. Ses petits yeux marron étaient rapprochés, enfoncés, guidant le regard vers la mince colonne du nez et son chapiteau de cartilages mous. Il avait une faiblesse de la mâchoire inférieure – ce que mon père appelait une « bouche paresseuse » –, la langue en appui contre les dents du bas, mouillant les lèvres. Une raie naturelle partageait ses cheveux bruns en leur milieu, comme les pages d'une bible, et une frange terne lui tombait sur les yeux, à la mode adolescente, cachant ce qui semblait être une tache de naissance sur la gauche de son front. Il était sans doute plus petit que la plupart des garçons de son âge, bien que sous la couverture la voussure de ses larges épaules d'apprenti maçon le fasse paraître plus âgé.

Je fus la première à lui adresser la parole. Les autres restaient en retrait, mal assurés. Nous avions presque oublié comment parler à d'autres que nous.

« Ça fait une sacrée trotte, hein ? Tu dois avoir mal aux pieds. Assieds-toi. » Pour une raison ou une autre, je ne lui avais pas tendu la main, mais lui avais adressé une étrange sorte de salut, à la Sitting Bull, la paume levée et tournée vers lui. « Je m'appelle Knell. Avec un K. Ravie de faire ta connaissance. »

Il me répondit d'un signe de tête, frissonnant.

« Viens donc près du feu. Il flambe à merveille maintenant. Ça va te réchauffer. »

Il s'approcha du foyer. Puis, se libérant de la couverture, il se pencha, les deux bras écartés, sur le manteau de la cheminée, absorbant la chaleur. De dos, on avait l'impression qu'il soutenait le mur.

« Les deux messieurs à ta droite sont Pettifer et Quickman. » Ils le saluèrent tous les deux d'un geste de la main, mais le garçon leur tournait le dos et ne semblait pas écouter. « Et là-bas, c'est MacKinney, près de la fenêtre. Elle et moi sommes là depuis, oh, je ne sais pas trop s'il est poli de le dire.

— Pas aussi longtemps que moi, remarqua Ender, toujours dans l'embrasure de la porte. J'ai les cheveux blancs qui me viennent. »

Il peigna sa moustache avec ses doigts, l'air fanfaron.

Le garçon n'avait pas bougé.

« S'il vous plaît, dit-il, si bas que le crépitement des flammes couvrit presque sa voix, si je pouvais juste avoir une minute pour... » Il se cramponna le ventre. Nous reculâmes de quelques pas, par précaution, mais rien ne sortit. Le garçon soupira avant de poursuivre : « ... pour me dégeler, c'est tout. Je ne sens toujours pas mes orteils. »

Il se retourna alors, dos au feu, qui nimbait sa taille d'un halo rayonnant. Les yeux fermés, il inspirait par le nez et expirait par sa bouche aux lèvres boudeuses.

« Vous pouvez parler... j'ai juste besoin... de me taire... une seconde...

— Bien sûr », dis-je en m'asseyant sur le canapé et en lançant une œillade à MacKinney. Nous nous regardâmes en haussant les épaules. « Le doyen nous demande d'être ton comité d'accueil. Étant tous les quatre tellement habitués à cet endroit, et parlant la même langue, il s'est dit que cela pourrait t'aider à trouver tes marques plus rapidement. Un peu de camaraderie peut changer beaucoup de choses ici. Il comptait t'accueillir lui-même, mais... »

Fullerton essayait toujours de réguler sa respiration. Je n'étais pas certaine d'être entendue.

« Il a dû quitter l'île, continuai-je. Pour mettre tes papiers en règle, je suppose, au cas où tu déciderais de rester plus longtemps. Nous ne sommes donc que des suppléants, j'en ai peur. Mais je te promets que tu es logé à la même enseigne que tout le monde. »

Pettifer se fit alors entendre :

« En fait, nous n'avions jamais déroulé le tapis rouge de cette manière. Pour *personne.* » Il s'éclaircit la voix, comme si ce que ce bruit sous-entendait allait pousser le garçon à réagir. Mais tel ne fut pas le cas, et Pettifer croisa les bras, vexé. « Eh bien, je dois dire que je brûle littéralement de chaleur philanthropique à cet instant précis.

— Fiche-lui la paix, dit MacKinney. Il vient d'arriver et on est tous sur son dos.

— C'est pas grave, finit par dire le garçon. Je vous l'ai dit… j'ai juste froid. » Il ouvrit les yeux, et nous regarda à son tour. « Et vraiment, je vous remercie de votre gentillesse à tous. Mais je ne suis pas venu ici pour me faire des amis. Je veux juste enlever ces vêtements et me reposer, et peut-être qu'on pourra tous dîner ensemble un peu plus tard. C'est comme ça que ça marche, non ? On m'a dit qu'on me laisserait tranquille. »

Quickman mordit dans sa pipe, avec un petit sourire narquois.

« En résumé, c'est bien ça. Le dîner est servi après que la cloche a sonné. La règle veut qu'on le prenne dans le réfectoire, alors je suppose qu'on te gardera une place. » Il regarda le garçon en plissant les yeux, s'assurant que celui-ci l'écoutait. « Il y a d'autres règles, bien entendu… mais j'imagine qu'on t'a déjà énuméré la plupart d'entre elles. Quant aux autres, tu les apprendras sur le tas. Ou tu demanderas au doyen à son retour. Il revient quand, d'ailleurs ?

— Trois jours, lui répondit Ender.

— Dans ce cas…

— On devrait peut-être laisser Ender le conduire à son logement », suggérai-je. Puis, tournant rapidement mon regard vers le garçon : « On nous a demandé de te montrer comment les choses fonctionnaient, c'est tout, de répondre à tes questions, et autres. Mais je suppose qu'on peut te laisser seul, si c'est ce que tu préfères. On n'est pas loin, au cas où tu aurais besoin de quoi que ce soit.

— Tu ne peux pas nous rater, ajouta MacKinney. On est toujours là quelque part.

— Très bien, merci. » Il se pencha pour ramasser la couverture par terre, puis se mit à étudier les rayonnages au-dessus de la cheminée. « On a le droit d'emprunter ces livres ?

— Certains, oui, dit Pettifer. Mais tu n'as pas l'âge de lire *Lady Chatterley*, si ? »

Il essaya de nous associer à sa plaisanterie, mais nous restâmes silencieux.

« C'est drôle, je ne le vois pas ici, dit le garçon en examinant tranquillement le dos des ouvrages. Vous pourrez peut-être le rapporter quand les pages auront séché. »

Pettifer piqua un fard.

« C'est dégoûtant.

— Ça va, ça va ! dit Quickman. Remettons-nous au travail. » Il se dirigea vers la porte en tapotant Pettifer sur l'épaule au passage. « On remettra ça à plus tard. »

Je me levai en souriant au garçon.

« Ça fait plaisir d'avoir un visage jeune ici. »

Il m'adressa un petit signe de tête.

Pettifer montra le feu d'un geste de la main.

« Tu peux le laisser s'éteindre ou aller chercher du bois en bas. C'est comme tu veux.

— Oui, d'accord. Merci. »

Nous étions réticents à le laisser. Non pas simplement parce que nous nous sentions coupables de manquer à la promesse faite au doyen, mais parce que la présence du garçon était pour nous tellement déroutante. Nous n'avions pas l'habitude de côtoyer des adolescents ténébreux. Il avait une attitude très moderne que nous ne savions pas décoder. Il y avait chez lui quelque chose de déconcertant au sens le plus excitant du terme, comme une nouvelle disposition des meubles peut changer une pièce familière. Il nous revigorait, nous sortait de nos accoutumances sans même le vouloir. Bien entendu, nous ne pouvions pas prévoir à quel point il allait affecter nos vies. Comme si, lors de cette première après-midi avec nous, il avait de façon tout à fait accidentelle desserré les boulons qui nous unissaient, et que l'usure des jours avait fait le reste.

Alors que nous sortions, Quickman s'arrêta, s'agrippant au chambranle.

« Dis-moi, Fullerton, lança-t-il. Tu n'aurais pas du tabac à pipe, à tout hasard ? Je dépouillerai une cigarette, si tu n'as que ça. »

Le garçon, pour la première fois, manifesta un semblant de chaleur à notre égard. Il ouvrit la bouche et se passa la langue sur les dents. Il mit ensuite la main dans la poche de son jean et en sortit un paquet de cigarettes froissé de marque turque qu'il lança à Quickman.

« Je vous reconnais, dit-il. Enfin, je crois. »

Quickman resta poli.

« Ah, eh bien, il ne faut pas m'en vouloir. » Il pressa les cigarettes contre son cœur. « Merci pour ça. » Mais le paquet ne fit aucun bruit quand il le secoua. Il retira le papier d'aluminium et le froissa en boule dans son poing. « Je ne vais pas mentir : ça fiche un coup au moral. »

Et le garçon finit par sourire.

2

On nous avait dit que Heybeliada se trouvait à une vingtaine de kilomètres de la côte d'Istanbul, la deuxième plus grande île d'un archipel que les gens du pays connaissaient sous le nom d'Adalar. Elle était couronnée, au nord et au sud, par deux collines escarpées et boisées, et sa partie centrale s'incurvait en une plaine habitée où les insulaires vivaient et exerçaient leurs métiers. Pour l'essentiel, l'activité y était saisonnière. L'hiver, les petits immeubles d'habitation et les maisons en bois efflanquées demeuraient vides et obscurs, mais avec le retour des beaux jours, ils se remplissaient d'estivants stambouliotes, qui s'installaient sur leurs balcons chantournés, prenaient des bains de soleil sur les plages rocheuses, s'attroupaient comme des mouettes sur la scintillante mer de Marmara, et buvaient gaiement sur leurs toits-terrasses jusqu'à la nuit. Son nom turc – l'île de la Sacoche – évoquait sa forme au niveau de la mer, mais quand on le contemplait de plus haut, comme nous le faisions, l'endroit ressemblait davantage à un os iliaque. C'était tout en haut du sommet sud-est, au milieu des pins parasols, sur la tubérosité de l'île, que Portmantle était situé. La seule partie que l'on distinguait depuis le ferry était le faîtage de son toit à double pente, et encore, celui-ci était tellement envahi de mousse et de saleté qu'il était légèrement camouflé.

Tous les pensionnaires qui venaient à Portmantle suivaient le même itinéraire depuis l'embarcadère. Des informations spécifiques étaient nécessaires pour vous orienter. Vous ne pouviez pas descendre du bateau et espérer trouver des panneaux indicateurs. Vous ne pouviez pas vous arrêter dans un des cafés ou *lokantas* du bord de mer pour demander votre chemin. Les *faytons* refusaient de vous y conduire. L'endroit était trop éloigné des rues les plus fréquentées pour intéresser les gens du coin, et les quelques insulaires qui en avaient entendu parler croyaient qu'il s'agissait de la résidence privée d'un universitaire qui vivait reclus et s'en prenait violemment aux intrus. Le refuge était donc tenu dans la même indifférence que n'importe quel autre hôtel particulier ou villa sur l'île, ce qui en faisait un endroit idéal où disparaître.

Le seul moyen d'y pénétrer était par l'est, via Çam Limani Yolu, un chemin de terre qui conduisait à une clôture surmontée de pointes de lance, défendant l'accès à la propriété. MacKinney soutenait qu'on devait pouvoir contourner les grilles en traversant la baie à la nage depuis la pointe sud-ouest de l'île, puis en escaladant le promontoire du côté non surveillé, mais nous n'avions jamais vu sa théorie mise en pratique. Les faux panneaux d'avertissement agrafés sur la clôture le long de la pente étaient suffisamment dissuasifs : DIKKAT KÖPEK VAR/ATTENTION, CHIEN MÉCHANT.

On ignorait à quand remontait l'existence de Portmantle, mais nous savions que beaucoup y avaient cherché refuge avant que nous demandions à y entrer. C'était pour sauver l'esprit épuisé d'artistes tels que nous qu'il avait été créé. Dans l'espace clos de son domaine, les artistes pouvaient travailler en dehors du carcan et des pressions du monde. Nous pouvions faire taire ces voix qui nous harcelaient, oublier les doutes qui nous retenaient, nous dispenser de toutes les tâches courantes, distractions et responsabilités, nous détacher du vacarme infernal de l'industrie de l'art – la sonnerie incessante du téléphone, les lettres de relance qui arrivaient dans des enveloppes à en-tête de galeries, d'éditeurs, d'ateliers, de mécènes – et travailler, travailler enfin, sans subir l'intrusion ni l'influence d'un autre être vivant. « Liberté créative », « originalité », « expression authentique », des termes qui avaient valeur d'impératifs à Portmantle, même s'ils n'étaient presque jamais concrétisés, et n'étaient, en fait, que des idéaux illusoires. Ce n'était guère plus qu'un lieu de convalescence. Une sorte de sanatorium, non pas destiné à vaincre une quelconque affliction physique, mais à retrouver un désir, une confiance perdus dans l'art lui-même. Nous appelions ça la « clarté » : la seule chose dont nous ne pouvions nous passer.

C'était l'usage à Portmantle de renoncer à la mention du temps, à l'exception de ses décomptes les plus élémentaires : la succession des jours, le changement des saisons, la position du soleil au-dessus des arbres. Ender et le doyen conservaient des montres à gousset pour assurer le bon déroulement des choses, mais il n'y avait pas de pendules dans nos chambres, et on nous invitait à n'avoir ni chronographe ni calendrier d'aucune sorte. Il serait faux de dire que cela nous était *interdit*, puisque nous étions libres de faire ce que nous voulions, dans certaines limites. N'importe lequel d'entre nous aurait pu passer une montre-bracelet en douce ou bricoler un cadran solaire avec son corps et un morceau de craie, mais tout le monde convenait que cela aurait été contre-productif. Pourquoi laisser nos pensées courir dans le sens des aiguilles ? Pourquoi nous soumettre aux lois d'un monde qui ne nous gouvernait plus ? L'art était incompatible avec un emploi du temps. Au lieu de quoi nous utilisions de vagues expressions descriptives – « demain matin », « mercredi dernier », « il y a trois ou quatre saisons », et caetera –

qui faisaient bien l'affaire, nous libéraient de l'idée que nos battements de cœur étaient des comptes à rebours.

C'est la raison pour laquelle je suis incapable de dire avec une parfaite exactitude combien de temps j'avais passé à Portmantle quand Fullerton y fut admis. J'étais arrivée en 1962 mais depuis, j'avais vu tellement d'hivers couvrir de givre les pins alentour qu'ils avaient commencé à se fondre en une unique et morne saison, aussi vaste et brumeuse que la mer. Très vite, je n'ai plus rien eu à consigner dans mon journal, si bien que je n'aurais pas pu extrapoler une date précise à partir du nombre d'entrées. D'après ma meilleure estimation, cependant, MacKinney et moi avions passé au moins dix ans à Portmantle, tandis que Quickman et Pettifer approchaient de leur huitième année.

On nous avait donné des noms d'emprunt parce que les vrais étaient trop lourds à porter ; certaines réputations étaient plus grandes que d'autres, et Portmantle se voulait un lieu d'égalité. On estimait également que nos véritables identités encourageaient l'autosatisfaction et nous enfermaient dans des schémas établis, des modes de pensée routiniers. Le doyen nous choisissait donc de nouveaux noms de famille dans des annuaires téléphoniques et de vieux manifestes de bord (il les collectionnait pendant ses voyages et les archivait dans des classeurs dans son bureau). Nos pseudonymes ne tenaient aucun compte de la race ou de l'appartenance ethnique ; c'est ainsi que MacKinney, fille d'émigrés russes, portait un patronyme celte. Mais le refuge avait connu bien d'autres bizarreries : un peintre libanais appelé Dubois, un romancier italien Howells, un illustrateur slave Singh, un architecte norvégien qui ne répondait qu'au nom de O'Malley. Étrangement, nous devînmes plus attachés à nos faux noms qu'aux vrais. Au bout d'un certain temps, ils commencèrent à mieux nous aller.

Je suis née Elspeth Conroy, à Clydebank, en Écosse, le 17 mars 1937. J'ai toujours trouvé mon nom de famille on ne peut plus ordinaire, et mon prénom guindé et mièvre. Elspeth Conroy, c'était pour moi un nom de débutante ou de femme d'élu local, pas celui d'un peintre sérieux ayant des choses fondamentales à dire sur le monde. Mais le destin en avait décidé ainsi et je devais l'accepter. Mes parents croyaient qu'un nom écossais raffiné comme Elspeth me permettrait d'épouser un homme d'une classe sociale supérieure (c'est-à-dire un homme *riche*) ; théorie que j'aurai finalement réussi à réfuter à tout point de vue. Mais j'ai toujours eu le sentiment que mon travail pâtissait de cette étiquette, Elspeth Conroy. N'était-ce pas en remarquant mon nom dans les galeries que les gens me jugeaient ? N'était-ce pas mon sexe qu'ils voyaient sur le mur, ma nationalité, ma classe, mon type, ce qui les empêchait d'entrer en contact avec la vérité de ma peinture ? Impossible de le savoir. J'ai construit ma réputation d'artiste avec cette étiquette sur le dos, et elle est devenue ce par quoi les gens me définissaient et me cataloguaient. J'étais une femme peintre écossaise, et c'est ainsi que j'étais résumée dans les livres d'histoire. Un jour, quand je me sentirai suffisamment en confiance pour quitter Portmantle, je redeviendrai Elspeth Conroy, je la décrocherai de la patère comme un vieux manteau un peu raide et verrai si elle me va encore. En attendant, j'avais la possibilité d'être quelqu'un d'autre. Knell. Cette bonne vieille *Knell.* Différente et pourtant la même. Sans elle, je n'étais personne.

De nous quatre, c'était sans doute Quickman qui attachait le plus de prix à cette dissociation. Dans les premiers temps, nous ne pouvions le voir sans penser au célèbre portrait qui ornait le dos de ses romans – penché comme un tournesol vers l'objectif, les bras croisés dans une attitude de défi, avec la silhouette menaçante des immeubles de Londres sur les épaules. Nous avions grandi avec ce visage jeune et élégant. Il nous regardait en plissant les yeux depuis nos étagères, par-dessus les serre-livres, sous des tasses de café posées sur nos tables de chevet. On connaissait son véritable nom dans bien des foyers, même s'il n'entrait pas dans les conversations quotidiennes ; dans les cercles littéraires par contre, il était synonyme de grandeur, un nom auquel les critiques accolaient le suffixe *-esque* pour parler d'écrivains de moindre importance. Tous les résidents de Portmantle – y compris le doyen – avaient possédé, ou au moins vu, un exemplaire du premier livre de Quickman, *Quand viendra la pluie*, publié alors qu'il n'avait que vingt et un ans. C'était un texte inscrit aux programmes des écoles britanniques, déjà considéré comme un classique. Mais le compagnon facile à vivre que nous connaissions sous le nom de Quickman n'était pas tout à fait la même personne : il était ombrageux parfois, quoique effacé, et refusait toute l'agitation et la pompe de la scène littéraire. À présent, il ne désirait rien d'autre qu'une chambre tranquille où être seul, avec un simple bloc-notes grand format et suffisamment de crayons Staedtler HB pour remplir une vieille boîte à cigares. Son nom d'emprunt lui allait parfaitement. Sa vivacité intellectuelle était exceptionnelle. Et il faisait si peu de cas de son apparence que sa barbe lui mangeait les pommettes comme une broussaille d'ajoncs, dissimulant la belle symétrie de ses traits et lui donnant un air de vieux naufragé.

Le vrai nom de Pettifer comptait aussi dans le monde. En tant qu'architecte, il était rarement sous le feu des projecteurs et, à dire vrai, je n'ai pas du tout reconnu son visage tout rond la première fois que je l'ai vu. Si jamais il parlait des projets qu'il avait conçus (cela arrivait, à l'occasion, quand il devenait sentimental), leurs formes vous venaient à l'esprit, mais uniquement avec la nostalgie avec laquelle on peut se remémorer un fauteuil préféré ou une bouteille de vin exceptionnelle. Son nom était de ceux qu'on citait dans les dîners en ville et les soirées mondaines, après quoi les gens hochaient la tête et disaient : « Ah oui, j'ai toujours aimé cet immeuble. C'est de lui, non ? » Il était à présent tellement habitué à se faire appeler Pettifer, et ses diverses abréviations, qu'il avait juré de l'adopter quand il quitterait l'île. Il créerait un tout nouveau cabinet un jour, disait-il, sous la bannière de Pettifer & Associates. Nous ne savions pas si la promesse était sérieuse, mais nous n'aurions pas été étonnés de voir un tel projet se réaliser.

Bien entendu, nous supposions que le vrai nom de Fullerton devait jouir d'une notoriété équivalente sur le continent. Tout le monde à Portmantle s'était bâti une réputation dans son domaine, c'est pourquoi des mesures drastiques étaient prises pour ne pas révéler son emplacement. Le fait est que nous étions trop loin du monde pour saisir l'étendue de sa renommée.

Le premier soir, il ne se montra pas au dîner, et je me surpris à m'inquiéter plus que de raison. Je me demandais s'il n'avait pas attrapé la grippe, ou une pneumonie. Je ne supportais pas de l'imaginer seul et souffrant dans sa chambre, ayant moi-même contracté une infection urinaire pendant l'été. Peu de choses vous font sentir plus seul qu'une fièvre d'été, quand le soleil transperce les volets et que vous êtes allongé à attendre que les médicaments du doyen fassent effet. Je ne pouvais pas imaginer pire... à part une maladie d'hiver. Et nous convînmes donc tous les quatre – pas tout à fait à l'unanimité – de passer le voir après le dîner, simplement pour nous assurer qu'il n'était pas malade.

Pettifer était curieux de voir son atelier et de découvrir sur quoi il travaillait. « Il est assurément trop jeune pour être peintre, avait-il conjecturé pendant le dîner. J'ai connu quelques bons illustrateurs de moins de vingt ans, mais n'empêche... *dix-sept ans.* C'est vraiment jeune pour posséder une autorité ou un style quelconques. À moins qu'il ne soit un de ces épouvantables artistes *pop*. Il n'en a pas l'allure, je trouve. Mais bon, pourquoi lui avoir donné un atelier alors qu'il y a des tas de chambres libres à l'étage ? »

On avait attribué à Fullerton le logement le plus éloigné du domaine, à cinquante mètres du mien, sous un couvert de grenadiers, de chênes nains, et d'innombrables variétés de lauriers-roses qui fleurissaient au printemps. Le refuge comprenait dix bâtiments, dispersés sur un terrain donné pour cinq hectares mais qui en paraissait plutôt huit ou neuf. Une impérieuse demeure fin-de-siècle ornée de lambrequins en fer forgé trônait en plein milieu ; son bardage en bois était tellement usé par les intempéries que la bâtisse tout entière avait pris une couleur terne, gris éléphant. Le doyen vivait au dernier étage. Il avait décidé de ne pas faire repeindre le bâtiment, dans la mesure où sa patine était le meilleur des camouflages. À certains endroits, sous les gouttières et autres, on distinguait encore les vestiges bleu-vert de la laque d'origine ; et on pouvait s'imaginer la maison telle qu'elle était jadis, au temps de sa splendeur.

Quand la résidence affichait complet, les douze chambres étaient occupées par des artistes dont les projets étaient peu exigeants en matière d'espace ou d'équipement ; les dramaturges, romanciers, poètes, auteurs de livres pour enfants y trouvaient tous refuge dans de modestes pièces, en compagnie d'Ender et de ses deux employés : une femme encore jeune, Gülcan, qui faisait la cuisine, le ménage et la lessive, et un personnage disgracieux appelé Ardak, qui s'occupait du jardin et, de manière générale, réparait ce qui ne marchait plus (si seulement il avait pu nous réparer, nous aussi). La salle commune se trouvait au rez-de-chaussée, la cuisine et le réfectoire à l'étage du dessus. Huit bungalows sommaires gravitaient autour de la résidence ; en parpaings, avec des toits plats en bardeaux sur lesquels les pensionnaires s'installaient souvent quand le temps le permettait, pour regarder la mer ou observer les étoiles. Ces ateliers étaient réservés aux peintres, aux architectes, aux « performeurs » : tous les artistes qui avaient besoin d'un espace de travail plus vaste ou qui avaient des fournitures ou du matériel à entreposer. (Un seul sculpteur avait été admis pendant notre séjour, et elle faisait un tel raffut du matin au soir avec ses ciseaux et ses marteaux que son départ avait été un grand soulagement – depuis, aucun autre n'avait été invité.)

Ces bungalows-ateliers étaient aussi luxueux que des boîtes à chaussures, mais ils étaient suffisamment spacieux pour qu'on s'y sente libre, et percés de grandes fenêtres qui laissaient entrer l'air frais et la lumière naturelle. Le mien me convenait aussi bien que tous les espaces de travail que j'avais jamais possédés. J'avais tout le nécessaire : un lit où dormir, un poêle à charbon pour réchauffer mes doigts, des repas réguliers là-haut, à la résidence, un endroit pour les ablutions et les besoins naturels et, par-dessus tout, une paix royale dont j'étais sûre qu'elle ne serait pas rompue.

Alors que nous nous approchions du logement de Fullerton, nous trouvâmes sa porte entrouverte. Les lampes étaient allumées et un filet de lumière jaune barrait la neige piétinée.

« Je suis certain qu'il a demandé à ce qu'on le laisse tranquille, avertit Quickman. Il est en plein travail, si ça se trouve.

— Chut, dis-je. Vous entendez ça ? »

Un curieux vacarme émanait de derrière l'atelier. Un bruit en soi peu musical, mais qui se caractérisait par une sorte de cadence bondissante.

« Vous voyez, je vous l'avais dit… il va très bien, dit Pettifer. On a fait notre devoir. Allons-nous-en. »

MacKinney me tira par le coude.

« Je vais chercher le plateau, alors ? suggéra Quickman. Je suis presque sûr que c'est moi qui l'ai eu en dernier.

— Knell… tu viens ?

— Allez-y, vous trois. Je ne serai pas longue. »

Je n'aurais pas eu l'esprit tranquille avant d'avoir revu le garçon. Les parties de backgammon de Quickman se poursuivaient parfois tard, en fonction de la résistance que Pettifer lui opposait, et j'avais l'intention de ne pas aller me coucher après, de travailler jusqu'à l'aube. Je manquerais sans doute le petit déjeuner. Il me semblait cruel de laisser Fullerton livré à lui-même tout ce temps.

« Je vais juste jeter un coup d'œil par la fenêtre. »

Les autres commencèrent à rebrousser chemin dans la neige. Puis ils s'arrêtèrent pour m'attendre dans l'espace bleu de lune entre les chênes nains. Ils firent des gestes d'impatience avec les mains.

« Allez, dépêche-toi enfin ! Tu ne vas pas y passer la nuit ! »

Je m'approchai de la fenêtre découverte de l'atelier de Fullerton. Les volets étaient rabattus et le store intérieur n'était pas encore baissé. Il n'y avait personne à l'intérieur. La plupart de ses vêtements débordaient de son sac en toile ouvert sur le sol. Une guitare classique était appuyée contre le cadre du lit. Je ne trouvais pas qu'il avait le physique d'un compositeur, ni l'air crâne d'un chanteur de rock, mais il aurait pu écrire de la musique pour le théâtre ou la scène folk.

C'est à ce moment-là qu'il émergea sur le côté du bungalow, traînant un fût d'essence derrière lui. Je n'avais plus le temps de m'éclipser. Quand il m'aperçut, il se figea, mais sans tressaillir ni paraître surpris. Il continua à tirer le fût vide dans la neige, vers un coin de terrain plat, où il le posa en appuyant dessus pour le stabiliser.

« Knell avec un K, dit-il, moins fâché que je ne m'y attendais. Vous êtes perdue ?

— Je voulais juste voir comment tu te sentais, dis-je plutôt humblement. Tu as raté le dîner.

— J'avais pas faim. Mystère résolu.

— Oui, je suppose. »

Il regarda le parc. Un oiseau croassa et fendit l'obscurité au-dessus de nous. Fullerton leva brusquement la tête.

« Les corbeaux sont tous gris ici. Je n'arrive pas à m'y faire.

— Tu devrais voir les hérons quand ils arrivent au printemps. Ils nichent partout sur l'île. C'est merveilleux. »

Le garçon fit entendre un murmure indifférent. Puis il se retourna pour entrer directement dans son atelier, laissant la porte grande ouverte. Je ne savais pas trop s'il allait revenir. J'attendis, l'entendant marcher sur le plancher. Au bout d'un moment, il ressortit avec une pile de ce qui ressemblait à des brochures ou des revues. Il les portait dans ses bras comme des offrandes. Sans me regarder, il renversa le tout dans le bidon rouillé, qui gronda. Je vis miroiter les couvertures sur papier glacé. Il se frotta les mains et se retourna vers la porte, s'arrêtant seulement pour regarder entre les arbres, les yeux plissés.

« Vos amis attendent, dit-il.

— On te verra au petit déjeuner ?

— J'en doute. »

Comme je n'arrivais pas à comprendre son hostilité, je fis ce qui m'était le plus naturel : je pris le problème à mon compte, supposai que j'avais eu des paroles déplacées.

« Je n'aime pas faire la causette, en général », dis-je.

Il soupira.

« On est deux, alors.

— Eh bien là, j'essaye de faire un effort particulier.

— C'est gentil à vous, mais je n'en ai pas besoin. Tout l'intérêt de venir ici, c'était d'être seul. Je ne m'entends pas vraiment bien avec les gens. »

Sur quoi il leva les bras au ciel et s'engouffra dans son atelier.

« Tu es bien trop jeune pour parler de cette manière », dis-je quand il ressortit. Il portait à présent une liasse de papiers défraîchis, maintenus par un gros élastique. Un passeport bordeaux se trouvait sur le dessus de la pile, sous son pouce.

« Je suis suffisamment vieux pour connaître mes limites. » Il fit tout tomber dans le fût. « Et vous, pourquoi êtes-vous venue ici ? Pour avoir de la compagnie ? »

J'aurais pu lui dire bien des choses à ce moment-là, mais je sentis qu'il ne serait pas content de les entendre.

« Il y a une différence entre l'intimité et la solitude, tu sais.

— Oui, oui. Je vous crois sur parole. »

Il tapota les poches de son anorak. En dessous, il portait un pull en grosse laine qui ne pouvait pas être le sien ; l'encolure bâillait tellement qu'elle découvrait sa clavicule. Il devait appartenir à Ender ou avoir été sorti des objets trouvés. Il portait de bonnes chaussures à présent, qui le grandissaient.

« Merde, dit-il en continuant à se fouiller. Vous avez des allumettes ?

— Il devrait y en avoir près du poêle. »

Il se racla la gorge et cracha.

« Y en a pas.

— J'en ai une boîte pleine dans mon atelier. Je peux aller la chercher si tu veux.

— Non, vous embêtez pas. Je vais devoir employer la manière forte. »

À ces mots, il s'accroupit et se mit à creuser dans la neige et le paillis d'écorce et de pommes de pin. Il ne lui fallut pas longtemps pour en extraire des mottes de terre couleur rouille. Il en jeta une brassée dans le fût et la terre tambourina contre le métal.

« Qu'est-ce que tu fais ? »

Il ne répondit pas, mais continua à creuser avec ses mains et à remplir le fût de terre meuble.

« Qu'est-ce que tu enterres ? »

Ma présence ne semblait pas le déranger. Il fouissait la terre avec une sorte de fixité dans le regard, de frénésie, comme un renard débusquant un lapin. Après un certain temps, une fois le fût au quart plein, il s'arrêta, et s'assit dans la neige, adossé au métal. Des mèches de sa frange étaient collées à son front. Il avait l'air tellement jeune et effrayé.

« Fullerton... », dis-je. C'était un nom qu'il était difficile de prononcer avec tendresse. « ... est-ce que tout va bien ? »

Il était assis là, haletant, le regard perdu.

« Tu veux que je m'en aille ?

— Je m'en fous complètement. »

Les autres patientaient toujours. Je vis leurs ombres pressées frileusement ; j'étais contente qu'ils soient là. Mais Fullerton me rappela au moment où je m'éloignais :

« Attendez une seconde. »

Il y avait une pointe de contrition dans sa voix.

Je me retournai.

« Ça n'a rien de personnel, dit-il. C'est juste que... écoutez, je n'ai pas encore pigé comment ça fonctionne ici. Je ne pensais pas qu'il y aurait autant de règles. »

Cela m'ennuyait qu'il ait été admis sans tout comprendre. Mon propre parrain avait passé deux jours entiers à me préparer à la perspective de Portmantle, m'expliquant tout ce qui m'attendait. Je retournai donc le voir.

« Si tu as des questions, tu n'as qu'à demander. »

Il cracha de nouveau.

« On m'a dit pas d'alcool, pas de drogue, pas de téléphone et tout ça. Mais votre copain Quickson dit qu'il y a aussi d'autres trucs. Je ne sais pas s'il voulait parler des jetons du ferry, mais j'en ai acheté deux comme on m'a dit… il y en a un dans mon sac quelque part. C'est de ça dont qu'il parlait, vous croyez ?

— C'est Quick*man*, dis-je en souriant. Et oui, les jetons en font partie.

— Vous avez toujours le vôtre ?

— Oui, mais pas sur moi. Il est quelque part en lieu sûr. C'est plus de la superstition qu'une règle.

— Ah bon. » Il soupira encore une fois. « Eh bien, l'autre vieux a fouillé mon sac tout à l'heure. Je croyais que c'était ça qu'il cherchait.

— Ender, tu veux dire ?

— Oui, il m'a fouillé. C'était bizarre.

— Ender est un brave type… il fait juste son travail. S'il n'y avait pas de règles, cet endroit tomberait en ruine.

— Alors tout le monde se fait fouiller ?

— Une fois seulement. Tu ne fais pas exception.

— Ça m'a juste pris au dépourvu, c'est tout.

— Ton parrain aurait dû t'avertir. »

Fullerton se releva. Il scruta mon visage, comme pour évaluer les faiblesses de chacun de mes pores.

« C'est que je n'ai pas l'intention de m'éterniser de toute façon. J'ai juste besoin de me vider la tête et après, je rentre finir ce que j'ai commencé.

— Si j'étais toi, je ne m'imposerais pas trop de contraintes. Ça prendra le temps qu'il faudra. »

J'étais tentée de lui dire que j'avais cru la même chose en arrivant à Portmantle. Qu'il ne me faudrait que quelques jours pour retrouver ma clarté d'esprit. Que je n'aurais pas besoin de l'intervention du doyen pour obtenir et signer les demandes de visa à ma place. Mais il ne servait à rien de le décourager davantage. Au lieu de quoi, je lui dis :

« Tu sais, en arrivant ici, j'ai eu de la chance. J'ai eu quelqu'un pour m'aider dans les premiers temps, la période difficile. Tu vois qui est MacKinney ? »

Il acquiesça d'un hochement de tête.

« Elle et moi avons été admises la même après-midi. Nous avions pris le même ferry depuis Kabataş sans même le savoir. Sans elle, je n'aurais pas tenu aussi longtemps.

— Écoutez, je suis content que tout se soit bien passé pour vous, dit Fullerton. Mais ça ne veut pas dire qu'on est pareils. Je ne suis pas comme ça. Je ne peux compter que sur moi-même.

— Eh bien, tu devrais peut-être essayer. » Je me retins de sourire cette fois, jusqu'à être certaine que le message était bien passé. « Il n'y a que des solitaires ici. Avec les bonnes personnes, tu peux être seul *et* avec. C'est quelque chose que tu apprendras à faire en vieillissant.

— Ça m'étonnerait. Sans vouloir vous offenser.

— Ça se fera tout seul. »

Il était facile d'éprouver de la compassion pour ce garçon. Pas simplement parce qu'il était en nage et couvert de boue, mais parce qu'il me rappelait ce que c'était d'avoir cet âge, d'être à ce point angoissé par sa propre circonspection, de ne laisser personne approcher par peur d'être blessé.

« Et, en attendant, Tif et Q peuvent probablement te donner un coup de main pour te débarrasser de… ça. »

Le garçon considéra le fût et donna un coup de pied dedans.

« Je peux me débrouiller. Et d'ailleurs, ajouta-t-il en désignant l'espace derrière moi d'un coup de menton, ils sont déjà partis. »

Mais ils n'étaient pas tout à fait hors de vue. Je distinguais encore leurs silhouettes entre les arbres, qui se dirigeaient vers mon atelier.

« Tu sais siffler ? » demandai-je.

Il réfléchit, mit ses doigts malpropres derrière ses dents et produisit un sifflement de bouilloire cristallin. Les autres mirent un moment avant de se rendre compte qu'on les appelait.

Pettifer arriva le premier en se couvrant les oreilles.

« Je crois qu'on t'a entendu dans le Serengeti. Qu'y a-t-il de si urgent ? demanda-t-il en posant le bras sur mon épaule.

— Fullerton a besoin de tes conseils.

— Tiens, donc ? Tu entends ça, Q ?... On sollicite mes conseils.

— Mon Dieu, s'écria Quickman, apparaissant derrière lui. Qu'est-ce que ce sera la prochaine fois ? »

Ils rirent tous les deux.

MacKinney avait remarqué l'état du garçon. Ses joues zébrées de terre rouge.

« Tout va bien ? demanda-t-elle.

— J'essaye de me débarrasser de quelques bricoles, c'est tout. »

Quand il commença à expliquer ce qu'il comptait faire avec le fût d'essence, Pettifer fit la moue et secoua la tête.

« Non, non, je déconseillerais de faire du feu dans un fût, à moins d'avoir de l'essence à briquet. Il faut faire un petit bûcher au milieu pour canaliser les flammes. Autrement, ça ne brûle pas bien, et ça peut devenir incontrôlable assez rapidement. »

Le garçon s'écarta.

« C'est tant mieux que je n'aie pas d'allumettes, alors.

— J'ai essayé de brûler un manuscrit sur le barbecue de mon éditeur un jour, dit Quickman. J'ai fait un beau gâchis de sa pelouse. Je ne pensais pas que ça ferait autant de cendres. C'est dangereux, vraiment.

— Hmm hmm, confirma Pettifer. On peut même se laisser surprendre par un petit feu si on ne sait pas ce qu'on fait.

— Comment vous savez tout ça ? demanda Fullerton.

— Mon père était chef scout.

— C'est super.

— Il le pensait certainement.

— Le mien ne voulait même pas m'emmener camper, dit le garçon. Mais j'y allais quand même.

— Je te comprends.
— Vous aviez le droit d'emporter un couteau ?
— Non, mais il en gardait un sur lui. »
MacKinney se retourna en bâillant vers les lumières du grenier de la résidence. Toutes ses rides s'aplanirent, sauf celles entourant ses yeux, qui semblaient aussi profondes que des veines de bois.
« Je suppose qu'on devrait commencer à s'habituer à ces conversations de machos, Knell. Dans cinq minutes, ils vont se battre en duel aux pistolets.
— Ça, c'est une idée, releva Quickman.
— Je vais me coucher avant qu'on en arrive là.
— Et notre partie ? dit Tif.
— Je ne suis pas vraiment d'humeur. Mais j'espère qu'on accepte toujours mon argent. »
Elle se pencha à mon oreille :
« Une pelletée de café sur Quickman. Double la mise à deux partout. »
Je hochai la tête.
« Je garderai tes gains. »
Elle m'embrassa sur la joue.
« Bonne nuit, tout le monde.
— Bonne nuit, Mac. »
Je la regardai disparaître dans l'obscurité d'un pas traînant. Il n'était pas rare qu'elle aille se coucher d'aussi bonne heure, en prétextant qu'elle devait travailler. Mais ce soir-là elle ne fit aucune mention de sa pièce, et je supposai qu'elle souffrait à nouveau d'insomnie. (MacKinney disait souvent pour plaisanter qu'elle venait à bout de ces accès de nervosité en relisant ses premières ébauches : « Même en plein jour, j'arrive à m'endormir d'ennui. »)
« Qu'est-ce que tu essayais de brûler, si je peux me permettre ? demanda Quickman au garçon. J'espère que ce n'était pas quelque chose que j'aurais pu fumer.

— Juste deux-trois trucs que je n'étais pas censé apporter. Je pensais que ça passerait, mais le vieux a dit que je devais m'en débarrasser.

— Ah, je suis passé par là, dit Quickman.

— Et moi *deux fois* maintenant », fit valoir Pettifer.

Fullerton eut un grand sourire, mais son visage ne semblait pas être habitué à cet effort.

« Ce n'est pas une compétition.

— C'est drôle que tu parles de ça, dit Quickman. On allait commencer une partie de backgammon. Tu y as déjà joué ? »

Le garçon détourna le regard.

« Une fois, je crois. Au lycée. Je m'intéresse plus au poker maintenant.

— Le poker ! C'est un peu trop hollywoodien pour nous, mais Tif et moi taquinons les dés tous les dimanches, au meilleur des cinq parties, et franchement… » Il mit la main devant sa bouche pour parler en aparté. « … il est nul. Ça ne me déplairait pas d'avoir un autre adversaire à battre.

— D'accord, dit le garçon. Quand ?

— Ce soir. »

Pettifer toussota.

« On joue un peu trop gros pour un débutant, non ?

— Certainement pas », dis-je, m'immisçant dans la conversation. Il n'était pas vraiment dans les habitudes de Quickman de lancer des invitations et je tenais à ce que le garçon accepte.

Fullerton avait l'air intéressé.

« Vous jouez pour de l'argent ?

— Non, juste des babioles, dis-je. On n'a pas grand-chose à mettre en jeu.

— J'ai bien failli gagner sa pipe une fois, fit savoir Pettifer. Un autre six et elle aurait été à moi. Imaginez le pouvoir qui aurait été le mien !

— C'est vrai, dis-je. Ils ont disputé quelques parties épiques. Mais personne ne peut battre Q.

— D'accord, j'en suis, dit le garçon. Pourquoi pas ?

— Super ! On va faire une triangulaire, se réjouit Quickman, en se frottant les mains. Va chercher le tablier, Tif. Il est là-haut dans ma chambre. » Cela faisait un moment que je ne l'avais pas entendu parler d'une voix aussi enjouée. « Knell, est-ce qu'on peut s'installer chez toi encore ? On va avoir besoin d'une plus grande table. »

Je vis aussi de l'excitation dans les yeux du garçon à ce moment-là, et je me rendis compte que les choses se faisaient toutes seules, comme je l'avais prédit.

- - - - -

Même si le monde que Fullerton avait quitté était différent de celui que nous connaissions, transformé par une histoire qui s'était déroulée en notre absence, il était arrivé à Portmantle par le même chemin que nous. La procédure d'admission était invariable. Pour commencer, votre parrain devait obtenir l'autorisation du doyen ; aucune information ne pouvait être communiquée sans ce consentement préalable. C'était un savoir hérité, que les résidents du passé transmettaient aux résidents du présent, et si votre parrain n'était pas en mesure de vous fournir les bonnes indications, vous pouviez très bien ne jamais arriver à destination.

Tout résident qui quittait le refuge avec un dossier vierge – c'est-à-dire sans avoir délibérément enfreint aucune de ses règles – était en droit de recommander quelqu'un. Ce soutien pouvait être accordé à tout artiste dont on pensait qu'il pourrait profiter d'un séjour dans le refuge de Pormantle. Le doyen insistait sur le fait que ces recommandations devaient uniquement être proposées à des artistes dans le besoin. Les frais de séjour d'un nouveau résident devaient être pris en charge par son parrain ou sa marraine ; une somme assez modeste, payée de façon saisonnière, mais pour une durée indéterminée, comme c'était le cas pour MacKinney, Quickman, Pettifer et moi. Les parrains, par conséquent, devaient être sûrs que les artistes qu'ils recommandaient étaient vraiment dignes de leur soutien, puisqu'ils étaient redevables de cet effort financier sans limite de temps. On ne pouvait se soustraire à cette responsabilité ni la transférer à quelqu'un d'autre. C'est pourquoi nous étions respectés, en tant que vétérans du lieu. On supposait que l'engagement à long terme de nos parrains reflétait la haute idée qu'ils se faisaient de nos talents. Mais d'aucuns nous considéraient avec une pitié malveillante, comme si nous n'étions que l'ombre de nous-mêmes, finis et voués à l'échec.

C'est seulement après que le doyen avait accepté la recommandation de votre parrain qu'on vous disait où Portmantle se trouvait. Ce n'est qu'à ce moment-là que votre parrain pouvait vous fournir des instructions précises, qu'on vous demandait de mémoriser rapidement, car on ne pouvait ni les répéter ni les écrire. C'est seulement après être arrivé gare de Lyon, à Paris, que vous étiez autorisé à décacheter l'enveloppe qui renfermait la phrase secrète du doyen. Vous pouviez alors prendre le train de nuit pour Lausanne, en suivant la ligne du Simplon-Orient-Express, avec le billet de seconde que votre parrain avait pris à son propre nom, son vrai nom, en passant par Milan et Belgrade, jusqu'à la frontière turco-bulgare et le terminus à Istanbul, où vous deviez montrer votre passeport. C'est à ce moment-là seulement que vous pouviez payer le prix du visa d'entrée et trouver la chambre d'hôtel bon marché que votre parrain avait réservée, puis brûler votre passeport dans la baignoire, en l'éteignant avec de l'eau avant que la fumée ne déclenche les *sprinklers* (il fallait y mettre le feu sans tarder, pour ne pas être tenté de faire machine arrière plus tard). C'est alors seulement que vous pouviez sortir sous le soleil éclatant de la ville ouverte et marcher dans l'avenue principale, laissant derrière vous le flot de la circulation, les taxis, vitres baissées, beuglant leur musique, le fracas des trams, les imposantes mosquées, jusqu'à atteindre le terminal des ferries de Kabataş.

Ce n'est qu'à ce moment-là que vous pouviez introduire un *jeton* terni dans la fente du tourniquet, comme votre parrain vous l'avait recommandé, en en conservant un autre dans les plis de votre poche pour vous rappeler votre voyage de retour. Vous pouviez alors passer le portillon et attendre dans la chaleur moite du terminal des départs, un chapeau sur la tête, les yeux cachés par des lunettes de soleil, en vous éventant avec le journal le temps que les portes s'ouvrent pour vous laisser embarquer sur le grand bateau blanc. Vous pouviez alors trouver un siège sur le pont supérieur au milieu de la foule qui se massait, tout près du bastingage, pour regarder le ferry s'éloigner du quai et sentir la brise soudaine sur votre joue, goûter la fraîcheur saumâtre sur vos lèvres, l'excitation du départ. C'est seulement à ce moment-là que vous pouviez embrasser la Marmara dans toute sa splendeur, alors qu'elle refluait autour de vous, insondable et scintillante.

Et c'était votre dernière chance de vous pencher en arrière et de souffler longuement, d'écouter le tollé des mouettes qui suivaient la poupe, les volées étourdies qui vociféraient près du pont comme pour vous accompagner. Bientôt, les hommes turcs se penchaient au-dessus du bastingage en tenant des *simits* à bout de bras, et les oiseaux piquaient pour leur arracher le pain des mains en poussant des cris stridents, et vous vous rendiez alors compte que les mouettes, loin d'être des escortes, n'étaient que des arnaqueuses et des parasites, comme tous ceux que vous aviez laissés derrière vous.

C'est seulement en arrivant au premier arrêt, à Kadıköy, que vous pouviez enlever votre bracelet-montre et le laisser tomber à travers les lattes de la banquette, comme si vous l'aviez oublié. C'est seulement en passant devant la première de ces îles mystérieuses, avec toutes ses maisons plantées comme des pierres tombales, que vous pouviez mesurer la distance qui vous séparait du monde que vous connaissiez, des gens que vous aimiez, de ceux que vous n'aimiez pas. C'est seulement en doublant les îles suivantes – la première, large et inhabitée, l'autre, un simple fragment de verdure où ne vivaient apparemment que des hérons – que vous compreniez combien vous étiez proche de ce dont vous aviez besoin. C'est seulement à ce moment-là que vous pouviez apercevoir le mamelon kaki de Heybeliada se dresser dans un voile de brume et savoir que vous aviez réussi.

C'est seulement à ce moment-là que vous pouviez rejoindre les touristes qui piaffaient sur les ponts inférieurs alors que l'employé du ferry lançait une amarre desséchée sur le quai, en attendant de débarquer sur une terre étrangère mais vous sentant curieusement presque chez vous. Ce n'est qu'à ce moment-là que vous pouviez contourner l'Académie navale où les élèves officiers en tenue s'exerçaient à marcher au pas, et prendre la direction du sud-est, sur Çam Limani Yolu, conformément aux instructions, jusqu'à ce que les rues se fassent plus étroites, moins fréquentées, et que les maisons deviennent suffisamment espacées les unes des autres pour distinguer la forêt qui s'étendait plus haut. Ce n'est qu'à ce moment-là que vous pouviez vous perdre parmi ces pins secs et penchés et vous sentir désormais libéré de tout ce qui avait pesé sur vous jusqu'ici. C'est à ce moment-là seulement que vous aperceviez une vaste demeure ternie émerger de la cime des arbres. C'est seulement devant ses grilles que vous pouviez poser votre sac à dos, presser la sonnette et voir un Turc portant une moustache grise et un fusil s'approcher des barreaux d'un air méfiant et vous demander votre nom. C'est seulement à ce moment-là que vous pouviez dire que vous étiez quelqu'un d'autre. Alors le vieil homme vous demandait de prononcer la phrase secrète, pour que vous puissiez enfin la libérer dans l'air, la signification des mots devenant plus claire au moment même où vous les prononciez. C'est à ce moment-là seulement que le portail était déverrouillé et s'ouvrait pour vous dans le poing du vieil homme. Et c'est à ce moment-là seulement que vous l'entendiez dire : « *Portmantle'ye hoşgeldiniz.* »

3

Quand le garçon écrasa Pettifer au cours de la première partie de backgammon, on cria à la chance du débutant, mais ils en disputèrent deux autres – chaque duel expédié un peu plus vite que le précédent –, et il devint rapidement évident que le jeune Fullerton possédait une surprenante intelligence tactique. Il rafla un beau butin : un verre à *çay*, une tortue mécanique en bois de camphre, et une ceinture en cuir tressé ; et comme j'avais parié que Tif l'emporterait au meilleur des cinq manches, je fus forcée de céder mon dernier paquet de chewing-gum à la cannelle. Nous supposions que Quickman, un joueur plus fin, expérimenté et agressif, s'avérerait trop malin pour l'adolescent, mais il en alla autrement. Fullerton le surclassa à raison de sept points d'écart par partie. En vérité, il n'y eut pas vraiment de lutte. Quand le garçon en eut terminé, il avait remporté un stylo-plume, une pièce de monnaie romaine, ainsi qu'un briquet en argent qui avait appartenu au père de Quickman, gravé de deux initiales à moitié effacées. (Tif récupéra une paire de mocassins qu'il avait auparavant perdue face à Q, et je gagnai une grosse poignée de café en grains à Mac, même s'il me semblait injuste de réclamer mes gains en son absence.)

« On s'est fait posséder, conclut Quickman, le regard fixé sur les pions qui restaient sur le tablier. Les derniers coups étaient d'un niveau de tournoi. Tu es quoi, champion régional ? National ? »

Le garçon tourna vers lui un visage radieux.

« Je le jure, je n'avais presque jamais joué avant.

— Ça ne prend pas avec moi.

— J'ai de la chance, c'est tout. Les dés étaient avec moi.

— Foutaises. Je n'ai jamais vu un tel blocus. C'était de la stratégie, tout ça.

— C'est un jeu d'obstruction, c'est certain, ajouta Pettifer, mais il est d'une redoutable efficacité. »

Le garçon se contenta de répondre :

« Si vous le dites.

— J'ai intérêt à travailler mes fins de partie avant qu'on rejoue ensemble, déclara Quickman.

— Je ne suis pas certain que ça vous aidera beaucoup. »

Je ne savais pas si c'était de la franchise ou de la suffisance de la part de Fullerton. Il se leva, prit son anorak sur le dossier de la chaise, et traversa l'atelier, marquant un temps d'arrêt devant mon mur d'échantillons. Les plafonniers au néon éclairaient si vivement la pièce qu'il n'y avait rien d'autre à voir qu'un arrangement de taches blanches, une grille de petites cases de toile que j'avais collées au mur selon une disposition que j'étais la seule à pouvoir interpréter. Il y en avait au moins une centaine, chaque carré renfermant une traînée de peinture blanche, qu'on distinguait à peine de la toile elle-même. Fullerton s'avança encore d'un pas pour essayer de déchiffrer les notes crayonnées dans les marges.

« Sur quoi travaillez-vous, Knell ? demanda-t-il en toute innocence. Comme ça, au hasard, je dirais que c'est un truc blanc.

— Tu dépasses la mesure, là, se récria Pettifer.

— Ce n'est pas grave, dis-je.

— Écoute, non… il a besoin qu'on lui dise les choses. »

Quickman s'adressa au garçon sur le ton de la réprimande :

« On ne s'immisce pas dans le travail des autres, ici. »

Fullerton leva les mains en signe de reddition.

« Oh là là, désolé. Je retire ce que j'ai dit.

— Ce sont des études pour une peinture murale, déclarai-je. Je ne souhaite pas en révéler davantage pour le moment.

— En demander plus serait importun », ajouta Quickman.

Le garçon était toujours face au mur.

« Mais vous n'avez jamais envie de confronter vos idées ? Juste pour voir les réactions ? »

Je commençais à m'habituer à tenir des conversations avec son dos.

« Parfois, répondis-je. Mais alors je ne peindrais plus vraiment pour moi-même. Et c'est la seule façon de peindre. »

Quickman rassemblait à présent les pions du backgammon, écrasant chaque pièce sous sa paume. On voyait bien qu'il n'avait toujours pas digéré sa défaite.

« On n'est pas au conservatoire, dit-il avec brusquerie. Si tu es venu ici pour qu'on te donne des idées, tu ferais peut-être mieux de fréquenter une autre bande. »

Fullerton se retourna et remonta ses manches.

« Ça me va, je ne suis pas du genre partageur. » Il y avait encore un disque de peau pâle sur son poignet gauche, là où il y avait eu une montre. « J'ai quelque chose à terminer, effectivement, mais je ne vous ennuierai pas avec les détails.

— J'ai vu une guitare dans ton atelier, dis-je. Ça faisait un moment qu'on n'avait pas eu un musicien ici.

— Oh, je ne me considérerais pas comme un musicien.

— Tu es quoi, alors ? »

Il s'écarta de mes échantillons, les yeux en fente.

« Jacqueline du Pré... ça c'est une vraie musicienne. Glenn Gould, Miles Davis. Je suis capable de torcher une chanson quand j'ai la tête à ça. Mais je n'en ai pas eu trop envie ces derniers temps. »

Pettifer se leva.

« Dis comme ça, tout paraît assez simple.

— Je suis sûr que c'est plus compliqué qu'il le prétend, dit Quickman, il ne serait pas là autrement. »

Le garçon lui adressa un pauvre petit sourire.

« Arrêtez-moi si je me confie trop.

— Eh bien, moi, j'ai toujours voulu jouer d'un instrument, dis-je. Curieusement, je n'arrive pas à prendre le coup. C'est un peu comme au backgammon. »

Petite, j'avais souvent sorti l'accordéon de ma mère de son étui, en cachette, pour essayer d'en tirer un air, mais je n'avais jamais pu obtenir autre chose que des râles plaintifs.

« Moi, j'ai appris tout seul avec un livre illustré, répliqua le garçon. Ce n'est pas si difficile. »

Quickman replia le plateau du jeu et le fourra sous son bras.

« Le dernier musicien qu'on a eu jouait de la flûte toute la nuit, bon sang. On avait l'impression d'avoir des hirondelles dans le grenier. J'étais à deux doigts de l'étrangler.

— Il faudra que je la mette en sourdine alors.

— Tu as intérêt. »

Le garçon ne réagit pas. Il se pencha pour examiner à nouveau les échantillons.

« Ce mur dégage quelque chose de vraiment paisible, Knell. Non pas que mon opinion vous intéresse...

— En l'état, ça ne ressemble encore à rien. Mais merci. »

Je ne lui demandai pas de clarifier ce qu'il entendait par « paisible », mot qu'il avait prononcé sur un ton très admiratif.

Il contourna un chevalet pour accéder à mon établi et se mit à inspecter le fouillis qui s'y trouvait, ramassant un couteau à peindre, examinant la lame encroûtée.

« Hé, bas les pattes ! s'exclama Pettifer.

— Désolé. »

Le garçon reposa le couteau et s'écarta.

« Ce n'est pas pour faire les difficiles, dis-je, mais nous nous sommes habitués à ce que les choses soient rangées d'une certaine manière. »

En vérité, il aurait très bien pu renverser et piétiner la table. On n'y trouvait plus rien qui méritait d'être protégé ; elle n'était plus qu'effluents : de l'essence de térébenthine sale dans des boîtes de pêches au sirop, des tubes d'huile durcis, des chiffons et des palettes couverts de peinture figée, des brosses plantées dans des bocaux d'eau grise comme des fleurs oubliées. Ces objets tellement ordinaires avaient perdu toute signification pour moi. Je les conservais parce que je n'avais pas d'autre endroit où les entreposer, et qu'ils me rappelaient mes limites. Mon véritable travail se trouvait dans ces échantillons sur le mur, et j'aurais coupé le bras de ce garçon s'il avait fait mine d'en toucher un seul. Ce qu'il ne tenta pas de faire.

Il remonta la fermeture Éclair de son anorak. Les trophées d'une dure soirée de backgammon distendaient ses poches de devant.

« Bon, je vais aller me pieuter. Merci pour la partie. Je pensais avoir oublié tous mes coups depuis le temps.

— Je le savais ! soupira Quickman en s'affaissant sur sa chaise. On s'est fait posséder !

— Mince alors. C'est quoi ton niveau, au juste ? demanda Pettifer.

— J'ai peut-être fait un tournoi ou deux, en dehors des heures de bureau. Vous savez, des parties clandestines.

— Pour l'argent ?

— Je ne vois pas l'intérêt autrement.

— J'ai déjà assisté à ce genre de parties, objecta Quickman. Ils ne laisseraient jamais un gamin comme toi s'asseoir à la table.

— C'est qu'ils ne vérifient pas vraiment votre âge dans les endroits dont je parle. C'est pas difficile de trouver un tripot à Green Lanes, avec tous les Chypriotes qu'il y a dans le quartier. On apprend des trucs en les observant bien. Et ils sont prêts à discuter stratégie toute la nuit après quelques verres. »

Il y avait quelque chose dans la façon dont Fullerton parlait – tête baissée et tournée de côté – que je ne trouvais pas tout à fait convaincant. Je n'arrivais tout simplement pas à l'imaginer jouant son argent de poche dans un pub cafardeux de Londres avec une bande de Chypriotes. Il nous racontait des craques. Quickman devait être de cet avis parce qu'il caressa sa barbe et, dubitatif, demanda :

« Green Lanes, hein ?

— Ouais. » Il releva sa capuche avec un petit sourire narquois. « Merci pour les chewing-gums, Knell. Je suis sûr que vous aurez l'occasion de les récupérer. » Il ouvrit la porte d'un coup sec. « Bonne nuit la compagnie. » Et s'en alla.

Quickman attendit qu'on ne puisse plus entendre ses pas pour se lever et boutonner son manteau.

« Il y a quelque chose de sournois chez ce gamin, décréta-t-il. Je ne sais pas si c'est une bonne idée de lui faire bon accueil.

— Tu l'as juste mauvaise parce qu'il t'a mis une déculottée, dit Pettifer.

— Bon, d'accord, il y a peut-être un peu de ça. » Quickman releva son col. La peau de mouton était râpée et malpropre autour de l'encolure. « N'empêche qu'il y a quelque chose de pas très normal chez lui. Vous trouvez que j'exagère ?

— Non… il est étonnant, c'est sûr, dis-je. Mais j'ai pensé la même chose de toi autrefois, Q, et tout s'est bien passé, finalement. »

Il était trop tôt pour prétendre que nous avions trouvé un terrain d'entente, mais je voyais des reflets de ma propre jeunesse dans la façon dont le garçon se comportait. J'avais à peu près l'âge de Fullerton quand j'avais commencé à peindre. Je n'avais pas encore quitté la maison de mes parents, et j'avais si peu d'expérience de la vie que je pouvais difficilement passer, aux yeux de la société, pour experte en quoi que ce soit, en dehors des ragots de cour d'école et de la mode pour jeunes filles. J'étais pourtant consciente, même à l'époque, de l'étendue de mes connaissances. À seize ans, j'avais vu assez d'art moderne dans les livres pour distinguer la profondeur du grand vide. Et je me disais, au vu du nombre de contributions insipides laissées par les artistes qui m'avaient précédée, que je n'avais rien à craindre. Leurs échecs passés seraient mon parachute. C'est donc dans ce contexte que je débutai : sans peur, sans doute, sans espérance. C'était l'année 1953.

Pendant les dernières semaines de cours, alors que les autres filles envisageaient des petits boulots d'été, je volai de la peinture à l'huile dans les placards de la classe d'arts plastiques du lycée de Clydebank. J'arrachai deux panneaux sur les fenêtres d'une remise à l'abandon et je les traînai le long de Kilbowie Road jusqu'à chez moi, où je les cachai derrière un coffre à charbon, après les avoir sciés et poncés avec les outils de mon père. Le plaisir que j'en retirais – la poursuite de cet objectif secret – était tellement stimulant que je ne tenais plus en place. Cet été-là, je consacrai toute ma vie à la peinture.

Dans l'arrière-cour lugubre de notre immeuble, le plus loin possible des ordures, j'appuyai mon premier panneau contre un mur. Cette page blanche ne m'intimidait pas. Je ne pris pas le temps d'examiner la texture du support, de me demander si le grain du bois était comme il fallait, si l'enduit à la chaux était bien réparti, si j'allais devoir le vernir ultérieurement. Non, je m'approchai du panneau comme s'il s'agissait d'un garçon que j'avais décidé d'embrasser, et j'étalai une couche de bleu phtalo au couteau – le genre de spatule de pâtissier trop souple que possédait ma mère –, créant une forme impétueuse sur le bois. Je n'avais alors aucun passé à assumer, aucune référence classique ne flottait dans mon esprit comme une nuée cafardeuse. J'étais seule, sans influence, libre de travailler cette peinture crayeuse avec une grosse spatule, couche après couche, de l'étaler avec mes doigts, de l'aplanir avec mon poing, de la pincer, de l'écraser avec le pouce, de la gratter et de la griffer. Aucune considération d'ordre technique ne se présentait à mon esprit, parce que je ne les sollicitais pas, n'y pensais pas. Je me contentais d'agir, d'exprimer, d'être, de faire avec le couteau des gestes qui paraissaient improvisés. J'avais en tête une scène que j'essayais de reproduire, un épisode vécu par mon père pendant la guerre, mais je pouvais seulement la peindre telle que je l'imaginais, non telle qu'elle était vraiment.

Les heures passèrent comme des fantômes. Bientôt mes mains devinrent tellement poissées de peinture que je ne voyais plus les plis de mes jointures ni le bord de mes ongles. La pantomime du monde – cet autre lieu que j'avais oublié, le monde extérieur – fit irruption : bruits de circulation et vacarme dans l'immeuble. Des voisins se disputaient dans les parties communes, sortaient dans la cour avec leur pelle à cendre, chassaient les gamins qui jouaient au football sur leur palier. Il faisait sombre et j'entendis ma mère à la fenêtre, déjà rentrée du travail.

Elle m'appelait. Alors je levai la tête pour voir à quoi j'étais arrivée.

C'était là, contre le mur, en train de sécher : une chose plus ou moins abstraite, exécutée dans l'effervescence. La suggestion d'un lieu où je n'étais jamais allée. Une pluie fine. Un océan gris ardoise grêlé par les bombes. Les vestiges d'une fonderie démembrée dans le ciel. Un pont en train de s'écrouler, ou peut-être un mur, et tant d'autres choses que je ne reconnaissais pas, mais qui, d'une certaine manière, étaient plus évocatrices dans leur imprécision que si j'avais eu à les décrire avec des mots.

Quand ma mère descendit dans l'arrière-cour et vit ce que j'avais fait, elle dut y voir comme un mauvais présage. « Qu'est-ce que c'est ? dit-elle. Ch'est *ti* qui l'as fait ? » Elle me gronda d'avoir gâché toute une journée avec cette peinture idiote et me demanda de nettoyer sa bonne spatule à glaçage. Au lieu de perdre mon temps à ça, j'avais des tas de commissions à faire pour elle. Mais je passai la journée du lendemain à travailler à une autre peinture, et à la suivante, et à celle d'après, indifférente aux punitions qui s'ensuivirent.

Qu'était devenu cet esprit d'arrière-cour ? À quel moment m'avait-il quitté exactement ?

J'avais toujours aspiré à davantage que la vie de mes parents et son caractère routinier, mais je ne pris pas mon éducation suffisamment au sérieux, et mon certificat de fin d'études montrait des notes tout juste passables en lettres et en histoire, ruinant toutes les aspirations que j'aurais pu avoir à devenir enseignante. Cependant, je ne pouvais pas me satisfaire d'un travail à l'usine Singer ou à la fabrique de biscuits, comme mon père l'avait décrété. La joie que me procurait la peinture me tenait éveillée la nuit, me poussait à faire une demande d'inscription à la Glasgow School of Art, me disait que j'étais capable de toutes les conquêtes pour peu que je m'applique. Au cours de l'entretien d'admission, le responsable des inscriptions étudia mon portfolio et déclara : « Votre travail est naïf. Il tend trop vers l'abstraction pour l'abstraction. Toutefois, il a davantage d'intensité qu'on en trouve d'habitude dans la peinture d'une femme, et vous êtes encore très jeune. Bien entendu, vous ne serez pas formée à la peinture à l'huile avant la troisième année... ce qui devrait corriger les mauvaises habitudes que vous avez prises. » Une semaine plus tard, il écrivait pour m'offrir une bourse, terminant sa lettre par : « *Nous espérons sincèrement que vous accepterez* », comme si j'avais d'autres choix.

En octobre, je me retrouvais en cours de théorie des couleurs où l'on nous projetait des diapositives sur les canons esthétiques ; en classe de dessin, à esquisser négligemment des compositions de légumes ; dans des ateliers froids, à mesurer les proportions de modèles nus avec un crayon 2B. L'appartement de mes parents paraissait si loin, et je craignais qu'un trop grand raffinement technique ne finisse par émousser, normaliser l'« intensité » de mon travail. En fait, l'attention que je portais aux rudiments du dessin et aux techniques des Grands Maîtres ne fit qu'aiguiser mon appétit de peindre. Pendant ces cours, je fis des découvertes auxquelles je ne m'attendais pas : on pouvait suggérer l'humeur d'un corps d'un trait de crayon Conté, en faire dire davantage à une peinture grâce à des choix de composition. Mon esprit d'arrière-cour survécut dans toutes les peintures que je fis pendant cette période, bien que mes premiers professeurs ne l'aient pas récompensé.

C'est dans le département des peintures murales, sous la tutelle de Henry Holden, que je commençai à m'épanouir. J'étais inspirée par les grandes traditions de la peinture murale : les images de la grotte de Lascaux, les mosaïques des églises de Ravenne et Byzance, les fresques de Giotto, du Tintoret, de Michel-Ange et Delacroix, et jusqu'aux grands manifestes politiques de Rivera. Pendant les ateliers dirigés de Holden, je me sentais stimulée et libre.

C'était un vieux socialiste grand et sec à lunettes en demi-lune, qui nous donnait de curieux devoirs mensuels : « *Imaginez une scène pour la salle de bal du* Titanic ». (J'avais peint un ballet d'ouvriers de chaufferie à casquette, dansant avec des brouettes de charbon. On m'avait enlevé des points pour avoir « ignoré le contexte ».) « *Peignez une scène représentant une œuvre de Shakespeare en relation avec notre époque.* » (J'avais créé une rangée d'immeubles typiques de Glasgow avec des Juliette attendant à chaque fenêtre, des cimetières remplis de pierres tombales de Roméo, et des Mercutio blessés en uniforme de l'armée. La peinture avait été conservée pour la collection de l'école, puis s'était perdue.)

Holden fut le meilleur professeur que j'aie jamais eu. Pour éviter que l'examinateur extérieur ne lui « écorche les oreilles », il nous détournait de l'influence de Picasso (« Un talent tel que le sien ne peut être ni enseigné ni reproduit »), mais il nous autorisait à rejeter les conventions de la peinture de chevalet, sacro-saintes pour nos autres professeurs : la règle du point de vue unique, le point de fuite, le clair-obscur. Un grand mural, disait-il, est en perpétuelle conversation avec son environnement : il ne doit ni se fondre à l'arrière-plan ni chercher à capter l'attention, mais occuper « cette ligne invisible entre les deux ». Lorsque Holden parlait, ses paroles ne vous quittaient plus. Il se tordait le lobe de l'oreille lorsqu'il admirait un travail en cours, comme s'il fermait une valve, et il arpentait les corridors des derniers étages de l'école en faisant claquer sa canne contre les radiateurs ou en sifflotant des airs d'Irving Berlin. Parfois, il venait boire avec nous au State Bar, réchauffant le même petit verre de whisky jusqu'à la fermeture.

C'est en quatrième année, avant notre soutenance de diplôme, que Holden nous donna son sujet le moins contraignant : « *Réalisez un mural pour un quai de la Gare centrale.* » Il n'y avait aucune limite concernant le thème ou les matériaux, nous dit-il. « Il n'y a pas besoin d'évoquer quoi que ce soit d'intrinsèquement ferroviaire. Mais, bien entendu, vous devez réfléchir à la façon dont l'œuvre sera déterminée par son emplacement, et vice versa. Je veux voir votre imagination vous emmener loin. Je veux aussi que vous la concentriez là où il le faut. Compris ? »

Pendant des semaines, je fus incapable de trouver la moindre idée. Je passai des journées entières dans l'atelier, paralysée et découragée, à chercher l'amorce de quelque chose, mais toutes mes brillantes intentions se délitaient sur les pages de mon carnet à croquis. Les angoisses commencèrent à prendre le pas sur mes réactions normales : et si l'esprit d'arrière-cour n'était pas suffisant pour me soutenir ? Et si je n'avais jamais été destinée à l'écouter ? C'est alors que Holden vint à ma rescousse. Il se glissa dans mon espace de travail et, voyant la toile vide que j'avais tendue sur le châssis, il me demanda :

« Que se passe-t-il, Ellie ? Tu n'as plus envie de te battre ? »

C'est exactement ce que je ressentais, et je le lui dis.

« Alors choisis un autre combat. Rue un peu dans les brancards.

— Je ne sais pas comment faire. »

Holden me dévisagea, comme s'il me voyait pour la première fois.

« Rappelle-moi, tu es catholique ?

— Ma mère l'est.

— Ce n'était pas ma question.

— Je suppose que je crois toujours en Dieu, mais pas en ce que dit la Bible.

— Eh bien, voilà. Peins ce que tu crois. »

Sur le moment, ce conseil me parut tellement fumeux et abstrait que je me sentis encore plus perdue. *Peins ce que tu crois*. Il aurait très bien pu dire : « Peins l'air. » Mais quand je retournai dans mon petit une pièce-cuisine, et que j'essayai de dormir, ses paroles revinrent me tarabuster, jusqu'à ce que j'en saisisse le sens. Holden ne me disait pas de chercher en moi-même une pieuse motivation ; il m'invitait à peindre le monde tel que je le comprenais, d'exprimer mon propre point de vue avec conviction. Le mural devait correspondre à l'image que j'aimerais voir si je me tenais sur ce quai avec ma valise, attendant qu'un train entre en gare et m'emporte. Il devait être en résonance avec son emplacement mais également le transcender. Il devait être à la fois personnel et public.

Je dessinai jusqu'au petit jour, donnant forme à mes premières idées, d'abord à l'encre, puis terminant à la gouache sur papier. Le lendemain, Holden me trouva dans l'atelier, en train d'ajouter les lignes de construction à l'image. « Ah, dit-il, tu as enfin choisi ta bataille », et je ne le revis plus avant que la toile de douze pieds sur trois ne soit achevée. Pendant l'exposition de fin d'études, elle attira de modestes attroupements. Il y avait de la perplexité et de la consternation. Il y avait de l'excitation. Je sentais que j'avais changé de trajectoire.

Ce que le public vit ce soir-là était la description d'un quai de gare ordinaire. La vapeur d'une locomotive, rendue en gris, s'élevait du bas de la toile. Par endroits, j'avais dilué les spirales de peinture jusqu'à les rendre quasiment translucides ; à d'autres, elles avaient la consistance écœurante de la mélasse, formant des taches lisses d'huile et de vernis, qui brillaient presque. Au milieu des volutes de fumée déferlait une horde d'hommes en guenilles et de femmes débraillées portant des bébés. Ils arrivaient en se bousculant du côté ouest du quai, trébuchant les uns sur les autres dans un tumulte, tombant la tête la première. Et dans l'espace calme à l'est, où le brouillard gris se dissipait, une silhouette se tenait debout dans un costume trop ample à fines rayures, de dos, le visage caché, mais regardant légèrement en arrière. Sa main droite portait des stigmates et tenait une couronne d'épines. Il était nu-pieds et ses cheveux fauves étaient gominés et peignés. Des grains d'avoine s'écoulaient de la serviette qu'il tenait de l'autre main. Il avait une bible glissée dans sa poche du haut. Plus loin, des prés ensoleillés clôturés de barbelés ; des bateaux quittant déjà le port ; la ligne d'horizon au loin sur la mer. Je l'avais appelé *Députation.*

L'examinateur extérieur se sentit tellement outragé par la toile qu'il estima qu'elle ne méritait pas la moyenne. Je me doutais bien que le mural susciterait des avis tranchés, mais je ne m'attendais pas à ce qu'il provoque un ressentiment tel que l'École me prive de mon diplôme. Pendant que je peignais *Députation*, je m'imaginais en train de l'installer dans la Gare centrale, que le directeur des chemins de fer avait été invité à l'exposition et qu'il en était tombé amoureux. Je m'étais donné la peine de le concevoir de manière à ce que la toile puisse être détachée de son châssis et collée à la brique avec de la pâte au plomb, comme l'avaient fait beaucoup de grands muralistes en Amérique. J'avais pensé – vainement espéré – que cette toile m'aiderait à obtenir d'autres commandes. Au lieu de quoi l'École me donna deux options : redoubler ma quatrième année ou partir sans diplôme. Je préférais la perspective d'emballer des aiguilles de machine à coudre avec ma mère.

À la fin du trimestre, alors que l'on démontait l'exposition de fin d'études, je retournai dans l'atelier pour prendre mes affaires. Henry Holden me convoqua dans son bureau. Je m'assis sur sa banquette mouchetée de peinture pendant qu'il fouillait dans les papiers sur son bureau. Il empestait le whisky.

« J'ai de nouveau parlé avec les membres du conseil d'établissement, dit-il. J'aimerais pouvoir dire qu'ils ont changé d'avis.

— Je commence à penser que c'est mieux ainsi. »

Il secoua la tête.

« Foutaises. Tu as présenté une merveilleuse peinture, et ça me gêne que ces lâches ne la soutiennent pas. Quand tu feras fortune en tant que peintre, ils auront l'air fin. *Bon*... » Il souleva un dossier, y jeta un coup d'œil avant de le mettre de côté. « Tu ne l'as peut-être pas lu dans les journaux, ni entendu à la TSF, *mais*... ah, le voilà. » Il déplia ce qui ressemblait à une facture d'épicerie, la parcourut du regard. « Il y a une nouvelle bourse d'études à laquelle tu peux postuler.

— Je ne pense vraiment pas que je serai...

— Chut. Écoute. C'est une *bonne* nouvelle. » Il marqua un temps d'arrêt, déglutit avec difficulté, et je me rendis compte qu'il était en réalité fin soûl. « Je dois cependant te prévenir, la dotation est maigre, mais c'est décidé, et le président de la commission, à savoir *moi*, sera très fâché si tu n'acceptes pas. En fait, il tient absolument à ce que tu acceptes. Tiens. » Il me tendit le reçu d'épicerie. Un nom était griffonné au dos au crayon – Jim Culvers – avec un numéro de téléphone et une adresse. « Un de mes anciens étudiants à Londres cherche un assistant. S'il ne te paye pas assez, téléphone-moi et je lui forcerai la main. Ce n'est pas la même chose qu'un diplôme, ni même qu'une véritable bourse, je sais... mais, quoi qu'il en soit, voici ses coordonnées. »

J'avais envie de l'embrasser.

« Vous n'êtes pas obligé de faire ça pour moi, Henry.

— J'en suis conscient.

— Je ne pense pas le mériter.

— Alors rends-moi ce papier, je vais le déchirer pour toi. »

Il se pencha dans un grincement de chaise, paume ouverte. Je me rappellerai toujours ce moment avec Holden, sa façon de me regarder avec la certitude que je ne lui rendrais pas le papier.

« C'est bien ce que je me disais, déclara-t-il avant de retirer sa main. Jim mettra un moment avant de réaliser que tu es meilleure peintre que lui. Quand cela se produira, va-t'en. J'ai dans l'idée que vous allez vous entendre à merveille. Il t'attend déjà. »

Si j'avais fait un autre choix, et donné suite à mon idée de prendre un travail à l'usine aux côtés de ma mère, je n'aurais peut-être plus jamais peint. Mais aurais-je été beaucoup plus malheureuse si j'avais vécu privée d'art au lieu de me laisser totalement consumer par lui ? Il y a encore des jours où je compte toutes les aiguilles de machine à coudre que j'aurais pu emballer à la place.

4

Il ne fait aucun doute que l'arrivée de Fullerton à Portmantle eut une certaine influence sur ma peinture, mais il n'est pour rien dans la découverte qui fut déterminante pour moi. C'est au printemps – deux saisons pleines avant qu'il ne soit admis – que je m'enfonçai dans les bois les plus reculés pour y chercher des hérons à dessiner. J'en trouvai un, perché sur un tronc d'arbre pourri recouvert de champignons. Je m'assis et croquai cet oiseau splendide jusqu'à ce qu'il prenne brusquement son envol. J'essayai de suivre sa trace à travers les branches, mais il disparut sans un bruit. À ce moment-là j'étais presque sortie de la forêt et on sonnait la cloche du dîner à la résidence. C'est seulement en retournant à mon atelier, à la tombée de la nuit, que je me rendis compte que j'avais oublié mon carnet au milieu des arbres. La plupart des dessins qu'il renfermait ne méritaient pas d'être sauvés, mais je sentais que les croquis du héron avaient du potentiel et je ne voulais pas les perdre. Alors je me munis d'une torche et retournai dans les bois.

C'était une nuit noire et épaisse ; le firmament était parfaitement dégagé. Il y avait un croissant de lune montante et le miroitement blanc jaunâtre des îles voisines paraissait plus proche que jamais. Je me hâtai à travers les pins à la lumière de ma torche, cherchant l'endroit où j'avais vu le héron. Mais tout avait l'air différent dans l'obscurité. Mon pied se prit dans les broussailles et je trébuchai. La torche vomit ses piles en même temps que je heurtai le sol. L'espace d'un instant, dans cette obscurité totale, terrifiante, je crus avoir perdu connaissance. Mais le plus insolite des spectacles s'offrit alors à moi : une nappe de lumière bleu pâle, pareille au halo d'une flamme de gaz.

Je me relevai et m'approchai de la lueur. Elle provenait d'un groupe d'arbres tombés non loin. Comme je me rapprochais, l'intensité du bleu augmenta : une teinte étrange, vive et néanmoins diaphane, telle celle du liquide antiseptique dans lequel les barbiers font tremper leurs peignes, ou la pruine de certains fruits. Elle n'émanait pas des arbres eux-mêmes, mais plutôt de la substance dont ils étaient couverts : des champignons luminescents grands comme des coquilles d'huîtres. Leurs chapeaux étaient ourlés d'un halo bleu pâle, et comme ils étaient réunis en grappes denses, la lumière qu'ils répandaient était si vive que j'arrivais à distinguer les différentes textures du sol ; les insectes qui grouillaient dans l'humus ; mon carnet de dessin, posé par terre, et que je ne me souciais plus de ramasser. Un grésillement électrique se propagea lentement dans mon sang, une sensation que je n'avais pas connue depuis des années. Pas tout à fait la clarté, juste le picotement accompagnant son surgissement. Une idée. Un bref dévoilement. Le reste, je le savais, dépendait de moi.

L'hiver de l'arrivée du garçon, j'étais encore en train de me familiariser avec les nuances du pigment, d'éprouver sa polyvalence. Certaines irrégularités du mélange devaient être corrigées avant que je puisse commencer à l'utiliser ; les méthodes de production avaient besoin d'être affinées, et j'avais encore des craintes concernant sa durabilité et sa tenue à la lumière. Mais pour autant, mon enthousiasme pour la substance ne pouvait être découragé. Quickman disait toujours que les meilleures idées « envahissent le cœur ». Celle-ci était devenue une histoire d'amour.

Ce n'était pas un pigment difficile à fabriquer, même s'il exigeait une patience et une implication considérables. Je me fixai une routine simple : travailler la nuit jusqu'au petit déjeuner, dormir jusqu'au déjeuner, me reposer jusqu'au dîner, recommencer à la nuit tombée. Je vécus ainsi durant tout l'été, trouvant un répit dans la fraîcheur de la nuit, et me soustrayant à l'aveuglante lumière du jour. Je persévérai pendant les soirées d'automne chaudes et humides, les premières pluies, le gel, la neige soudaine. Mais l'arrivée du garçon me fit perdre mon rythme. Je laissai sa présence me détourner de mon objectif bien trop facilement. Sa passe d'armes avec Quickman au backgammon avait juste été le premier exemple de cette distraction. Leur partie s'était prolongée bien plus longtemps que prévu et je n'avais même pas songé à y mettre un terme. Je les avais laissés batailler, ignorant le retard que cela causait à mon travail. Le contretemps était peut-être minime, mais c'était déjà trop.

Dès qu'ils furent partis, je m'attaquai à la corvée consistant à organiser mon atelier. J'avais une longue nuit d'échantillonnage devant moi et je ne m'étais pas beaucoup reposée depuis le déjeuner. Je fermai mes volets, baissai mes stores et les agrafai au cadre de la fenêtre. Je sortis le pilon et le mortier, la molette en verre et la plaque de mélange, passai une éponge sur mon établi et ajustai sa position. Je préparai cinquante autres carrés de toile. Je nettoyai mes pinceaux en poil de martre. Ensuite j'enfilai mon manteau et ma sacoche, laçai mes chaussures, et attendis que les dernières lumières s'éteignent dans la résidence. Des lanternes brillèrent un moment sous le portique, puis Ender vint les moucher et une noirceur totale enveloppa le refuge.

Je pris soin de ne pas allumer ma torche avant de me trouver sous le couvert des pins. Le trajet était devenu tellement familier que je n'avais plus à chercher les encoches que j'avais faites sur les troncs d'arbres pour me repérer. Je marchais néanmoins lentement, prudemment, sachant que si j'allais trop loin, je déboucherais sur un escarpement rocheux, face à la mer. (J'étais incapable de l'affronter la nuit, parce que j'avais peur de cette mer qui refluait et se soulevait dans l'obscurité, comme si elle avait quelque mission secrète.)

J'étais apparemment la seule personne du refuge à savoir ce qu'on pouvait trouver au fond de ces bois la nuit. Comme je craignais qu'un autre résident me surprenne et me demande des explications, je me montrais très discrète. L'air devint froid et humide et le sol spongieux sous mes pieds ; je savais que je n'étais plus très loin. Je cherchais une enclave où les pins étaient penchés. Encore vingt pas, et j'aperçus les troncs qui commençaient à s'incliner, jusqu'à ce que j'atteigne une petite clairière – une sorte de tonsure dans les bois – où plusieurs arbres couchés pourrissaient sur le paillis d'écorce et d'aiguilles. J'éteignis ma torche et laissai le miracle opérer.

Des champignons bleu pâle, luisant comme des étoiles.

J'avais appris, à force de tâtonnements et d'échecs, à ne récolter que ce dont j'avais besoin. L'espèce poussait vite et se renouvelait rapidement, mais les meilleurs spécimens étaient les plus vieux ; ces amas de grandes oreilles qu'on laissait grossir sur l'écorce. Je sortis mon couteau et le papier d'aluminium de ma sacoche. Mes articulations craquèrent quand je m'agenouillai, mon couteau à la main. Il suffisait de faire courir la lame le long de l'écorce, sans à-coup, pour faire tomber les chapeaux dans ma paume. Si le geste était trop lent, les champignons se désagrégeaient quand je les tranchais ; trop brusque, ils perdaient leur couleur. J'en coupai douze parmi les plus gros, que je disposai sur une feuille d'aluminium. Puis, quand ils furent bien enveloppés, je les mis dans ma sacoche.

Comme je ne pouvais laisser aucun jour s'insinuer dans l'atelier pendant que je réalisais mes échantillons, la première chose que je fis en rentrant fut de fermer la porte et de sceller l'encadrement avec de l'adhésif. Après quoi j'éteignis mon poêle et les néons du plafond.

L'espace d'une seconde, l'obscurité fut totale dans la pièce, puis mon mur d'échantillons s'illumina. Une touche de bleu apparut sur chaque carré de toile, sans qu'il y en ait deux pareils. L'éclat de certains échantillons était intense et ne faiblissait pas, d'un bleu presque aussi riche que le champignon vivant. D'autres étaient délayés et hésitants, d'une couleur Star of Bombay. Là où la peinture avait été appliquée en couche trop épaisse, ou bien si le pigment était trop granuleux, la couleur présentait une certaine matité, alors qu'un excès d'huile lui donnait l'aspect d'un glacis. Ce même bleu se répandait à présent par les coutures de ma sacoche, et je ne pouvais pas me permettre de le laisser s'éteindre.

J'avais expérimenté un très grand nombre de procédés avec des résultats variables : (i) en utilisant les champignons réduits en poudre comme une essence ajoutée à des peintures à l'huile du commerce ; (ii) en faisant bouillir les champignons et en ajoutant de la gomme arabique à la réduction obtenue pour confectionner des briquettes d'aquarelle ; (iii) en mélangeant la poudre de champignon à de la glycérine, du miel, de l'eau, du fiel de bœuf et de la dextrose en poudre pour fabriquer une gouache ; (iv) en cassant des jaunes d'œuf dans la poudre de champignon pour préparer une détrempe, et caetera. Je pouvais demander toutes les fournitures dont j'avais besoin, et s'il y avait quelque chose qu'Ender ne pouvait me procurer dans les réserves de Portmantle, le doyen le faisait venir du continent. En tout cas, la méthode qui produisait le pigment le plus éclatant ne nécessitait qu'un matériel très basique.

Pour commencer, je sortis les champignons de ma sacoche et les disposai sur la table. La luminosité de leurs chapeaux était suffisamment forte pour m'éclairer, même s'il me fallait toujours un temps d'adaptation. Comme j'avais découvert que laver les chapeaux ne faisait qu'atténuer leur éclat, j'enlevai la terre avec une brosse en poil de martre et épongeai l'humidité avec une serviette en papier. Après quoi je coupai chaque champignon en morceaux de même taille, ni trop fins ni trop petits, comme si je préparais une salade. Dans le froid de l'atelier, mes doigts s'engourdissaient en un rien de temps, ce qui rendait l'étape suivante particulièrement difficile.

Je pris une grosse aiguille à coudre dans mon tiroir, y enfilai de la ficelle à colis, puis transperçai chaque tranche de champignon jusqu'à obtenir une guirlande. Après l'avoir nouée aux deux extrémités, je l'emportai dans ma penderie où je la mis à sécher près du ballon d'eau chaude avec toutes les autres. (Il était important de ne pas laisser les morceaux trop se flétrir, et je les inspectais assez régulièrement.)

Une des guirlandes séchait là depuis six jours déjà et était prête à être broyée. Elle était agréablement chaude dans ma main quand je la décrochai. Je détachai tous les champignons racornis de la ficelle, un par un, et les pilai dans le mortier jusqu'à obtenir une fine suie bleue. Je maniai le pilon de toutes mes forces, et plus longtemps que d'habitude, afin d'obtenir une meilleure granulation. Le pigment se compactait facilement, rappelant la texture de la cendre volcanique. Une guirlande remplissait une tasse de poudre, ce qui suffisait à faire une quarantaine d'échantillons.

Je vidai un tiers de la poudre sur la plaque en granit, j'y creusai un sillon avec le pouce, dans lequel je versai vingt centilitres d'huile de lin avec une cuiller-mesure.

Puis je mélangeai le tout au couteau à peindre. Ensuite j'écrasai la pâte obtenue avec la molette en pratiquant des mouvements circulaires et latéraux, jusqu'à ce qu'elle prenne une consistance de fromage blanc. C'était à ce stade que l'éclat naissant du pigment devenait une matière utilisable. On pouvait facilement en charger une brosse plate, dont il garnissait les soies sans se faire prier. Je pris un échantillon vierge et passai lentement un unique coup de brosse sur la toile, notant au crayon en dessous la quantité d'huile et de chapeaux utilisée, leur taille et, pour finir, un numéro de référence. Après quoi je le punaisai au mur à côté des autres.

Cette procédure devait être répétée à de nombreuses reprises, en augmentant très progressivement la quantité d'huile et en mélangeant à nouveau, jusqu'à ce qu'il ne reste plus sur la plaque qu'une traînée bleue et que mes bras me fassent mal à force de manier la molette. Le reliquat de poudre était retiré du mortier et transvasé dans une vieille tabatière, que je cachais dans un renfoncement derrière mon armoire de toilette. À la fin, j'avais encore juste assez de force pour remettre du charbon dans le poêle et l'allumer, mais j'étais trop épuisée pour me laver les mains. Je m'écroulai sur mon canapé avec mes chaussures crottées aux pieds et les ongles mouchetés de taches luminescentes.

À mon réveil, la neige fondait sur le toit-terrasse et j'entendais la gouttière crachoter sur le sentier. Quand je décollai l'adhésif de la porte pour regarder dehors, le soleil formait comme un brouillard au-dessus de la cime des pins, et j'étais incapable de dire si c'était le matin ou l'après-midi. Les pelouses reverdissaient par plaques et les sentiers conduisant à la résidence étaient bordés de neige fondue. J'aperçus deux courts-séjours qui buvaient du café sous le portique : Gluck, un type timide qui écrivait des histoires pour enfants, et le géant italien en manteau de cuir blanc qui réalisait des autoportraits à partir de photos d'animaux. (« Je n'aime pas ce mot, "montage" ; il est tellement concret, nous avait-il expliqué un jour pendant le repas. Je m'intéresse à de nombreuses représentations de moi-même. La question n'est pas de savoir comment je choisis d'explorer mes idées. Les discussions de méthode sont tellement ennuyeuses. » Cela avait fait réagir Pettifer, qui s'était tamponné les lèvres et avait déclaré : « Effectivement, ça ne m'a plus intéressé dès que vous avez commencé à en parler », et depuis, l'Italien ne nous avait plus adressé la parole.)

Après m'être douchée et changée, je montai à la résidence. Sous le portique, Gluck et son compagnon étaient partis en laissant leurs tasses de café sur la balancelle. Je trouvai Ardak dans le hall, perché au sommet d'une échelle en bois au beau milieu de la cage d'escalier. Il semblait occupé à réparer une tringle à rideaux ; une des tentures en velours était jetée sur son épaule comme un agneau promis au boucher. Avec cette fenêtre dénudée, la pièce paraissait avoir été vidée de sa substance. De la poussière coagulait la lumière du jour. Des empreintes de doigts étouffaient la balustrade.

Alors que je passais à hauteur de ses chevilles, Ardak s'interrompit et baissa les yeux sur moi.

« Qu'est-ce qui s'est passé ici ? demandai-je, m'attendant à ce qu'il ne comprenne pas la question.

— Pssshh », fit-il pour mimer le fracas du verre. Il montra du doigt le panneau tout en haut de la fenêtre, et je constatai que le carreau avait été remplacé ; le mastic était encore humide autour du châssis.

« Heureusement que vous êtes là pour réparer ce genre de choses, hein ? »

Il hocha la tête d'un air absent.

À l'étage, je trouvai MacKinney assise à notre table habituelle dans le réfectoire, prenant son petit déjeuner seule. Une ancienne affection intestinale l'avait rendue difficile avec la nourriture, et on la trouvait souvent ainsi, en train de finir son muesli longtemps après la fermeture de la cuisine. En fait, nous comptions sur Mac pour garder nos places chaque matin. On savait que le bout de table près de la fenêtre nous appartenait ; il offrait la plus belle vue sur le parc. Si d'aventure nous trouvions d'autres gens dans notre coin, Tif ou Q les chassait avec quelques paroles désagréables. Nous nous comportions parfois comme des tyrans de cour d'école, mais nous avions passé tant de temps à Portmantle que nous protégions jalousement nos plus petits conforts.

J'apostrophai MacKinney depuis l'embrasure de la porte :

« Qui a cassé la fenêtre ? »

D'un geste, elle désigna l'autre bout de la pièce.

« Il essayait de tuer un papillon de nuit, soi-disant. »

Près du passe-plat, Fullerton, en tablier et gants de caoutchouc, vidait des restes de nourriture dans une poubelle.

« Il a passé la matinée à faire des corvées avec Ender pour se racheter. »

Le vieil homme allait de table en table, ramassant couverts et assiettes, et ne semblait pas particulièrement ravi de l'aide du garçon.

Je m'assis avec Mac et celle-ci fit glisser quelque chose dans ma direction.

« Voilà la cause des dégâts, si ça t'intéresse. » C'était un *jeton*, une pièce en cuivre terne, rainurée en son milieu. « Ardak l'a trouvé dans le jardin. Aucune trace du papillon de nuit, au fait. Il a peut-être été atomisé. » Elle ne quittait pas Fullerton des yeux. Celui-ci empilait à présent toutes les assiettes vides, ce qui déplaisait à Ender, car le gras des œufs et du *sucuk* les souillait par-dessous, nécessitant un rinçage supplémentaire. « À mon avis, il vaut sans doute mieux que ce soit toi qui lui parles. Il ne m'apprécie pas des masses, on dirait. »

Je glissai le *jeton* dans la poche de ma jupe.

« Avec toi, il faut un certain temps d'adaptation. »

Une expression mélancolique passa alors sur le visage de Mac, le lait tremblant dans la cuiller qu'elle portait à sa bouche.

« En tout cas, je pense beaucoup plus aux deux miennes depuis qu'il est là, c'est sûr, confia-t-elle. Même si ce ne sont plus des gamines. Mais n'empêche... c'est dur de le regarder. Sa façon de se tenir, de se comporter... ça me fait me sentir vieille.

— Nous *sommes* vieilles.

— Oh, arrête. J'ai des décennies de plus que toi, dit Mac en piquant son muesli avec sa cuiller. Réfléchis... c'est ni plus ni moins qu'un lycéen et il est déjà assez désabusé pour avoir besoin d'un endroit comme celui-ci. Ça nous laisse quoi comme espoir ?

— Les problèmes des uns ne sont pas ceux des autres, Mac.

— Peut-être. Mais les miens ne s'arrangent pas, semble-t-il. J'ai oublié la raison de tout ça, de toute façon.

— La raison de tout quoi ?

— De ça. De ma présence ici. »

Elle allait en dire davantage quand un terrible fracas de vaisselle se fit entendre. Une pile d'assiettes était tombée de la desserte d'Ender. Le vieil homme se tenait au milieu du réfectoire, contemplant les débris comme s'il était déconcerté par le phénomène.

Le garçon accourut à la rescousse.

« Laissez, je vais arranger ça, dit-il en se penchant pour ramasser les morceaux. Vous avez une brosse ?

— Partez ! dit Ender. Ce n'est pas votre travail. Je balayerai moi-même.

— Ça ne me dérange pas, je vous assure.

— *'Çik ! Git burdan !* »

Il y eut un très long silence.

Fullerton se redressa, arracha ses gants et retira son tablier. Il les rendit au vieil homme avec une révérence narquoise. Me remarquant à la table, il s'approcha d'un air blessé et penaud. Mais il dit juste ceci : « C'est quoi son problème ? Je n'ai rien fait, moi. » Il tendit le bras pour prendre le lait devant Mac et but à même le pot. Sa pomme d'Adam était étrangement proéminente. Il ne s'était pas rasé ; une moustache à peine visible ombrait sa lèvre et un duvet frisottait sur ses joues, que je ne pouvais m'empêcher de trouver un brin pathétique. Pendant qu'il buvait, sa frange retomba en arrière, découvrant un trait d'acné rosacée à la naissance des cheveux. Si ça se trouve, il n'avait pas dormi de la nuit. Il avait l'air fragile, nerveux.

« Tu n'as pas dormi ? » demandai-je.

Il s'essuya la bouche avec la manche de son sweat-shirt. Celui-ci était ample, à larges rayures.

« Impossible de garder les yeux ouverts.

— En tout cas, désolée si on t'a fait veiller trop tard. Quickman a tendance à se prendre au jeu.

— Ce n'est pas vous. » Le garçon renifla. Il reposa le pot d'un geste si brusque qu'il vacilla comme une quille sur la table. « Je vais passer la journée à essayer de m'éclaircir les idées maintenant. Le sommeil n'est pas mon ami.

— Tu parles », dit Mac. Il restait un monticule de raisins secs dans son bol, qu'elle avait réussi à trier, et qu'elle faisait tournoyer avec son doigt. « Essaye donc de fixer le plafond chaque nuit de ton existence, et *ensuite* viens me dire que le sommeil n'est pas bon pour toi. J'échange ta place contre la mienne quand tu veux.

— Non, croyez-moi, répliqua le garçon d'une voix sourde, vous ne voudriez pas des rêves que je fais. »

Il inclina alors la tête jusqu'à faire craquer son cou des deux côtés. Son sweat-shirt se souleva, découvrant l'élastique de son boxer et un nombril en nœud de ballon de baudruche. Puis il demanda d'une voix égale :

« Quickman va venir, vous croyez ? »

Mac me lança un regard. Comme pour donner au garçon une leçon de patience, elle retira ses lunettes et essuya les verres. Tout son visage prit une teinte cireuse.

« Quickman, voyons… Il peut se montrer imprévisible.

— C'est vrai, dis-je. Mais je suis certaine qu'il ne sautera pas le déjeuner.

— Eh bien, si vous le voyez, dites-lui que je le cherche.

— Avec plaisir », répondit Mac, en remettant ses lunettes.

Le garçon nous salua d'un geste indolent, avec deux doigts, comme s'il consentait à voter oui à la fin d'une réunion ennuyeuse. « Alors, au revoir », dit-il avant de sortir en fermant la porte derrière lui.

Le froid avait été si sévère que nous n'étions pas montés sur le toit de la résidence de tout l'hiver, sachant que le gel et la neige rendaient l'exercice périlleux. Mais cette après-midi-là, je ne voyais pas d'autre moyen de réconforter MacKinney. J'insistai pour qu'elle me suive dans les combles, où un escalier conduisait jusqu'à une trappe qui ouvrait sur une plate-forme juste assez large pour pouvoir s'y tenir à deux ou trois. Elle avait encore des doutes quant aux conditions météo, mais je lui promis qu'elle ne risquait rien. « C'est un peu mouillé, c'est tout, dis-je en posant le pied sur les bardeaux. Mais ça ne glisse pas du tout. »

Mac s'extirpa de la trappe et se tapota les genoux pour enlever les toiles d'araignée. Elle souffla en apercevant la vue. Voilà qui l'apaiserait, la remettrait d'aplomb, me disais-je. Pendant un long moment elle resta silencieuse, ses yeux absorbant le panorama.

Il y avait un soleil radieux. De tous les côtés, des ferries sillonnaient au ralenti l'eau couleur d'encre, se souciant uniquement de leur trajectoire entre les îles. La plupart des maisons et des immeubles tavelés de neige étaient en sommeil, seules quelques volutes de fumée s'échappaient de rares cheminées trapues au loin. À l'École navale, pas un élève officier ne marchait au pas sur la place d'armes, et les restaurants de la promenade n'avaient personne à servir. De là où nous étions, on pouvait aussi apercevoir le clocher de l'église orthodoxe grecque, et des silhouettes de chevaux dans le paddock de l'autre côté de la baie. L'ancien séminaire, perché sur son éminence, au nord, était nimbé d'un cône de soleil étroit qui paraissait jaillir des nuages comme le faisceau d'un projecteur. J'espérais que cela rappellerait à Mac à quel point nous étions privilégiés d'être à Portmantle, au-dessus et loin du monde. Cela nous faisait en général du bien de nous souvenir que les rouages du monde ne s'arrêtaient jamais, que l'histoire nous oubliait déjà. Mais MacKinney croisa les bras et annonça : « Je ne sais pas combien de temps encore je vais pouvoir rester ici. »

Je me rapprochai du parapet, regardant en bas l'auvent moussu au-dessus du portique, les jardins qui se dépre-naient du gel et les ateliers-logements. Il était difficile d'apprécier l'humeur de MacKinney. Nous nous étions si souvent sorties d'accès de mélancolie l'une et l'autre que c'était devenu une sorte de blague récurrente entre nous. « Tu m'aideras à creuser un tunnel ? » lui demandais-je parfois ; ou si je la surprenais en train de griffonner sur une serviette, elle me disait : « Je prépare notre évasion. » Mais là, elle semblait affectée par autre chose que son inquiétude ordinaire – une douleur plus profonde, hors de ma portée –, et elle restait insensible aux platitudes habituelles. Je me demandai si tout cela n'était pas lié au garçon d'une manière ou d'une autre.

« Il n'y a pas une seule personne ici qui n'en ait pas assez, Mac. Il faut qu'on continue. Qu'on aille au bout.

— Tu crois que je suis restée les bras croisés tout ce temps ?

— Non. Ce n'est pas ce que j'ai dit.

— J'ai tout essayé. Rien ne va, rien ne sonne juste. Je ne peux même pas noter une simple didascalie sans me remettre en question. Tôt ou tard, je vais devoir capituler. Il est clair que je n'ai pas d'autre pièce en moi. Quel que soit le talent que j'ai pu avoir autrefois… ça fait longtemps qu'il m'a quittée.

— Écris simplement ce que tu crois.

— *Quoi ?* C'est sérieux comme conseil ?

— Je ne sais pas quoi te dire d'autre. »

Ardak émergea du portique au-dessous de nous, rapportant son échelle dans la remise. Les barreaux projetaient de magnifiques ombres animées sur les pelouses ensoleillées, à la manière d'un zootrope et, l'espace d'un instant, j'oubliai où je me trouvais.

« Knell… est-ce que tu m'écoutes au moins ? »

Je me retournai vers Mac qui me regardait en plissant les yeux.

« Bien sûr. »

L'éclat intermittent m'avait fait penser à l'accordéon dans l'espace poussiéreux sous le lit de ma mère, le poids mouvant de l'instrument dans mes mains, le miroitement de la lumière de la lampe sur le métal quand je le sortais.

« Alors ça ne te dérange vraiment pas ? J'ai perdu toute objectivité, mais je pense que c'est la seule chose qui mérite d'être développée.

— Quoi donc ?

— La scène dont je viens de te parler. Le monologue. Bon sang, Knell, tu n'arrêtais pas d'opiner de la tête pendant que je parlais. Tu n'as donc rien écouté ? »

Je lui présentai mes excuses, ce qui eut l'air de l'apaiser. Si j'avais su ce que j'avais laissé passer de la conversation, je l'aurais avoué. « Désolée. Ce n'était peut-être pas une si bonne idée de monter ici l'estomac vide. » Je me sentais totalement désorientée.

« Redescendons, alors, proposa Mac. On prendra du *salep*[1] en passant et on ira dans ma chambre. Tu pourras la lire là-bas. Ça ne sera pas long. »

Une fois la trappe repassée, je me sentis mieux. Il y avait une agréable odeur de sciure dans le grenier et la proximité des murs avait quelque chose de rassurant.

« Ça ne serait pas plus judicieux de demander à Q, ou à un des autres écrivains ? Je ne sais pas si c'est une bonne chose de m'impliquer comme ça. On devrait garder les choses telles qu'elles sont. »

Mac passa son bras autour de mes épaules.

« Quickman ne fera qu'apporter un certain… comment dire… un certain *intellectualisme* à sa lecture, ce qui n'est pas ce dont j'ai besoin pour l'instant. Je cherche une simple réaction émotionnelle. Et je ne confierais pas une ligne de ce que j'ai écrit à ces résidents de passage. » Elle me pressa l'épaule. « Tu es le public idéal pour ça… tu comprends ma façon de voir. Je ne te le demanderais si je n'étais pas désespérée. »

Nous nous arrêtâmes devant le réfectoire, où Gülcan mettait une fontaine à *salep* à chauffer pour la journée. C'était la boisson préférée du doyen et nous avions fini par partager son goût pour ce tonique hivernal. Mac remplit deux tasses que nous emportâmes dans le couloir jusqu'à sa chambre, passant devant la porte d'autres résidents, dont certains tapaient à la machine. J'avais l'impression que le couloir de Mac résonnait continuellement

1. Boisson roborative consommée principalement en hiver. Elle est préparée avec de la farine extraite d'un genre d'orchidée, du lait, du sucre et de la cannelle [N.d.T.].

de ces bruits d'usine – la vive clameur des pensées qu'on façonnait à la machine – et, jusqu'à ce jour, j'avais toujours trouvé ce cliquetis stimulant.

« Écoute-les comme ils tapent, dit-elle. Ils seront bientôt sortis d'ici.

— Ce n'est pas une bonne chose ?

— Pour eux peut-être. »

La chambre de MacKinney était délibérément spartiate : un lit une place fait au carré, un secrétaire supportant une pile de pages manuscrites parfaitement ordonnée, une penderie en chêne aussi solide et imposante qu'un cercueil. On ne nous dissuadait pas d'apporter des photos de nos proches, mais si nous en possédions, personne ne les affichait. Je soupçonnais Mac d'avoir des photos de ses filles cachées quelque part et de passer ses soirées à caresser tendrement leurs visages avec son pouce.

Sur l'ottomane près de la fenêtre se trouvait la valise en cuir fauve avec laquelle je l'avais vue débarquer à Portmantle de nombreuses saisons auparavant. Elle la gardait ouverte, ses flancs remplis de livres reliés, précieusement classés, et tous marqués avec des morceaux de ruban. Tous ses effets personnels étaient ordonnés de la sorte, alignés d'après quelque schéma secret. Seuls son réchaud de camping et sa cafetière – des articles spéciaux qu'elle avait réclamés au doyen – portaient des traces d'usure ; ils étaient tellement noircis et tachés qu'elle les remisait derrière la porte, sous un torchon.

Elle posa son *salep* sur le secrétaire et ouvrit le tiroir du haut, l'emportant ensuite jusqu'à son lit.

« À la réflexion, dit-elle en fouillant dedans, il est sans doute préférable que tu ne lises pas en ma présence. Ce serait un supplice pour nous deux. » Elle me tendit les feuillets au format ministre d'une main tremblante. « C'est mon seul exemplaire. Je te demanderais d'y faire attention, même si je suis presque certaine qu'il finira dans la cheminée. »

Les pages étaient un peu grasses. En les feuilletant, je vis que toutes portaient l'écriture appliquée de Mac – une calligraphie rigide qui ne débordait jamais dans les marges et dont les lettres étaient recroquevillées comme de grands oiseaux serrés dans des caisses. Un quart du texte au moins était proprement raturé au stylo noir, et Mac avait rédigé la plus grande partie de ses notes dans les marges.

« Dis-moi juste s'il y a quelque chose qui vaut le coup là-dedans.

— Compte sur moi.

— Tu penses pouvoir finir pour le dîner ?

— C'est si pressé ?

— Je te l'ai dit, je ne sais pas combien de temps il me reste. »

Sur le toit, MacKinney avait parlé avec une telle mélancolie que je m'étais méprise sur ce qu'elle voulait dire. Je pensais qu'elle avait essayé une fois encore de décharger ses frustrations concernant Portmantle, de peser ses regrets et ses réussites. Mais je comprenais à présent, à l'urgence de sa voix, à sa façon de taper nerveusement du pied sur le plancher, qu'il s'agissait d'autre chose. Elle nous quittait, et ce n'était pas par choix.

« Il s'est passé quelque chose ? Ils cherchent à te mettre dehors ?

— Chut. Ferme la porte. »

Je m'exécutai. Le *salep* commençait à me laisser un mauvais goût dans la bouche. Sans l'écho du couloir, la pièce communiquait un fort sentiment de claustration. J'avais l'impression que nous étions les deux seuls êtres vivants au monde.

« Je ne sais rien de ta marraine. Parle-moi d'elle, me demanda Mac.

— Quoi ?

— Parle-moi d'elle.

— De lui, rectifiai-je.

— Ah bon ? Un homme ? » Elle haussa les sourcils. « Je ne saurais dire pourquoi, mais j'attendais mieux de ta part.

— C'est que je n'ai pas vraiment choisi.

— Il est plus âgé que toi ?

— Oui.

— De combien ?

— D'environ dix bonnes années.

— C'est dommage. Tu as intérêt à ce qu'il fasse beaucoup d'exercice.

— Oh, ça n'a jamais été un grand sportif, je ne pense pas. » Je finis alors par comprendre où elle voulait en venir. « Il y a un problème avec ta marraine ?

— Non, il n'y en a plus. » Elle expira longuement ; moins un soupir qu'une manière de vérifier le bon fonctionnement de ses poumons. « Mais on ne peut pas fumer cinquante cigarettes par jour et espérer vivre éternellement, hein ? » Elle prit le tiroir qui était sur le lit et alla le remettre dans le secrétaire en forçant un peu. « Soixante-treize ans. Ce n'est pas si mal tout compte fait.

— Mon Dieu, Mac. Je suis navrée.

— Tout va bien. J'aurais juste voulu être là pour elle. » Elle tomba dans un profond silence. « Si elle n'avait pas été là, je travaillerais encore dans la boulangerie de mon oncle, tu sais. À faire bouillir des bagels pour quelques shillings de l'heure. Elle m'a sortie de ça. Elle a cru en moi.

— Et n'a jamais cessé.

— Je ne sais pas. J'ai toujours pensé qu'elle serait la première personne à lire ma pièce quand elle serait finie, et voilà qu'elle est morte. J'ai l'impression de l'avoir laissée tomber.

— Je suis sûre qu'elle te dirait que ce sont des bêtises.

— Eh bien, je n'ai précisément rien à montrer pour justifier tout le temps que j'ai passé ici. Pas la peine d'en dire plus. » Mac se peigna avec ses ongles, ramenant ses cheveux sur le côté. « Le fait est que je ne sais pas combien de temps encore ils vont me laisser rester. Ses avocats ont envoyé des courriers au conseil d'administration demandant à quoi servaient les chèques. Tu imagines un peu ? Sales vautours !

— Ça fait combien de temps que tu es au courant ? demandai-je.

— Plusieurs jours. Je n'étais pas censée dire quoi que ce soit avant le retour du doyen. C'est pour ça qu'il est parti… pour parler aux administrateurs… mais je ne donne pas cher de ma peau. Ils vont me flanquer à la porte, je le sais.

— Ça n'ira pas jusque-là.

— Il y a toujours une procédure à suivre. Tu sais comment est le doyen… c'est un bureaucrate dans l'âme. S'il y a un précédent, il le trouvera.

— Mon Dieu, Mac. Je ne sais pas quoi dire. »

Avec un sourire, elle montra du doigt la liasse de feuillets dans mes mains.

« Tu n'as pas besoin de dire quoi que ce soit. Lis simplement pour moi. Si tu ne me dis pas qu'il y a au moins une phrase à sauver dans le tas, autant que je parte d'ici. »

Il y avait des courts-séjours dans la bibliothèque – cinq au total, qui lisaient en silence – et à une exception près, tous levèrent la tête à mon arrivée, dérangés par mon intrusion. Seul le poète espagnol, assis les jambes croisées sur le canapé avec une encyclopédie, s'abstint de regarder dans ma direction, mais fit entendre une sorte de toux réprobatrice au moment où je quittai la pièce.

Il s'avéra difficile de trouver le moindre espace de la résidence qui ne fût déjà occupé : il y avait un autre groupe de courts-séjours dans le hall d'entrée qui conversaient timidement en français et qui me tournèrent le dos en baissant la voix quand je m'approchai ; Gülcan pliait des draps sous le portique ; Ardak coupait du bois devant le perron et jetait les bûches refendues dans une brouette. Même le ciel semblait occupé par le va-et-vient des oiseaux et le sillage enchevêtré des aéroplanes.

Je me dirigeai donc vers mon atelier avec le manuscrit de Mac, me sentant dans l'obligation de lui trouver du potentiel. Si nous ne partagions notre travail avec personne, c'est qu'il y avait une bonne raison à cela. Nous avions donné trop de saisons de nos vies à Portmantle, investi trop de choses dans notre quête de clarté pour douter un jour d'y parvenir, ou nous demander si toute cette solitude et tous ces sacrifices avaient finalement un sens. Nous étions à l'aise dans le vide que nous avions créé, et nous nous disions que la validation de nos efforts par autrui n'était rien d'autre qu'une béquille. C'était pour cela que nous étions venus à Portmantle, après tout, pour nous débarrasser des influences et des opinions extérieures, pour être originaux. Aussi refusions-nous d'assister aux lectures et aux performances que le doyen organisait pour les pensionnaires sur le départ, et ne prêtions aucune attention aux ateliers et aux petites réunions qui poussaient comme du chiendent tous les étés parmi les résidents. Bien entendu, nous étions curieux des projets des autres, et en savions juste assez pour satisfaire cet intérêt : Pettifer avait ses plans de cathédrale, Quickman son roman épique, MacKinney sa grande pièce, et j'avais le mural qu'on m'avait commandé, mais nous ne cherchions jamais à approfondir ni à empiéter sur ces limites. Notre *work-in-progress* était la seule chose à nous appartenir vraiment, et le livrer aux yeux et aux oreilles du monde, c'était le corrompre. Quand le livre de Quickman serait prêt, nous serions ravis de poser nos yeux dessus ; quand Pettifer aurait construit sa cathédrale, nous irions tous l'admirer de concert. En attendant, nous nous soutenions mutuellement en partageant simplement le même objectif.

MacKinney, dans son désespoir, venait de rompre cet arrangement. J'étais terrifiée de regarder ce qu'elle m'avait confié. Il était peu probable que cela soit un torchon informe, mais que faire si elle avait écrit l'équivalent des dessins dans mon atelier : quelque chose de satisfaisant mais plat, quelconque ? Je m'étendis sur mon lit et me forçai à lire :

> WILLA *(voix étouffée)* : Non, le problème, c'est que je t'aime plus. *(Elle descend la dernière marche pour consoler Christopher. D'un haussement d'épaules, il écarte la main qu'elle pose sur son dos.)* Écoute-moi. J'ai réfléchi à ça. *(Un silence – intérêt à peine perceptible dans l'attitude de Christopher.)* Avant de te connaître, je suis restée seule si longtemps que j'avais élaboré tout un système, tu sais, une façon de faire de cette solitude quelque chose de bien. La seule chose que j'avais dans ma vie, c'était la peinture. La seule forme d'intimité que j'ai pu connaître, c'est à elle que je la dois : un pinceau, une toile et ma propre imagination. C'était comme avoir un mari à bien des égards. Je veux dire, j'étais fidèle à ça, je passais tout mon temps libre enfermée avec ça, je m'endormais en rêvant de ça. Quand on a quelque chose de cet ordre dans sa vie, eh bien, je suppose que ça vous empêche de regretter ce qu'on n'a pas… tu peux comprendre ça ? La peinture était là pour moi quand je n'avais rien. *(Willa s'assied à côté de Christopher, qui ne résiste pas.)* Et puis je t'ai rencontré… *(Elle lui donne un petit coup de hanche.)* Une fois qu'on aime un homme plus que son art, ça y est, on le perd à jamais. On a beau faire, on ne peut pas retrouver la même intimité. Elle est remplacée par quelque chose de tellement mieux. *(En réaction à l'expression embarrassée de Christopher.)* Il ne s'agit pas de te reprocher quoi que ce soit… ne me regarde pas comme ça. J'essaye simplement d'expliquer ce que je ressens.

Et ce que j'essaye de dire, c'est que je ne peindrai plus jamais de la même manière. Je me sentirai toujours à la dérive. *(Willa lui prend la main, mais Christopher reste sans réaction.)* Quand je peins, tout mon cœur doit être investi, et ce n'est plus le cas... c'est toi qu'il a choisi à la place. Il n'est pas assez grand pour tout contenir en même temps, et il faut que je m'en arrange d'une façon ou d'une autre, mais je n'y arrive pas. Tu dis toujours que je suis nostalgique du temps passé, et tu as raison, il y a de ça. Je le suis. Tout le temps. Mais ce que je n'arrive pas à comprendre, c'est que la solitude de tout ça puisse me manquer, que je puisse regretter cette tristesse. *(Long silence.)* Je sais que ça n'y change rien. Je ne suis pas assez bête pour le croire. Et peut-être que c'est vrai ce que tu m'as dit... peut-être que c'est ce que j'ai toujours voulu, depuis le début. Mais je ne regrette pas d'être tombée amoureuse de toi, Christopher. Comment le pourrais-je ? Tu es la plus belle chose qui me soit arrivée.

Christopher attend, puis se lève lentement.

CHRISTOPHER : Eh bien, j'ai suffisamment de regrets pour nous deux.

Je n'avais rien à quoi comparer ce fragment de scène. Je n'avais aucune expérience en matière de lecture de script, et on pouvait compter sur les doigts d'une main les pièces sérieuses que j'étais allée voir au théâtre qui n'étaient pas de Shakespeare. Je n'étais ni critique ni écrivain. Mais dès le début, j'avais éprouvé de la compassion pour Willa, et cela me semblait être la chose la plus importante que Mac puisse avoir réussie. Peut-être que le dialogue aurait pu être construit avec plus de soin, peut-être que la mise en scène était trop statique, peut-être que tout était trop écrit, ou pas assez ; je n'avais pas le droit de rendre ces jugements. Ce qui comptait le plus, c'était que les personnages de Mac me paraissent réels, qu'ils soulèvent des questions auxquelles je n'avais pas réfléchi auparavant. Autant de qualités que j'étais sincèrement soulagée de trouver dans son travail.

J'étais en train de laisser filer l'après-midi, cependant, et je n'avais pas encore nettoyé mon atelier. Tous mes couteaux étaient dans l'évier, non rincés. La molette et la plaque étaient posées sur mon établi, encroûtées de peinture. Les tables avaient besoin d'un coup de chiffon. Je vis quelques gouttes de mélange renversées sur le bois. Le pigment était d'un blanc pur à la lumière du jour, comme de la farine ordinaire, mais si je ne nettoyais pas les coulures correctement, elles s'incrusteraient dans les fibres du bois et brilleraient faiblement dans le noir. Dans des moments comme celui-ci, j'aurais donné cher pour avoir un assistant.

Je trouvai le garçon devant son atelier, juché sur une caisse retournée. Dans cette partie du domaine, le soleil brillait encore généreusement, mais Fullerton s'était débrouillé pour se réfugier dans un tout petit recoin d'ombre, à l'angle de la construction. Il était adossé aux parpaings, les genoux relevés, en train de griffonner sur une étroite bande de papier dont l'extrémité flottait sur ses tibias. Je l'avais manifestement surpris en plein travail, mais j'étais trop près pour faire demi-tour.

Arrivée à sa porte, je brandis le *jeton* au-dessus de ma tête, pincé entre deux doigts, comme s'il s'agissait d'un drapeau blanc. J'avais l'intention de ne rien dire, mais il interrompit ce qu'il était en train de faire et m'apostropha :

« Qu'est-ce que vous voulez ?

— J'ai une livraison. »

Je lui lançai le *jeton* d'une chiquenaude, pensant qu'il le rattraperait. Au lieu de quoi il tomba sur le béton et roula à ses pieds. Le garçon l'arrêta avec sa chaussure.

« La prochaine fois que tu as peur d'un papillon, dis-je, sois gentil, lance un coussin plutôt.

— C'était un papillon de nuit, objecta-t-il, impassible. Et je n'en ai pas peur. »

Je voyais à présent qu'il écrivait sur un tas de fiches scotchées bout à bout. Quand il se leva, l'ensemble se déplia brusquement, comme le soufflet d'un concertina. Il posa les fiches sur la caisse. Pendant une seconde ou deux, il examina le *jeton* en l'exposant à la lumière. Après quoi il le posa sur son pouce et le catapulta dans ma direction.

« Merci, mais j'en ai déjà un. »

Je l'attrapai au vol.

« C'est le tien... celui que tu as lancé. C'est Ardak qui l'a trouvé.

— Il doit être à quelqu'un d'autre. »

Le garçon mit la main dans son jean. En sortit un autre *jeton* qu'il me montra dans sa paume : une version plus récente et brillante que la pièce ternie que j'avais dans la mienne.

« Vous me croyez maintenant ?

— C'est que je ne vois pas à qui d'autre il pourrait être.

— Creusez-vous la tête. »

Il déplaça la caisse d'une cinquantaine de centimètres, ajusta longuement sa position pour qu'elle soit suffisamment à l'ombre. Puis il reprit son paquet de fiches, qu'il effeuilla rapidement avec ses doigts.

« Vous savez, je commence à comprendre pourquoi vous êtes ici depuis si longtemps, Knell. Vous faites beaucoup de visites de courtoisie, mais vous n'avez pas l'air de peindre des masses. »

Je savais qu'il essayait de me décourager avant que je ne me sente trop à l'aise en sa présence. C'était une tactique que j'avais moi-même souvent employée avec les courts-séjours.

« Je travaille la nuit, lui dis-je.

— Comme un papillon de nuit, vous voulez dire. » Il esquissa un sourire. « Franchement, ils ne me font pas peur. C'est juste que j'ai horreur de ces stupides bestioles, de leur façon de bouger. J'ai horreur de pencher les abat-jour pour les délivrer. J'ai horreur de les regarder échouer. Alors j'abrège leurs souffrances.

— Tu es un garçon compliqué.

— Je sais. »

Il s'assit de la même manière qu'avant, voûté, déroulant sa chaîne de fiches. Je distinguais le scotch jauni sur leur envers. Il reprit son travail comme si rien ne l'avait interrompu. Il noircissait chaque fiche d'un mouvement de stylo qui paraissait automatique, glissant d'un bord à l'autre, de haut en bas. Lorsqu'une fiche était terminée, il la soulevait, faisant apparaître le chaînon suivant, qu'il remplissait à son tour, et ainsi de suite. Il ne baissait jamais les yeux pour vérifier ce qu'il écrivait. Son regard était fixé au loin, entre nos ateliers et les grenadiers dépouillés. Pour ma part, je ne pouvais que m'émerveiller de sa productivité.

Au début, il ne réagit pas à mes regards insistants. Son stylo prit de la vitesse, faisant comme un bruit d'aiguilles à tricoter. Les fiches s'accumulaient, formant un paquet bien net entre ses pieds. Puis il dit :

« Si vous comptez rester plantée là, bouche bée, vous êtes bonne pour une longue après-midi. »

J'étais habituée à sa franchise à présent, mais il avait quand même le chic pour me désarçonner. C'était fascinant de le voir au travail, entre concentration et détachement.

« Tu n'as pas besoin de ta guitare ? » demandai-je.

Il baissa la tête vers le sol. Quand il la releva, il se mordait la lèvre inférieure. Il cligna des yeux, une fois, et de façon particulièrement appuyée et prolongée. « Bon, maintenant, vous m'agacez vraiment, dit-il en ramenant ses fiches, une main après l'autre, comme s'il remontait une ancre. C'est drôle, je pensais justement à mon grand-père. Il avait l'habitude de lire les journaux et de se mettre dans tous ses états quand ça parlait de drogués. Il pensait que le meilleur moyen de régler leurs problèmes serait de tous les enfermer dans une grande maison avec l'héroïne la plus pure et des aiguilles propres à volonté – pas de nourriture, pas de télé, pas d'eau, pas de sortie, juste de l'héroïne jour et nuit, et de la bonne came. Il estimait qu'au bout d'une semaine environ, la moitié seraient morts d'overdose – pas une grande perte, d'après lui – et que le reste en aurait tellement assez de prendre de l'héroïne qu'ils n'y toucheraient plus jamais. Il pensait que c'était à la recherche du produit qu'ils étaient accros, le pauvre. Au style de vie. C'est débile, non ?

— Un petit peu.

— Eh bien, ce qui est drôle dans cette histoire, c'est que je suis ici depuis deux jours et que je commence à me dire qu'il n'était pas si cinglé que ça. »

Le garçon fit cinq pas rapides dans ma direction, faisant claquer ses semelles sur le ciment.

« Je ne vois vraiment pas où tu veux en venir. »

Il recommença à feuilleter ses fiches.

« Je veux dire que c'est la raison pour laquelle on est tous là, non ? La *fabrication*, c'est à ça qu'on est tous accros, la lutte, le quotidien. Notre came, c'est pas la dose à proprement parler, si vous voyez ce que je veux dire.

— En partie. Mais je ne crois pas que la peinture soit une addiction. J'ai toujours vécu ça plutôt comme une technique de survie. »

Cette remarque eut apparemment un certain effet sur l'opinion que le garçon avait de moi.

Il baissa les yeux sur son tas de fiches, hochant la tête, comme si un plan secret venait d'être arrêté. Puis il me les offrit.

« Allez-y… jetez un œil si vous voulez. On considérera ça comme un échange.

— Contre quoi exactement ?

— Pour être si gentille avec moi. Je sais que ce n'est pas facile. » Mais alors que je tendais le bras pour prendre les fiches, il les éloigna, comme s'il refusait de donner une glace à un enfant. « Je rigole », dit-il avec un petit sourire satisfait, en baissant à nouveau le bras.

Il devait y en avoir quelques centaines au total et elles pesaient étonnamment lourd. Je feuilletai l'ensemble tandis que le garçon se tenait à côté de moi, respirant bruyamment. À l'exception des vingt ou trente dernières, qui étaient vierges, toutes les fiches étaient couvertes d'énigmatiques caractères japonais.

たくさん食べなくてはいけないという訳ではありません。事実、歳を重ねるにつれて身体が必要とする食事の量は減少します。大事なのは様々な種類の良い食品を摂取するということ。例えばバナナを取り上げてみましょう。手に取って、皮を剥いて、そして食べる。満足感も栄養もたっぷりです。

« Alors ? demanda-t-il en tendant la main. Quel est le verdict ? »

Je reposai les fiches sur sa paume. Il avait la même expression de feinte innocence – la tête basse et penchée de côté – que je lui avais vue quand il s'était vanté de jouer avec des Chypriotes.

« Ça aussi tu l'as appris dans des livres illustrés, j'imagine.

— Plus ou moins. »

On voyait son pouls battre dans son cou, qui se creusait par intermittences comme un bouton-poussoir. Dans l'ombre, sa peau d'adolescent avait un aspect huileux, une brillance ingrate.

« C'est une langue assez difficile, dit-il. Je n'en comprends pas un mot.

— Tu mens. »

Il secoua la tête.

« Je vous assure.

— Alors comment tu sais ce que tu écris ?

— Je ne sais pas. Je l'écris et je pose des questions plus tard. » Il haussa les épaules, conscient de son étrangeté. « Ça pourrait être du vrai japonais cette fois, mais rien n'est moins sûr. Il y a toujours dix fiches de charabia dans ma tête pour une qui veut dire quelque chose.

— Alors, ça te vient d'où, tout ça ? »

Il se tapota le front.

« Il y a certains trucs qui restent gravés.

— Comme le backgammon.

— Oui, en quelque sorte. »

Il dut penser que j'essayais de le mettre au défi d'une certaine manière, parce qu'il fit un pas en arrière, et dit :

« Il faut que je le note tant que c'est encore frais dans ma tête, sinon ça va s'éparpiller en tout petits morceaux. Après c'est plus difficile de se rappeler. Je ne peux pas l'expliquer mieux que ça.

— Tu devrais demander à Quickman de te le traduire. Il a écrit tout un livre sur… » Je m'interrompis en me rendant compte que le garçon avait plusieurs coups d'avance sur moi. « … le Japon, conclus-je inutilement. Mais ça, tu le savais déjà. »

Le garçon se détendit un peu.

« Je ne pense pas qu'il m'aiderait de toute façon. Pas après hier soir. Je n'aurais pas dû vous demander de le trouver.

— Oh, ne t'inquiète pas pour ça. Les rancunes de Q ne durent pas longtemps. Même si tu lui as mis une raclée. » Je n'avais pas l'air très convaincante. « Pourquoi ne viens-tu pas à notre table au dîner ? Tu pourras lui demander à ce moment-là. Ou je le ferai pour toi.

— Peut-être, dit le garçon. J'ai encore beaucoup à faire ici.

— Tu ne peux pas te permettre de continuer à sauter les repas, tu sais. C'est mauvais pour le cerveau.

— Je suis difficile concernant la nourriture.

— Eh bien, on est lundi, alors c'est probablement *karnıyarık.*

— Je ne sais même pas ce que c'est.

— Voilà qui est parlé en bon Anglais, dis-je. Pense aubergine et viande hachée. C'est toujours bon quand Gülcan le fait. Je te garde une place ?

— D'accord, mais je vais peut-être devoir sauter le dîner.

— En attendant, je mettrai la pression sur Quickman pour toi.

— Merci.

— Mais dis-moi, pour ma tranquillité d'esprit, tu es vraiment musicien ? »

Le garçon ricana.

« J'ai toujours pensé que j'aurais aimé en être un, répondit-il avant de retourner à sa caisse. Mais non… ce n'est pas pour ça que je suis ici. »

Il s'assit en soupirant, déplia sa colonne vertébrale de fiches sur ses genoux et souffla sur la pointe de son stylo. Il me foudroya du regard jusqu'à ce que je m'éloigne.

5

Après avoir rempli son assiette de riz et de *karnıyarık*, Quickman continua à avancer dans la file du réfectoire. Il plongea la main dans la corbeille à pain et en retira quatre gros morceaux, qu'il empila sur son plateau comme des jetons de casino. Il m'en proposa un cinquième, mais je déclinai d'un signe de tête. « Et qu'est-ce qui lui fait croire que je suis un expert en la matière ? demanda-t-il en ajoutant la tranche à sa pile. Si les langues étaient ma spécialité, je serais en train de traduire Balzac, pas de perdre mon temps avec mes propres âneries. Tu veux de l'*ayran* ? » Je secouai de nouveau la tête. Quickman était le seul d'entre nous à supporter ce breuvage, une sorte de yaourt visqueux aussi savoureux qu'une perfusion de sérum physiologique. « Tu ne sais pas ce que tu rates. C'est un peu saumâtre au début, mais on s'y fait. Excellent pour la digestion.

— Je vivrai avec mes brûlures d'estomac, dis-je. Passe-moi le jus d'orange. »

Il me tendit la carafe et attendit que je remplisse mon verre, jetant un coup d'œil vers notre table habituelle.

Le problème était que je comprenais pour quelles raisons le garçon pensait que Quickman était en mesure de l'aider, mais c'était auprès de l'intéressé lui-même que l'explication n'était pas évidente à faire passer. Une éternité s'était écoulée depuis que j'avais refermé *Quand viendra la pluie*. Je me rappelais encore l'histoire et ses personnages de façon assez précise parce qu'il faisait partie de ces rares romans – troublants, imparfaits – qui s'installent dans votre inconscient et dont il est difficile de se libérer. Je savais qu'un garçon aussi grave et solitaire que Fullerton n'avait pas pu survivre à l'adolescence sans l'avoir lu, lui aussi. Mais comment aborder le sujet du livre avec Quickman ? Pour moi, faire seulement allusion à son existence reviendrait à reconnaître qu'il avait eu une vie avant Portmantle, le soumettre à une réalité à laquelle il avait choisi de renoncer.

Quand viendra la pluie raconte l'histoire d'une jeune fille sans nom dont l'été est troublé par un visiteur japonais : Junichiro, une vieille connaissance de son père. On est en 1933 et Junichiro, un mathématicien réputé de Nagoya, est venu en Angleterre entreprendre une tournée de conférences, organisée par le père de la jeune fille, afin de faire connaître une nouvelle extraordinaire. Le vieil homme prétend avoir découvert une formule permettant de prédire à quel moment la pluie va tomber, à tout moment et en tout lieu – information qui, pense-t-il, sera vitale à l'agriculture et à la croissance de la future économie mondialisée. Il ne demande qu'à partager la formule avec les gouvernements du monde entier, mais à certaines conditions. Comme Junichiro parle mal l'anglais, le père de la fille – linguiste et professeur dans un collège d'Oxford – fait office d'interprète. La jeune fille passe ses vacances d'été à les suivre dans leur tournée, allant d'une résidence universitaire à l'autre, en voiture, en train, en bateau. À chaque étape, Junichiro affiche une feuille de prévisions pluviométriques qui, plus tard, s'avèrent exactes. L'intérêt et l'importance qu'accordent les médias à ses allégations vont grandissant. Les amphithéâtres ne sont plus assez grands pour contenir le public, si bien que la tournée est prolongée dans des auditoriums en Irlande, en France, en Allemagne et en Amérique. Des sociétés privées lui proposent emplois et rétributions financières, mais Junichiro refuse pourtant de divulguer la formule. La presse fait l'hypothèse qu'il a l'intention de vendre l'information au plus offrant. Junichiro confie au père de la jeune fille qu'il ne révélera la formule que si le gouvernement des États-Unis accepte de mettre fin au développement de l'arme nucléaire. Ils rencontrent des officiels américains, qui nient l'existence d'une telle technologie. La veille du jour où Junichiro doit donner une conférence à Munich, il est enlevé à son hôtel et on ne le reverra plus. Quelques mois plus tard, le père de la jeune fille meurt empoisonné dans des circonstances plutôt suspectes, et elle est envoyée vivre chez sa tante, dans le Devon. Elle passe le restant de ses jours – pendant et après la guerre – à essayer de comprendre ce qui est arrivé à Junichiro et à son père, sans succès, jusqu'au jour où l'on découvre la formule du vieil homme sur un rouleau de pellicule non développé, trouvé dans les archives du collège de son père. Devenue elle-même professeur de mathématiques, elle lit les travaux du vieil homme en intégralité et les juge irréfutables. Mais le monde a changé, la guerre en a fait un lieu lugubre et meurtri. Alors, plutôt que de publier la formule ou de proclamer le génie de Junichiro, elle passe les négatifs à l'eau de Javel et brûle les photographies puis, sur une dernière note de poésie, elle sort sous la pluie pour rentrer le linge de son mari.

Quickman discutait rarement de son travail avec nous, et pour moi, lancer maladroitement une conversation sur le sujet, sans que l'on m'ait rien demandé, c'était risquer notre amitié. Pendant que nous portions nos plateaux à la table, je cherchai un moyen d'aborder à nouveau le Japon sans évoquer explicitement son livre. Mais je m'exprimai trop vite, d'une voix bredouillante :

« Bon, imaginons, en théorie, que quelqu'un te donne une lettre d'une de ses amies en japonais, est-ce que tu serais capable, disons, de déterminer si c'est vraiment du japonais, ou du coréen, ou bien une langue similaire ? »

Quickman marchait devant moi.

« Quoi ?

— Je dis que je ne me pense pas capable de faire la différence entre ces langues orientales. Je ne suis jamais allée aussi loin vers l'est de toute ma vie. Tous ces caractères ont l'air tellement compliqués, et il doit y en avoir tellement à mémoriser, et je devrais sans doute…

— Arrête, Knell. Je vois bien où tu veux en venir, et j'aimerais beaucoup que tu arrêtes ça. Immédiatement. »

Il posa son plateau à côté de Pettifer, lequel rassemblait avidement les dernières miettes de son *karnıyarık* avec un bout de pain. La lumière faiblissait dehors et la flamme des bougies donnait au réfectoire une atmosphère morose.

Je me tus.

« De quoi essayait-elle de te convaincre ? » demanda Pettifer, qui avait pris au vol la queue de notre conversation. Il me regarda. « Laisse-moi deviner : tu es à nouveau obnubilée par ce garçon.

— Reste en dehors de ça », dis-je.

Quickman détacha l'opercule de son *ayran* et avala une gorgée. Quand il reposa le pot, il y avait une pellicule laiteuse sur sa moustache.

« Ce que je ne comprends pas, dit-il en épongeant le liquide avec une serviette, c'est pourquoi tu te sens dans l'obligation d'aider le gamin. Il n'a même pas daigné se montrer au dîner. Sans parler du fait qu'il a barboté le briquet de mon père. J'aimerais assez le récupérer, à propos. Mais ce n'est pas ça la question. Je ne vais pas me laisser entraîner dans les problèmes créatifs de quelqu'un d'autre. J'en ai suffisamment moi-même.

— C'est juste un adolescent, protestai-je. Tu aurais dû le voir, tout à l'heure, en train de griffonner sur ses fiches. Si tu pouvais juste lui dire que c'est bien du japonais, ce serait déjà ça. »

Quickman découpa rageusement sa nourriture.

« Pourquoi tu ne lui fous pas la paix ? C'est pourtant ce qu'il veut, on dirait.

— Parce qu'il y a solitaire et *solitaire.*

— Ah. Rappelle-moi la différence. »

Pettifer se pencha en avant.

« Je parle moi-même un peu le japonais, dit-il.

— La différence, Q, c'est qu'il n'a que dix-sept ans et à cet âge, tout ce dont tu as vraiment besoin, c'est de quelqu'un à qui... » J'étais tellement habituée à ignorer les interjections de Tif, que mon cerveau mit un moment à se mettre en branle. « Excuse-moi, tu viens de dire que tu parlais japonais ? »

Pettifer haussa les sourcils.

« Eh bien, si l'on veut. Je peux lire en *hiragana*, en tout cas. Je ne suis pas très à l'aise avec les *kanji*, mais je pourrais probablement lui donner le sens général. »

J'étais tellement folle de joie que je faillis me pencher au-dessus de la table pour le serrer dans mes bras.

« Mon beau, mon génial Tif... j'aurais dû le savoir.

— C'est ce physique ravageur, tu comprends. Il masque mon intelligence.

— Bien évidemment. »

Je lui envoyai un baiser.

Quickman s'intéressa aussitôt à la conversation. Il posa sa fourchette et lança à Tif un regard interrogateur.

« *Doko de nihongo wo narattandai ?* » dit-il.

Pettifer hocha pensivement la tête.

« *Nihon de shibaraku hatarakimashita.*

— *Dākuhōsu dana.*

— *Chigauyo. Futotta buta dayo.*

— *Sōdana !* »

Il était assez déconcertant d'entendre une autre langue s'échapper des lèvres de deux personnes que je connaissais si bien.

« Bon, le problème est réglé, dis-je. Vous allez l'aider *tous les deux.* »

Quickman pointa son couteau vers son dîner, menaçant.

« Il faudra d'abord qu'il me rende mon briquet.

— Je suis certaine qu'il sera ravi de la transaction.

— Mon père l'avait dans la main quand il est mort, tu comprends. Je n'aurais jamais dû parier avec lui.

— Tu peux toujours essayer de le regagner.

— C'est bien mon intention. Dès que j'aurai revu ma stratégie.

— Hé, vous deux, visez-moi ça, dit Pettifer en désignant le passe-plat. Mac est encore en train de parler à ces clients de passage. On devrait aller la secourir. » MacKinney semblait effectivement en grande conversation avec Gluck, qui n'aurait pas été une si grande calamité en lui-même si l'irritant Espagnol ne l'avait pas accompagné. « C'est moi ou elle a l'air d'apprécier leur compagnie ? »

Pettifer avait raison : elle riait, et pas de ce rire superficiel qui nous était devenu familier, mais de ce merveilleux rire éclatant que nous n'avions pas entendu depuis un moment. J'étais contente de la voir sourire à nouveau, même si je lui en voulais de sa cordialité soudaine avec les courts-séjours.

« Mince alors, commenta Quickman. Cet endroit court à sa perte. »

Mac avait encore le rouge aux joues quand elle vint nous rejoindre à la table un peu plus tard. Elle s'assit et un reliquat d'hilarité s'échappa de son nez, comme un jet de vapeur.

« Oh mon Dieu, c'était franchement hilarant, dit-elle. Vous saviez que Lindo faisait des imitations ? Ça faisait des siècles que je n'avais pas autant ri.

— Oui, on t'entendait glousser d'ici », ajouta Quickman.

Pettifer fit entendre son petit reniflement.

« Qui est Lindo ?

— L'Espagnol. Il est plutôt charmant, en fait. C'est dommage qu'on ait fait une croix sur lui aussi vite.

— Vous savez, elle a raison, déclara Quickman. Ça fait un moment maintenant que nous n'avons pas eu d'imitateur digne de ce nom.

— Très bien. Prends-le comme ça. »

Elle remonta le pont de ses lunettes avec le pouce.

« Tu devrais entendre l'imitation qu'il fait de *toi.*

— Je suis sûr que c'est formidablement subversif », dit Q.

Mac souffla d'énervement. Elle était assise de biais sur sa chaise, comme si elle n'était pas tout à fait décidée à rester avec nous.

« Knell, il faut que tu l'entendes imiter Quickman. Il fait ce truc génial avec la bouche, comme s'il parlait à travers une pipe. C'est tordant. »

Un nouvel éclat de rire jaillit de sa gorge comme une boulette de papier mâché.

« Super, dis-je avec un manque d'entrain qui me trahissait.

— Oh, allez, qu'est-ce que vous avez tous ? Vous ne pouvez pas arrêter de tout prendre au sérieux pour une fois ? Ça vous ferait peut-être du bien de mettre tout ce cynisme sur pause. »

Elle se leva pour prendre une tranche de pain à Quickman, mais celui-ci écarta son assiette.

« Va t'en chercher », dit-il.

Mac resta en bout de table, à ruminer.

« Vous savez, Lindo dit qu'il est sur le départ. Il a presque fini son recueil.

— Quel exploit ! ironisa Q. Il n'aura pas mis longtemps.

— Il va bientôt faire une lecture. On devrait tous y aller. Ça nous fera du bien d'écouter quelque chose de vraiment abouti.

— Je ne pense pas, déclara Quickman en poussant son assiette sur le côté. La mauvaise poésie est une chose, mais la mauvaise poésie espagnole ? Je ne réponds plus de rien.

— C'est facile d'être critique quand ce qu'on a fait de mieux est derrière soi », rétorqua Mac.

Même s'il avait l'air passablement blessé, Quickman se garda bien de répondre à la provocation. Il se contenta de tirer sa pipe de la poche de son blazer, de la tapoter sur le dessus de la table et d'en mordre le bec.

À ce moment-là, Pettifer me souffla à l'oreille :

« Mais qu'est-ce qu'il lui prend ?

— Je n'en sais rien », répondis-je tout bas, mais je le savais parfaitement : MacKinney était en train de larguer les amarres.

Après tout, il serait tellement plus facile de nous dire au revoir si nous lui en voulions. Si elle se liait à des courts-séjours comme Gluck et Lindo dans le laps de temps qui lui restait, elle pourrait les oublier dès qu'elle aurait posé le pied sur le continent ; mais avec nous – fidèles d'entre les fidèles, qui étions restés ensemble, saison après saison – elle aurait plus de mal. Elle allait nous amputer de son flanc, un par un, en commençant par Quickman, parce qu'il était l'articulation la plus récente et la plus fine à sectionner. Ensuite, elle s'en prendrait à Pettifer, et puis ce serait mon tour. Je décidai d'intervenir avant que cela ne se produise.

« Eh bien, pour ce qui est de faire une scène, tu sais vraiment t'y prendre, Mac, je te reconnais ça. »

Elle me lança un regard noir.

« Hein ?

— J'imagine que quand on a la tragédie dans le sang, c'est comme une seconde nature. »

J'agitai les pages pliées que j'avais sorties de ma jupe.

« Oh… tu veux parler…, fit-elle.

— De quoi d'autre ?

— Allons dehors une seconde. Il y a trop de bruit ici.

— Oui, je pense que c'est préférable pour tout le monde. »

Nous sortîmes sur le palier. Le bruit du réfectoire se réduisit à un bourdonnement. Il y avait une lunule dans le ciel ce soir-là, encadrée par la baie vitrée, et l'obscurité s'épaississait au-dessus des arbres. MacKinney alluma la lumière et s'appuya à la rampe.

« Désolée de m'être énervée tout à l'heure, dit-elle. C'est juste que Q peut paraître tellement suffisant parfois.

— Je suis stupéfaite que tu aies fini par le remarquer. »

Elle grogna en passant les doigts sous ses verres de lunettes.

« Alors, dis-moi : c'est vraiment mauvais ? »

Je lui rendis les feuillets.

« Eh bien, pour commencer, le personnage de Willa, la peintre, me rappelle quelqu'un. Mais je ne sais plus qui. »

Mac haussa les épaules.

« Ce n'est pas exactement une coïncidence.

— Bien, j'avais peur de me faire des idées. Les gens n'arrêtaient pas de se reconnaître dans mes peintures et je n'ai jamais eu le cœur à les détromper. » Je posai la main sur son épaule. « Le plus important, en ce qui te concerne, c'est que les personnages m'ont paru vrais… en fait, j'ai mieux compris leur situation que tu ne le penses. Je suppose que c'est pour cela que tu m'as demandé de lire la scène. »

Le visage de Mac s'épanouit.

« Vraiment ?

— Évidemment, c'est surtout pour Christopher que j'ai éprouvé de la compassion, encore que je puisse comprendre le dilemme de Willa, et j'ai trouvé qu'elle était subtilement écartelée. C'est bizarre, je ne compatis presque jamais aux malheurs de l'homme dans ce genre de scénario… d'habitude, c'est la femme qui doit faire tous les compromis et tout pardonner. J'ai trouvé ça assez rafraîchissant. C'est un autre genre d'infidélité qui les sépare, non ? C'est comme ça que je le comprends, en tout cas. La liaison est entre Willa et son art… j'ai aimé cette idée. Si tu m'avais donné plus que quelques pages, j'aurais pu connaître la suite. Maintenant il va falloir que j'attende d'aller voir la pièce dans le West End. »

Pendant un instant, Mac ne dit rien. Je n'arrivais pas à savoir si elle était contente ou démoralisée. Elle serra les pages dans son poing, les yeux clos, et lorsqu'elle les ouvrit à nouveau en battant des paupières, ils étaient vitreux et parcourus de minuscules lignes.

« Tu ne peux pas t'imaginer ce que ça représente d'entendre ça, Knell. Rien que de savoir que tu as ressenti quelque chose. Merci. C'était tout ce dont j'avais besoin.

— Attends d'entendre mes remarques sur la ponctuation. »

Elle sourit.

« Ne va pas tout gâcher.

— Ça veut dire qu'on peut finir notre dîner en paix ?

— D'accord, mais il va falloir que Quickman mette en sourdine son côté moralisateur. Ça va trop loin.

— Je lui en toucherai un mot.

— Bien. »

Nous retournâmes vers le réfectoire.

« C'est quoi ce nom, Lindo, à propos ? demandai-je.

— Je ne sais pas. Demande au doyen.

— C'est difficile de prendre un homme au sérieux avec un nom pareil. »

Mais Mac ne m'écoutait déjà plus. Elle hésitait sur le seuil, examinant ses feuillets.

« Tu penses vraiment qu'il y a quelque chose à creuser là-dedans ?

— J'en mettrais la tête de mon parrain à couper, dis-je la main sur le cœur.

— Mon Dieu, c'est un tel soulagement. Je me sens tellement mieux, tu n'as pas idée. » Elle s'écarta lentement. « Je vais peut-être aller dans ma chambre et ressortir le reste du manuscrit. Battons le fer…

— Tu ne restes pas manger avec nous ? »

Elle commença à reculer.

« Non, j'ai perdu l'appétit. Donne mon pudding à Tif.

— Voilà qui va lui faire plaisir. »

Et c'est à ce moment-là, alors que Mac s'éloignait sur le palier, qu'un bruit de pas se fit soudainement entendre dans l'escalier derrière nous. Il y avait une telle énergie dans cette cavalcade qu'on avait l'impression qu'un animal de la forêt avait été lâché à l'intérieur de la résidence. Mais c'est une silhouette familière qui apparut ; une tignasse brune, des épaules massives. C'était Fullerton. Il grimpait l'escalier si vite qu'il ne pouvait pas contrôler ses pieds. Le bout de sa chaussure accrocha la toute dernière marche, le faisant trébucher. Il fit un vol plané. Genoux et coudes claquèrent sur le parquet, mais il s'accroupit rapidement, reprenant son souffle.

« Ça va ? » demanda Mac depuis le couloir.

Apparemment très surpris par le son de sa voix, il tourna la tête dans sa direction.

« Qui est là ?

— C'est MacKinney. Je suis juste là.

— Hé ! Il y a quelqu'un ? »

Je m'approchai.

« Fullerton, c'est *nous*. C'est Knell et MacKinney. Est-ce que ça va ? »

Mais quand il entendit ma voix venant de l'autre côté de la pièce, il fut pris d'un accès de panique plus violent encore. Il regardait le plafonnier en verre coloré au-dessus de sa tête, les yeux écarquillés, comme s'il craignait qu'il tombe. Il essuya la salive sur son menton, examina ses doigts.

« Je crois que je saigne, dit-il. Je n'ai pas beaucoup de temps. Comment je fais pour sortir ?

— Tout va bien, lui dit Mac.

— *S'il vous plaît.* Comment je sors ?

— Calme-toi, mon grand. Tu dis n'importe quoi. » Elle se tourna vers moi, le visage tordu par l'inquiétude. « Il a dû se cogner la tête.

— Dites-moi juste quel escalier prendre, poursuivit le garçon. Vous êtes là ?

— Fullerton, nous sommes là, juste devant toi, dis-je. Reste tranquille. Je viens t'aider. »

Je m'approchai lentement, de face, pour ne pas l'affoler.

« Je vous entends à peine. S'il vous plaît... comment je sors d'ici ? »

Il se mit à regarder le plafond en tournant en rond.

J'étais suffisamment proche pour le toucher à présent, et je tendis la main, espérant qu'il la prendrait. Bien qu'il ait les yeux grands ouverts, il n'avait pas conscience de ma présence. Je fis des gestes avec les bras, mais il ne me voyait toujours pas.

« Il est somnambule, soufflai-je à Mac. Forcément.

— On dirait plutôt qu'il plane, dit-elle. Regarde ses pupilles... il a pris un truc.

— Ohé ? Vous êtes là ? appelait le garçon à présent. Dites-moi où aller. *S'il vous plaît.* »

Mac se retourna.

« Je vais aller chercher Ender.

— Non, attends. » Je m'adressai au garçon en parlant fort et en articulant bien : « Retourne d'où tu viens. On viendra te chercher. »

Mais le garçon cria au plafond :

« Ohé ? S'il vous plaît... il y a quelqu'un ? » Puis, dans sa barbe : « *Merde.* » Il vérifia à nouveau qu'il ne saignait pas de la bouche, et se précipita droit devant lui. Je dus m'écarter pour le laisser passer.

Les conversations dans le réfectoire ne se calmèrent pas, et il s'approcha du passe-plat en chancelant. Il examina les restes, soulevant chaque assiette pour voir ce qu'il y avait dessous, se salissant les mains. J'ignorais ce qu'il voyait, mais ce n'était pas de la nourriture. Il commença à fouiller dans la table des boissons derrière lui, écartant des tasses à thé et renversant des canettes de cola, jusqu'à ce qu'il aperçoive les pots d'*ayran* et les rafle tous.

À ce moment-là, il se fit remarquer de quelques courts-séjours. L'un d'eux lança : « Hé ! Laisses-en un peu pour les autres ! » Un autre : « Ton lacet est défait ! » Ils s'échangeaient des petits sourires narquois. Mais Fullerton ne leur prêta aucune attention, ou ne les entendit pas. Il retraversa le réfectoire, nous frôlant, Mac et moi, en passant la porte. Il marmonnait tout seul en comptant ses pas : « … cinquante-trois, cinquante-quatre, cinquante-cinq, cinquante-six… » Nous le suivîmes sur le palier. Il se hâta de dévaler la première volée de marches dans la lumière rougeâtre. « … soixante-dix-huit, soixante-dix-neuf, quatre-vingts. » Il s'arrêta devant la fenêtre et empila les pots en carton sur le rebord, en une seule colonne. « Qu'est-ce qu'il fabrique ? » demanda Mac. Nous le vîmes retirer l'opercule du pot du haut et descendre les marches au pas de course, un autre pot à la main.

Pendant un long moment, nous ne pûmes qu'entendre sa présence à l'étage du dessous, les ricochets qu'il faisait dans la maison. Puis l'on vit voler le pot d'*ayran* vers la fenêtre. Il se fracassa contre la pile et éclata sur le carreau. Le liquide jaillit à grands jets vers le haut et sur les côtés, sur les rideaux, le papier peint, formant une flaque sur le rebord de la fenêtre. Le rayon de l'éclaboussure était si large que même mes chaussures furent mouchetées. Un cri de triomphe retentit dans le couloir en dessous.

Le temps que nous arrivions dans l'entrée, le garçon avait déjà disparu. La porte était ouverte et un chewing-gum à la cannelle avait été enfoncé dans la serrure. Dehors, la nuit paraissait tellement vide et immuable. « Eh bien, je suppose que le doyen avait tort, dit Mac en s'approchant derrière moi. Le gamin a besoin de bien plus que notre simple surveillance. »

Ce soir-là je me fis un sang d'encre au sujet de Fullerton, et il fallut que je prenne sur moi pour ne pas passer le voir en retournant à mon atelier. Je finis par me dire qu'il valait mieux le laisser tranquille. Si je restais persuadée qu'il avait fait une crise de somnambulisme, je voyais bien que Mac était d'un avis différent. Elle n'accusa pas le garçon directement et n'éveilla aucun soupçon dans l'esprit d'Ender, mais n'arrêtait pas de me rappeler la fixité de ses pupilles. « J'ai déjà vu cette expression hallucinée, me dit-elle pendant que nous aidions à nettoyer les saletés sur l'appui de fenêtre. Je n'ai pas besoin d'autre explication. » Mais à mes yeux, c'était loin d'être évident.

Il n'existait pas d'endroit plus abstinent que Portmantle : quand on avait mal à la tête, on prenait de l'aspirine soluble ou rien du tout ; même l'alcool dénaturé de Gülcan était conservé sous clef dans le bureau du doyen avec tous les médicaments d'urgence. Il était bien entendu que les artistes qui avaient besoin de substances pour aiguillonner leur créativité n'étaient pas acceptés au refuge. On demandait aux parrains de se porter garants de la sobriété et de la moralité de tous les nouveaux résidents avant leur arrivée ; et on leur répétait à tous le même récit édifiant, l'histoire de Whitlock, pensionnaire du passé légendaire qui, surpris en train de boire du diesel de tondeuse à gazon dans la dépendance, avait été expulsé sur-le-champ, et ce sans aucun document pour assurer son passage à la frontière, sans aide du doyen, sans même une poignée de main d'adieu. (Véridique ou non, les implications de cette histoire ne laissaient personne indifférent.) Du reste, j'étais certaine que les affaires du garçon avaient été fouillées le tout premier jour de son séjour, parce qu'il avait tenu à s'en plaindre auprès de moi. Même son paquet de cigarettes était vide quand il l'avait offert à Quickman cette fameuse après-midi dans la bibliothèque. Pour moi, l'étrangeté du garçon était innée et ne devait rien à la chimie. Et je ne le croyais pas assez impétueux pour compromettre sa place à Portmantle pour un bref moment d'ivresse artificielle.

Je réfléchissais à tout cela au moment d'entamer mes préparatifs nocturnes dans l'atelier. J'avais fort à faire – stores à baisser et à fixer, vitres à couvrir, porte à sceller – mais, tandis que j'attendais la nuit noire, je ne pus m'empêcher de penser au garçon et à son comportement. En me changeant pour passer mes vêtements de peintre, je sentis le *jeton* lester la poche de ma jupe comme un plomb de rideau. Il était de mon devoir de le conserver en lieu sûr jusqu'à ce que quelqu'un vienne le récupérer. Perdre son jeton de ferry pour le voyage de retour était comme une malédiction. Je l'emportai donc dans la salle de bains afin de le cacher, en attendant, parmi mes propres souvenirs.

Il y avait une saignée dans le mur derrière l'armoire à pharmacie, une cavité que j'avais creusée dans le plâtre avec un couteau de peintre, juste assez grande pour y cacher deux choses : (i) une tabatière qui contenait tout mon stock de pigment spécial ; (ii) un écrin à bijoux rouge. Je retirai ces objets avec délicatesse, comme si je manipulais des œufs d'oiseaux, et les posai sur le rebord du lavabo. L'écrin portait encore l'emblème passé de la boutique parisienne où il avait été acheté, et renfermait une bague d'opale assez vilaine appartenant à mon parrain. Sous la doublure se trouvait mon propre *jeton* terni du port de ferry de Kabataş. Je me rappelais encore son tintement de capsule quand il était tombé sur le guichet, son lent tremblement avant qu'il ne s'immobilise, l'excitation très vive de le tenir entre mes doigts. Comme il avait l'air terne et ordinaire à présent. Inutile. Je déposai l'autre *jeton* dans l'écrin et refermai le couvercle.

Quand j'eus remis l'armoire de toilette sur ses gonds, les lumières de la résidence étaient déjà toutes éteintes et il faisait suffisamment sombre pour commencer mon échantillonnage. Il ne me restait plus qu'à verrouiller ma porte d'entrée et à coller de l'adhésif tout autour. Il y avait une certaine douceur dans l'air, apportée par le dégel, qui rendait mes doigts plus dociles. J'éteignis les lumières de l'atelier et je regardai mes échantillons de pigment apparaître dans l'obscurité, un mélange de couleurs qui se révélaient peu à peu sur le mur, en partie sourdes, en partie lumineuses. Ce spectacle fit battre mon cœur plus fort.

Une fois tout mon équipement en place, j'allai jusqu'au placard. D'après mes estimations, des trois guirlandes de champignons qui séchaient près du chauffe-eau, une au moins devait être prête à être broyée. La brume bleutée qui s'échappait de sous la porte fermée enveloppa mes chevilles.

L'éclat était particulièrement intense. Je crus d'abord que les champignons de ma dernière cueillette étaient plus brillants que la moyenne, ce qui m'encouragea ; peut-être mes techniques de récolte s'amélioraient-elles, ou bien le redoux de l'après-midi avait-il optimisé le processus de séchage. Mais quand je fis coulisser la porte, je trouvai les guirlandes réduites en bouillie sur le béton poussiéreux. Deux pieds teintés de bleu dépassaient de sous mes manteaux. Et Fullerton était là, entre le chauffe-eau et mon sac à dos. Il était penché à l'intérieur de la penderie, comme un balai, nu comme un vers et inconscient.

Instinctivement, je détournai le regard et refermai la porte sur lui ; un réflexe de défense imbécile. Pendant un moment, les tempes battantes, je restai incapable d'organiser mes pensées. Les guirlandes étaient détruites et plusieurs jours d'échantillonnage avaient été perdus. J'aurais dû trembler de colère, mais j'avais bien du mal à éprouver autre chose que de l'inquiétude pour le garçon. Je me dépêchai d'aller chercher une couverture sur mon lit.

Ouvrant de nouveau la porte, j'écartai les vêtements sur la tringle, exposant son jeune corps pâle. Il ne bougea pas. Je ne lui avais jamais vu un visage aussi reposé : les paupières closes, la bouche grande ouverte. Son torse solide était maculé de traces de doigts bleuâtres, une sorte de peinture de guerre luminescente qui zébrait aussi ses cuisses, ses tibias et ses avant-bras. Je fis de mon mieux pour respecter sa pudeur, mais il était assis de telle manière que cela était impossible, et je vis tous ses attributs. Il n'était pas aussi malingre que les modèles parcheminés que j'avais eus aux Beaux-Arts, et fait différemment des hommes avec qui j'avais couché, lesquels étaient tous circoncis.

Je l'enveloppai dans la couverture, que je ramenai sur une épaule et que j'attachai avec une pince à dessin, à la manière d'une toge. Il fut passablement ballotté contre le mur pendant l'opération, mais cela ne le réveilla même pas. J'allumai toutes les lumières de l'atelier et l'appelai par son nom ; cela ne fit aucune différence. La seule chose à faire, apparemment, était de l'asperger d'eau.

Au lieu de se réveiller en sursaut, comme je l'aurais pensé, il grimaça, cligna des yeux et cracha, retrouvant peu à peu ses esprits. Il me vit plantée là avec la carafe vide. « Oh merde… encore ? » dit-il en soufflant l'eau de son visage et en resserrant la couverture autour de lui. Il y avait de l'abattement dans son regard, une angoissante prise de conscience. Je l'avais trop copieusement aspergé pour en être certaine, mais j'eus l'impression qu'il avait les larmes aux yeux.

« Combien de temps ? demanda-t-il.

— Pardon ?

— Ça fait combien de temps que je suis ici ? »

On aurait dit qu'il avait l'habitude de se réveiller ainsi, dans des endroits insolites, ailleurs que chez lui.

« Au moins depuis le dîner, répondis-je. Tu as eu une soirée agitée, de toute évidence. »

Il hocha la tête d'un air malheureux.

« Pourquoi ne sors-tu pas d'ici ? Je vais te faire du thé.

— Je suis vraiment désolé. » Il s'assura que la couverture le couvrait bien. L'ourlet lui arrivait tout juste aux genoux. « Je ne sais pas comment je suis entré, mais si j'ai cassé quelque chose, je le réparerai, juré.

— C'est ma faute. Je n'avais pas fermé à clef.

— Non, je suis sérieux, Knell. Je suis désolé que vous ayez à vous occuper de moi comme ça. » Sa voix était douce et rauque « Vous pouvez me donner une serviette ?

— Il y en a une pile de propres au-dessus de ta tête. Sur l'étagère, là. »

J'allai allumer mon poêle et mettre l'eau à chauffer.

« Je ne sais pas de quoi tu te rappelles au juste, lui dis-je devant l'évier, mais tu as quitté la résidence dans un drôle d'état. Ender va devoir remplacer les rideaux. C'est dur de ravoir des taches d'*ayran* sur du velours.

Le garçon sortit de la penderie, les cheveux en bataille.

« J'ai tendance à faire des dégâts partout où je vais ces temps-ci. » Debout sous la lumière crue des néons, il reniflait ses bras. « Vous avez des champignons qui poussent dans votre penderie, à propos. On dirait que je les ai presque tous écrasés.

— Vraiment ? » Le petit bois commençait à fumer dans le poêle. « C'est peut-être humide là-dedans. Je demanderai à Ardak de jeter un coup d'œil.

— Ça ne sent pas trop mauvais, en fait. Je me suis roulé dans pire que ça. » Il se retourna pour regarder l'espèce de gadoue qu'il avait laissée dans la penderie. « N'empêche, je m'en veux pour ce bazar. Et pour… vous savez. » Il s'éclaircit la voix. « Merci pour la couverture.

— Est-ce que je dois m'attendre à retrouver tes vêtements quelque part ?

— Probablement.

— Je regarderai. »

Le garçon ne répondit pas. Il se rapprocha du poêle. Il avait les bras croisés à présent, les épaules couvertes de chair de poule.

« Nous t'avons vu sur le palier, Mac et moi. Tu avais l'air de nous entendre au début, et puis tu t'es enfui. Tu n'arrêtais pas de nous demander comment sortir.

— Je suis désolé.

— Je sais que tu es désolé. Ce n'est pas grave… mais sortir d'où ? »

Très lentement, le garçon s'agenouilla à côté du poêle.

« Je me fais piéger dans ma propre tête, en quelque sorte. »

Il prononça ces mots sur un ton tellement apeuré qu'il resta bouche bée un long moment après. Il leva les yeux sur moi en réchauffant ses mains près des sorties d'air chaud.

« Je ne sais pas l'expliquer, poursuivit-il, mais est-ce que vous êtes déjà allée dans un de ces hôtels vraiment gigantesques qu'ils ont en Amérique ? Le Hilton de New York ou un endroit comme ça ? Des milliers de chambres fermées à clef qui se ressemblent toutes, tous ces couloirs, ces escaliers et ces ascenseurs qui montent, descendent, montent et… pouah ! Rien que l'échelle du truc, d'accord ? Mon père m'emmenait dans des endroits comme ça. Je me demande même comment ils font pour les construire. » Il ouvrit de grands yeux perplexes.

« Maintenant imaginez le même hôtel, mais vide. Avec tous les ascenseurs cassés, personne pour les réparer, et aucun moyen de savoir où conduit tel ou tel escalier. C'est à ça que ressemble ma tête la plupart du temps.

— Eh bien, Mac, elle, est persuadée que tu te drogues, affirmai-je. Et je peux la comprendre. »

Ça eut l'air de l'amuser, mais il ne répondit pas.

« Je t'en prie, dis-moi que tu ne donnes pas là-dedans.

— Je ne sais pas, avoua-t-il en se faisant une raie au milieu. J'avais l'air de m'amuser d'après vous ?

— Non.

— Vous avez votre réponse, alors. Qui voudrait prendre une drogue qui le rend malheureux ? » Il avait croisé les jambes à présent et se frottait les pieds. « Honnêtement, je fais des crises de somnambulisme depuis tout petit. Nos voisins me retrouvaient dans leur sous-sol quand j'avais huit, neuf ans. Parfois, j'allais jusqu'à Hampstead à vélo. Je me suis même glissé dans une benne à ordures un jour. J'ai failli finir écrasé sous un tas de plinthes. J'ai vu l'intérieur de beaucoup de placards, c'est sûr.

— Et tu es toujours tout nu ? »

Le garçon fit entendre son ricanement moqueur.

« C'est une évolution récente. Au moins je ne me pisse plus dessus, hein ? » En examinant la pièce, il dut remarquer mon établi, la molette et la plaque, les échantillons de toile qui m'attendaient. « J'ai interrompu votre travail ? Je suis désolé. Je devrais y aller.

— Arrête de t'excuser. »

Il commença à se lever.

« Assieds-toi. On prend le thé. Je peindrai plus tard. » Cela ne servait à rien de lui dire que mon travail, c'était les champignons qu'il avait piétinés dans la penderie, et que ses pieds vagabonds m'avaient ramenée plusieurs jours en arrière.

« Merci pour ça, Knell. De ne pas être… vous voyez ce que je veux dire. Les gens se mettent en colère. Ils commencent à vous regarder de travers. Ils pensent que vous êtes capable de vous contrôler, et ils finissent par vous en vouloir. Ce n'est pas leur intention, je suppose, mais c'est toujours ce qui se passe… J'ai eu un docteur qui m'a conseillé de m'attacher au pied du lit la nuit. Je lui ai demandé s'il enchaînerait ses propres enfants pendant leur sommeil. Il m'a regardé comme si j'étais fou. J'ai quand même essayé, juste pour voir ce qui se passerait. Ça a été dix fois pire. Je ne suis allé nulle part, évidemment, mais les rêves sont devenus de plus en plus intenses et j'ai failli me casser les chevilles. Ça prouve bien que les médecins ne connaissent rien à rien. »

La bouilloire s'éteignit avec un claquement.

« Tu vois quel genre de choses dans ta tête, alors ?

— J'essaye toujours de trouver la sortie, de me réveiller. Mais c'est impossible. Parfois, je vais imaginer une pièce inconnue où je n'ai jamais mis les pieds. Parfois, j'entends une voix ou une musique au loin et je vais essayer de la suivre. Ou bien je tombe sur un vieux film qui passe sans le son, ou j'imagine toute une bibliothèque et je reste là, à feuilleter les livres, espérant trouver des instructions qui m'aideront à m'échapper, une carte ou quelque chose. C'est comme si chaque fois que j'allais me coucher j'étais ramené à la case départ… ça a un sens, ce que je dis ? Et après avoir joué quelques coups, je me rends compte que j'ai déjà joué à ce jeu, vous comprenez ? Je reconnais ces échelles, et tous ces serpents sur le plateau ont l'air familiers. Mais la partie ne se termine jamais. »

Ça ressemblait à un véritable enfer, et je le lui dis.

« Ouais, mais ça a aussi ses bons côtés. » Il réfléchit un moment à cet aspect des choses. « Vous allez trouver ça bizarre que je parle autant de mon grand-père, mais pour une raison ou une autre, je pense beaucoup à lui depuis que je suis ici. J'avais l'habitude de passer le week-end avec lui quand mes parents n'étaient pas là. Comme il avait une patte folle, il ne pouvait pas marcher bien loin, et il ne quittait presque jamais l'appartement. Alors on restait à l'intérieur à écouter des disques. Toujours les mêmes. Des vieux groupes de ragtime, des humoristes, des chansons idiotes, « The Laughing Policeman », ce genre de truc. Ses goûts étaient assez étriqués. On restait là à écouter les mêmes disques encore et encore. J'en avais plus qu'assez, mais il n'y avait rien d'autre à faire. Il détestait la radio moderne, et il n'avait pas de jardin, et je n'avais pas le droit de sortir tout seul. Il adorait écouter les mêmes vieux trucs tous les jours, ça le rassurait. Alors je devais rester là avec lui, en faisant semblant d'aimer ça. Je mourais d'impatience que ma mère vienne me chercher pour me ramener à la maison. Mais ensuite, arrivé au milieu de la semaine, quand je me retrouvais seul à l'école, je commençais à regretter de ne pas être avec mon grand-père. Toutes ces heures que j'ai dû passer avec lui, assis là, à écouter les mêmes disques toute la journée, je ne les échangerais pour rien au monde. Elles ont fait de moi ce que je suis aujourd'hui. Et je suppose que c'est ce que je ressens maintenant à propos de mes rêves.

— Ça doit être dur d'aller se coucher, pourtant. Sachant ce qui risque de se passer. »

Il haussa les épaules.

« C'est plus difficile de se réveiller, croyez-moi. »

Les vieilles feuilles de thé n'étaient pas encore tout à fait éventées. Je fis tourbillonner l'eau chaude dans la théière. Il me regarda faire, les yeux en fente. « Il sera léger, lui dis-je, mais c'est comme ça que je l'aime. Je peux le laisser infuser, si tu préfères.

— Non, léger c'est parfait. »

Je rinçai deux tasses et versai le thé. Il était presque incolore. Le garçon l'examina, but une gorgée et fit la grimace.

« Ouah, vous ne plaisantiez pas.

— C'est la faute de ma mère. Chez nous, on devait réutiliser toutes les feuilles de thé. C'était la mentalité héritée de la guerre… ou bien seulement la mentalité écossaise. Je ne peux pas le boire autrement.

— Vous n'avez pas beaucoup d'accent.

— Tout s'adoucit quand on vieillit. Crois-moi. »

Il faillit rire.

« Je ne suis pas sûre qu'ils voudraient de moi à Clydebank aujourd'hui. Cette ville, je l'ai toujours dans le sang, mais j'ai l'impression de ne plus en faire partie. Et elle ne m'a jamais vraiment attirée en tant que sujet… contrairement à Londres. Elle ne me fascine pas de la même manière.

— Oui, dit-il. J'ai vu votre travail. Je sais. »

Il dit cela si brusquement que je fus prise de court, et je ne pus qu'agiter la main, comme pour dissiper cette idée.

« Allons, je croyais qu'on bavardait gentiment. »

Le garçon inclina la tête.

« Si j'ai dit ça, c'est simplement parce que… » Il se ravisa, déglutit. Puis, dans un sursaut de courage : « Je n'y peux rien si je sais qui vous êtes. Vous étiez exposée à la Tate…

— S'il te plaît. Ne parlons pas de ça.

— J'ai dû copier votre tableau une fois, pendant une sortie scolaire. Le prof nous avait fait acheter la carte postale.

— Chut, chut, ça suffit maintenant. Tu ne fais qu'aggraver les choses. S'il te plaît, changeons de sujet. » Je mis le nez dans ma tasse, les sourcils froncés, l'ignorant. Je ne savais pas trop ce qui m'effrayait le plus : être reconnue pour ce que j'étais, ou prise en pitié pour ce que je n'étais pas.

« Je crois que je l'ai fait trop fort. Il n'est pas un peu amer ? J'ai dû trop le remuer. » J'allai jeter le thé dans l'évier. Et je restai là, lui tournant le dos. « En fait, il est probablement temps que je me mette au travail. Ça t'ennuierait de retourner chez toi, si tu te sens mieux ? »

Je l'entendis poser sa tasse et se mettre debout.

« Écoutez, je n'ai pas voulu vous contrarier, d'accord ? Je suis désolé. » Quand je me retournai, il se dirigeait vers la porte. « Je m'en veux vraiment… vous avez été tellement gentille avec moi. »

Il avait noué la couverture autour de sa taille.

« Ça ne fait rien.

— Ne soyez pas fâchée après moi. Je ne sais pas m'y prendre avec les gens… j'ai essayé de vous le dire.

— Il faut que je me mette au travail, c'est tout.

— D'accord. Je comprends. D'accord. »

La porte était toujours condamnée et refusa de s'ouvrir quand il tira sur la poignée. Il l'interrogea du regard, suivant le contour du chambranle.

« Où est-ce que vous avez eu ce truc… cet adhésif ? C'est assez costaud. J'aurais bien besoin de quelque chose comme ça. » Il y avait un rouleau entier posé sur mon établi. Comme j'en avais des tas en réserve, je lui dis qu'il pouvait le prendre, autant pour soulager ma conscience que pour lui faire plaisir. « Vous êtes mon sauveur, dit-il en faisant tournoyer le rouleau autour de ses doigts. Ce sera parfait. » Il s'avança vers la porte. « Bon, comment je fais pour…

— Tire. »

Il tourna la poignée et tira d'un coup sec. L'adhésif se déchira et les lumières de l'atelier se répandirent sur le chemin. Comme il se tenait à moitié dans l'obscurité, les traînées sur son torse devinrent légèrement luminescentes.

« Je ne vois pas mes vêtements dehors. Mauvais signe. »

Il s'enfonça dans la nuit, la couverture entravant ses pas. Je voulais qu'il s'arrête, se retourne, et me dise qu'il s'était trompé, qu'il ne savait absolument pas qui j'étais. Mais ma volonté ne pouvait pas plus influencer un garçon et son comportement qu'elle ne pouvait l'empêcher de rêver.

6

Sur une île aussi exposée que Heybeliada, la pluie ne tombait pas, elle se déchaînait. Portée par le vent, elle s'abattait en averses frissonnantes sur les pelouses de Portmantle, retournait la terre des plates-bandes, malmenait les pins jusqu'à faire plier leurs plus hautes branches. Cette pluie possédait une force que je n'avais jamais vue nulle part ailleurs, une énergie, une fureur, une constance. Et la chienne du doyen se gardait bien de sortir par un temps pareil. Elle se couchait sur le perron, une patte sous la truffe, observant les ravages que subissait la propriété. Si le temps avait été plus clément, elle aurait été là dehors à creuser et à se rouler ; au lieu de quoi elle était obligée de me tenir compagnie sous le portique. « Je ne sais pas de quoi tu te plains, lui dis-je. On est deux à attendre. »

Le doyen nous avait laissées, le temps de passer un coup de téléphone dans son bureau. Sa petite tasse de *türk kahvesi* fumait encore sur la table en osier et la dernière résistance du radiateur électrique venait de s'allumer. Il avait dû s'absenter quelques minutes à peine, mais je ne pouvais pas me défaire du sentiment que la matinée tout entière était en train de partir à l'égout, et qu'il ne reviendrait pas reprendre notre conversation. À peine avions-nous commencé à parler qu'Ender s'était présenté à la porte, marmonnant quelque chose en turc. Le doyen avait approché sa montre à gousset de son œil valide, et s'était excusé. « Ne partez pas, m'avait-il dit. J'en ai pour une seconde. »

Je savais qu'il était revenu à Portmantle pendant la nuit parce que le jappement caractéristique de sa chienne m'avait réveillée. Pour un aussi petit animal, elle avait un aboiement extrêmement puissant, un glapissement qui montait et retombait comme une crise de hoquet. J'étais montée à la résidence au petit jour pour trouver le doyen pendant sa pause-café. Quelle que soit la saison, il prenait toujours son café dehors, dans ce petit havre de quiétude, avant que les hôtes n'arrivent pour le petit déjeuner et que la journée ne démarre. C'était le moyen le plus sûr d'obtenir toute son attention sans avoir à solliciter un rendez-vous officiel.

Le spectacle de la pluie m'avait presque retenue dans mon atelier, mais j'avais déployé la capuche qui se trouvait dans mon col et bravé les éléments déchaînés. Au bout de quelques mètres à peine, mes chaussures avaient commencé à faire un bruit de succion. À la résidence, j'avais trouvé la veste en coton ciré du doyen accrochée dans l'entrée et son parapluie vert, sec au toucher, dans le porte-parapluies ; j'étais donc certaine qu'il était là. Et puis juste après, la vieille chienne était apparue en trottinant, suivie par deux pieds descendant pesamment l'escalier. Je n'aurais pas pu ne pas reconnaître ces babouches ni la frêle canne en bambou qui claquait contre les balustres.

« Serait-ce donc Knell, levée au chant du coq ? avait dit le doyen en atteignant l'entrée.

— C'est bien moi, monsieur. Comment s'est passé votre voyage ?

— Il n'a guère été satisfaisant, j'en ai peur. »

Il était si grand que lorsqu'il passa sous l'abat-jour, celui-ci se balança légèrement dans son sillage et la proximité de la lumière brunit son front. Une masse de cheveux poivre et sel était posée sur le sommet du crâne, de travers, et deux profondes rigoles encadraient sa bouche comme des motifs creusés dans du cuir. Nous lui donnions au moins la soixantaine, bien que ses mains soient aussi lisses que celles d'un homme deux fois plus jeune. Il était complètement aveugle de l'œil gauche et compensait ce handicap avec une canne et l'aide de Nazar, un corniaud dont il avait fait un chien d'aveugle flegmatique. Il avait un côté érudit qui confinait souvent à la grandiloquence, mais il était bien trop déférent envers les résidents et leurs talents pour être suspecté de fatuité. Pour la forme, et parce que son nom nous était caché, nous l'appelions « doyen » ou « monsieur », et chaque fois que nous le faisions, son visage tressaillait légèrement.

« Venez dehors avec moi, avait-il dit. Gülcan m'apporte mon café. Avec de la chance, elle lira dans mon marc et me dira que ma vie sera longue et heureuse.

— Il pleut assez fort dehors.

— Je sais. N'est-ce pas parfait ? »

Nous avions pris place sur le mobilier en osier qui grinçait : lui sur le coussin de la balancelle dans l'aile est du portique, croisant tant bien que mal ses énormes jambes, et moi, en face, sur une chaise basse. Le chien avait tourné en rond plusieurs fois avant de se coucher à ses pieds.

« Alors… qu'est-ce qui vous préoccupe ?

— Qui a dit que j'étais préoccupée ? »

Il avait balayé les poils clairs de son chien sur son pantalon.

« Vous venez seulement me voir d'aussi bonne heure quand vous avez maille à partir avec quelque chose. C'est une expression savoureuse, n'est-ce pas ? "Avoir maille à partir".

— Oui, monsieur, en effet. » Ne souhaitant pas perdre de temps, je m'étais préparée. « Il y a deux, trois choses, en fait, dont j'ai pensé devoir vous informer.

— Tu entends ça, Nazar ? avait-il dit en tendant la main pour caresser le chien. Ne t'avais-je pas dit que nous aurions dû rester au lit aujourd'hui ? C'est déjà l'heure des doléances. » Il s'était penché en arrière, souriant. « Allez-y. Prenons-les une par une.

— Tout d'abord, il y a Fullerton.

— Oui, j'ai eu vent de cela. » Il avait joint les doigts et les avait pressés contre ses lèvres. Puis il avait aperçu Gülcan qui arrivait derrière moi, et son attention avait été détournée. Il lui avait parlé en turc et elle lui avait répondu quelque chose, puis elle lui avait tendu la tasse blanche délicate et sa soucoupe en riant, et quand ils eurent fini de bavarder, le doyen semblait avoir perdu le fil de la discussion. « Je ne sais pas ce que vous voulez que je vous dise d'autre.

— Eh bien, pour commencer, je pense que vous avez sous-estimé le degré d'attention dont il a besoin. Hier soir, je l'ai retrouvé endormi dans ma penderie. Il était totalement nu.

— C'était *après* l'incident du dîner ?

— Oui, monsieur.

— Je vois. » Il avait soupesé ces informations en se balançant dans son siège. « Soyez tranquille, je passerai le voir dans la journée. J'avais prévu de me présenter à lui cette après-midi. S'il vous a causé le moindre embêtement en mon absence, je ne peux que vous offrir mes excuses, Knell, ainsi que ma gratitude. J'espère que ça ne vous a pas trop distraite. »

Le doyen était connu pour l'intransigeance de sa diplomatie, et j'avais anticipé ce genre de réponse.

« Ce n'est pas qu'il pose problème. Absolument pas. Je me fais du souci pour lui, c'est tout. L'aide que je peux lui apporter n'y suffira pas. Il est en grande souffrance, à mon avis, et je ne sais pas si les choses se passent très bien pour lui ici.

— Il est capable d'en juger lui-même.

— Nous avons un peu parlé hier soir, des rêves qu'il faisait. Vous étiez au courant ?

— Sincèrement, Knell, vous ne devez pas avoir le sentiment que c'est à vous de le guider. Je suis de retour à présent, et je veillerai à ce qu'on s'occupe de lui comme il convient.

— Mais vous saviez pour les rêves ?

— Bien sûr.

— Vous auriez dû nous prévenir. Je veux dire, si nous avions su, nous aurions pu lui faciliter les choses.

— Il n'y a rien que vous ou qui que ce soit d'autre aurait pu faire. Je vais être franc avec vous : on ne m'avait pas dit à quel point les rêves l'affectaient, mais je suis maintenant pleinement informé. J'ai reparlé, plutôt sérieusement, avec son parrain ce matin, et je puis vous assurer que nous contrôlons la situation. Je dois dire que je m'étonne que vous me pensiez capable de discuter d'informations confidentielles avec vous. Il est peut-être jeune, mais il a le droit exactement aux mêmes égards que quiconque sous ce toit. Est-ce que cela vous plairait si je parlais à Gluck de vos difficultés, ou à Crozier ?

— Qui est Crozier ?

— Notre hôte italien.

— Oh, lui. Non, bien sûr que non. » Depuis que j'étais au refuge, je n'avais jamais trouvé l'impartialité du doyen aussi irritante. « Il n'empêche, monsieur, vous devez admettre que le comportement de Fullerton pose problème. »

Il m'avait alors lancé un regard noir.

« Je me disais que si quelque chose posait *problème*, ce serait la situation de MacKinney.

— C'est la prochaine sur ma liste.

— Je vois. » Il s'était penché pour caresser les oreilles du chien et lui gratter la tête. « Je t'avais dit de rester au lit. De faire la grasse matinée, mais tu ne voulais pas écouter, hein, garnement ? Maintenant regarde les ennuis que nous avons à cause de toi. » Quand il avait relevé la tête, son sourire s'était évaporé. « Knell, ne vous inquiétez pas. Le garçon n'a aucun problème. Ses rêves font partie de son processus créatif... c'est tout ce que vous avez besoin de savoir. Franchement, si je poursuis cette conversation, c'est uniquement parce que vous ne pensez qu'à son bien, mais à partir de maintenant, vous devez me laisser faire. » L'eau continuait de matraquer le toit au-dessus de nos têtes, de battre les murs de la résidence. « Mon Dieu. Cette pluie. » Le doyen s'était tourné pour l'admirer. « Elle ne fait pas le même bruit sur le continent, vous savez. Sa musique est tout autre. Le cœur vous bat plus fort quand vous rentrez au bercail sous une pluie pareille. »

Nous étions restés assis ensemble en silence, écoutant le bruit – l'accumulation de ces minuscules impacts – jusqu'à ce qu'Ender apparaisse à la porte pour informer le doyen qu'on le demandait au téléphone. « *Telefon* » était le seul mot que j'avais été en mesure de comprendre dans leur échange. Il avait demandé à Nazar de rester pour me garder. « Fais attention à celle-là, elle mord », avait-il dit.

La cloche du petit déjeuner sonnait à présent dans le réfectoire et même le vieux chien s'agitait, regardant la porte à chaque bruit de pas.

Mais le doyen continuait de nous faire attendre.

Il présidait le refuge comme un commissaire aux comptes hante un immeuble de bureaux, détaché et néanmoins toujours présent parmi nous. Nous en savions très peu sur lui, en fait, et nous en étions réduits à ce que nous avions pu glaner auprès de nos parrains. On le disait fils d'un émissaire turc. Quickman prétendait qu'on lui avait dit « ambassadeur en France », et MacKinney soutenait que c'était « attaché politique ». On disait qu'il avait été comptable pour un certain nombre d'entreprises en Europe (toutes les versions de nos parrains concordaient au moins sur ce point), et que son rôle de doyen lui avait été attribué après la mort de sa femme des suites d'une longue maladie (les récits divergeaient quant au mal dont elle avait souffert : drépanocytose ou leucémie). On disait qu'il avait été éduqué en Suisse, en Angleterre et en Amérique, et que nous pourrions constater à notre arrivée sa maîtrise de nombreuses langues (cela avait été le cas). On disait qu'il écrivait des essais en dilettante : quelques articles sur la littérature anglaise et turque avaient paru dans des revues (ce qui était plausible, étant donné son goût pour la poésie). On disait qu'il rédigeait des manuels de comptabilité dont il retirait périodiquement de substantiels droits d'auteur (nous n'avions vu aucune trace desdits manuels, mais il n'y avait aucune raison de douter de leur existence, et il semblait en effet particulièrement guilleret chaque fois qu'Ender rapportait le courrier de la boîte postale en ville).

D'après nos parrains, le décanat était établi par un conseil d'administration. Le conseil était composé d'un doyen retraité et de cinq anciens résidents, et le recrutement se faisait selon un processus rigoureux, visant à sélectionner un certain type de candidat : sans femme ni enfant, ne craignant pas l'isolement, passionné par les arts, respectueux à l'égard des artistes, mais pas créatif lui-même. Le rôle de doyen exigeait détermination, impartialité et stoïcisme. Il lui incombait de maintenir des contacts réguliers avec le conseil et de prendre en charge les admissions, les départs, les prévisions budgétaires, la comptabilité, ainsi que la supervision au quotidien du fonctionnement de Portmantle et de son personnel restreint. En échange, on lui offrait la plus belle vue de Heybeliada depuis la fenêtre de son penthouse, trois bons repas par jour, la compagnie d'esprits réputés brillants, et une échappatoire permanente aux exigences de la vie sur le continent. On ne nous avait pas dit combien de doyens l'avaient précédé, mais Pettifer datait la résidence de la fin du XIXe siècle, et donc, par extrapolation, nous supposions qu'ils n'avaient pas été plus de dix.

Et il continuait à me faire attendre.

Les cheminées de tous les ateliers produisaient à présent une écume de fumée pâle, qui coagulait la pluie. Deux résidents commencèrent d'apparaître en pyjama sur le pas de leur porte. Un autre marchait tranquillement sur le chemin qui montait vers la résidence dans un poncho jaune vif. Je croyais savoir qu'il était français, encore qu'il aurait pu être belge ou suisse francophone, et qu'il s'appelait Anderson ou Sanderson, ou ni l'un ni l'autre. Il était séduisant mais incroyablement petit. (Par une après-midi printanière, l'année précédente, il nous avait tous obligés à visionner un aperçu d'un « petit travail en cours », où on le voyait assis dans l'herbe, torse nu, en train de nouer des brins d'herbe sur son ventre pour former une sorte de cordon ombilical, qu'il enroulait ensuite autour de son cou. Juste après, il avait distribué des plaquettes de trois pages dactylographiées expliquant le sens de la performance et de son titre : *L'Enfance des autres*. Après les avoir parcourues en diagonale, Quickman avait fait cette remarque : « Je pense que c'est une de ces œuvres qui gagnent à être vues à titre posthume. »)

Alors que le poncho s'approchait du perron, Nazar commença à être prise de convulsions ; elle redressa la tête et donna de la voix. Le poncho s'arrêta. La pluie giflait sa grande capuche jaune. Nazar se mit à quatre pattes, jappant encore et encore, et le poncho, agitant les bras, m'interpella : « Hé, pourquoi vous ne faites rien ? Il est cinglé, ce chien ! » J'allais me lever quand le doyen entra sous le portique d'un pas décidé, faisant claquer sa canne sur les lattes du plancher. Il tira la chienne en arrière en la prenant par son collier.

« Calme-toi, Nazar, tu vas nous faire une attaque à aboyer comme ça. » Elle se calma. « Voilà, bon chien. Garde ton énergie. »

Le poncho se hâta de monter les marches et d'entrer dans la maison, remerciant le doyen au passage :

« Merci, monsieur. Je ne sais pas pourquoi votre chien me déteste autant. Mais je suis content que vous soyez de retour.

— *Le jaune la met de mauvaise humeur* », expliqua le doyen. Il reprit sa place sur la balancelle. « Navré de vous avoir fait attendre. Je suis toujours ébahi par la quantité de travail qui s'entasse ici en mon absence. Il y a tant de choses à régler. » Expédiant son café d'une seule gorgée, il retourna la tasse sur la soucoupe et regarda le marc sombre s'écouler lentement. « Vous me demandiez pour MacKinney ?

— Non, monsieur. Je parlais toujours du garçon.

— Dans ce cas je vous invite à faire vite. » Il donna un petit coup sur la tasse retournée avec son doigt. « Ne me faites pas perdre patience. »

Avertie par le ton de sa voix, je marquai un temps d'arrêt.

« Avez-vous réussi à arranger quoi que ce soit concernant la situation de Mac ?

— Je suis au regret de vous dire que non, les choses se présentent plutôt mal sur ce front-là. Ne me demandez pas d'entrer dans le détail, j'ai déjà largement outrepassé mes attributions… mais j'ai eu plusieurs réunions au sujet de MacKinney ces derniers jours. Dont il ressort qu'elle va nous quitter. »

Je m'étais préparée à cette issue, bien entendu, mais je ne pensais pas ressentir cette paralysie en l'entendant confirmée.

« Quand ?

— À la première heure demain matin.

— Vous savez qu'elle est loin d'avoir fini. Si vous la faites partir maintenant, tout son séjour n'aura servi à rien. Vous en êtes bien conscient, n'est-ce pas ?

— Oui, je comprends. Et c'est regrettable. » Il souleva la tasse, laissant un monticule de marc dans la soucoupe. Pendant un bon moment, il étudia les zébrures de café à l'intérieur. « J'ai fermement plaidé sa cause devant le conseil d'administration. Un peu trop fermement... ils n'étaient pas du tout contents de moi. Le problème, c'est qu'il y a eu des précédents. Pas pendant mon décanat – j'ai dû les chercher dans les archives –, mais ce sont néanmoins des précédents, et tout le monde doit être logé à la même enseigne. Je n'aime pas appliquer le protocole, MacKinney le sait bien, mais je n'ai pas d'autre choix dans son cas. » Il poussa la tasse dans ma direction. « Ça ressemble à quoi d'après vous, une sorte de bataille navale ? » Il montrait du doigt quelques ruisselets sombres sur la porcelaine, mais je ne distinguais aucune forme, aucune espèce d'augure, juste des coulures de café. « Ça ne fait rien, je demanderai à Gülcan.

— Il n'y a vraiment rien que vous puissiez faire ? demandai-je.

— J'ai fait tout ce qui était en mon pouvoir en tant que doyen. Il est vraiment regrettable de la forcer à partir, mais mon devoir est envers Portmantle. Cet endroit sera toujours debout – si Dieu le veut – bien après que MacKinney ou nous deux serons dans la tombe. Voilà ce que je dois prendre en compte.

— Mais ce ne sera plus pareil.

— Elle nous manquera, bien sûr. Mais vous vous y ferez.

— Non, monsieur, je veux dire que tout cet endroit va changer. Pour tout le monde.

— Je ne vous suis pas.

— Vous êtes en train de poser une date butoir à notre séjour ici. Si notre parrain meurt, ça y est, c'est fini. Peu importe que nous ayons terminé ou non, peu importe que nous soyons encore en train de lutter. Ça va changer notre façon de travailler. Autant commencer à mettre des pendules sur les murs. »

Il me regarda, tout en lorgnant la pluie de son œil valide.

« J'ai dit que je ne discuterais pas des détails. » Il se leva précipitamment, sa tasse à la main. « Allez, Naz. » La chienne resta où elle était.

« Les nouvelles vont vite, vous savez.

— Le cas de MacKinney est une anomalie. C'est tout ce que je peux vous dire. » Il frappa le côté de sa chaussure avec sa canne. « Nazar, allez viens maintenant. Petit déjeuner. » Le chien lui emboîta le pas. « Vous voudrez bien prendre rendez-vous la prochaine fois. »

D'ordinaire, pour annoncer le départ d'un résident, on punaisait un avis sur le panneau d'affichage devant le réfectoire. Le doyen y incluait souvent une citation pour y mettre un peu de sentiment (quelque chose comme : « *Ses efforts sont une lumière intérieure qui toujours éclairera son chemin* »), mais certains hôtes partaient sans recevoir ce genre d'attention.

DÉPART DE TENGALLON

CE JEUDI, NOUS DEVRONS FAIRE NOS ADIEUX AU POÈTE TENGALLON, QUI A ACHEVÉ SON PROJET ET RETOURNE SUR LE CONTINENT AVEC TOUS NOS VŒUX. UNE LECTURE DE POÈMES SERA DONNÉE AU SALON APRÈS LE DÎNER. FÉLICITATIONS, TENGALLON !

LE DOYEN

Tous les quatre, nous ne prêtions aucune attention aux arrivées, mais il en allait autrement des départs. Il pouvait être déprimant de voir des résidents partir alors que votre travail restait inachevé. Aussi nous intéressions-nous particulièrement aux avis du doyen quand ils surgissaient, parce qu'ils nous habituaient à la perspective (même lointaine) de nos propres départs. Nous imaginions comment nos avis pourraient être formulés quand enfin viendrait notre tour :

> [...] ELLE PART APRÈS AVOIR CONSACRÉ SON LONG SÉJOUR À PARFAIRE UNE ŒUVRE RICHE ET PROFONDE. LE FAIT QU'ELLE AIT SURMONTÉ UNE REMISE EN QUESTION DÉVASTATRICE POUR Y PARVENIR TÉMOIGNE DE SA DÉTERMINATION ET DE SON APPLICATION. SI, COMME L'A DIT RUSKIN, « *TOUTE GRANDE ET BELLE ŒUVRE EST NÉE D'ABORD D'AVOIR CONTEMPLÉ LES TÉNÈBRES SANS SE DÉROBER* », ALORS ELLE LES A CONTEMPLÉES ASSEZ LONGTEMPS ET N'A PLUS BESOIN DE LE FAIRE. LE DÎNER SERA SUIVI D'UN FEU D'ARTIFICE.
>
> LE DOYEN

Nous conservions ces faire-part imaginaires dans notre esprit, remaniions tous les jours le choix des mots, les partagions dans les moments de doute. À l'instar de nos *jetons*, ils étaient des gestes adressés à l'avenir. Ils nous poussaient à continuer à lutter, à trimer, à explorer, quand nous ne voyions plus le bout du tunnel. Nous travaillions dur tous les jours pour nous assurer que la vérité serait conforme à nos fantasmes quand viendrait le temps pour nous de partir. Si bien que l'avis du départ de MacKinney que nous découvrîmes ce matin-là sur le tableau d'affichage nous fit l'effet d'un acte de sabotage.

DÉPART DE MACKINNEY

C'EST AVEC UNE GRANDE JOIE QUE J'ANNONCE LE DÉPART D'UNE VÉRITABLE AMIE DE PORTMANTLE : LA DRAMATURGE MACKINNEY. ELLE NOUS QUITTE POUR LE CONTINENT DEMAIN, AYANT MENÉ À TERME SA NOUVELLE PIÈCE : *TOUT À LA FOIS*. MACKINNEY A CHOISI DE RENONCER À EN DONNER LECTURE AU SALON CE SOIR, MAIS JE ME RÉJOUIS PAR AVANCE DE VOUS VOIR TOUS AU DÎNER POUR LUI SOUHAITER BON VOYAGE. « *PUISQUE LE DESTIN EXIGE LE SECRET, JE N'AI AUCUN ARGUMENT À APPORTER ; JE NE ME QUERELLE PAS AVEC LE SORT...* » FÉLICITATIONS, MACKINNEY !

LE DOYEN

Un petit groupe de courts-séjours était massé devant, en conversation. Je jouai des coudes pour mieux voir l'annonce. Je la lus quatre fois, d'abord sidérée puis écœurée par sa formulation. Je m'imaginai le doyen dans son bureau, enroulant la feuille dans sa machine à écrire, arquant les doigts pour taper chacune de ces lettres fallacieuses. Aucune mention n'était faite de sa marraine, aucune allusion à une irrégularité quelconque.

« C'est Matthew Arnold ? demanda Gluck derrière moi.

— Quoi ?

— La citation. Je crois qu'elle est de Matthew Arnold.

— Génial. ça change tout, alors. Excusez-moi... »

Je le bousculai pour passer.

« Ça va vous faire bizarre, dit-il sur mon passage. Vous êtes la seule femme qui reste. Il y a bien Gülcan, je suppose, mais elle ne compte pas vraiment. Et Nazar. » Il voulut me prendre le bras ; c'est du moins ce que je crus. Je fis volte-face pour le fusiller du regard, mais il ne faisait que mettre la main dans sa manche pour en sortir un mouchoir.

« Qu'est-ce qu'il y a ? demanda-t-il en se mouchant.
— Gülcan est ici depuis plus longtemps que la plupart d'entre nous. Alors prenez un autre ton.
— Oui, bien sûr. Je ne voulais pas lui manquer de respect.
— Alors vous devriez essayer de moins parler. »
Il pâlit, s'épongea le front.
Tout était normal dans le réfectoire, hormis le fait que MacKinney n'était pas là. Notre table près de la fenêtre était vide. Le bec du pot de lait était encore enveloppé de papier d'aluminium. Les couverts n'avaient pas été déplacés. Ender préparait les jus de fruits près du passe-plat. Je lui demandai s'il l'avait vue mais il lissa sa moustache et secoua la tête. « Je ne pense pas qu'elle soit encore venue. Regardez, personne ne touche le muesli. »
Je ressortis sur le palier. Gluck était toujours là, à étudier la note du doyen. Il ne s'excusa pas pour la remarque qu'il avait faite.
« J'ai réfléchi à cette citation. Elle n'est pas de Matthew Arnold. Je crois qu'elle est tirée d'une ancienne villanelle, mais je ne me rappelle pas l'auteur. Je chercherai pour vous.
— Ne vous donnez pas cette peine, dis-je.
— Ça ne me dérange pas.
— Si vous voulez vraiment m'aider, déchirez ce papier. »
Je ne supportais pas l'idée que Quickman et Pettifer apprennent la nouvelle sur un tableau d'affichage ; sans mise en garde, ni contexte. Le choc chamboulerait le vieux cœur de Tif. Et plus je regardais l'avis, plus il ressemblait à une grossière lettre d'expulsion.
« Je ne peux pas, dit Gluck. Ça ne serait pas correct.
— Alors écartez-vous. »
J'arrachai le message sur le tableau et je filai dans le couloir.

« Mais comment je fais pour vérifier la citation ! me lança Gluck. Je ne l'ai pas notée ! »

La porte de Mac était soit coincée, soit fermée à clef quand j'arrivai devant sa chambre. Au début, elle ne répondit pas à mes coups, mais bientôt me parvint sa voix, étouffée par le chêne :

« Qui est-ce ?

— C'est Knell. Ouvre.

— Je dors. Reviens demain.

— Tu seras partie. Laisse-moi entrer. »

Je glissai l'annonce du doyen sous la porte et j'attendis.

Des bruits de pas s'approchèrent. J'entendis les verrous tourner et la porte s'ouvrit. MacKinney me jeta un coup d'œil. Sans ses lunettes, son visage paraissait plus plat, plus vieux, et sa peau était comme irritée autour des yeux et sur les joues, d'un rouge terne. Une cigarette fumait dans sa bouche, et son odeur âcre était merveilleuse. Elle appartenait à des endroits lointains : le perron des immeubles de Paddington, la tribune de Kempton, l'arrière-salle du State Bar, la chambre de mes parents ; tous les endroits que j'avais connus au cours de ma vie en dehors de Pormantle. Elle souffla la fumée d'un air effronté par l'embrasure de la porte.

« Je sais à quoi tu penses, dit-elle. Est-ce que j'en ai gardé pour Quickman, c'est ça ? Eh bien, attendons de voir comment il se comporte aujourd'hui. » Elle souleva ses cheveux pour montrer deux autres cigarettes coincées derrière ses oreilles. « Il va en faire pipi dans sa culotte.

— Ça fait combien de temps que tu te les gardes sous le coude ?

— Des siècles, répondit-elle, aspirant et soufflant la fumée. J'attendais une occasion spéciale, mais maintenant à quoi bon, hein ? Elles sont un peu desséchées. » Elle se pencha pour ramasser l'avis, le parcourut un instant, puis fit un pas de côté en tenant la porte ouverte. « J'aurais préféré qu'il ne mentionne pas le titre de la pièce. Je ne suis pas encore décidée. *Tout à la fois* : qu'est-ce que tu en penses ?

— C'est très bien.

— Non, vraiment… sois franche. »

Elle nous enferma.

« J'ai dit que c'était très bien. »

Sa chambre était ombreuse et étouffante. Les rideaux étaient tirés, le lit défait. Sa penderie était vidée et sa valise faite. Sur le secrétaire, la machine à écrire était rangée dans sa housse en cuir marron portant l'étiquette : PROPRIÉTÉ DE PORTMANTLE.

« Ah, je comprends, dit-elle. Tu es en colère contre moi parce que je ne suis pas en colère. » Elle se jucha avec lassitude à l'extrémité du lit. « Eh bien, j'ai trouvé ça plutôt gentil, ce qu'il a écrit sur moi.

— Même si ce n'est pas vrai.

— Il y a des choses vraies. Et tu t'attendais à quoi ? Une explication de dix pages ? » Elle tira sur sa cigarette en se frottant le bout des doigts. « Au moins, il me met à la porte avec de la poésie. "*Je ne me querelle pas avec le sort.*" Plutôt poignant, je trouve. »

Je n'arrivais pas à comprendre sa bonne humeur.

« On peut se battre contre ça, tu sais. Nous quatre.

— Oh, bien sûr. Quelques pots d'*ayran* dans la figure devraient faire l'affaire. Tu te charges d'Ender, je descends le doyen. Q et Tif pourront creuser nos tranchées.

— Je suis sérieuse. »

Elle rit et agita la main avec dédain. Quand elle se leva, un cordon de cendre tomba sur le devant de sa robe de chambre et elle le frotta sur le tissu.

« C'est drôle de penser que je vais cesser d'être MacKinney. Je me suis occupée de ses dernières volontés. Tu veux ton héritage maintenant, ou bien tu préfères attendre que je sois partie ?

— Je ne te laisserai pas parler sur ce ton. Tu as peut-être tiré un trait sur cet endroit mais ce n'est pas pour ça que je dois m'en réjouir. »

Elle m'ignora. Elle alla jeter sa cigarette dans une tasse posée sur le secrétaire et réorganisa une pile de livres, en en choisissant un qui était au bas de cette dernière.

« Non, je pense que je ferais mieux de te le donner maintenant… il y a des chances que tu l'aies lu, mais certainement pas dans cette édition. On ne fait pas plus rare. »

C'était un exemplaire relié toile de *Capitaines courageux* de Rudyard Kipling. La couverture bleue délavée était protégée par du plastique transparent.

« Malheureusement pour toi, je l'ai dédicacé, dit-elle. Ça lui fera peut-être perdre quelques livres quand tu en viendras à le vendre. »

Sur la deuxième de couverture, elle avait écrit :

À Knell, qui était quelqu'un d'autre avant que je la rencontre, et le sera quand je serai partie.
Ta grande amie, MacKinney

J'avais très envie de pleurer. L'envie monta en moi, depuis la pointe des pieds.

« Je ne peux pas accepter, dis-je.

— Un merci suffira. Je n'en demande pas plus. Et pense à moi quand tu le regarderas.

— Il doit bien y avoir une solution. »

Elle s'approcha en secouant la tête.

« J'ai bien peur que nous ayons fait notre temps, ma vieille. C'est en train d'arriver.

— Il faut qu'on force la main du doyen, c'est tout, qu'on fasse pression.

— Accepte-le, Knell. C'est l'exclusion définitive pour moi. » Elle essaya de me faire sourire avec cette remarque, mais j'en étais incapable. Elle me fourra le mot du doyen dans la main et referma mon poing dessus. « Écoute, tu sais combien de pièces j'ai écrites dans ma vie ? Trente-six. Tu sais combien valaient quelque chose ? Une seule. *Une* ! Si j'avais un étal au marché, je serais dans la misère à l'heure qu'il est. On n'imagine pas qu'un honnête succès puisse vous amener aussi loin, si on n'y prend pas garde… celui-là m'a amenée plus loin que je n'avais le droit d'aller. Je suis fatiguée de revenir sur mes propres pas pour retrouver quelques bribes de celle que j'étais autrefois. C'est indigne. »

Elle me lâcha la main et retourna jusqu'au lit pour arranger les couvertures.

« Le fait est que je ne peux plus rester ici en prétendant que la numéro trente-sept va, comme par enchantement, surpasser ce que j'ai accompli auparavant, parce qu'au fond, je sais que ça n'arrivera pas. Comment pourrait-il en être autrement ? J'ai déjà écrit ma meilleure pièce. J'avais vingt-trois ans et j'étais malheureuse comme les pierres, mais ça a été de loin mon coup de génie. Tu ne l'as jamais vue, hein ? J'aurais bien aimé… cette mise en scène a été le truc le plus excitant auquel j'aie jamais participé. » Elle se tut un moment, resserra la ceinture de sa robe de chambre. « Il n'y avait même pas d'argument, pas vraiment. Juste une famille qui vit sa vie au quotidien. Quelques personnes avec leurs défauts sous un même toit, qui font des erreurs les unes avec les autres. Pas de grandes idées, juste des vies ordinaires. Mon enfance, je suppose. C'était quelque chose d'unique. Mais c'est justement le problème. Une fois que ta meilleure histoire a été racontée, elle ne peut pas être racontée à nouveau. Elle te fait, puis te défait. »

Les couvertures et les draps étaient à présent aussi lisses qu'un dessus de table. Elle s'attaqua aux oreillers, les tapotant l'un après l'autre.

« Maintenant je vais enfin pouvoir arrêter de vouloir être originale. Et je vais pouvoir revoir mes filles. Ça sera bien. Je les ai affreusement négligées.

— Tu n'étais pas destinée à être femme au foyer, Mac.

— Peut-être pas. Mais si j'avais trente-six enfants à la place, je serais bien plus heureuse. » Elle retira sa robe de chambre et l'accrocha à la colonne de lit. La peau autour de ses clavicules était pleine de taches de rousseur et fragile, mais elle était si mince sous sa chemise de nuit, et elle se tenait là avec la tranquille assurance d'une femme bien plus jeune, sûre, ou du moins oublieuse de sa beauté. « Va donc remettre ce truc sur le panneau d'affichage, tu veux. Si tu t'inquiètes pour Q et Tif, rassure-toi. Mieux vaut pour eux qu'ils pensent que je m'en vais avec une pièce terminée. »

Elle alla dans la salle de bains, et j'entendis l'eau couler.

« Alors pourquoi ne pas faire une lecture ?

— Je ne tiens pas à m'humilier.

— Tu pourrais juste faire quelques scènes. Je pourrais jouer Willa. Q pourrait faire Christopher. » Cette idée me mettait mal à l'aise, mais j'aurais fait n'importe quoi pour MacKinney à ce moment-là. Et je pensais que cela nous donnerait l'occasion à tous les quatre de passer son dernier jour à répéter ensemble, plutôt que de rester consignés dans nos quartiers, seuls, aux prises avec nos projets. « Tu mérites de vrais adieux, comme les autres. Je ne te laisserai pas partir sans. »

Elle vint à la porte, une serviette autour de la taille.

« Je préférerais m'éclipser, si cela ne te fait rien.

— Bien sûr que ça me fait quelque chose. »

La douche continuait de couler. Des nuages de vapeur commencèrent à envahir l'espace derrière elle.

« Q n'accepterait jamais, de toute façon.

— Bien sûr que si. Tu as des cigarettes, souviens-toi. On pourrait même donner un rôle à Tif.

— Mais j'ai déjà dit non au doyen. »

Je regardai l'annonce froissée dans ma main.

« Je la corrigerai. Ou bien j'ajouterai un appendice. Tu vois, tu y penses. Ça veut dire que tu es partante.

— Je suppose que ça ne serait pas trop horrible. » Elle repartit dans la salle de bains. « Il y a une ou deux scènes dont on pourrait tirer quelque chose, en répétant un peu. Quoique Tif n'ait pas la voix qu'il faut, ajouta-t-elle en tendant le cou par l'ouverture de la porte. Il va en faire des tonnes, et je n'ai pas envie de me ridiculiser. »

Elle ferma la porte. J'entendis le rideau de douche coulisser sur sa tringle.

« Et Fullerton ? criai-je, mais elle ne m'entendit pas. Mac ? »

Une fois cette idée en tête, impossible de m'en défaire. Je posai le Kipling sur le lit et m'approchai du secrétaire pour déballer la machine à écrire. Mais je ne trouvai pas de papier dans les tiroirs. La pièce était tellement sombre que les entrailles du bureau paraissaient caverneuses.

Quand j'allumai la lampe, l'ampoule claqua, me faisant sursauter. J'allai ouvrir les rideaux. Ils étaient faits du même velours pesant que ceux qui ornaient les fenêtres partout dans la résidence, accrochés à des anneaux en laiton qu'il était difficile de déplacer. Il y avait un coup à prendre, une sorte de fouetté du poignet. Au moment où ils s'ouvrirent, le martèlement de la pluie se fit plus bruyant, plus enveloppant. Et c'est peut-être ce bruit et le crépitement de la douche de Mac, ainsi que le brusque ajustement à la lumière, qui me fit perdre la tête un instant : quand je regardai par les vitres embuées, je vis une vaste étendue d'eau là où le parc de Portmantle aurait dû se trouver, une mer mouvante qui montait jusqu'aux flancs de la résidence, comme si la bâtisse elle-même était une île et les fenêtres de MacKinney le rivage.

La vision ne dura qu'une fraction de seconde. Tout revint d'un coup : les pelouses, les arbres, les logements, les paysages alentour. Je me frottai les tempes, scrutai le motif du papier peint. Des points noirs décroissaient dans mon champ de vision. Je n'avais pas encore pris de petit déjeuner et me sentais un peu étourdie. C'était la fatigue, un léger vertige… rien de plus.

Il y avait juste assez de jour pour m'aider à trouver ce dont j'avais besoin dans le secrétaire de Mac. Une rame de papier jaune paille était enfouie dans le tiroir du bas, sous une pile de chemises cartonnées. J'insérai une feuille dans la machine à écrire. Il n'était pas difficile de reproduire le registre soutenu du doyen, mais je tapais très mal. J'étais tellement lente que la feuille était encore enroulée dans la machine quand Mac sortit de la salle de bains, se séchant les cheveux avec une serviette.

« Qu'est-ce que tu écris ?

— Une petite annonce. » Je tapai le point final et sortis la feuille, que je lui tendis. « Laisse-moi faire. On commencera les répétitions après le déjeuner. »

ADDENDUM

JE SUIS HEUREUX DE CONFIRMER QUE, SUITE À DE NOUVELLES DISCUSSIONS AVEC MACKINNEY, LE DÎNER DE CE SOIR SERA SUIVI D'UNE LECTURE-SPECTACLE DE SA NOUVELLE PIÈCE. VOUS ÊTES PRIÉS DE VOUS RÉUNIR SANS BRUIT AU SALON. DU *SALEP* SERA SERVI POUR L'OCCASION.

LE DOYEN

7

Quickman avait une façon bien à lui de manger les grenades. Il incisait la base avec un couteau pointu, entaillait la peau en huit quartiers, puis pressait le fruit au-dessus d'un bol, extrayant chaque graine lie-de-vin avec ses doigts, jusqu'à ce qu'il ne subsiste plus qu'une carcasse molle. Toute l'opération prenait moins de temps qu'il nous en fallait pour peler une orange. Et lorsque venait la saison des grenades, au début de l'été, je m'asseyais et je le regardais perfectionner sa technique chaque matin, consciente de comprendre quelque chose du fonctionnement de son cerveau. J'avais remarqué qu'il abordait les conversations de la même manière ; en isolant rapidement les points essentiels et en rejetant la lie inutile pendant que vous parliez.

Il prit la nouvelle du départ de MacKinney avec calme, lisant l'avis du doyen en s'appuyant sur ses poings. Le réfectoire était pratiquement plein, et l'assaut de la pluie contre les fenêtres pareil aux craquements d'un phonographe. Il ne souleva aucune objection, me remercia juste de le lui avoir montré. Après quoi il dit : « Elle aura été plutôt discrète. Je ne savais absolument pas qu'elle était si près du but. » Je lui dis que j'étais au courant depuis quelques jours. Je n'étais pas sûre qu'il m'ait crue. « La citation du doyen est un peu déconcertante néanmoins. Ce n'est pas sa tambouille sirupeuse habituelle. » Il me rendit le mot. « Mais ça explique sa mauvaise humeur de ces derniers temps. Et qu'elle soit cul et chemise avec l'Espagnol. Ah ah, je commence à comprendre. » Il effleura ses joues avec ses ongles. « Enfin, inutile de nous apitoyer sur notre sort, je suppose. Je suis fier d'elle. Merde, elle l'a bien mérité.

— Mais cet endroit sans Mac, dis-je, ça ne va pas.

— Mieux vaut se concentrer sur les aspects positifs.

— J'essaie. Ce n'est pas facile.

— Est-ce que Tif est au courant ?

— Il est encore dans son atelier.

— On devrait aller le réveiller. Il ne voudrait pas apprendre la nouvelle de quelqu'un d'autre. Laisse-moi finir mon assiette et on y va. »

Je décidai que je devais aussi avaler quelque chose après l'étrange vision que j'avais eue dans la chambre de Mac. Je m'assis et bus deux verres de lait entier pendant que Q finissait ses œufs. Je lui expliquai mon projet de mise en scène pour la lecture de la pièce, et il se montra étonnamment enthousiaste ; je n'eus même pas à lui parler des cigarettes.

« J'en suis, dit-il, à condition que je puisse rester sur ma chaise. Faire l'acteur, ça me dépasse, mais je pense être capable de lire à haute voix.

— Moi qui pensais devoir employer la menace.

— Tu sais que je donnerais un rein à Mac s'il le fallait. Et d'ailleurs, je meurs d'envie de voir ce sur quoi elle a travaillé. On va donner un rôle à Tif ?

— Je pense qu'elle a quelqu'un de plus réservé à l'esprit.

— Dommage. Il ne demanderait que ça.

— C'est un peu le problème.

— Oh, laisse-le essayer au moins. L'exubérance n'est pas une mauvaise chose. Ce sont les adieux de Mac… il va vouloir participer.

— Je suppose.

— Allez. Finis ton verre. »

Nous empruntâmes le parapluie du doyen. Quickman et moi faisions à peu près la même taille, et même si nous étions abrités par la voûte vert citron du parapluie, les flaques du chemin nous montaient presque aux chevilles et nos pantalons furent vite trempés.

Le logement de Pettifer se trouvait à une cinquantaine de mètres du mien, derrière la façade sud de la résidence, parmi un groupe d'ateliers légèrement plus spacieux, que le doyen réservait aux architectes et aux graveurs. Seuls deux de ces ateliers étaient occupés à ce moment-là (Crozier avait l'autre), et celui de Pettifer était dans la pente qui descendait vers la clôture d'enceinte, ce qui rendait son accès périlleux. Les racines saillantes des tilleuls faillirent nous faire trébucher deux fois. Nous nous écorchâmes les mains aux broussailles qui nous arrivaient à la taille et que nous devions écarter pour passer. Quand enfin nous rejoignîmes le sentier conduisant à l'atelier de Pettifer, nous étions de fort mauvais poil.

Quickman tambourina à la porte, qui s'ouvrit. « Tif, appela-t-il, gros lourdaud, on entre ! On est trempés ! » et il entra sans attendre, repliant le parapluie avant de le jeter par terre. Il traversa l'atelier à grands pas avec l'assurance d'un homme qui se trouve chez lui, se dirigeant droit sur la commode pour me chercher une serviette. Je retirai mes chaussures, essorai mes chaussettes, retroussai le bas de mon pantalon. Il fit de même, puis alla remettre du charbon dans le poêle, qui semblait avoir été allumé peu de temps auparavant. Il régnait dans l'atelier une chaleur appréciable, en fait : des lampes luisaient dans chaque coin, les murs étaient couverts de croquis et de schémas, et il y avait tellement de linge sale étalé partout que je me sentais totalement enveloppée.

Pettifer n'était qu'une silhouette ronflante sous les couvertures. Il dormait à plat ventre, comme sanglé à la roue d'un lanceur de couteaux : les bras en croix, les pieds crochetés au rebord du matelas. La sinusoïde de ses ronflements était à la fois paisible et désagréable. Quickman alla le ranimer en lui tapotant les doigts de pied. « Debout ! On a des nouvelles pour toi. »

Je posai mes chaussures et mes chaussettes à côté du poêle.

Pettifer grogna.

« J'espère pour vous que c'est une urgence. Vous ne voyez pas que je travaille ? »

Sa table à dessin était installée sous la fenêtre mais il n'y avait rien dessus. Je supposais qu'il l'avait placée là pour s'inspirer de la vue sur les bois. Il disait toujours que le travail d'un architecte consistait à s'imprégner et à réinterpréter la nature. « Le meilleur critère pour juger une construction, m'avait-il dit un jour, c'est la discrétion avec laquelle elle se fond dans le passé. Et rien n'est plus discret qu'un arbre, ou une montagne, ou un mûrier sauvage, ou… enfin, tu vois où je veux en venir. » Des dessins au crayon étaient accrochés pêle-mêle sur le mur adjacent. Tous représentaient différents types de portes. De formes et de tailles innombrables ; certaines toutes simples, d'autres plus ornementées. Il y en avait une, habilement dessinée sur une feuille de format carré, qui ressemblait à une herse, et une autre, rendue à l'encre, encadrée par deux piliers trapus en forme de pommes de pin. Je passais rarement voir Pettifer parce que sa productivité me procurait toujours un sentiment d'insécurité. Mais je constatais que la plupart des dessins sur le mur étaient là depuis très longtemps. Le seul projet qui avait avancé depuis ma dernière visite était la maquette de bateau commencée l'hiver précédent. C'était à présent un vaisseau complet avec ses mâts en balsa, ses voiles en tissu, et même son minuscule nid-de-pie. Il le gardait en cale sèche sur le dessus de son classeur à plans sur un socle en bois chancelant, ce qui me donna à penser que les tiroirs en dessous n'étaient pas utilisés.

« Tu travaillerais toute la journée si on te laissait faire », dit Quickman.

Sans ouvrir les yeux, il marmonna dans son oreiller :

« Allez-vous-en.

— MacKinney s'en va demain.

— Fous-moi le camp, Q. J'ai besoin de sommeil.

— Tu as entendu ce que j'ai dit ? Mac s'en va.

— Je t'ai entendu. Je suis mort de rire.

— Dis-lui, Knell. »

Le charbon crépitait agréablement dans le poêle. Je me réchauffai les pieds contre la grille.

« Il ne plaisante pas. Elle prend le ferry à la première heure. »

Après un moment de silence, Pettifer se redressa en bâillant.

« Si j'apprends que c'est une blague, je vous écorche tous les deux. »

Il m'arracha des mains le mot du doyen que j'avais apporté, le parcourut en faisant la grimace. Il se coucha sur le flanc, tenant toujours le message.

« Eh bien, si ce n'est pas une manière idéale de commencer la journée.

— Réjouis-toi pour elle, dit Quickman. C'est une très grande réussite.

— Je suis fou de joie.

— Ça se voit.

— Je suis tellement fou de joie que je suis désespéré. »

J'allai m'asseoir sur le lit.

« Haut les cœurs, Tif, tu n'es pas le seul à qui elle va manquer. On organise une lecture ce soir. J'espérais que tu donnerais un coup de main. »

Pettifer lâcha le mot et roula sur le ventre.

« C'est une très mauvaise idée.

— Pourquoi ?

— Vous m'avez déjà vu jouer ? Mac se ridiculiserait, je me ridiculiserais, et ça finirait mal pour toutes les personnes impliquées. » Il détourna la tête. « Vous deux, faites ce que vous voulez, mais laissez-moi en dehors de ça.

— Il ne s'agit pas de jouer, mais de lire, insistai-je. Ne sois pas pénible. On va avoir besoin de taper quelques exemplaires… aide-nous au moins pour ça. »

Quickman fit le geste de se trancher la gorge avec le doigt, mais c'était trop tard.

« Je tape comme un pied, déclara Pettifer. Si vous voulez la vérité, je suis un bon à rien. Mais tout particulièrement dans le domaine de l'architecture, ce qui est légèrement handicapant pour un architecte, je pense que vous en conviendrez. » Il tira l'oreiller de sous sa joue et s'en couvrit la tête. « Mon Dieu, je n'arrive pas à croire que Mac a vraiment terminé. Vous êtes bien conscients que ça signifie qu'elle est meilleure que nous, hein ? On ne sortira jamais d'ici. Je vais travailler sur cette maudite construction jusqu'à ce qu'ils me mettent dans une boîte.

— Voilà qui est parlé, dit Quickman. Je savais que tu verrais le bon côté des choses.

— Allez-vous-en.

— Ça aurait pu être pire, dis-je. Tu l'aurais vu sur le tableau d'affichage si on ne t'avait pas prévenu.

— Allez. Vous. En. »

Quickman récupéra ses chaussures, les enfilant nu-pieds.

« Allez, Knell. C'était une erreur. » Il posa ses chaussettes mouillées sur le dossier d'une chaise et ramassa le parapluie. « Laisse-le s'apitoyer sur son sort un moment. On réessayera à l'heure du déjeuner. »

Pettifer souleva le bras.

« Enfin une parole sensée. »

On lui pardonnait facilement son égoïsme. L'aboutissement du projet de Tif était tellement lointain que chaque départ entamait sa confiance, provoquait une panique qui le hérissait et lui faisait perdre son sens de l'humour des jours durant. Jusque-là, nous n'avions jamais eu à dire adieu à quelqu'un d'aussi important que MacKinney, aussi ne pouvais-je pas lui reprocher de vouloir rester au lit. Sans la consolation de savoir le projet de Mac inachevé, j'aurais très bien pu me comporter de la même manière. En promenant mon regard dans son atelier, je vis les vestiges d'un grand labeur, d'une quête acharnée, mais aucune cohérence. Combien de croquis de portes pouvait-on dessiner avant de se décider sur la forme parfaite ? Combien de temps pouvait-il continuer à prospecter le même lopin de terre aride avant qu'il ne s'effondre sous ses pieds ?

Je savais que Pettifer travaillait plus dur à son art que n'importe lequel d'entre nous. Depuis son tout premier jour à Portmantle – quand Mac et moi l'avions vu passer pesamment les grilles, un tube à plans sanglé dans le dos –, il s'échinait sur le même projet. Il nous l'avait décrit le deuxième soir. « Ils construisent une nouvelle cathédrale à Manchester, avait-il dit. Je mets de l'ordre dans les esquisses. » Nous avions fini par comprendre, au fil des saisons passées en sa compagnie, qu'il avait déjà obtenu la commande. Il y avait eu un concours épuisant entre lui et quatre autres architectes, et c'est son projet initial qui avait le plus impressionné l'archevêque. Cela avait été une période excitante dans sa carrière, son « apogée ». Mais, une semaine avant le démarrage prévu du chantier, Pettifer avait repéré un important défaut de conception.

D'après les explications qu'il nous avait données, il s'agissait moins d'un problème structurel que d'une faiblesse esthétique – il se refusait à qualifier exactement ce qu'il entendait par là, mais il évoquait souvent un « léger déséquilibre ». Ce problème n'intéressait pas les ingénieurs, qui avaient hâte de démarrer le chantier ; l'archevêque n'avait aucune réserve ; même les associés de Tif étaient déconcertés par ce retard. Mais il estimait que ce défaut de conception était tellement essentiel qu'il s'était complètement retiré du projet, reprenant tous les plans en élévation et en coupe qu'il avait soumis. Il avait restitué ses honoraires à l'archevêque et s'était promis de chercher à obtenir d'autres commandes. Pourtant, le problème de la cathédrale continua à l'obséder, jour après jour. Il nous avait confié qu'il avait vécu cela comme une mise à l'épreuve de sa vocation. Les dates limites des concours se succédèrent. Il refusa ou ignora totalement d'autres commandes. Il se rendit compte que plus rien ne l'intéressait sinon corriger les imperfections de sa cathédrale ; un processus qui le conduisit tellement loin dans les brumes de la création qu'il se mit à mettre en doute tout ce qu'il avait appris en matière d'architecture. Il rejeta son style de dessin élaboré et trouva une façon différente d'exprimer ses idées, aux antipodes de sa formation. Comme ce nouveau style ne fonctionnait pas, il en essaya un autre, puis un autre, ad infinitum. Il changea si souvent de philosophie personnelle que son esprit devint une soupe. Il ne se fiait plus à ses propres décisions. Il perdit tout sens des proportions, faisant une fixation sur les plus petits détails. Sa cathédrale fut complètement démontée, comme un moteur, puis remontée ; elle fut réduite au maximum, dynamitée, modernisée, épurée, refaçonnée. Il repartait de zéro, recommençait, encore et encore, jusqu'à ce que chaque nouvelle journée ne serve plus qu'à saper les illuminations de la veille. Assez rapidement, ses collègues perdirent patience et mirent fin à leur association. Ils l'abandonnèrent à sa table à dessin une après-midi, baignant dans sa sueur, l'haleine fétide. Il continua sans eux dans un bureau vide, exerçant seul, sans clientèle et sans une seule commande pour le faire vivre, jusqu'à ce qu'un vieil ami intervienne. L'ami en question (qui allait devenir son parrain), constatant la gravité des problèmes de Pettifer, décida qu'il devait lui parler de Portmantle. La seule réponse de Pettifer avait été : « Combien de temps faut-il pour aller là-bas ? »

C'était du moins l'histoire qu'on racontait à son sujet. J'ignorais si sa cathédrale était plus proche de la perfection qu'elle ne l'était à son arrivée, parce que je n'avais jamais osé ouvrir son classeur à plans pour voir ce qui se trouvait dans les tiroirs. Une partie de moi-même avait peur de le faire. Pourtant, je ne doutais pas que Pettifer réussirait, si on lui en laissait le temps. Sa ténacité, ses principes, son courage dans la défaite, tout cela faisait que j'étais fière de le connaître, même si son attitude était parfois difficile à supporter.

Il continuait de tomber des trombes d'eau dehors, et j'avais peur que la foudre ne soit pas loin. Blottis sous le parapluie, Quickman et moi remontâmes péniblement la pente.

« Il l'a plutôt bien pris, j'ai trouvé, dit Q. Qu'est-ce qu'on fait maintenant ?

— Allons demander au garçon.

— Je savais que tu dirais ça. »

Nous nous frayâmes un chemin à travers les arbres, en faisant bien attention où nous mettions les pieds, et nous regagnâmes le plat. Au loin, le ciel était brumeux, d'un gris de fer, et les cheminées de la résidence crachaient des ruisseaux de fumée qui paraissaient suffisamment solides pour qu'on puisse grimper dessus. En contournant la bâtisse par l'ouest, nous tombâmes sur la chienne du doyen, assise bien droite au milieu du chemin. La pluie avait transformé son pelage en peau de chamois hirsute et son museau ruisselait, mais elle restait assise là, patiemment, en tremblant. Ses narines fumaient. C'était comme si elle nous attendait, nous en particulier. Elle nous regarda approcher sans aboyer. Quickman se baissa pour la caresser. « T'es pas bien maline pour un corniaud, hein ? » dit-il en essuyant la pluie sur sa tête. Il me demanda de tenir le parapluie pendant qu'il tirait une figue sèche de son manteau. La chienne n'était pas intéressée. « Comme tu voudras. » Quand il se releva, elle était collée à ses pieds.

« Elle doit te prendre pour le doyen », dis-je.

Q mangea la figue.

« Je ne sais pas si je dois prendre ça pour un compliment. »

Nous repartîmes vers le logement de Fullerton, le chien sur nos talons. Je sentais sa queue me battre les mollets.

« Je suppose qu'on va devoir se la coltiner », dit Q.

Les aiguilles des pins ployaient sous le déluge. Une lumière morne enveloppait le bungalow du garçon. La pluie frappait les parois du fût d'essence qui était toujours dehors dans l'herbe, jouant un mauvais air de calypso. Les volets étaient fermés et le conduit de cheminée ne fumait pas.

« S'il accepte, dit Q, il se pourrait que je le laisse garder mon briquet.

— Tu es plus sentimental que tu en as l'air. »

Nous nous approchâmes du chemin et je frappai aux volets. Nazar alla à la porte et renifla le seuil. Elle se mit à gratter le bois, boxant contre un adversaire imaginaire. « Pousse-toi de là ! » fit Quickman en l'écartant avec sa cheville. Il cogna à la porte. La chienne se faufila devant lui pour recommencer à gratter, puis elle se mit à hurler et à aboyer.

Comme je me baissais pour la calmer, je remarquai ce qu'elle avait déjà vu : l'eau qui coulait à flots sous la porte. Ce n'était pas simplement un effet de l'averse, mais une fuite. L'eau bouillonnait comme une source sur le béton, confluant avec les ruisseaux du chemin. Mes chaussures étaient trop trempées pour la sentir. « Quickman… regarde », dis-je.

Il essaya la poignée mais rien ne bougea.

« C'est un peu fort », dit-il.

Je frappai de nouveau en appelant le garçon par son nom. Quickman cogna à coups redoublés. Nous ouvrîmes les volets mais on ne voyait que nos reflets et le halo vert citron de notre parapluie. Nazar continuait à aboyer.

« Va chercher Ardak », dit Q. Il avait dû voir quelque chose qui m'avait échappé. Il y avait une dureté dans sa voix. « Vas-y ! » Il me fourra le parapluie dans la main et se recula en retirant sa peau de mouton. La pluie le dévora. Sa barbe pendait en touffes. Le chien grattait et jappait.

« Qu'est-ce qu'il y a ? » demandai-je.

Quickman enroula son manteau autour de son bras.

« Je t'ai dit d'aller chercher de l'aide. »

Mais j'étais incapable de bouger. Il s'avança vers la fenêtre en me maudissant tout bas.

« Alors prends le chien, ou il va se faire mal. Dépêche-toi ! »

J'attrapai le collier de Nazar, qui se rebiffa et aboya de plus belle, mais je réussis à la traîner hors de l'allée.

Quickman donna un coup de poing dans le coin du carreau et le verre s'étoila. Avant qu'il puisse frapper à nouveau, toute la fenêtre vola en éclats, tombant sur ses chaussures. Il enleva les éclats du cadre à coups de pied et sauta à l'intérieur.

Toute cette scène (je restai accroupie dans l'herbe un certain temps, avec Nazar qui se débattait pour s'échapper et sans rien voir d'autre que le store qui battait dans la trouée de la fenêtre) se déroula avec une lenteur incompréhensible. Je voyais bien que le chien aboyait furieusement, et pourtant, le bruit était bizarrement indéchiffrable, étouffé. Tous les sons étaient atténués. J'avais comme un goût de sang dans la bouche.

Ensuite la porte d'entrée s'ouvrit. Quickman me criait dessus. Je lâchai le chien, qui se précipita vers lui.

« Aide-moi à le soulever ! » Je pouvais l'entendre à présent. « Aide-moi à le soulever ! » Il disparut dans l'obscurité.

Je courus après lui.

À l'intérieur, j'eus l'impression que le sol tanguait. Une pellicule d'eau claire ruisselait dessus, pareille au jet d'un tuyau d'arrosage sur une terrasse. La lumière de la salle de bains était allumée, et Quickman attendait là, avec le chien qui lui tournait dans les jambes. Il avait fermé les robinets, mais la baignoire continuait à déborder. Fullerton était effondré à l'intérieur, à plat ventre. Une ceinture en cuir était passée autour de son cou, attachée à la base du robinet. Il avait la tête enroulée de morceaux d'adhésif. Ses cheveux tournoyaient à la surface. « Dépêche-toi, prends-lui les pieds, dit Quickman en dénouant la ceinture. Je ne peux pas le porter tout seul. »

Je pris les chevilles du garçon et Quickman le souleva par les aisselles. Nous le tirâmes hors de l'eau et tombâmes sur le carrelage, son corps pâle et luisant entre nous. Le ruban adhésif était enroulé autour de sa bouche et de son nez, fronçant sa peau. Quickman essaya de le retirer. Il y avait une autre épaisseur d'adhésif à l'intérieur de la baignoire, couvrant la bonde.

« Aide-moi, dit Quickman. Allez ! »

J'avais besoin de ça – des directives, une main ferme – parce que j'étais incapable de penser à l'étape suivante. Mon cerveau était paralysé et je pouvais entendre le sang refluer en moi. Les yeux du garçon étaient bouffis. Je décollai l'adhésif jusqu'à voir le blanc de ses dents. Quickman commença à appuyer sur son sternum, à insuffler de l'air dans sa bouche. Il envoya promener le chien qui lui jappait dans l'oreille. Je me collai contre le mur. J'étais sans voix, effrayée, en larmes. « Fais quelque chose ! s'emporta Q. Cours chercher quelqu'un ! » Le chien refusait de se taire. Je me relevai en chancelant, frissonnante, les jambes coupées par la peur. Je vomis partout sur moi. Recommençai sur le chemin. Mais lorsque je me mis à courir, je ne m'arrêtai qu'une fois arrivée à la résidence. Je trouvai Ardak dans l'entrée. « *Ne oldu ?* » dit-il. Je me précipitai dans ses bras et il me serra contre lui. « *Neyin var ?* »

DEUXIÈME PARTIE

DES PIÈCES DE MÉMOIRE

1

Tout ce que j'ignorais au sujet de Jim Culvers avant d'arriver à Londres, je l'appris en un mois de travail avec lui. Sa réputation reposait sur un style de portraits conventionnel : des toiles sans fioritures de jeunes blousons noirs en colère et d'employées de bordels de Soho plus ou moins dénudées, que le critique du *Burlington Magazine* que j'avais emprunté avait décrites comme étant « formellement impressionnantes et profondément banales ». En 1957, l'année où je devins son assistante, Jim avait déjà commencé à abandonner son approche traditionnelle et tentait de parfaire une méthode fiable permettant d'effacer carrément les sujets de ses portraits. Au cours de cette période, une toile typique de Culvers montrait une pièce vide (généralement une vue imprécise de son atelier), traitée en touches épaisses de couleurs éteintes, au milieu de laquelle trônait un fauteuil vide ou un verre d'eau avec une trace de rouge à lèvres. Il invitait des modèles à tenir la pose pendant de longues séances, ne peignant rien avant qu'ils ne soient partis. Aux collectionneurs, il affirmait que les nouveaux portraits exprimaient les traits caractéristiques du modèle de la façon la plus épurée qui soit, en révélant la forme de leur absence. « N'importe quel espace, aimait-il postuler, se trouve changé quand une personne le quitte : c'est donc *cela* que je peins. » Ils réagissaient en lui demandant ce qu'il pensait de Edward Hopper, ce qui l'énervait tellement qu'il augmentait son prix de départ de façon déraisonnable.

Jim possédait un atelier de deux pièces au rez-de-chaussée d'une maison de St John's Wood aménagée dans une ancienne écurie. Sa galerie, Eversholt, lui accordait une indemnité mensuelle pour couvrir le loyer, les fournitures, et ce qu'ils appelaient les « frais de subsistance » (dans le cas de Jim, ils se montaient à peu de choses, à part le whisky et les courses de lévriers). Sur cette somme, il me versait six livres de salaire hebdomadaire, et j'étais logée gracieusement dans son grenier. C'était un espace humide et dénué de charme, une simple mansarde. Le plafond se creusait quand il pleuvait. L'été, des pigeons entraient par les lucarnes. Une odeur de charbon brûlé émanait des cheminées alentour. Mais il y avait un pan de plafond sous lequel je pouvais installer une toile et, en tendant le cou par la fenêtre, j'apercevais Regent's Park. Je m'estimais chanceuse de disposer de mon propre espace de travail et de me trouver plongée dans la scène artistique londonienne, quoique de manière périphérique.

Pendant ces tout premiers mois avec Jim, je ne fus rien de plus qu'un factotum. J'allais lui acheter ses tubes de peinture chez un petit marchand de Covent Garden et apportais ses toiles à l'encadreur de Marylebone High Street, faisant des allers-retours en bus avec les modifications qu'il désirait, jusqu'à ce qu'il obtienne satisfaction. Je déposais ses sacs de linge sale à la laverie automatique et préparais son déjeuner ; tous les jours le même sandwich cheddar-pickles au pain complet, sans la croûte, avec deux épaisses rondelles de concombre dans chaque moitié triangulaire.

Je m'aperçus rapidement que ces tâches triviales me laissaient du temps pour mon propre travail. Pendant que je déposais à réparer une paire de chaussures pour Jim, par exemple, je m'asseyais au bord du canal à Little

Venice, avec un thermos de thé, et je croquais des gens dans la brume, dessinais les ponts et la circulation frénétique de Londres. Je mettais de côté tous les sacs en papier kraft dans lesquels étaient vendues les bouteilles de whisky de Jim, les conservant dans mon sac à main pour m'en servir de papier à dessin. Je relevais mes cheveux avec des crayons entrecroisés, comme une Asiatique, de façon à toujours les avoir sous la main.

Je découvris que je parvenais à en faire davantage pendant ces quelques moments volés que Jim Culvers en quinze jours. Chaque matin, il arrivait au studio à huit heures, les yeux rougis et l'air abattu, et je doute qu'il se soit jamais vraiment soucié de ce que je faisais de mon temps libre avant son arrivée, de la même manière qu'un client de restaurant est indifférent aux manœuvres du personnel de cuisine. Il ne me vit jamais en train de flâner dans Regent's Park juste après le lever du jour, quand l'herbe était encore givrée et que le lac n'avait pas une ride, pour dessiner la faune ailée, la silhouette des immeubles et les étranges arbres têtards : détails que je reconstituais en tableaux, tard le soir. Dans la lumière naissante du petit matin, les endroits dévastés par les bombes paraissaient tellement vivants et romantiques, comme si chaque ruine du quartier de Paddington était une histoire jamais racontée. Certains matins, je me perchais sur un mur dans Brindley Street pour dessiner des choses qui n'étaient pas là, les fantômes qui peuplaient l'intérieur de ces cavités. D'autres fois, je me promenais le long du canal et dessinais les vagabonds qui dormaient sur le pont des barges vides. Du moment que j'étais de retour à l'atelier à huit heures pour accueillir Jim avec des petits pains aux raisins tout chauds, je pouvais jouir de ces heures précieuses.

Je ne tardai pas à me retrouver impliquée plus étroitement dans son travail. Comme il n'avait pas réussi à convaincre Max Eversholt, son seul bienfaiteur, que la série des pièces vides (les « portraits d'absence », comme il les appelait) méritait qu'on lui consacre une exposition, il avait regagné des territoires plus familiers. Je lui trouvais des sujets en prenant des gens en photo dans la rue : des groupes de *skiffle* qui répétaient devant des cafés, des chauffeurs de bus qui rentraient chez eux à pied, des jeunes filles en rayonne dans la queue des cinémas, des garçons qui jouaient aux dés sur le trottoir. Si une tête lui plaisait – un sourire particulier, une moue renfrognée, ou toute bizarrerie qui captivait son imagination –, il me donnait quelques shillings pour la photographie et passait la journée à la copier à l'huile. En plus de cela, je classais ses études au fusain dans des carnets, en datant chaque dessin, afin qu'il puisse suivre l'évolution de ses idées. Il aimait me dire que je tenais le journal de sa déchéance, et j'aimais lui dire d'arrêter de jouer les martyrs.

Mes fonctions d'assistante durèrent neuf mois. Si quelqu'un avait osé insinuer que j'étais en train de tomber amoureuse de James Graham Culvers pendant cette période, j'aurais protesté. À l'époque, Jim était tout à fait déterminé à faire oublier ce qu'il pouvait avoir d'attirant en se négligeant et en buvant. Il pouvait passer des journées entières sans prendre de bain et refusait de se laver les cheveux quand il travaillait sur une toile. Par moments, son odeur aigre imprégnait tellement l'atelier qu'elle écrasait même celle de la térébenthine. Quand un tableau était achevé, il rafraîchissait sa coupe de cheveux avec une tondeuse à main et entrait dans l'atelier d'un pas nonchalant, de la mousse à raser dans le pli des oreilles.

En règle générale, le bavardage n'était pas son fort. Si les modèles commençaient à lui parler de leurs vacances, il faisait la moue et opinait du chef, les laissant à leur monologue. Le matin, il contemplait son reflet dans les fenêtres pendant que je préparais son chevalet. Ses yeux étaient trop gros, disait-il (« des yeux de mouton ») ; ses dents de devant trop écartées, son menton trop fort, son nez protubérant (« un vrai moteur de hors-bord »). Il était vrai que les éléments constitutifs de son visage étaient plutôt inhabituels, mais assemblés, ils s'équilibraient plaisamment. Au bout d'un certain temps, je finis par comprendre que ses griefs exprimaient davantage le point de vue d'un esthète que celui d'un vaniteux. Il avait la curiosité des imperfections, était capable de s'émerveiller des heures durant des craquelures d'une assiette en porcelaine, des soies de pinceau prises dans le vernis d'un châssis de porte, des coquilles du journal. Il estimait que tout ce qui était sans défaut était artificiel et suspect. « Tous ces gens que tu as pris en photo sont bien trop beaux, disait-il. La prochaine fois, rapporte-moi autre chose. Je veux des tignasses miteuses, des cicatrices et des tatouages ratés. Ceux-là, on les croirait sortis d'un magazine. Même le chauffeur de bus a des yeux de biche. Je vais devoir le peindre dix fois plus moche. »

J'en arrivai à apprendre sur Jim des choses dont seule une épouse aurait dû être informée. Je connaissais ses gargouillements intestinaux, ses cors aux pieds, les airs qu'il sifflotait aux toilettes et les rubriques du journal qui avaient sa préférence. Je découvris qu'il avait des allergies – à l'arachide, à la rhubarbe, à la pêche, au crabe –, et je voyais bien quand il avait consommé ces aliments, même s'il me jurait le contraire (sa voix enrouée et ses yeux chassieux le trahissaient). Il faisait une blague sur la mère de Whistler que je dus entendre une centaine de fois, et il y avait une anecdote qu'il racontait sur son enfance qui incluait toujours la même phrase : « Mon vieux, tu comprends, était anglican, et il voulait que je me fasse pasteur… »

Ce n'était pas le genre d'homme à susciter une attirance immédiate. De prime abord, on n'avait ni le souffle coupé ni les jambes en coton et, à vrai dire, les femmes de ma génération avaient trop de jugeote pour attendre ce genre de chose. Au lieu de cela, il désaccordait peu à peu les cordes de votre cœur, l'air de rien, jusqu'à ce que sa tonalité singulière devienne si familière que vous finissiez par croire qu'elle était la seule. Et si ma vie de peintre avait commencé dans l'arrière-cour de l'immeuble de mes parents, je devais le reste de ma carrière à Jim Culvers. Être son assistante me donna la possibilité de développer mon propre travail en secret et, sans lui, ces peintures n'auraient peut-être jamais été vues. Je ne mesurai la profondeur de mon affection pour lui qu'au moment où je cessai de devoir m'inclure dans ses petites habitudes.

C'est par une de ces journées routinières de janvier, froide, grise et bruineuse, que j'entendis sonner à la porte de l'atelier et que je descendis ouvrir à Jim. Je supposai qu'il avait encore oublié ses clefs, mais quand j'ouvris la porte, je le trouvai avec trois sacs de jute à ses pieds. « Aide-moi à porter ça », dit-il en emportant deux des sacs, et me laissant aux prises avec le plus volumineux. Il était plein à craquer de plusieurs bidons de ce que je pensais être de la peinture ordinaire. Sur les étiquettes usées de couleur blanche, on lisait :

RIPOLIN

Je les traînai dans l'atelier, et Jim me les fit ranger en pyramide près de la fenêtre. « Si ça convient à Pablo, dit-il, alors ça me convient. Vas-y, ouvres-en un. Je veux voir dans quel état est la peinture. »

Je m'exécutai, posant un bidon par terre et soulevant le couvercle en faisant levier avec une cuiller. Une odeur d'ammoniac s'échappa. Le vernis à l'huile s'était dissocié du pigment et formait un lac marron et suintant à la surface.

« Qu'est-ce que c'est que ce machin ? » demandai-je.

Il s'accroupit devant le pot pour examiner les volutes de produits chimiques.

« De la magie en boîte, déclara-t-il. Tout le monde s'en servait avant la guerre… on blaguait en disant que Picasso s'en beurrait des tartines, mais après, ils ont dû fermer l'usine et on n'en a plus trouvé nulle part. Elle ne m'a pas l'air trop mal, finalement. Et j'ai eu le lot pour rien ! » Quand je fis mine de remuer la peinture, Jim écarta ma main d'une petite tape. « *Tut tut !* Attends une seconde. » Il se releva. « Il faut qu'on la teste. Voir si elle est toujours utilisable. Elle a passé ces vingt dernières années dans un sous-sol. Il n'y aura aucun problème avec le pigment, à mon avis, mais ce liant m'a l'air un peu grumeleux ; on va devoir le siphonner d'une manière ou d'une autre, ou essayer de le mélanger avec les tubes qu'on a ici. »

Il alla décrocher son manteau derrière la porte et l'enfila.

« Tu t'en vas ?

— C'est que je me suis trimballé tout ça depuis Drury Lane. Ça m'a rincé. » Il se fouilla pour trouver son portefeuille. « Je pensais passer à la maison faire une sieste réparatrice. »

Je connaissais Jim suffisamment bien pour savoir que « faire une sieste réparatrice » signifiait « se soûler à mort ». Il n'était pas encore dix heures, et il n'y avait aucune raison de supposer qu'il serait de retour avant la nuit.

« Pendant mon absence, dit-il, rends-nous service, fais donc un petit essai avec la peinture, d'accord ? Amuse-toi avec, vois ce qu'on peut en faire. Utilise autant de toile que tu veux, mais ne gâche pas la peinture… pour ce que j'en sais, c'était les dix derniers pots qu'on pouvait trouver à Londres. »

Toute cette journée, je la passai enchaînée au Ripolin, à tester ses qualités. C'était une matière contrariante, rétive, qui demandait à être amadouée. J'épuisai un des pots en essayant différentes méthodes, avec des résultats limités, jusqu'à ce que je découvre le mélange parfait : deux parts de peinture à l'huile, deux parts de térébenthine, une part de Ripolin, bien mélangées. On obtenait alors des blocs de couleur uniformes, mais l'astuce consistait à enduire préalablement la toile avec une épaisse couche de gesso blanc. Après ce traitement, la peinture devenait plus opaque et également plus fluide. Cela permettait de masquer les traces de pinceau et, en même temps, autorisait une finesse d'exécution qui conférait à chaque image davantage de caractère. Chaque couleur possédait une résonance, une sorte de vibration visuelle.

Jim reparut le lendemain matin, migraineux et débraillé. Il ne semblait pas se rappeler m'avoir demandé de tester le Ripolin, ni même l'avoir acheté, parce qu'il reprit sa routine habituelle. Ce n'est qu'après avoir fini son café qu'il remarqua la pyramide de pots et vit la toile tournée contre le mur.

« Alors, tu as réussi à maîtriser ce truc ? me demanda-t-il, comme si la peinture traînait dans l'atelier depuis des semaines.

— Tu avais raison, lui dis-je. C'est magique. »

Je retournai la toile.

Jim desserra les paupières. J'avais fait cette peinture de mémoire : un portrait de lui dans un imperméable gris, arpentant un trottoir invisible. Son corps dégageait une impression de mouvement, créée par le Ripolin et mon propre coup de pinceau, plutôt nerveux, tandis que la toile de fond, un écran d'immeubles, reconstituée à partir de mes souvenirs de promenades à travers la ville, était d'une troublante immobilité. L'essentiel de la toile était occupé par cette architecture disparate et, parce que mon intention était de voir comment la peinture réagissait à différentes applications, ce paysage urbain manquait d'unité : de sinistres escaliers de secours rouges ici, de la brique gris pâle là ; des garde-fous rose gluant, des arbres aux feuilles blanches, et d'étranges fenêtres jaunes. Et pourtant, curieusement, ces éléments hétéroclites se fondaient. Toutes ces petites expériences, perçues comme un tout, formaient quelque chose d'original. On avait la silhouette compacte de Jim qui traversait le bas de l'image, et Londres qui miroitait, vacillait, se transformait dans son sillage. C'était une des toiles les plus saisissantes que j'aie jamais faites.

« Mince alors ! » dit simplement Jim, ce que je pris pour une vigoureuse adhésion. Il dut examiner la peinture pendant quarante bonnes minutes, me demandant comment j'avais obtenu tel ou tel effet, voulant connaître les proportions des mélanges que j'avais expérimentés avec le Ripolin. Il appréciait particulièrement l'impression d'animation que cela donnait à la figure humaine – je ne savais pas trop s'il s'y reconnaissait –, et je passai un certain temps à lui expliquer et à lui montrer comment travailler la peinture pour obtenir ce résultat. Au bout d'un moment, Jim prit la toile et la reposa contre le mur, retournée, comme auparavant. J'ignorais s'il me laisserait la garder, étant donné que je l'avais faite avec *ses* fournitures, *ses* pinceaux, mais plus elle restait dans ce coin sombre de son atelier, plus j'avais de mal à accepter qu'il la laisse là à prendre la poussière. Les quinze jours qui suivirent, personne n'y toucha, tandis que Jim se mettait à accumuler ses propres œuvres au Ripolin : les mêmes portraits usés d'après photos, seulement plus colorés, plus incisifs, plus vivants.

Et puis un soir, alors que je lisais dans ma soupente, j'entendis le grondement d'un moteur de moto dans la rue en dessous. Par la lucarne, je vis un homme trapu engoncé dans un blouson en cuir enlever son casque. Il secoua la tête, comme pour libérer une longue crinière bouclée, alors qu'il ne possédait qu'une pauvre ceinture de cheveux blancs qui pendait autour de sa tonsure comme un rideau de douche. Jim Culvers émergea du side-car et s'écria : « Hé, Max ! J'ai oublié la clef ! » À en juger par le son de sa voix, il en était au moins à son septième whisky. On sonna à la porte, un long trille insistant.

J'enfilai mes vêtements et je descendis leur ouvrir. Vernon Glasser, le sculpteur américain qui occupait l'atelier à l'étage, était sorti sur le palier en tricot de corps. « Il a de la chance, je ne faisais que dormir. Dis-lui que si ça se reproduit, je sors le coupe-boulons. Dis-lui que Vern Glasser a dit ça. » Il se retira d'un pas lourd, en se couvrant les oreilles.

À la porte, Max Eversholt eut la courtoisie de se présenter. « Vraiment navré pour l'heure tardive, dit-il, avec un agréable accent guindé. On ne vous dérangera pas longtemps. » Il semblait gêné par l'ébriété de Jim, à qui il parlait comme à un chien : « Allez, viens, James. Voilà. Attention à ta tête. Voilà, c'est bien. »

Jim tâtonna pour trouver l'interrupteur de l'atelier.

« Max est venu prendre de mes nouvelles. Hein, Max ?

— Je crois avoir été invité », répondit Eversholt, en ouvrant son blouson. Il le crocheta d'un doigt et le jeta par-dessus son épaule.

« Pss. Ne l'écoute pas. C'est un escroc. » Soudain, Jim eut l'air affolé. « Ellie… qu'est-ce que tu as fait de ces carnets ?

— Ils sont dans la malle avec les couvertures. »

Pendant que Jim allait fouiller pour les trouver, Eversholt passa en revue un assortiment de toiles près de la porte. Il examina chaque peinture pendant à peine quelques secondes, penchant la tête d'un côté, puis la redressant.

« Celles-ci sont assurément meilleures, dit-il. Je peux voir un style en train d'émerger.

— D'émerger ? » répéta Jim. Il jeta par terre les carnets qu'il avait retrouvés. « Ne viens pas ici prononcer ce genre de mot, "Émerger". Je ne me les sors pas du cul. »

Eversholt frotta ses doigts tachés de peinture fraîche.

« Fais attention, James. Il y a des dames.

— Tu peux dire tout ce que tu veux devant elle, dit Jim. Elle a tout entendu.

— Il en a pris combien ? demandai-je à Eversholt.

— Oh, ce n'est rien. Je l'ai vu dans des états bien pires que ça. » Il fit signe à Jim d'approcher. « Allez, mon vieux, jetons un œil à ces croquis.

— Nan, j'ai changé d'avis, rétorqua Jim d'une voix pâteuse. Ça ne vaut pas tripette. Je suis même pas foutu de dessiner.

— Ne fais pas l'idiot. Ramasse-les. »

À contrecœur, Jim s'accroupit pour les rassembler, vacillant sur ses talons. Il était tellement lent que j'allai l'aider.

« C'est lequel le meilleur ? me dit-il à voix basse.

— Celui-là », répondis-je.

Jim s'écroula sur son derrière, et tenta de se raccrocher au plancher. Je donnai le carnet à Eversholt, qui le feuilleta en hochant la tête. Au bout d'un moment, il déclara :

« Ça vient, Jim, ça vient. Je dois dire que ça fait plaisir de voir que tu recommences à dessiner… je vois bien que tu es en train d'affiner quelque chose. C'est séduisant. Mais il te faut plus de temps. Je reviendrai dans un mois ou deux, à ce moment-là on pourra faire le point.

— Attends, attends, attends. Il n'y a pas que ça. Il y en a des tas d'autres. Montre-lui, Ellie. »

Je ne savais pas trop à quoi il faisait allusion. Le meilleur de son travail avait déjà été rejeté.

« Laisse-le voir la pile des Suspendus. Vas-y. »

Je le regardai, hésitante.

« Allez, montre-lui. »

Eversholt me suivit dans le recoin le plus éloigné de l'atelier, où Jim entreposait toutes les peintures qu'il n'avait plus le courage de terminer et qu'il mettait « en suspens ».

Eversholt les examina avec une totale absence d'émotion ; une froideur tellement criante qu'il avait dû travailler son expression tous les soirs devant le miroir de la salle de bains. Il portait des richelieus fort originales, de couleur prune, dont les épais talons restèrent plantés au sol tandis qu'il regardait les peintures.

« Je crains qu'on soit encore loin du compte avec celles-là, Jim, lança-t-il avant d'enfiler son blouson. Cela dit, ravi d'avoir vu ton travail, comme toujours. Je dirai à tout le monde que tu as bossé dur.

— Bon Dieu, ne commence pas à colporter ce genre de rumeur », lui répondit Jim.

Et puis, alors qu'Eversholt passait dans la grande pièce pour prendre congé, il s'arrêta en apercevant le dos de ma toile au Ripolin contre le mur du fond. « Non, ce n'est pas à vendre… enfin, ça ne vaut rien », marmonnai-je, tandis qu'il s'avançait pour retourner le tableau. Eversholt ne m'écouta pas. Il le parcourut du regard, le visage impassible. Il dut rester là un bon moment, parce que Jim finit par entrer en titubant, s'appuyant au chambranle.

« Ah, dit-il. Je vous trouvais bien silencieux là-dedans. »

Eversholt dessina des cercles avec sa main au-dessus du tableau.

« Raconte-moi ce qui se passe, là. C'est quoi, l'idée ?

— C'est une longue histoire, répondit Jim.

— On dit que les autoportraits sont complaisants. Difficiles à vendre. »

Jim renifla. Me regarda douloureusement.

« C'est juste un essai. »

J'avais envie d'intervenir, d'expliquer, mais je voulais aussi donner à Jim l'occasion de parler en ma faveur.

« Personnellement, j'ai toujours pensé que c'était des âneries, reprit Eversholt. Parce que ça, ça me donne des frissons. Laisse tomber tout le reste, à mon avis. Donne-moi dix ou douze autres de ces petits "essais", si c'est comme ça que tu les appelles. Et tu pourras avoir ton expo. Je pensais fin août. Septembre à la limite.

— Ah, Max. Tous ces impératifs. J'adore ta façon de parler, dit Jim, tout sourire. Mais je suis désolé, vieux, j'ai l'impression que tu confonds l'art et les pompes. Je ne peux pas m'allonger et t'en faire vingt. Je suis un peintre. L'inspiration, ça va, ça vient. » Il leva les bras. « Tu entends ça, Ellie ? Voilà ce qui nous attend. Il va falloir danser pour le montreur d'ours désormais.

— S'il te faut un témoignage supplémentaire de ma bonne foi, très bien. Combien ? » Eversholt sortit un carnet de chèques de son blouson. J'assistai à la scène sans dire un mot.

« Ton argent ne m'intéresse pas, déclara Jim. Mais tu peux en faire un pour quelqu'un d'autre, si ça ne te fait rien. Le nom de famille est Conroy. Le prénom Elspeth. Ne me demande pas de l'épeler, parce que je suis bourré, mais j'imagine que cinquante livres, ça ira pour commencer. »

Eversholt commença à remplir le chèque.

« Qui c'est ça, Elspeth Conroy ?

— C'est elle, dit Jim en me montrant du doigt. Artiste en résidence. »

Le cou d'Eversholt pivota lentement.

« C'est vous qui avez fait ça ? »

Je ne savais pas quoi dire. Le sang avait reflué de ma tête. Mes paumes étaient devenues très froides.

« Oui. Enfin, ça s'est fait tout seul, pour ainsi dire. C'est un coup de veine.

— Foutaises, dit Jim. Elle en a d'autres. Là-haut. Des tonnes. Ils valent carrément mieux que tout ce que tu trouveras dans ce dépotoir. »

Eversholt détacha le chèque et referma le carnet.

« Montrez-moi.

— Encore des directives, dit Jim. Tu devrais vraiment apprendre les bonnes manières.

— Tu as raison. Laisse-moi recommencer. »

Jusque-là, Eversholt m'avait considérée avec la curiosité passagère qu'il aurait pu avoir pour une femme de chambre ou un garçon d'écurie. J'avais à présent toute son attention.

« Miss Conroy, *ma chère*, si vous vouliez bien me laisser jeter un rapide coup d'œil à votre travail, j'en serais enchanté. En attendant... » Il s'avança pour m'offrir le chèque. « ... considérez cela comme un acompte sur ce que j'ai vu jusqu'à maintenant. »

Quelques mois plus tard, Max présentait une petite sélection de mes œuvres dans un couloir de la galerie Eversholt, avant l'exposition principale. La tête d'affiche était Bernard Cale, un poids welter devenu artiste, qui avait fait une honnête carrière en dessinant des combats de boxe à l'encre et à la gouache. À l'époque, sa peinture brutale et sans concession, montrant force nez cassés et lèvres fendues, était appréciée des collectionneurs de sexe masculin : fumer le cigare en buvant un cognac sous un Bernie Cale accroché dans son bureau vous conférait un certain prestige viril. Comme j'avais du respect pour l'honnêteté des peintures de Cale et que j'admirais l'habileté de leur construction, j'étais contente de voir mon travail exposé en accompagnement du sien. Personne ne venait à l'exposition avec l'intention de voir mes sinistres peintures de lieux bombardés, mais beaucoup s'arrêtaient pour les regarder.

Par chance, Jim se présenta sobre au vernissage. Il fumait dans le couloir avec Bernie Cale en personne, examinant l'œuvre que je préférais dans la sélection : *Répétition fantôme*, 1958. Elle montrait la carcasse d'un vieux théâtre de Kennington, sur laquelle j'avais superposé une nouvelle façade dans un camaïeu de gris dilués. Derrière les fenêtres pâles, j'avais peint avec délicatesse le fantôme d'un homme tenant un rasoir coupe-chou, les joues couvertes de mousse, et griffé le reflet d'une jeune fille qu'on apercevait dans son miroir.

« C'est celui-là que Bernie préfère, commenta Jim. Il le trouve menaçant. Moi, je le trouve triste. Viens clore le débat. »

Cale acquiesça de la tête. « Je veux savoir à quoi pense ce type. Je peux pas m'empêcher de me faire du mouron pour la p'tite, je dois dire. » Il s'approcha du tableau en plissant les yeux. « Ils vous font tous plus ou moins ça, chacun à sa manière… c'est ce que je disais tantôt à Jim : ils vous font tous quelque chose, mais celui-là me met sur les nerfs. C'est dur de faire ça avec un tableau.

— Merci, Bernie. C'est gentil à vous.

— Pourquoi me remercier ? Ce n'est pas moi qui l'ai peint, ce machin.

— Ne nous laisse pas dans le doute, me dit Jim en écrasant son mégot. On est censé se sentir triste, avoir peur… quoi ?

— Tout dépend de celui qui regarde, dis-je.

— Tu entends ça, Bernie ? Match nul.

— Je veux être remboursé », dit Cale avec un petit sourire en coin.

À la fin de la soirée, je tombai sur Jim qui attendait dehors sur le trottoir.

« J'ai pensé que quelqu'un devait te raccompagner, à moins que tu attendes une limousine. »

J'occupais toujours gracieusement la mansarde de St John's Wood, et je n'avais pas songé à me chercher un atelier. Sur l'insistance de Max, j'avais cessé de me « déprécier » en travaillant comme assistante, si bien que je ne pouvais plus compter sur mon modeste salaire pour assurer ma subsistance. Au lieu de quoi je puisais tous les jours dans l'« acompte » que Max m'avait versé, et dont j'avais envoyé la moitié à mes parents à Clydebank dès que son chèque avait été crédité sur mon compte. Au cours de cette étrange période, je me sentais comme une plume emportée dans un courant d'air. Il était évident que le cours de ma vie dépendait du succès de cette première exposition, mais j'étais incapable de dire dans quelle direction cela me pousserait. « J'allais prendre le bus », dis-je.

Nous descendîmes Cork Street ensemble. C'était une nuit sans vent, mais le froid piquait quand même et je n'avais pas pris de manteau.

« Un gentleman te proposerait sans doute son blazer, dit Jim en me voyant frissonner.

— Effectivement.

— Mais tu saurais alors qu'il a brûlé deux fois sa chemise avec le fer à repasser. Oh, et puis tant pis… »

Il retira sa veste et je m'arrêtai pour qu'il puisse m'en couvrir les épaules. Et, en se tournant, il me montra les traces de brûlure sur son dos : deux empreintes brun clair au niveau de la colonne vertébrale.

« Tu as dû le régler trop fort.

— Eh bien, maintenant je le sais.

— J'apprécie tes efforts. Tu es très élégant. »

Il haussa les épaules.

« Ça y est, tu es réchauffée ?

— Un peu. »

Nous nous retrouvâmes à Baker Street sans qu'il ait dit un seul mot à propos du vernissage. Il exprima son avis presque sur le ton de la résignation :

« La peinture qui a plu à Bernie, celle avec le type qui se rase, tu tiens quelque chose. Si j'essayais de peindre une scène comme celle-là, je me planterais dans la composition. Mais toi, tu sais exactement ce qu'il faut montrer du visage de la petite fille dans le miroir. Ce tableau renferme des émotions qui feraient fuir la plupart d'entre nous. »

J'avais du mal à marcher et à éprouver autant de joie en même temps.

« Merci. Ça compte vraiment beaucoup pour moi d'entendre ça, Jim.

— Écoute, je ne dis pas qu'ils étaient *tous* sensationnels. Calme ta joie. » Il s'essuya le nez à plusieurs reprises avec le creux du poignet. « Si toute l'expo était aussi bonne, il ne m'aurait pas tapé dans l'œil toute la soirée. » Il me fit traverser la route, la main au bas de mes reins. « Maintenant, tu as intérêt à ce que personne ne l'achète, hein ? » Une voiture ralentit et nous fit un appel de phares. « Enfin, un honnête citoyen. » Il remercia le conducteur en levant le pouce quand nous passâmes devant son capot.

« C'est censé vouloir dire quoi, ça ? » dis-je.

Il avait pris un peu d'avance et dut s'arrêter.

« Ne reste pas plantée là, je me gèle.

— Qu'est-ce que tu as voulu dire ? »

Les phares des voitures l'éclairaient par-derrière. Il souffla dans ses poings.

« Viens au pub avec moi, je vais te montrer.

— Non, j'ai déjà trop bu.

— Je sais. Deux verres, c'est ta limite… Attends une seconde. » Et, levant le bras, il réussit à héler un taxi qui approchait. Celui-ci se rangea le long du trottoir, vitre baissée. « Maida Vale, dit Jim au chauffeur. Le Prince Alfred. » Il m'ouvrit la portière. « Allez, monte, ou tu n'auras pas ta réponse. »

Quand nous arrivâmes au pub, il ne fila pas au bar pour commander un whisky, comme je m'y attendais. Au lieu de cela, il m'entraîna au fond de la salle en interpellant le patron en chemin :

« Je vais commencer par un double, Ron. Laisse-le sur le comptoir pour moi.

— Qui est avec toi ?

— De quoi je me mêle ?

— Un peu trop jolie pour cet endroit, non ? Tu ferais mieux de l'emmener dans un endroit convenable.

— Oh, elle ne va pas rester longtemps, ne t'en fais pas. »

Il me conduisit à une table d'angle, au calme : une banquette recouverte de tartan.

« C'est ici que je réfléchis le mieux, dit-il. Prends-toi un siège. »

Je tirai un tabouret. Il s'assit sur la banquette en face de moi et me regarda, amusé par quelque pensée intime.

« De l'autre côté, dit-il.

— Quoi ?

— Tourne-toi. Il faut que tu regardes de l'autre côté. »

Je fis ce qu'il me demandait.

Il y avait un tableau au mur que j'attribuai à Jim ; un portrait à l'huile, d'un soldat coiffé d'un béret, des volutes de tabac s'enroulant autour de son visage. C'était une petite peinture toute simple. Les traits souriants du soldat étaient remarquablement bien rendus. Jim avait su capturer un état d'esprit : impuissant mais rebelle.

« Il faut que tu te raccroches aux meilleurs, dit-il. Garde quelque chose pour toi, c'est tout ce que je veux dire. J'aurais pu vendre celui-là une fortune un jour, mais j'ai choisi de ne pas le faire. Ça a été la meilleure décision de ma vie. »

Je me levai pour le voir de plus près.

« Pourquoi ne pas l'accrocher dans ton appartement, ou à l'atelier ?

— Ça me plaît qu'il soit ici, où les gens peuvent le voir. Et, tu me connais, j'ai tendance à m'arrêter boire un verre à l'occasion.

— Et si on le volait ?

— Ron ouvre l'œil. Et il fallait bien que quelqu'un améliore la décoration. Ils avaient un stupide dessin de canasson avant que je m'en mêle. » Il vint se mettre à côté de moi. Il sentait l'huile de lin. Quand je me tournai pour regarder son visage, je constatai qu'il avait les yeux fixés sur le portrait. Ils étaient humides, brillants. « Franchement, j'aurais aimé l'envoyer au gamin après l'avoir peint, mais je l'ai fait à partir d'un croquis. Il est mort avant qu'on quitte Dunkerque. On croirait pas pourtant à voir ce grand sourire, hein ? Le pauvre vieux ne savait pas ce qui l'attendait. » Jim fut pris d'une brusque quinte de toux. « Enfin bref, c'est tout ce que je voulais te montrer. » Il me donna un petit coup d'épaule. « Ne dis à personne que tu as failli me voir pleurer. J'ai une réputation à défendre. »

Nous restâmes au Prince Alfred le temps de boire un verre, puis il me raccompagna. Comme nous traversions les rues glacées de Little Venice, fatigués et tremblants, je me dis qu'il m'enlacerait peut-être, par solidarité, à défaut d'autre chose. Mais il garda les mains dans les poches pendant tout le trajet jusqu'à St John's Wood. Nous ne parlâmes que de questions domestiques : dans quelle boutique devait-il à présent porter ses chemises à laver ? Quelle boulangerie faisait le pain qu'il aimait ? Il se préparait à la vie sans moi. Alors que nous descendions la ruelle de l'atelier, il frappa les pavés du pied et dit : « Je vais probablement coucher par terre dans l'atelier ce soir. » Je n'arrivais pas à savoir s'il était sincère ou s'il me suggérait quelque chose, et nous arrivâmes devant la porte d'entrée avant que j'aie pu réagir. « Enfin, ce n'est pas un problème, ajouta-t-il. J'ai l'habitude maintenant. » Il nous fit entrer et ferma l'atelier à clef. Après avoir allumé les lumières, il s'attarda sur le seuil de la porte, caressant le verrou avec le pouce. Il semblait avoir autre chose à me dire qu'un « Bonne nuit », mais c'est tout ce qu'il m'offrit. Il ne me restait plus qu'à monter l'escalier branlant, son blazer sur les épaules, seule.

C'est peut-être le contrecoup de ce moment qui fit que je me cherchai d'autres consolations. Voir toutes mes œuvres barrées sur la liste des prix de la galerie à la fin de l'exposition fut pour moi un véritable encouragement : les dix toiles avaient été vendues en moins d'une semaine. Je m'autorisai à savourer les compliments des collectionneurs que Max me transmettait, des inconnus dont l'intérêt, en d'autres circonstances, m'aurait été indifférent. Mais surtout, je vis mon nom en lettres d'or sur la galerie Eversholt, comme une enseigne de grand magasin, et je confondis ça avec la réussite.

Après cette exposition de couloir, je n'avais plus besoin de grappiller du temps pour dessiner, même si je continuais à me lever à six heures tous les matins pour sortir avec mes crayons. Max me trouva un atelier à Kilburn, avec un appartement attenant, et on me promit le même salaire mensuel que Jim recevait pour les fournitures et le minimum vital. J'étais contente de ces changements, mais je regrettais de quitter ma toute petite mansarde, dont les dimensions ridicules avaient, d'une certaine manière, influencé les toiles que j'y avais faites, tassant chaque paysage, écrasant toutes les silhouettes, écourtant tant de têtes et de corps, déformant toutes les perspectives. Et, surtout, je n'avais pas envie de quitter Jim. J'étais devenue tellement dépendante de notre intimité, je m'étais tellement habituée à sa voix éraillée, et même à son odeur. Mais je n'allais pas faire comme ces femmes qui laissent leurs aspirations être freinées par ce genre de sentiments, surtout que ces derniers n'étaient pas payés de retour. Jim Culvers survivrait, que je sois là pour installer son chevalet tous les matins ou pas, et je comptais sur lui pour toujours demeurer exactement là où il était, pour pouvoir passer le voir toutes les semaines et lui manquer entre deux visites.

Le jour où je quittai la maison, il se tenait à la porte de son atelier, à me regarder tirer ma valise dans l'escalier. Il ne me proposa pas son aide, mais attendit là, sans dire un mot, pendant que je soulevais mon bagage d'une marche à l'autre. Quand j'arrivai en bas, il me dit :

« Il va falloir t'habituer à trimballer tes lingots d'or. »

Je m'appuyai contre la balustrade pour reprendre mon souffle.

« C'est juste quelques livres de bibliothèque.

— Je crois qu'on est censé les rendre.

— Oui, mais il faudrait que je paye les pénalités de retard. »

La valise s'ouvrit brusquement, et quelques livres reliés s'éparpillèrent au pied des marches. Jim finit par m'aider à les ramasser.

« *Le Loup des mers. L'Écueil. Billy Budd*... je ne t'aurais jamais cataloguée comme matelote.

— Il se trouve que ce sont des classiques.

— Je te crois sur parole. Tiens. »

Il me les rendit, et je les fourrai dans la valise.

J'avais fait l'effort de beaucoup lire pendant que j'étais aux Beaux-Arts, dans l'espoir que de bonnes lectures pourraient me donner des idées de peintures (et si elles enrichissaient mon vocabulaire du même coup, me disais-je, tant mieux). Notre exubérant proviseur, au lycée de Clydebank, encourageait toutes les filles à lire Jane Austen et les Brontë. « Et, pour l'amour de Dieu, lisez *Middlemarch*, avait-elle déclaré un jour, pendant qu'elle nous donnait notre cours d'arts ménagers. Si vous n'avez qu'une seule chose sensée à faire pendant le restant de votre vie, lisez *Middlemarch* ! » Je trouvai ces livres utiles et intéressants, mais peut-être pas tout à fait aussi formateurs que je l'avais imaginé, comme si j'avais visité des monuments incontournables après avoir passé trop de temps à me les représenter. Le peintre en moi était attiré par d'autres voix : par l'habilité et le sens du détail de Melville, par les paysages lugubres de Conrad, par les récits d'aventures de Stevenson. C'était vers leurs œuvres que je revenais sans cesse. En fait, j'avais relu *Moby Dick* et *Nostromo* tellement souvent pendant les premiers temps de ma vie avec Jim que leur langue se reflétait dans mon journal intime ; parfois, dans de simples lettres à mes parents, je copiais des passages de *Voyage en canoë sur les rivières du Nord* (« *Doter une si courte lettre d'une préface est, je le crains quelque peu, pécher contre les proportions !* ») et ressentais un léger mécontentement quand cela ne suscitait aucun commentaire de leur part.

« Comment vas-tu charger tout ça dans le bus ? demanda Jim.

— Je ne prends pas le bus. Max s'est occupé de me trouver une fourgonnette. Elle devrait arriver d'une minute à l'autre.

— Ce bon vieux Max, hein ? Que ferait-on sans lui ?

— Tu ne vas pas recommencer avec ça. »

Il porta la valise sur le trottoir. Le ciel était gris ciment, et l'air fraîchissait avant la grêle.

« On ne sera pas loin l'un de l'autre, dis-je. Je viendrai te voir.

— Non, tu auras du travail à faire.

— J'aurai toujours mes soirées et mes week-ends.

— Ha, ha, c'est ça », dit Jim. Il se retourna pour regarder la maison. « Il reste des choses à descendre ?

— Juste un ou deux cartons.

— Je suis sûr que tu peux les porter toute seule, dit-il en évitant mon regard. On va se serrer la main et se dire au revoir, si tu veux bien ? Pas la peine d'en faire une cérémonie. »

Sa paume était aussi rêche qu'une patte de chien, ses doigts ridés et calleux.

« Et si on disait samedi ? Je t'apporterai des bagels de la bonne boulangerie juive. On pourra prendre une tasse de thé et…

— Quoi ? S'échanger les dernières nouvelles ? Parler d'Arsenal ?

— J'allais dire qu'on pourrait éplucher les pages des courses. Ça ne me dérange pas de continuer à placer tes paris. Le week-end, en tout cas. »

Jim hocha la tête. Tout son visage se crispa.

« Je pense que tu oublies comment Max fait les choses. Il t'aura déjà goupillé un programme, c'est couru d'avance. Il va tout de suite te mettre en contact avec la bande de la Roxborough, et Dieu sait qui d'autre. On va te partager : une part ici, une autre là. Ça va vouloir dire des délais, des heures à n'en plus finir à l'atelier. Du vrai travail. Pourquoi crois-tu que j'avais besoin d'une assistante au départ ? Ce n'était pas pour chauffer mon grenier. » Il regarda le ciel en plissant les yeux. « Non, tu ne seras pas assise là, à manger des bagels et à me lire la cote des partants, c'est sûr. Et, franchement, si c'est comme ça que tu choisis d'occuper ton temps à partir de maintenant, je te tords le cou. » Il renifla. Une fourgonnette blanche approchait venant de la grand-rue. « Je ferais ça rapidement, remarque, tu ne le sentirais même pas. C'est dire à quel point je te respecte. » En me tapotant le bras, il ajouta : « Bon, Miss Conroy, travaille dur et file droit. Oublie tout ce que j'ai pu malencontreusement t'apprendre et tu te porteras comme un charme. Viens me saluer à ta prochaine *soirée* pour que je puisse me faire mousser. Allez, du balai. »

Il retourna dans son atelier d'un pas lourd, les yeux baissés. Et cela resta la dernière conversation que j'eus avec Jim Culvers pendant très longtemps.

2

Bien que tous les artistes soient en quête de reconnaissance, ils ne peuvent pas prévoir sous quelle forme elle se présentera ni les compromissions qu'ils seront prêts à faire pour prolonger leur succès. Ils ne peuvent que se cramponner aux rênes et s'efforcer de braver les aléas sans dévier de leur cap. Mais aucune femme ne peut améliorer sa condition sans sacrifier un peu de son identité. J'étais une jeune fille ordinaire de Clydebank qui avait réussi à s'imposer comme un espoir de la scène artistique londonienne : étais-je réellement censée rester la même après avoir vécu ces expériences ? Même mon père, qui était revenu du front sans paraître affecté par les horreurs de la guerre, avait tendance à gommer son accent quand il téléphonait à la mairie. Alors comment étais-je censée aliéner ma vie à la galerie Roxborough Fine Art et être toujours la même jeune fille qui peignait autrefois dans la cour de ses parents ? Je faisais tellement d'efforts pour préserver Clydebank en moi que je me rendis bientôt compte que je forçais le trait. Peut-être que s'il y avait eu une présence pour me stabiliser pendant cette période de ma vie – un homme bien, comme Jim Culvers, qui aurait pu me secouer en cas de besoin –, j'aurais été capable de conserver un semblant de mon ancien moi. Mais le soir du vernissage de ma première exposition personnelle à la galerie Roxborough, en 1960, je n'avais pas un seul véritable ami dans la salle.

Au lieu de cela, j'étais cernée de parties intéressées et de détestables parasites. Des gens tels que Max Eversholt, qui paradait dans la galerie comme s'il avait peint toutes les toiles lui-même, cornaquant des jeunes femmes en robes du soir de paysage en paysage en les prenant délicatement par le coude. Il demandait à d'autres artistes en vue de venir me parler, en présumant que nous nous connaissions déjà (« Tu connais Frank, bien sûr… tu connais Michael… tu connais Timothy… ») parce que tous les peintres de Londres devaient forcément être les meilleurs amis du monde. J'étais là, à papoter de manière embarrassée avec eux, comme j'aurais parlé à des parents éloignés pendant une veillée mortuaire.

Ce genre d'événements était fait pour Max Eversholt et les gens de cet acabit. Pour lui, le plancher de la galerie un soir de vernissage était le seul endroit où il se sentait vivant. Il poussait son enthousiasme jusqu'à la théâtralité, se glorifiant de son implication dans mon travail, embrassant des joues, tapotant des dos, se délectant du ronron des conversations qui s'ensuivaient. Je n'ai jamais compris pourquoi tout ce clinquant et cet apparat étaient nécessaires pour vendre un tableau. L'art n'avait certainement rien à y voir. Tous les peintres que je respectais travaillaient seuls dans une pièce silencieuse, et les images qu'ils fabriquaient étaient destinées à une contemplation pleine de gravité, non pour servir de décor à ces odieux raouts de nababs et de collectionneurs toqués qui mettaient trop de parfum. Au bout d'un moment, la compagnie de ces gens est devenue la norme, et on attendait non seulement de moi que je les enchante avec mon travail, mais que je les fascine également avec ma personnalité. Si je rechignais à me concilier ces inconnus, cela ne faisait qu'accroître leur fascination.

Je restai dans un coin avec Bernie Cale pendant la plus grande partie de ce vernissage, et nous parlâmes de Jim un moment, nous demandant tout haut où il était parti, si on avait des nouvelles. Bernie avait entendu toutes sortes de rumeurs et n'était convaincu par aucune. « Je ne vois pas un type comme Jim tenir plus dix minutes à New York, dit-il. Trop de moulins à parole et de petits malins. Trop de compétition. Et tu sais ce qu'il pense du whisky américain. Le single malt est tellement cher là-bas, il ne s'y ferait jamais. »

Je ris, me rappelant les opinions très tranchées de Jim sur la question. Il avait refusé tant de fois de boire un verre avec son voisin, Vern Glasser, qu'un jour je lui avais demandé d'essayer de se montrer plus conciliant. Après tout, je devais partager la même salle de bains que Vern, et le ressentiment qui couvait entre eux rendait l'atmosphère de la maisonnée plutôt tendue. Mais Jim m'avait répondu : « Je n'ai rien contre Vernon en particulier. C'est juste que tout ce qu'il a à boire, c'est ce breuvage infâme du Kentucky et, franchement, je préférerais boire l'eau de ses chiottes. » L'époque où j'étais son assistante me manquait terriblement. La simplicité de notre vie commune. Cet attachement de tous les jours que nous avions. Plus le temps passait sans nouvelles de lui, plus je pensais à ces journées à St John's Wood et plus j'avais envie de les retrouver.

« Mais surtout, poursuivit Bernie Cale, s'il était aux États-Unis, quelqu'un aurait bien fini par le croiser depuis le temps, pas vrai ? Je veux dire, ce n'est pas comme si on pouvait se cacher à New York, non ? Pas quand on essaye de se faire un nom. La scène artistique est vaste là-bas, mais tout ça est un peu… comment dit-on ?… incestueux. »

Je n'étais jamais allée à New York et n'étais donc pas en mesure de juger.

Les rumeurs concernant le lieu où se trouvait Jim reposaient sur quelques faits lacunaires, complétés par des conjectures. D'après l'opinion admise, il était parti à New York vivre avec sa sœur. Cette théorie dérivait d'une conversation alcoolisée que Jim aurait eue avec deux habitués du Prince Alfred, qui avaient assuré à Max Eversholt avoir tenu le billet de bateau de Jim dans leurs propres mains (ils prétendaient aussi que Jim avait supplié la serveuse de le conduire en voiture à Southampton). La difficulté qu'il y avait à corroborer cette histoire était que personne ne savait si Jim avait réellement une sœur. Ses compagnons de beuveries ne se souvenaient pas de son nom, de l'endroit où elle pouvait travailler, ni du quartier de la ville où elle habitait. Ils ne savaient même pas si elle était plus âgée ou plus jeune que lui. Eversholt jugeait leur version crédible, même si dans le détail elle n'était pas confirmée par les compagnies maritimes auxquelles je téléphonais : elles n'avaient aucune trace récente d'un passager du nom de James Culvers. Bref, la piste new-yorkaise était relativement peu sûre, mais c'était la seule.

Jim avait abandonné son atelier quelques semaines seulement après que j'avais quitté son grenier. « Un départ à la cloche de bois, comme l'avait résumé Eversholt. Il a tout bazardé, sauf ses carnets. » Il m'avait montré l'état sinistre dans lequel Jim avait laissé les lieux : tous ses tubes d'huile jetés dans un carton, ses chevalets pliés et empilés, les Suspendus passés au gesso blanc et appuyés devant la fenêtre. « Si tu veux plus d'espace, il est à toi, m'avait dit Eversholt. Tu t'arrangeras avec Jim quand il reviendra. En supposant qu'il ne gise pas dans un caniveau quelque part. » J'étais révoltée par sa désinvolture, et il s'excusa aussitôt : « Désolé. C'était de mauvais goût, même pour moi. » L'idée qu'un inconnu s'installe dans l'atelier de Jim était tellement consternante que j'acceptai de l'occuper pendant son absence. Je l'utilisai surtout pour entreposer un trop-plein de matériel, même s'il m'arrivait parfois d'aller me réfugier dans ces pièces vides quand j'avais besoin de prendre de la distance avec une toile particulièrement rétive. Au début, cela m'aidait de m'envelopper dans les vestiges des pensées de Jim, de mettre mes pas dans ces anciens cercles. Pourtant, chaque fois que j'essayais de travailler là-bas, j'avais l'impression de recouvrir de peinture mes souvenirs de lui, de modifier l'esprit du lieu, alors je cessai d'y aller.

Max eut la générosité de continuer à couvrir le loyer de l'appartement de Jim à Maida Vale. La propriétaire fut ravie de tout me raconter des casseroles sales laissées à moisir dans l'évier de Jim, de ses poubelles qui n'avaient pas été sorties, et de l'odeur devenue tellement insupportable qu'elle avait dû entrer avec son passe. Elle avait promis de mettre les affaires de Jim au garde-meuble si je lui versais douze shillings par mois. Comme j'étais certaine qu'elle ne ferait que tout bazarder et empocher l'argent, je fis le nécessaire pour que quelqu'un emballe les biens de Jim et garde les caisses dans son atelier, en pensant qu'il me remercierait un jour. Mais les semaines passèrent sans qu'aucun hôpital se rappelle avoir admis Jim, sans qu'aucun policier de permanence l'identifie en cellule de dégrisement, sans qu'aucun ami perdu de vue se manifeste pour dire qu'il l'hébergeait. J'attendis des mois qu'une lettre arrive, une carte postale d'Amérique, n'importe quoi. J'avais un coup au cœur chaque fois que le téléphone sonnait, me dégrisant quand j'entendais la voix de Max (« *Darling*, je vais vers chez toi. Je ne pourrais pas passer avec quelques amis à tout hasard ? Ils meurent d'envie de voir sur quoi tu travailles ») ou celle de Dulcie Fenton, la directrice de la galerie Roxborough, qui venait s'enquérir de mes progrès plus souvent que nécessaire. « Si tu as besoin de quoi que ce soit de ma part, tu n'as qu'à demander. » J'avais mis toute une année à accumuler les toiles pour l'exposition. Au cours de cette longue et intensive période de travail, je me fis à l'idée que Jim ne serait pas là pour voir les tableaux quand ils seraient achevés. En fait, je commençais à me demander s'il verrait un jour une autre de mes œuvres. J'acceptais ma solitude, je l'embrassais comme mon destin.

« Paris n'est pas une mauvaise supposition, j'imagine », dit Bernie Cale, en faisant une moue. Il prit une poignée de petits-fours sur le plateau de la serveuse qui passait par là. « Il n'arrêtait pas de parler de Giacometti et de sa bande.

— C'est possible, dis-je, dubitative.

— Il n'y a pas un peu vécu, après la guerre ?

— Je ne sais pas. Il n'en parlait pas souvent.

— Le style de vie lui plairait, j'imagine. Et pour ce qui est des courses, ce n'est pas mal non plus. Tu devrais peut-être te renseigner, au cas où.

— Paris est un mystère pour moi. Je n'ai aucun contact sur place. Je ne sais même pas si je prononce ça correctement. *Pariss* ? *Pari* ? Comment dit-on ?

— Aucune idée. » Il chercha un endroit où poser ses piques à cocktail usagées, se contentant de les mettre par terre sous sa chaussure. « Je vais commencer à demander autour de moi, si tu veux. Je connais quelques personnes.

— C'est gentil à toi, Bernie. Merci. » Je lui souris, et mes remerciements étaient sincères. « Je me disais que ça vaudrait peut-être la peine de s'intéresser à St Ives... Dulcie dit que beaucoup de peintres se sont installés en Cornouailles ces derniers temps. Je sais que Jim a toujours adoré la ville, mais il a grandi sur cette partie de la côte.

— Pourquoi j'ai toujours pensé qu'il venait du Nord ?

— Je ne sais pas. Tu as reçu trop de coups de poing sur la tête.

— Ce serait une explication. » Enfonçant un doigt dans son oreille, il le remua, puis examina le dépôt humide et cireux sous son ongle. Une autre serveuse se présenta avec un plateau, mais cette fois-ci il la laissa passer. « Enfin, où qu'il ait foutu le camp, je suis sûr qu'il s'en sort bien.

J'ai toujours pensé que Jim serait capable de se défendre, en cas de besoin. »

Venant d'un boxeur, c'était bizarrement rassurant.

« J'espère que tu as raison.

— Bien sûr que j'ai raison. »

Bernie me regarda fixement. Ses traits avaient quelque chose d'indolent qui faisait qu'il avait constamment l'air au bord de l'évanouissement. Mais ce soir-là, il semblait trouver un intérêt particulier à mon visage, qu'il détaillait avec de longs regards appuyés que je m'efforçais d'ignorer.

« Bon, dit-il, j'ai cru comprendre que cette bande t'emmenait chez Wheeler's après. » Il adressa un coup de menton en direction de l'assistance, mais je savais parfaitement à qui il faisait allusion : Dulcie Fenton et ses deux serviles assistantes.

« J'aimerais mieux aller directement me coucher, pour être franche.

— Si c'est la galerie qui paye, tu devrais prendre les huîtres numéro deux.

— Je vais peut-être faire ça.

— Tu ne trouveras pas mieux à Londres. Wheeler's, c'est une institution. Ils font un crabe préparé épatant en entrée… ne passe surtout pas à côté. Et le turbot, si tu as de la place. » Il avait dû se rendre compte que mon attention s'égarait. « Ou bien je peux te ramener à Kilburn, si tu veux. C'est sur ma route de toute façon.

— Je ne peux pas partir comme ça. Ça ne se fait pas.

— Allez, file avec moi. Qui le remarquera ?

— C'est *mon* expo, Bernie. Je ne peux pas. »

Il balaya la pièce du regard, déçu.

« Très bien. Mais personne n'est là pour regarder tes toiles, tu sais. Ils sont là pour être *vus* en train de regarder tes toiles. Je te pensais suffisamment futée pour savoir ça, déjà.

— J'essaye de ne pas avoir d'idées préconçues.

— C'est une perte de temps. Jim confirmerait, s'il était là. »

Je n'appréciai pas cette façon de convoquer Jim uniquement pour me déstabiliser.

« Alors, c'est pour ça que tu es venu ce soir, Bernie ? Pour apparaître dans la rubrique mondaine ? »

Il haussa les épaules.

« Je ne vais pas te mentir. Quand Max me demande d'être quelque part, je me pointe à l'heure sans me faire prier. Si j'aime les peintures, c'est le cadeau bonus.

— Et qu'est-ce que tu penses de celles-ci ?

— Je ne suis pas encore décidé.

— Eh bien, rien ne presse. Envoie-moi un télégramme quand tu seras fixé. »

Cette remarque eut l'air de le blesser plus que je ne m'y attendais.

« En fait, j'aime mieux tes autres toiles. Rien ne m'a vraiment ému ce soir, dit-il.

— Tu as vu le diptyque ?

— Oui, c'était mon préféré. Mais il ne m'a pas donné le frisson comme les trucs plus anciens. »

Je ne pouvais pas faire croire à Bernie Cale ni à qui que ce soit d'autre que j'étais satisfaite du travail que j'avais choisi pour l'exposition. Trois jours seulement auparavant, alors que j'étais en train d'installer les toiles avec Dulcie, j'avais été submergée par un tel sentiment de déception que j'avais vraiment dû prendre sur moi pour ne pas me précipiter dans Bond Street et héler un taxi pour rentrer à la maison. Nous les avions classées par thèmes et disposées sur les murs, les réarrangeant dans toutes les configurations possibles avant de tomber d'accord sur l'accrochage final. Le technicien avait punaisé les cartels, et Dulcie avait déclaré : « Merveilleux. Je crois qu'on y est enfin arrivés. » Je m'attendais à vivre un moment joyeux – l'aboutissement de tant de rêves et d'efforts –, mais ce n'était pas du tout ce que je ressentais. Des neuf toiles présentées pour l'exposition, sept avaient été travaillées de manière régulière, pendant des mois, et le labeur qui les sous-tendait sautait aux yeux. J'avais voulu inclure six autres tableaux : des peintures plus anciennes que j'avais faites dans un moment de fièvre un soir tard dans le grenier de Jim. Ces œuvres, je le savais, n'étaient pas abouties d'un point de vue technique, mais il y avait une tension excitante dans leur crudité. Mais Dulcie m'avait fait douter : « Je ne suis pas sûre de comprendre ce que tu vois en elles. Je veux dire, elles sont certainement saisissantes, et je pense qu'elles auraient tout à fait leur place dans une rétrospective, plus tard, mais là, on cherche à affirmer ta présence... tu comprends bien que c'est le but de la manœuvre ? C'est un processus graduel. Les hommes ont beau jeu de frapper là où ça fait mal pour leur première grande exposition. Nous, nous devons les faire un peu saliver. Nous faire désirer. Tu vois ce que je veux dire ? Tu montreras les trucs plus audacieux la prochaine fois, une fois que tu auras un public captif. »

Dulcie avait une façon de transformer tout dialogue en soliloque. Elle avait gravi les échelons de la galerie Roxborough en commençant comme secrétaire des propriétaires, gérant de main de maître l'agenda des artistes au catalogue. On lui demanda bientôt de remplacer l'assistante du directeur et, quand celui-ci quitta ses fonctions pour cause de maladie, elle fut nommée directrice à part entière. Il n'y avait pas femme plus respectée sur la scène artistique londonienne à cette époque. Elle avait la réputation de voir venir les tendances du marché et d'avoir contribué à lancer la carrière de nombreux artistes que j'admirais. Max Eversholt s'en remettait à son instinct dans la plupart des domaines, et j'étais influencée par ses opinons parce que je les croyais nées d'une plus grande expérience que la mienne. Quand elle disait que mes peintures les plus récentes étaient les plus élaborées, j'étais forcée d'écouter. Chaque fois que le mot « collectionnable » s'échappait de ses lèvres, il piquait mon cœur comme une guêpe avant de disparaître dans l'éther pour y mourir. J'aurais peut-être ressenti cette piqûre avec bien plus d'intensité si Jim avait été là. Peut-être. Trop de peut-être.

Finalement, la seule peinture qui ne se vendit pas au vernissage était celle dont j'étais la plus fière : un diptyque que Dulcie avait accepté d'inclure à l'exposition en guise de compromis. Je l'avais intitulé *Dévotion*. Le panneau de gauche, qui faisait six pieds de large sur quatre de haut, montrait un paysage de montagne réalisé en un dégradé de gris sombre que j'avais hersé de façon répétée avec le tranchant d'une truelle de plâtrier, estompant la peinture par endroits avec la partie charnue de mes pouces (on distinguait çà et là le grain de ma peau). Dans un coin de l'image, des rayures blanches, formant un halo éclatant, étaient grossièrement grattées à l'oblique. Ces rayures débordaient sur le panneau droit, de même hauteur, mais moitié moins large. Ce panneau plus petit montrait un bébé vu de profil. Sa silhouette fantomatique occupait tout l'espace, comme si elle était *portée* par le cadre ; une forme sans visage, cachée derrière une gaze de traînées blafardes. Son dos voûté était appuyé sur le côté gauche de la toile et semblait soutenir le paysage derrière lui. De loin, le bébé semblait faire barrage à une avalanche avec ses épaules et, à l'inverse, les rochers déchiquetés semblaient empêcher le bébé de tomber à la renverse. J'avais monté les deux panneaux à un demi-centimètre l'un de l'autre, espérant suggérer une impression de conjonction entre les deux. Ce tableau fut l'objet de nombreux débats pendant le dîner chez Wheeler's ce soir-là.

« Ça m'étonne que personne ne l'ait pris, étant donné la vitesse avec laquelle les autres sont partis », dit Max Eversholt. Il proposa de remplir mon verre de chablis et je déclinai d'un mouvement de tête. « N'empêche, je dois dire qu'il faisait un peu tache. Rien que le titre était un défi pour certaines personnes. La femme de Ted Seger ne voulait même pas se mettre à côté… et nous savons tous qui a la maîtrise du carnet de chèques dans ce ménage-là.

— Cela fait des années que les Seger ne nous ont rien acheté, rebondit Dulcie. Si j'ai invité Ted, c'est uniquement parce que c'est un type qu'il est utile d'avoir dans sa poche dans certaines situations – avec la saison des impôts qui approche et tout ça. Sinon, je suis sûre que le diptyque trouvera preneur. Vous savez ce qu'on dit en Égypte… » Ce qui fit glousser ses deux assistantes.

Max me lança un regard d'impuissance. Je le regardai à mon tour en clignant des yeux.

« C'est une blague pour initiés, semble-t-il. C'est bien dommage pour nous. »

Dulcie retrouva son sérieux. Ses assistantes se turent.

« C'est juste une chose dont on parlait en venant ici. En Égypte, quand on arrive à la fin d'un bon repas, il est respectueux de laisser une petite quantité de nourriture dans son assiette.

— Je vois. Respectueux pour qui ?

— Pour le cuisinier.

— Eh bien, génial. Heureusement que tu as invité tous ces Égyptiens ce soir… oh non, *attends*, dit Max avec un grand sourire.

— Comme souvent, mon vieux, tu es carrément à côté de la plaque. »

Dulcie ouvrit et engloutit une huître. « Si on avait déjà vendu les neuf toiles, qu'est-ce que je dirais aux collectionneurs quand les critiques commenceront à paraître ? » Elle se fit un téléphone avec son pouce et son petit doigt : « Oui, c'est exact, monsieur, il n'en reste qu'un, j'en ai peur… oh, de loin la pièce la plus avant-gardiste de l'exposition, oui, monsieur… il faudrait quelqu'un doté d'une perspicacité particulière ne serait-ce que pour discerner son… je vous demande pardon ? Le prix ? Eh bien, ne quittez pas un instant, je vais regarder dans le catalogue pour vous. Je ne suis pas sûre que l'artiste désire vraiment s'en séparer… » Dulcie rétracta ses doigts. « Tu ne connais donc rien au marché, Max ? Je pensais que c'était ton domaine.

— Tu oublies qui t'a fait connaître Ellie au départ. Tu étais moins condescendante à mon égard à cette époque. » Il fit signe au serveur. « Une autre tournée de numéro deux, s'il vous plaît. »

Dulcie éclata de rire.

« Je voudrais vraiment qu'ils leur donnent un autre nom.

— Pas question. C'est la moitié du plaisir qu'il y a à manger ici. »

Je m'étais habituée à ce genre de conversation. Je me posais en observatrice, écoutant parler de mon propre travail sans être invitée à donner un avis. Je passais de main en main comme une pièce de monnaie, qu'on considérait seulement quand certaines questions demandaient une réponse rapide ou que des points de détail nécessitaient un éclaircissement.

Au moins, je n'étais pas la seule à être détachée de la conversation ce soir-là. Le jeune homme assis en face de moi n'avait pas décroché un mot depuis qu'il avait commandé sa salade verte, qu'il s'était mis à chipoter dans son assiette à coups de fourchette indifférents. Il m'avait donné son nom sur le trottoir devant la galerie, mais j'avais mal entendu dans le brouhaha de la circulation et n'avais pas osé le lui redemander. Quelque chose comme Wilfredson.

Il avait un visage glabre et fin, ainsi qu'une façon séduisante de fumer, un bras passé sur le dossier de sa chaise, comme si tout ce que Max et Dulcie avaient à dire l'ennuyait prodigieusement. Le col de sa veste était bordé d'une élégante surpiqûre jaune, et il avait plus de stylos dans sa poche de poitrine qu'il n'en avait sans doute besoin. Bien que généreusement brillantinés, ses cheveux blonds formaient sur son front une sorte de houppette de bouclettes sèches, ce qui conférait à sa tête une curieuse asymétrie.

« Puis-je vous poser une question au sujet du diptyque ? dit-il en me dévisageant. Sans rapport avec l'aspect comptable des choses. Je ne voudrais pas vous mettre mal à l'aise.

— Pourquoi serait-elle mal à l'aise ? intervint Dulcie.

— Les artistes ont parfois du mal à expliquer leur travail.

— C'est juste un dîner convivial, pas une interview... je pensais avoir été claire là-dessus. »

Wilfredson tapota sa cigarette. Apparemment agacé par cette interruption, il reposa son regard sur la table avant de s'adresser à nouveau à moi :

« Si vous voulez mon avis, j'ai trouvé que c'était la seule chose dans l'exposition à avoir un peu de profondeur. Ce qui explique sans doute pourquoi personne n'y a prêté la moindre attention de toute la soirée. Et pourquoi personne ne l'a acheté. Désolé si c'est un peu direct. C'est juste mon sentiment. »

J'étais sur le point de le remercier, mais Max parla le premier :

« C'est exactement ce que Dulcie vient de dire.

— J'en doute, rétorqua Wilfredson. Même si je reconnais que je n'étais pas pendu à ses lèvres comme vous l'étiez.

— Eh bien, je vous affirme qu'elle l'a dit. "Avant-gardiste"... c'est le qualificatif qu'elle a employé.

— Vraiment ? Mince alors, c'est encore plus monstrueux. »

Dulcie chassa la fumée de son visage.

« On m'avait prévenue que vous aviez un sale caractère. Je ne suis pas déçue. »

Wilfredson eut un léger sourire.

« Je me demande simplement qui a décidé de reléguer les meilleures toiles au fond de la salle ce soir. Je ne peux pas imaginer que ce soit le choix de l'artiste. Enfin, je sais que la Roxborough est une galerie commerciale, mais faut-il pour autant que tous les accrochages donnent l'impression d'avoir été conçus par une représentante Avon ?

— Du calme, dit Max. Pas la peine d'être désagréable. »

Les deux assistantes de Dulcie rougirent à sa place. Mais elle ne se laissa pas distraire de son assiette d'huîtres. Elle prit une autre coquille et goba sa chair luisante.

« Je vous en prie, continuez. Je ne suis pas du genre à m'interposer entre un homme et une bonne diatribe. » Elle tendit le bras pour prendre son verre de vin. « Simplement, n'oubliez pas que nous ne faisons qu'exposer le travail. Alors si vous comptez vous en prendre à la galerie ou à son personnel dans vos colonnes, ne soyez pas surpris de ne plus être invité à nos expositions. » Dulcie arrangea ses cheveux gris coupés au carré et se cala sur sa chaise, dans l'attente d'une réponse.

« Oh, vous n'avez rien à craindre de ce côté-là. Je ne mentionne pas le nom des petites mains dans mes critiques. » Wilfredson tapota sa cendre dans son assiette. Son bras était toujours passé autour de la chaise. « J'ai remarqué qu'il y avait pas mal de vieux de la vieille dans la pièce ce soir. Vous les aurez, vos articles flatteurs dans les journaux sérieux, ça ne fait aucun doute. Combien devez-vous payer ces vieux flagorneurs, à propos, Dulcie ? Ils doivent vous facturer à l'adverbe, d'après ce que j'ai vu.

— Allez-y doucement. Je suis en train de perdre ma bonne humeur. »

Il arbora un grand sourire.

« Je pensais simplement profiter de l'occasion pour faire savoir à Miss Conroy ce que je pensais vraiment de son travail. Avant que ces autres critiques aillent reprendre comme des perroquets votre communiqué de presse et lui farcir la tête de louanges. Si vous n'y voyez pas d'inconvénient.

— Je suis sûre qu'Elspeth peut supporter d'entendre une opinion, dit Dulcie. Même si elle est idiote. »

Ils me regardèrent tous les deux.

« En fait, ça ne me dérangerait pas de savoir ce qu'il pense, dis-je.

— Alors je suggère de poursuivre cette discussion ailleurs, répondit Wilfredson. Je refuse de parler d'art dans un endroit tel que celui-ci. Allons boire un cocktail. »

Dulcie but son vin à grandes gorgées.

« Vous m'avez bien eue. Si vous vouliez simplement boire un verre en tête à tête avec Elspeth, il suffisait de le dire.

— Je ne supporte pas la vue des huîtres, c'est tout.

— Je ne suis pas une grande buveuse », dis-je.

Wilfredson marqua une pause.

« Le problème, c'est que les gens ont tendance à m'en vouloir d'avoir une opinion, même s'ils me l'ont demandée. Alors si je leur offre d'abord le meilleur daiquiri de Londres… eh bien, qui pourrait en vouloir à un homme après ça ? J'imagine que vous n'avez jamais bu de cocktails au Connaught ?

— Non.

— Eh bien voilà. Tout un monde de félicité vous attend. » Il se leva et enfila son manteau. « Je vous attends dehors.

— Reste où tu es, dit Dulcie. Il n'en vaut pas la peine. »

Wilfredson remonta son col.

« C'est ce qu'elle a entendu dire, en tout cas. »

Après son départ, il y eut un bref silence. Max balaya des miettes de pain sur la table.

« Pff, il ne manque pas d'air, celui-là ! C'est quoi son nom déjà ?

— Wilfred Searle, répondit Dulcie.

— Searle. Il ne serait pas parent de Lord Searle par hasard ?

— Son neveu.

— Mince alors.

— Ils lui ont confié la rubrique de Phil Leonard au *Statesman*.

— Mince alors.

— Oui, continue à répéter ça, Max. Ça aide.

— Mais attendez une minute… qu'est-il arrivé à Phil Leonard ?

— Retraite anticipée.

— Merde. Pauvre bougre. Je l'ai toujours bien aimé, Phil. » Il jeta sa serviette sur la table. « Ça représente un lectorat important, tu sais. C'est loin d'être négligeable.

— C'est pour ça que je l'ai invité à se joindre à nous ce soir. On m'avait dit qu'il adorait les huîtres.

— Quelqu'un de très mal renseigné.

— On peut le dire. »

Dulcie n'eut pas à foudroyer ses assistantes du regard ; elles se recroquevillèrent sur leur chaise à cette simple insinuation.

Puis l'une d'elles dit :

« Ce n'est pas vrai ce qu'il disait, pourtant. Au sujet du diptyque. On a eu des demandes sérieuses.

— Oui, les Levin m'ont demandé si les panneaux pouvaient être vendus séparément, confirma Max. Juste les montagnes, pas le bébé. Je leur ai dit : "Combien devrais-je débourser pour vous séparer, vous deux ?" Ils semblaient penser que je plaisantais… »

Dulcie l'ignora. Elle tendit le bras au-dessus de la table pour me tapoter le dos de la main.

« À la réflexion, ma chérie, il n'y a pas de mauvais moment pour un daiquiri. Et tu apprécieras peut-être d'entendre son point de vue. Ça ne peut pas te faire de mal de lui tenir compagnie.

— Il est vraiment si important que cela ? demandai-je.

— Pas pour le moment. Mais il finira par l'être. » Elle me tapota à nouveau la main, comme si nous étions deux sœurs à l'église. « Je l'ai observé toute la soirée ; il n'arrêtait pas de te regarder en douce à travers la foule. Tous les mêmes. Les critiques. Les hommes. Incapables de distinguer la femme de l'artiste. » D'un signe de tête, elle désigna la devanture vitrée du restaurant devant laquelle il attendait. « Ils ne font pas de très bons amis, j'en ai peur, mais on n'en voudrait pas comme ennemis. Je pense qu'il ne sait pas encore ce qu'il veut être. »

Ma mère m'avait élevée dans l'idée que je devais me méfier des hommes séduisants. Mais même elle – une femme tellement démoralisée par les corvées du mariage qu'elle était imperméable aux histoires romantiques – se serait adoucie en présence de Wilfred Searle. Il réglait les petits détails de l'existence avec assurance, ce qui était agréable : demander au chauffeur de taxi de nous conduire au Connaught et lui indiquer le chemin le plus rapide pour Mayfair, me débarrasser de mon manteau dans le hall et le laisser au vestiaire, commander nos boissons en m'escortant jusqu'à la table : « Deux daiquiris, s'il vous plaît. Et tenez-vous-en à la recette. Nous allons prendre cette table dans l'angle. » Il était tout aussi autoritaire en matière d'art, ce qui, bizarrement, rendait charmante sa désapprobation de mon travail, comme s'il avait le sentiment que j'étais capable de grandes choses, mais que je laissais d'autres gens dilapider mon potentiel. Quand il parlait, je m'obligeais à regarder à l'autre bout de la pièce, le bar, les monogrammes sur la moquette. J'espérais que ma réserve m'aiderait à avoir l'air invulnérable à la critique.

« Dans les autres, il y a quelque chose qui veut affleurer, dit Wilfred, mais c'est difficile de dire quoi…

tellement vous avez enfoui le sens sous la peinture. Votre approche de l'abstraction est plutôt pesante. J'ignore si c'est ce vers quoi on vous a poussée aux Beaux-Arts, mais tout ça est si curieusement forcé. Vous avez eu une ou deux audaces expressives ici et là... pas suffisamment à mon goût. Je ne vous le reproche pas. C'est un symptôme des mauvais conseils que vous recevez. Vous avez un talent considérable, ça ne fait aucun doute. Mais votre exposition ce soir était tellement satisfaisante qu'elle m'a ennuyé. Je veux dire, elle était parfaitement... ah, les voilà. Merci. » Le barman arriva avec nos cocktails sur un plateau d'argent et posa chacun d'eux sur un sous-verre en papier impeccable. « Écoutez, si vous voulez toute la vérité, je sais qu'il y a bien plus à attendre de vous. Ce ne sont pas de mauvaises peintures, dans l'ensemble, c'est juste qu'elles sont péniblement inexpressives. Mais après vous sortez ce diptyque de votre manche, ce diptyque totalement spectaculaire... Allez-y, commencez. » Il me tendit un verre qu'il fit tinter contre le sien. « Si cela avait été la seule toile de l'exposition, je serais aussitôt rentré chez moi écrire mon papier, le genre de critique à faire s'entrechoquer les genoux de cette vieille Dulcie. Mais alors je suppose que nous ne serions pas en train de partager ce petit moment, n'est-ce pas ? Vous le trouvez comment, ce daiquiri ? »

Je bus une petite gorgée du délicat breuvage et laissai entendre les bruits appréciateurs que je pensais qu'il attendait de moi.

« Ce n'est pas bien difficile à préparer, vous savez, dit-il. Du rhum blanc, du citron vert, un peu de glace pilée, et c'est tout. C'est stupéfiant comme les gens le ratent souvent.

— Il fera l'affaire », dis-je avant de me retourner pour regarder la nuit. Il y avait une rangée d'imposantes maisons en brique rouge en face de l'hôtel. Sous le réverbère, le long du trottoir, un homme débâchait sa voiture de sport. L'espace d'un instant, j'eus très envie de le rejoindre dehors. Je m'imaginai rouler avec lui jusqu'à Southampton.

« Ce qu'il y a avec Dulcie, même si sa compagnie m'insupporte, poursuivit Wilfred, c'est que son instinct est en général sûr. Elle est capable de sentir si un artiste a de l'avenir. C'est pour ça qu'elle vous a laissée exposer le diptyque. Elle est loin d'être bête.

— Elle ne m'a pas laissée l'exposer. C'est moi qui ai insisté.

— Si vous le dites.

— C'est ainsi que ça s'est passé.

— En tout cas, la façon dont elle gère sa boutique n'est pas faite pour tout le monde. Il est trop tôt pour dire si vous allez vous en sortir avec elle, mais vous ne devriez pas vous endormir sur vos lauriers. Je sais qu'elle ne faisait pas grand cas de votre ami Culvers, ni de son travail d'ailleurs. Pour ma part, j'ai toujours pensé qu'il avait des dispositions.

— Vous connaissez Jim ?

— De réputation seulement.

— C'est comme ça que la plupart des gens le connaissent. C'est un homme bien, vraiment.

— Je n'en doute pas. Quelqu'un m'a dit qu'il avait disparu de la circulation.

— C'est que Jim n'a jamais vraiment emprunté les mêmes routes que nous.

— Oui, ça se voit dans ses peintures, dit Wilfred en souriant. C'est dommage qu'il se soit égaré. J'aimais bien sa première manière. Avant qu'il ne se mette à faire ces pastiches de Hopper. »

Il y eut un temps où je me serais peut-être offusquée de cette remarque, mais j'avais fini par considérer les vieux « portraits d'absence » de Jim comme des présages de sa disparition, et rien de plus ; de grands panneaux clignotants que je n'avais pas su voir.

« Je n'ai pas envie de parler de Jim ce soir, dis-je.

— Tant mieux, parce que je n'ai pas grand-chose d'autre à dire à son sujet. »

Le daiquiri était fort et, après quelques longues gorgées, le rhum commença à m'irriter la gorge. Dehors, l'homme tourna le contact de sa voiture de sport et celle-ci fit entendre un décevant bruit de ferraille rouillée, couvert par le piano du bar.

« Ça fait des siècles qu'il essaye de démarrer ce foutu machin, dit Wilfred. Il y a un moment où la persévérance devient du déni. Ça doit bien faire quatre semaines que ce type l'a dépassé.

— Je suppose que vous devez venir souvent, dis-je, ce qui ne fit que lui montrer ma candeur.

— Vous vous demandez si j'emmène toutes mes petites amies ici ?

— *Toutes* ? Voilà qui implique un assez grand nombre.

— Je ne peux pas nier que c'est un endroit couru. » Il me regarda en plissant les yeux. « Vous avez une façon de parler peu commune, vous savez ça ?

— J'ai grandi près de Glasgow.

— Ce n'est pas votre manière de parler, mais ce que vous dites. Votre accent est très léger.

— Vous ne vous arrêtez jamais de critiquer ?

— Non, c'est une vocation à temps plein.

— Eh bien, franchement, ma façon de parler ne vous regarde pas.

— J'ai simplement l'impression que vous faites très attention à ce que vous dites, que vous êtes très mesurée. Et je me demande si vous n'abordez pas la peinture de la même façon. Ce qui expliquerait beaucoup de choses sur l'exposition de ce soir.

— Votre glace est en train de fondre », remarquai-je.

Il baissa les yeux sur son verre, comme s'il se rappelait brusquement qu'il l'avait en main.

« J'aime laisser d'abord reposer un peu le citron vert. Le goût en est meilleur.

— Je me demande ce que ça dit de vous. »

Il posa son verre sur la table avec un sourire affecté, faisant tourner le pied de façon à entraîner le sous-verre.

« Écoutez, je ne vais évidemment pas apprendre à vous connaître en l'espace d'une soirée, Ellie, alors je dois faire quelques suppositions… je peux vous appeler comme ça ? »

J'acquiesçai d'un signe de tête.

« Non qu'il y ait quoi que ce soit à redire au prénom Elspeth, bien entendu.

— C'était presque un compliment.

— C'est tout comme. » Le verre cessa de tourner entre ses doigts. « Je ne devrais sans doute pas dire ça, mais quand vous êtes montée dans le taxi ce soir, je pensais que vous seriez comme toutes les autres.

— Les autres ?

— Vous savez bien…

— Je crains que non. »

Il cligna des yeux.

« Les femmes que Dulcie prend dans sa galerie ont en commun une certaine docilité, si vous voyez ce que je veux dire.

— Vous en parlez comme d'un bordel.

— Ce n'était pas mon intention. Vraiment, dit-il en tirant sur les poignets de son blazer. J'essayais seulement de dire que vous n'étiez pas dans la moyenne des artistes que promeut Dulcie Fenton. Je pensais qu'après vous avoir payé un verre et asséné quelques froides vérités, vous pleureriez sur mon épaule et que je vous dirais : “Là, là, ma chérie, votre travail va s'améliorer, je sais que vous avez ça en vous.” Mais je vois bien que vous préférez garder vos distances.

— Pas avec tout le monde.

— Juste avec moi, alors ? Pourquoi ? Parce que mon opinion est importante ?

— En fait, vous avez une très haute opinion de votre propre opinion. C'est peut-être simplement que je ne vous aime pas beaucoup.

— Ha, ha ! C'est bien possible. » Wilfred s'humecta les lèvres. Il se pencha en avant, sortit un étui à cigarettes de sa poche de poitrine et l'ouvrit. Il n'en restait qu'une seule. Il me tendit l'étui pour que je la prenne, mais je déclinai. « Ce dont je suis sûr, reprit-il en prenant la cigarette et en la tapotant au dos de l'étui, c'est que vous n'êtes pas venue ici pour vous faire encenser.

— Encore heureux. »

Il prit la boîte d'allumettes de l'hôtel dans le cendrier et en détacha une avec un petit sourire narquois.

« C'est une confirmation que vous voulez, n'est-ce pas ?

— Je ne comprends pas ce que vous voulez dire.

— Je pense que si », dit-il en inclinant la tête. La flamme de l'allumette illumina son visage comme une citrouille d'Halloween. « Vous n'avez pas besoin que je vous explique pourquoi le diptyque est si bon. Ça, vous le savez déjà. C'est une authentification que vous cherchez. Vous êtes ici pour vous assurer que j'ai bien pris la mesure de votre talent. »

Pour la première fois de la soirée, je le regardai droit dans les yeux. Ils n'étaient pas tout à fait de la couleur que j'avais imaginée ; un vert sale, couleur mousse de gouttière.

« Honnêtement, je me fiche bien de ce que vous écrivez sur moi dans votre revue. Là d'où je viens, les gens qui restent assis à critiquer le travail des autres au lieu de faire le leur se font une très mauvaise réputation. J'aime les hommes aux opinions tranchées. Il est intéressant de discuter avec eux. Mais ne vous faites pas d'illusions… ce n'est pas votre approbation que je recherche.

— Quoi, alors ?

— Rien. Juste l'occasion d'avoir une véritable conversation sur l'art. Je n'ai pas eu de vraie conversation sur la peinture depuis…

— Quand ?

— Depuis longtemps. Depuis que je me suis installée à Kilburn. C'est difficile d'être pris au sérieux quand on a mon physique.

— J'ai un problème similaire.

— Vous aussi vous êtes une femme ?

— Non, mais je fais plus jeune que mon âge, ce qui me désavantage.

— Oh, arrêtez. N'essayez même pas de comparer.

— Eh bien, soit… nous nous écartons du sujet. » Alors qu'il inhalait et savourait la fumée, son bras succomba à sa vieille habitude, retombant par-dessus le dossier de sa chaise. « Vous devriez vous sentir concernée par ce que je pense, parce que moi, je me sens concerné par ce que vous peignez. C'est comme ça que ça marche. Nos intérêts se rejoignent.

— Vous présumez pas mal de choses.

— Oui, je sais. » Il s'approcha doucement, en déplaçant ses jambes. « Donnez-moi un moment et je vous expliquerai.

— Il est déjà minuit passé.

— Encore cinq minutes. »

Je me penchai en arrière.

« Trois.

— Je vais commencer par le diptyque alors. Une peinture typique d'Elspeth Conroy, s'il en est. »

Je ris.

« Et comment pouvez-vous savoir ça ?

— Facile. Je ne lis pas les communiqués de presse. Ils vont directement à la corbeille. Je cherche simplement l'œuvre qui me parle le plus. J'ai senti que cette peinture provenait d'un endroit différent de tous les autres.

— Vous n'avez donc même pas vu mes autres toilcs ? Ce n'est pas très équitable.

— On surestime le contexte. J'aurais pu voir le diptyque en premier ou en dernier, ça n'aurait eu aucune incidence. Je ne suis pas un artiste, mais je peux deviner quand un peintre est en phase avec lui-même et ne donne pas simplement le change pour les besoins d'une exposition. On peut feindre beaucoup de choses dans l'art moderne, mais l'émotion n'en fait pas partie. Elle doit être là, dans la peinture, et non plaquée après coup. Et c'est probablement la chose la plus importante qu'un critique puisse communiquer, cette distinction. Comme tout le monde n'est pas capable de voir cette différence, on s'en remet à des gens comme moi. Et peu importe que je l'imprime dans le *Statesman* ou que je monte sur une caisse en bois pour le crier haut et fort dans un parc. Les véritables artistes se font si rares de nos jours que l'art moderne est difficile à légitimer. La plupart des gens ne sont plus capables de distinguer le noir total de la cécité, et c'est la raison pour laquelle nos intérêts sont à ce point concordants. J'ai besoin d'artistes tels que vous pour produire du grand art et ainsi avoir quelque chose sur quoi attirer l'attention. Et sans critiques tels que moi, personne ne remarquerait votre peinture. C'est la nature du jeu auquel nous jouons. » Il vida son daiquiri d'un trait, l'acidité du cocktail le faisant cligner des yeux. « Puis-je vous en offrir un autre ?

— Je devrais vraiment rentrer chez moi. »

Il se retourna et renouvela quand même la commande en adressant au barman un geste giratoire de l'index.

« Vous n'êtes toujours pas convaincue », dit-il.

Je secouai la tête.

« Je ne suis pas comme vous. Je ne considère pas l'art comme un jeu.

— Très bien. Je vais présenter les choses autrement. » Il prit quelque chose sur sa langue – une minuscule vésicule de pulpe de citron vert –, qu'il jeta d'une chiquenaude sur la moquette. « Je parie que quand vous avez peint le diptyque, vous n'étiez même pas consciente de peindre, n'est-ce pas ? Vous n'aviez pas d'objectif en tête, pas même un thème, vous essayiez juste d'exprimer un sentiment… vous avez laissé votre bras en faire à sa guise jusqu'à ce que vous vous retrouviez avec ces montagnes. Je chauffe ?

— Je vous écoute », dis-je.

Il s'humecta les lèvres à nouveau.

« Après ça, vous avez sûrement dû sentir que quelque chose n'allait pas. Je ne parle pas d'une erreur, mais plutôt de la perception d'une *incomplétude*. Toujours est-il que vous avez pris du recul par rapport à la peinture à ce moment-là… épuisée sans doute, en nage et prête à renoncer purement et simplement… mais alors… et vous ne savez pas exactement d'où cela est venu… vous avez vu une autre forme appuyée contre ce panneau : pas vraiment *là*, dans le même cadre, mais comme rattachée à lui d'une certaine manière, presque jointe mais pas tout à fait. Ça vous est venu comme ça. Et c'est comme ça que vous avez peint le bébé sur la droite… ce bébé venu de nulle part. Vous ne l'avez pas copié à partir d'une photographie… ce n'est pas votre genre. Vous l'avez peint tel qu'il est sorti de votre imagination, n'est-ce pas ? De mémoire. Vous aviez l'impression que cela avait comme un caractère d'évidence de le peindre, alors vous avez continué. Et, je ne sais pas, peut-être que vous avez eu peur de ce que vous étiez en train de peindre au moment même où vous le faisiez, les montagnes et les bébés ne faisant pas partie de vos thèmes habituels, mais il fallait que vous voyiez où tout cela menait. Parce que cela vous semblait naturel. En fait, vous aviez probablement l'impression que tout cela était prédéterminé d'une certaine manière. Comme si cela vous arrivait à vous. Qu'est-ce que Michel-Ange disait de ses sculptures déjà, qu'elles l'attendaient dans le marbre ? Ce sentiment. Je parie que vous avez peint l'ensemble tellement rapidement que vous ne vous êtes pas arrêtée pour manger ou dormir. Et c'est pour cette raison que vous avez supplié pour qu'il soit dans l'exposition. Parce que toutes les autres peintures, vous les avez composées vous-même, vous y avez réfléchi de façon très consciente, mais ce diptyque était de la pure inspiration. » Sur ces mots, il se renversa sur sa chaise, remettant son étui à cigarettes dans sa petite poche râpée. « Vous voyez, c'est pour communiquer ce genre de choses que vous avez besoin de quelqu'un comme moi. Le badaud ordinaire ne peut pas sentir ça quand il entre dans la galerie. »

Notre coin du bar semblait à présent plus intime. La douce musique du piano était devenue un clapotis désagréable, aussi frustrant qu'un téléphone qui sonne dans le vide.

« Il se peut que vous soyez un peu plus perspicace que je vous en croyais capable », dis-je avant de boire une dernière gorgée de daiquiri, histoire de retrouver mon calme. Sa clairvoyance m'avait désarmée. « Vous aimeriez que je vous donne une petite pièce, je suppose.

— On dira que c'est une consultation gratuite, dit-il. Il n'y a rien de magique là-dedans. Quiconque a jamais créé quelque chose de tant soit peu original vous expliquerait son processus créatif dans les mêmes termes. L'impression de ne pas être aux commandes, d'être juste une influence. D'être un simple "canal"... c'est le mot qu'on semble employer.

— Et moi, je crois comprendre que vous êtes plus cynique que ça. »

Il haussa les épaules.

« Je vous l'ai dit, je ne suis pas un artiste. Je n'ai pas de certitude. Mais je préfère penser que les grandes œuvres sont le produit du talent et du simple labeur. Si certains sont capables de canaliser le grand art alors que nous autres ne sommes même pas capables d'obtenir une ligne extérieure, c'est un système très injuste.

— Dixit le neveu d'un lord.

— Ça n'a aucun rapport. Je parle d'art. De créativité, dit-il, le visage soudain parcouru de tics. Vous savez, mon oncle ne peut pas me voir. C'est parfait. Le sentiment est réciproque. Je souhaiterais simplement que les gens cessent de nous mettre dans le même sac.

— Je soulignais simplement l'injustice du monde.

— J'ai néanmoins raison au sujet de la créativité. La science va le prouver un jour. Vous vous rappellerez alors qui vous l'a dit. » Il sourit, laissant un silence s'installer. « Quelle heure est-il ? Nous devrions nous occuper de votre taxi.

— Une heure passée, je pense.

— Allez, je vais chercher votre manteau. Pourvu que je n'aie pas perdu le ticket qu'elle m'a donné. »

Il se leva, appela le barman.

« Oui, monsieur ?

— Vous voudrez bien faire monter mon verre dans la chambre, s'il vous plaît ?

— Bien sûr, monsieur. » Le barman tourna les talons.

« J'ai horreur de boire seul en public, dit Wilfred, et ce serait dommage de le gâcher.

— Vous séjournez ici ? demandai-je.

— Pour le moment. Je me suis un peu dépris de Londres dernièrement. Je réfléchis encore à mon prochain point de chute. » Ses paroles avaient l'air tellement spontanées. Tapotant ses poches de blazer, il marmonna :

« Où est ce ticket qu'elle m'a donné ? Il a dû tomber dans la doublure. »

- - - - -

J'avais couché avec deux hommes dans ma vie avant cette nuit-là. C'était suffisant pour ne pas me faire trop d'illusions. Mais je me persuadai que coucher avec Wilfred Searle serait au moins un progrès par rapport aux étudiants des Beaux-Arts timides et brouillons qui l'avaient précédé. Le premier avait été trop conscient de l'importance de l'acte pour finir ce qu'il avait commencé, le second avait sèchement essuyé ses productions sur mes cuisses avec la manche de sa chemise avant de se détacher de moi.

C'est dans cet esprit généreux que j'autorisai Wilfred à se pencher et à m'embrasser dans le corridor de l'hôtel, lui pardonnant ses lèvres malhabiles et leur amertume persistante. J'essayai de ne pas me décourager quand il insista pour que je me déshabille moi-même dans sa chambre vivement éclairée, ni de soupirer quand ses doigts secs pétrirent mes seins comme des sacs d'avoine qu'il aurait voulu éventrer. Et même quand il s'allongea sur moi, les coudes placés de part et d'autre de ma tête de sorte que les poils de son torse me chatouillaient le menton, je gardai les yeux rivés au plafond et lui caressai poliment le dos, me disant qu'il y aurait bien un moment où je me sentirais connectée à lui. Je le laissai me besogner avec la détermination impassible d'un derrick dans un champ de pétrole, et me raccrochai à l'espoir qu'il remarquerait la déception dans mes yeux et tenterait de se rattraper ; mais il n'eut même pas la délicatesse de se retirer. Quelques minutes plus tard, il retomba sur le dos, pantelant, et je restai emmêlée dans les draps trempés de l'hôtel, souhaitant ne l'avoir jamais rencontré.

Je me levai et j'enfilai ma combinaison.

« Où vas-tu ? demanda-t-il. Reste au lit avec moi. Il faut qu'on fasse des projets de mariage.

— Très drôle.

— Je suis sérieux. Quel est le moment qui te conviendrait ? Tous mes jeudis sont libres jusqu'à août.

— Je suppose qu'il faudra voir ça avec Dulcie, dis-je. C'est elle qui s'occupe de mon agenda maintenant.

— Ah, oui, j'avais oublié… tu es la propriété de la galerie Roxborough. » Il se redressa contre la tête de lit. « À ton avis, si j'appelle la réception, ils me monteraient des Dunhill ?

— J'en doute. Tu as vu l'heure ?

— Je vais quand même tenter ma chance. » Il tendit le bras pour décrocher le téléphone et composa le numéro en tapotant l'espace vide à côté de lui sur le lit. « La réception ? Oui, bonjour. Je me demandais s'il serait possible que le concierge me rende un petit service… »

J'arrêtai de m'habiller et je retournai me coucher, gardant ce que j'estimais être une distance appropriée entre sa hanche et la mienne.

« Des cigarettes, en fait… Oui, je sais, il est affreusement tard, mais il y a peut-être un distributeur quelque part près d'ici ? C'est Mr Searle à l'appareil, mais je vous l'ai peut-être déjà dit. »

Les draps, remontés sur ma poitrine, ne découvraient que mes pieds et mes chevilles, et je me rendis compte que Wilfred les regardait fixement pendant qu'il parlementait avec le concierge.

« Excellent, merci. Des Dunhill, oui… deux paquets, si cela ne vous dérange pas. » Il couvrit le combiné pour me demander : « Besoin de rien ? » Je secouai la tête. « Non, ce sera tout, merci. » Il raccrocha le téléphone, poussa un long soupir. Puis il se tourna de façon à m'enlacer avec son bras. Je sentis les poils rêches de son ventre picoter la soie de ma combinaison. « Dix minutes, dit-il tout bas en m'embrassant l'oreille. Je crois que je n'ai jamais dû attendre aussi longtemps pour fumer après.

— Ça nous laisserait le temps de refaire l'amour deux fois. »

Je pensais qu'il prendrait cela comme un gentil sarcasme, comme ceux que nous avions passé l'essentiel de la soirée à nous lancer. Au lieu de quoi il plaqua sa paume entre mes omoplates et me poussa en avant. Je manquai me cogner la tête contre la table de chevet.

« Putain, on peut savoir pourquoi tu as dit ça ?! »

Il était déjà debout et marchait nu vers la salle de bains.

« Si tu es tellement déçue, tu ferais aussi bien de rentrer chez toi, dit-il.

— Je te taquinais, c'est tout. Je pensais que ça te ferait rire. »

Il actionna un interrupteur et il resta là dans la lumière de la salle de bains, le corps ferme et pâle.

« Eh bien, moi, ça ne m'amuse pas.

— Pas besoin d'en faire une histoire personnelle.

— Il se trouve que je tire une certaine fierté de la façon dont je... oh, oublie ça. Je n'ai pas à me justifier. » Il se frottait vigoureusement les mains au savon à présent, du bout des doigts jusqu'au coude. « Peut-être que tu y aurais pris plus de plaisir si tu n'étais pas restée étendue là avec cet air totalement horrifié. J'avais l'impression de clouer une plinthe. »

Je ramassai mes vêtements.

« Maintenant tu commences à me dégoûter.

— Dépêche-toi de partir, tu veux bien ? J'ai un train de bonne heure. » Il s'enferma dans la salle de bains. Je l'entendis se déplacer bruyamment pendant que j'enfilais ma robe et trouvais mon manteau. Puis la porte s'ouvrit d'un coup et il s'approcha du lit en bondissant. Il portait un peignoir d'hôtel propre, et chacun de ses pas rendait un curieux cliquetis, comme des boutons qui s'entrechoquent dans une boîte.

« Encore là à ce que je vois, dit-il en sortant un flacon de pilules de la poche de devant. Encore une qui ne comprend pas les allusions. »

Il avala sans eau une poignée de cachets.

Le concierge vint frapper à la porte à ce moment-là : deux petits coups discrets, à peine audibles.

« Merci pour l'horrible soirée », dis-je avant de prendre la porte.

Le concierge s'effaça pour me laisse passer.

« Madame, votre écharpe, elle traîne par terre, me lança-t-il alors que je m'éloignais dans le couloir. Madame… votre *écharpe.* » Je la décrochai de ma manche et la laissai tomber sur la moquette. Devant moi, les portes de l'ascenseur s'ouvrirent mais personne ne sortit de la cabine.

- - - - -

Notre prochaine grande artiste ?
Par Wilfred Searle / *New Statesman* / 20 février 1960

On pourra difficilement reprocher à la jeune artiste écossaise Elspeth Conroy d'être une femme. Pas plus qu'on ne tiendra rigueur à la galerie Roxborough de Bond Street d'avoir si ardemment défendu son travail. Dans ce monde de l'art moderne, dominé par des talents masculins en plein essor, on donne trop rarement voix aux ambitions de jeunes femmes prometteuses. Mais ce qui fait de la première exposition personnelle de Conroy, formée à Glasgow, une déconvenue aussi piquante, c'est qu'on y vient avec les plus grandes espérances. Le communiqué de presse de la Roxborough est pour beaucoup dans cette désillusion : on y proclame que Miss Conroy est « la prochaine grande femme peintre d'Angleterre » avant même que l'huile ait fini de sécher sur ses œuvres. Il serait déjà difficile pour tout artiste vivant, à l'exception d'un Picasso, de justifier l'hystérie d'une telle campagne promotionnelle, alors que dire de cette jeune pousse ?
Eh bien, en dépit du fait qu'il y a beaucoup à admirer dans la maîtrise technique des neuf peintures exposées, on est assailli par les mêmes doutes tout au long de sa toute première exposition : est-on confronté là à l'œuvre d'une

artiste véritablement originale ? Ou voudrait-on qu'il en soit ainsi simplement parce que le peintre est une femme ? Jusqu'à présent, aucune peintre en activité n'a été en mesure de reproduire l'excitation frémissante que l'on rencontre dans l'œuvre de Bacon ou Sutherland. Les belles sculptures de Barbara Hepworth nous en ont rapprochés, mais même cette artiste d'exception a encore bien du mal à sortir de l'ombre de ses contemporains masculins. Il ne fait aucun doute que notre prochaine grande femme peintre apparaîtra quand le moment sera venu pour elle, mais je suis au regret de vous annoncer que cette exposition offre peu de raisons de penser que Conroy soit notre candidate. Ses peintures de paysage sont si délibérément maniérées qu'elles ne réussissent qu'à agacer, de la même manière qu'un enfant qui termine tous ses devoirs avant l'heure du coucher éveille les soupçons de son père. En bref : elles se donnent trop de mal pour se faire apprécier. Conroy a tendance à exagérer chaque petite touche, avec pour résultat une succession d'images tièdes et peu convaincantes : des scènes de canal londonien peuplées de figures torves et vaporeuses dont le caractère équivoque est bien trop prémédité. L'abstraction prudente de ces scènes, bien que rendues avec dextérité, est une greffe d'un autre cœur d'artiste (mâle) : Picasso a prêté son influence à tout ce que Conroy peint. Ce pourrait bien être une mauvaise habitude qui affecte un trop grand nombre de nos peintres actuels, quel que soit leur sexe, mais il s'agit d'un trait particulièrement déconcertant dans le travail d'une jeune femme originaire des rives de la Clyde. Il n'y a qu'une faible lueur d'espoir dans cette exposition par ailleurs terne : *Dévotion* est un diptyque saisissant dans lequel Conroy tente d'assouplir sa retenue stylistique pour aborder les thèmes de la maternité. Cependant, même cette œuvre bien réalisée paraît fade et sans substance. Découragé par tant d'attentes déçues, on quitte la galerie en regrettant que l'artiste n'ait pas choisi d'exprimer davantage ce que cela signifie d'être une femme à l'époque moderne.

3

Dans le salon des premières, cinq hommes en costume de flanelle sombre étaient répartis dans les fauteuils club près de moi, feuilletant *The Ocean Times* et discutant des « affaires » du jour. Leurs visages étaient si semblablement effilés que je les supposai frères. Leurs épouses étaient ailleurs sur le navire (j'avais entendu parler d'une partie de bridge quelque part sur le pont promenade, d'un concert donné dans le bar à cocktails) et tous les cinq s'étaient apparemment juré de profiter de l'occasion et de passer l'après-midi à s'entretenir de sujets virils en buvant des Tom Collins.

Pour commencer, ils plaisantèrent sur « cette affaire de satellite Pioneer » qui prouvait que le programme spatial américain n'en serait pas là sans le concours de l'ingénierie britannique. Ensuite ce fut « cette affaire de collision ferroviaire ». À en croire leur désinvolte analyse de la tragédie, ce genre d'accident devrait être pratiquement impossible dans un territoire aussi vaste que la Californie, où rail et route avaient largement la place de ne jamais se croiser. Je n'arrivais pas à savoir ce qui m'agaçait le plus : l'ignorance de ces hommes ou leur total manque de courtoisie à l'égard des autres passagers. Même le ronronnement incessant des moteurs, dont je n'avais pas encore appris à faire abstraction, était préférable à leur babillage et à leurs jérémiades : « On se serait attendu à ce qu'ils nous proposent quelque chose de mieux que le Archie West Trio, non ? dit l'un d'eux.

— On a eu droit exactement à la même programmation l'an passé, renchérit un autre.

— J'en ai un peu assez de la Verandah aussi. L'endroit tout entier a l'air fatigué.

— Oh, absolument.

— J'aimerais qu'ils cessent de nous imposer cette soupe à l'oignon au petit déjeuner, comme si c'était la huitième merveille du monde.

— Oh, Dieu du ciel, oui.

— Probablement le même lot qu'ils nous servent depuis 55 !

— Le goût est d'époque, c'est sûr.

— Ha ha ha. »

J'espérais que le commissaire de bord ou un steward viendrait les faire taire, mais le salon était plutôt désert et le personnel occupé à autre chose. Il était plus facile que je me déplace. Il y avait des tas d'autres pièces où je pouvais aller finir mon livre. Et si je n'arrivais pas à m'absorber dans ma lecture, j'avais toute une liste de « services à bord » pour me distraire de mes ennuis : des piscines, des restaurants, et un cinéma qui passait *Gidget*, que j'aurais tous échangés pour une seule heure de peinture dans mon atelier miteux de Kilburn.

J'avais déjà essayé le fumoir : trop de papotage et pas assez d'oxygène. La bibliothèque m'avait parfaitement convenu, jusqu'à ce que les livres commencent à se promener sur les rayonnages à cause du roulis, me donnant le mal de mer. J'étais partie dans le salon pour repousser la nausée, mais le *crew manager* était arrivé pour diriger les préparatifs de la soirée cabaret et tout était redevenu bruyant. Le paquebot faisait plus de mille pieds de long,

« une véritable ville flottante », selon Dulcie. Avec ses treize ponts et ses soutes capables de contenir les bagages de deux mille passagers. Comment se faisait-il alors que je ne trouve pas un seul endroit à bord où je me sente à mon aise ?

Que Dulcie m'ait réservé une suite, alors que j'avais demandé une simple cabine en deuxième classe, n'arrangeait rien. Nous voguions vers New York parce qu'elle avait une peur bleue de l'avion (« Ça m'est resté du Blitz », disait-elle), et j'avais accepté de l'accompagner parce que je ne me sentais pas capable de prendre l'avion seule. La galerie couvrait nos dépenses. Comme Dulcie prétendait mériter de voyager en première aux frais de la princesse, elle avait réservé deux cabines parmi les plus chères disponibles sur le *Queen Elizabeth*. Grâce à elle, j'étais bonne pour passer toute la traversée en compagnie de passagers fortunés auxquels je n'aurais jamais adressé la parole de moi-même : des New-Yorkais ennuyeux de retour de mariages dans de « charmantes bourgades » ; des couples de Londoniens bien habillés qui avaient une propension à exagérer les splendeurs de la décoration du navire (« Nous n'avions jamais vu tapisserie aussi remarquable… et toutes ces boiseries exotiques ! Nous n'en revenions pas ! ») ; d'odieux industriels qui vidaient leurs Gimlet à grand bruit et laissaient des queues de crevettes sur les nappes. Où que je me tourne, je voyais dédain et nombrilisme, et les accents railleurs de ces gens me rappelaient Wilfred Searle.

Je n'avais trouvé aucune espèce de répit depuis que nous avions quitté Southampton. Ma suite était le seul endroit à bord où je jouissais d'une intimité totale, mais elle avait ses inconvénients. On se sentait tout petit dans cette pièce immense à la décoration recherchée – tellement luxueuse même que les dessus-de-lit étaient faits dans un plus beau tissu que celui des robes du soir que Dulcie m'avait prêtées pour le voyage – et, même si j'y dormais assez bien la nuit, je n'arrivais pas à m'y fixer le jour. Pour autant, je ne mourais pas d'envie de me retrouver en bas, en seconde classe, où était ma place, parce que la traversée de l'Atlantique était une expérience bien moins poétique que Melville avait pu me le laisser croire, et j'étais très heureuse de me trouver loin des cabines surpeuplées des ponts inférieurs. En fait, la suite me protégeait si bien de ce qui se passait sur le navire que cela me rendait nerveuse, vulnérable à mes propres pensées.

Comme je ne pouvais pas voir les allées et venues des autres passagers, ni sentir l'affairement discret de l'équipage autour de moi, j'avais du mal à relativiser. Seule, mes problèmes m'étouffaient, et j'étais tellement désemparée que je ne pouvais pas passer devant mon reflet sans avoir envie de détruire le miroir. Je buvais des tasses de tisane à la menthe pouliot avec du miel, et me plongeais pendant des heures dans un bain qui n'était jamais tout à fait assez chaud, composant dans ma tête des télégrammes que je n'avais pas le courage d'envoyer en Angleterre :

> WILFRED : BIEN LE BONJOUR DEPUIS LE *QUEEN ELIZABETH*. À MI-CHEMIN DE NEW YORK DÉJÀ. À CHAQUE MILLE MARIN, TE HAIS UN PEU PLUS. ENCEINTE DE CINQ SEMAINES POUR L'INSTANT. ELSPETH

Laissant les hommes dépouiller *The Ocean Times*, je sortis me dégourdir les jambes un instant, faisant les cent pas sur le pont promenade jusqu'à ce que je finisse par me lasser. Il s'avéra difficile de faire dix mètres sans avoir à faire un pas de côté pour éviter une vieille dame qui louvoyait, ou contourner un steward s'acquittant d'une commission. Je m'accoudai au bastingage pour respirer un moment l'air du large. L'Atlantique gris emmaillotait la coque. La ligne floue de l'horizon était trop vaste pour être appréhendée. Je me fis la réflexion que je n'avais jamais été plus loin de Clydebank de toute ma vie, que je voyageais en première classe sur un navire à la construction duquel mon père avait participé sur les chantiers John Brown & Company. L'idée que j'étais présentement maintenue à flot grâce aux joints que ses camarades et lui avaient calfatés l'aurait fait sourire, mais je ne me sentais pas fière. Je voulais que l'océan m'avale tout entière.

Une part de moi-même croyait que Jim Culvers se cachait à New York et que j'allais le trouver là-bas. J'essayais de me persuader que j'aurais entrepris ce voyage de toute façon, et que si je m'imaginais peut-être tomber par hasard sur Jim et sa sœur à Washington Square, ça n'avait pas joué dans ma décision. Quand des passagers me demandaient les raisons de mon voyage, je disais que j'allais rencontrer les propriétaires de la galerie qui me représentait. Invariablement, cela conduisait à la question de savoir combien se vendaient mes toiles, comme si c'était le critère déterminant pour tout artiste véritable. Dulcie m'interrompait souvent à ce moment-là, mais, en son absence, je répondais : « Suffisamment cher pour voyager en première », ce qui les poussait à avouer qu'ils étaient gênés de ne pas connaître mon nom. Ils auraient trouvé la vérité moins séduisante, j'imagine, raison pour laquelle je ne la disais jamais. En réalité, je n'avais pas terminé une seule toile depuis cette affreuse nuit passée avec Wilfred au Connaught, et je me sentais terriblement anxieuse à l'idée de peindre depuis que son article du *Statesman* avait été publié ; par conséquent, une exposition d'œuvres nouvelles – que ce soit à Londres ou au fin fond de la Sibérie – restait une perspective très lointaine.

J'avais entrepris ce voyage uniquement sur l'insistance de Dulcie. « Tu as besoin de changer de décor, m'avait-elle dit. Va faire un tour en Europe pendant un mois, vois des choses, prends quelques photos, fais quelques rencontres. Sors-toi cet imbécile de la tête. Ou mieux encore… » Un des fondateurs de la Roxborough, Leonard Hines, était à la recherche d'emplacements potentiels pour une galerie sœur à Manhattan. « Len s'est mis en tête l'idée ridicule que je devrais diriger la galerie pour lui. Je n'arrête pas de lui dire que je n'ai pas le temps de baguenauder dans le centre-ville pour repérer des emplacements, mais il s'est montré plutôt insistant récemment. On devrait y aller ensemble, j'ai besoin d'un bon compagnon de voyage, et il a besoin d'apprendre à te connaître. Ça nous ferait du bien à toutes les deux. » Je n'aurais pas envisagé d'aller où que ce soit avec elle, à l'exception de New York ; le mince espoir que Jim puisse s'y cacher ne m'avait jamais abandonnée. Et je savais que le voir était la seule chose qui pourrait débarrasser mon cœur des contusions que Wilfred y avait laissées.

Ayant à présent un besoin urgent de tranquillité et de silence, je pris l'escalier conduisant au solarium. C'était une chaude journée et les épouses guillerettes des premières classes étaient de sortie sur le pont. Alors que je cherchais une table parmi les chapeaux de soleil et les épaules nues, je me rendis compte qu'il n'y avait aucun réconfort non plus à trouver parmi ces femmes. J'étais incapable de rester là à les écouter commenter le programme des divertissements : « Gordon Cane et son orchestre – quatre heures moins le quart dans le lounge. Je suis partante si tu l'es, Lucy. À moins que tu aies d'autres projets. » Je ne m'arrêtai même pas de marcher, décrivant une boucle parfaite autour du solarium avant de redescendre en agrippant mon exemplaire humide de *Below the Salt*[1].

Il n'y avait rien d'autre à faire que de monter au court de squash. Les trois après-midi précédentes, Dulcie avait participé au tournoi organisé à bord. C'était une joueuse

1. Roman historique de Thomas B. Costain (1957) [N.d.T.].

passionnée, ce que j'avais découvert avec surprise au début de la traversée quand elle s'était présentée à ma porte vêtue d'un survêtement d'un blanc étincelant, une serviette autour du cou. Elle soutenait que tout le monde se devait de pratiquer une forme ou une autre d'exercice physique si l'on ne voulait pas « faire une attaque à la cinquantaine », et expliquait que le squash était « quasiment une forme d'art en soi… la seule pour laquelle j'aie un semblant de talent, en tout cas ». Aux dires de tous, le niveau de la compétition à bord était médiocre, et Dulcie avait passé les premiers tours avec facilité, me relatant, coup par coup, tous les sets qu'elle avait disputés au Verandah Grill pendant le dîner. Le match de la journée, cependant, était une demi-finale délicate (disait-elle) contre une adversaire qu'elle connaissait de son ancien club de Mayfair. « Amanda Yail (elle avait prononcé son nom avec un léger tremblement) m'a battue l'année dernière à l'Open, au deuxième tour, avant de se faire sortir par Heather McKay au suivant. J'ai dû passer à côté sur la liste des passagers. Ça va être un marathon. » Je n'avais jamais entendu Dulcie paraître aussi peu sûre d'elle, et j'en déduisis qu'elle ne voulait pas que je vienne l'encourager.

Alors que je montais les marches conduisant à la tribune, j'entendis le claquement régulier du caoutchouc contre les murs, le crissement des chaussures de sport. Je n'avais jamais vu de partie de squash de toute ma vie et je ne comprenais pas comment on y jouait, ni comment la suivre en tant que spectatrice. Quand Dulcie utilisait des termes comme « nick », « contre-amortie » ou « ligne centrale » dans ses résumés, j'opinais comme si je savais exactement ce qu'elle voulait dire. Elle avait un certain talent pour décrire les péripéties de ses parties et il me semblait impoli de l'interrompre. J'enviais ce don que possédait Dulcie, en fait ; elle était capable de s'enthousiasmer pour les choses les plus rébarbatives et de communiquer son engouement aux autres par la seule force de sa volonté.

Il n'y avait personne dans la tribune, à l'exception d'un homme accoudé au garde-fou avec son fils. Je m'apprêtais à demander le score, mais je m'avisai que l'usage voulait peut-être que j'attende une interruption dans la partie. « Papa, dit l'enfant en me regardant fixement, est-ce qu'on doit bouger nos affaires maintenant ? » Il n'était pas tout à fait assez grand pour voir au-dessus du garde-corps ; un garçon de sept ans environ, tout corseté dans sa chemise empesée et son pantalon remonté trop haut sur la taille. Il avait couvert le garde-corps en verre d'empreintes de doigts en faisant faire des huit à ses petites voitures.

« Hein, quoi ? marmonna son père.

— Pour la dame. Elle veut s'asseoir.

— Quelle dame ? »

L'homme se tourna. Il était ce que Dulcie aimait appeler un « type studieux », c'est-à-dire un barbu à lunettes pas particulièrement séduisant. Le sommet du crâne dégarni et les tempes grisonnantes. Son veston était jeté sur son bras gauche comme un liteau de serveur. Cela n'avait pas été flagrant de prime abord, mais je voyais à présent que son attention était concentrée sur autre chose que le court. Il essuyait un stylo-plume qui fuyait avec un mouchoir. Le tissu de sa chemise était taché d'encre bleue ; une île déchiquetée juste sous son mamelon. « Désolé, dit-il, juste une seconde. » Il finit de nettoyer le stylo et l'emporta vers les chaises derrière moi.

Je lui dis de ne pas s'inquiéter. « Vraiment, je suis mieux debout. » Mais il semblait résolu à débarrasser ses affaires, comme si elles avaient quelque chose d'humiliant. Il y avait un porte-documents rempli de chemises écornées et quelques jouets éparpillés sur le siège : des petits soldats en plastique, des chevaux, de l'artillerie, une fusée en fer-blanc à la peinture écaillée. L'homme referma sa serviette et commença à rassembler les jouets avec une certaine précipitation.

« Viens m'aider, dit-il au garçon. Mets-les dans tes poches.

— Tout va bien, dis-je. Ne dérangez rien pour moi.

— Non, non, nous ne devrions pas nous comporter comme en terrain conquis. » Il continua à rassembler les petits soldats. « Jonathan… viens ici ! Veuillez excuser tout ceci. Ma femme a horreur que je fasse de la paperasse en vacances. Je suis obligé de voler ces moments quand je le peux. » Son fils l'ignorait, continuant à pousser sa petite voiture sur la vitre. « Ne fais pas comme si tu ne m'avais pas entendu, fiston. Tu le veux, ce soda à la vanille dont on a parlé ? »

Le petit garçon s'approcha en traînant les pieds. Avant qu'il ait pu rejoindre son père, un cri s'éleva du court. Dulcie était étendue sur le côté, après avoir plongé pour rattraper une amortie, et son adversaire exultait d'avoir réussi ce joli coup. Dulcie frappait le sol avec sa paume. L'homme se précipita jusqu'au garde-corps.

« Que s'est-il passé ? Vous avez vu ?

— Il est possible qu'elle ait perdu cette manche-là.

— Qui ça ?

— Dulcie.

— Eh bien, merci mon Dieu !

— Elles ont fini ?

— Non. Ça fait deux partout. Elles vont devoir jouer un dernier set.

— Oh. Passionnant, dis-je sans enthousiasme. Et c'est vraiment une bonne nouvelle pour votre paperasse. »

Il sourit.

« Enfin, ce serait le cas si tous mes stylos n'étaient pas HS. Vous n'en auriez pas un ?

— Non, désolée.

— Je vais devoir aller en chercher un autre en bas. Qu'est-ce que vous lisez ? »

Je lui montrai la couverture de mon livre.

« C'est bien ?

— Je ne sais pas... ça dépend de l'intérêt qu'on porte aux Plantagenêts. Ça me tombe un peu des mains.

— Alors pourquoi continuez-vous à le lire ?

— Parce que je n'ai rien apporté d'autre.

— Ah, je faisais la même erreur, avant. Maintenant je n'ai plus du tout le temps pour les romans... ça simplifie beaucoup la corvée des valises. » Il me tendit une main tachée d'encre. « Victor Yail. Enchanté. »

Sa poignée de main était très douce.

« Elspeth Conroy. »

Sur le court, Dulcie ajustait son bandeau, s'apprêtant à servir à nouveau. Elle leva les yeux et, m'apercevant sur la galerie, me fit un petit geste avec sa raquette.

« Vous êtes fan de squash ? demanda Victor. Moi, je n'ai pas vraiment eu le choix. Amanda a quatre frères, et tous ont joué pour leur pays. En me mariant, je me suis converti à leur religion.

— Eh bien, je suis juste venue apporter un soutien moral.

— Vous ne jouez pas vous-même ?

— Non. Et vous ?

— Plus maintenant, dit-il en pliant le bras. Problème de coude. »

Les deux femmes frappaient si fort que j'avais du mal à suivre la trajectoire floue de la balle d'un mur à l'autre. Chaque coup claquait comme un fouet. Elles martelaient le parquet en courant d'avant en arrière.

« Bon sang, dis-je. Elles ne font pas semblant. Je n'aurais jamais pensé que Dulcie avait cette force.

— Oui. Elle joue tout en puissance.

— C'est une bonne chose ?

— C'est possible, je suppose, gloussa Victor. Pour ma part, je préfère voir un peu de grâce dans le jeu féminin, c'est tout. Slice nonchalant et jeu de jambes agile… vous voyez ce que je veux dire. De l'élégance.

— Elles ont l'air de cogner sacrément fort, toutes les deux. »

Il secoua la tête.

« C'est pourtant le jour et la nuit. Le jour et la nuit.

— Dulcie ne transpire pas autant que votre femme. Je ne suis pas experte, mais ça doit être le signe de quelque chose.

— C'est seulement qu'Amanda n'a pas encore changé de chemise. »

Je lui adressai un grand sourire.

« Une livre qu'elle perd.

— Une livre ? Pff, c'est salé. »

Il suivit les déplacements de sa femme sur le court.

« Franchement, je ne crois pas que Mandy tiendra le rythme. Elle ne joue bien qu'après une dispute. Elle a essayé de me provoquer ce matin, mais je n'ai pas marché.

— C'est très égoïste de votre part.

— Oui, c'est exactement ce qu'elle a dit. »

Victor était un homme avec qui il était facile de parler. Son visage avait quelque chose de serein qui me plaisait : des paupières un peu lourdes, des lèvres épaisses et boudeuses. Peut-être que je le trouvais simplement inoffensif. Il avait l'air d'être une personne qui serait incapable de me détourner de la vie que j'aurais dû avoir.

« Papa, je peux me mettre par terre avec ça ? »

Le garçon fonça dans les rotules de son père en brandissant une bande dessinée.

« Du moment que tu restes sur la moquette, je n'y vois pas d'inconvénient.

— Ouais ! »

Il se laissa aussitôt tomber pour ramper dans l'espace entre les fauteuils.

« Jonathan ?

— Mmh mmh ?

— Lis dans ta tête, cette fois.

— D'accord. »

Victor se tourna vers moi en levant les yeux au ciel.

« Il est gentil.

— C'est un acteur consommé, voilà ce qu'il est. Si vous saviez l'enfer qu'il fait vivre à sa mère. Vous êtes sur le pont B ?

— Non.

— Alors vous avez échappé aux hurlements de la nuit dernière. Vous avez bien de la chance. »

Comme si on pouvait douter qu'il plaisantait, il me fit un petit clin d'œil. Puis il tendit le cou pour dire à son fils :

« J'ai bien failli te jeter par-dessus bord hier soir, hein, fiston ? Pour voir si tu serais capable de nager jusqu'en Amérique ?

— Chut, dit le garçon. Je lis.

— Oh, pardonne-moi. » Victor se pencha vers moi. « Nous ne devons pas contrarier Superman et ses aventures.

— Qui ça ?

— Peu importe », dit-il avec un geste de la main.

Sur le court, Dulcie faiblissait. Elle avait l'air prisonnière d'un schéma de jeu consistant à toujours renvoyer la balle dans la même direction. Elle l'envoya à trois reprises dans le coin gauche et, à trois reprises, elle lui revint avec davantage d'effet. Je ne voyais pas l'intérêt d'avoir un adversaire si le but du jeu consistait à frapper le même coup encore et encore.

« Ça devient un peu lassant en bas, commenta Victor. Je ferais aussi bien de finir cette paperasse, après tout. Cela vous dérange si… ? » Il me montra les sièges avec son pouce.

« Je vous en prie. »

Il alla chercher sa serviette, mais s'arrêta à mi-chemin, claquant des doigts.

« Flûte, dit-il. Un stylo. »

Pendant un long moment, il resta là à nous regarder alternativement son fils et moi, pris semblait-il dans le même rythme futile que la partie de squash de Dulcie.

« Me rendriez-vous le grand service de surveiller la demi-portion ?

— Oh, c'est que je ne suis pas vraiment qualifiée pour ça... » Le garçon était plongé dans la lecture de sa bande dessinée. Il était allongé à plat ventre, cognant ses talons l'un contre l'autre. « ... mais il n'a pas l'air de poser trop de problèmes.

— C'est très aimable à vous. » Victor tapota la tête de son fils. « Sois gentil avec Miss Conroy. Je reviens dans dix minutes. »

Nous nous retrouvâmes donc seuls, le garçon et moi.

Je le surveillai du coin de l'œil, ne voulant pas m'imposer, et tentai de m'intéresser à ce qui se passait sur le court. Les crissements de chaussures continuaient, hystériques, tandis que Dulcie trottinait d'un mur à l'autre comme un rat en cage, et qu'Amanda Yail l'esquivait. C'était un sport à vous rendre claustrophobe et qui manquait de variété – le genre de passe-temps que je ne m'imaginais pas pouvoir prendre au sérieux –, mais il était évident que Dulcie et la mère du garçon s'y adonnaient avec une grande implication. Elles refusaient de concéder une seule balle si celle-ci avait la plus petite chance d'être sauvée, haletant et râlant entre deux échanges. C'était un spectacle passablement disgracieux. Je voulus me plonger à nouveau dans *Below the Salt*, mais je n'arrivai pas à me concentrer sur les mots. Je me rappelai alors que j'étais censée surveiller Jonathan.

Il était toujours sur la moquette, feuilletant les pages de sa bande dessinée. Je m'approchai et m'assis sur la rangée de fauteuils près de lui.

« Tu comprends ce jeu ? » demandai-je.

Le garçon se dévissa le cou pour me regarder, fit non de la tête et se détourna à nouveau.

« Il y a peut-être quelque chose qui m'échappe. Je ne sais pas toi, mais si quelqu'un me demandait d'aller courir dans tous les sens à l'intérieur d'une boîte pendant des heures avec un bout de bois, je lui dirais qu'il est fou. » Il n'écoutait pas. « Mais je suppose que les adultes peuvent être bizarres parfois, non ? » Le garçon commença alors à gigoter sur le ventre, comme s'il était irrité par ma voix ou le frottement de son pantalon. « Tu sais, ça ne me dérangerait pas que tu lises tout haut. Je n'avais jamais entendu parler de ce Superman. Qu'est-ce qu'il a de tellement super ? »

Jonathan se mit à genoux.

« Je veux dire, est-ce qu'il fait sa propre lessive et son repassage ?

— Non, dit-il, effaré. C'est idiot !

— Est-ce qu'il te regarde droit dans les yeux quand il te parle ?

— Non, mais il a des lasers qui lui sortent des yeux.

— Ah bon. Ça m'a l'air dangereux. » Je lui souris. Il me regardait bouche bée à présent, jaugeant ma sincérité. « Eh bien, il doit tenir la porte aux dames, alors. Leur acheter des fleurs pour leur anniversaire, ce genre de chose.

— Non, non, non… il n'est pas super comme *ça*, dit-il, le visage rayonnant. Écoutez, je vais vous montrer. » Il vint s'asseoir dans le fauteuil club à côté de moi, posant l'illustré sur l'accoudoir. Sur le titre de couverture, on lisait SUPERMAN en grosses lettres en trois dimensions. Un lutteur blond et musclé dans un costume bleu et rouge balançait son sosie (n'étaient ses cheveux bruns) sur un poteau télégraphique. La légende disait : UNE BD GÉNIALE EN TROIS PARTIES : LE SUPER HORS-LA-LOI DE KRYPTON ! « Celui avec les cheveux noirs, c'est le vrai Superman. L'autre, il fait juste semblant.

— Il ne doit pas être si super que ça, parce que là, on le balance sur un poteau, dis-je.

— C'est parce que Kull-Ex, il est fort aussi. C'est lui, Kull-Ex… » Il tapota le visage du blond avec son doigt. « Au début, on pense que c'est Superman qui est devenu méchant, en démolissant tous ces immeubles, et les gens sont en colère contre Superman pendant longtemps, mais après il enlève son masque et on voit que c'est Kull-Ex en vrai et qu'il vient de Kandor sur la planète de Superman. Et il essaye de se venger de Superman parce que le père de Superman a volé l'invention de son père à lui. Mais il se trouve que c'est un mensonge, en fait. » Jonathan reprit sa respiration. « Vous voulez que je vous montre le passage où il découvre que c'est un mensonge ?

— Et comment ! Je suis captivée. »

Il se rapprocha de moi. Ses cheveux sentaient le savon à la lavande distribué à bord. Il avait des pellicules sur le sommet du crâne. Je me demandai ce que ça ferait de transformer d'un coup de peigne cette frange informe en jolie raie sur le côté, s'il ressemblerait davantage à son père. Il entreprit avec enthousiasme de débrouiller les méandres de l'intrigue, accompagnant le déroulement de l'action de case en case avec son doigt, prononçant tout haut les paroles qui jaillissaient de la bouche des personnages sous forme de bulles blanches. Il lisait sans aucune difficulté – y compris les mots les plus longs, comme « confession » ou « solitude », et les plus étranges, comme « Zenium » –, même si je sentais qu'il avait peut-être mémorisé le texte par endroits. « Et regardez, c'est le passage où Supergirl entre dans la Forteresse de la Solitude et essaye de le sortir avec une pince à épiler ! C'est bête, mais ça me plaît. Ça me plaît qu'elle puisse voir des choses vraiment toutes, toutes petites. Et je crois que sur la page d'après, c'est là où Superman trouve un plan pour les sauver. Ou alors c'est… non, attendez… voilà, c'est là. » Il continua sans s'interrompre pendant plusieurs minutes, feuilletant rapidement les pages, jusqu'à ce que son père remonte par l'escalier et que nous ayons à couper court.

« J'ai réussi à en taper un à un steward dans l'ascenseur, dit Victor, en me montrant rapidement un stylo argenté. J'ai promis de le lui rendre, mais voyons d'abord s'il écrit bien, hein ? C'est peut-être le stylo de mes rêves. » Il vit que Jonathan m'avait montré sa bande dessinée. « Oh, mon Dieu, excusez-le. Il vous a ennuyée avec Dr Telex et sa Forteresse de Je-ne-sais-pas-quoi ?

— Je crois qu'il s'agit de Kull-Ex, rectifiai-je, fils de Zell-Ex.

— Exact ! s'écria le garçon. Tu vois, Papa. Je t'avais bien dit que c'était intéressant. »

Victor croisa les bras.

« Eh bien, je ne vous remercie pas, Miss Conroy. Je vous laisse seule une minute et vous commencez à pactiser avec l'ennemi. » Il s'approcha du garde-corps et jeta un coup d'œil sur le court. « Qu'est-ce qui se passe en bas ? Vous avez une idée ?

— J'ai bien peur que nous ayons été distraits. » Je me laissai aller en arrière dans mon fauteuil. « Et je dois vous avouer que ce super hors-la-loi de Krypton est bien plus captivant que n'importe quelle partie de squash. Je n'ai pas raison, Jonathan ?

— Ah ça oui, dit le garçon en tournant les pages. Vachement plus. »

Son père se retourna, mi-amusé, mi-inquiet.

« Elles jouent encore. À première vue, Dulcie est en train de se prendre une raclée.

— C'est ce que Kull-Ex pensait au sommet de la montagne, dis-je, mais ça ne s'est pas trop bien terminé. »

Victor me dévisagea derrière ses lunettes, les yeux exorbités.

« Il vous a vraiment intoxiquée. Et je ne me suis pas absenté bien longtemps, pourtant. »

Je tendis le bras pour ébouriffer les cheveux du garçon, histoire de manifester notre unité, mais je me ravisai, préférant lui tapoter l'épaule.

« Il a été irréprochable. Vous pouvez être fiers de lui, tous les deux. »

Cette remarque eut l'air de susciter plus d'écho que je ne m'y attendais.

« Oh… eh bien, oui, dit-il, merci à vous pour ça. Je veux dire, nous, on l'a toujours bien aimé, ce petit. »

Le claquement du caoutchouc sur les murs se fit plus bruyant. Je jetai un coup d'œil sur le match : la chemisette d'Amanda était à présent tellement trempée que je voyais les bretelles de son soutien-gorge à travers, et Dulcie saignait du genou. Je ne savais pas pendant combien de temps encore elles allaient pouvoir maintenir cette intensité de jeu. Leurs bras étaient luisants, leurs visages en feu, comme deux vieux boxeurs dans un dessin de Bernard Cale.

« Pour vous dire la vérité, je ne le vois pas assez ces temps-ci, continua Victor. C'est en grande partie la raison de cette traversée. Je me suis dit : si le travail m'amène encore à New York, alors nous irons *tous ensemble* cette fois, nous en ferons des vacances. Il n'a jamais été plus loin que Hunstanton. » Il parlait plus bas à présent, mais d'une voix plus intense. « C'est peut-être pour cela que la planète Krypton l'obsède à ce point, je ne sais pas. Mandy est convaincue que les bandes dessinées le freinent socialement.

— Et vous, qu'en pensez-vous ? » demandai-je en me tournant vers le garçon. Celui-ci avait l'air content, serein même.

« Je pense qu'elles stimulent sans aucun doute son imagination, ce qui n'est pas une mauvaise chose, mais c'est ce qu'elles pourraient lui cacher du monde qui m'inquiète.

— Je ne vous suis pas.

— Ce que je veux dire, c'est que s'il fait une trop grande fixation sur le pays des super-héros, il risque de toujours trouver la réalité décevante. Ce qui peut conduire à de véritables problèmes de comportement à long terme. Je l'ai observé chez beaucoup de mes patients. Pas avec des bandes dessinées, dans leurs cas, mais avec des romans de science-fiction, la télévision. Les études nous incitent à la prudence.

— Vous êtes médecin ?

— Oui… psychiatre. Je ne vous l'avais pas dit ?

— Non.

— C'est que je fais en sorte de ne pas commencer par là, vous savez. Ça braque les gens contre moi avant que j'aie pu les lobotomiser… » Il toussota d'un air embarrassé. « C'était une plaisanterie. Une vieille plaisanterie. Enfin bref… » Il renifla, tourna son regard vers le court à nouveau. « Vous ne m'avez pas dit ce que vous faites. Comment connaissez-vous un vieux tyran comme Dulcie ?

— Sa galerie me représente. Je suis peintre.

— Oh, ouah. Je vous demande pardon. Voilà qui est excitant. » Il haussa les sourcils pour remonter ses lunettes. « Je suppose que cela signifie que c'est *elle* qui travaille pour *vous* alors.

— Je ne le dirais pas tout à fait en ces termes, mais elle est très douée dans son domaine.

— Elle est tenace, c'est sûr, concéda Victor. De quel genre de tableaux s'agit-il ? Des portraits ?

— J'en fais de temps à autre. Je peins en général de mémoire. Des choses que j'ai vues ou imaginées. Mais je ne suis pas certaine qu'il y ait beaucoup d'avenir là-dedans.

— Et pourquoi ça ? »

Je haussai les épaules.

« Les études m'incitent à la prudence.

— Ah, ah, très bien, dit-il en hochant la tête. N'empêche que les études peuvent être biaisées. Il y a des charlatans et des crapules dans tous les milieux.

— Oui, j'imagine qu'il faut que j'arrête de douter de moi et que je me contente de peindre. Mais j'ai tellement de voix dans la tête en ce moment. Je pensais pouvoir en semer quelques-unes ici.

— Eh bien… » Il embrassa du regard les limites de la tribune. « Si vous arrivez à trouver le moindre réconfort à bord de ce tas de ferraille, bonne chance à vous. Sinon, je connais quelqu'un de très bien à New York à qui vous pourriez parler. J'ai son numéro quelque part.

— Un professionnel, vous voulez dire ?

— Oui, il est vraiment formidable. » Il me dévisagea en se tapotant le menton. « Vous faites quoi ? Un mètre soixante-cinq, vous avez vingt et quelques années. Je ne pense pas qu'il vous prendrait plus de trente dollars de l'heure. »

Cela semblait être une autre de ses plaisanteries.

« Écoutez, dit-il en reprenant son sérieux, vous n'êtes pas obligée de parler à quelqu'un si vous n'en avez pas envie. Mais le type en question est un ami à moi, et il a aidé beaucoup de gens à faire revenir leur muse. On ne peut plus se déplacer dans le Village tellement il y a d'artistes sans le sou ces temps-ci. » Il mit la main dans sa poche, comme pour en retirer une carte de visite, mais produisit un bout de papier. « Au cas où vous voudriez passer le voir pendant que vous serez en ville… »

Victor avait un tempérament si placide, une façon tellement inoffensive d'amener la conversation que je me sentis presque obligée de m'ouvrir à lui, ici même, dans la tribune.

« Oh, je ne sais pas. Je n'ai jamais vraiment cru aux pouvoirs de la psychiatrie. Sans vouloir vous manquer de respect. La seule chose qui m'ait jamais aidée à me sentir mieux, c'est la peinture. Et maintenant... eh bien, maintenant, je suppose que je vais devoir me mettre au squash.

— C'est peut-être ce que vous ferez. » Il dévissa le capuchon du stylo du steward et griffonna une ligne sur le papier posé sur le garde-corps. Après quoi, en le pliant, il me dit : « Voici son numéro, en tout cas. Il est à une rue d'Union Square.

— Merci. »

Je glissai le papier dans mon livre sans même y jeter un coup d'œil.

« C'est drôle, je ne crois pas avoir jamais vu Jonathan rester aussi tranquille, remarqua Victor en rempochant le stylo. Quel est votre secret ?

— La kryptonite.

— Oh, arrêtez, vous seriez étonnée du nombre de fois que j'entends ça. »

Presque à l'unisson, nous allâmes voir le garçon. Il était avachi dans le fauteuil, endormi, la bande dessinée ouverte sur sa poitrine.

« Il m'a l'air K.O., constata Victor. Attendez. Ne dites rien... vous allez briser le charme. »

Il s'approcha de Jonathan et, doucement, lui prit la bande dessinée des mains. Ensuite il le couvrit avec sa veste, s'assit dans le fauteuil à côté de lui et tourna les pages avec une expression consternée.

Au-dessous de nous, le match s'éternisait. J'entendais Dulcie souffler comme un bœuf, le martèlement de ses pas, et les cris d'impuissance d'Amanda. Le navire se mit à tanguer à nouveau, et je sentis un tremblement dans mes genoux, la nausée qui montait. Cramponnée au garde-fou, je devais avoir l'air flageolante parce que Victor me demanda à mi-voix si tout allait bien.

« J'ai juste un peu le mal de mer.

— Il y a des médicaments pour ça, vous savez.

— Oui, je prends de la menthe pouliot et du miel. Dulcie ne jure que par ça.

— Houlà, ça ne marchera pas. Autant prendre du sel et du poivre. » Il se leva et se pencha pour soulever le garçon enveloppé dans sa veste. « Un peu de Dramamine, voilà ce qu'il vous faut. Passez-moi cette serviette, voulez-vous ? Il faut que je l'emmène en bas avant qu'il ne mouille le siège. » Les jambes du garçon pendaient et oscillaient comme les tubes d'un carillon à vent dans les bras de son père. « Il ne dort pas beaucoup, mais quand il dort, sa vessie aussi se laisse aller. » Victor tendit le bras pour me prendre le porte-documents. Je l'accrochai à ses doigts.

« Merci.

— Je vous verrai au dîner ? »

Il prit sa respiration en réfléchissant à ma question, puis me répondit dans un souffle.

« Ça dépend.

— De quoi ?

— Du résultat, dit-il en désignant le court d'un mouvement de tête. Mandy a horreur de perdre. »

De retour dans ma suite, je constatai qu'on avait remplacé mon téléphone par un modèle bien plus chic : avec son combiné en jade sculpté et son support doré, on aurait dit une création de Fabergé. Ce matin-là, j'avais demandé au *crew manager* de m'cnlever le téléphone, car la tentation d'appeler Londres depuis ma chambre à n'importe quel moment était trop forte. Mais il avait manifestement pris cette demande pour une réclamation concernant le mobilier et m'avait fourni un appareil bien plus attrayant.

« *On vous met en relation* », annonça la standardiste. La ligne sonna occupée à nouveau. « *Désolée. C'est occupé, apparemment. J'essaye encore une fois ?*

— Oui, si ça ne vous dérange pas.

— *Absolument pas. Je vous mets en relation.* »

La tonalité maintint son trille encore et encore, et puis : « *Allô ! Hôtel Connaught.* »

La liaison était étonnamment claire.

« Ah, enfin. Ça a été difficile de vous joindre. Vous êtes fermé ?

— *Toutes nos excuses, madame. Je suis seul à la réception en ce moment et les appels n'ont pas arrêté.* »

J'avais oublié qu'il y avait un décalage horaire entre Londres et le milieu de l'Atlantique, et j'avais dû appeler pendant le coup de feu. Et maintenant, j'étais censée dire quoi ?

« Je crois avoir oublié une écharpe quelque part dans votre hôtel. Il y a environ cinq semaines.

— *Je vois. Et où l'avez-vous perdue exactement ?*

— Dans le couloir. Il se pourrait qu'un de vos clients l'ait déposée à la réception.

— *Vous connaissez son nom ?*

— Searle, Wilfred Searle.

— *Ah oui, bien sûr, Mr Searle. Je crains qu'il ne séjourne plus à l'hôtel, mais si vous me décrivez l'écharpe, je verrai si je peux...*

— Est-ce qu'il a laissé une adresse ? C'est juste que... eh bien, j'aimerais vraiment le remercier pour sa gentillesse.

— *Je vais aller me renseigner, madame. Veuillez ne pas quitter.* » Je n'entendis plus rien pendant un moment à part mon propre souffle dans l'écouteur. Puis : « *Je suis navré, il n'a pas dit où il allait cette fois. Nous avons en revanche son adresse de facturation. Alors si vous voulez bien lui écrire aux bons soins de l'hôtel, nous veillerons à ce que la lettre lui parvienne.*

— Merci. Je vais faire ça.

— *Peut-être pourriez-vous décrire...* »

On toqua trois petits coups à la porte.

« Excusez-moi un moment, dis-je. Je dois ouvrir à quelqu'un.

— *Bien sûr, madame.* »

Je posai le téléphone sur la table et j'allai ouvrir, m'attendant à tomber sur une hôtesse avec une table roulante argentée et un petit pot de miel anglais pour mon thé. À la place, je trouvai Dulcie qui se tenait penchée dans le couloir. Elle gîtait à tribord, comme appuyée sur une béquille invisible, le haut de son survêtement boutonné jusqu'au col.

« Je me suis complètement bousillé l'épaule, dit-elle, en me bousculant légèrement pour entrer. Tu n'aurais pas de l'aspirine ?

— Si. Je dois en avoir quelque part. »

Elle sentait un peu le goudron. Ses cheveux mouillés et peignés étaient bizarrement plaqués sur le côté avec une barrette.

« Désolée, tu étais occupée ? demanda-t-elle en remarquant que le téléphone était décroché.

— Oh, ne fais pas attention à ça. J'appelais juste ma mère. »

J'allai replacer l'horrible objet sur son perchoir.

« Eh bien, ce n'est pas une façon de traiter sa mère, dit Dulcie. Pauvre femme. » Elle se prépara un verre de tonic au bar, avec un seul bras, puis s'assit sur le canapé. « Et sinon, tu ne me demandes pas le score ?

— Vous en étiez à deux sets partout quand je suis partie. Je suppose que tu n'as pas perdu.

— Bien sûr que non ! » Elle vida la moitié du tonic, puis fit jouer l'articulation de son épaule, en grimaçant. « En fait, j'ai cru qu'elle était en train de prendre l'avantage dans le dernier set, mais j'ai commencé à me replacer sur le T un peu plus vite, et elle n'a plus eu assez de jus pour tenir le rythme.

— Qu'est-ce qui est arrivé à ton épaule ?

— Je ne sais pas trop. C'est juste musculaire, à mon avis. Un bon massage devrait arranger ça.

— Je vais te chercher cette aspirine.

— Tu es un amour. Merci. »

J'allai dans la salle de bains et je dénichai un flacon dans mon vanity-case. Il ne restait plus que deux comprimés. En revenant dans le salon, je trouvai Dulcie allongée sur le canapé, mon téléphone de luxe à l'oreille et ses chaussures de squash poussiéreuses sur les coussins.

« Mmm. Alors très bien, on fera en fonction des disponibilités, disait-elle. C'est très aimable à vous de nous avoir trouvé une place. » En raccrochant, elle tendit le bras pour prendre le flacon d'aspirine. « C'est tout ce que tu as ?

— Oui, désolée, je pensais en avoir plus.

— Ça ira pour le moment, je suppose. » Elle fit tomber les comprimés directement dans sa bouche et déglutit, les faisant passer avec du tonic. « Il y a une pharmacie à bord quelque part. Si tu as besoin de quelque chose, dis-le-moi.

— Tu as déjà pris de la Dramamine ?

— Non, et je ne pense pas vouloir en prendre.

— Je me sens toujours nauséeuse, c'est tout. »

Mes mains tombèrent sur mon ventre.

« Il faut toujours du temps pour s'amariner, la première fois. On n'est plus très loin des côtes, de toute façon. » Elle étouffa un renvoi dans son poing. « Pouah. Désolée. Ton tonic est affreusement chaud.

— Qui était-ce au téléphone ?

— Les bains turcs. J'ai réservé pour nous deux à et quart.

— Pas question que tu me traînes là-bas.

— C'est que je ne peux pas y retourner toute seule », fit valoir Dulcie. Elle se leva en massant son épaule. « On ne sait jamais vraiment qui est en train de rôder dans ces cabines et, hier, je me suis tamponné une bonne femme de Chicago absolument épouvantable. S'il te plaît, ne fais pas ta difficile. Je souffre le martyre. »

Alors que nous longions le corridor en peignoir et chaussons, Dulcie s'arrêta devant une pièce portant l'inscription ÉLECTROTHÉRAPIE.

« Je me suis toujours demandé ce qui se passait là-dedans », dit-elle en essayant de regarder par le trou de la serrure. De minces rais de lumière ultraviolette teintaient le pourtour de la porte, éclairant son visage et révélant tout son duvet. « Je ne vois ni électrode ni câble. Je ferai peut-être un essai. » Elle se redressa, la main plaquée sur l'épaule, comme si elle avait pris une balle dans le bras. Nous dépassâmes les vestiaires vers une rangée de cabines isolées par des rideaux. À la réception, un préposé en uniforme blanc nous accueillit et pointa nos noms sur son registre.

« Mrs Fenton, si vous voulez bien suivre Katarina, elle aura tôt fait de soulager ces contractures, dit-il, avant de poser ses gros yeux humides sur moi. Miss Conroy, y a-t-il un soin qui vous intéresse en particulier aujourd'hui ? J'ai bien peur que les douches à jet ne soient hors d'usage, mais tout le reste est tout à fait en ordre de marche.

— J'aimerais mieux accompagner Dulcie, dis-je, si c'est possible. »

Le préposé se tut. Il pinça les lèvres et joignit les mains.

« Eh bien, il n'y a qu'une place de libre dans la salle de massage… nous sommes complets.

— Tu peux m'attendre dans les bains, ma chérie. Je ne serai pas longue, dit Dulcie en partant avec sa masseuse, et par-dessus son épaule : Raymond va s'occuper de toi, n'est-ce pas, Raymond ?

— Elle aura ce qu'il y a de mieux », assura le préposé. Il se tourna vers moi, me montrant le couloir désert. « Laissez-moi vous conduire aux bains chauds, madame. » Il s'éloigna en me débitant un laïus bien rodé sur les catégories de soins proposées, et je lui emboîtai le pas en faisant mine d'être séduite par son couplet sur les « frictions à l'alcool » et les différentes variétés de savon. Plus nous avancions, plus l'air devenait sec, et mon front se mit à perler. Je ne savais pas si mon mal de mer empirait ou diminuait, mais je commençais à avoir très soif. « Dites-moi, madame, quelle chaleur préférez-vous ? »

La question me parut très étrange et je ne sus quoi répondre.

Le préposé sourit, comme s'il était habitué à cette sorte de silence, comme si c'était la raison d'être de sa semaine de travail.

« Si je puis me permettre une suggestion ? » Il marqua alors un temps d'arrêt, de façon assez théâtrale. « La plupart de nos clientes préfèrent le caldarium… que nous maintenons à cent soixante-quinze degrés. Fahrenheit s'entend. Mais si vous aimez plus chaud, nous avons le laconicum.

— Et c'est chaud comment, ça ?

— Eh bien, on ne vous laissera jamais cuire à cœur, dit-il en riant sottement. Nous le maintenons autour de deux cents degrés. Comme je le dis, la plupart des clientes préfèrent…

— Le caldarium. Ça ira très bien.

— Formidable. Vous trouverez des serviettes en entrant. C'est juste la porte sur votre droite, madame. »

Personne ne vous enseignera ça aux Beaux-Arts, mais il y a bien des manières de peindre une pièce de mémoire. Vous pouvez la construire à partir d'éléments hétéroclites : prendre le luminaire au plafond de votre chambre d'enfant, un rai de lumière tombant dans le réfectoire d'un hôpital que votre mère et vous fréquentiez autrefois, un tapis emprunté à un appartement meublé de Maida Vale, et les assembler à la manière d'un collage. Vous pouvez ajouter de la chair à une ossature de faits : conserver les carreaux rose pâle dont vous avez la certitude qu'ils étaient là et les peindre en gris ; épaissir la brume avec de la cire de bougie, prendre les femmes au bord de la piscine des premières et les peindre en train de se prélasser sur le ventre sur ces mêmes carreaux en costume de bain, faire briller leurs cheveux, arrondir leurs jambes, donner à leurs dos une nuance de rose différente. Avec suffisamment de réflexion et d'application, vous serez capable de peindre une pièce sans aucun raccord apparent, et qui révélera davantage de vérité qu'aucune photographie ne pourrait le faire, car qui pourrait contester ce que vous avez vu de vos propres yeux ? C'est seulement en la peignant ainsi – en la réduisant en poudre et en la reconstruisant, particule par particule – que vous pourrez pleinement comprendre la signification que telle ou telle pièce revêt pour vous. Mais vous ne faites parfois que reconstituer une totalité qu'il aurait mieux valu laisser à l'état de fragments, comme si vous recolliez une lettre déchirée uniquement pour lire les mauvaises nouvelles du passé. Construire une pièce en peinture, c'est la hanter. Il y a un peu de votre vie dans chaque coup de pinceau. Aussi ne peignez que les pièces que vous supporterez d'occuper pour toujours. Sinon peignez plutôt les étoiles.

Quand je m'assis pour appuyer ma tête contre les carreaux, la tension dans ma poitrine commença à diminuer, et je sentis la chaleur chasser la crasse de Londres de mon corps comme le soleil fait suinter le macadam. Le caldarium était pratiquement désert. Sur la banquette carrelée qui bordait le mur du fond, deux femmes étaient allongées face à face, les bras croisés sous leurs têtes, à un mètre de distance, juste assez près pour parler sans élever la voix. Je ne pouvais pas voir leurs visages, uniquement la roseur de leurs dos frictionnés, les longs entrelacs mouillés de leurs cheveux qui tombaient sur leurs épaules. Il y avait une odeur apaisante d'eau de rose, une lumière bienveillante. Et il m'apparut que j'avais trouvé le seul endroit du bord où je pouvais être en paix : une sorte de sanctuaire d'entrepont, pas tout à fait silencieux, pas tout à fait abandonné. Alors qu'est-ce que cela pouvait bien faire qu'il y fasse assez chaud pour faire lever un soufflé ?

J'étalai une serviette sur la banquette et je m'y étendis. L'air avait une épaisseur de plâtre et je devais me concentrer sur ma respiration. Inspirer par le nez pendant dix secondes, expirer par la bouche. Mon esprit s'engourdit en même temps que les battements de mon cœur ralentissaient. Je fermai les yeux, m'abandonnai à la chaleur. J'avais l'impression que mes pensées se mettaient à perler et à se séparer, comme de la peinture restée en pot trop longtemps. Tout se détendit : mes membres, ma langue, mon cou. Et bientôt je me mis à imaginer des choses dans la chaleur brumeuse. J'étais au grand air, marchant dans un champ sous le soleil de midi. Il y avait des attractions de fête foraine au loin. Un chiffonnier gravissait la pente herbeuse d'un pas tranquille, dans ma direction, son cheval à la peine, naseaux fumants. Il tractait une charrette où s'entassaient de vieilles chaises à bascule et des balustres. Et puis j'entendis les femmes remuer à côté, et cette image s'évanouit.

Mon pouls était comme un robinet qui goutte, et je me sentais bizarrement froide à l'intérieur. Les machines du bateau faisaient vibrer la banquette sur laquelle j'étais allongée. Et le préposé disait dans un haut-parleur : *La décririez-vous comme une écharpe exaspérante, madame ? Est-elle fade et sans substance ?* Les carreaux me semblèrent plus gris quand je rouvris les yeux.

Quelle chaleur.

Inspirer par le nez, expirer par la…

Mon corps était couvert de sueur – étrangement froide –, surtout sous moi, dans les plis de mes cuisses. J'essayai de m'asseoir, et je sentis mes os saillir brusquement, me transpercer la peau – *Laissez-moi vous montrer les Suspendus, madame. Nous aurons tôt fait de soulager ces contractures* – ou peut-être avais-je simplement glissé de la banquette et étais-je tombée sur le tapis – *Là, là.* Parce que, quand je levai les yeux – étrangement froide –, Dulcie se tenait au-dessus de moi, enveloppée dans une serviette, me pressant la main – *Vous ne vous arrêtez donc jamais de critiquer ? Non, c'est une vocation à temps plein* – et elle m'épongeait le front avec un gant de toilette froid, en disant : « Je vais attendre avec elle. Allez-y, vous. »

La sueur entre mes jambes était épaisse, poisseuse, froide. Je crus répondre : « Non, c'est juste un cache-col trouvé au marché, ce n'est même pas de la soie véritable », mais je dus seulement murmurer quelque chose d'inintelligible. Et elle me fit taire – *Là, là, ma chérie, ton travail va s'améliorer* – et m'épongea le front et pressa ma main plus fort. Et puis, en tendant le bras, je sentis mon ventre s'affaisser et se répandre.

« Ellie, ne bouge pas, tu m'entends ? » dit Dulcie, qui déchira la serviette qui la couvrait pour la pousser entre mes cuisses. Je ne comprenais pas. Ça servait à quoi ? Je n'avais plus le mal de mer. « Reste tranquille, dit Dulcie. Le docteur arrive. » Elle était maigrichonne, avec son squelette d'oiseau, cette vieille Dulcie, mais elle avait beaucoup de force – *Elle est tenace, c'est sûr* – et m'empêcha de toucher ce qui recouvrait mes mollets et mes chevilles. Je crus que je lui répondais à nouveau : « Cette spatule, elle ne s'en servait même pas, tu sais », mais je n'entendis aucun son sortir de ma bouche, et le visage que je vis ensuite était celui d'un homme que je ne connaissais pas. « Miss Conroy, dit-il, je vais juste vous enlever ceci, d'accord ? » Je sentis alors qu'il découpait mon bas de maillot de bain, et je le regardai le jeter, rouge et pesant, pareil aux franges d'une serpillière de boucher, sur le sol mouvant qui nous soutenait.

Une autre pièce, un plafond différent. Le paquebot en était rempli. Je me réveillai à l'infirmerie du bord avec le médecin et une infirmière à l'air pincé à mes pieds. J'avais la bouche sèche, l'impression d'avoir les lèvres à vif. Je devais lutter pour garder les yeux ouverts. Un rideau bleu m'isolait. J'avais le bras perfusé avec ce qui ressemblait à de l'eau de mer, et les conciliabules qui se tenaient au pied de mon lit me donnaient l'impression de ne pas avoir encore tout à fait repris connaissance.

« Miss Conroy, bonsoir », dit le médecin. Il m'approcha par tribord et me passa un brassard de tensiomètre. « Vous avez subi une épreuve, ma chère, mais tout va aller pour le mieux à présent. » Il me dit son nom – Dr Randall – et m'expliqua que c'était sa toute première traversée en tant que médecin du bord. « Je pensais que ce serait plus facile que de m'engager dans la marine, plaisanta-t-il. J'avais tort. » Souriant, il pressa la poire en caoutchouc dans son poing jusqu'à ce que je ressente une contraction dans mon bras et que la chair en dessous du coude paraisse aussi engourdie que le reste. Il attendit, regarda l'indication sur le cadran en hochant légèrement la tête, et fredonna. « Voilà qui semble mieux. » La pression se relâcha, me donnant des picotements dans les doigts. « Vous savez, si vous aviez informé quelqu'un de votre état, continua-t-il, sur un ton redevenu grave, cette personne aurait pu vous mettre en garde contre les bains turcs. C'est vraiment malheureux que cela vous soit arrivé. »

Je ne voulais pas le contredire, et j'avais la langue trop sèche pour parler de toute façon.

« Vous voulez un peu d'eau ? » demanda Randall, en observant mes tentatives pour humecter mon palais. L'infirmière me remplit un gobelet. Elle le laissa sur la table, à portée de main.

L'eau avait un goût de métal, mais je la bus avec avidité.

Randall restait là, à tripoter sa cravate.

« Est-ce que vous avez conscience de ce qui vous est arrivé, Miss Conroy ? » dit-il.

Comme je ne répondais pas, il regarda l'infirmière en coin.

« Est-ce que vous savez où nous sommes, ma petite ? demanda-t-elle.

— Je crois, oui.

— Où ça ? »

La petite montre sur son uniforme était accrochée à l'envers, ce qui me perturbait.

« Sur le *Queen Elizabeth*, dis-je. À l'hôpital. »

Ma réponse parut les soulager.

« Bien, approuva Randall. C'est bien. » À force de tripoter sa cravate, le nœud se resserrait. « Je ne pense pas qu'une opération sera nécessaire. Vous avez éliminé beaucoup de sang et de tissus toute seule. Mais on va vous garder cette nuit, pour être sûr. Vous devriez pouvoir débarquer demain avec les autres passagers… mais je ne vous laisserai pas partir si vous êtes encore anémiée.

— Où est Dulcie ?

— Je ne sais pas qui c'est, désolé.

— Mrs Fenton, dit l'infirmière.

— Ah, oui. Je crois qu'elle est montée dans sa chambre pour se changer. Je peux la faire appeler, si vous voulez. »

Je fis oui de la tête.

« Nous sommes censées avoir des rendez-vous à New York demain soir.

— Eh bien, je suis sûr que vous pourrez les reporter. Ce n'est pas anodin, ce qui vous est arrivé. » Il me tapota les pieds en me regardant avec bienveillance. « Vous devrez garder le lit quelques jours. » Sur quoi il ressortit par le rideau.

L'infirmière remplit mon gobelet. Elle vérifia mon goutte-à-goutte.

« Ne vous en faites pas, ma petite, dit-elle en me secouant l'épaule. Ma sœur a perdu le sien à sept mois. C'est presque la pire chose qui puisse vous arriver, vraiment, mais elle en a eu deux depuis, et n'a jamais eu aucun problème. Alors ne vous en faites donc pas pour ça. Ça va bien se passer. Tenez… buvez ça… il faut vous réhydrater. On ne va quand même pas vous laisser en rade sur ce vieux rafiot pour toujours ! »

Dulcie se sentait tellement coupable de la part qu'elle avait prise dans les événements qu'elle ne joua pas la finale de son tournoi de squash et passa me voir à l'hôpital de bord deux fois ce soir-là, et une fois encore le lendemain. J'aurais préféré rester seule. Je ne la tenais pas pour responsable, ni elle ni personne d'autre, de ce qui s'était passé, mais elle insistait pour endosser la faute (« Je n'aurais jamais dû te pousser à aller boire un verre avec lui… On aurait sans doute dû prendre l'avion… Je n'aurais jamais dû t'obliger à aller aux bains. Où est-ce que j'avais la tête ? »). Franchement, je ne supportais pas cette sorte de mise en avant personnelle, comme si l'équilibre du monde dépendait de la probité d'une seule personne. Je lui étais reconnaissante de sa compassion, bien sûr, et de la façon dont elle s'était occupée de moi dans le caldarium. Mais plus je passais de temps en compagnie de Dulcie, plus il m'était difficile d'ignorer son absence de personnalité, et je désirais avant tout que nous restions amies.

Je la laissai donc s'asseoir à mon chevet, bougonner tout son soûl sur la muflerie de Wilfred Searle, et m'assurer qu'elle veillerait personnellement à ce qu'il ne remette plus jamais les pieds à la Roxborough. « Je me fiche de savoir qui est son oncle… il est grand temps que quelqu'un lui explique comment un homme digne de ce nom doit se comporter. » Ce soir-là, elle avait apporté des exemplaires du magazine *Life* et me lut à voix haute les légendes des photoreportages, parlant sur un ton supérieur des personnalités photographiées. Il ne fut pas question du sang et des tissus qui s'étaient répandus hors de moi quelques heures à peine auparavant, de la perte de cette chose humaine à laquelle je ne savais pas comment réagir. Ce n'était pas sa faute, bien sûr. Même si elle avait essayé d'aborder le sujet, j'aurais fait la sourde oreille. Parce que je ne savais pas encore pour quelle raison j'avais besoin d'être consolée : pour la vie que j'avais évacuée, ou pour celle que j'étais forcée de poursuivre. Aussi, pour la pousser à partir, je fis mine de m'endormir à chacune de ses visites. Je n'arrivais pas à me résoudre à répondre à ses questions, et je passais de longs moments le regard perdu dans le vide.

« Il ne faut surtout pas t'inquiéter, disait Dulcie. Je sais qu'on te répète tous ça, et que ça doit probablement ressembler à des cajoleries… mais, je t'assure, tu vas surmonter ça. Les choses vont revenir à la normale. Elspeth, chérie, tu m'écoutes ? Je t'en prie. Je ne supporte pas de te voir dans cet état. »

« Évacué. » C'était le mot que le médecin avait utilisé. Un terme affreusement clinique, exempt de toute compassion, et qui pourtant exprimait ce que je ressentais vis-à-vis de moi-même si longtemps après : le sentiment que j'étais un danger auquel il fallait échapper. Je me demandais s'il était réellement possible de se sentir endeuillé par la perte de quelque chose qu'on n'avait jamais voulu. Une partie de moi-même avait souhaité être débarrassée du fardeau de Wilfred, et je m'étais demandé, une ou deux fois, si j'avais en moi les ressources nécessaires pour me jeter au bas d'un escalier afin que cela se réalise. Bien entendu, ces instincts avaient été étouffés par cette autre partie de moi-même, celle qui se faisait des idées pathétiques, qui s'imaginait conduire l'enfant à terme, l'aimer, l'élever pour en faire un citoyen exemplaire, juste pour contrarier son père. Mais inutile de nier le fait que j'avais *choisi* de m'étendre dans la chaleur du caldarium – ce n'était ni un accident ni une négligence – et c'était peut-être pour cette raison que je succombais à une torpeur telle que je pouvais à peine décoller ma tête de l'oreiller. Je ne pouvais plus tenir Wilfred Searle pour responsable de mes malheurs. J'avais *choisi* de me mettre dans cette situation, et il n'y avait aucun pardon pour cela.

Dulcie avait dû dire quelque chose à Amanda Yail à propos de mon hospitalisation à bord, ou alors la nouvelle avait dû parvenir aux oreilles de Victor par d'autres moyens. Car peu après le petit déjeuner, le dernier jour de la traversée, il apparut sur le seuil de mon box avec son porte-documents.

« Un cadeau pour vous », dit-il en posant une enveloppe sur mon chevet. Le rabat n'était pas fermé et je devinais déjà ce qu'il y avait à l'intérieur. « Vous n'êtes pas obligée de l'ouvrir maintenant », précisa-t-il, mais c'est ce que je fis.

C'était une carte artisanale avec l'inscription BON RÉTABLISSEMENT ! griffonnée au crayon bleu. Il y avait un dessin confus de ce qui ressemblait à Kull-Ex survolant un gratte-ciel de New York. Et, au dos, dans une écriture d'adulte : « *Votre super ami, Jonathan.* »

« Merci, dis-je. C'est très gentil à vous.

— Ce n'est pas mon idée. En fait, j'avais peur que vous trouviez ça un peu maladroit. Je ne savais pas trop si je devais vous l'apporter.

— Vous avez bien fait.

— C'est que le gamin n'aurait pas accepté un refus. Mandy l'a amené à la piscine pour l'occuper, il tenait absolument à venir avec moi, mais j'ai préféré vous épargner au moins ça. »

En fait, l'idée de reparler au garçon de ses *comics* fut mon unique joie de ces derniers jours.

« Ça ne m'aurait vraiment pas dérangée.

— Il sera très content que vous ayez aimé la carte. Il y a passé des heures. Puis-je… ? » Il désigna d'un geste la chaise vide à côté du lit et n'attendit pas mon assentiment pour s'asseoir, son porte-documents sur les genoux. « J'espère que cela ne vous dérange pas que je passe vous voir à l'improviste, mais j'ai entendu dire que votre moral n'était pas au plus haut, et je… eh bien, je voulais simplement m'assurer que ça allait. Il est tout à fait naturel d'être déprimé en pareilles circonstances.

— J'apprécie l'attention », dis-je avant de regarder ailleurs, n'importe où, pour éviter ce regard plein de sollicitude. Je ne la méritais pas.

« Écoutez, dit Victor avec circonspection, vous me dites si je dépasse la mesure, mais quelque chose m'a turlupiné toute l'après-midi. »

Je ne dis rien, fis juste rouler ma tête dans sa direction.

« Vous preniez bien de la menthe pouliot ? demanda-t-il sur un ton interrogateur. Contre le mal de mer ?

— Oui.

— Hmm. » Il pianota sur son porte-documents. « Et en quelle quantité en preniez-vous ?

— Mon Dieu, je n'en sais rien, Victor. Qu'est-ce que ça peut faire ? »

J'espérais paraître offensée mais pas trop.

« Il y a des effets secondaires connus, à forte dose, c'est tout. » Ses doigts repoussèrent le cuir, le faisant plisser. « Je me demandais si Dulcie était au courant de cela quand elle vous l'a conseillée.

— Je suis sûre que non.

— Non, évidemment. Je n'étais pas en train d'insinuer… ce n'est pas grave. » Il regarda la salle autour de lui, étudiant le décor. « Cet endroit m'a l'air très bien équipé.

— C'est un hôpital. Ils sont tous pareils.

— Oh, ce n'est pas vrai. Vous devriez voir certains des pavillons dans lesquels j'ai dû faire mon internat. » Nous étions totalement seuls. Victor était la seule personne que j'avais vue hormis Dulcie, le médecin et l'infirmière, au cours de ces douze dernières heures, et il devait le savoir.

« Écoutez, si ça ne vous fait rien, Victor, je fatigue un peu. »

Mais il n'entendait pas être bousculé ni distrait.

« Il s'agit d'une substance abortive, c'est ce que je voulais dire. Enfin, c'est ce qui se dit. Il n'existe aucune preuve médicale à proprement parler mais, bon… c'est un fait. » Remontant ses lunettes avec son annulaire, il se leva et s'attarda si longtemps à mon chevet que je crus qu'il allait m'embrasser sur le front. « Comme je l'ai dit, ça m'a turlupiné toute la journée. Pourquoi preniez-vous de la menthe pouliot ? J'aurais dû réagir plus tôt, dit-il avec un petit rire incrédule. Le numéro que je vous ai donné, jetez-le. Le type que je vous ai recommandé ne vous conviendra pas. Trop freudien.

— Quoi ?

— Je suis sérieux. » Il posa sa mallette au pied de mon lit, l'ouvrit et se mit à fouiller sous les dossiers. « Je veux que vous passiez me voir quand vous serez de retour à Londres. Il se peut que ça prenne un peu de temps, mais je pense pouvoir vous aider.

— M'aider pour quoi ?

— Votre problème d'anxiété et de dépression. » Il leva les yeux de sa mallette. « Je ne parle pas de ce qui est arrivé hier… je parle de la situation antérieure. C'est là que se trouvent les problèmes que vous devez affronter, faute de quoi vous n'accepterez jamais ce que vous avez perdu. Et je n'ai pas l'intention de rester à ne rien faire pendant que ça vous arrive. »

Il recommença à farfouiller. J'avais l'impression de me retrouver sur la banquette crasseuse du bureau de Henry Holden.

« Je vous l'ai dit, je n'ai pas besoin d'un psychiatre. J'ai la peinture.

— Ah, vraiment ?

— Je suis désolée si ça vous met au chômage, mais c'est toujours comme ça que j'ai fait face à mes problèmes.

— Et vous trouvez que ça a bien marché jusqu'à présent ?

— Ne soyez pas condescendant avec moi, Victor. »

Il hocha la tête en signe de reddition.

« C'est juste que j'ai entendu dire que vous ne peigniez pas beaucoup ces temps-ci, du moins que vous ne finissiez rien. N'est-ce pas ce que vous m'avez dit ? » Il renonça enfin à farfouiller dans sa mallette et referma le rabat. « Écoutez, je crains de ne plus avoir de cartes, on s'en contentera... » Il déchira la première feuille d'un bloc d'ordonnances et me la tendit. « J'espère sincèrement que vous prendrez mon conseil au sérieux. »

DR VICTOR YAIL, M.D., F.R.C.P., D.P.M.

« On ne peut pas faire confiance à un homme qui a des lettres à la suite de son nom, dis-je. C'est ce que mon père avait l'habitude de dire. »

Victor referma sa mallette.

« Vous savez quoi, si vous arrivez à passer les jours qui viennent sans sauter d'un gratte-ciel, je vous expliquerai ce que signifient tous ces acronymes. Bon, je peux compter sur vous pour prendre rendez-vous ? »

4

À l'usine, ma mère pointait tous les matins, puis comptait les heures avant d'avoir à pointer à nouveau en partant. De l'année où elle avait quitté l'école jusqu'au milieu de la cinquantaine, elle garda exactement le même emploi, et si la somme des doléances qu'une personne peut formuler à l'égard de son travail est un baromètre de satisfaction, alors elle dut y trouver une grande joie.

Sur le chantier John Brown & Company, mon père s'écorchait les doigts à calfater des navires avec des hommes qu'il considérait comme ses frères. Il en ramenait certains à la maison pour partager notre dîner, prêtait à d'autres le bas de laine que nous gardions pour les mauvais jours. Il usa tous les anneaux de cartilage de sa colonne vertébrale, se cassa plusieurs côtes, développa des douleurs aux tibias et, malgré la douleur, trima jour après jour pour un salaire misérable sans aucune certitude quant à l'avenir.

J'admirais l'abnégation de mes parents plus que je n'aie jamais pu le leur dire. Ils travaillaient dur pour des choses qui serviraient à d'autres qu'eux, sachant que tous leurs efforts passeraient inaperçus. Mon père n'a jamais su ce que c'était que de traverser l'océan sur un bâtiment qu'il avait construit avec ses amis, et s'en moquait pas mal ; dans son esprit, tout navire mourait quand il quittait le chantier. Ma mère n'a jamais arpenté les allées des grands magasins qui vendaient ses machines à coudre, même si elle rapportait à la maison des boîtes d'aiguilles de rebut pour coudre nos rideaux et les robes de communion des enfants du voisinage.

J'ignore ce que je leur dois au juste de ma propre persévérance. Certains jours, j'avais le sentiment d'avoir hérité de la vitalité de mon père ; j'étais capable de rester debout à mon chevalet pendant de longues périodes, oubliant où j'étais. D'autres fois, j'étais habitée par l'attitude stoïque de ma mère, et je n'aurais pas laissé une bonne idée m'échapper, même s'il me fallait plusieurs semaines pour la dompter.

Mais en art, la ténacité ne remplace pas l'inspiration. L'ivresse de la peinture tourne très vite à la confusion si vous n'y prenez garde, et personne ne peut vous aider à retrouver vos repères après cela. Sauf à le tenir fermement en main, le talent sombre dans des abîmes obscurs, comme une corde au fond d'un puits, mais serrez-le trop fort et vous pouvez être certain qu'il vous fera sombrer aussi.

À l'été 1960, je ne voyais plus aucune raison de continuer à faire des tableaux, si ce n'était un vague espoir qui me tirait encore du lit à six heures du matin pour essayer de nouveau. Le seul moyen de me libérer de ce sentiment d'échec, pensais-je, était la persévérance et le travail, et ne pas me lever à mon heure habituelle, serait revenu à me refuser une autre chance de succès. Aussi persévérais-je, malgré la douleur, comme mon père l'aurait fait, sans protester, même si mes mains ne savaient plus traduire ce que je leur demandais. J'abordais chaque toile comme à mon habitude – sans idée préconçue, juste la volonté de peindre – et je continuais à n'arriver à rien.

C'est au peintre de donner forme aux choses invisibles, de transmettre une émotion dans l'accumulation de gestes, l'instinctif, le réfléchi, l'imprévu. Il y a à la fois de l'aléatoire et de la prédestination dans l'acte de peindre, une mesure et un chaos, et dès que vous laissez l'esprit s'immiscer plus qu'il ne le faudrait dans les affaires du cœur, l'œuvre faiblira. Ce n'est pas quelque chose que l'on peut contrôler. Vous pouvez bien vous échiner, brutaliser la peinture jusqu'à ce qu'elle se soumette, vous ne ferez qu'en retirer toute vie. Et quand vous en arrivez au stade où vous n'exprimez pas un sentiment mais où vous le construisez, autant devenir faussaire, ou vous présenter à un musée et consacrer vos talents à la conservation de ses chefs-d'œuvre. Autrement, vous aurez la tentation d'accrocher vos piètres efforts au mur et de dire : « Ça ira bien comme ça », en voyant des symboles de la livre sterling là où il devrait y avoir du sens. Vous devez résister à cette tentation de tout votre être.

Je fis tout mon possible pour rester fidèle à ce genre de convictions, pendant mon séjour à New York et après. Je passai chaque jour dans ma chambre d'hôtel sur la 6e Avenue, à contempler le damier énigmatique de la ville depuis ma fenêtre du trente-cinquième étage, à dessiner la disposition de ses rues denses et trompeuses et son architecture lisse et sans vie. Je remplis les deux carnets que j'avais emportés avec moi, puis j'épuisai le papier à lettres de l'hôtel, jusqu'à ce qu'il ne me reste plus pour dessiner que quelques pages vierges à la fin de *Below the Salt*. Bien sûr, j'étais très tentée de sortir et d'explorer la ville à pied, pour la comprendre de la même manière que j'avais appris à apprécier les mystères de Londres, mais quelque chose me maintint cloîtrée dans l'hôtel toute la semaine ; une angoisse qui me serrait la gorge quand je me maquillais devant le miroir de la salle de bains, une honte qui mouillait mes yeux. Le premier matin, je m'étais levée et habillée, mais je fus incapable de franchir le seuil. Le lendemain, j'atteignis le milieu du couloir, mais la panique me saisit en entendant la voix d'autres clients qui approchaient. Je retournai dans ma chambre en me cramponnant au mur, le souffle court et les jambes flageolantes. Je sentis que ce n'était pas encore le moment de me mêler aux gens, et la ville grouillait d'inconnus.

Pendant le trajet en taxi depuis le port avec Dulcie, j'avais ressenti l'énergie de la rue avec une telle intensité qu'elle m'avait réduite au silence. C'était comme si nous étions arrivées au terminus même des possibles, le petit carré de terre où tout ce que je chérissais le plus – l'art, l'imagination, la liberté d'expression – existait dans l'ombre de tout ce qui me faisait peur : les grandes entreprises, la stratégie de la corde raide, la lutte de tous contre tous. Il était évident pour moi que Jim n'aurait jamais pu supporter une ville aussi tourbillonnante et mouvante, aussi impitoyable et verticale, et cela m'ôtait le peu de résolution qui me restait. Je n'avais aucun intérêt pour la ville de New York si Jim Culvers ne s'y trouvait pas. Si bien que lorsque le portier de l'hôtel m'avait conduite jusqu'à ma chambre, je l'avais renvoyé avec un dollar de pourboire et j'avais fermé la porte à clef. J'étais censée rejoindre Dulcie et Leonard Hines ce soir-là pour dîner au Delmonico's, mais je me décommandai, et deux fois encore les jours suivants. Pour finir, un petit déjeuner de travail fut organisé dans le restaurant de l'hôtel, et nous nous retrouvâmes là à discuter laborieusement de choses et d'autres, sans parler de mes suées ni du tremblement de mes mains sur la théière. Leonard Hines se présenta par ces mots : « Dee-Dee me dit que vous êtes son grand espoir féminin. J'espère que c'est vrai. J'ai vu un peu de votre travail, c'est… eh bien, c'est intéressant. Je me demande cependant où vous en êtes en ce moment. Je veux dire, quelle direction prenez-vous ? »

Je tamponnai la table avec ma serviette et lui répondis : « Je n'en suis pas encore sûre. Une bonne direction, j'espère. » Puis je me tournai vers Dulcie : « Je me disais :

tu verrais un inconvénient à ce que je prenne l'avion pour rentrer demain ?

— Si c'est ce que tu veux. Elle n'a pas passé un très bon moment sur le bateau avec moi », dit-elle, en guise d'explication à Leonard qui, dubitatif, la regardait en plissant les yeux. Pas un mot ne fut prononcé concernant mon bref séjour à l'hôpital de bord ni sur ce qui m'y avait conduite, les évacuations sanglantes en haute mer n'étant pas le genre d'anecdote qu'on aime raconter pendant les heures ouvrables.

« Ah, dit-il. Eh bien, je suis sûr que ma secrétaire peut s'en occuper pour vous. Nous avons un très bon arrangement avec la Pan Am.

— J'imagine alors que je vais rentrer toute seule en bateau, dit Dulcie. Génial. »

Je les remerciai tous les deux et recommençai à picorer mes *pancakes*. Pendant notre papotage, il fut question de la plus jeune fille de Leonard, qui venait d'être admise en histoire de l'art à Radcliffe, un exploit qui le rendait « incroyablement fier ». Si je m'étais rendu compte qu'il s'agissait d'une prestigieuse université féminine, j'aurais peut-être feint quelque admiration pour ses succès, et je n'aurais pas confondu les « Sept Sœurs[1] » auxquelles Leonard se référait sans cesse avec cette zone du nord de Londres où j'étais allée un jour acheter un gramophone d'occasion à une femme édentée. À l'évidence, je ne l'impressionnais pas, et mon mutisme exaspérait Dulcie qui, assise en face de moi, me regardait avec des airs de reproche. « Ne me fais plus jamais honte comme ça, me dit-elle alors que nous remontions dans l'ascenseur. Tu aurais au moins pu *essayer* d'avoir l'air intéressée. » Ce fut une rencontre pénible et désastreuse, mais elle ne me laissa aucun regret.

1. Les Seven Sisters sont un regroupement d'universités féminines américaines [N.d.T.].

Aussitôt rentrée à Kilburn, je mis de l'ordre dans mon atelier et j'enduisis une pile de toiles plus hautes et larges que toutes celles sur lesquelles j'avais jamais travaillé. Mes croquis de New York étaient épinglés sur le papier peint à côté de mon lit pour que je puisse y puiser mon inspiration. Je me fis livrer quelques boîtes de tubes d'huile et rapportai du lait en poudre, des biscuits, des légumes en boîte, du corned-beef et de la soupe de champignons de l'épicerie du coin. De quoi tenir plusieurs semaines. J'étais à nouveau pleine du désir de peindre, et je fis de mon mieux pour en tirer profit.

J'échangeai le sanctuaire de ma chambre d'hôtel contre le refuge de mon atelier, que je ne quittais plus que pour aller prendre mon courrier dans l'entrée. Je ne voyais personne hormis mes voisins du bas : une gentille vieille directrice de théâtre et son mari. Le soleil se levait et se couchait derrière mes rideaux (je les avais agrafés au châssis, préférant peindre à la lumière douce de la lampe, car cela m'aidait à me concentrer). Je vivais comme une somnambule dans une pièce unique, en ne laissant que la fenêtre de la cuisine ouverte pour évacuer les vapeurs de térébenthine et la puanteur moisie de mon propre corps (je prenais un bain tous les soirs, bien sûr, mais mes vêtements étaient raides et jaunis tellement je transpirais). Comme mes cheveux n'arrêtaient pas de me venir dans les yeux, je les coupai avec les ciseaux de cuisine.

Qu'est-ce que j'ai peint ? Je sais seulement quelles étaient mes intentions de départ et ce à quoi je suis arrivée.

J'espérais traduire, sous forme abstraite, mon expérience du caldarium, comprendre mes véritables sentiments par rapport à ce qui s'y était passé. Mais les figures que j'implantai dans la scène paraissaient fabriquées, bien trop littérales. Je les effaçai et recommençai, pour me retrouver à peindre exactement les mêmes visages sans le demi-jour plaisant des originaux. Je les grattai et les repassai au gesso. Plus j'essayais de peindre les figures, plus elles semblaient mensongères : je n'avais pas vu le caldarium de ce point de vue désarticulé, planant au-dessus de mon corps tel un vautour ; je l'avais surtout vu depuis le sol. J'ajoutai donc une porte déformée et je construisis le premier plan avec une imitation de carreaux, et ensuite… y réfléchissant trop, j'y associai un champ ensoleillé, une grande roue, et le cheval d'un chiffonnier. Rien ne se tenait. Toute la scène était artificielle et floue, mais je persistai, développant l'idée juste pour voir si elle finirait quand même par aboutir. J'ignorai mon instinct, guidant ma main de façon trop consciente, et je me détachai affectivement de mon travail.

Je peignis de la sorte des semaines durant, sans parvenir à rien. Je reconstruisais toutes les toiles que je commençais, les frottant, les grattant, les enduisant à nouveau, puis superposant les couches encore et encore. Les toiles étaient tellement chargées de matière qu'elles se gauchissaient et tombaient à plat. J'épuisai tous mes tubes de peinture. À un moment donné, j'en eus assez de mes pinceaux, et je les jetai tous à la poubelle. J'utilisai à la place un couteau à beurre, étalant et lissant tout ce que j'avais encore à étaler ou qui n'avait pas encore séché. Mes meubles se couvrirent peu à peu de peinture. Je dus rouler le tapis de la chambre pour sauvegarder les parties que je n'avais pas ruinées, et bientôt tout le plancher fut recouvert d'un glacis gluant d'huile de lin et de cire. Des liquides troubles tremblaient dans des boîtes de soupe un peu partout dans l'atelier. Mes vêtements ressemblaient à une tenue de combat. Et pourtant, mon travail ne montrait absolument rien de ce que je souhaitais y trouver. Pire, je ne ressentais aucune excitation à le faire.

Puis, un soir – si tard que la TSF dans ma chambre avait interrompu ses programmes –, Dulcie appela pour annoncer qu'elle passait à l'appartement. Elle était inquiète de ne plus avoir de mes nouvelles depuis son retour à Londres, et voulait savoir si j'avais réfléchi à sa proposition. Comme je ne me rappelais pas qu'elle m'ait proposé quoi que ce soit, je cherchai à gagner du temps en lui répondant qu'elle pouvait passer samedi. En vérité, je n'avais pas la moindre idée du jour qu'il était, et elle me lança : « Chérie, nous *sommes* samedi. »

J'étais fort mécontente de mon travail et j'avais honte de le montrer, même à Dulcie. Mais je ne pouvais lui laisser croire que je m'étais enfermée pendant plusieurs semaines sans avoir rien créé. Si bien que, lorsqu'elle sonna à la porte, je lui ouvris, et l'entendis monter l'escalier en courant. Je l'aperçus à travers le judas : elle portait une étole de fourrure, alors que c'était le printemps et qu'il faisait doux, selon la radio. Quand j'ouvris la porte, elle fit un pas en arrière, comme sous l'effet du courant d'air. Mais c'est sans doute mon apparence qui la fit reculer.

« Mince alors, dit-elle. Ça ne va pas du tout, on dirait.

— L'eau est en train de chauffer, dis-je en m'effaçant pour la laisser passer.

— Rien pour moi, merci. Je vais à une soirée et le compteur du taxi continue de tourner. » Elle avait déjà retiré ses longs gants mais, voyant l'état de mon appartement, elle les enfila de nouveau. « Est-ce que tout va bien ? demanda-t-elle en me regardant des pieds à la tête, les yeux écarquillés. Tu es toute maigre. J'imagine que tu n'as pas chômé.

— On peut dire ça comme ça. »

La bouilloire siffla et j'allai m'en occuper.

« Ça aurait été bien que tu décroches le téléphone une fois ou deux, histoire de me dire où tu en étais. Tu sais que j'aime bien te laisser avoir ton espace, mais ça fait plusieurs mois à présent... Mon Dieu, ça fait une sacrée quantité de soupe pour une seule personne ! Tu ne manges donc rien d'autre ? Une fille ne peut pas se nourrir de Heinz, tu sais. »

Je m'affairai dans la cuisine.

« Ça ne fait pas si longtemps. »

Le thé n'avait pas été passé convenablement et des feuilles flottaient dans la tasse. J'y ajoutai quand même trois cuillerées de lait en poudre.

« Si, ma chérie. On est fin juin. Tu n'as donné aucune nouvelle depuis mars. » Il y eut un bref silence. « Je ne te demanderai pas ce que tu as fait à tes cheveux. Mais tu devrais peut-être songer à ouvrir une fenêtre. On se croirait dans un vivarium. »

J'étais tellement fatiguée par le timbre de voix de Dulcie, et encore plus agacée par la façon dont elle me parlait.

« Bon, demanda-t-elle quand je revins l'affronter, où est-ce que tu as tout mis ? »

Je bus une gorgée de thé. Il était grumeleux, infect, davantage une punition qu'un réconfort.

« Tout quoi ?

— Ne fais pas l'idiote. Le *travail.* » Elle désigna le fouillis de l'atelier d'un geste de la main, les murs mouchetés de peinture, tout le bazar. « Je vois beaucoup de châssis là-bas mais pas de peintures. Où est-ce que tu les caches ?

— Je les ai entreposées chez Jim, dis-je. Pour faire de la place.

— Mmh mmh. » Elle cligna des yeux en se pinçant les narines une seconde. « Je pensais que Max aurait loué depuis le temps. » Son attention fut captée par autre chose derrière moi. « Eh bien, tu as dû les pondre à une sacrée cadence. Il y a *quelque chose* ici que je pourrais regarder ? Et ces croquis que tu as accrochés là-bas ?

— Ce n'est rien, dis-je. Pas encore, en tout cas.

— Très bien. J'ai compris le message. » Elle me regarda fixement. « Et si je te dis janvier, tu penses encore que c'est faisable ? J'ai bloqué à partir du 14 pour toi, mais je peux laisser le créneau à quelqu'un d'autre si ça pose problème.

— Je te laisse décider. » J'avais oublié la date que nous avions fixée.

« Tu es bizarre.

— Ah oui ?

— Oui. Tu n'es jamais aussi accommodante.

— Eh bien, si tu veux, tu peux ressortir, et je te laisserai sur le paillasson. »

Elle sourit.

« Là, je te reconnais bien plus. » Enjambant une rangée de boîtes de soupe entassées là, elle alla inspecter les châssis vides à l'autre bout de la pièce. Je savais qu'elle avait le regard trop perçant pour ne pas remarquer les bandes de toile effilochées qui restaient accrochées aux bords de chaque cadre, les marges des images que j'avais découpées. « Tu les as coupées, demanda-t-elle. Pourquoi ?

— Il fallait que je prenne le bus avec. »

C'était une femme intelligente, cette vieille Dulcie, et il était difficile de la persuader de vous croire sur parole, même si vous ne lui aviez pas donné beaucoup de raisons d'en douter. C'est ce qui en faisait une si bonne directrice de galerie et une amie aussi imprévisible.

« Elspeth chérie, je veux que tu m'écoutes très attentivement, dit-elle en se tournant vers moi avec une expression maternante. Ne laisse pas tout ça t'échapper, d'accord ? » Elle dessina un petit cercle en l'air. « Je sais qu'il t'est arrivé quelque chose d'affreux sur ce bateau... et je me sentirai personnellement responsable de cela aussi longtemps que je vivrai... mais tu ne peux pas te permettre de perdre la tête, tu comprends ? Je ne veux pas te voir gâcher ton talent à cause du premier crétin séduisant qui se présente.

— Je ne te suis pas, Dee-Dee. »

Je ne lui avais jamais donné ce surnom, et cela ne lui fit manifestement pas plaisir.

« Alors je vais être brusque. » Elle réunit ses doigts en pyramide. « Ça ne me dérange pas que tu t'enfermes comme ça pour travailler. En fait, j'applaudis des deux mains. Mais si tu n'es pas satisfaite de ce que tu fais, mets-le de côté. On l'archivera. Ne te mets pas dans un trou dont tu ne pourras pas te sortir... compris ? Si tu veux juste lâcher la peinture un moment, ne te gêne pas, je m'occuperai même de te faire verser une petite indemnité journalière pendant que tu pars visiter la maison de Van Gogh, ou je ne sais quoi d'autre. Mais, pour l'amour de Dieu, ne commence pas à découper des toiles et à faire n'importe quoi, en me prenant pour une crétine par la même occasion. Parce qu'on pourrait se dire que si tu fais ça, c'est pour te protéger toi-même, pour respecter l'intégrité de ton art, mais... là-dessus, tu peux me faire confiance, chérie... tu ne fais que gaspiller ton talent. C'est pour ton bien que je dis ça. » Et elle sourit à nouveau, comme pour m'apaiser. « Tu es jeune. Tu as encore tant de choses à vivre. Ne commence pas à t'inquiéter de savoir si tu es le plus grand peintre du monde pour le moment, hein ? C'est une longue carrière, et tout le monde n'est pas destiné à de grandes choses. Contente-toi d'être toi, et tu t'en sortiras très bien. »

C'est le conseil non sollicité qui vous poursuit, ces choses que les gens disent sous prétexte de gentillesse. Ce soir-là, j'écoutai Dulcie alors que j'aurais dû me boucher les oreilles, car j'étais encore trop fragile et naïve pour me disputer avec elle. À Londres à cette époque, un mot de Dulcie Fenton pouvait briser la carrière d'un artiste et le laisser sans le sou aussi sûrement qu'il pouvait le faire remarquer, et je savais que je n'étais pas suffisamment forte pour continuer à peindre sans la sécurité matérielle que me procurait la Roxborough. Je n'avais que mon atelier, et j'avais trop peur de le perdre. Je n'aurais pas supporté de me tracasser à nouveau pour savoir comment payer les fournitures, la nourriture, le gaz, l'eau, le loyer, tous ces soucis ordinaires qui vous farcissent la tête et étouffent l'imagination.

« Et pourquoi croyez-vous que le conseil qu'elle vous a donné était si mauvais ? me demanda Victor Yail. Il me semble qu'elle essayait de faire retomber la pression. » Il était posé dans un fauteuil en cuir suédé, jambes croisées, son stylo prêt à griffonner ma réponse. Chaque fois que je n'allais pas au bout de ma pensée, il enchaînait systématiquement avec des questions précises comme celle-là, m'invitant à revenir sur ce qui aurait déjà dû être évident par déduction. C'était ce qui différenciait son univers du mien : en art, il est préférable de rester allusif et de laisser le spectateur décider de ce que vous avez voulu dire ; dans un entretien thérapeutique, les choses doivent être énoncées le plus clairement possible. Il m'avait fallu quelques séances avec Victor pour m'habituer à cette incongruité.

« Parce que, répondis-je, il est important de lutter. Si on n'a pas l'ambition d'être le meilleur dans ce que l'on fait, quel est l'intérêt ? Si on vise la grandeur mais qu'on échoue malgré tout… très bien. On aura au moins eu le cran d'essayer. Il y a un certain honneur à échouer de cette manière. Mais il n'y a rien d'honorable à se contenter de la médiocrité. C'est la même chose dans n'importe quelle profession : si j'étais dentiste, j'essayerais d'être le meilleur dentiste du monde, et je ne m'arrêterais pas avant de me l'être prouvé à moi-même.

— C'est vraiment comme ça que vous voyez les choses ?

— Je crois que je viens de vous le dire, non ? »

Victor fit entendre son habituel soupir de longanimité.

« Vous avez dit : “avant de me l'être prouvé *à moi-même*”.

— Oui.

— C'est une nuance intéressante, ne pensez-vous pas ?

— Non, pas vraiment. »

Il nota quelque chose.

« Vous voulez bien arrêter de vous agiter autant, lui dis-je en soulevant mon pinceau de la feuille de dessin. Chaque fois que vous prenez une note comme ça, l'inclinaison de votre tête change. Et la lumière aussi du coup.

— Je vais essayer de ne plus bouger.

— Bien. Ou alors vous allez avoir une très drôle de tête quand ce sera terminé.

— J'ai toujours une drôle de tête. » Il reprit sa contenance. « Diriez-vous alors qu'il y a quelque chose de particulier que vous avez besoin de vous prouver à vous-même quand vous peignez ?

— Je n'en suis pas sûre.

— Essayez de décrire cette chose pour moi, si vous le pouvez.

— Eh bien, je ne sais pas. Ça dépend vraiment du tableau.

— Voilà qui ressemble à une dérobade.

— En effet, je suis contente que vous ayez pigé ça, Victor. »

Pour une fois, ma désinvolture resta impunie.

« Entendu, nous reviendrons là-dessus. » Il recommença à prendre des notes. « Comment vous sentez-vous en ce moment, par rapport à cette peinture que vous êtes en train de faire ? »

Je trempai mon pinceau dans le godet gélatineux de rouge de cadmium.

« Cette bêtise-*là* ? » La teinte avait besoin d'être éclaircie avec un peu d'eau. Je fis le mélange dans le couvercle de la boîte de couleurs. « C'est difficile à dire.

— S'il vous plaît, essayez de le définir. »

Je gardai la tête baissée sur ma feuille. Avec le rouge de cadmium, je donnai du relief aux motifs étranges de la tenture murale accrochée derrière la tête de Victor, ajoutant des reflets de couleur dans les carreaux et le plateau en verre qui recouvrait son bureau. « Franchement, ça doit être le portrait le plus insipide que j'aie fait de toute ma vie, et j'aimerais beaucoup y mettre le feu avant de partir pour que personne n'ait à le voir.

— Bien », dit Victor en griffonnant. Puis il croisa les bras. « Je vous ai demandé comment vous vous sentiez et vous avez répliqué par une salve d'opinions. Si vous ne comptez pas être sincère, autant terminer la séance maintenant.

— Arrêtez de bouger. Vous êtes en train de ruiner ma composition. »

Il s'éclaircit la voix.

« Ellie, allons, il est temps d'être sérieux. »

Je jetai le carnet par terre. « D'accord. » La feuille n'était pas tout à fait sèche et la couleur bava un peu à cause du choc : des veinules striant le papier du centre vers l'extérieur. « Pour ce qui est de l'angoisse : *non*, je ne ressens rien, pas avec ce genre de travail. Je pourrais faire des petits tableaux comme ça toute la journée parce que ce n'est rien d'autre : de la fabrication d'images. Il n'y a aucune espèce de lien émotionnel avec le processus. Je veux dire, sans vouloir vous vexer, Victor, que torcher un portrait de vous à l'aquarelle n'a rien d'un défi. C'est un exercice totalement insignifiant.

— Ah, mais vous peignez, objecta-t-il. Et ça, ce n'est pas insignifiant.

— Je vois où vous voulez en venir. Je comprends. Mais, vraiment, c'est comme tout ce que j'ai barbouillé pour Dulcie ces derniers mois… je suis capable de le terminer, et vous pourrez l'accrocher au mur et dire que je l'ai peint si ça vous chante, mais il n'y a rien de moi là-dedans. Ce n'est pas de l'art, juste de la décoration.

— Je peux le voir ? »

Je haussai les épaules.

Il se leva de son fauteuil, puis s'agenouilla pour ramasser le portrait que j'avais fait. J'y avais consacré un tout petit peu moins de vingt minutes. Il fit glisser ses lunettes sur son nez et, sans un mot, inclina le portrait à la lumière de l'après-midi pour l'évaluer, comme une relique perdue qu'il s'efforçait d'authentifier. Puis il dit :

« Si c'est juste de la décoration, alors je ne dois pas y connaître grand-chose en matière d'art. Je peux le garder ?

— Il est tout à vous, dis-je en tendant la main. Deux cents livres devraient faire l'affaire.

— Paiement en services rendus.

— Radin », dis-je, et il s'autorisa un rire.

Il se rassit, le portrait sur les genoux, l'admirant un moment avant de le retourner pour que je le regarde.

« Pourquoi l'avoir peint ainsi, si je peux me permettre ?

— Je ne réussis pas très bien les visages.

— Ellie, soyons sérieux à présent, s'il vous plaît. »

Je voyais Victor depuis six mois. Il m'avait fallu déployer une force considérable ne serait-ce que pour composer son numéro et prendre rendez-vous, et une détermination encore plus grande pour me présenter à son cabinet la première fois. Mais j'avais agi ainsi dans l'espoir de sauvegarder une partie de ce que j'étais avant, et Dulcie n'avait été que trop ravie de payer la note. Quand j'avais suggéré que je pourrais consulter un thérapeute plutôt que renoncer provisoirement à la peinture, elle avait réagi avec tout l'enthousiasme auquel je m'attendais : « Oh, absolument, ça me semble être une excellente idée. Tu penses à quelqu'un en particulier ? » Je lui avais dit que Victor Yail serait la seule personne avec qui je me sentirais à l'aise. « Eh bien, si tu crois en avoir besoin », avait-elle dit. Puis : « Est-ce que ça veut dire que janvier est toujours envisageable ? » Je me disais que tant qu'à mettre de l'eau dans mon vin pour apaiser la

Roxborough, autant en retirer quelque chose d'utile, et Victor avait paru tellement certain de pouvoir m'aider à surmonter mes problèmes.

Son cabinet se trouvait dans Harley Street[1], au troisième étage d'une maison de ville de style géorgien. L'atmosphère y était plutôt administrative : une simple salle d'attente lambrissée de chêne offrant une collection de chaises dépareillées qui donnait, par une porte située derrière le bureau de la secrétaire, sur la salle de consultation dictatoriale de Victor, où tous mes problèmes étaient mis à nu et décortiqués. Je savais que c'était un lieu dont il tirait une grande fierté. Moquette bordeaux, secrétaire en acajou (qui obscurcissait l'essentiel de la lumière dispensée par la baie vitrée), des meubles trapus en cuir suédé disposés en un L parfait. Entre le divan et le fauteuil de Victor, une table basse supportait un échiquier, dont les pièces en marbre, très ornées, étaient uniformément réparties. Les étagères étaient remplies de volumes aux titres sibyllins et d'obscurs objets étrangers. De ternes lithographies d'oiseaux et d'arbres étaient accrochées aux murs en plus de deux tapisseries aborigènes énigmatiques et des nombreux diplômes universitaires de Victor. J'avais incorporé tous ces détails dans le portrait, sachant le prix qu'il y attachait.

Au début de la séance, il m'avait donné une boîte de peinture rudimentaire, un pinceau et un pot à eau.

« Nous allons essayer quelque chose de nouveau, si cela ne vous fait rien, vous êtes d'accord ? » Il m'avait invitée à passer toute l'heure à faire son portrait pendant que nous conduisions notre conversation habituelle. « Je vais m'asseoir à ma place normale, aussi immobile que possible, pendant que vous parlerez et que vous peindrez. On va voir ce que ça donne. »

1. Harley Street est depuis le XIXe siècle la rue des médecins de Londres [N.d.T.].

Il était assis à présent avec le fruit de mes efforts sur les genoux, m'interrogeant sur sa logique interne. Je ne savais pas par quoi commencer. La procédure de la thérapie semblait tellement approximative, c'était comme de mouiller son doigt et de le faire tourner sur le bord d'un verre, encore et encore, jusqu'à ce qu'il finisse par produire une note qui pouvait s'apparenter à de la musique. « Ce qui est frappant, dit-il, c'est que je suis totalement absent du tableau. Pourquoi cela ? »

Il était vrai que j'avais, à dessein, exclu Victor de l'image. La boîte d'aquarelle contenait un flacon de masque liquide, et j'avais donc effacé sa silhouette avec cette solution invisible, puis j'avais peint tout autour. Le contenu de son bureau était rendu de manière détaillée, et ce jusqu'aux toits en arrière-plan qu'on apercevait par la fenêtre dans son dos, et la traînée enneigée de Harley Street, mais Victor n'était qu'un vide blanc sur le papier, un cadre sans substance.

« On devine quand même que c'est vous, fis-je remarquer.

— C'est comme ça que vous me voyez, Ellie ? Une coquille vide ? Pas vraiment présente ?

— *Non.* Ne soyez pas ridicule. Je l'ai juste peint comme ça parce que… » Et je laissai ma phrase en suspens. Je n'arrivais pas à expliquer pourquoi cette idée m'était venue. Quand je tentai de le faire, je me montrai très peu convaincante : « Je ne sais pas, j'ai pensé que ça rendrait le tableau plus intéressant, c'est tout. Il est évident que je vous considère comme une personne. Bon sang de merde. Je considère *tout le monde* comme une personne.

— Voyez-vous un rapport entre ce tableau et votre vie en général ? Les absences et tout le reste ?

— Bon, très bien. Vous m'avez percée à jour. Je pensais à Jim, d'accord, pas à vous.

— Ce n'est pas là que je voulais en venir.

— Je sais où vous voulez en venir. Et ça me met toujours mal à l'aise d'en parler.

— Très bien. On va laisser ça de côté pour le moment. »

Je soufflai.

« J'essayais juste d'être moins ordinaire. Je ne veux pas être aussi littérale avec tout ce que je peins... c'était le problème de Jim. Il avait de bonnes idées, mais il s'interdisait de les explorer.

— Nous ne sommes pas ici pour parler des problèmes de Jim.

— Eh bien, malgré cela, je ne suis toujours pas assez abstraite pour certains.

— Qui a dit ça de vous... "pas assez abstraite" ?

— Ça n'a pas été *dit*, forcément. Juste sous-entendu.

— Par qui ? »

Je m'efforçai de rester impassible.

« Il y a eu une exposition importante il y a quelques mois de cela, à la RBA. *Situation*, ça s'appelait. Vous avez dû en entendre parler. »

Victor secoua la tête.

« Je ne sors pas beaucoup. Et quand ça m'arrive, c'est seulement au club de squash.

— Bref, Dulcie insistait pour y inclure une de mes œuvres, un diptyque que j'ai fait l'année dernière. Mais ils n'en ont pas voulu dans leur exposition.

— Pourquoi ça ?

— J'ai ma petite idée.

— Mais encore ?

— Ça n'a pas d'importance. L'échelle leur plaisait, mais ils semblaient trouver ça trop figuratif. Ils ont dit que mes références aux montagnes et tout le reste étaient un peu trop transparentes et qu'ils étaient à la recherche de quelque chose de différent.

— Que cherchaient-ils donc ?

— De l'abstraction pure, je pense. Aucune représentation évidente de la réalité, un simple geste.

— Je vois. » Victor tenait toujours le portrait à deux mains, mais sa façon de hocher la tête me faisait supposer que l'envie de griffonner quelque chose le démangeait. « Et vous l'avez mal vécu ?

— Au début, oui. Personne n'aime être rejeté. » Je lissai les plis sur ma jupe et regardai par la fenêtre. La neige glissait sur le carreau. « Ça tombe de plus belle dehors.

— Mais maintenant, vous ressentez les choses différemment ? » demanda Victor. Son professionnalisme pouvait être tellement agaçant, parfois. Je n'avais jamais le droit de dévier d'un sujet douloureux en cours de séance.

« Oui. Maintenant, c'est bien pire. » Je souris. « Écoutez, ils n'ont pas retenu le travail de Nicholson ou de Lanyon non plus, ni de beaucoup d'autres qui l'auraient mérité, à mon avis. Alors le rejet, je l'ai surmonté assez rapidement… ça arrive et il faut faire avec. Mais ensuite, je suis allée voir l'exposition.

— Ah. Pas très impressionnante ? »

Je le dévisageai.

« Parfois, Victor, vous êtes tellement long à la détente que je me pose des questions. »

Il posa mon carnet sur l'accoudoir et jeta un coup d'œil à sa montre.

« Vous êtes en train de dire que l'exposition était bien, mais qu'elle vous a découragée d'un certain point de vue.

— À tous points de vue, dis-je en levant les mains au ciel. Je veux dire, j'étais là, entourée de toutes ces œuvres extraordinaires, des trucs qui repoussent les limites de ce que la peinture peut faire, et je ne pensais qu'au tas de croûtes que j'avais laissées dans mon atelier. J'avais honte, si vous voulez tout savoir ; ces artistes étaient si courageux, et moi, j'étais désespérée d'être aussi ordinaire.

— Encore ce mot, releva Victor. Vous l'utilisez beaucoup.

— Vous préféreriez "normale" ? "Moyenne" ? "Médiocre" ? »

Il poussa un petit soupir d'indifférence.

« Parlons de vos œuvres pour l'exposition de janvier. Vous disiez les avoir faites machinalement.

— Oui. Bon Dieu, je vais devoir me répéter combien de fois ? »

Il m'ignora, désignant le carnet avec son pouce.

« Et c'est dans le même état esprit que vous avez abordé ce portrait ?

— *Oui.*

— Mais vous n'êtes pas sincère par rapport à ça, Ellie. Vous m'avez dit… attendez, j'ai horreur de déformer vos propos… » Il se pencha pour feuilleter son bloc-notes d'une seule main. « "*J'essayais juste d'être moins ordinaire. Je ne veux pas être aussi littérale…*" Ce n'est pas ce que vous venez de dire ?

— Je ne pensais pas que vous transcririez mes paroles mot pour mot. On est au tribunal maintenant ? »

À ces mots, il lâcha du lest, s'inclinant dans son fauteuil, assouplissant sa posture.

« Ce que je veux dire, c'est que ce portrait que vous avez fait de moi n'a rien d'ordinaire. Je n'y suis pas représenté, pour commencer. C'est plutôt inhabituel pour un portrait, vous ne trouvez pas ?

— Ça dépend de votre système de référence.

— Très bien. C'est de bonne guerre. Je ne prétends pas être un expert en art. Mais je suis capable de lire l'heure : dix-huit minutes quarante et une secondes. C'est le temps qu'il vous a fallu pour le terminer. Et pendant que vous le peigniez, vous n'avez montré aucun signe d'anxiété manifeste. Je me demande donc si c'est l'acte de peindre qui est la cause de toutes vos appréhensions, comme nous l'avions envisagé, ou bien s'il ne s'agit pas d'autre chose.

— Comme quoi ?

— Je ne le sais pas encore. Il faut que nous creusions le sujet, mais je suis certain que nous allons y arriver. Et je pense qu'il est probablement sage de vous garder sous Tofranil pour le moment. Cela semble vous aider. Sauf objection de votre part. »

Pour une fois, je n'avais rien à répondre.

« Alors très bien. » Victor se pencha pour griffonner une dernière note sur son bloc. « Je pense qu'on a déjà fait d'énormes progrès aujourd'hui. »

- - - - -

Éviter la Roxborough en janvier s'avéra difficile. Je me débrouillai pour ne pas assister à l'accrochage de mes peintures, laissant à Dulcie et à ses assistantes le soin de trouver un agencement à l'indigeste monceau de toiles que je leur avais confié. Le soir du vernissage, le 14, je restai chez moi, sachant qu'ils m'obligeraient à poser à côté de ma misérable production pour des séances photo et à donner des interviews toute la soirée pour expliciter la pensée (vacuité) qui la sous-tendait. Et pourtant, dans les semaines qui suivirent, ne manquant pas d'après-midi libres, je fus tentée de passer à la galerie, espérant que voir mes toiles in situ pourrait miraculeusement les racheter.

À l'approche du vernissage, Dulcie m'avait envoyé le texte du catalogue, sollicitant mon approbation. Elle avait commandé une préface à l'écrivain Ken Muirhead, un compatriote écossais qui avait fait l'éloge de ma précédente exposition dans le *Telegraph*. De mes nouvelles peintures, il écrivait ceci :

> [...] ces compositions sourdes, méditatives s'éloignent de ses tonifiantes premières œuvres et démontrent la maturation évidente de son talent. Envisageant la ville à partir d'un point de vue unique et fixe, Conroy présente New York comme une constellation d'actes humains dérisoires se déroulant au ralenti. Entre ses mains, ce qui devrait être éclaté et frénétique devient reposé, serein. Une image de la vie comme vue des étoiles.

Je faillis me laisser hypnotiser par le vocabulaire de ce paragraphe, mais je résistai. Manifestement, Muirhead n'avait pas su voir l'apathie qui sous-tendait mes peintures, la médiocrité de leur exécution, l'indifférence complice avec laquelle je les avais laissées être emportées hors de mon atelier, l'une après l'autre, comme de la viande sortant d'un abattoir. Et puis je pris brusquement conscience que Ken Muirhead et moi ne faisions qu'un : des tâcherons, prêts à bâcler le travail pour payer notre pitance. Je validai le texte et le renvoyai à Dulcie sans annotation, me disant que personne ne prendrait jamais de telles inepties au sérieux. Elle m'appela après le vernissage : « Ken était assez triste de ne pas te voir. Il a dit qu'il n'avait jamais eu autant envie de rencontrer un artiste de toute sa vie. Et il ne sait même pas encore à quel point tu es jolie. On devrait vous arranger un rendez-vous. Je pense qu'il n'est plus marié. »

Ce à quoi je ne m'attendais pas, c'est l'agitation qui suivit. Les critiques se montrèrent encore plus excessifs dans l'éloge de mes peintures que Muirhead – « *époustouflant* », écrivirent-ils, « *exceptionnel* », « *éblouissant* », « *ambitieux, émouvant* » –, et le public sembla prendre leur ignorance pour argent comptant. La Roxborough attira tant de visiteurs pendant la durée de l'exposition qu'elle dut étendre ses horaires d'ouverture pour les accueillir. Si je m'étais hasardée là par une de ces tranquilles après-midi de janvier, je me serais retrouvée en train de faire la queue devant la porte. J'appris tout cela de Dulcie, quand elle passa à l'atelier à la fin de l'exposition, avec Max Eversholt et une bouteille de champagne entamée.

« Eh bien quoi, il faut bien que quelqu'un célèbre ton succès si toi, tu ne le fêtes pas. »

Je fus obligée d'aller chercher trois verres dans le placard de la cuisine et de m'asseoir en leur compagnie pour porter un toast à mes prétendus succès dans la pagaille de mon appartement. Max écarta du bout du pied un tas de chiffons et s'assit sur mon sofa. Il avait encore perdu des cheveux depuis notre dernière rencontre, mais il aimait toujours autant les tripoter.

« Quel que soit l'artiste… au bout d'un moment, tous ces endroits se ressemblent, dit-il en considérant mon atelier. Tu ne devrais pas chercher quelque chose de plus spacieux, à présent ?

— Je suis très bien là où je suis, rétorquai-je, en faisant mine de boire.

— Elle est très bien là où elle est, reprit Dulcie. Arrête d'essayer de dépenser son argent. »

Elle traîna un tabouret depuis l'autre bout de la pièce et l'épousseta avec la manche de son manteau.

Nous trinquâmes avec nos verres sales et je restai là, les laissant assurer la conversation, comme toujours. Ils continuèrent à discuter de l'exposition pendant un certain temps ; de la vitesse à laquelle toutes les œuvres s'étaient vendues, parlant chiffres et « prochaines étapes », avant de passer rapidement à des sujets plus intéressants. « Ce petit projet pour l'observatoire pourrait valoir le coup en attendant, dit Max en rejetant ses cheveux en arrière. Avant qu'on ne commence à planifier trop de choses à l'étranger, je veux dire. » Je ne savais pas exactement ce que touchait Max Eversholt sur mes revenus, mais il donnait toujours l'impression de jouer un rôle prépondérant dans mes affaires.

Dulcie expliqua que trois de mes œuvres exposées avaient été achetées par un architecte du nom de Paul Christopher. Ils avaient bavardé un moment au vernissage.

« Ils sont bons copains avec Ken, en fait. C'est comme ça qu'on en est venus à parler de ça… Ken lui a demandé où il comptait accrocher toutes les toiles, et il a répondu : "Elles vont aller dans mon bureau, si je trouve la place." Alors j'ai dit : "C'est dommage que vous n'ayez pas un plus grand cabinet… vous auriez pu en acheter trois de plus", et il a dit : "Eh bien, ce n'est pas ça qui va m'empêcher d'en commander d'autres." » D'après Dulcie, on avait confié à cet architecte la construction d'un nouvel observatoire dans la région des lacs. « En liaison avec une des universités du coin… je crois qu'il a parlé de Durham… mais le financement est entièrement privé. Tu sais comment marchent ces choses-là : un riche idiot a fait mumuse avec un télescope quand il était gamin et aujourd'hui il a son nom sur un observatoire. Quelles que soient les raisons, il est déjà plus ou moins construit, et notre ami Christopher veut que tu fasses un mural pour la maison de la science.

— Le seul problème, ajouta Max, c'est qui va bien pouvoir le voir, dans ce trou paumé ?

— Je ne sais pas. Des scientifiques et des étudiants, j'imagine. Je suis sûre qu'ils ne l'auraient pas construit, autrement. » Dulcie continua à parler en examinant ses ongles au lieu de s'adresser à moi. Elle savait pourtant que j'avais horreur de ça. « Christopher dit qu'il veut faire de l'entrée une véritable attraction, et il a été épaté par ton expo. Je lui ai demandé quel budget il prévoyait et il m'a répondu qu'il y avait de l'argent à la pelle. Ça mérite peut-être réflexion. »

J'avais le sentiment qu'une personne faisant preuve de si peu de discernement en matière d'art au point d'apprécier mes peintures new-yorkaises ne pouvait pas être un très bon architecte. Mon premier réflexe fut donc de rejeter l'idée d'une rencontre. « Très bien, dit Dulcie. J'ai juste cru bon de t'en parler. » Mais au fil des jours, l'idée de travailler sur un mural se fit plus séduisante. Je repensai beaucoup à l'intensité de mon projet d'étudiante au dernier étage de la Glasgow School of Art, à l'audace des images que j'avais créées autrefois pour Henry Holden, et je voulais voir si j'étais capable de retrouver une partie de l'esprit qui m'animait alors. Quand j'appelai Dulcie pour lui faire part de mon changement d'avis, elle ne sembla pas surprise.

5

Les croquis pour la peinture murale du Willard Observatory furent soumis en avril 1961 et acceptés le même mois. Je ne rencontrai qu'une fois les architectes dans leurs bureaux de Montague Street. Ils me montrèrent leurs concepts de départ pour la maison de la science et la manière dont leurs esquisses avaient évolué et, se reportant surtout à des photographies et à des maquettes, ils exposèrent leurs différentes stipulations concernant l'intérieur – le « programme », comme ils tenaient à l'appeler. Les dimensions du hall d'accueil n'étaient pas aussi vastes que je l'avais espéré. Toutefois, en discutant plus avant du projet avec Paul Christopher, je devinai que nous avions des ressentis similaires quant au rôle d'un mural dans cet espace. C'était un homme fluet, à la voix douce, très maladroit et étourdi dans sa façon d'être : se cognant bruyamment les hanches aux coins de table alors qu'il m'escortait à travers les bureaux, extirpant une motte de cérumen du creux de son oreille droite pendant notre réunion. En dépit du fait qu'il avait acheté trois de mes peintures les plus faiblardes à Dulcie, il avait une bonne sensibilité artistique, et nous semblions partager les mêmes opinions sur la plupart des questions esthétiques : il avait des doutes sur les idéaux de Le Corbusier, préférait les sculptures de Brancusi à celles de Modigliani, et avait également aimé les œuvres purement abstraites de la récente exposition de la RBA. Tout ce qui concernait le projet me convenait. Je posai une seule condition préalable avant d'accepter la commande, et Paul Christopher l'accepta : je peindrais le mural sur une série de toiles dans mon propre atelier et j'installerais les différents éléments dans les délais fixés. « Entendu, si ça vous semble mieux fonctionner comme ça, me dit-il. Je ne pensais pas que vous voudriez peindre à fresque et, de toute façon, je ne suis pas satisfait du travail de plâtrerie… vous nous rendriez service. » Il avait pensé à moi pour le mural en raison de ce qu'il appelait le « caractère stellaire » de mon travail récent, et je ne cherchai à en savoir davantage.

Mes premières idées manquaient de verve. Je ne savais presque rien en matière d'astronomie et je ne voulais pas peindre quelque chose qui ne parviendrait pas à faire écho à son environnement, ou bien qui le ferait de façon trop explicite. Je me mis donc à assister aux séances du soir du Planétarium afin de développer ma compréhension du cosmos, et devins membre de la Royal Astronomical Society, empruntant des ouvrages dans leur bibliothèque l'après-midi. Pendant cette courte période de recherches à Burlington House, je fus confrontée à quantité d'œuvres exaltantes : des cartes célestes rares d'Andreas Cellarius du XVIIe siècle, des cartes de constellations ornementées tirées de l'*Uranometria* de Bayer, les remarquables dessins lunaires de Galilée. Les mythologies qui soutenaient ces premières visions célestes me subjuguèrent, et j'effectuai des études détaillées de Pégase, Ophiuchus, Hercule, Orion et d'autres personnages, dans l'idée de les incorporer au mural d'une manière ou d'une autre. Dans l'*Atlas Coelestis* de John Flamsteed, et tous les grands atlas de l'époque géorgienne, je découvris les mêmes constellations représentées par des créatures mythiques, des animaux symboliques (le serpent, l'aigle, la chouette) ou des objets guerriers (l'écu, la lance, l'arc et la flèche).

Je trouvai étrange que des travaux scientifiques aussi méticuleux puissent se draper de toutes ces allégories.

Je revenais constamment à un atlas en particulier. D'après l'archiviste, il avait été compilé par un maître d'école du nom d'Alexander Jamieson en 1822. « Un autre grand Écossais », dis-je, mais il ne me répondit pas. Les cartes célestes de Jamieson étaient tout aussi méticuleuses que les autres, mais le rendu des formes animales – Cygne, Lion, et Bélier, surtout – était mieux exprimé et proportionné. L'idée de réimaginer une partie de son atlas dans mon mural me plaisait beaucoup. Pendant quelques jours, je développai des croquis à partir des originaux de Jamieson, en montrant Centaure – mi-homme, mi-cheval – transpercer le Loup avec une lance. Chaque figure était piquetée de minuscules étoiles, montrant la structure des constellations. Mais il y avait quelque chose dans ce concept qui ne parvenait pas à me convaincre. Il abordait le sujet trop frontalement. L'image était trop oppressante pour l'espace. Je l'abandonnai.

Mon cerveau n'était pas équipé pour comprendre les complexités de la science, mais je prenais plaisir à me documenter sur l'histoire de l'astronomie. Son importance en tant qu'outil de navigation me fascinait. À l'âge de la marine à voile, des cartes célestes précises étaient vitales pour faciliter la traversée des navires (je lus quelque part que John Flamsteed avait été nommé Premier astronome royal d'Angleterre pour cette seule raison). Cette relation entre les étoiles et les océans trouva un écho en moi. Malgré mon expérience à bord du *Queen Elizabeth*, je n'avais rien perdu de mon affection pour Melville et Stevenson, ni pour les romans de piraterie bon marché de ma jeunesse.

Je déplaçai mes recherches au National Maritime Museum et me documentai sur les premiers instruments de navigation : l'astrolabe, le sextant, le quartier de Davis, le nocturnal. Pendant un moment je songeai également à inclure des données d'anciens almanachs nautiques dans mes dessins, mais je n'arrivai pas à donner forme à ces idées. Puis, une après-midi, je tombai par hasard sur un recueil de schémas et de plans de gréement de navires marchands à la librairie du musée. Ils n'étaient pas de la même période que l'atlas de Jamieson, mais il y avait une similarité évidente entre ces plans détaillés (réalisés par des architectes navals afin de déterminer la structure et la disposition de la voilure) et les cartes du ciel que j'avais étudiées à Burlington House. Sur les plans de voilure, les points clefs du gréement étaient numérotés et reliés entre eux par des lignes pleines ou discontinues, de la même manière que Jamieson avait quadrillé la sphère céleste. Je notai des parallèles et des recoupements flagrants. Quand je décalquai les plans de voilure dans l'atelier pour les superposer directement à mes copies de cartes du ciel, la cohésion naturelle des images m'enthousiasma.

J'achevai les dessins pour Paul Christopher au cours des jours suivants. Je lui proposai un mural de huit pieds de haut sur quatorze de large, représentant un chantier de démolition pour vieux voiliers vu de différentes perspectives ; une casse de navires marchands à voile formant entre eux des angles bizarres et remplissant tout l'espace. Je plaçai ces voiliers sur une carte agrandie tirée de l'atlas de Jamieson, de façon à ce que les points de jonction de leurs voiles et de leurs gréements correspondent à la disposition des étoiles. J'envoyai les dessins à Christopher & Partners, pensant ne pas avoir de retour de leur part avant au moins une quinzaine de jours, mais il appela dès le lendemain matin pour me dire combien il les admirait. La commande fut finalisée, et on me donna jusqu'à la fin du mois de septembre comme date butoir pour terminer le travail, ainsi qu'une semaine supplémentaire pour l'installation et les dernières retouches.

Je m'attelai à la tâche de façon parfaitement méthodique. Pour commencer, je divisai mon dessin original en carrés d'un pouce de côté avec des lignes de construction. Ensuite, je réalisai un carton composé de carrés d'un pied de côté correspondant au dessin, une sorte de patron, esquissé sur papier afin d'agrandir la composition tout en conservant les proportions de l'original. J'effectuai le report du carton en perforant les contours du dessin avec ma roulette à poncif, une petite roue munie d'aiguilles et d'un manche en bois, puis je saupoudrai les perforations avec de la gouache séchée, ce qui laissait une empreinte en pointillés sur la toile en coton tendue que je pouvais repasser à l'encre. J'enduisis chaque carré d'une sous-couche de pigments à l'huile largement dilués à la térébenthine sur laquelle je superposai des couches plus grasses au fil des jours. Il était important d'aller du clair au foncé pour que l'image conserve son punch et sa définition.

Mon objectif était de terminer l'essentiel du travail pour juillet afin de donner à la peinture et au vernis le temps de sécher, puisque j'allais devoir rouler la toile et la transporter à l'observatoire dans un tube en carton – il y avait cinq heures de route pour arriver jusqu'au nord de Windermere, et plus la peinture resterait dans le tube, plus elle serait difficile à installer. Je comptais fixer l'image définitive avec du mastic au plomb en trois sections distinctes, en utilisant les techniques que j'avais apprises de Henry Holden. Tout semblait en place.

Mais j'étais à peine à mi-chemin de mon travail de peinture que je remarquai un problème avec la composition originale qui me servait de point de départ. Sur toutes les cartes célestes de Jamieson, deux éléments étaient invariablement représentés sous forme de rubans hachurés bicolores. Le premier représentait l'équateur. Le second portait la mention ÉCLIPTIQUE. J'avais l'intention de figurer ces lignes sous forme de longueurs de corde effilochées, décrivant un arc de droite à gauche. Mais alors même que je m'apprêtais à les peindre, j'hésitai. Dans ma hâte à finir les plans du mural, je me rendis compte que je n'avais pas pris le temps d'interroger la signification de ces lignes dans les originaux de Jamieson. J'allai donc chercher mon dictionnaire (je le gardais dans le tiroir de ma table de nuit en guise de bible).

Équateur / e.kwa.tœʁ / nom masculin
Ligne imaginaire tracée autour de la Terre à égale distance des pôles, marquant la séparation entre l'hémisphère Nord et l'hémisphère Sud.

Ce qui confirmait ce que je savais déjà. C'était de l'astronomie d'école primaire.

Écliptique / ekliptik / nom masculin
Grand cercle sur la sphère céleste représentant la trajectoire apparente du Soleil parmi les astres pendant l'année.

Cette définition m'intriguait davantage. « *Représentant* » et « *apparente* » me semblaient être des qualificatifs étrangement vagues, et me laissaient sur ma faim. Le lendemain, je retournai à Burlington House pour consulter leurs ouvrages de référence.

> L'écliptique est un grand cercle imaginaire sur la sphère céleste le long duquel le Soleil semble se mouvoir au cours d'une année. (En réalité, c'est la révolution de la Terre autour du Soleil qui crée le mouvement apparent du Soleil.) L'écliptique est incliné par rapport à l'équateur céleste d'un angle de 23,5°, et le coupe en deux points, connus sous le nom d'« équinoxes ». Les constellations du zodiaque sont positionnées le long de l'écliptique.

J'allai voir si la bibliothécaire pouvait m'expliquer cela plus en détail. Elle ne comprit pas la définition elle-même (« Je suis à mi-temps ici, dit-elle, et j'ai fait lettres classiques »), mais me conseilla d'interroger l'archiviste, qui n'allait pas tarder à revenir de sa pause-déjeuner. J'attendis donc patiemment dans la salle de lecture pendant plus d'une heure que mon homme apparaisse. Il m'avait aidée à plusieurs reprises auparavant, et je m'étais dit à chaque fois qu'il avait l'air bien trop jeune pour être archiviste. Porter beaucoup de tweed et de brillantine semblait être sa stratégie pour camoufler son âge. Alors qu'il allait chercher un texte sur les rayonnages, je m'approchai de lui. Il retira ses lunettes rondes à monture métallique et referma délicatement son poing sur elles. La bouche en coin, il demanda :

« Qui vous l'a dit ?

— Je vous demande pardon ?

— Qui vous a dit que je pourrais vous aider ?

— Je suis désolée. La bibliothécaire a pensé…

— Elle le sait pourtant. Je lui ai dit cinquante fois. C'est mon jour de congé.

— Oh. Alors qu'est-ce que vous faites là ?

— J'essaye de faire quelques recherches personnelles.

— Mince, dis-je, je ne voulais pas vous déranger.

— Ça ne fait rien, ça ne fait rien. » Il soupira. « Autant que vous preniez un siège. Je peux prendre quelques minutes, ça me fera une distraction, je suppose.

— C'est très aimable à vous. Merci. »

Il y eut un moment déplaisant quand je m'assis à la table la plus proche et crus qu'il me reniflait les cheveux, mais c'était simplement sa façon à lui de respirer.

« Veuillez excuser mon rhume des foins, dit-il dans mon dos. Dites-moi ce dont vous avez besoin. »

J'ouvris le livre, lui montrant le passage que je voulais qu'il éclaircisse. Il se pencha, une main sur le dossier de ma chaise.

« Ce que je ne comprends pas, dis-je en m'écartant, c'est en quoi cette ligne est imaginaire.

— Elle est imaginaire au même titre que l'équateur et la sphère céleste. C'est aussi simple que ça. »

Je le regardai en clignant des yeux.

« Oh là là. Vous feriez bien de vous pousser. » Crochetant les branches de ses lunettes derrière ses oreilles, il s'assit à côté de moi d'un air las et remonta ses manches. « Très bien. Astronomie pour les ingénues, leçon numéro un. La sphère céleste. » Il parlait très vite et sur un ton monocorde, comme s'il dictait une lettre. « Notre façon de concevoir les étoiles consiste à imaginer qu'elles sont attachées à une sphère géante invisible entourant la Terre. C'est une pure fiction, en fait... une simple construction qui nous aide à appréhender la complexité de tout cela. Et, bien entendu, nous ne pouvons voir que la moitié de cette sphère, quel que soit le moment. On pourrait donc dire que cela ressemble davantage à un dôme, ou à une demi-sphère, mais nous préférons ne pas l'appeler ainsi. C'est notre prérogative. Enfin, bref... » Il tapota la page : un seul coup frappé de l'index pour attirer mon attention. « L'écliptique, pour faire simple, est le plan de l'orbite terrestre autour du Soleil. Mais puisque nous vivons tous sur Terre, c'est le Soleil que nous observons se déplacer le long de ce plan. Pourquoi ? Parce que quel serait l'intérêt de regarder les choses du point de vue du Soleil ? Ce ne serait utile à personne. Et il est important d'avoir un système de référence. » Il se rapprocha un peu, s'humectant les lèvres. « Par conséquent, c'est bien un cercle imaginaire, dans la mesure où il s'agit simplement d'un élément de notre construction humaine du cosmos. En faire un cercle authentique serait tout à fait erroné. Mais afin d'éviter toute confusion, nous disons que le Soleil suit une trajectoire circulaire à travers les astres au cours d'une année. On peut l'observer se déplacer vers l'est à travers les constellations le long d'une sorte de ligne. Cette ligne est ce qu'on appelle l'écliptique. Elle n'existe pas vraiment, évidemment. En fait, c'est une inversion totale, parce que c'est la Terre qui bouge vraiment, pas le Soleil. Mais pour faire simple, c'est la super grande ligne circulaire que décrit le Soleil au cours de l'année. » Il avait les sourcils froncés à présent. « On dirait que je suis tout bonnement incapable d'expliquer ça de manière concise. Je vous fais un dessin ? »

Peut-être qu'on ne pouvait décrire le cosmos que par analogie. L'archiviste sortit un calepin et un crayon. « Imaginez que le Soleil soit au sommet de ce mât de mai, ici… » Il dessina un trait avec une tête, comme une allumette. « … et que vous êtes la Terre, dansant autour. Pour ne pas perdre de temps, oublions le fait que vous êtes inclinée à vingt-trois degrés et quelques au pôle… ça ne ferait que compliquer les choses. » Il traça un cercle d'une main tremblante et le marqua d'une croix, puis ajouta une ligne en pointillés pour figurer mon point de vue, avec une croix plus petite du côté opposé.

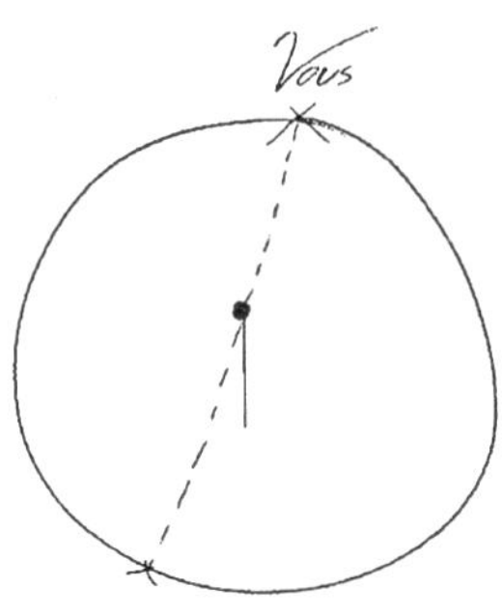

Il déplaça lentement son crayon dans le sens horaire. « Donc, de votre point de vue, en gardant les yeux sur l'extrémité du mât, vous avez l'impression que la pointe décrit un cercle sur la voûte céleste. Ce cercle correspond à votre écliptique. Il n'existe pas réellement ; c'est juste votre perception des choses. En fait, c'est vous qui tournez en rond. Le mât reste là où il est. Vous comprenez maintenant ?

— Oui. Le dessin m'a aidée.

— Oh, parfait. Bienvenue en astronomie élémentaire. Maintenant, vous feriez bien de me laisser continuer à gâcher ma journée.

— Sur quoi portent vos recherches, si je peux me permettre ?

— Ça fait un moment que j'essaye d'écrire une biographie d'Eddington.

— Edison ?

— *Non.* Juste ciel, pourquoi tout le monde dit ça ? » Il referma mon livre. « Un jour, les gens arrêteront de me poser cette question. Ils diront : "Ah oui, Eddington, bien sûr !" Et ça me fera bien rire. En attendant… » Il fit glisser le livre vers moi, tracté par son majeur. « … bonne chance. »

Il ne me laissa pas le temps de le remercier comme il aurait fallu. Il était déjà debout, en train d'explorer les rayonnages.

De retour à l'atelier, les étoiles de mon mural me parurent plus pâles. Je ne voyais pas comment intégrer l'écliptique ou l'équateur sous la forme que j'avais imaginée au départ. Figurer des lignes imaginaires sous forme de cordes – choses solides et tangibles – paraissait factice. Et les représenter comme Jamieson l'avait fait, comme des sortes de rubans hachurés, semblait tout aussi artificiel. Comment représenter des choses qui étaient elles-mêmes de simples représentations de représentations ? Et comment les intégrer aux thèmes de mon dessin sans que cela paraisse plaqué ? Je ne pouvais pas continuer à peindre avant d'avoir résolu ces questions dans mon esprit. La peinture resta donc sur ses châssis, à moitié terminée.

Pendant un moment, pas un seul coup de téléphone ; personne ne se soucia de savoir où j'étais ni ce que je faisais. Mais, au bout d'une semaine environ, les appels se firent plus fréquents et plus difficiles à ignorer. Je laissai le combiné décroché, mais la tonalité geignarde finit par me déranger et je coupai le fil.

Le problème semblait résider dans les matériaux eux-mêmes : les peintures à l'huile étaient polyvalentes, mais elles étaient incapables de me donner le pouvoir d'illusion que je recherchais. La mine de plomb sur papier était tellement catégorique, l'encre tellement permanente. La gouache était fade, l'acrylique ressemblait à du dentifrice. Mon intention était de montrer des lignes qui n'existaient pas vraiment, et je me sentais limitée par les outils à ma disposition. Je tentai certains effets de perspective, réorganisant mon cimetière naval de façon à ce que les coques retournées, l'ombre des mâtures, le bord des voiles soient subtilement alignés et, vus d'un certain angle, évoquent une ligne en arc de cercle. Mais cela ruinait l'équilibre de la composition : ce qui était un fouillis organisé devenait un amas d'éléments positionnés de façon trop opportune.

Je songeai à masquer certaines zones, et à utiliser ces vides dans le dessin pour suggérer une présence furtive. Cela fonctionnait parfaitement sur le papier, mais une fois transférée sur la toile, l'image paraissait étique, morte. Il me fallait trouver une méthode pour obtenir de la peinture qu'elle varie en fonction de la lumière ou s'altère avec le temps. Le Ripolin aurait bien pu faire l'affaire, mais je ne savais pas où m'en procurer ni s'il était toujours fabriqué. Je mélangeai différents types de colle à la peinture dont je disposais. Sans succès : ça la durcissait, la faisait briller ou la rendait grumeleuse. Mon téléphone étant cassé, je ne pouvais pas demander conseil aux marchands. Et qu'est-ce que je leur aurais dit ? « Je veux quelque chose pour rendre mes lignes plus imaginaires.

— *Ah, oui... J'ai juste ce qu'il vous faut. Quand pouvez-vous passer le prendre ?*

— Vous ne faites pas de livraison ? Je suis dans l'impossibilité de sortir.

— *Non, il faudra venir le chercher. Notre garçon de course est malade*

— Mais je ne peux pas quitter l'appartement.

— *Pourquoi ça ? Qu'est-ce qui ne va pas ?*

— Je ne peux pas abandonner mon travail, c'est tout. » Sortir m'était tout simplement impossible. Il brouillassait dehors. Il y avait plein de bruits. J'avais agrafé mes rideaux. Rien ne pouvait filtrer. L'eau du robinet était marron, mais je continuais à la boire. Et après ? Il fallait avancer, c'est ce que je pouvais faire de mieux. Comme mes parents. Baisser la tête. Ne pas se plaindre.

Le téléphone sonna.

Paul Christopher ?

Non.

Quelqu'un sonnait. En bas, dans la rue, à ma porte.

Un vacarme effrayant. *Bzz-bzz, bzz-bzz-bzz.* Je ne pouvais pas voir par la fenêtre. *Bzz-bzz-bzz, bzz-bzz.* Sans arrêt, jusqu'à ce que j'appuie sur le bouton.

Un bruit de pas différent, ce n'était pas Dulcie cette fois. Le cognement sur les marches était plus sourd. Un homme. Je regardai à travers le judas.

Victor Yail. Il était vêtu d'un pull de cricket, mais il avait quand même sa serviette. Quand il se pencha pour frapper, son visage se déforma, enfla. J'ouvris le loquet.

Debout sur le palier, il jeta un coup d'œil à l'intérieur de l'appartement.

« J'ai pensé que vous aimeriez peut-être prendre l'air. »

Je déclinai d'un signe de tête.

« Une petite marche jusqu'au coin de la rue. Nous n'irons pas loin. »

Je ne bougeai pas.

« Bon. Vous voulez bien me laisser entrer alors ? »

Je lui tins la porte.

« Vous avez manqué vos dernières séances », dit-il en examinant la pièce, les yeux plissés.

Je tournai tous les verrous.

« C'est le mural ? Il est gigantesque.

— N'y touchez pas. »

Il se retourna vivement, cherchant un endroit propre où poser sa serviette, et se décida pour le cageot près du comptoir de la cuisine.

« Je peux jeter un coup d'œil ? Je promets de ne rien déplacer.

— Qu'est-ce que vous faites ici, Victor ?

— Eh bien… », dit-il en se taillant une route entre les obstacles qui l'entouraient. Caisses, bocaux, boîtes de soupe. « … quand on disparaît des radars pendant plusieurs semaines sans donner signe de vie, les gens s'inquiètent. » Bouteilles, papiers, papier d'aluminium. Caillots de peinture et gouttes d'encre. « Dulcie m'a contacté. Elle a dit qu'elle avait essayé de téléphoner mais que vous ne répondiez pas. » Plats, assiettes et rouleaux de ruban adhésif. Chiffons de peintre, vêtements, bouts de fil de fer. « Elle a dit que c'était déjà arrivé plusieurs fois. Alors je me suis dit que je passerais. » Couteaux, fourchettes, cuillers et spatules. « Je suis très content de l'avoir fait. C'est quoi, *ça* ? » Il pointa du doigt l'établi sur lequel j'avais travaillé mes pigments.

« Un mortier et un pilon, lui dis-je.

— Je vois bien, mais il y a quoi à l'intérieur ?

— Une expérience.

— Qui a marché ?

— Pas encore.

— Mmh mmh », fit Victor. Et, quand il se retourna vers moi, il tenait quelque chose dans sa main : un flacon en verre marron à l'étiquette déchirée. Dans une sorte de pantomime, il le retourna pour me montrer qu'il était vide. « Où sont-ils ? » demanda-t-il.

Je haussai les épaules. Je n'étais pas sûre de savoir exactement ce que j'en avais fait. Certains étaient dépiautés dans les boîtes de conserve à ses pieds, d'autres coagulés sur des bouts de papier, d'autres encore avaient servi aux petites toiles d'essai empilées sous la fenêtre, le tas de petit bois, comme j'aimais me les représenter. Quant au reste, il pouvait être n'importe où.

« Ellie, depuis combien de temps broyez-vous vos comprimés de la sorte ? »

Encore une fois, je ne savais pas trop. Mais je répondis :

« Environ une semaine.

— Je vous en avais donné pour un mois. Il n'y en a plus du tout ? »

Nouveau haussement d'épaules.

Il me regarda droit dans les yeux, l'air grave.

« C'est une sacrée régression, Ellie, je ne vais pas vous mentir. » Il jeta le flacon sur le canapé, où il fit un atterrissage étrangement silencieux. « Il faut que vous repreniez votre traitement immédiatement. Vous ne pouvez pas arrêter d'un coup. Ça va causer un choc à votre organisme. » Il alla jusqu'à sa serviette sans regarder où il mettait les pieds. Un chiffon se colla à sa chaussure. Il sortit son bloc d'ordonnances du compartiment du haut et remplit une feuille. « Dès que la pharmacie ouvre demain, prenez ça, c'est compris ? »

Je m'assis. Les muscles de mes jambes étaient durs comme du métal.

« En fait, tenez… » Il sortit quelque chose d'une autre poche de sa serviette. Un autre flacon : en plastique, cliquetant. Il allait me le lancer, puis se ravisa. « Ils sont à Jonathan. Il les prend pour son énurésie. Ce sont des comprimés de Tofranil, comme les vôtres, mais très faiblement dosés. » Il me les mit dans la main. « Je les garde avec moi en cas d'urgence. Prenez-les. Ils vous dépanneront jusqu'à demain.

— Pour quoi faire ? » demandai-je. J'étais tellement fatiguée.

« Ne vous souciez pas de cela. Vous feriez mieux d'avaler d'abord quelque chose. Ça fait combien de temps que vous n'avez rien mangé ? » Il alla fouiller dans ma cuisine. La porte du frigo s'ouvrit, se referma. « Bon sang, du beurre de poisson et du maïs. Pas étonnant que vous ayez l'air sous-alimentée. » Et il retroussa ses manches pour curer mon évier. « Il y a quelqu'un qui pourrait vous tenir compagnie ce soir ? Une amie, une voisine ? Je pense que vous ne devriez pas rester seule en ce moment.

— Non. » Je baissai les yeux sur le flacon. « Personne.

— Et les gens du dessous ?

— Je ne les connais pas très bien.

— Vos parents ?

— Ils sont à des kilomètres.

— Dulcie, alors.

— Vous voulez rire. »

Victor poussa un soupir. Il s'essuya le front avec le creux du poignet, de la mousse accrochée aux poils de ses bras.

« J'ai une chambre d'amis chez moi, dit-il. Je ne voudrais pas insister, mais je ne peux pas vous laisser ici toute seule. Ce sera juste pour cette nuit.

— Non. Je ne peux pas abandonner mon travail. »

Et il répéta mes paroles, plus lentement :

« Vous ne pouvez pas abandonner votre travail. Très bien. » Il embrassa la pièce du regard en hochant la tête. « Je vais rester ici cette nuit alors. En tant qu'ami. J'ai simplement besoin d'utiliser votre téléphone. » Mais quand il s'approcha du mur, il vit que le fil avait été coupé. « En fait il y a une cabine dans la rue. Et si je nous rapportais du *fish and chips*, hein ? C'est moi qui régale. » Il prit mes clefs sur le comptoir de la cuisine. « Je ne serai pas long. »

Il revint un peu plus tard, vêtu différemment et sans sa mallette. À la place, il avait un petit sac de voyage en cuir et un carton de provisions. « Les friteries étaient toutes fermées, alors je vous ai rapporté quelques provisions de chez moi. » Il ouvrit le carton et me montra tout ce qu'il contenait : des sardines et des maquereaux en boîte, des petits pains, des tomates en conserve, du riz, des cubes Oxo, un oignon, une pinte de lait, de la viande coupée en morceaux. « Je vais me mettre aux fourneaux, dit-il, une fois que j'aurai fait un peu de ménage. Pourquoi ne venez-vous pas me tenir compagnie ? »

Je lui répondis que je n'avais pas faim, mais Victor Yail n'était pas le genre d'homme qu'on pouvait persuader d'abandonner une voie une fois qu'il s'y était engagé. Pendant qu'il faisait du tri dans la pagaille de ma cuisine, vidait les poubelles et nettoyait les surfaces, je m'allongeai sur mon canapé et m'abandonnai au sommeil.

Le repas n'avait rien d'extraordinaire – juste de la viande hachée et des tomates avec du riz –, mais ce fut l'un des meilleurs de toute ma vie. Victor me laissa terminer en silence, pendant qu'il parcourait le journal, adossé à la cuisinière. Il était soit très tard, soit très tôt. La cuisine était étincelante et dépouillée. Tout était calme derrière les rideaux et le poste de télévision ne beuglait pas en bas comme aux heures de grande écoute. Je me sentais déjà beaucoup mieux. Victor prit mon assiette et je le remerciai. Il revint avec un petit verre de lait et deux cachets. « Juste ceux-là pour le moment, mais on va commencer à augmenter la dose. » Je les avalai et il me donna une petite tape sur l'épaule. C'était étrange d'être maternée ainsi, comme si j'étais redevenue une enfant. Il y avait des années que je n'avais pas connu une telle intimité.

Victor alluma la cuisinière et mit la bouilloire à chauffer. Il se caressa la barbe comme s'il essayait de l'enlever d'une main. « Je regardais votre travail pendant que vous dormiez. J'espère que ça ne vous dérange pas. » Et, d'un geste, il désigna le mural accroché au mur de mon atelier, inachevé.

Je me tournai en me tortillant pour lancer à la peinture un regard noir. Ses défauts étaient toujours aussi flagrants.

« Je m'en fous. Il n'y a rien à regarder.

— Je ne dirais pas ça.

— C'est que vous avez des goûts douteux. J'ai vu votre cabinet.

— Qu'est-ce qu'il a, mon cabinet ?

— Rien. Si on aime cette sorte d'esthétique universitaire.

— Il se trouve que j'*adore* cette sorte d'esthétique universitaire. Ce côté universitaire, c'est exactement ce que je cherchais à obtenir. Alors je vais encaisser cette pique déguisée et la retourner à l'envoyeur. » Il mima un mouvement de raquette, et je ne pus m'empêcher de rire. J'avais encore le sourire aux lèvres quand il ajouta :

« J'aimerais vous interroger sur les bateaux, par contre.

— C'est juste une ébauche, lui dis-je. Et pas très réussie, en fait.

— Oui, mais des *bateaux*... Je croyais que c'était pour un observatoire que vous peigniez.

— C'est... c'était le cas. »

Je commençai à retracer tous les liens qui unissaient l'astronomie à la navigation, mais Victor leva l'index et l'agita sous mon nez. « Ce n'est pas là que je voulais en venir, dit-il. Il paraît simplement curieux que la première œuvre qui vous enthousiasme depuis un certain temps renferme tant de navires... alors même qu'elle est censée évoquer les étoiles. » Il croisa les bras. « Il est aussi intéressant que vous ayez omis d'aborder le sujet la dernière fois que nous nous sommes parlé.

— Qu'est-ce que ça change ? »

Je ne comprenais pas pourquoi il se montrait aussi insistant.

« Nous aurions pu parler de la signification de ces navires, pour commencer, et éviter que vous vous mettiez à nouveau dans des états pareils. » Il se pencha pour s'adresser directement à moi. « On ne va pas tourner indéfiniment autour du pot par rapport à ce qui s'est passé sur le *Queen Elizabeth*, vous savez ? »

Je m'ébouriffai les cheveux de frustration.

« Vous voyez, c'est le problème avec la psychiatrie. Il faut que tout soit lié à quelque chose d'autre. J'ai bien aimé l'idée, c'est tout. Elle m'a excitée. Ce n'est pas le même genre de navire en plus !

— Alors, que s'est-il passé ? demanda Victor, le visage impassible. Pourquoi ne l'avez-vous pas terminé ?

— *Parce que*. Parce qu'il a cessé d'avoir du sens pour moi. » Inspirer par le nez, souffler par la bouche. « Il y a un défaut. Dans la conception. »

J'essayai de me justifier, mais j'avais l'impression de parler dans le vide.

Victor s'approcha de l'évier. Il passa mon assiette sous le robinet pour faire partir les restes de viande.

« Ça n'explique pas pourquoi vous vous êtes à nouveau terrée ici avec vos rideaux agrafés et votre téléphone coupé. Vous voulez savoir ce que j'en pense ?

— Non. J'aimerais mieux que vous partiez.

— Pas de chance. Je suis ici pour la nuit.

— On ne vous a rien demandé.

— En effet, je suis ici par pure bonté de mon étrange petit cœur. Asseyez-vous, s'il vous plaît.

— Je ne suis pas obligée.

— Ellie, asseyez-vous. Ce n'est pas une dispute. Nous ne faisons que parler. »

Il fixait mon reflet dans la fenêtre de la cuisine. Je m'y voyais aussi, à l'intérieur d'un bloc de lumière jaunâtre.

Mon visage avait la couleur grise d'un fruit en décomposition, le genre de fruit qu'on a disposé sur une table pour une nature morte et qu'on a oublié. J'allai m'asseoir sur le canapé. Victor n'avait rien rangé dans l'atelier ; il savait qu'il valait mieux ne pas déplacer les choses qui m'importaient.

Sa théorie était que j'avais choisi de peindre des navires parce que cela me permettait d'exprimer ce que je n'avais pas pu évoquer auparavant dans mes toiles du caldarium. Je ne comprenais pas comment il pouvait en être ainsi, mais il paraissait tout à fait convaincu : « Ce n'est pas un choix que vous avez fait consciemment, voyez-vous. La créativité authentique, comme vous me le dites toujours, ne dérive d'aucune pensée consciente. C'est une agglomération de choses. Une heureuse coïncidence. Et il ne fait aucun doute que votre esprit est prédisposé à certains types d'imageries. C'est tout naturellement que vous peignez des navires. Vous avez perdu un bébé, Ellie, c'est un traumatisme qu'il est terrible d'endurer seul, et c'est arrivé pendant que vous étiez sur un énorme paquebot à des milliers de kilomètres de chez vous. Vous ne voyez toujours pas le rapport ? Quand vous me dites que vous vous sentez toujours à la dérive ? Larguée ? Tous ces clichés que vous utilisez pendant nos séances et que vous pensez que je ne relève pas. »

J'avais du mal à lui répondre. Il continuait sur sa lancée comme si je n'étais pas là.

« Et dès que vous arrêtez votre traitement, dès que vous prenez conscience de ce que vous êtes vraiment en train de peindre, vous trouvez le moyen de ne pas terminer le travail. Il y a ce défaut ici, ce problème là. Vous êtes incapable de terminer quelque chose. Les cachets vous soulagent, parce qu'ils vous empêchent de trop penser à ce que vous faites. N'est-ce pas grâce à ça que vous avez réussi à terminer le travail la dernière fois pour Dulcie ? "Je les pondais à la chaîne", disiez-vous. C'était quand vous preniez vos pilules régulièrement. Vous êtes capable de terminer les choses quand vous êtes sous traitement. Mais quand vous arrêtez de prendre vos médicaments… » Il marqua un temps d'arrêt pour donner du poids à son argument. « … l'anxiété revient. Vous commencez à vous inquiéter. Vous voyez des navires et pensez à tout ce que vous avez perdu. Je ne parle pas uniquement du bébé… je parle des navires que votre père construisait. Clydebank. Glasgow. Votre mère. Le foyer familial. Jim Culvers. Vous voyez des peintures et vous pensez à toutes celles que vous avez faites avant, quand vous étiez plus heureuse. Dans cette mansarde que vous aviez. Avant que vous ne passiez la nuit avec cet homme. Avant que vous ne tombiez enceinte. Vous n'avez pas besoin de moi pour continuer la liste, Ellie. Je sais que vous comprenez tout ça. On ne fait pas plus intelligent que vous. Ce qu'on doit faire, c'est trouver un moyen pour que vous puissiez vivre avec ça sans que j'aie à vous faire une ordonnance. Parce que, pour le moment, vous ne maîtrisez pas la situation. Et je suis là pour vous aider à retrouver le contrôle, si vous voulez bien me laisser faire. »

Paul Christopher se montra déçu que je n'honore pas la commande et ne comprit pas mes raisons. Comme il m'était difficile d'aborder la question de mes véritables angoisses avec lui, je tentai plutôt de le persuader des défauts de mon projet ; j'employai le mot « insurmontable » un peu trop souvent. De son point de vue, les dessins sur lesquels nous étions tombés d'accord étaient pourtant irréprochables. Il doutait qu'un autre artiste soit capable de concevoir quelque chose d'aussi parfait pour le lieu. Je lui répondis que des peintres comme moi, ça courait les rues, qu'il devrait songer à se rapprocher de quelqu'un ayant participé à l'exposition de la RBA. « *Je ne sais pas trop*, dit-il. *J'ai presque envie de laisser le mur vierge pour vous, en attendant que vous reveniez à la raison.* » Au téléphone, sa voix avait encore moins de substance. « *Bien entendu, nous ne serons pas en mesure de vous payer pour le travail que vous avez réalisé jusqu'ici. Je regrette si cela vous met en difficulté.* » Je lui dis que je ne lui en voudrais pas s'il lui prenait l'envie de ternir ma réputation auprès de tout le monde en ville. « *Jamais*, dit-il avec un petit rire. *Ça ne ferait que déprécier les tableaux que j'ai déjà achetés.* » Il me remercia pour mon temps et raccrocha gaiement.

Dulcie réagit à mon retrait du projet avec indifférence. Pendant que je m'inquiétais pour des lignes imaginaires, Max et elle avaient été en pourparlers avec des galeries à l'étranger. Ils avaient déjà rallié la galerie Rive Droite à Paris et la galerie Gasser à Zurich à ma cause, avec des expositions de mes peintures de New York programmées pour le printemps. Les œuvres devaient ensuite tourner en Italie, comme une pièce de boulevard, en commençant par l'Obelisco à Rome et en continuant à Milan et à Turin avant la fin 1962. À sa façon, Dulcie faisait tout son possible pour moi, et je ne voulais pas paraître ingrate. C'est grâce à ses relations au British Council que *Dévotion* avait été accepté pour une exposition collective à Athènes cet été-là, aux côtés d'œuvres de Matthew Smith et d'autres peintres que je vénérais. Elle affirmait avoir un « plan sur sept ans » et que j'aurais droit à une rétrospective à la Tate avant mes trente-deux ans. Au fond, j'étais contente d'avoir quelqu'un comme Dulcie pour défendre mes peintures, étant moi-même à peine capable de trouver un argument en leur faveur.

Après mon récent « congé autorisé », comme Dulcie aimait le décrire, elle ne laissa pas passer une semaine sans me contacter. Je lui parlai régulièrement au téléphone pendant l'été, et je recevais parfois un télégramme impromptu m'invitant à déjeuner à son nouveau restaurant préféré en ville. Nous nous retrouvâmes en septembre au Rib Room à Cadogan Place, où l'aloyau était particulièrement à son goût. « Écoute, cette tournée européenne, c'est très excitant, mais il serait temps qu'on commence à réfléchir à ta prochaine expo à Londres, me suggéra-t-elle en épongeant le sang de son steak avec un morceau de pain. Max est d'avis qu'on ne peut pas se permettre de laisser l'intérêt retomber… et il n'a pas tout à fait tort. Le marché est tellement volatil en ce moment. Mais selon moi, se faire un peu désirer est souvent payant. Je pense qu'on peut repousser jusqu'à l'automne prochain. À moins que ça ne soit trop de pression pour toi ? » Entre le dessert et le café, elle se débrouilla pour me soutirer mon accord. Une exposition de nouvelles peintures était programmée à la Roxborough pour novembre 1962.

Cela me laissait toute une année pour accumuler le travail, mais le Tofranil me tranquillisait si bien que je pus terminer dix toiles avant Noël. Je suivis la méthode qui m'avait aidée à produire la série new-yorkaise : remplir des carnets de croquis avec une série de scènes de rue, choisir celles qui nourrissaient mon intérêt, et les transposer directement sur des toiles de six pieds sur six. Je me sentais totalement détachée du processus. Les images que je peignais étaient saisissantes mais vides de sens. Comme si quelqu'un s'était glissé dans mon atelier pour les peindre pendant mon sommeil.

Je réalisai tous mes croquis sur l'impériale du bus 142. Six jours durant je fis la navette entre Kilburn Park et Edgware, étudiant les trottoirs en dessous de moi chaque fois que le bus était à l'arrêt. J'espérais montrer quelque chose de la vie londonienne vue d'en haut ; une approche qui avait été tant louée dans mes peintures de New York que je me disais que ça ne dérangerait personne si je continuais à la reproduire bêtement. La seule toile dont je pouvais dire qu'elle possédait un semblant de valeur artistique était *Je vais descendre au prochain.* Elle montrait deux silhouettes brouillées en trench-coat sur Watling Avenue, retenant leurs chiens pour ne pas qu'ils se battent dans la rue. Les hommes occupaient le cadre à l'oblique, pareils à deux toreros vus du dessus, leurs bergers allemands dressés sur leurs pattes arrière, aboyant et tirant sur leurs laisses. (« Ils deviennent fous furieux, tous ces chiens, avait remarqué la femme derrière moi pendant que je faisais mon croquis. Je vais attendre et descendre au prochain arrêt. »)

Pendant toute cette période, je retrouvais Victor Yail à Harley Street une fois par semaine. Nous passâmes un long moment à débrouiller mes pensées, pour tenter de déterminer le moment exact où le mural avait commencé à m'échapper. Il ne me recommandait pas nécessairement de me retirer du projet : « Mais je pense que si vous le finissez alors que vous êtes sous traitement, vous le verrez toujours comme un compromis. Ce que nous voulons, c'est que vous arriviez à le terminer et à en être satisfaite sans avoir besoin d'aucun médicament. » Il avait raison. Le mural devait signifier quelque chose. Je ne voulais pas qu'il soit comme ces autres toiles dont je ne tirais aucune fierté. Il fallait qu'il y ait une toile que je refuse de sacrifier, même si je ne devais jamais trouver la force d'en venir à bout.

L'aide que m'apportait Victor consistait à me confronter aux problèmes qu'il croyait être à l'origine de mon anxiété. Nous passâmes plusieurs séances à discuter sérieusement de l'épisode du caldarium, de ma nuit avec Wilfred Searle, de mes sentiments pour Jim Culvers, et de mon enfance à Clydebank – sans résultat notable, hormis le vague sentiment de culpabilité qui vous vient lorsque vous partagez des secrets avec un inconnu. Il y avait certains jours où je savais que Victor brassait du vent, en essayant d'associer des choses qui n'avaient aucun rapport. D'autres fois, il semblait capable de repérer à l'intérieur de ma tête des pensées dont je ne soupçonnais même pas l'existence. « Et Searle ? me demanda-t-il au cours d'une de ces premières séances. Pensez-vous qu'il aurait été soulagé ?

— Je suis sûre qu'il aurait organisé une fête.

— Mais vous ne lui avez pas dit.

— Non.

— C'était juste de votre part, à votre avis ?

— Je m'en foutais totalement. »

Victor fit entendre un petit marmonnement.

« Et vous ? Vous étiez soulagée ?

— Je ne sais pas. » Il y eut un long silence. Je grattai mes articulations pour enlever la peinture sur mes doigts. « Je ne peux pas dire que je ne l'étais pas sur le moment. Mais maintenant, je ne vois plus les choses de la même manière.

— Où avez-vous eu la menthe pouliot ?

— Par Dulcie.

— Oui, mais où se l'était-elle procurée ?

— Elle a dit qu'elle l'avait achetée à une Chinoise quelque part. Portobello, je crois.

— Je vois. » Victor se rapprocha imperceptiblement, posant son bloc-notes. « Est-ce que vous aimeriez avoir des enfants plus tard ? »

Je haussai les épaules.

« Je peux vivre sans. J'ai vécu en me passant d'autres choses.

— Comme quoi ?

— D'amour, je suppose. D'intimité. D'affection.

— Il n'est pas trop tard. Vous êtes jeune.

— Oui, mais j'ai choisi ça à la place.

— La thérapie ?

— *Non*, dis-je. L'art. »

Séance après séance, nous avions ce genre de conversation. Tous les mardis après-midi, je posais mon pinceau, j'enfilais mon manteau, et je hélais un taxi pour Harley Street. Je gravissais péniblement l'escalier conduisant au cabinet de Victor, saluais sa secrétaire d'un signe de tête, et j'attendais qu'il vienne me faire signe d'entrer. Il me faisait alors asseoir dans mon fauteuil habituel avec mon coussin bleu habituel pour reprendre notre conversation là où nous l'avions laissée lors de la session précédente. Il était beaucoup question de mon indifférence à l'égard de mes nouvelles peintures. Il voulait tout savoir de chaque étape de leur création. Pendant un temps, ce fut presque comme si nous les peignions ensemble.

Puis, un jour, je me présentai au cabinet et le trouvai décoré de guirlandes de Noël. Juché sur une échelle dans la salle d'attente, Victor était en train d'accrocher au lustre un flocon en papier blanc.

« Bonjour, dit-il. Que pensez-vous des décorations ?

— Elles feront l'affaire.

— C'est Jonathan qui a fait celle-ci à l'école. » Le flocon oscilla et lui cogna la joue. « C'est rassurant de savoir qu'ils ne perdent pas leur temps à étudier l'algèbre et l'élocution.

— Ça pourrait l'aider en géométrie, un peu. »

Victor rit. Il descendit de son échelle et rendit à sa secrétaire le rouleau de scotch qu'il avait utilisé. En levant les yeux sur le flocon, il déclara : « Ça devrait tenir, je pense. » Et il se tourna vers moi en se tapotant les flancs. « Très bien, Miss Conroy. Si vous voulez bien… »

Dès que nous fûmes installés dans la salle de consultation, je commençai à lui parler de la peinture que j'avais démarrée ce matin-là et dont je savais qu'elle serait pour Dulcie la meilleure pièce de l'exposition. « C'est juste trois vieilles femmes assises sur un banc avec quelques pigeons qui passent devant elles dans une sorte de flou.

Ça doit être la chose la plus barbante que j'aie jamais faite, mais à l'évidence ça signifie que Dulcie va adorer.

— Je me demande parfois si vous n'êtes pas un peu dure avec elle. »

Cette remarque me surprit. Je fis mine de griffonner une note sur l'accoudoir.

« Hmm, vous voulez bien développer ça pour moi, Victor ? »

Il salua mon trait d'esprit d'un petit rictus, mais il ne sourit pas.

« Vous savez que je ne suis pas le plus grand supporter de Dulcie, mais elle vous a vraiment épaulée ces dernières années. Ne l'oubliez pas. »

Je reçus son sermon en silence.

Victor se leva et s'approcha de ses étagères.

« Quels sont vos projets pour Noël ? demanda-t-il, le dos tourné. Vous irez rendre visite à vos parents ?

— Ils voudraient bien, dis-je. Mais je ne suis pas sûre d'avoir le courage de faire le voyage.

— Il y en a pour combien de temps en train ?

— Six heures environ.

— Eh bien, si vous n'arrivez pas à prendre sur vous pour vos parents, pour qui le ferez-vous ? Je me plais à penser que Jonathan fera cet effort pour moi quand je serai dans mes vieux jours.

— Je suppose que vous irez voir vos parents cette année, alors ?

— J'irai fleurir leurs tombes, sans aucun doute.

— Oh, je suis… navrée. »

Il passa outre et vint se mettre à côté de mon fauteuil avec un lot de magazines. Il les laissa tomber sur la table basse, faisant trembler les pièces de son luxueux échiquier.

« On va vous faire faire un nouvel exercice aujourd'hui, dit-il en baissant les yeux sur moi. C'est quelque chose que j'aimerais que vous continuiez à travailler pendant les vacances, jusqu'à mon retour. »

J'eus une bouffée de panique en l'imaginant parti.

« Vous allez quelque part ?

— Juste une quinzaine de jours. Je vais voir de la famille dans le Kent, et puis je retourne aux États-Unis. Pour une conférence.

— Je ne vous verrai donc pas avant le Nouvel An ? »

Il confirma d'un mouvement de tête.

« Ne nous inquiétons pas de cela pour l'instant. Cet exercice va vous aider. C'est à peine si je vous manquerai. » Sur la table basse, il étala les magazines en éventail. Les couvertures étaient jaune pâle et bordées d'une sorte de frise : *National Geographic*. « Chaque fois que je vais en Amérique, il y en a un dans ma chambre d'hôtel. Je dois en avoir toute une collection maintenant. Jetez-y un œil. »

Je pris un exemplaire. *Juin 1957*. Les pages intérieures étaient pour l'essentiel des photographies en couleur de paysages étrangers : le Grand Canal de Venise ; des touristes campant en Forêt Noire ; des prairies de rhododendrons à Roan Mountain, dans le Tennessee. Le numéro de novembre 1958 présentait des articles illustrés. « *Le ski nautique : un sport en plein essor* » ; « *Cachemire : le jardin privé de l'empereur* » ; et des cartes illustrées de photographies : « *Le monde arabe : un récit en images* ». J'avais vu un magazine exactement pareil dans le salon des premières quand j'étais partie pour New York.

« Les photos sont formidables, n'est-ce pas ? » demanda Victor.

J'acquiesçai d'un hochement de tête.

« Mon préféré est celui de janvier 57, une expédition dans les fjords de Norvège. L'immobilité est incroyable. Je me surprends à y revenir de temps en temps, quand les choses deviennent trop agitées. Ça m'aide à me relaxer.

— Vous devriez aller voir ça de vos propres yeux, suggérai-je. Faire un voyage.

— J'ai failli y aller avec Mandy il y a quelques années. Mais, très franchement, je préfère regarder les images. Si j'allais là-bas pour de vrai, je pense que ça gâcherait tout. »

Il retourna à son fauteuil, me laissant examiner la couverture des autres numéros. Il y avait tant d'articles que je n'avais pas lus, tant d'endroits que je n'avais jamais vus :

Une année de découverte s'ouvre en Antarctique
À travers le désert glacé jusqu'à la station de Byrd
Au cœur des îles des Princes
Auvergne, pays natal de Lafayette
Jérusalem, la ville divisée
Seychelles, un paradis tropical

« Le véritable défi, c'est d'en choisir un, dit-il. Je veux que vous en emportiez quelques-uns et que vous les regardiez attentivement. Étudiez les photographies. Trouvez un endroit qui vous fait l'effet que les fjords ont sur moi. »

Je n'étais pas certaine qu'une photo puisse jamais me calmer.

« Je ne sais pas, Victor. Ça semble un peu vain. »

Il y avait une expression qu'il arborait toujours quand je ne le prenais pas au sérieux – lèvres rentrées et yeux ronds –, et c'était celle qu'il me montrait à cet instant. « On se voit depuis un bon bout de temps, non ? Je suis resté ici à vous écouter pendant des mois et, franchement, je ne suis pas certain qu'on soit plus avancés que le jour où j'ai fait votre connaissance. À part le fait que vous preniez beaucoup de tricycliques[1] et arriviez à peindre plus de tableaux, que vous semblez détester pour la plupart. Nous en sommes arrivés à un point où nous allons

1. Les antidépresseurs tricycliques sont apparus à la fin des années 1950 seulement [N.d.T.].

devoir trouver une stratégie vous permettant d'affronter vos angoisses ou elles vont sérieusement affecter votre avenir. Un jour, vous allez finir par faire une dépression dont je ne pourrai pas vous sortir. C'est la raison pour laquelle vous devez essayer de faire cet exercice le plus sérieusement possible. C'est juste une technique de visualisation, pas un remède, mais je pense qu'elle vous sera bénéfique. »

Aussitôt, j'eus l'impression que les magazines étalés sur la table commençaient à s'éloigner.

« Oui, j'essaierai, dis-je.

— Bien. » Il retira ses lunettes et souffla sur les verres. « Nous avons tous besoin d'un lieu qui soit à nous et rien qu'à nous. Les fjords sont à moi… il faudra vous trouver un autre endroit. »

Je feuilletai les pages du numéro sur le dessus de la pile.

Des skieurs à Alta, Utah.

Des bœufs à Schneeburg, Autriche.

« Ça ne peut pas être un endroit où vous êtes déjà allée, dont vous avez gardé des souvenirs, précisa Victor. Ce qui est important, c'est la manière dont vous vous imaginez l'endroit. C'est le seul moyen de vous l'approprier. »

Boulder Peak, Idaho.

Mount Lafayette, New Hampshire.

Rocher du Diamant, Martinique.

« Vous comprenez l'exercice ?

— Je crois, oui. Mais…

— Pas de mais. Pas de dérobades. Faites de votre mieux. »

Ce serait peut-être comme la première fois que j'avais quitté Clydebank, encore enfant, après le Blitz. Ma mère m'avait emmenée en autocar voir ma grand-tante à Coldstream. Comme on ne m'avait pas dit à quoi m'attendre, à part à des paysages de campagne, je m'étais imaginé cet endroit comme n'importe quel enfant de cinq ans l'aurait fait : une petite ville de cottages de brique grise près d'une rivière gelée en permanence, des gens heureux qui patinaient sur la glace avec des sabots spéciaux en bois et qui buvaient du chocolat chaud. Nous étions arrivées dans un endroit plus verdoyant et moins magique. Le Coldstream que je m'étais imaginé s'était effacé, il ne m'appartenait plus.

« Je n'ai pas besoin de savoir quel endroit vous avez choisi, précisa Victor, mais à mon retour en janvier, je veux que vous soyez prête à vous le rappeler. Si vous parvenez à visualiser cet endroit dès que vous vous sentez anxieuse, à vous y projeter quand vous en ressentez le besoin, alors on sera peut-être en mesure de diminuer progressivement votre dosage. » Il se laissa aller en arrière, frottant ses chaussures au cuir terne l'une contre l'autre. « Je parie que ce voyage jusqu'en Écosse n'est pas si terrible si vous pouvez voyager en première, vous savez. Ce ne sont pas six heures de train qui vont vous tuer. »

6

La nouvelle me parvint par une lettre de ma mère. Comme d'habitude, elle m'écrivait pour me raconter les derniers potins de l'immeuble et se plaindre de l'humeur de chien de mon père, avec un dernier paragraphe réclamant ma présence à Noël. Et, attachée à la dernière page avec un trombone, une coupure de journal, dans la marge de laquelle elle avait noté : « *J'ai vu ça dans le* Herald *hier. Désolée, bisous.* »

> HOLDEN HENRY. Le 11 décembre 1961, Henry Mackintosh Holden (artiste et enseignant à la Glasgow School of Art) est mort paisiblement au Glasgow Royal Infirmary, dans sa soixante-dix-huitième année. Un homme généreux et aimant qui laissera un grand vide. L'office funèbre sera célébré en l'église paroissiale de Luss, Dumbartonshire, le village familial, le 18 décembre à 10 h 30. Ni fleurs ni couronnes.

Les funérailles avaient lieu dans trois jours. J'appelai ma mère pour lui dire que je passerais un moment à la maison. Sa joie fut tempérée par le fait que je n'arriverais pas avant d'avoir rendu un dernier hommage à Henry. Elle réussit à masquer la déception dans sa voix. « Très bien, ma chérie. Fais ce qui te semble le mieux, dit-elle. On préparera la maison pour ton arrivée. »

Le voyage jusqu'à Luss fut interminable. J'avais réservé une place dans le premier train pour Glasgow, en première, me disant que j'aurais besoin du confort et de la tranquillité des voitures plus spacieuses. Pendant le voyage, je lus presque tout un roman et regardai les images des exemplaires du *National Geographic* que j'avais emportés pour l'occasion. Cela faisait plusieurs jours que je n'avais pas vu Victor, et je ne m'étais toujours pas décidée pour une photographie en particulier ; en vérité, elles ne m'avaient laissé qu'une impression fugace, cette sorte d'émerveillement que l'on éprouve en regardant la vitrine d'un joaillier. Mais je me promis de persévérer.

De Glasgow, je pris une correspondance pour Balloch, au pied du Loch Lomond. Ma valise était si lourde que je ressentis un grésillement douloureux dans les coudes après l'avoir trimbalée seulement quelques minutes. Le train était rempli de familles et je dus traverser plusieurs voitures avant de trouver une place. La noirceur impassible de la Clyde et la campagne environnante défilaient par les fenêtres, à la fois familières et étranges. J'arrivai si tard à la gare que je manquai le dernier bus au départ de Balloch. Je passai la nuit dans un hôtel des environs et, levée de bonne heure, je me traînai sur la route avec ma valise pour attraper le bus rouillé qui me conduirait à Luss.

Je me débrouillai malgré tout pour être en retard. L'office avait déjà commencé quand j'entrai dans l'église. Je posai ma valise dans l'antichambre derrière une pile de coussins d'agenouilloirs et m'avançai dans l'allée centrale le plus discrètement possible. Près de l'autel, deux jeunes filles jouaient « Nearer My God To Thee » à la flûte à bec. La moitié des bancs était vide. Un cercueil brillant était posé sur un socle avec une unique couronne de bruyère. Je trouvai à m'asseoir à côté d'un vieil homme vêtu d'un costume défraîchi paré de médailles. Il me salua sobrement d'un signe de tête, et je partageai mon livre de cantiques avec lui quand il fallut chanter. Lorsque la veuve de Henry eut fini de lire un poème de Yeats, le vieil homme m'offrit son mouchoir, mais nous assistâmes aux prières sans nous laisser émouvoir.

Quatre solides gaillards portèrent le cercueil dans l'allée centrale jusqu'au cimetière, où la terre fraîchement creusée attendait de le recevoir, juste derrière les haies. Les gens étaient groupés en arc de cercle autour de la tombe, le vent fouettant leurs cheveux. Je me joignis à eux, en restant en retrait. Et quand le révérend eut présidé à la mise en terre et que les formalités furent effectuées, je jetai une poignée de terre sur le cercueil et murmurai un merci à cette caisse en bois, me demandant ce que Henry aurait pensé de tout cela.

En revenant sur mes pas, je vis sa veuve prendre le bras d'un homme que j'avais connu aux Beaux-Arts : un garçon trapu du nom de Kerr que Henry avait l'habitude de taquiner parce qu'il mettait des chats dans toutes ses peintures murales, quel qu'en soit le thème. (« Vous ne vous êtes jamais demandé, Kerr, avait-il dit un jour pendant notre séance d'évaluation critique, ce que ces petits chats tricolores venaient faire dans une crucifixion ? ») Kerr escorta Mrs Holden jusqu'à une des voitures noires près des grilles de l'église avant que j'aie eu l'occasion de me présenter. Plus tard, dans le vestibule, il vint me parler alors que j'attendais pour signer le registre de condoléances. Le souvenir des chats tricolores nous fit sourire, et nous discutâmes un moment de ma nouvelle vie à Londres. Il semblait peu intéressé par ma carrière de peintre mais était très curieux de savoir comment j'avais eu vent des obsèques. « Ça a dû faire les gros titres, là-bas ? » dit-il avec un petit sourire narquois, ce qui nous amena à évoquer des souvenirs à propos de Henry et ses sentiments vis-à-vis de Londres. Il avait l'habitude de dire que c'était une ville « dénuée de compassion pour l'individu », mais nous encourageait à la fréquenter si nous songions sérieusement à devenir des artistes. « Non, ça s'oublie pas un type comme lui, déclara Kerr d'un air définitif. Il m'avait trouvé un boulot à l'École après. Comme modèle. Ha ! J'étais fauché à l'époque, alors je n'ai pas pu dire non. Je n'ai pas peint des masses depuis. » Kerr avait hérité de la quincaillerie paternelle à Bishopbriggs, qu'il tenait à présent avec sa sœur. Je lui dis qu'il semblait mener une vie très agréable, et il me répondit : « Pfff. C'est l'enfer puissance dix. Mais c'est un gagne-pain. » Il offrit de me conduire au pub pour la veillée, et j'acceptai. « Tu as déjà signé ? demanda-t-il, le doigt pointé sur le registre. Je ne sais jamais quoi écrire. Tu pourrais peut-être trouver quelque chose pour nous deux. »

Il partit chercher sa voiture, me laissant dans le silence du vestibule, ma valise aux pieds. Avant d'écrire mon message, je feuilletai les pages du registre pour me faire une idée de la teneur des commentaires ; je n'avais jamais écrit de mot de condoléances auparavant et je n'avais pas envie de trop attirer l'attention. Il y avait beaucoup de banalités : « *Sincères condoléances* » ; « *À jamais dans nos cœurs* » ; « *Tant de souvenirs* ». Je voulais que le mien soit plus personnel. Alors que je cherchais un espace vierge où écrire, je vis qu'une page avait été cornée. Je la dépliai. Il y avait un autre court message, et une signature :

Peins ce que tu crois.
Merci pour tout ce que tu m'as appris.
Repose en paix, mon vieux.
James Culvers

« C'est bon, on est parés ? » demanda Kerr. Je ne m'étais même pas rendu compte qu'il était derrière moi.

Il fit tinter ses clefs de voiture. « On aurait pu y aller à pinces, cela dit, mais vu que tu as ta valise... » Et il se pencha pour me la prendre. « Ça va, ma vieille ? Tu trembles. »

C'était bel et bien l'écriture de Jim. Mon cœur tressaillait, tout comme ma mâchoire, mais je parvins à articuler :

« Tu sais si Jim était là tout à l'heure ?

— Qui ça ? »

Je lui montrai la page.

« Jamais entendu parler, dit-il. Qui est-ce ? »

Je serrai le livre contre moi.

« Un ami à moi. »

Kerr hocha la tête. Il considéra le registre de condoléances plaqué contre ma poitrine.

« C'est pour Mrs H. ? Bonne idée. »

Le Colquhoun Arms se trouvait à moins d'un kilomètre de l'église, le long de la route où le bus m'avait déposée. Derrière le pare-brise de la Cortina de Kerr, les collines alentour étaient jaunies par le soleil. Des nuages bas s'insinuaient lentement dans un ciel sans oiseau. La cime des arbres s'agitait doucement. Nous roulions en silence. À côté de la tête de Kerr, les petites maisons grises de Luss apparaissaient comme une tache floue. Quand nous nous garâmes sur le parking, je sautai de la voiture tellement vite que je faillis oublier ma valise sur la banquette arrière. « Du calme, dit-il. Il y aura à boire pour tout le monde. »

Je traînai mon bagage jusqu'au pub et le déposai près des portemanteaux. Une partie de la salle avait été délimitée par un cordon pour la réception. Un groupe d'hommes vêtus de noir, la mine sombre, étaient assis à une longue table avec des sandwichs. Ils buvaient leurs pintes à petites gorgées et faisaient rouler leur whisky dans de petits verres. Aucune trace de Jim. Je vérifiai dans les couloirs, l'arrière-salle, les recoins sombres. Je jetai un coup d'œil à l'intérieur des toilettes pour hommes, mais il n'y avait qu'un vieux monsieur chauve debout devant l'urinoir. La barmaid me vit ressortir. « C'est l'autre porte pour les femmes. Il faut qu'on change ce signe. J'arrête pas de leur dire. »

Mrs Holden était dans un fauteuil à oreilles près de la cheminée, serrant un mouchoir en papier. Une dame aux cheveux gris était accroupie à ses côtés. En m'approchant, je me dis qu'elles devaient être jumelles. Elles avaient l'une et l'autre le nez aplati et le front haut, et alors que je me tenais à côté d'elles, hésitant à leur parler, elles se tournèrent toutes les deux vers moi avec la même expression figée.

« Mrs Holden, dis-je, vous ne me connaissez sans doute pas, mais je connaissais votre mari. C'était mon professeur préféré. Je suis tellement triste de le perdre. » Ces mots m'étaient venus spontanément, comme je l'avais espéré. La sœur se leva et dit : « Je vais aller te chercher ce brandy, Mags, d'accord ? » Elle nous laissa seules.

Mrs Holden me dévisagea, les paupières agitées de tremblements.

« C'est si gentil à vous d'être venue », dit-elle. Et elle dut se mordre la lèvre pour ne pas pleurer. « Vous étiez dans… » Elle s'éclaircit la voix. « Je suis désolée. Vous étiez dans son cours de peinture murale ?

— Oui. Je suis venue de Londres dès que j'ai su.

— Oh, c'est vraiment gentil à vous. » Elle finit son verre d'un trait. « Et que faites-vous donc à présent ?

— Je suis une artiste.

— Et vous arrivez à vivre de votre art ?

— Oui.

— À en vivre bien ? »

Je ne savais pas s'il était approprié de sourire, mais je le fis.

« Oui.

— Oh, c'est formidable. Il était toujours tellement fier de ses étudiants. Vous connaissez Geoff Kerr ? Il est ici quelque part, je crois.

— Oui. C'est lui qui vient de me conduire.

— Un bon garçon, Geoff. Il a été d'une grande aide. »

Mrs Holden renifla longuement. Et, voyant le registre de condoléances sous mon bras, elle demanda :

« C'est pour moi ?

— Oui. Je suis désolée... bien sûr. » Je le lui donnai. « Je me demandais si vous saviez où je pourrais trouver un vieil ami à moi. Jim Culvers. Il était à la cérémonie, mais je ne le vois pas ici.

— Qui donc ? dit-elle en feuilletant négligemment le registre.

— C'était un autre élève de Henry. »

Je lui montrai la page avec le message de Jim.

Elle parcourut le mot, mais aucune lueur de reconnaissance ne s'alluma dans son regard.

« James Culvers. Non. Je regrette. Je ne sais pas qui c'est. » Et elle se tut un moment, le regard fixé sur le foyer vide. « Un ancien élève de Henry a loué le cottage l'été dernier, mais je ne reconnais pas le nom. Culvers... je me serais rappelé. Le nom de ce garçon commençait par un B. Bailey, ou Bradley, ou quelque chose comme ça. Henry ne me mêlait jamais à ça.

— Le cottage ?

— Oui. La maison de son père. Il aimait aller y peindre parfois. Et puis il a fini par avoir trop mal aux mains, et il a préféré avoir l'argent dans sa poche. Nous avions l'intention de la vendre, mais elle ne doit pas valoir grand-chose aujourd'hui. » Quand je lui demandai l'adresse, elle eut un geste vague de la main. « Oh, ce n'est pas loin. Allez jusqu'à la jetée et tournez à gauche. C'est la seule maison au bord de l'eau qui n'a pas été entretenue... vous ne pouvez pas la manquer. Rappelez-moi votre nom, ma petite... ?

— Elspeth.

— Elspeth comment ?

— Conroy.

— Je le guetterai, dit-elle. Dans les journaux. »

Je lui effleurai la main. Sa peau avait la finesse d'une toile d'araignée.

« Prenez soin de vous, Mrs Holden.

— Oui, vous aussi. Merci d'être venue. »

Un hiver rigoureux de plus aurait achevé d'en faire une ruine. C'était un simple cottage en pierre avec un toit pentu en ardoise, dont la barbe de mousse était tellement fournie qu'il ployait déjà. Il y avait des craquelures pâles sur le châssis des fenêtres, couleur de foin, comme une mue. Les gouttières étaient foutues. La porte vitrée était réparée avec de l'adhésif. Une allée piétinée sinuait jusqu'à la maison, depuis la rive du loch, dont les eaux bleu acier tourbillonnaient en silence et où se balançait un petit groupe de sloops blancs au mouillage. Je gravis la pente, effleurant avec ma paume l'herbe qui m'arrivait à la taille, jusqu'à ce que j'arrive sur le seuil, à moitié peint en noir. Il y avait de vieux voilages aux fenêtres, de la vaisselle contenant des restes de nourriture sur le rebord : des croûtes de pain bis et des pickles, une sous-tasse cerclée de café. Mais il n'y avait aucun signe de vie à l'intérieur. Je frappai plusieurs fois, mais personne ne répondit.

Il n'y avait pas de boîte à lettres pour regarder par la fente, et avec la crasse fuligineuse qui recouvrait les carreaux, il était difficile de voir au-delà des voilages. Je posai ma valise et fis le tour en marchant dans les mauvaises herbes. À l'arrière, un petit jardin envahi d'orties et un appentis en bois froid et humide. Plus loin, une rangée de sapins, et deux immenses *hummocks* qui touchaient les nuages. Il n'y avait qu'une seule fenêtre au rez-de-chaussée qui donnait dans la cuisine ; un journal était posé sur la table, mais je n'arrivais pas à lire la une ni la date. Si l'endroit était occupé, il l'était frugalement. Le robinet gouttait, un torchon racorni étendu dessus. Je ne savais pas quoi faire, mais déjà ma main se tendait vers la porte. La poignée tourna, le loquet céda. C'était facile. La porte s'ouvrit en grinçant sur ses gonds. J'attendis, considérant le dénuement de la cuisine. Les tomettes étaient éraflées par des pieds de chaise. L'encre du journal avait l'air brillante, récente. Je décidai d'entrer.

À peine avais-je franchi le seuil que j'entendis sa voix : « Je ne t'aurais jamais imaginée en cambrioleuse, Ellie. » Elle venait juste de derrière moi : lente, gaiement réprobatrice. En me retournant, mes doigts heurtèrent le chambranle, mais je ne sentis la douleur que plus tard.

Jim se tenait là, dans une veste en laine noire. Il portait un petit panier de fleurs. Son visage était hâlé et rasé. Je voyais la vapeur de son souffle. Elle était si proche qu'on aurait pu la recueillir, la mettre en bouteille, la garder.

« Pourquoi cet air terrorisé ? demanda-t-il. Je ne vais pas te dénoncer.

— Oh, mon Dieu… *Jim.* » Je n'étais pas capable d'en dire plus. « *Jim.* » Je fis un pas en avant pour le serrer dans mes bras, et il ne bougea pas, acceptant mon étreinte sans y répondre. Il tenait le panier en l'air pour protéger ses fleurs. Et puis, me donnant une petite tape dans le dos, il me dit : « C'est bon, c'est bon, ça va comme ça. » Il me sourit d'un air contrit, ses grandes dents familières toujours aussi écartées. Mais il y avait aussi quelque chose de véritablement changé en lui. Ses cheveux étaient bien coupés et marqués par les dents du peigne ; ils avaient l'air raides comme des brins d'osier. La peau de ses joues était douce et dégageait une senteur citronnée. Il avait l'air sobre comme un enfant. « Entre donc, dit-il. Il faut que je mette ça dans l'eau salée. » Comme je ne bougeais pas, il répéta : « Allez. Je ne vais pas rester planté là toute la journée. Et on dirait que tu t'es salement coupée, regarde. » Mes phalanges étaient striées de sang.

Il me suivit dans la cuisine, sortit la teinture d'iode du placard. Je m'assis à la table. J'avais la tête cotonneuse, et je frissonnais à nouveau. Je n'aurais pas su dire si j'étais soulagée de le voir ou effrayée qu'il m'abandonne. Il imbiba un chiffon d'iode et l'appliqua sur ma blessure. « Ça va piquer », dit-il. Je m'en fichais. « Laisse-moi juste rentrer ces fleurs. J'en ai pour une seconde. »

Le passage de la cuisine n'était qu'un rideau de perles comme on pourrait en trouver au fond d'une sinistre gargote. Quand il passa au travers, elles se balancèrent en cliquetant, et j'aperçus la pièce attenante. C'était une coquille vide, sans tapis, avec un fauteuil à bascule en bois pour tout mobilier. Il en avait fait son atelier. Deux tables étroites étaient disposées à côté d'un chevalet supportant un panneau à peindre.

Je le suivis. Il était en train de dévisser le couvercle d'un bocal rempli d'eau trouble. Le tableau derrière lui n'était qu'à moitié terminé, mais il semblait montrer des fleurs de cerisier fanées éparpillées sur un dallage. Il mit les fleurs de son panier dans le bocal.

« Comment vont tes doigts ? » demanda-t-il, sans se retourner.

Une fois le couvercle bien fermé, il agita le bocal énergiquement, d'un côté à l'autre.

« Bien, dis-je. Qu'est-ce que tu fais ?

— C'est une technique. Ça améliore le résultat. » Il cessa alors de secouer le récipient en verre et le posa sur la table. Il prit une passoire en métal et un seau qui se trouvaient dessous. Retirant à nouveau le couvercle, il versa les fleurs trempées dans le seau et les égoutta avant de trier les pétales, ne choisissant que les plus roses, qu'il mit à sécher sur un linge.

« Tu ne peux pas arrêter tout ça une seconde et me parler ?

— Désolé, ça ne peut pas attendre. J'ai encore besoin d'un moment. » Il tamponna les fleurs et replia le tissu, comme s'il emballait un colis. « Je te conseille de te boucher les oreilles. » Il cogna plusieurs fois sur le paquet avec son poing, et brosses et tubes de peinture s'entrechoquèrent sur la table, comme de la porcelaine. Ensuite, il mit les pétales dans un mortier et commença à les broyer au pilon. Il se tourna vers moi, et jeta un coup d'œil à la pendule au-dessus de la cheminée. « Il me faut vingt minutes pour finir ça, dit-il. Je peux te parler en même temps, mais c'est tout ce que j'ai à t'accorder. »

Je devinai que Jim s'était tant de fois répété sa version des faits au fil des années qu'il avait appris à hésiter juste aux bons moments en la racontant ; quand bafouiller et trébucher sur certains détails, quels intervalles survoler et quelles transitions mettre en avant. Mais l'entendre parler suffisait à mon bonheur. Trop de temps s'était écoulé sans le son de sa voix près de moi. Je ne cherchai pas à l'interrompre ou à analyser. Assise dans le fauteuil à bascule, je regardais simplement ses lèvres bouger. Je n'aurais pas su dire quelle était la part de mensonges dans ce qu'il me racontait, mais si cela me faisait moins mal que la vérité, j'étais prête à l'accepter.

Il me raconta avoir quitté Londres pour faire un pèlerinage. Il était retourné dans toutes les villes où il avait été en garnison pendant la guerre. « Pour y chercher quoi, je ne sais pas vraiment, dit-il. Je savais juste que je devais y retourner. » C'est un médecin qui lui avait suggéré l'idée. Il s'était réveillé par terre dans son atelier, à fleur de peau après trois jours de beuverie, et ne sentait plus ses doigts. Il n'avait plus aucune sensation dans les avant-bras, mais il était parvenu à s'habiller – « Ne me demande pas comment » – et s'était traîné jusqu'à un cabinet médical près de Abbey Road. Une fois qu'il eut frappé ses coudes avec un marteau à réflexes, le médecin lui avait dit que tout allait bien, que s'il n'avait toujours pas de sensations le lendemain, il devrait revenir, mais que c'était probablement un effet secondaire temporaire dû à l'alcool, et qu'il devrait sérieusement songer à réduire sa consommation. À quoi Jim avait répondu qu'il aimerait autant réduire sa consommation d'oxygène. Et puis, sur le mur au-dessus de la machine à écrire du médecin, il avait remarqué une lithographie encadrée. « C'était une reproduction d'un Stanley Spencer. Des chevaux tirant des soldats blessés dans une tente-hôpital sur des... comment on appelle ça ? Des “travois”. Tu sais, ces longues civières ? Toujours est-il que c'est une peinture incroyable. Une de ses meilleures. » Le médecin lui avait confié qu'elle était là pour lui rappeler le temps où il avait servi comme toubib pendant la Grande Guerre – non pas qu'il puisse jamais oublier cette expérience, bien entendu, mais ce tableau l'encourageait à continuer à exercer dans les moments difficiles. Jim était rentré chez lui incapable de se sortir cette image de la tête. Elle lui avait rappelé le portrait qu'il avait fait de son ami au Prince Alfred. « Et je me suis dit : c'est *ça* que ma peinture doit faire aux gens. C'est *ça* que je dois faire partager. » Il avait donc vidé son atelier dans l'après-midi, était passé à la banque retirer ses économies, et avait pris la route.

Il n'avait emporté en tout et pour tout que des vêtements de rechange, un carnet de croquis vierge avec quelques crayons de couleur, le vieux journal intime qu'il tenait du temps où il était avec son régiment, et une bouteille de Glenlivet, qu'il avait vidée par-dessus bord sur le ferry pour Calais. « Je savais que je ne pouvais pas retourner là-bas soûl. Je devais affronter tout ça debout ou ce voyage ne servirait à rien. J'ai été malade comme un chien les premiers jours, mais je m'en suis sorti. » Il avait pris un bus pour Arras, ville de son premier cantonnement : « L'endroit avait beaucoup changé, naturellement, mais le bruit de la ville était le même que dans mon souvenir… Il y avait une piste avant, et les avions n'arrêtaient pas d'atterrir et de décoller, mais dans les coins tranquilles, tu sais, il y avait toujours un silence inquiétant. La façon qu'a le vent d'agiter les champs là-bas… c'est particulier. Quelque chose que je n'oublierai pas de sitôt. » C'est là qu'il avait utilisé son arme de service pour la toute première fois : « J'ai descendu un Allemand désarmé à dix mètres : je suis tombé sur lui par hasard et j'ai totalement paniqué. » Après plusieurs mois à Arras, il avait pris un train vers le nord pour Dunkerque qui, disait-il, avait terriblement changé. « J'étais content d'être de retour. C'est important de voir une ville comme elle devrait être, tu sais, débarrassée de toutes les misères de la guerre. Sans tanks ni sacs de sable, sans ce chaos et cette folie. Mais de la revoir si paisible, ça m'a vraiment perturbé, si ça peut se comprendre. Je savais qu'il y avait une part de moi-même qui resterait toujours coincée là-bas. J'ai perdu beaucoup d'amis sur ce bout de terre. » Pourtant, aucun des croquis faits pendant son retour dans ces endroits ne le satisfaisait. Ils résonnaient de manière moins vive que les souvenirs qu'il en gardait.

Un soir à Dunkerque, il s'était remis à boire. « Je pensais qu'en me limitant à la bière locale, j'arriverais à me contrôler. C'est que je ne suis pas bien malin quand il s'agit de la boisson, tu le sais bien. » Il s'était bagarré avec un jeune poète français qui lisait ses vers à haute voix dans le bar. « Je n'étais pas d'humeur à entendre des poèmes. C'était une sorte d'affreuse bouillie cafardeuse, typiquement française, une succession de sons sans aucune signification. Alors j'ai commencé à l'asticoter avec ça et il n'a pas vraiment apprécié. J'y ai laissé une dent... » Il s'interrompit pour me montrer le trou. « ... et le gars s'est cassé le pouce. Ils nous ont bouclés au poste de police pour la nuit. Dans des cellules voisines. Pendant un moment, on ne s'est pas parlé, et puis il a commencé à s'excuser... il était en larmes. Je me suis dit : attends, ce type a des problèmes. Et il se trouve que c'était le cas. Ses parents venaient de mourir, deux semaines plus tôt, d'après ce qu'il disait, et il l'avait plutôt mal pris. C'est de cela qu'il était question dans ses poèmes. Il s'était enfui de la dernière ville où il se trouvait parce qu'il avait giflé un pauvre bougre qui l'avait provoqué, lui aussi. On pourrait croire que c'était vraiment un sale type... mais pas du tout. Il était juste perturbé. » Ils étaient devenus amis (c'était la seule partie du récit de Jim que je n'avais pas besoin de mettre en doute, car je savais combien les hommes aimaient éprouver de la compassion les uns pour les autres après avoir échangé des coups de poing) et le poète avait invité Jim à passer l'été avec lui et sa sœur dans leur maison de famille de Giverny. « J'ai entendu “Giverny” et je me suis rappelé que c'était là que Monet avait son jardin avec les nénuphars... et je me suis dit que ça ne pouvait pas être mal. Et j'avais raison. C'était merveilleux. Ses parents lui avaient laissé cette magnifique vieille maison. Des fleurs des champs partout, des hibiscus et des poiriers. Un soleil radieux tout l'été. Je ne voulais plus partir. »

Il était resté à Giverny toute une année, s'efforçant de tirer quelque chose de son carnet de croquis, peignant à la gouache sur carton. « Les Français ont un mot merveilleux : *vaurien*. Ça veut dire “mauvais sujet”, “bon à rien”. C'était le cas de toutes mes peintures. J'avais beau faire, je n'arrivais pas à trouver le ton juste. » Comme le poète et sa sœur buvaient très peu, et que Jim vivait de leur charité et de leurs provisions, il avait été forcé de renouer avec la sobriété. « Pendant un moment, je me suis contenté de vider les placards. J'ai bu beaucoup de cognac éventé, et du vieil advocaat hollandais dégoûtant. Mais je me suis vite retrouvé à sec, et comme je n'avais pas d'argent, soit j'allais en voler, soit... et je n'étais pas revenu en France après tout ce temps pour me livrer au pillage comme une saloperie de nazi. Je ne suis pas vraiment arrivé à me ressaisir avant le printemps. »

C'était au printemps que fleurissaient les arbres de Judée du village. Un jour qu'il était parti se promener avec la sœur du poète, il avait trouvé les rues tortueuses de Giverny colorées d'une multitude de nuances de rose. « Au début, j'ai cru que c'était comme les cerisiers et les magnolias qu'on a ici, mais elle m'a dit que c'était des arbres de Judée. Quand elle était petite, sa mère ramassait les pétales pour faire des pots-pourris. »

Les semaines passant, Jim avait remarqué que les fleurs des arbres de Judée tombaient très vite et saupoudraient le sol en d'infinies configurations, chacune d'elles unique. « Le vent les rassemblait et les dispersait à sa guise, comme s'il peignait le décor lui-même. Certains pétales restaient collés aux gravillons, à la terre, ou bien ils restaient pris dans les brins d'herbe. Ils restaient là pendant des semaines, à se décolorer, flétrir, brunir. Et puis le vent finissait par les balayer. Ils me rappelaient la guerre. Le caractère éphémère de toute chose. Pendant mes patrouilles, ça me prenait toujours, quand je pensais à l'avenir. Le sentiment que ta vie est totalement dérisoire, tu sais, mais en même temps que tu veux en savourer chaque moment, tant que tu l'as. Toujours est-il que l'idée suivante m'est venue à l'esprit : pourquoi je reste là à regarder tous ces pétales ? C'est les peindre qu'il faut que je fasse. » Il avait installé un panneau dans sa chambre et s'était mis au travail. « Et, tout de suite, j'ai ressenti à nouveau cette sensation magnifique dans la poitrine... tu sais de quoi je parle. Cette houle dans le cœur quand une peinture s'empare de toi. Je savais que j'avais quelque chose à dire. Il fallait que je peigne ça et rien d'autre. Des fleurs d'arbre de Judée par terre, dans toutes les configurations et variations possibles, pour toujours, jusqu'à ma mort. »

À la fin de l'été, il avait rempli la ferme de ses panneaux. Il fit cadeau de la plupart d'entre eux au poète et à sa sœur, qui en tapissèrent chaque pièce. Il en garda quelques-uns et les rapporta avec lui. Il finit par comprendre qu'il n'avait pas besoin de rester à Giverny plus longtemps. Les fleurs d'arbre de Judée n'avaient pas à être sur le pas de sa porte pour qu'il les peigne. Il n'avait pas besoin de les voir par sa fenêtre, ni de croquis, ou de photographies, juste ses propres souvenirs et son imagination. C'était le seul moyen d'exprimer leur véritable signification. Il avait donc demandé une dernière faveur au poète et à sa sœur : encore quelques francs pour le ramener à Calais et en Angleterre. « Ils étaient tristes de me voir partir, je pense, et j'étais triste de leur faire mes adieux. Mais tu sais ce que c'est : le travail avant tout. L'art et le bonheur ne se supportent pas longtemps. C'est difficile d'expliquer ça à des gens qui ne sont pas des artistes. Je veux dire, le gars écrivait de la poésie, mais ce n'était pas sa vie ; j'avais l'impression que c'était juste un passe-temps pour lui en attendant de trouver un boulot dans une banque un jour, tu comprends ? »

Débarqué à Douvres, Jim avait pensé venir me trouver. « Je savais que si quelqu'un pouvait comprendre, ce serait toi. Mais je n'arrive pas à me rappeler pourquoi je ne l'ai pas fait… le moment me paraissait mal choisi. Et, franchement, je n'avais pas encore le courage de te voir. Pas avant d'avoir terminé le travail. Je m'imaginais organiser une nouvelle expo à Londres et que tu serais tombée dessus par hasard. » (Cela aurait eu lieu à l'automne, quand je travaillais encore sur mon mural. Si seulement il avait frappé à ma porte, juste une fois…) Au lieu de quoi il avait pris une chambre pendant quelques semaines au-dessus d'un restaurant chinois de Soho, où il travaillait, à récurer les marmites, le temps de gagner de quoi prendre un autocar de nuit pour Glasgow. « La seule autre personne qui croyait en moi, c'était Henry. Je me suis dit qu'il pourrait peut-être me trouver une mansarde quelque part, comme quand j'étais étudiant, ou qu'il me laisserait dormir un moment dans son bureau. Je n'avais pas vraiment de plan. Mais dans ce genre de situation, on pouvait compter sur Henry, non ? S'il croyait à votre travail, il se décarcassait pour vous aider, même si cela lui en coûtait. C'est comme ça que j'ai entendu parler de cet endroit. Il disait qu'il ne l'utilisait plus, mais qu'un type l'avait loué et laissé en piteux état. Un certain Bailey, ou quelque chose comme ça… Henry n'en disait pas du bien. » Ils étaient convenus que Jim pourrait disposer du cottage, sans payer de loyer, en échange de petites réparations. « Il voulait seulement que je fasse un peu de jardinage, un petit rafraîchissement, pas une grosse remise en état. J'avoue, je n'ai pas encore trouvé le temps de m'y mettre. Mais je ne suis ici que depuis septembre. »

Les vingt minutes étaient presque écoulées et Jim était toujours debout à sa table de travail, en train de broyer les fleurs dans le mortier. Chaque tour de pilon produisait un son mordant. Il s'était servi de ces bruits pour ponctuer et disloquer ses phrases, comme s'il ne me croyait plus capable de déchiffrer ses mouvements après une aussi longue séparation. Il dissimulait quelque chose, mais je risquais gros à le lui faire admettre. Et, en réalité, il n'y avait qu'une seule question à laquelle je voulais qu'il réponde.

Il me regarda, puis regarda la pendule. « Tu n'as pas dit grand-chose. Je n'arrive pas à savoir ce que tu penses de tout ça. » Son pilon continuait à tourner. « C'est la pure vérité, je te promets, regarde-moi… » Il se redressa. « Ça fait un an que je suis sobre. Je n'ai pas bu une goutte depuis que je suis rentré, et j'ai laissé tomber les courses. J'ai juste fait *ça.* » Et, agitant son bol rempli de fleurs broyées, il ajouta : « C'est tout ce qui importe pour moi maintenant. Rien d'autre. Je pensais que tu comprendrais.

— Je comprends, dis-je en arrêtant la bascule du fauteuil avec mes talons. Je comprends.

— Alors pourquoi tu es aussi silencieuse, d'un coup ? » Ses yeux bougeaient nerveusement. « Je pensais que tu voulais en parler. Tu ne me crois pas, c'est ça ?

— Tu es bien sur la défensive, Jim, pour un homme qui dit la vérité.

— C'est que j'ai besoin que tu me croies.

— Pour quoi ?

— Pour pouvoir continuer mon travail, dit-il en reniflant. Je ne peux pas vivre avec toute cette culpabilité au-dessus de ma tête.

— De quoi devrais-tu te sentir coupable ? Tu viens de t'expliquer.

— Tu le sais bien, dit-il en secouant la tête. Ne m'oblige pas à le dire.

— À t'excuser, tu veux dire ? »

Il resta silencieux.

« Est-ce que tu as seulement des regrets ? insistai-je.

— Non. » Le pilon tournait plus fort à présent. « Pas d'être parti. Pas d'avoir fait ce que j'avais à faire. Mais je regrette de ne pas avoir donné de nouvelles.

— J'étais folle d'inquiétude à cause de toi. Tu aurais pu téléphoner ou envoyer une lettre. Un télégramme aurait fait l'affaire. Quelque chose pour me faire savoir qu'il ne t'était rien arrivé.

— Je voulais le faire. Vraiment. » Il posa le mortier lourdement sur la table. « Si je ne mets pas ça tout de suite sur la plaque, je n'obtiendrai pas beaucoup de couleur. » Il me tourna le dos, un bouclier contre ma voix.

« Tu n'aurais pas pu penser à moi juste *une fois* pendant tout ce temps ?

— Je ne savais pas ce que j'étais censé faire », dit-il. La pulpe tomba sur la plaque : un coulis rose grumeleux. « Je ne savais pas que tu *voulais* que je pense à toi. Pas de cette façon.

— Eh bien, si. » Il ne servait plus à rien de me cacher derrière mon petit doigt.

« Si tu m'avais dit ça avant de déménager, ça aurait peut-être été différent. Mais maintenant je ne vois pas ce que je pourrais y changer. Et j'avais besoin de le faire pour moi. J'avais besoin de ce voyage. » Il versa une cuillerée à soupe d'huile de lin sur la pâte de fleurs. Puis, avec la molette qui se trouvait sur la table, il commença à travailler la pâte et l'huile. C'était un grand objet en verre pareil à un fer à repasser qui faisait jaillir des gouttes de liquide. « Eh merde, encore une fournée de foirée ! Il n'y a rien à en tirer. Donne-moi cette truelle, tu veux ? Je dois gratter la planche et recommencer. »

Je me levai et lui passai ce qu'il voulait.

« Tu n'as pas mentionné son nom, dis-je.

— Hein ?

— La sœur.

— Oh. Hélène. Ana Hélène. » Il prit la truelle en riant doucement. « Il n'y a rien eu entre nous, si c'est à ça que tu penses. Elle avait l'âge d'être ma fille. Et fiancée à quelqu'un d'autre.

— Jeune et indisponible. Oui, il paraît que ça coupe l'envie.

— Ce n'était pas ce que tu crois, Ellie.

— Elle devait être belle, pourtant. À la façon dont tu parles d'elle.

— Je n'ai vraiment pas l'intention d'écouter ça. Je te l'ai dit : ce n'était pas comme ça.

— Alors tu ne l'as même pas regardée ? Pas une fois ?

— Ça suffit, maintenant. Tu vaux mieux que ça, Ellie. » Il posa brutalement la truelle, projetant un amas de pigment à l'huile par-dessus la table, sur ma robe d'enterrement. « Je ne l'ai pas fait exprès », dit-il en quittant la pièce. Je frottai la tache sur le tissu, mais il revint avec un torchon mouillé, le rideau de perles cliquetant derrière lui. « Très bien, bousille-la. Qu'est-ce que ça peut faire ? » Il jeta le torchon. « Je croyais vraiment que toi et moi, on était au-dessus de ce genre de bêtises. Les jalousies et les soupçons mesquins. Tu es la seule femme à qui j'aie jamais pensé de cette façon.

— De *quelle* façon, Jim ?

— Bon Dieu. C'est ridicule. C'est pour ça que je préfère peindre que de parler. » Il alla s'affaler dans le fauteuil à bascule. « Je suppose que j'essaye de te dire que tu es la seule femme à qui je me sois vraiment attaché. Pas à cause de ton physique, qui suffirait pourtant à subjuguer n'importe quel idiot pourvu de deux yeux en état de marche, mais à cause de ce que tu es, de ta manière de penser. Qui est ta manière de peindre. C'est ce qui fait ce que tu es.

— Alors tu ferais aussi bien de retourner en France, dis-je, parce que je ne peins pas comme tu l'imagines. Plus maintenant. »

Il me dévisagea, les yeux plissés, les bras croisés.

« Deux expos à la Roxborough... à ce que j'ai entendu dire. Ça ne peut pas être mauvais.

— Voilà que tu parles comme Max maintenant. » Je détournai le regard. « Qui t'a dit ça, de toute façon ? À propos des expositions ?

— Henry. Il m'a montré les coupures de presse.

— Tu as vu des photos ?

— Quelques-unes. Mais seulement celles du journal. En noir et blanc. »

Je frottai mon pouce sur mes phalanges à vif.

« Et tu en as pensé quoi ? »

La douleur était vive, mais pas insupportable.

« Comme je l'ai dit, les images n'étaient pas très... »

Jim fit entendre une toute petite toux.

« Je me contenterai de tes premières impressions.

— Très bien. » Il inspira profondément, les yeux baissés. Il avait l'air réticent à exprimer sa pensée, puis il la laissa s'échapper : « *Vaurien*, dit-il. Très loin de ta meilleure peinture. »

Et mon cœur cessa de battre pendant une fraction de seconde. J'avais les larmes aux yeux.

« Ne me fais plus jamais le coup de disparaître comme ça, Jim Culvers, dis-je. Tu es le seul à avoir jamais vu la différence. »

Il ne pressa pas ma tête contre sa poitrine pour essayer de me consoler. Il ne me dit même pas qu'il était désolé. Au lieu de cela, il se leva de son fauteuil et commença à dévisser le couvercle d'un bocal vide. « Je crois que je les ai un peu trop secouées, le problème vient de là. Il faut qu'elles se talent dans l'eau salée, mais pas qu'elles dégorgent. Tu as déjà préparé des pigments comme ça ? C'est laborieux mais ça fait chanter la peinture si tu t'y prends correctement. J'aurais bien besoin d'un coup de main pour perfectionner le procédé. Tu étais toujours plus douée que moi pour ce genre de truc.

— Montre-moi », dis-je, et je me mis à côté de lui.

C'est plus tard dans la soirée, alors que le soleil tombait dans le loch, que j'allai jusqu'à la cabine du village téléphoner à ma mère. Elle me fit jurer de revenir passer Pâques avec elle, et je lui promis de lui écrire et d'appeler le matin de Noël.

Au début, nous fîmes chambre à part. C'était presque comme avant. Jim traîna son matelas une place dans le salon, et me prépara un lit à côté de la cheminée, m'assurant qu'il serait très bien par terre. Comme il n'y avait pas assez d'oreillers et de couvertures à partager, il me céda les siens en disant qu'il se débrouillerait. Il décrocha les lourds rideaux de la chambre et les cousit ensemble avec de la ficelle pour confectionner un sac de couchage, se fit un coussin d'un pull roulé, et se réveilla en essayant de dissimuler ses torticolis. Dans la journée, nous peignions. Le soir, nous nous baignions et lavions nos vêtements. J'avais terminé le roman que j'avais emporté et je le relisais encore et encore à la lueur d'une bougie : l'histoire d'une fille dont on ne connaît pas le nom et dont les pensées finirent par avoir sur moi le pouvoir rassurant des choses familières. Avant de m'endormir, je feuilletais le *National Geographic* et savourais les images et les articles.

Jim n'avait pas le moindre doute quant à la qualité de son travail. Il observait un régime de vie très strict. Tous les matins, il sortait chercher des plantes avec son panier à pique-nique tout abîmé, ne s'aventurant parfois pas plus loin que les mauvaises herbes géantes au fond du jardin ou la limite des arbres alentour. D'autres fois, il poussait beaucoup plus loin, par-delà les éboulis jusqu'au sommet des collines, ou sur la rive opposée du loch. Il pouvait s'absenter une heure comme cinq. Cela dépendait de ses besoins et de ce qu'il y avait à glaner. Quoi qu'il arrive, il revenait toujours avec un plein panier : des espèces de la flore locale dont il ignorait le nom botanique et auxquelles il donnait ce que je supposais être des petits noms de son invention. Grande toque. Pied-rouge. Menthe des bois. Gazon d'Olympe. Les seules plantes qui attiraient son attention étaient celles à floraison ou à tiges rosées. Pendant ces premières semaines, comme je ne supportais pas qu'il aille où que ce soit sans moi, je l'accompagnai dans toutes ses « missions de reconnaissance », comme il aimait les appeler. Mais je me lassai vite de chercher partout dans les fossés et les fourrés, et je commençai à soupçonner Jim de préférer faire ses reconnaissances tout seul. Un matin, alors que nous rentrions au cottage en passant par les sapins voisins, il me dit : « Tu n'es vraiment plus obligée de m'accompagner… je vois bien que tu détestes ça.

— C'est la nature. Je ne la déteste pas.

— Mais tu pourrais te passer de la pluie battante et du froid. »

Je haussai les épaules.

« Tu pourrais me fausser compagnie encore une fois.

— J'ai bien un shilling en poche. De quoi m'emmener jusqu'à Balloch, mais ensuite je serais coincé, j'imagine. Et j'ai passé l'âge de récurer des gamelles pour me payer le bus. »

Tous les deux jours, il commençait une nouvelle peinture. Sa procédure était immuable mais peu commune : pour commencer, il passait un apprêt noir sur tous ses panneaux puis les enduisait d'une épaisse couche de blanc de plomb, un matériau très ferme qu'il pouvait étaler comme du stuc. « C'est ma seule folie, me dit-il. Tu peux en prendre si tu veux, mais avec parcimonie… fais comme moi, dis-toi que c'est de la pâte de diamants. » Ensuite il animait le fond avec de la peinture à l'huile ordinaire. Après cela, il trempait une grosse brosse ronde dans son pigment artisanal (il était aussi liquide que du sirop) et, le tenant fermement de la main gauche, il frappait violemment la base du pinceau avec son poing droit, projetant des gouttes de peinture sur le panneau pour former les fleurs des arbres de Judée. Elles adhéraient à la surface, encore imprécises, roses et éblouissantes, et il passait les heures suivantes à travailler les détails avec un pinceau en martre très fin.

Pendant une semaine environ, j'endossai à nouveau le rôle d'assistante de Jim. Je croyais à ce qu'il était en train de faire et j'avais le sentiment que son travail avait plus de valeur que le mien. Ensemble, nous affinâmes l'extraction des pigments contenus dans les plantes qu'il rapportait. Je procédai à quelques ajustements sur ses minutages et suggérai de ne plus utiliser de l'eau salée mais de l'eau glacée ; je lui montrai une technique de broyage différente et modifiai ses dosages. Tout cela nous permit d'obtenir des nuances bien plus soutenues et des peintures plus stables. Il m'en était reconnaissant, je le savais, mais il était également réticent à accepter mon aide. « Ça commence à ressembler à une collaboration », dit-il, à la fin d'une journée de travail particulièrement longue. Nous étions tous les deux épuisés. Notre repas de riz et de carottes en boîte ne nous avait pas rassasiés et nous avions fini le café le matin même. Nous vivions avec le peu d'argent liquide que j'avais pris avec moi et les quelques pennies qui restaient à Jim. Nous avions rêvé tout haut de tout claquer pour acheter de quoi faire un gâteau au chocolat le lendemain et, d'une voix fatiguée, nous avions passé en revue les progrès de la journée pendant que je débarrassais la table. Il était satisfait de la façon dont le travail avançait, mais mon implication le rendait nerveux.

« Tu sais que j'ai adoré t'avoir ici, continua-t-il, mais tu dois reprendre le cours de ta vie. Ils vont se demander où tu es passée.

— Qui donc ?

— Dulcie et Max. » Il esquissa un sourire. « Tu dois rentrer.

— J'écrirai pour leur dire que je fais un voyage d'étude quelque part. Ça ne leur fera ni chaud ni froid. Rien ne me presse.

— Je vois ça, dit-il avec un soupçon d'irritation dans la voix.

— Tu es en train de dire que tu ne me veux plus ici ? C'est ça ?

— Eh bien, ce serait bien de savoir quels sont tes projets, c'est tout. Tant que je suis seul, je peux faire durer les rations. Mais le compteur de gaz tourne plus vite avec toi ici. L'eau chaude s'épuise plus vite. Je ne devrais pas avoir à me tracasser pour ce genre de chose. »

Je croisai les bras.

« Écoute, ne te vexe pas, dit-il. Tous ces petits soucis domestiques, ça me ralentit. Ça me contrarie d'avoir à y penser.

— Très bien. J'appellerai Dulcie aujourd'hui pour voir si elle peut m'envoyer de l'argent.

— Non, non, non... tu ne m'écoutes pas. Ce n'est pas ça que je demande. Surtout pas ça.

— C'est toi qui parles de compteur de gaz, Jim. Je ne sais pas quoi te dire. »

Il joignit les mains sur la table.

« Ce que je te dis, moi, c'est que si tu comptes rester, c'est pour peindre, bordel. Pas pour me servir d'assistante. Pas pour nettoyer derrière moi. Je veux bien crever de faim pour ton art, mais pas pour que tu puisses être ma femme de ménage.

— Ce n'est pas aussi facile.

— C'est facile si tu veux que ça le soit, Ellie.

— Je n'ai rien pour peindre. Un sujet, je veux dire. Je suis juste... »

Et je me repris, me rendant compte que j'allais dire : « à la dérive ».

« Trouves-en un. Tu l'as déjà fait. Je l'ai fait moi-même.

— Bien sûr. Tu as raison. Je devrais donner un coup de poing à quelqu'un, voir où ça me mène. »

Il eut un petit rire narquois.

« Ça ne serait peut-être pas une mauvaise idée, tu sais. On n'est toujours qu'à dix mètres d'une rixe de bar en Écosse.

— En fait, c'est ce que Henry me disait. Chercher la bagarre, troubler l'ordre.

— Oui, il donnait le même conseil à tout le monde.

— Vraiment ?

— Bien sûr que oui. La seule différence, c'est que toi tu l'as suivi.

— Oh, merci. »

Il balaya mon irritation d'un geste de la main.

« "Peins ce que tu crois." C'était la façon qu'avait Henry de te dire d'arrêter de te morfondre et de t'y mettre. S'il était là maintenant, il te le redirait. »

Pendant ces dernières semaines, j'avais largement eu le temps d'expliquer à Jim la crise récente que je traversais dans mon travail. Il avait, bien entendu, fait preuve de compréhension pour mes difficultés à terminer mes toiles (« Tu as vu ma pile de Suspendus avant que ça ne devienne une montagne. Bon sang, tu parles d'un gâchis ! ») et avait appris avec plaisir que je m'étais retirée du projet de mural pour garder « un peu d'intégrité ». Je m'attendais à ce qu'il soit bien moins tolérant par rapport à ma capitulation devant le carnet de chèques de la Roxborough. « Écoute, c'est certainement dommage d'exposer un travail dont tu n'es pas fière, mais je suppose que tu devais avoir tes raisons. Et ça n'a pas l'air d'avoir entaché ta réputation. La pression fait faire de drôles de choses aux gens… je suis bien placé pour le savoir. » Sa réprobation voilée était presque décevante. J'aurais voulu qu'il me fasse la leçon, qu'il me remette sur le droit chemin.

Il était difficile de trouver un moment approprié pour lui avouer que je prenais des médicaments. Comment étais-je censée aborder le sujet ? Entre deux bouchées de riz aux carottes à la table du dîner ? Pendant que nous grimpions sur un *hummock* à la recherche de plantes ? Peut-être aurais-je dû aborder la question un soir que nous étions tous les deux dans la salle de bains, en train d'essorer notre linge crasseux ? Je craignais de baisser dans son estime, de passer pour faible et incapable si je lui parlais de mes séances avec Victor Yail : une de ces filles sans cervelle qu'un homme avait envoyé bouler. Et j'aurais été incapable de revenir sur mes erreurs : Wilfred Searle, la menthe pouliot, le caldarium et ce qui s'en était suivi. Je voulais juste être proche de Jim, de la musique de ses pas dans la maison chaque jour, toucher et sentir l'étoffe dont il était fait.

Jusqu'à ce soir-là dans la cuisine, il m'avait fait la politesse de ne pas m'interroger sur mes projets. J'avais continué sans but précis, caché mon manque d'inspiration en l'aidant à suivre la sienne. Mais il avait fini par remarquer mon désœuvrement. « Ne crois pas que je plaisantais, à propos. Plus tu m'aides, meilleures sont ces peintures… ce n'est pas encore un problème pour moi, mais ça va bientôt le devenir. Je n'ai pas envie de les regarder un jour et d'y voir ta patte. Elles sont tout ce que j'ai. Alors il faut que je mette un point final à tout ça. Si tu veux rester, tu dois arrêter de m'aider et t'aider toi-même à la place. Débarrasse la pièce du fond et *peins* quelque chose. »

Mais je n'avais rien en moi, pas le début d'une étincelle d'idée. Mes pensées ne valaient rien. Quand je lui dis que j'étais incapable de peindre parce que je n'y trouvais plus aucune excitation, Jim me foudroya du regard. « N'importe quoi. Tu es juste dans une impasse. » Quand je lui dis que j'avais des problèmes d'anxiété qui réclamaient une thérapie hebdomadaire, il secoua la tête d'un air indigné. Quand je lui dis qu'il me fallait mes cent milligrammes quotidiens pour venir à bout d'une toile et que je lui montrai les flacons de Tofranil dans mon petit sac de voyage pour le prouver, il se mit en colère… non pas contre moi, mais contre le monde qui avait permis ça. « Quel genre d'idiot… je veux dire, qui a bien pu te prescrire ça ? » Il écarta les perles de la cuisine pour examiner l'étiquette sous une lumière plus vive. « Ils ont essayé de me refourguer ces trucs après la guerre. Des anti-je-sais-pas-quoi. Je leur ai dit : “Écoutez, si je dois me tuer, ce sera bien gentiment, avec un tonneau de single malt, merci bien." » Après avoir ouvert un flacon et reniflé son contenu, il vida une poignée de cachets et les remua dans sa paume. Puis il les remit dans le flacon, qu'il revint poser sur la table de la cuisine. « Pas étonnant que tu ne puisses pas peindre, Ellie. Tu ne sentiras rien tant que tu goberas ces trucs.

— Comment sais-tu que je sentirai quelque chose quand je ne les prendrai plus ? Ils m'ont beaucoup aidée.

— Aidée ?

— Oui.

— Aidée à quoi ?

— À garder la tête hors de l'eau.

— Eh bien, tu ferais mieux de prendre un tuba. » Il avait déjà fait une pyramide des trois petits flacons, et se tenait à présent au-dessus d'eux, les mains sur les hanches, comme un automobiliste en panne penché sur son moteur. « Il y a une chose que je sais : la fille qui vivait autrefois dans mon grenier était le peintre le plus instinctif que j'aie jamais rencontré… on ne l'aurait jamais vue fuir le travail ou se plaindre de ne pas avoir d'idées. Les idées, elle allait les chercher. Elle ne se souciait pas de plaire à qui que ce soit à part elle-même. Ça, c'était la vraie Ellie. Pas ça. Pas ces *trucs*. Et c'est quelqu'un qui est passé par là qui te le dit. » Il me regardait à présent, les sourcils levés. « Tu m'as vu peindre bourré comme un coing je ne sais combien de fois, et il n'en est jamais rien sorti de bon. Il m'a fallu tout ce temps pour devenir sobre, et tout ce temps pour recommencer à peindre des choses dont je sois à nouveau fier. » Se détournant, il alla remplir un verre au robinet, puis revint en le buvant avidement. J'étais pétrifiée sous la lumière jaune et faiblarde de l'ampoule, les yeux rivés sur les pilules. Comme cela avait été pénible ces dernières semaines de devoir m'éclipser pour les prendre pendant que Jim était occupé ailleurs, de garder un œil sur la pendule de la cheminée toute la journée par crainte d'oublier une dose. Je ne me pensais pas assez résistante pour fonctionner sans traitement. Mais je n'étais plus seule, et cette perspective ne m'effrayait plus comme elle le faisait quand Victor l'envisageait.

Jim posa la main dans le creux de mes reins et l'y laissa.

« Je n'aurais jamais imaginé que tu aies besoin de ce genre de béquille, c'est tout. Tu semblais toujours tout investir dans ton travail. C'était comme si tu avais une autre vie là-haut dans ce grenier… ton propre petit sanctuaire. » Son pouce caressait à présent le coton de mon chemisier. Mon pouls s'accéléra. « Il est comment ton psy, à propos ? Tu lui fais confiance ? »

Je hochai la tête.

« Il a été gentil avec moi.

— J'imagine que tous ses diplômes doivent valoir quelque chose. » Il se tut. Je pouvais presque sentir ses yeux traîner sur moi. « Tu devrais sans doute faire ce qu'il te dit, alors. Ne te fie pas à mes conseils médicaux. Je n'ai même pas eu mon certif'.

— Moi non plus.

— Tu vois. On est pareils, toi et moi.

— *Jim.*

— Quoi ? Qu'est-ce que j'ai dit ? »

Mais ce n'était pas ses paroles que je contestais, seulement ses doigts : ils avaient sorti mon chemisier de ma jupe et remontaient le long de mon dos nu. Le regard de Jim était tendu, scrutateur. Il me retourna lentement, effleura ma clavicule avec la jointure de ses doigts.

Je dus me hisser sur la pointe des pieds pour l'embrasser. Sa barbe naissante était râpeuse, mais ses lèvres étaient d'une douceur agréable.

« Voilà, dit-il. On peut arrêter de l'imaginer, maintenant. »

Pour la toute première fois, nous dormîmes dans le même lit. À côté du feu, sur le matelas une place. Blottis l'un contre l'autre comme des passagers clandestins. Ses mains semblaient savoir où aller. Celles de Wilfred Searle n'avaient jamais essayé de me connaître comme les siennes le firent. Je voulais rester prisonnière des bras maigres de Jim pour toujours. Je voulais poser mes lèvres sur la peau irritée de son cou et la respirer chaque matin au réveil. Je voulais le sentir soulever et accrocher mes cheveux derrière mon oreille, lestement et de façon répétée, comme il aborderait la peinture d'une fleur d'arbre de Judée. Mais il n'y avait ni motif ni rythme à notre union. Certaines nuits il ne trouvait pas le sommeil et allait dormir seul, et d'autres où il me tirait du sommeil avec des baisers sur la joue et me rejoignait dans le lit, me déshabillant, pour filer en douce à nouveau avant le lever du jour.

Nous vécûmes ainsi pendant des mois, associés intermittents, amants, individus. Nous étions liés dans notre isolement et impliqués chacun dans l'objectif poursuivi par l'autre. Par moments, nous nous disputions. Nous passions des heures – des jours entiers parfois – à distance l'un de l'autre, en signe de protestation. Et comme ni lui ni moi ne pouvions travailler sans écouter les bruits que faisait l'autre, nous finîmes par reconnaître nos craquements, cognements et fredonnements respectifs comme un accordeur de piano est capable de discerner une corde détendue à plusieurs couloirs de distance. Nous partagions néanmoins les quelques pièces de ce cottage délabré avec le même bonheur que n'importe quel autre couple. Notre relation paraissait immuable.

Jim m'aida même à débarrasser le bric-à-brac de la pièce du fond, qui se trouva receler un trésor que nous pourrions vendre : le vieux matériel de pêche de Henry, un rouleau de tissu de sellerie pour bateau, une caisse de vaisselle en faïence et cinq bobines de fil à souder. Il fut convenu que Jim les porterait au marché du week-end de Balloch. « Henry nous dirait de fourguer tout le bazar si ça nous permet de manger et de boire, assura-t-il. Tu devrais garder cette toile pour peindre, cela dit. C'est de la vraie toile à bateau. » Il partit ce samedi-là après avoir chargé le tout sur son dos comme une mule de bât, et il revint avec un cageot de provisions, contenant de la farine et du chocolat à dessert. « Pour notre gâteau de fête », dit-il en m'embrassant le front.

Je réfléchissais à nouveau à mon mural, et testai avec circonspection un nouveau pigment blanc fabriqué avec des chardons que Jim avait jetés ; mais ces expérimentations ne donnèrent rien. Je travaillais surtout à des autoportraits : les fenêtres crasseuses du cottage réfléchissaient mon visage de manière étrange, le chiffonnaient et le déformaient. Je trouvais ce spectacle suffisamment curieux pour m'occuper. Au final, mes dessins ressemblaient moins à des esquisses d'autoportraits qu'à des visages d'inconnues sur des images d'actualités Pathé. Pendant toute cette période, Jim continua de se consacrer à ses peintures de fleurs d'arbre de Judée. Elles devenaient de plus en plus frappantes. Il était difficile d'en saisir le sens lorsqu'on voyait chaque toile séparément, mais bientôt le salon se trouva encombré de ses panneaux – chaque constellation de fleurs roses différente de la précédente, leurs couleurs variant, les couches s'approfondissant –, et je sentis la force de l'œuvre en tant qu'ensemble. J'étais fière d'y avoir contribué, quoique de manière accessoire.

Et puis, un matin, au réveil, je constatai que Jim était déjà parti. Les charbons étaient blêmes dans l'âtre. Une théière était restée sur la table de la cuisine, encore chaude. Dehors, une pluie vaporeuse tombait à verse. J'allumai le feu et je préparai une casserole de porridge, sachant qu'il rentrerait frigorifié et affamé. Assise près du foyer, je mangeai la plus grande partie de mes céréales en attendant son retour. Quand il passa la porte de derrière, il était trempé et taciturne. Son panier était très peu garni. Sans un mot, il se dirigea dans la salle de bains pour se sécher. Comme il paraissait muré dans son silence, je lui demandai ce qui n'allait pas. « Je fais juste le compte de toutes les choses que j'ai à faire aujourd'hui », dit-il. Puis, après le déjeuner, quand il alla allumer la cuisinière sous la bouilloire, il entra dans une rage muette en trouvant la boîte d'allumettes vide. Pendant la plus grande partie de la journée, je l'entendis souffler et soupirer depuis la pièce du fond, où j'avais commencé à encrer certains de mes croquis (une simple gesticulation pour le convaincre que je travaillais). Vers trois heures, il m'appela dans le salon. « Ellie, viens ici. » Puis d'une voix de plus en plus désespérée : « Ellie… j'ai besoin de toi ! » Je m'attendais à le trouver en train de préparer une autre fournée de pigment. En fait, il se tenait devant la fenêtre avec plusieurs de ses toiles étalées par terre sur des draps. Son chevalet et ses tables de travail étaient poussés contre les murs. Il était penché au-dessus des peintures avec un appareil photo, tournant la bague du diaphragme. « Comment on règle l'exposition sur ce machin ? dit-il. Je n'ai que deux rouleaux de pellicule et je n'ai pas envie de les gâcher.

— D'où est-ce que tu sors ça ? » demandai-je.

Il me tendit l'appareil, me le fourra dans les mains.

« C'est celui que j'ai toujours eu. Je ne suis pas sûr que la lumière soit assez bonne. Il va peut-être falloir que j'attende demain matin. »

Je regardai dans le viseur et j'effectuai la mise au point. L'indicateur d'exposition ne répondait pas.

« Je crois qu'il lui faut une pile neuve, dis-je. C'est quoi la sensibilité de ta pellicule ?

— Je sais pas.

— C'est réglé sur quatre cents.

— Ça doit être à peu près ça.

— Eh bien, je peux essayer de régler l'ouverture au petit bonheur, mais je ne suis pas douée sans photomètre. Je ne peux pas promettre que ce sera parfait.

— Autant que tu le fasses, toi. Règle-le comme tu le sens. Je ne sais pas où je trouverais une pile dans le coin, et je ne veux pas perdre de temps.

— C'est pour quoi faire ces photos, exactement ? demandai-je.

— C'est pour des questions de portabilité. »

Dans le viseur, ses peintures avaient beaucoup moins d'éclat.

« Je ne comprends pas.

— Tu n'as pas à comprendre. Tiens… rends-le-moi. Je peux me débrouiller pour le reste. »

Je n'avais même pas encore appuyé sur le déclencheur.

« C'est difficile de tout pouvoir cadrer. Tu vas devoir monter sur une table. » Et c'est alors que je finis par comprendre ce qu'il voulait dire. « Tu prends ces photos pour les montrer à quelqu'un ? »

Il garda la joue pressée contre l'appareil.

« Tu as raison… il faut que je me mette beaucoup plus haut. » Il rapprocha une des tables et sauta dessus, les pieds du meuble fléchissant légèrement sous son poids. « C'est mieux, dit-il en faisant la mise au point. Ce serait bien d'avoir un trépied, mais on ne peut pas tout avoir. » Il déclencha et avança le film d'une vue en actionnant le levier d'armement d'un brusque mouvement du pouce.

Jim avait tellement détourné l'attention sur *mes* projets et *mon* indécision pendant ces derniers mois que je n'avais pas pris le temps de me demander où ses propres ambitions le conduisaient. L'accumulation quotidienne de peintures de fleurs d'arbre de Judée avait été sa priorité depuis si longtemps que je supposais qu'elle le resterait indéfiniment. *Jusqu'à ma mort*, avait-il dit. *Jusqu'à ma mort*. L'idée qu'il puisse s'arrêter brusquement de les peindre ne m'avait jamais traversé l'esprit. « Qu'est-ce que tu comptes en faire, Jim ? Je ne vois pas ce qu'il y a de si pressé. »

Il sauta de la table et me regarda droit dans les yeux. « Écoute, chaque chose en son temps, je dois les mettre sur pellicule. Je ne peux pas faire grand-chose tant que ce n'est pas fait. » Poussant la table un peu plus loin, il remonta dessus. « Ensuite, il faut que je vende l'appareil photo. Je pense pouvoir en tirer quinze, vingt livres, si je peux l'apporter dans une boutique digne de ce nom à Glasgow, ce sera assez pour faire faire les tirages et payer le trajet en train.

— Quel trajet ?

— Londres, dit-il avec une extrême nonchalance. Ces peintures, je veux qu'on les *voie.* »

Je ne dis plus un mot.

Jim appuya sur le déclencheur, rechargea, appuya à nouveau.

« Ne le prends pas mal. Je reviendrai dans quelques jours.

— Tu m'as déjà dit ça.

— Eh bien, il va falloir me faire confiance, cette fois. »

Je n'étais pas certaine d'en être capable, et il le devina à mon attitude.

Il écarta les jambes sur la table. « Tu pourrais venir avec moi. Si j'obtiens un bon prix pour l'appareil, on aura assez pour deux allers-retours. Mais alors il faudrait que je laisse toutes mes peintures ici, et je ne veux pas prendre le risque. Considère-les comme un dépôt de garantie ; si je ne suis pas revenu d'ici une semaine, refourgue-les, brûle-les, fais-en ce que tu veux. »

Je n'avais pas besoin d'autre encouragement. À Londres, il y avait Dulcie, la Roxborough et un lot de toiles sans valeur à finir. À Londres, il y avait Victor Yail et la litanie sans fin de mes problèmes et de mes erreurs. À Londres, il n'y avait rien.

« Tu ne peux pas rester quelques jours de plus, au moins le temps de trouver une pile ? »

Il fit non de la tête en grimaçant.

« Tu ne rends pas justice aux peintures comme ça. Toutes les photos seront mal exposées.

— On verra ça au tirage. Les gens ont juste besoin de se faire une idée de mon travail. Et je peux emporter quelques panneaux avec moi. Je pensais acheter une valise pour les y mettre. Je reviendrai chercher les autres.

— Tu vas les montrer à Max ?

— Non, je suis vacciné à vie, merci bien. » Il laissa l'appareil photo pendre à son cou comme un vieux masque à gaz dans son étui. « Je pensais commencer par Bernie, en fait. Il peut m'entrouvrir quelques portes. Tout le monde aime Bernie, et tous ceux qui ne l'aiment pas lui doivent quelque chose.

— Bernie Cale ?

— Ouais. » Il sauta de la table. Et, remettant le cache sur l'objectif, il ajouta : « Allez, ne te mets pas dans des états pareils. Ça fait un bail que je connais Bernie. Je le connaissais avant de te connaître. On allait aux courses ensemble.

— Je me fiche de *ça*. Je me fiche de *Bernie*, bon Dieu ! »

Il voulut me prendre dans ses bras, mais je me détournai.

« Qu'est-ce qu'il y a alors ? Tu fais une tête de six pieds de long.

— Je… je n'arrive pas à croire que tu m'abandonnes encore une fois.

— Holà, du calme. Je reviens tout de suite après. Je te l'ai dit. » Il empoigna le col de mon chemisier et m'attira à lui. « Quatre ou cinq jours, pas plus. C'est trop court pour que je te manque. » Et il m'embrassa sur le bout du nez. « Personne n'est abandonné. Allez, arrête de te mordiller la lèvre comme ça… tu vas te faire mal. »

Je la mordais pour ne pas pleurer.

« De toute façon, poursuivit-il. Je ne pense pas que Bernie me laisserait crécher chez lui plus d'une semaine. »

J'aurais dû attendre un moment pour que la brillante idée qui m'était venue à l'esprit s'obscurcisse et s'éteigne d'elle-même. Mais je ne le fis pas et dis :

« Pourquoi tu ne profiterais pas de l'appartement ?

— L'appartement de qui ?

— Le mien. »

Jim battit des paupières.

« Oh, je ne voudrais pas… je veux dire, ça ne serait pas… non, je m'en voudrais terriblement. Je ne pourrais pas.

— Je ne vais pas te laisser dormir sur le plancher de Bernie. Il invite n'importe qui chez lui. Il paye en général, d'après ce que j'ai entendu dire. » Je n'avais aucune preuve de ce que j'avançais, évidemment, juste des ragots. Mais Bernie était le genre d'homme qu'on imaginait facilement sortir en titubant d'un immeuble de Soho au petit matin, la chemise sortie du pantalon. Si bien que cela ne me gênait pas trop de l'accuser.

« À condition que tu sois sûre de toi, dit Jim. Que tu en sois *certaine*. »

Il m'embrassa de la façon qu'il préférait : en plein front, la première zone qu'on m'avait appris à atteindre quand je me signais à l'église. Mais il éloigna ses lèvres sans me regarder.

7

La lourde pulsation de la pendule de cheminée, la rotation silencieuse de ses aiguilles ; encore une seconde perdue à attendre, encore une heure sans Jim. Et où étais-je ? À nouveau seule, incapable de dormir, alors que l'été déclinait, que de nouvelles feuilles ocre frangeaient le loch et qu'il pleuvait abondamment. De la vapeur s'élevait sur les collines. De rares rumeurs de circulation. Une odeur dans l'air : feux de jardin, mazout de bateau, pâture froide et humide. Je frappai la pendule contre le mur de la cuisine à plusieurs reprises ; le verre se brisa mais le mécanisme continua à ronronner, sans se plaindre. À mains nues, je creusai une tombe peu profonde dans le jardin. Je l'enterrai vivante. Je n'avais plus désormais à me soucier du temps qui passait. Il n'y avait plus d'heures. Plus rien que ce sentiment de solitude qui m'envahissait peu à peu et un espoir qui s'amenuisait rapidement. Mais au moins j'avais le travail pour m'occuper. Au moins j'avais le travail.

Sauf que le travail lui-même était désespérant. Je m'étais donné tellement de mal. Au départ, je ne m'inquiétai pas. Je traînais au lit, à relire le même roman et mes magazines, et à me demander ce que Jim faisait à Londres. Pas simplement des spéculations idiotes, du type bonne ou mauvaise journée ? Je cartographiais ses déplacements dans ma tête de façon précise. Il se faisait raser chez le barbier de Allisten Road ; il était en rendez-vous à la galerie Leicester ; il mangeait des frites et du cervelas avec Bernie Cale au bord du canal ; il était à côté de moi devant le miroir de la salle de bains ; et puis il disparaissait. Et je me retrouvais seule devant la glace, l'air décharnée, comme vidée de l'intérieur. Mes cheveux ressemblaient à des chardons arrachés. Mon visage présentait des écorchures sombres. Je me décomposais. À qui était cette peau ? Je ne me rappelais pas m'être lavée la veille ni l'avant-veille. Et je m'angoissais à l'idée du retour de Jim – d'un jour à l'autre – qui allait me trouver croupissant dans mon oisiveté – quand exactement, je ne savais pas – et qui tournerait les talons et prendrait la fuite. Il m'abandonnerait pour la troisième fois. La dernière. Alors je me fis couler un bain chaud – comme je l'avais déjà fait – et me laissai glisser dans l'eau.

Le lendemain matin, il faisait plus sec, plus beau. Je pris un carnet de croquis, pris une sacoche, pris le manteau de Jim. Je fis ma propre cueillette, lavande, pétunias, géraniums, et les rapportai au cottage pour les broyer. Je fis ce que Jim faisait, ou ce que je faisais pour Jim. Je maniai la molette, lissai la matière jusqu'à obtenir une belle peinture bien épaisse. Un soupçon de blanc de plomb dans le mélange, *avec parcimonie.* Que cette peinture était agréable à charger sur le pinceau, sur le tranchant du couteau. Mais il y avait bien trop de soleil dans la pièce pour pouvoir se concentrer. Des corbeaux et des mouettes criaient dehors, des chats étaient à l'affût dans les hautes herbes. Des choses étincelaient : des reflets de chrome sur les bateaux au loin sur le loch. Étrange comme le métal aiguisait les rayons du soleil pour en faire des aiguilles. Les coques se balançaient doucement, côte à côte. Ils étaient là, ces éclats d'un blanc étincelant, et la seconde d'après, ils avaient disparu. Et si j'arrivais à les capter d'une manière ou d'une autre ? Et si j'arrivais à peindre tous les bateaux au blanc de plomb ? Tout sauf ces minuscules aiguilles de lumière. Donner à la scène suffisamment d'épaisseur pour qu'à trois mètres de distance on voie une masse informe – *une pure abstraction* – et qu'à bout de bras, les détails apparaissent. Détails. Clarté. Il était possible d'accomplir pareille prouesse. Mais qui avait essayé auparavant ? Quelqu'un, c'est sûr. *Des talents masculins en plein essor.*

Je fabriquai moi-même le châssis avec des planches trouvées dans l'appentis, des tableaux de Henry jamais commencés, jamais terminés, et je clouai la toile avec des semences en laiton et le bout rond d'un pilon. De la solide toile marine, aux fibres serrées, facile à apprêter, et j'en punaisai aussi une bande sur la fenêtre, pour maintenir la lumière à distance. Ça m'empêchait de guetter Jim dehors. Effaçait toute distraction. J'étais concentrée.

Mais non, mais non, mais rien.

Il faut accepter les défauts ou les corriger. Quelqu'un m'avait dit ça autrefois. Au téléphone : *Accepter les défauts ou les corriger. C'est ce que je dis toujours.* Comme une citation tirée d'un livre. Une voix très douce. Fade et sans substance.

Et puis je broyai toute la lavande et les géraniums. Les pétunias ne donnaient rien.

Une pâte bleue dans le mortier. Un filet d'huile. Mélanger.

Il y avait des tas de choses à manger, mais rien qui me fasse envie.

Je me sentis bien pendant un moment.

Un peu étourdie.

L'impression que la pendule de cheminée tictaquait dans le sol sous mes pieds. Je sentais les tremblements dans mes pieds. Mais c'était simplement le crissement du verre sous mes chaussures.

Un ruban hachuré ne convenait toujours pas.

Je devais le montrer dans la peinture.

Essayer la lavande avec les géraniums. Plus d'huile de lin. Une bonne dose de ce blanc de plomb et ce devrait être bon. Sauf que rien n'apparaissait. Non… il fallait qu'elle ait *plus mal*. La peinture. Il fallait qu'elle ait *mal*. Pas qu'elle brille, qu'elle miroite, qu'elle s'anime. Il devait bien y avoir une peinture que je refuse de sacrifier. *Frapper là où ça fait mal*. Possible, si je persévérais. Il n'y avait plus d'heures. La pendule avait disparu. Et où étais-je censée aller exactement ? Qu'est-ce que j'étais censée faire ?

Dehors à nouveau, en train de dessiner. Étrange, cette faculté du métal à aiguiser la lumière du soleil en aiguilles, mais si difficile à dessiner. Les mâts étaient plus faciles. Un petit trait de pinceau – il devrait rentrer d'un jour à l'autre maintenant – et c'était tout. Ces bateaux tout simples. Beaucoup plus de monde sur la jetée. Dans le panier, des plantes glanées au bord des collines. Des herbes, surtout. Oui, il allait rentrer d'un jour à l'autre. Il me l'avait dit. Je lui faisais confiance. Et, dans le cas contraire, je pourrais jeter ses peintures dans le loch.

J'écrasai un autre comprimé dans le mortier et je le mélangeai avec le blanc de plomb. Quand je l'étalai, la peinture avait l'air de souffrir un tout petit peu plus. Il y avait soixante-quatre cachets quand Jim était parti et il n'en restait plus que cinquante-deux. Ils étaient couleur corail, blanchissaient sous le pilon. Pulvérulents comme du sel. Une pincée ne me faisait pas beaucoup d'usage. Ce soir-là, à dîner : pain irlandais, comme ma mère le faisait. Jim avait eu soin de me laisser deux boîtes d'allumettes. Il les avait mises dans le tiroir. Certaines étaient noircies, déjà grattées. Quand il rentrerait, il nous en faudrait davantage. On pourrait déterrer la pendule ou en acheter une autre. On pourrait retrouver ce qu'on avait perdu.

C'était la nuit et presque aucune lumière. Le bouquet sombre et dense des arbres devant moi. La marée tendait fortement les amarres gémissantes des bateaux. Et tout était tellement silencieux et serein. Les odeurs de la nuit tellement pures et exacerbées. Je portais deux de ses plus beaux panneaux au-dessus de ma tête, comme on porte un cercueil.

Il m'avait fallu toute la journée pour trouver le courage – ses messages n'avaient pas dû me parvenir ; le train avait dû partir sans lui –, mais j'avais attendu et attendu et attendu trop longtemps.

Ils étaient lourds et rugueux sur les côtés. Je les portai jusqu'au bord du loch. Vase et sable sous mes pieds, l'eau qui me saisit aux chevilles. Je les jetai devant moi et ils tombèrent dans un grand éclaboussement. C'est à peine s'ils volèrent. Mais j'étais quand même trempée. Les panneaux furent emportés comme des radeaux et disparurent dans le noir. Les amarres se tendaient, cédaient.

Il était allé retrouver Ana Hélène. Il était ridicule de se voiler la face. Il y avait plein d'autres panneaux dans le cottage. Je les avais empilés dans la pièce du fond. La lumière de la cuisine devant moi, vague étoile jaune pour guider mon retour. J'avais sa permission, j'avais son approbation. Mais assez pour ce soir.

Quand j'ouvris les yeux, les bateaux continuaient de tirer sur leurs amarres, mais on ne les voyait nulle part.

J'étais allongée dans le sac de couchage que Jim avait confectionné avec les rideaux, au milieu de ses habits, de leur odeur de musc, et le jour tombait. Les cordages étaient tout proches, leur grincement étiré, se répétant. Je me levai dans le sac de couchage jusqu'à ce qu'il tombe de lui-même. Je suivis le bruit, le long du couloir – craquant –, jusqu'au salon. Et Jim était dans le fauteuil à bascule, bras croisés. L'air féroce, le corps tendu. Ses chaussures étaient neuves et miroitaient. Il portait une grosse bague d'opale. « Où sont-elles ? dit-il, laissant les mots en suspens. Les deux meilleures ne sont plus là. Où sont-elles ? » Le grincement métronomique du fauteuil à bascule.

« Dans le loch, tu m'as dit que je pouvais le faire. »

Il hocha la tête.

« J'ai dit après une semaine. Ça fait six jours. » Mais on ne pouvait plus se fier à ses paroles. Il était debout à présent et s'époussetait les mains. Il me jaugeait, comme pour un portrait. Tête baissée et de côté. Pas de crayon pour me mesurer. Les proportions seraient faussées. « Ellie, dit-il, jusqu'à quel point dois-je m'inquiéter ? »

Je ne comprenais pas sa question. La pièce était beaucoup trop lumineuse. Il était bien habillé, le genre de tenue censée faire impression : blazer en serge, chemise bien repassée. Ses cheveux n'étaient ni plus courts ni plus longs, mais son hâle ombrait encore ses pommettes. Et cette grosse bague d'opale. « Tu n'as aucune inquiétude à avoir. J'ai peint », dis-je.

Il me lança un regard noir.

« Oui, je vois ça. » Une pointe de mépris dans la voix. « Mais tu n'as pas bonne mine. Tu as une mine atroce, en fait. Tu as mangé ? »

Je haussai les épaules.

« Un peu de pain irlandais.

— Du pain irlandais. Et c'est tout ?

— Eh bien, juste quelques bouchées. Je l'ai fait trop salé.

— Pendant ces six jours ?

— Ma mère en faisait.

— Mmh mmh. Très bien, je vois. » Il s'avança, radouci. « Je crois que tu ferais mieux de t'allonger.

— Quand est-ce que tu es rentré ?

— Je ne sais pas. Tôt.

— Tu as raté ton train ?

— Pas exactement. Allez... au lit maintenant. » Il me fit reculer. « Je vais te faire du lait chaud et ensuite il faudra que tu manges quelque chose. »

Du lait chaud dans nos estomacs et un demi-paquet de biscuits. Ça allait mieux après ça. Nous étions assis dans la cuisine, la porte de derrière ouverte, laissant entrer les résidus de l'été, tous les insectes étourdis. Difficile de supporter la lumière. Mais Jim était là maintenant, en bout de table, à me regarder mastiquer. Le menton appuyé sur ses poings, soupirant, l'air hébété. « Je devrais te préparer un vrai repas, dit-il. Prends-en un autre. » Les raisins secs dans les biscuits étaient ratatinés et délicieux. Je continuai à manger, bus plus de lait. « Ce n'est pas une petite toile qu'il y a dans la pièce du fond. Tu l'as montée toute seule ?

— Il n'y avait personne d'autre pour m'aider.

— Eh bien, la peinture est... » Tête inclinée de côté.

« Pas terminée.

— On dirait plutôt que tu ne peux pas t'arrêter de travailler dessus.

— Ça ne ressemble à rien. » Plus de biscuits.

« Ça me rappelle quelque chose.

— Un très mauvais Turner.

— Non, je ne veux pas dire que ce n'est pas original.

— Il faut mettre des lunettes.

— Ellie… tu m'inquiètes.

— Je mange, non ? Qu'est-ce que tu veux de plus ? »

Il se mordit le poing, réfléchissant à sa réponse. Il ne me quittait pas du regard. Je voyais le trou laissé par la dent qu'il avait perdue en se battant.

« En fait, dit-il, ça me rappelle le travail que je faisais quand je buvais, quand je buvais beaucoup. Tes pensées fuient par tant de trous que tu ne peux pas les retenir. Il n'y a aucun contrôle, aucune discipline. Tout s'échappe de toi et tu ne peux pas l'arrêter. Je comprends ce que ça fait, crois-moi. Ça ressemble à la liberté mais en réalité tu ne fais que t'enfermer en toi-même. Ça ne mène à rien de bon.

— Tu n'aurais pas dû me laisser ici.

— Non, tu as sans doute raison.

— Alors, pourquoi tu l'as fait ?

— Parce qu'il le fallait, dit-il les yeux fixés sur le dessus de table. J'ai été dans l'état dans lequel tu te trouves en ce moment, Ellie, et je ne peux pas y retourner. J'ai beau tenir beaucoup à toi, je n'y retournerai pas. »

Il n'avait pas dit qu'il m'*aimait*. Ça ne l'avait même pas effleuré.

« Je n'arrive à rien toute seule.

— Ce n'est pas vrai. Tu as toujours été seule. C'est comme ça que tu t'épanouis.

— Eh bien, ce n'est pas le sentiment que j'ai. » Et je me levai. « Je n'arrive plus à peindre. C'est fini tout ça. »

Les pieds de la chaise raclèrent le sol. Jim voulut me saisir le bras. Me prit le poignet. Je le fusillai du regard. « Ellie, s'il te plaît, assieds-toi. » Une aimable invitation de la main. « J'ai quelque chose à te dire. C'est important. » Son expression était parfaitement neutre. Il ne livrait rien. (Pétunias.) Alors je fis ce qu'il me demandait.

Il inspira une fois, brusquement. Les paumes pressées l'une contre l'autre. « Je l'ai mise pour le voyage », dit-il.

La bague d'opale glissa de son doigt et vacilla sur la table. « Ce n'est pas le bijou le plus raffiné du monde, mais il a une valeur sentimentale. » Je ne pris pas la bague. J'avais la bouche sèche.

« Sentimentale pourquoi ?

— Il appartient à quelqu'un qui m'est cher.

— Ana Hélène. » Il fallait être idiot pour songer à quelqu'un d'autre.

« Non. » Il sourit. « Quelqu'un de mon régiment.

— Oh.

— Je sais que c'est un vieux truc moche, mais ça me rend fier de le porter.

— Il reste de l'eau ? » demandai-je.

Il plissa les yeux.

« Bien sûr. Je vais t'en chercher. »

Il remplit un verre au robinet, observa les oiseaux dans le jardin. La lumière du jour me faisait mal, mais elle ne faisait pas mal à Jim Culvers. Il admirait l'après-midi pour ce qu'elle était. Il me passa le verre d'eau et se rassit. « Maintenant, écoute bien ce que j'ai à te dire. Ça pourrait t'éviter de faire des bêtises. » Je bus très lentement. « Il y a des mois de cela, je t'ai menti. Quand tu m'as demandé où j'étais. Et je le regrette, mais il le fallait.

— Je sais que tu n'étais pas à Londres, dis-je. Je ne suis pas idiote.

— Ellie, écoute-moi maintenant. C'est important.

— Tu n'es pas obligé de faire semblant. Tu tiens à moi, c'est tout. Et oui, je tiens à toi. Maintenant on doit juste continuer comme ça. On n'a pas besoin de se marier. »

Il tendit le bras au-dessus de la table. Pour prendre la bague, pensai-je. Mais non… pour me prendre la main. Il la serra fort.

« Ana Hélène n'est qu'un nom, dit-il. J'ai inventé cette femme… il fallait que je trouve quelque chose sur le moment. S'il te plaît, écoute. »

On ne pouvait pas se fier à ses paroles.

J'avais la bouche encore plus pâteuse à cause de l'eau.

« Tout ce que je t'ai raconté sur le médecin et le voyage en France, c'était vrai. Je suis bien retourné à Arras. L'épisode de la rixe de bar était véridique, sauf qu'il s'est passé à Paris et pas à Dunkerque. J'ai cassé la gueule à un poète. Le reste, c'était juste une histoire. Je ne sais pas s'il avait une sœur, mais je ne suis pas allé à Giverny ni ailleurs avec lui. Je me suis fait arrêter ce jour-là et mon ami est venu me récupérer. Il vit à Paris avec sa femme. Il est auteur dramatique maintenant, assez connu, en fait. Il écrit beaucoup de scénarios pour le cinéma. Et cette bague, je te le promets, elle lui appartient réellement. J'ai besoin que tu saches que je dis la vérité.

— Qu'est-ce que ça peut faire ? dis-je. Tu es là maintenant. Et tu tiens à moi. C'est tout. »

Il remit la bague à son doigt, la fit tourner.

« Je ne sais même pas s'il y a des arbres de Judée à Giverny. Ce n'est pas là que je les ai vus. Ellie, écoute-moi encore, s'il te plaît. Tu n'es même pas... c'est bon, on fera ça plus tard. Repose-toi un peu. Repose-toi, et je vais voir si je nous trouve quelque chose de bon à manger. Que dirais-tu de... »

Des œufs au plat et des haricots. C'était la toute première fois que Jim cuisinait quelque chose pour moi. La vue de la nourriture me souleva le cœur. Et combien de temps avais-je dormi ? Le rideau de perles de la cuisine était collé au chambranle avec du ruban adhésif. Il n'y avait plus que des tisons dans le foyer. Il me fit à manger à nouveau. Une partie des haricots et presque tous les œufs. Et puis nous reprîmes la conversation. La bague appartenait à son ami dramaturge – il me l'avait déjà dit – qui habitait à Paris avec sa femme – oui, je savais tout ça.

« On avait servi ensemble. C'était mon sergent. Je ne

l'avais revu que quelques fois depuis la guerre, mais on s'écrivait beaucoup. Quoi qu'il en soit, ce jour-là, il est venu me sortir du poste de police… je voyais bien qu'il se faisait du souci pour moi, tu sais ? J'étais dans un très sale état. Pire que dans l'armée. C'est sa femme et lui qui m'ont aidé à arrêter de boire. Au début, du moins. »

Jim avait fait le thé trop fort. Je ne pouvais pas le boire.

« Écoute, Ellie, écoute. »

Je me sentais encore un peu étourdie.

« J'étais donc en piteux état, j'avais renoncé à la peinture, il voyait que j'avais même du mal à me sortir du lit le matin. J'étais toujours celui qui lui remontait le moral autrefois, tu sais… je lui faisais des dessins pour le dérider quand on était stationnés dans un nouvel endroit. De simples croquis des gars du régiment. Et il savait à quel point cela comptait pour moi, de peindre bien. On en parlait tout le temps dans nos lettres. »

Il disait la vérité. Ses yeux étaient brillants et clairs. Rien d'évasif, rien de changeant. Jim Culvers me disait enfin la vérité.

« Enfin, bref. Un jour, sa femme est sortie pour voir quelqu'un, et on s'est retrouvés seuls. Et il m'a raconté qu'il avait connu une passe similaire à celle que je traversais quand il était plus jeune. Il buvait beaucoup, n'écrivait presque pas. Même si ses pièces étaient montées tous les ans, il disait qu'il sentait ce désespoir qui le rongeait de l'intérieur. Quelque chose n'allait pas. Il avait essayé de se tuer plusieurs fois, et moi, j'étais… eh bien, je ne savais pas quoi penser. Par contre tu m'écoutes maintenant, à ce que je vois. »

Je le regardais fixement… sa bouche.

« Comme il avait manifestement réussi à remonter la pente, je lui ai demandé comment il avait fait. Alors il s'est mis à parler très vite de tout ce par quoi il était passé, qu'il avait touché le fond, tout ça. Je ne sais pas s'il avait peur que sa femme revienne et l'entende, mais il parlait vraiment à toute vitesse. Et tout d'un coup, le voilà qui me parle de cet endroit qu'il connaît en Turquie. Une île au large d'Istanbul. Il y avait une structure là-bas, disait-il, une sorte de sanatorium. Un endroit réservé aux artistes… pas une colonie, ni une villégiature. Un refuge. Il prétendait que cet endroit, le simple fait d'y être, avait transformé sa vie. Que ça lui avait redonné une motivation. Lui avait complètement éclairci les idées. »

Ça m'avait l'air d'un endroit parfait pour disparaître.

« Alors je l'ai regardé, tu sais… comme tu me regardes en ce moment, et j'avais le cœur qui cognait dans la poitrine. Je savais que je devais aller là-bas, peu importe où c'était. Peu importe le moyen, il fallait que j'aille là-bas. Quand je lui ai demandé comment trouver cet endroit, il a dit : "Ce n'est pas si simple. Il y a certaines règles à respecter." Et moi, j'ai répondu : "Je suis prêt à tout. Dis-moi juste comment y aller." Ce qu'il a fait. Et maintenant, je veux que tu écoutes ce qui va suivre, Ellie, que tu écoutes attentivement, *vraiment*, parce que je n'aurai pas l'occasion de le répéter. »

Dans une cabine quelque part dans une rue de Luss. Attendant que le téléphone sonne. Jim disait que j'aurais dû rester au lit, mais je ne pouvais pas dormir une minute de plus. Manger m'avait un peu requinquée. J'étais capable de tenir debout sans chanceler. Nous étions à moitié sous le réverbère. Pas une voiture dans la rue. De la fumée grise s'effilochait dans le noir. Une rangée de petites maisons claquemurées pour la nuit. Jim avait déjà composé un numéro et parlé à son contact. « Très bien, avait-il dit, on va attendre », et il avait lu tout haut le numéro de la cabine. « Peu importe quand. Ça prendra le temps qu'il faudra. Si dans quelques heures vous n'avez pas rappelé, il faudra que… très bien, merci. » J'avais l'impression qu'il s'était écoulé une éternité, depuis.

Assis sur le trottoir, nous jetions des cailloux comme deux gosses jouant dans la ruelle. « Tu n'as aucun souci à te faire, dit Jim. Ça va être difficile au début, mais fais-moi confiance, après ça ira mieux. Pendant ma première saison, je n'ai pratiquement rien peint. J'ai juste essayé de m'habituer au cadre. Ce n'est pas grave, d'ailleurs… tu ne dois pas avoir peur de perdre du temps. Laisse simplement ton esprit absorber les choses, laisse décanter. Et, à la fin, ça va s'arranger pour toi. Le conseil que je te donne, c'est de monter souvent sur le toit de la résidence. C'est là que tu verras les choses le plus clairement. Tous les arbres de Judée fleurissent sur les îles au printemps ; il n'y a rien de plus beau. On peut les voir du continent. Et, quand tu les verras, pense à moi, rappelle-toi ce moment, d'accord ? Parce que le plus important là-bas, c'est de ne pas se sentir seul. Il y aura des personnes avec qui tu t'entendras, et d'autres pas, mais c'est important de ne pas rester seul. C'est arrivé à quelques personnes que je… » Le téléphone sonnait. Jim tapota ses mains pour enlever la poussière. Il ouvrit la porte rouillée, entra dans la cabine. Il me regarda, souriant. Et décrocha le combiné. « Oui ? » Un hochement de tête, un autre, un troisième. « Merci, monsieur, oui. Je me porte bien. Le travail avance bien. Et se vend aussi, ce qui aide. » Silence. Hochement de tête. « Je n'en doute pas, monsieur, oui. » Un rire distingué que je ne lui connaissais pas. Tout ça était bizarrement cérémonieux. « Bien sûr, bien sûr. Bien, je ne voudrais pas vous retenir plus longtemps. Je transmettrai la bonne nouvelle. Et encore merci mille fois pour… non, je vous en suis vraiment reconnaissant. » Ce rire à nouveau. « Je n'y manquerai pas, monsieur, oui. *Hoşça-kal.* »

TROISIÈME PARTIE

DES COULOIRS QUI SURPASSENT

1

Depuis l'escarpement, nous parvenions tout juste à distinguer Ender qui forçait sur les rames, le dos voûté comme une dune dans le crachin, ballotté par la mer grise tout autour de lui. À chaque coup d'avirons, la proue semblait à peine avancer. Si nous avions été suffisamment près, nous aurions peut-être entendu le vieil homme se plaindre de ses os en capilotade à Ardak, assis à l'arrière de la barque. Ils avaient passé l'après-midi à préparer le corps du garçon : ils l'avaient enveloppé, lesté, porté sur leurs épaules jusqu'au bas de la pente boisée. Mais nous étions bien trop loin pour connaître les pensées qui furent échangées sur ce bateau, ou l'état d'esprit dans lequel ils s'acquittèrent de la terrible tâche que nous leur avions confiée. Nous étions réduits à ces seules indications : l'indolence respectueuse des mouvements d'avirons du vieil homme, et la simplicité avec laquelle Ardak procéda à l'immersion du garçon.

Cela se passa ainsi.

Ender donna encore vingt coups de rames puis rentra les avirons, laissant dériver l'embarcation. Ardak passa à l'avant en enjambant les bancs de nage. Il saisit une extrémité du corps et le vieil homme prit l'autre. Le bateau roula et tangua. Ils semblèrent compter jusqu'à trois, puis soulevèrent le corps de biais et l'appuyèrent un moment sur le plat-bord. Le corps était plaqué contre la carcasse de la barque ; une silhouette informe empaquetée dans du plastique noir et un tapis turc bon marché, le tout lacé comme un gant de boxe. Ardak dut faire contrepoids en se penchant en arrière pour éviter qu'ils ne chavirent. Ils délibérèrent brièvement, les mains sur les hanches, puis firent une nouvelle tentative, poussant le corps par-dessus bord. Il était si bien lesté de parpaings qu'il coula rapidement, et le bateau vacilla d'un coup sous eux, faisant trébucher le vieil homme. Ardak le rattrapa par la manche pour l'empêcher de tomber à l'eau. Ils se remirent d'aplomb et se rassirent sur les bancs de nage. Pendant un moment, ils attendirent là, dérivant sans raison sur la mer de Marmara.

Et puis le doyen commença son éloge.

« Je n'ai aucune parole d'encouragement pour vous aujourd'hui, lança-t-il d'une voix forte pour couvrir la brise. J'avais espéré pouvoir composer quelques lignes à même de saisir l'importance de la vie que nous avons perdue, mais je n'y suis pas parvenu, et j'en éprouve une certaine honte. Hier, nous comptions un grand et jeune talent parmi nous, et aujourd'hui, nous l'avons enterré. Aucun mot ne pourra rendre compte de la profondeur de notre chagrin. Qu'une telle tragédie survienne pendant mon mandat de doyen est un regret que j'emporterai dans la tombe. »

Il marqua une pause, traçant un sillon dans le sol avec sa canne.

Tous les résidents de Portmantle, sans exception, se tenaient sur le promontoire sud-est, les yeux tournés vers la mer. Le doyen s'était placé de manière à s'adresser à toute l'assemblée, mais nous savions que son discours n'était destiné qu'à nous quatre. Il y avait une distance révérencieuse dans le ton de sa voix, un semblant d'excuses.

« Rien de bon ne peut être retenu d'un jour aussi funeste, poursuivit-il, mais il y a... ça me vient seulement à l'esprit maintenant, en fait si... il y a une leçon à en tirer. »

Il prêchait depuis un monticule de terre caillouteuse, dans un long pardessus noir qui ralinguait dans le vent. Les courts-séjours étaient rassemblés en arc de cercle à côté de lui, mais nous nous tenions en retrait : MacKinney, un bras passé autour de moi, Quickman agenouillé pour caresser le poitrail de Nazar, et Pettifer penché au-dessus d'eux, un parapluie à la main, comme un domestique emprunté. Mes pieds effleuraient la dentelle de mauvaises herbes qui frangeait l'escarpement, et je me concentrai sur la mer qui déferlait en contrebas, jusqu'à ce que je parvienne à sentir chaque vague sans avoir à tendre l'oreille tant son mouvement était métronomique.

« ... parce que, en de pareils moments, c'est auprès d'artistes tels que vous que nous cherchons le réconfort... » *Vague.* « ... les poètes et les écrivains dans nos bibliothèques... » *Vague.* « ... les tableaux sur nos murs, la musique... » *Vague.* « ... la mort est une chose que seul l'art peut qualifier. Et c'est bien là la seule... » *Vague.* « ... consolation que je peux trouver à ce triste gâchis... » *Vague.* « ... parce qu'il ne fait aucun doute que tout grand art est destiné à ceux qui restent. À ceux... » *Vague.* « ... qui subissent la mort sans pouvoir la comprendre. Et donc, que dire d'autre sinon... » *Vague.* « ... à Fullerton ! Qu'il repose en paix et continue de vivre à travers son œuvre.

— À Fullerton ! reprit tout le monde.

— Au garçon », dis-je.

Vague.

J'essayai d'imaginer ce que ça ferait de sauter, de tomber, d'être dévorée par la mer. Ça ne m'apporta rien ; ni soulagement ni compréhension plus profonde des choses.

MacKinney me tira par l'épaule.

« Viens, on va s'écarter du bord, hein ? Le vent forcit. »

J'étais blottie sous son aile. Nous étions entourées de pins et de broussailles, mais une bonne brise tourbillonnait à nos chevilles, déplaçant de minuscules cailloux sous nos pieds. Je reculai.

« Voilà, c'est mieux comme ça. »

Les courts-séjours se dispersaient et se dirigeaient vers les arbres. Au large, Ender avait déjà fait demi-tour. Il ramait avec le même geste fatigué qu'avant, mais semblait pourtant glisser bien plus vite.

« On est censés faire quoi, maintenant ? demandai-je.

— Je ne sais pas trop.

— Gülcan a préparé un dîner spécial, dit Pettifer. Tout le monde retourne à la résidence.

— Je ne vois pas ce qu'il y a de tellement spécial là-dedans, remarqua Quickman.

— Ça sort de l'ordinaire, c'est tout ce que j'ai voulu dire.

— Effectivement.

— Ils organisent une veillée, intervint Mac. C'est l'idée du doyen. »

Quickman gratta la tête du chien.

« Mais à quoi ça peut bien servir ?

— Ils sont bien obligés de faire *quelque chose* pour le gosse, non ?

— Ils n'ont rien fait pour lui avant. Il n'y a aucune raison de commencer maintenant. » Quickman avait l'air de parler au chien. Ce dernier ne l'avait pas quitté d'une semelle de toute l'après-midi et, en retour, il l'avait caressé et cajolé à la moindre sollicitation de sa part. « Ils ne le connaissaient même pas. Qu'est-ce qu'ils comptent faire, rester là à inventer des anecdotes ?

— Knell le connaissait mieux que tout le monde. Et si elle veut y aller…

— Non. Q a raison, dis-je. C'est une comédie. Le doyen s'en fiche complètement. »

J'avais encore la sensation du corps trempé du garçon dans mes bras, comme une douleur fantôme. La journée avait passé avec une lenteur atroce et je voulais juste la voir se terminer. J'avais passé la plus grande partie de la matinée près du feu, dans la salle commune, à regarder la lutte des flammes, en me disant que si je fixais la chaleur trouble assez longtemps, cela me tranquilliserait peut-être, effacerait ma mémoire. Mais je ne pouvais pas m'empêcher de penser à l'adhésif sur la bouche du garçon – celui-là même que je lui avais donné – ou à la ceinture en cuir tressé autour de son cou. Il l'avait gagnée à Tif au backgammon. Ces tout petits détails me tourmentaient. Ils m'attiraient dans un dédale de conjectures absurdes sur ce qui aurait pu être : si tous les quatre nous avions simplement fait *x*, si je lui avais juste dit *y*, si le doyen avait fait *z*. Je cherchais une logique là où il n'y en avait pas.

À la demande du doyen, le garçon avait été emporté par Ender et Ardak hors de son atelier sur un hamac confectionné avec des draps de lit. Quickman était resté avec moi dans la salle commune, épiant le moindre mouvement à la fenêtre, jusqu'à ce qu'ils aient transporté le corps trop loin dans les bois pour qu'on puisse le voir. Q était allé jusqu'au canapé, où la chienne était couchée, et lui avait frictionné le ventre avec une serviette jusqu'à ce que ses pattes arrière soient prises de soubresauts. Il y avait une humidité familière dans l'air. « Ça va aller, tu sais, avait-il dit. D'ici quelques jours, on se sentira mieux. » Au bout d'un moment, Gülcan avait apporté des tasses de *salep* chaud et des viennoiseries qui restaient du petit déjeuner. J'avais bu deux tasses et mangé tout ce que j'étais capable d'ingurgiter, mais Quickman avait donné sa part à la chienne.

« Quelqu'un doit prévenir sa famille, lui avais-je dit. Le doyen peut dire ce qu'il veut, ça m'est égal.

— Et comment est-on censés faire ça, au juste ?
— En sortant d'ici.
— Ne dis pas de bêtises.
— Je vais écrire une lettre que je me débrouillerai pour glisser dans le courrier sortant.
— Tu ne sais même pas s'il en a une de famille. Tu ne connais même pas son vrai nom.
— Alors, qu'est-ce que tu proposes, Q ? Qu'on l'oublie ? »

J'avais pensé que si quelqu'un allait essayer de me réconforter, ce serait Quickman. Mais voilà ce qu'il m'avait dit :

« Il faut prendre les choses avec un peu de recul, tu sais. Réfléchis à ce que tu es en train de proposer. » Il avait sorti sa pipe de sa poche et l'avait insérée entre ses dents. « Ne perds pas de vue qu'il s'est infligé ça lui-même. C'est *sa* décision. Ça peut sembler parfaitement insensible mais, je regrette, c'est exactement comme ça que je vois les choses. Le doyen n'a pas tort.
— Alors toi aussi tu flanches. Génial.
— Réfléchis, Knell. Il s'agit d'un garçon. Un sur Dieu sait combien. Tu as vraiment l'intention de le laisser détruire cet endroit ? Ce n'est pas ce qu'il voulait. »

On ne me ferait pas changer d'avis aussi facilement que Quickman, mais je ne pouvais pas lui reprocher ses hésitations. Après tout, c'était lui qui avait découvert le garçon dans la baignoire, et il avait le droit de voir les choses comme il l'entendait. C'était le doyen que je n'arrivais pas à pardonner. Le détachement dont il avait fait preuve ce matin-là, alors que notre sentiment d'urgence était à son comble, avait quelque chose de sinistre. Avec Ardak, ils m'avaient suivie hors de la résidence, tandis que je retournais en courant à l'atelier du garçon. Ardak m'avait dépassée, mais le doyen était resté à la traîne, trottinant à peine, sa vieille sacoche de médecin sous le bras. Dans la salle de bains, il s'était agenouillé en découvrant Fullerton sur le carrelage. Il avait retiré un stéthoscope de la sacoche et appliqué le pavillon métallique sur la poitrine du garçon, laissant s'écouler un moment.

« Alors ? » avait demandé Q, qui devait pourtant connaître la réponse.

Le doyen avait secoué la tête. Il avait examiné les yeux gonflés de Fullerton avec une torche et fermé ses paupières avec autant de délicatesse que s'il s'était agi de rabattre les fermoirs d'un porte-documents.

« Je crains qu'il ne nous ait quittés, avait-il déclaré. Nous allons devoir l'enterrer immédiatement. » Il s'était retourné pour donner à Ardak des instructions en turc. « *Adamı denize atabilir misin ?*

— *Karanlık olmadan atmalıyız,* avait répondu Ardak avec un haussement d'épaules. *Ben botu hazırlarım.*

— Qu'allez-vous faire de lui ? avait demandé Quickman.

— Eh bien, on ne peut pas le garder sur la propriété, c'est évident. C'est bien trop risqué. » Le doyen avait remis ses instruments dans sa sacoche. « Ardak est d'avis que nous devrions l'inhumer en mer. Je vais devoir consulter le conseil d'administration, mais je pense que c'est probablement le plus sûr.

— Vous ne pouvez pas le balancer comme ça dans la Marmara. »

Le doyen s'était relevé, me dominant de toute sa taille.

« Knell, nous devons nous montrer pragmatiques. » Il avait braqué son œil valide vers le bas. « Ce ne serait pas nos premières obsèques, les gens tombent malades et on ne peut pas toujours les soigner s'ils refusent d'aller à l'hôpital. Il y a une procédure. » Il s'était à nouveau adressé à Ardak : « *Yaşlı adamdan yardım al.* » Puis, il s'était épousseté les mains et nous avait dit : « Je vais devoir passer quelques appels. Veuillez m'excuser.

— Vous allez contacter son parrain ? avais-je demandé d'une toute petite voix. Il faut prévenir la famille. »

Le doyen avait pris une grande inspiration.

« Je ne suis pas sûr que ce soit dans l'intérêt de qui que ce soit.

— Bien sûr que si.

— Vous ne pouvez quand même pas suggérer que nous fassions comme si de rien n'était », avait dit Quickman.

Le doyen avait mis sa sacoche en bandoulière.

« Je sais que vous étiez tous les deux ses amis. Mais que pensez-vous qu'il arrivera si je préviens son parrain ? La nouvelle va forcément se répandre – on ne peut pas contrôler ce que les parrains disent ou font – et un millier de personnes viendront frapper à ces grilles, en posant toutes sortes de questions. On nous fera fermer avant la fin de la saison. Je regrette, je ne mettrai pas le refuge en péril, pour personne. »

Quickman paraissait abasourdi, écœuré même, et j'avais cru que, comme moi, sa colère envers le doyen ne le quitterait jamais.

« Alors que proposez-vous que nous fassions, monsieur ? avait-il demandé.

— Que nous suivions la procédure, c'est tout. »

Ardak l'avait appelé depuis le seuil de la porte :

« *Bunin için ekstra ödeme gerekir beyefendi.* »

Le doyen avait répondu d'un hochement de tête énergique. Puis, s'approchant de nous à petits pas, d'un air conciliant, il avait dit :

« Personne ne veut que ça se passe ainsi. Mais c'est une des éventualités auxquelles nous devons tous être préparés. Vous étiez tous les deux conscients des risques en venant ici. »

Et c'est ainsi qu'à la fin de cette affreuse après-midi, le garçon avait été jeté à la mer comme on jette des viscères de poisson, et que je me retrouvais avec le sentiment d'être morte à l'intérieur, une honte dont je craignais qu'elle ne s'efface jamais. L'éloge funèbre avait sonné creux. J'aurais voulu pouvoir prendre la parole à la place du doyen, mais on ne m'avait pas invitée à le faire, et qu'aurais-je dit exactement ? À part deux ou trois confidences que le garçon m'avait faites – ses rêves récurrents, ses griffonnages japonais, et les vieux disques qu'il écoutait chez son grand-père –, je ne savais pas grand-chose de sa vie. Et ce n'était pas quelqu'un qui méritait des demi-vérités.

Le ciel maussade continuait de s'assombrir. Je m'accrochai au bras de Mac et elle nous éloigna de l'escarpement. La résidence apparut au-dessus de la limite des arbres : quelle vilaine carcasse grise sous la bruine, quel vieux taudis miteux. Nazar nous dépassa, bondissant à travers les broussailles.

« Je suppose que c'est l'heure de la soupe, dit Pettifer derrière nous. Il y en a au moins certains parmi nous qui ne perdent pas le nord, hein ?

— Ferme-la, Tif, dit Mac.

— C'était juste pour vous dérider. »

Nous n'étions qu'à quelques mètres de la clairière où poussaient mes champignons. Ils étaient juste derrière le taillis sur ma gauche, et j'eus un pincement au cœur en y pensant.

Quand nous émergeâmes des pins, je vis le doyen qui attendait à proximité des ateliers. Je n'avais pas envie de lui parler, mais il patientait là avec un air officiel, comme s'il avait un formulaire à nous faire signer. Il n'avait pas de parapluie. Nazar courut vers lui et lui tourna autour en reniflant.

« Évitons-le, soufflai-je à Mac.

— Tu es sûre ? »

Elle tenta de passer au large, mais il nous intercepta.

« Vous avez un moment à m'accorder ? dit-il. Vous deux. »

Tif et Quickman étaient quelques pas derrière.

« Qu'est-ce qui se passe à la résidence, là tout de suite ? demanda Q.

— J'ai demandé à Gülcan de préparer son *köfte* spécial, répondit le doyen, en hommage au garçon. Vous n'êtes pas obligés de vous joindre à nous si vous n'avez pas le cœur à ça. La journée a été très longue.

— Son appétit en a pris un coup, dit Tif. Mais je suis tenté.

— Comme vous voulez. » Il y eut un silence gêné. « Eh bien, si je peux vous emprunter ces dames un moment ?

— Elles ne nous appartiennent pas, dit Quickman.

— C'est bon », dis-je.

Ils nous laissèrent seules, Nazar sur leurs talons.

Le doyen attendit qu'ils soient hors de portée de voix. Croisa les bras. « Vous savez, je commençais à me demander si le conseil comprenait vraiment la façon dont cet endroit fonctionne. Mais, dans votre cas, MacKinney, ils m'ont donné tort.

— Je ne vous suis pas, monsieur.

— Il semblerait que vos appels aient été entendus, finalement. Ils vont vous laisser rester.

— Vous êtes sérieux ? Oh, c'est… oh, mon Dieu, merci.

— Je suis soulagé qu'ils aient retrouvé la raison. » Il gratta le paillis sur sa chaussure. « J'ai pris la liberté d'annuler la lecture de ce soir. J'espère que cela ne vous ennuie pas.

— Nous l'aurions annulée de toute façon, dit Mac. Étant donné les circonstances. Mais, vraiment, monsieur… merci.

— Je savais que vous comprendriez.

— Je peux garder la même chambre ?

— Je n'y vois aucun inconvénient. » Il regarda en direction de la résidence. « À moins que vous ne préfériez changer. Je ne voudrais pas vous obliger à y rester contre votre volonté.

— Non, non, je suis bien là où je suis. » Elle parvint à étouffer la jubilation dans sa voix, mais elle suintait sur son visage, relevant la commissure de ses lèvres, marbrant sa peau. « Ça va faire toute la différence pour mon travail, monsieur… vous n'imaginez pas. J'aurai bientôt terminé.

— Je ne doute pas que vous mettrez votre temps à profit. » Le doyen sortit sa montre à gousset et l'ouvrit en la protégeant du soleil. « Vous n'avez rien dit, Knell. Je pensais que vous seriez heureuse de ces quelques bonnes nouvelles. »

Après la façon impitoyable dont il avait expédié Fullerton, je ne pouvais qu'être sceptique. Il semblait que ce soudain revirement était destiné à nous apaiser, à nous dissuader de hurler le nom du garçon sur le toit de la résidence si l'envie nous en avait pris ou bien, dans le cas de Mac, de confesser à ses amis, une fois de retour sur le continent, ce dont elle avait été témoin.

« Je suis contente que Mac puisse rester, dis-je. Si c'est ce que vous avez besoin d'entendre.

— Elle est un peu épuisée, dit MacKinney d'un air contrit. Je ferais mieux de la raccompagner maintenant.

— Oui, elle a l'air vraiment flapie.

— Je vais très bien », protestai-je. Elle essaya de me faire avancer, mais je résistai. J'avais encore bien assez de force en moi. « Je suis sûre que leur soudain revirement n'a rien à voir avec le fait qu'on a balancé le garçon à la mer.

— *Knell* ! »

Une grosse goutte de pluie, pareille à un kyste, resta suspendue au front du doyen.

« Les membres du conseil ne sont pas infaillibles. Ils ont reconnu leur erreur, et je pense que nous ne devrions pas nous poser de questions puisque l'issue vous est finalement favorable. »

Je sentis Mac me tirer à nouveau par le coude.

Le doyen nous tourna le dos, la canne appuyée sur l'épaule.

« Je vous suggère d'essayer de vous reposer maintenant, toutes les deux, lança-t-il en s'éloignant sur le chemin. Ordre du doyen. »

Ça ne rimait pas à grand-chose de dormir mais, comme tout le monde était réuni dans le réfectoire sous prétexte de deuil, je n'avais pas envie d'approcher la résidence avant l'extinction des feux. Je pris donc une douche et changeai à nouveau de vêtements (tous ceux que je portais semblaient imprégnés de souvenirs), puis je rangeai mon atelier, nettoyai mon matériel et organisai mes fournitures. Après quoi je me préparai une tasse de thé et m'assis sur le canapé pour me détendre. Je dus me relâcher un petit peu trop, parce que je me réveillai à la lumière de la lampe sans avoir touché à mon thé, qui était froid. J'étais à court de petit bois pour allumer le poêle. Il y en avait plein dans les réserves de la résidence, je le savais, et Ender me réapprovisionnerait le matin venu. Mais, après la pluie, l'humidité de l'air vous encombrait les bronches, et j'avais besoin de rester au chaud.

Ender occupait une chambre au rez-de-chaussée ; guère plus qu'un débarras avec un lit une place et des sanitaires dissimulés derrière un rideau de mousseline. En arrivant, je trouvai porte close, et il ne répondit pas quand je frappai. À l'étage, il y avait du mouvement sur le palier. Je montai voir s'il n'était pas dans le réfectoire ou dans la cuisine. Mais il n'y avait que Lindo, l'Espagnol, et quelques-uns de ses amis. Ils jouaient à Shove Ha'Penny à notre table et faisaient un sacré vacarme. Lindo me repéra et fit signe au groupe de se calmer.

« Est-ce que tout va bien ? » demanda-t-il.

Les autres têtes se tournèrent. Je reconnus à peine leurs visages : stupides, spongieux, narquois.

« Je cherche Ender, dis-je. Qu'est-ce que vous fabriquez à notre table ? »

L'Espagnol haussa les épaules.

« On en avait besoin pour jouer. » Il soutint mon regard sans ciller. « Ender n'est pas ici. On ne l'a pas vu. Je dois lui dire que vous le cherchez ? »

Le rideau du passe-plat était baissé et la porte de la cuisine fermée.

« Non, ça ne fait rien », dis-je. Lindo hocha la tête et retourna à sa partie. Je m'attardai brièvement sur le palier, attendant, en vain, qu'Ender émerge d'une cage d'escalier ou d'un couloir. La résidence était étrangement calme, comme si le dîner spécial de Gülcan avait eu un effet tellement soporifique que tout le monde était parti se coucher.

La chambre de Quickman se trouvait au départ du couloir, séparée de celle de MacKinney par le palier et la bibliothèque. Je le dérangeais rarement dans son espace privé. De nous quatre, c'était le plus jaloux de son intimité, et il était plus simple d'attendre son apparition à chaque repas que de chercher à le débusquer. S'il était absent au déjeuner ou au dîner, nous supposions qu'il était d'humeur solitaire. Mais je me sentais moins tenue au respect de l'intimité de Quickman que d'habitude. J'allai frapper à sa porte.

Il ouvrit presque immédiatement. J'avais encore le poing en l'air. Il jeta un coup d'œil par l'ouverture, me désigna d'un coup de menton. « Je me disais bien que ça pourrait être toi », fit-il en laissant la porte ouverte. Sa chambre avait changé depuis ma dernière visite : elle était, dans l'ensemble, moins encombrée, mais il n'y avait pas que cela. Quickman avait dû lire dans mes pensées parce qu'il montra son bureau du pouce et dit :

« Il était sous la fenêtre, si c'est ça qui te perturbe.

— Tu t'es déjà lassé du paysage ?

— J'ai remarqué que ça aidait de changer de vue de temps en temps. »

Il alla s'asseoir sur sa chaise de bureau, une chose à dossier haut, en bois de rose, avec des roulettes en métal et quelques fuseaux tournés manquants (il joignit les mains dans l'espace où ils auraient dû se trouver.)

« Et les oiseaux me distraient. Si tu les observes suffisamment longtemps, ils révèlent leur personnalité. Maintenant je ne peux pas lever les yeux parce que je risque de me voir dans la glace. Et apercevoir ce visage me fait l'effet d'une purge.

— Oui, je me suis souvent fait la même réflexion. »

Il esquissa un sourire. L'endroit baignait dans une lumière tamisée, comme dans une boutique de livres rares. Une lampe était posée sur la surface nue de son bureau.

« Tu ne travailles pas ?

— Je ne peux pas travailler et recevoir en même temps. Je ne suis pas Gertrude Stein. »

La dernière fois que je m'étais aventurée dans la chambre de Quickman, des mois auparavant, j'avais aperçu une pile de feuillets sur sa table de nuit : des manuscrits, retroussés sur les bords, lestés par un bibelot en laiton mat. Ils étaient toujours là, sauf que la liasse avait fondu de trois quarts, et qu'un pot d'*ayran* était posé dessus, l'opercule décollé.

« Je cherchais Ender, dis-je. Je ne voulais pas t'interrompre.

— Eh bien, je ne sais pas où est le vieux, mais je suis content que tu sois passée. » Avec ses talons, il fit pivoter sa chaise et s'approcha d'un meuble classeur. Du tiroir du haut, il sortit un ballot de tissu. « Je n'ai pas pu me concentrer de toute la journée. J'ai essayé de dormir, mais je ne pense pas avoir été aussi tourmenté depuis la guerre.

— Tu as fait la guerre ? »

J'étais surprise que Q ait fourni l'information spontanément, même si j'avais toujours supposé qu'il avait servi dans l'armée. Il y eut un silence mélancolique propre aux hommes de sa génération, dans lequel on pouvait détecter l'écho d'expériences trop déconcertantes pour être relayées.

Il inspira, hochant la tête. « Eh oui, je l'ai faite. Dans le génie. Je me suis un peu battu à Nimègue, et puis j'ai pris une balle dans le pied. Je me suis tiré dans le pied, littéralement. Alors ne me regarde pas avec cet air tout ému : je ne suis pas un héros. » Se poussant jusqu'au bureau, il posa le paquet et déplia le tissu. C'était un tee-shirt bleu pâle avec des taches incrustées au niveau des aisselles. À l'intérieur se trouvaient les fiches du garçon. Le jeu entier, liées les unes aux autres avec du scotch. L'encre avait bavé ici et là, mais le japonais était encore lisible.

« Où est-ce que tu les as trouvées ? » dis-je en m'avançant.

Quickman les regarda fixement.

« Je les ai prises sur sa table avant que tu fasses venir le doyen.

— Pourquoi ?

— Je me suis posé la question. Par sens du devoir, je suppose. Même si… » Il laissa sa phrase en suspens, tira sa pipe de sa poche et la mordilla. « Même si je le connaissais à peine. Mais, nom de Dieu, je ne sais pas, Knell. Une fois que tu as tenu quelqu'un dans tes bras comme ça, quelqu'un d'aussi jeune que lui, d'aussi mort, tu… ça te remue. J'ai éprouvé ce sentiment terrible, comme si je l'avais laissé tomber d'une certaine manière. Et puis j'ai vu les fiches, et ça s'est fait comme ça. Je les ai prises. »

Sous la lampe de bureau, les notes griffonnées du garçon évoquaient des pièces de musée. Je ne savais toujours pas ce qu'elles signifiaient.

« Tu les as déjà traduites ? demandai-je.

— Certaines.

— Et ?

— Elles sont extrêmement étranges. En toute honnêteté, elles ne sont pas sans rappeler le garçon lui-même. » Il prit les fiches et les fit défiler à rebours. « Celles-ci, par exemple. On dirait de la prose publicitaire. Une sorte de message de santé publique de l'United Fruit Company… je ne plaisante pas. J'ai traduit de mon mieux, mais la langue sonne quand même bizarrement. Voyons comment tu comprends ça. » Il ouvrit un tiroir de son bureau et en sortit un bloc-notes jaune portant sa propre écriture au crayon. Retirant sa pipe, il lut :

« *Comment ajouter de la vie à vos années* – points de suspension – *et des années à votre vie* – point d'exclamation. *Vous l'avez sans doute remarqué parmi vos propres connaissances. Certaines personnes de soixante ou même soixante-dix ans semblent plus actives, et s'amuser davantage que d'autres qui en ont cinquante, ou même quarante* – point d'exclamation. *Si vous pouviez examiner leurs vies de plus près, vous risqueriez de faire quelques découvertes. Ils ont choisi les bons parents.* – ouvrez la parenthèse – *l'Hérédité* – peut-être *la Lignée*, je ne suis pas sûr de ce mot – *y est pour quelque chose* – fermez la parenthèse. *Ils trouvent du plaisir dans leur travail* – ouvrez la parenthèse – *Cela joue pour beaucoup* – fermez la parenthèse. *Vous découvrirez peut-être que les gens qui vivent le plus longtemps et profitent le plus de la vie sont ceux qui mangent les bons aliments en quantité suffisante. Pour un régime alimentaire bien équilibré, les chercheurs en médecine* – peut-être *les médecins* ici, mais *chercheurs en médecine* semble plus exact – *et les scientifiques sont littéralement capables de ralentir le processus de vieillissement.* "Processus de vieillissement", ça fait très américain, non ? Attends, j'ai perdu mon passage… *Ce qui signifie beaucoup de protéines – les composantes de base qui maintiennent votre corps en bon état, des vitamines et des minéraux – les aliments protecteurs grâce auxquels vos yeux restent brillants, vos cheveux et votre peau en bonne santé –* points de suspension – *et qui vous font voir la vie de façon plus positive. Les aliments énergétiques – les carburants que votre corps doit brûler pour vous procurer vitalité et enthousiasme.* » Q ouvrit de grands yeux. « Tu n'as peut-être pas besoin d'entendre le reste.

— C'est tout ce qu'il y a ?

— Non, il y en a plus. Beaucoup plus. » Il feuilleta son bloc-notes, s'éclaircissant la voix : « *Ça ne veut pas dire que vous deviez manger beaucoup. En fait, en vieillissant, nous avons besoin de moins de nourriture. Ce qui est important, c'est de consommer une grande variété de bons aliments. Par exemple, prenez une banane. Prenez-la* – point d'exclamation –, *pelez-la, mangez-la* – point d'exclamation. *C'est bon et nourrissant. Elle contient vitamines et minéraux en quantités équilibrées et des sucres sains et naturels pour vous donner de l'énergie. Coupez une banane dans un bol et versez du lait dessus* – points de suspension – *vous ajoutez des protéines pour maintenir votre corps en bon état, en même temps que vous consommez…* – je ne sais pas quel est le mot ici – *et du calcium nécessaire à la construction* – peut-être *croissance – osseuse. Facile à préparer. Facile à manger. Facile à digérer* – ça aussi, c'est très américain. *En fait, les médecins recommandent la banane en cas de troubles digestifs sévères. Et pas besoin d'avoir très faim* – ouvrez la parenthèse – *ni même d'être très vieux* – fermez la parenthèse – *pour apprécier ce plaisir tout simple* – point d'exclamation. Et puis le slogan : *United Fruit Company. Pour votre santé, mangez avec plaisir une abondante variété de bons aliments.* » Quickman jeta son bloc-notes et reprit sa pipe en bouche. « Si tu es capable de me dire à quoi ça rime, je serai bien content de le savoir. Parce que j'ai passé les dernières heures à travailler là-dessus et que je n'en reviens toujours pas. Je veux dire, qui était ce gamin, à la fin, s'il avait la tête farcie de ce genre d'inepties ? »

Je n'avais aucune réponse.

« Tout ce que je sais, c'est que nous n'en avons pas fait assez pour lui pendant qu'il était ici. »

Q ne dit rien.

« Tu en as traduit d'autres ?

Il soupira.

« La moitié environ. Il y a une publicité pour Cadillac et l'*Encyclopaedia Britannica*, et une pour les prothèses auditives Zenith. Je suis officiellement perplexe.

— S'il te plaît, continue. C'est tout ce qui reste de lui.

— Je vais continuer. » Il se gratta la barbe, se pencha en arrière. « Toute distraction est la bienvenue en ce moment. Sauf que... » Il se redressa et pivota sur sa chaise pour attirer mon attention. « ... ce n'est pas vraiment *tout* ce qui reste. Il est arrivé ici avec un sac plein, non ? Il doit y avoir d'autres choses à récupérer dans sa chambre. »

La fenêtre de Fullerton était condamnée avec du contreplaqué. « C'est juste pour le moment, expliqua Ender. Je peux commander du verre demain. » Il m'ouvrit la porte, actionna l'interrupteur sur le mur. Une brume fluorescente éclaira crûment l'atelier. Je m'efforçai de ne pas regarder vers le seuil de la salle de bains, où ma dernière vision du garçon était encore imprimée dans l'espace comme une illusion d'optique. Une sale odeur d'Ajax flottait dans l'air. Le sol en béton avait été passé à la serpillière et le lit complètement dépouillé. La guitare était rangée au-dessus de la penderie.

« Qu'est-ce qui cloche avec les lampes ? demandai-je en les voyant toutes débranchées.

— Pour la sécurité, répondit Ender. Nous devons tester. »

Le garçon disposait d'une grande table à dessin, similaire à celle de Pettifer, bien que la sienne soit plus inclinée contre le mur. Aucune image sentimentale du foyer familial n'était punaisée sur le plâtre derrière, aucune affiche ni coupure de presse stimulante, comme on aurait pu en trouver dans d'autres ateliers. Les fournitures sur sa table de travail étaient plutôt succinctes : quelques feutres et crayons de couleur ; un flacon d'encre rouge, un autre de bleue ; une mine de plomb et des buvards.

« Je reviendrai bientôt, oui ? » dit Ender.

J'acquiesçai d'un signe de tête.

« Merci. » Mais il me sembla alors que je ne devais pas laisser partir le vieil homme avant de l'avoir pressé de questions. « Attendez, Ender. »

Il avait presque passé la porte.

« *Evet.*

— Vous n'auriez pas trouvé un mot ? En remettant tout en ordre ?

— Excusez-moi. Je ne comprends pas ça…

— Un *mot…* » Je mimai le geste : main gauche pour le papier, main droite pour le stylo. « Est-ce que le garçon a laissé un mot ?

— *Foulertine* ?

— Oui, Fullerton. »

Le vieil homme haussa les épaules.

« Il n'y avait rien comme ça, je ne pense pas.

— Vous en êtes sûr ?

— Oui. Très sûr.

— Ce n'est pas le doyen qui l'a ?

— Non, non. Il y avait rien comme ça. »

J'avais pensé toute la journée aux circonstances de sa mort, et j'en avais conclu qu'il ne fallait rien présupposer. Tout le monde se comportait comme si Fullerton s'était suicidé – même Quickman avait tranché la question sans hésitation, encore qu'il paraisse plus circonspect à présent –, et j'avais toujours des doutes. Après tout, j'avais vu les effets étranges de son somnambulisme, l'emprise que ses rêves exerçaient sur lui, et je me disais que sa noyade dans la baignoire pouvait bien en avoir été la conséquence. Ce genre d'accident était possible.

« Je peux aller maintenant ?

— Oui. Je ne serai pas longue.

— Je reviendrai pour vous bientôt. Pour fermer. Le bois, je laisse devant votre porte, d'accord ? »

Je fis oui de la tête.

L'ordre qui régnait dans la pièce était troublant. Elle avait été remise en état après avoir été nettoyée, et le rangement des affaires du garçon avait été fait avec un soin trop évident. Je tirai la chaise de bureau jusqu'à la penderie et descendis la guitare. Ses hanches en bois étaient humides sur les bords, tachées par l'eau. Je passai mon pouce sur les cordes et l'instrument rendit un son discordant. Les cordes les plus fines étaient manquantes, ainsi que les petites chevilles blanches auxquelles elles étaient attachées. En la posant sur le lit, j'entendis quelque chose cliqueter dans le corps de l'instrument. Je dus le secouer à l'envers, m'attendant à faire tomber les chevilles, mais c'est un *jeton* qui tomba sur le matelas.

Tout m'était familier – la rainure dans le métal, la fausse laque d'or usée aux mêmes endroits – mais, en le retournant entre mes doigts, je constatai que ce n'était pas un jeton de ferry. Ses faces ne présentaient aucun marquage. Ce devait être la pièce que le garçon m'avait montrée rapidement le jour où je lui avais demandé de se justifier à propos du carreau cassé. Bizarrement, je lui en voulus, puis je me sentis déçue par moi-même de ne pas avoir présumé qu'il me mentirait.

La table à dessin ne semblait pas à sa place, comme si elle venait de l'atelier de quelqu'un d'autre. Lorsque je branchai la lampe de bureau, elle projeta une lumière lugubre sur la surface : il y avait des empreintes de main sur le stratifié, des marques de crayon et des traces de gomme. Des feuilles étaient calées contre le rebord étroit de la table : du papier finement texturé, épais, coûteux. En dehors de la première page, qui montrait un rectangle tracé à main levée, elles paraissaient vierges. Je les examinai à la lumière de la lampe, espérant y trouver l'empreinte de son écriture ; au lieu de quoi je distinguai les lignes de faille d'une image incrustée dans le papier, qui s'estompait feuille après feuille.

Je pris la mine de plomb et la frottai obliquement sur la page présentant les dépressions les plus marquées. Petit à petit, les légers sillons blancs laissés dans le graphite commencèrent à former une illustration. Celle-ci était composée de quatre panneaux étroits, d'environ un pouce de large sur plusieurs de haut. Chaque case renfermait un dessin au trait d'un visage d'homme en gros plan. Elles montraient son changement d'expression : (i) colère noire ; (ii) prise de conscience ; (iii) relâchement du front ; (iv) larmes.

Même sous forme de négatif grossier comme celui-là, c'était un dessin spectaculaire : un assemblage de simples traits – certains hachurés, pour en estomper les contours, d'autres pleins –, qui paraissait faire surgir tout le caractère de l'homme de la page blanche. J'avais déjà vu ce style hyper-expressif quelque part, mais je ne me rappelais plus où. Il possédait quelque chose de sombre, une finesse dans les détails. Le visage du personnage était sans âge et musclé, les tendons du cou suggérés par de subtiles hachures. On l'aurait dit taillé dans une bille de bois – surhumain –, mais également las, fragile. Le bas de la page portait la trace d'une signature que je n'arrivais pas à déchiffrer : un L, peut-être un N aussi. Les lettres étaient entortillées dans un paraphe hirsute.

Je mis le dessin de côté et fouillai le placard près de la table. Il contenait en tout et pour tout une pomme de pin, un taille-crayon et trois médiators rouges. Dans la penderie, je trouvai l'anorak du garçon et un sac en toile à moitié rempli de vêtements : son sweat-shirt à larges rayures jaunes et noires y était avec le reste de son linge, froid et humide. Je fis les poches de tous les jeans et n'y découvris que des peluches. Il y avait un stylo-plume et une pièce romaine dans le tiroir à chaussettes, ainsi que quelques coquillages et la tortue en bois de camphre de Pettifer. Je ne pus m'empêcher d'en remonter le mécanisme et de la laisser filer par terre. Elle se carapata sous la commode, hors de portée. Sur la table de nuit, une édition de poche de *Huckleberry Finn*, empruntée à la bibliothèque de la résidence ; elle portait le cachet du doyen sur la quatrième de couverture et un morceau de fil dentaire marquait la page trois cent et quelques.

J'examinai le moindre recoin, depuis l'espace sous le cadre du lit à l'étagère au-dessus du store à enrouleur, et jusqu'au poêle (je vis que la porte en était entrebâillée). C'est tout juste s'il y avait un grain de cendre à l'intérieur et le sceau à charbon en dessous était presque vide. Derrière le tuyau, cependant, j'aperçus le briquet de Quickman. Je passai un moment à essayer de l'allumer. Il ne produisit même pas une étincelle, mais peut-être n'avait-il jamais fonctionné.

La salle de bains était le dernier endroit qui restait à inspecter, mais impossible de me résoudre à la fouiller. Au lieu de cela, je mis le dessin du garçon et les babioles dans ma sacoche et m'en allai. La caisse en bois sur laquelle il s'était assis pour griffonner ses notes se trouvait toujours sur le sentier. Je restai là un moment, à essayer de voir les choses de son point de vue. La pelouse marécageuse, dégradée par les intempéries. Le squelette des grenadiers. Ce petit coin était un endroit tellement merveilleux au printemps, quand les lauriers-roses fleurissaient entre les pins et que tous les pourpres du couchant paraissaient comme neufs, inédits. C'était l'emplacement idéal où poser une chaise et guetter les hérons dans le ciel. À présent, l'hiver l'avait corrompu.

J'appuyai la caisse contre le mur et je me dirigeai vers mon atelier. Même sur les bords, l'herbe était détrempée, si bien que je restai sur le sentier de gravillons et de sciure qu'avait aménagé Ardak. Il partait dans la mauvaise direction, vers la résidence, à l'opposé de mon atelier, où il rejoignait le chemin normal. Mais j'entendais déjà les rires gazouillants des courts-séjours plus loin sous le portique, et ce bruit me révulsa.

Alors je m'écartai du sentier pour couper à travers la pelouse. La terre argileuse était lourde et collante, et je me rappelai que Fullerton était tout crotté le premier soir qu'il avait passé ici. Ne trouvant pas ses allumettes, il avait creusé la terre à mains nues. Elle avait tambouriné contre les parois du fût d'essence comme de la petite monnaie. Et puis…

Je m'immobilisai.

Je me retournai si vite que je faillis laisser mes chaussures dans la glaise.

Le fût rouillé était toujours planté dans l'espace découvert devant moi, mais penché à présent, s'enfonçant. Il était entouré d'une flaque d'eau que je dus franchir d'un bond. Mes talons glissèrent de l'autre côté et je me rattrapai au fût pour ne pas tomber tête la première. J'essayai de le redresser, mais la pluie avait compacté la terre à l'intérieur et il était impossible de le bouger. Il ne me restait plus qu'à retirer la terre par grosses poignées, jusqu'à ce que le fût soit assez léger pour être renversé.

Je griffai la terre et la jetai par-dessus mon épaule.

Quand j'eus trop mal aux doigts pour continuer à creuser, je renonçai. Je donnai un grand coup de pied dans le baril et il s'arracha à la boue. Il était juste assez allégé pour que je puisse le tirer sous le couvert des arbres, creusant une rigole dans l'herbe.

Sous les pins, le sol était moins humide. Je couchai le fût, qui répandit son contenu. Au milieu des mottes de terre se trouvait une masse colorée détrempée. Une pile de magazines au format du *Reader's Digest*. Je dus les extraire délicatement.

Le premier était éclaboussé de boue gélatineuse, mais on apercevait le papier glacé de la couverture au-dessous, un peu gras au toucher. J'enlevai la boue d'un revers de main. Ça n'avait rien d'un magazine.

Un jeune homme, torse nu, les cheveux nattés, me regardait avec un rictus hargneux, méticuleusement dessiné. Des menottes en métal étaient passées à ses poignets, croisés sous son menton. De minces filets de salive étaient suspendus à ses dents émoussées, pareils à des cordes de tente, et, sur sa langue, se trouvait une petite clef noire, comme une clef de boîte à musique.

C'était un *comic book.*

Le coup de crayon était impeccable et familier, et la signature irrégulière était la même que celle du dessin dans l'atelier. Je dus encore enlever de la terre pour voir clairement le titre. J'eus un coup au cœur en le découvrant.

[redacted] [redacted]
L'ÉCLIPTIQUE

C'était comme si je voyais mon propre visage dans le portrait de famille de quelqu'un d'autre.

Le lettrage donnait l'illusion que le titre était fixé au moyen de rivets métalliques, et le nom de l'auteur – celui du garçon ? – avait été découpé. J'éprouvais pour cet amas de papier détrempé une très étrange proximité. Qui qu'ait été Fullerton, il était tout entier dans ces pages. Pas simplement son talent et son travail, mais toutes les formes étranges qui aient jamais peuplé son imagination. Ce *comic* et tous les autres de la pile, je me devais de les conserver, et cette responsabilité m'écrasait.

J'entendais des pas au loin à présent, ainsi qu'un fredonnement mélodieux. Ender descendait le sentier depuis la résidence en chantant doucement : « *Hey goo-loo, helleh helleh goo-loo...* » Il ne fallait pas qu'il me voie.

J'extirpai de la boue autant de *comics* que je pus et les glissai sous mon manteau. Trois. Puis quatre. Un cinquième. Alors que je manquais de place, j'en trouvai encore un autre. Ils étaient au complet. J'aplanis ce qui restait de terre à coups de pied. Et un carré couleur bordeaux émergea alors dans la terre nivelée. Son passeport.

« *Kiz goo-loo, helleh helleh goo-loo...* »

Il était en assez bon état, trempé mais pas détruit. La page de la photo s'est ouverte dans ma main. Il était à nouveau là : le véritable Fullerton. Citoyen britannique. Il ne faisait pas plus jeune sur ce cliché. Les mêmes cheveux raides et ternes, mais le visage était grêlé d'acné. Nom : ~~raturé~~. Prénoms : ~~raturés~~. Date de naissance : ~~profonde déchirure~~. Je le laissai tomber dans ma sacoche et me retirai sous les arbres.

2

Préserver *L'Écliptique* était une entreprise pénible. Chaque exemplaire devait être dégrafé, essoré au moyen d'un rouleau à encrer en caoutchouc passé sur une serviette en coton, puis mis à sécher sur une corde tendue à travers l'atelier. C'était la méthode la plus simple que je connaissais. Beaucoup de pages étaient trop endommagées pour être récupérées. Elles étaient collées entre elles et se déchiraient quand on essayait de les séparer, ou alors la plus grande partie de leur encre dégorgeait sur la serviette quand on les séchait. Je perdis des sections entières à cause d'erreurs de manipulation : une trop grande pression du rouleau déformait le papier, des particules de terre se prenaient dans le caoutchouc et déchiraient plusieurs planches, recto verso. Les numéros 2, 4 et 6 étaient trop déformés, leurs images trop délavées ou occultées pour être lisibles. La plus grande partie du numéro 5 se déchira dans mes mains quand je le dégrafai. Ce travail de conservation absorba toute mon énergie. Au moins une centaine de pages étaient suspendues sur les cordes au-dessus de ma tête, tendues aux quatre coins de mon atelier. Je m'écroulai sur mon lit pour sombrer dans le sommeil le plus profond que j'aie jamais connu.

La lumière du jour n'apporta aucun changement au temps exécrable. Je me réveillai frigorifiée et courbaturée, et bus un thé léger dans mes vêtements en thermolactyl en attendant que l'eau de la douche soit suffisamment chaude. L'odeur de terre mouillée imprégnait l'atelier, et la fumée du poêle ne semblait faire que l'accentuer. J'avais très envie d'enfiler le sweat-shirt à rayures du garçon – il avait l'air tellement usé et confortable –, mais je m'en tins à ma tenue de peintre ordinaire. Quelle heure pouvait-il bien être ? Je n'avais pas entendu la cloche du petit déjeuner ni aucun appel à la prière au loin, mais je m'étais réveillée avec un désagréable sentiment d'urgence.

Je décrochai les pages des cordes et reconstituai les numéros en proie à une grande excitation. L'atmosphère sombre des couvertures m'attirait irrésistiblement. Je ne me rappelais pas la dernière fois où j'avais été aussi absorbée par le travail de quelqu'un.

Je n'étais parvenue à sauver que deux numéros complets – le 1 et le 3 –, mais la plupart des couvertures étaient encore intactes. Elles portaient un logo représentant une sorte de cygne en origami en haut à droite de la page : CYGNUS COMICS. Sur chaque illustration de couverture, le personnage principal apparaissait légèrement vieilli, et toujours en fâcheuse posture : immergé dans une soute à mazout, rampant dans un conduit d'aération, pris au piège derrière un hublot, empoignant des bâtons de dynamite et d'autres armes.

La couverture du numéro 1 le montrait dans un demi-jour, qui se balançait à un portique de manutention. Il était suspendu au-dessus d'un vaste gouffre de métal par les doigts d'une seule main et sa chute paraissait inévitable. J'étais subjuguée par la détermination qu'on lisait sur son visage, la lueur vengeresse dans ses yeux. Je me sentais exactement comme lui : sur le point de plonger dans l'univers que le garçon avait créé. Et c'est ce que je fis… je tombai. Je dévorai le numéro en entier et le suivant.

Numéro 1 – Pont G

COORDONNÉES INCONNUES… (Ils semblaient tous s'ouvrir par ces mots, en haut à gauche.) Dans ce qui ressemble à la cale humide et rouillée d'un navire, un jeune homme est effondré, sans connaissance, menotté à un pilier en acier. Une voix grésille dans un haut-parleur au-dessus de sa tête (en bulles hérissées) : « *Message aux passagers ! Sur le Pont B, les enfants doivent être accompagnés à tout moment par les personnes qui en ont la garde.* » Ses yeux s'entrouvrent lentement, mais il semble vaseux, désorienté. « *Je répète : tous les enfants du Pont B doivent être accompagnés…* » Une douleur soudaine lui saisit la bouche. Une toute petite clef est logée sous sa langue. Il la crache dans sa paume et ouvre ses menottes. Ses poignets sont irrités, à vif.

L'angle s'élargit. Il est seul et nu dans une salle qui contient deux générateurs, oxydés et à l'abandon. Il y a une lampe brun cendré, un vestiaire métallique et un sabord en acier pourvu d'une porte renforcée. Il s'approche du vestiaire, en retire une valise en cuir contenant des effets personnels : une bible, une flasque, un couteau de chasse, un bracelet-montre. Un bleu de travail, maculé d'huile, est accroché dans le vestiaire. Sur le badge de poitrine, on lit : IRFAN TOL, 4E INGÉNIEUR et, au pochoir dans le dos, cette inscription en lettres blanches : DV-ÉCLIPTIQUE.

Un corridor sombre. L'homme trouve l'entrée d'une cale où sont empilées des centaines de caisses en bois géantes. Il en ouvre trois au pied-de-biche, découvrant un tas d'animaux empaillés, des meubles, des tableaux, des cartouches de cigarettes (il en fourre plusieurs paquets dans ses poches) et des boîtes de chair de crabe (il plante son couteau dans l'une d'elles pour en boire le jus). Les haut-parleurs continuent de diffuser des annonces : « *Cet avis s'adresse à tous les passagers de première classe. La distance parcourue par le navire sera annoncée à*

11 heures sur la place du Pont Promenade[1]*. Merci.* »
Mais à sa montre, il est déjà 3 h 15 – du matin ou de l'après-midi ? Il n'en est pas sûr.

L'homme se croit seul (il le dit tout haut, dans une bulle). Il n'y a pas de lumière, juste des ampoules tremblotantes (les planches de cette partie baignent dans une lumière glauque), et il escalade les caisses jusqu'à un portique de manutention de manière à voir ce qui se trouve au-dessous de lui. Ses pensées nous sont montrées en italique : il pense que le navire se déplace, mais il n'entend pas les moteurs (lui parle de « *transmission* »). Il n'y a pas de portes. L'espace au-dessous est plongé dans l'obscurité. Les parois suintent. Il glisse et, alors qu'il est suspendu à la poutre du portique (l'illustration de couverture est reprise ici), il remarque quelque chose : une ombre mouvante dans la cale au-dessous. Se laissant tomber sur une caisse et sautant sur une autre, il suit cette ombre, mais celle-ci se dérobe. Il la perd.

Descendant jusqu'au plancher, il se faufile dans le dédale de caisses. À l'autre bout de la cale, une rangée de candélabres, sur lesquels sont enroulées des guirlandes de Noël, conduit dans une sorte de clairière au milieu du chargement. Il y découvre avec étonnement une vieille femme assise dans un fauteuil, en train de jouer seule aux échecs. Elle porte un doigt à ses lèvres pour lui intimer le silence, déplace sa reine sur le plateau. Les guirlandes lumineuses sont branchées à une gaine électrique sur le mur derrière elle.

La femme vit confortablement grâce aux marchandises qu'elle récupère dans la cale. Elle est vêtue d'un manteau de fourrure à col de vison, et porte tellement de bijoux qu'elle évoque un pharaon sur son trône. « Je savais que

1. Parier sur la distance parcourue en vingt-quatre heures faisait partie des distractions quotidiennes offertes aux passagers des transatlantiques [N.d.T.].

quelqu'un viendrait pour moi, dit-elle. Je savais que ça finirait par arriver. » Et elle offre à l'homme une tasse de vinaigre. Il soulève sa flasque et elle dit : « Oh, encore mieux. » Mais, alors qu'il se penche pour verser l'alcool dans sa tasse, elle braque un pistolet sur lui. « Je ne vais pas vous laisser m'emmener, dit-elle. Je suis trop bien ici. » Il y a une bagarre ; l'homme plonge en avant ; elle tire et le manque ; il la maîtrise et l'accule ensuite contre une caisse en la menaçant avec le pistolet. Tout ce qu'il veut savoir, dit-il, c'est où il se trouve, et comment s'échapper.

Alors elle lui explique tout (comme les méchants le font dans les films, en voulant toujours révéler l'étendue de leur machiavélisme). « C'est ce qu'ils appellent un *dead vessel*, une épave promise à la démolition, lui dit-elle. Tu es sur un navire qui a été retiré de la navigation, fiston. Écoute… » Elle pointe le doigt en l'air. « Pas de bruit de moteur. Mais ce qui est drôle, c'est qu'on le sent bouger, tu ne le sens pas, toi ? Et tu aurais raison, parce qu'on bouge. On va quelque part, c'est sûr. Alors si tu veux savoir où on peut bien être tous les deux à cet instant, ma réponse est : nulle part, partout. Va savoir ? Tu es sur l'*Écliptique* et il n'y a pas d'issue, je n'en ai jamais trouvé aucune en tout cas. Alors je me ferais à l'endroit, compagnon, si j'étais toi… (elle plisse les yeux)… Irfan.

— Ce n'est pas mon nom, dit-il.

— Ce n'est pas ce que dit ton badge.

— Irfan Tol n'est pas mon nom.

— Qu'est-ce que tu en sais ?

— Parce que je le sens, là. » (Il se tape la poitrine.)

Il soutient qu'il doit y avoir un moyen de s'échapper du navire. La femme lui dit qu'elle n'a jamais réussi à aller plus loin que le Pont F, et qu'elle n'a aucune intention d'y retourner un jour. « Je suis plus riche ici que je ne l'ai jamais été à terre, dit-elle. Regarde-moi cette frusque. C'est du vison russe premier choix. » L'air entre les ponts, avertit-elle, est toxique et irrespirable. « Mais jc peux te montrer un bon moyen d'arriver au Pont F, si tu poses ce flingue. » Dans une malle, elle conserve une sorte d'appareil respiratoire : un scaphandre à casque relié à une bouteille d'oxygène marquée : ST ANA'S HOSPITAL. Elle le conduit jusqu'à une écoutille scellée à la cire de bougie. Il la remercie, lui rend le pistolet. « Oh, je crois que tu vas en avoir plus besoin que moi, dit-elle. Bonne chance à toi. Mais ne reviens jamais ici. » Elle le laisse partir et ferme le panneau derrière lui.

L'écoutille donne sur une étroite cage d'escalier métallique. L'ascension est abrupte et l'homme faiblit après la première volée de marches, se recroqueville, s'effondre. Il y a plus de marches qu'il n'en a jamais vu (cette pensée est soulignée en gras). Il franchit l'écoutille du Pont F et s'évanouit en se cognant la tête. Le haut-parleur à nouveau : « *Avis aux stewards des secondes : le bureau du commissaire de bord est à présent fermé. Merci.* »

Numéro 3 – Pont E

COORDONNÉES INCONNUES... Une ellipse dans le récit. Irfan Tol, quatrième ingénieur, est toujours en bleu de travail. Il est en train d'enjamber les parois en mailles d'acier d'un monte-charge. Il ne peut pas poser le pied parce qu'il n'y a pas de plancher sous lui ; il semble s'être érodé et il n'y a rien d'autre qu'une cage d'ascenseur très profonde en dessous. Le monte-charge ne conduit nulle part. Le visage de l'homme est noué, tendu. Il se laisse tomber de l'autre côté dans une salle remplie de valises (copies conformes de celle trouvée dans le premier numéro). Il les vide à la hâte, rassemble des provisions : une trousse de premiers secours, une torche, un sac de voyage, un magnétophone, une bouteille de gin. Il tombe sur une malle portant un insigne militaire, tente de l'ouvrir avec une petite clef (celle du numéro 1 ?) et le couvercle cède. À l'intérieur : des bâtons de dynamite, un masque à gaz et une bouteille thermos. Il l'ouvre et de la neige carbonique s'en échappe en fumant. « *Merde.* » Il range le tout dans son sac, et il continue à avancer, franchissant l'écoutille suivante. Où est-il à présent ? Derrière une vitre, en train de regarder une piscine en contrebas. L'eau est stagnante et brune. Il renifle et, sentant une odeur nauséabonde et âcre, enfile son masque à gaz.

Il descend l'escalier, marche prudemment au bord de la piscine. Des mouches bourdonnent autour de lui. Le carrelage est constellé d'excréments d'animaux. Il y voit une empreinte de chaussure – pas la sienne – et sent une présence toute proche. (En italique : « *Quelque chose est là…* » et puis toute une planche de grandes cases montre la salle sous différents angles, mais sans personne.) S'accroupissant près du plongeoir, il aperçoit une forme tremblante au fond du bassin. L'eau est trop croupie pour voir à travers (elle nous est montrée à travers son masque à gaz embué). Des excréments flottent à la surface. Il se redresse, surpris : « *Qu'est-ce que… ?* » Une meute de bergers allemands se précipite vers lui. Il n'est pas assez rapide, et les chiens le font tomber dans la piscine sale et sombre avec un « *Splash !* » étalé sur une demi-page.

(La teinte des cases est marron foncé dans cette partie.) Irfan Tol est sous l'eau, avec son masque à gaz, son sac sanglé dans son dos, presque comme un parachute. Des bulles fusent vers le haut. Et, à mesure qu'il s'enfonce, on découvre ce qui repose au fond du bassin : un empilement de carcasses de motos. Il aperçoit un enfant qui joue au milieu des pièces de moteur. Une petite fille qui porte des lunettes de natation. Mais le voilà qui remonte naturellement à la surface, et il la perd. (Cases plus claires ici.) Les chiens aboient au bord du bassin. Il suffoque. Quelque chose le tire vers le fond. Il est à nouveau entraîné sous l'eau : une main fine sur sa cheville. Et il s'enfonce, en se débattant, vers les motos rouillées. Il voit la petite fille qui le regarde fixement, son visage pâle tourné vers le haut. Elle respire au moyen d'un tuba. Ses cheveux forment une très longue tresse qui ondule depuis sa nuque. Et elle l'entraîne encore, plus loin que les roues et les guidons. Il y a une sorte de sas de sous-marin au fond du bassin. Elle tourne le volant, l'ouvre, et ils se faufilent à travers. Ils se laissent tomber dans une chambre métallique sombre, qui se remplit d'eau fangeuse. Elle lui demande de l'aider à fermer le sas, et ils s'y appuient avec leurs épaules. L'eau cesse d'entrer en bouillonnant. Ils restent là, trempés. Il arrache son masque à gaz. « Où sommes-nous ? lui demande-t-il.

— Dans les réservoirs des eaux usées », dit-elle. « *Pont H*, comprend-il. *J'ai reculé.* »

Je réussis à glaner une partie de la suite de l'histoire d'Irfan à partir des fragments de planches qui restaient. Mais il y avait trop peu de pages complètes pour s'y retrouver. Dans les volumes suivants, l'agencement des cases était plus inventif : des formes obliques qui s'entrecoupaient selon des angles étranges, des phylactères qui s'échappaient du dessin pour empiéter sur les cases adjacentes. Les couvertures faisaient allusion à l'ascension d'Irfan à travers les différents ponts de l'épave, et certaines des images déchirées montraient des environnements plus paisibles que ceux rencontrés jusque-là : un gymnase où des stewards soulevaient des haltères, un bar à cocktails où l'on servait de la neige carbonique dans des flûtes à champagne, et un cinéma qui passait ce qui ressemblait à *Autant en emporte le vent* ou bien un pastiche du film. C'était une sensation extrêmement déplaisante : n'avoir que le quart d'une histoire, et aucun moyen d'en connaître la fin.

Je reconstituai ce que je pus du numéro 5. Sa couverture montrait Irfan Tol armé d'un bâton de dynamite à la mèche fumante et d'un harpon. Son regard trahissait le désespoir et la souffrance. Le titre semblait comme marqué au fer rouge sur les entrailles ternies du navire sur lesquelles Irfan s'appuyait. Le nom de l'auteur avait été découpé, comme sur tous les autres numéros que j'avais trouvés. J'examinai la page intérieure, parcourant les crédits. Scénario : ~~nom expurgé~~. Dessin : ~~expurgé~~. Lettrage : ~~expurgé~~. Couleurs : ~~expurgé~~. Les coordonnées de l'éditeur avaient été raturées. Seule une mention en petits caractères, là, au bas de la page, n'était pas tout à fait effacée. Les lettres étaient estompées et difficiles à déchiffrer à l'œil nu. Comme je n'avais pas de loupe, je pris ma molette en verre et l'approchai tout près des caractères, comme une lentille convexe. Les mots se troublèrent, puis devinrent plus nets, exagérément grossis :

Texte et illustrations © Jo Nathaniel

Dans le réfectoire, Nazar était sagement assise aux pieds de Quickman. Il lui avait gardé quelques rondelles de *sucuk* et un petit tas d'œufs brouillés qu'il était en train de transférer dans une serviette en papier. Nous n'étions pas censés nourrir le chien – c'était une de ces règles tacites que le doyen prenait au sérieux –, si bien que lorsque je m'approchai de la table, Quickman tressaillit en entendant mes pas et dissimula le paquet de nourriture sur ses genoux.

« Oh, soupira-t-il en voyant que c'était moi. Tu m'as fait une belle peur. » Il ressortit la serviette pour y ajouter quelques noix piochées dans le bol de Mac. « Je connais les règles, mais merde à la fin… ça me fait du bien.

— Ce qui m'inquiéterait davantage, c'est la façon dont elle va s'exonérer de cette viande épicée, dit Pettifer, qui faisait le guet à l'autre bout de la table. Quelqu'un va finir par humer ton forfait.

— J'aimerais bien savoir comment on prouvera que c'était moi.

— Elle parlerait sous la torture. Ils n'auraient qu'à lui gratter le ventre. »

Je m'assis, comme toujours, à côté de MacKinney.

« Tu n'as pas dormi ? s'enquit-elle. Tu es bien trop pâle, je vais aller te chercher des fruits.

— Mac, à t'entendre, on est tous pâlichons, répliqua Tif de ma part. Arrête un peu. Laisse-la manger ce qu'elle veut. »

Je me versai un verre de lait.

« Ça ne sera pas assez, dit Mac.

— Je vais en prendre un autre, alors.

— Vas-y mollo, dit Tif en faisant trembler sa bedaine. Ça commence comme ça, tu sais. »

Quickman était penché sous la table, en train de tendre la serviette à Nazar. Celle-ci engloutit la nourriture dans sa main. « Je suis bien conscient qu'après ça, elle ne va plus jamais me lâcher, dit-il, mais j'ai pris l'habitude qu'elle me suive partout. » Quand le chien eut terminé, Quickman se redressa et, cherchant un endroit où jeter la serviette tachée de bave, se décida pour l'assiette de Pettifer. « Hé ! se récria Tif. C'est répugnant ! » Ce qui déclencha l'hilarité de Quickman, puis celle de Mac. Mais l'envie soudaine de rire me fit sentir tellement coupable que je dus boire du lait pour la réprimer.

Ensuite, Q se leva et se mit à ramasser les assiettes vides.

« Knell, tu veux bien m'aider à emporter tout ça ? »

Je l'interrogeai du regard.

« La dame reste ici, décréta Tif. Tu peux te débrouiller tout seul.

— Je vais t'aider », proposa Mac.

Mais je voyais bien à l'expression entendue de Q que débarrasser la table n'était qu'un prétexte pour me parler.

« C'est bon, dis-je en me levant pour prendre leurs assiettes. J'ai envie d'un thé, de toute façon. »

Pettifer plissa les yeux.

« Tous les deux, vous ne seriez pas… ? » Il se pencha en arrière, bras croisés. « Mon Dieu, je le savais… vous l'êtes.

— On est quoi exactement ? dit Q.

— Tu sais très bien où je veux en venir.

— Non, Tif. Éclaire-nous.

— Ensemble, il veut dire, dit Mac avec apathie. Il pense que vous êtes en couple. Je lui ai déjà dit qu'il était ridicule. »

En entendant cela, Quickman pouffa de rire. Puis, se tournant vers eux, il dit :

« Il me semble que Knell pourrait trouver bien mieux que moi, vous ne croyez pas ?

— Je ne te le fais pas dire ! répondit Tif. Mais ce n'est pas la peine de faire des cachotteries, tu sais. Ça ne me dérange pas.

— Je suis très heureux qu'on ait ta permission d'aller à l'autre bout de la pièce, rétorqua Q.

— Je t'informe simplement que ça me ferait de la peine, mais que ça ne me tuerait pas. Que vous vous mettiez ensemble serait logique, d'une certaine manière.

— Eh bien, c'est très touchant, Tif, merci. Complètement à côté de la plaque, comme toujours, mais touchant.

— C'est mon cœur qui parle, dit-il avec un grand sourire. Je remarque que Knell ne dit rien sur le sujet.

— Par expérience, je sais qu'il vaut mieux ne pas discuter avec toi quand tu es de cette humeur.

— Hum. » Il fit une moue indéchiffrable : les narines pincées, et se passant la langue sur les dents. « Allez, les tourtereaux, filez. »

J'accompagnai Quickman jusqu'à la desserte près de la cuisine, où nous déposâmes les assiettes pour Gülcan, puis je le suivis jusqu'au passe-plat où Ender nous tendit deux verres de *çay* brûlant sur des soucoupes. Nazar n'était jamais bien loin. Sur la table des condiments, Quickman prit trois morceaux de sucre qu'il fit tomber dans mon verre sans me demander mon avis.

« Pour garder la forme », dit-il, avant d'en mettre quatre dans le sien. En remuant son thé, il se pencha et me demanda : « Tu as trouvé beaucoup de choses chez lui ?

— Toutes sortes de choses. À commencer par ton briquet.

— Ah, bien.

— Et… » Je le dis tout bas : « … des *comics*. Il était ici pour ça. C'est lui qui les a écrits. »

Quickman gonfla les joues.

« Il faut que tu les voies, Q. Ils sont tellement bien faits.

— Comment es-tu sûre que c'est lui qui… ? » Il fit mine de sourire à un court-séjour qui passait devant nous pour accéder au passe-plat. « Comment sais-tu que c'est lui qui les a écrits ?

— Si tu passes, je pourrai te les montrer.

— Il y a une différence entre les dessiner et les écrire. Les scénarios ne sont pas toujours faits par la même personne.

— Tu as sûrement raison, mais je suis certaine qu'il a fait les deux. »

Il adressait un signe de la main maniéré à Pettifer à présent, lequel, retourné sur sa chaise, nous regardait bouche bée. « Il faut que je me débarrasse d'œil-de-lynx là-bas avant qu'on fasse quoi que ce soit. Depuis combien de temps il est comme ça ? J'ai raté un épisode ? » Jetant un coup d'œil à Nazar, il ajouta : « Au moins le chien sait quand il faut se taire.

— Pettifer a toujours été Pettifer, si c'est ça que tu veux dire.

— C'est peut-être que je suis en train de perdre patience envers le côté déplaisant du personnage, je ne sais pas. » Q souleva son verre de *çay*, souffla dessus. « Écoute, j'ai fini la traduction. J'y ai passé la nuit, bon sang, et je ne suis toujours pas plus avancé.

— Qu'est-ce que ça raconte ?

— Ce sont d'autres réclames. Mais les dernières sont les plus étranges.

— Dans quel sens ?

— Je ne peux pas tout expliquer maintenant... Tif me fait déjà me sentir coupable rien que d'être là. On devrait retourner s'asseoir. » Nous marchâmes l'un à côté de l'autre, Nazar se dandinant derrière nous. « Laisse-moi partir en premier, d'accord ? dit-il entre ses dents. Finis ton petit déjeuner, et après viens dans ma chambre quand tu pourras. Je t'attendrai. »

Je m'étais souvent demandé ce qui poussait les femmes à avoir des aventures romantiques, et je comprenais maintenant exactement ce que c'était : le fait d'opérer dans les marges faisait ressortir les qualités les plus attirantes chez les hommes (l'esprit de décision, la prévenance, le mystère) et, d'une certaine manière, toutes ces manœuvres faites en catimini conféraient une importance supplémentaire à chaque brève entrevue. Mais j'avais déjà choisi l'homme que j'aimais, et Quickman – aussi bon ami fût-il – ne ferait jamais un remplaçant convenable.

- - - - -

« J'ai mis un moment à cerner le registre mais, à mon avis, il doit s'agir de légendes de photos. Tirées d'une brochure touristique peut-être. Je n'en suis pas encore sûr à cent pour cent. Écoute un peu ça... »

Quickman était juché sur le bord de son bureau, une main dans la poche, l'autre tenant un bloc-notes. Sa pipe était posée sur l'appui de fenêtre. Les rideaux n'étaient pas tirés, mais l'après-midi morose offrait si peu de lumière que sa lampe était allumée, tournée vers le haut. Elle l'éclairait à contre-jour, comme un rocher dans un aquarium.

« *Les chèvres attendent que le fromager du village viennent les traire.* Et ensuite, entre parenthèses : *Office norvégien du tourisme.* » Il me regarda avec un petit sourire en coin. « Tu as une idée de ce que ça peut être ?

— Non.

— Moi non plus.

— Continue.

— *Les chevaux de labour norvégiens sont parfaitement adaptés aux pentes abruptes. Comme l'attestent les marques distinctives sur les membres de ce superbe animal, il s'agit d'un...* – je sèche sur le mot suivant, alors je l'ai laissé en blanc –, *une race ancienne, très appréciée des gens du pays.* Et ça continue ainsi. Ça n'a aucun sens, vraiment. » Il tourna la page. « *Culminant à quatre cent cinquante mètres, les chutes des Sept Sœurs tombent en cascade dans le* – je crois que c'est *fjord*, pas "anse" ni "cours d'eau" ; c'est plus spécifique que ça – *fjord de Geiranger* – ce bout de phrase est écrit directement en anglais, enfin en norvégien je suppose –, *soit près de quatre fois la hauteur de la statue de la Liberté. Dans cette région, les glissements de terrain sont une menace permanente. Pendant la période glaciaire, les glaciers des montagnes, en se désagrégeant, ont creusé des gorges géantes. La côte norvégienne, avec tous ses fjords, rappelle une lame de scie s'étirant sur des milliers de kilomètres. Au centre, des villageois sont rassemblés pour un pique-nique de pain et de lait caillé avec...*

— Attends, dis-je. Attends. »

Quickman abaissa son bloc-notes.

« Je suis pratiquement certain que le mot est *lait caillé*, et pas "fromage", mais je peux revérifier si tu penses que c'est nécessaire. »

J'avais besoin d'un moment pour réfléchir.

« Knell, est-ce que ça va ? »

J'avais besoin d'un moment.

« Qu'est-ce qu'il y a ? »

Les fjords norvégiens, pensai-je.

Skieurs à Alta, Utah.

Bœufs à Schneeburg, Autriche.

Rocher du Diamant, Martinique.

« Ça ne vient pas d'une brochure, dis-je. Mais d'une revue. »

Cette prise de conscience me sonna. Je dus prendre appui sur le cadre du lit.

« Comment as-tu fait pour comprendre ça... c'est l'histoire du pain et du lait caillé ? »

Je pouvais à peine parler. J'avais l'impression que ma tête allait exploser.

« C'est tiré du *National Geographic*.

— Si tu le dis. Tu m'as l'air bien sûre de toi tout à coup. Il y a quelque chose qui m'échappe ?

— Je connaissais le garçon, Q.

— Bien sûr que tu le connaissais, mais quand même je...

— Non, tu ne comprends pas. Je le *connaissais*. » Je m'assis sur le lit. Les draps étaient frais et repassés. « Avant d'arriver ici, je le connaissais de Londres.

— Mais alors c'était certainement un gosse à l'époque. »

J'acquiesçai de la tête.

« Il avait sept ou huit ans la dernière fois que je l'ai vu.

— Je ne comprends toujours pas comment tu peux déduire tout ça en te basant *là-dessus*. » Quickman frappa le bloc avec ses phalanges. « À moins qu'il ne s'agisse d'une sorte de code.

— Ce n'est pas un code. C'est plus que ça, c'est... autre chose. » Il fallait que je l'écrive, que je l'épelle. « Passe-moi ce bloc et un crayon, tu veux ? »

Quickman s'exécuta. Il resta de l'autre côté du lit, la tête penchée, pendant que j'écrivais en majuscules : JO NATHANIEL.

« Qui est-ce ?

— C'est le nom que j'ai trouvé sur ses *comics*.

— Ah bon, dit-il en reniflant. Eh bien, je suppose que c'est assez concret.

— Ça correspond à la signature sur toutes les couvertures, dis-je. Donc je sais que c'est lui qui les a dessinées. »

JONATHANIEL

JONATHAN IEL

Je tournai la feuille dans l'autre sens.

« Qu'est-ce que tu dis de ça ? »

Il lut à haute voix :

« Jonathan I-él. Jonathan Ay-él ?

— C'est possible, dis-je. Ou bien… »

JONATHAN YAIL

« Je ne te suis plus, là.

— Je te dis que je le connaissais.

— Oui, mais tu ne m'as pas dit comment.

— Tu veux vraiment que je te raconte ma vie, Q ? Je te dis que c'était son nom.

— Je n'en doute pas », dit-il. Et il alla chercher sa pipe sur l'appui de fenêtre ; sa tétine, la chose qui lui permettait d'avoir les idées claires. « Mais il va falloir m'en dire plus, Knell. Tu le connaissais, soit, mais je ne vois pas ce que ça change.

— Maintenant je ne peux pas faire comme si de rien n'était. Pour son père, je dois faire quelque chose.

— Ne commets pas d'imprudence… laisse passer un peu de temps.

— Non, ça change la donne, Q. C'est plus important que cet endroit. Plus important que toi ou Mac ou qui que ce soit d'autre.

— Il va falloir que tu me donnes plus d'éléments. Je fais de mon mieux pour te suivre, mais… » Il désigna son bureau d'un geste. « Écris-le si c'est plus facile. Aide-moi juste à comprendre ce qui se passe avant de faire quelque chose que tu regretteras. »

Je lui confiai tout ce que j'étais prête à admettre ; à propos du voyage à New York mais pas du caldarium, de la thérapie mais pas de mes angoisses, du mural et de l'écliptique mais pas de Jim Culvers. Et Quickman ne me jugea pas. Il se contenta de m'écouter en mâchonnant sa pipe et de dire, tout à la fin :

« Je vois. D'accord. Je comprends.

— Alors tu vas m'aider ?

— Je n'ai pas dit ça. Ce n'est pas mon combat.

— Mais tu ne vas pas m'en empêcher.

— Je ne m'en pense pas capable. Tu as cet air… » Il se laissa tomber sur sa chaise de bureau, pivota. Je voyais bien qu'il ressassait quelque chose qu'il voulait évacuer. « Je ne t'ai jamais parlé de ma phrase secrète ?

— Je croyais que tu ne t'en souvenais plus.

— Eh bien, j'ai menti.

— Pourquoi ?

— Je ne sais pas. Je suis superstitieux. » Q se pinça la barbe. « C'est tiré d'un poème de Dickinson. "*Point n'est besoin d'être une chambre pour être hanté, point n'est besoin d'être une maison. Le cerveau a des couloirs qui surpassent l'espace matériel.*"

— C'est beau.

— En effet. Mais je n'arrive pas à savoir ce qu'elle a voulu dire.

— Que chacun a ses problèmes, je suppose.

— Mais il y a une autre dimension, tu ne crois pas ? Elle dit : "Qui que vous soyez, vous êtes condamné. Vous ne pourrez pas fermer tous ces couloirs dans votre cerveau ; il y en a bien trop. Vous serez hanté où que vous alliez."

— Peut-être. »

Il tourna son visage vers la fenêtre.

« Je ne vais pas essayer de te dissuader de faire ce que tu as à faire, Knell. Et je ne me mettrai pas en travers de ton chemin. Mais il faut que tu te demandes sérieusement si le jeu en vaut la chandelle. Je veux dire : considère les choses sous tous les angles. Si ce sentiment d'urgence ne s'en va pas demain… alors très bien. Fais ce que tu penses être le mieux, et ne t'inquiète pas pour nous. On retombera sur nos pattes. Tout ce que je te demande, c'est d'attendre un peu. »

Le toit de la résidence était constellé de mousse, et une rigole gluante courait le long du parapet pour évacuer l'eau de pluie. Je ne m'aventurai pas loin. M'accrochant aux tuiles, je m'écartai doucement jusqu'à avoir une vue sur la baie où le corps de Fullerton – le corps de *Jonathan* – reposait quelque part sous le tourbillon des vagues. L'après-midi n'était pas moins maussade à cette hauteur. Une décoloration terne du ciel, pareille à de la térébenthine sale, et l'air tellement saturé d'humidité que tout semblait entrevu à travers un carreau souillé. Je voulais suivre le conseil de Quickman et réfléchir avant d'agir. Mais là, sur le toit, au milieu des pins innombrables qui se balançaient, la maison la plus proche réduite à une simple forme grise dans le lointain, je me disais juste que le garçon était venu de bien loin pour mourir, et que je ne pouvais pas laisser le monde rester aussi indifférent.

Parce que, lorsque je pensais à Fullerton à présent, je voyais le pont promenade du *Queen Elizabeth* et un enfant avec une bande dessinée de *Superman*, et la gentille carte de bon rétablissement qu'il avait dessinée pour moi : « *Votre super ami, Jonathan.* » Tous les mots qu'il avait prononcés ces derniers jours se chargeaient d'une nouvelle signification : ces étranges mensonges concernant Green Lanes (il ne pouvait pas dire la vérité sur le milieu dans lequel il avait grandi, cela m'aurait mis la puce à l'oreille quant à sa véritable identité), l'histoire de son père qui ne l'emmenait pas camper (Victor n'était pas un adepte du grand air), les allusions constantes à ces week-ends dans l'appartement du grand-père (Victor étant très souvent à l'étranger pour des conférences, Amanda constamment fourrée à son club de squash, il était logique qu'il se soit attaché au seul grand-parent qui lui restait). Et la fois où il avait raconté être allé « jusqu'à Hampstead » une nuit pendant son sommeil ? Les Yail possédaient une maison à Primrose Hill, non loin de là.

Il y avait tant d'insinuations qui maintenant crevaient les yeux. Évidemment, le *DV-ÉCLIPTIQUE* était une extrapolation du *Queen Elizabeth* et d'autres transatlantiques sur lesquels il avait voyagé. Irfan Tol représentait sans doute sa peur viscérale de l'abandon (étant donné le temps que le garçon prétendait passer avec son grand-père, c'était une hypothèse raisonnable). Et qu'étaient ces *comics* sinon un simple moyen d'exprimer la terreur de ses cauchemars ? Le doyen n'avait pas dit autre chose : « Les rêves font partie de son processus créatif. C'est tout ce que je peux vous dire. » Il n'était pas impossible d'imaginer Jonathan en train de feuilleter les notes de séance de son père et d'y voir le mot ÉCLIPTIQUE griffonné et souligné. Facile d'imaginer qu'il ait pu être entendu à travers la porte du cabinet, ou mentionné, sans que soit précisée la personne à laquelle il se rapportait, au détour d'une conversation à la table familiale. Peut-être Victor avait-il ouvertement discuté du cas de ses patients au téléphone avec des confrères, tandis que le garçon écoutait sur le téléphone de l'étage – qui pouvait le dire ? Je n'avais jamais tellement cru aux coïncidences, et il semblait peu probable que nous ayons tous deux convergé vers un même point de fascination sans avoir été guidés par une main invisible. À présent il n'était plus. Et Victor… pauvre Victor… était là-bas, quelque part, sans se douter que… Il fallait que je le prévienne.

En bas sur la pelouse, le Français dans son poncho jaune marchait en larges cercles avec un autre résident que je n'arrivais pas à identifier. Je n'avais pas pris la peine de les observer très attentivement, mais quand ils entamèrent un nouveau tour de piste, je me rendis compte que l'autre homme n'était pas du tout un résident. Le Français avait confectionné un épouvantail avec un manche à balai, un vieux caban et ce qui ressemblait à une tignasse de feuilles mortes. Il faisait danser cet étrange mannequin dans l'herbe bourbeuse dans le cadre d'une performance quelconque. À chaque tour, il semblait arracher un morceau du pantin et plus cela durait, plus les entrailles et les fibres de ce dernier s'éparpillaient sur la pelouse. Il déclamait à présent en français, mais je ne parvenais pas à comprendre ce qu'il disait.

Au bout d'un moment, des résidents commencèrent à sortir de leurs chambres pour regarder. Un public de courts-séjours se rassembla sur les marches du portique. Ender observait depuis le sentier, les bras chargés de bois de chauffage. Même Ardak était tenté de voir ce qui se passait : il s'appuya contre la remise et retira ses gants de travail, tandis que le Français continuait à débiter ses inepties. Et c'est en entendant la voix du doyen en bas – ce ténor susurrant et affecté – que je flairai une opportunité. L'effervescence suscitée par le numéro du Français se fit plus bruyante, prit davantage d'importance. Tout le monde était absorbé par le spectacle. Et donc, aussi vite que j'en étais capable, je longeai le parapet et redescendis par l'échelle, entre les solives du toit, jusqu'au couloir désert.

Le bureau du doyen se trouvait dans l'autre aile du bâtiment, à l'étage, en face du palier, et chacun de mes pas faisait résonner le parquet. Je retirai mes chaussures et les laissai dans le couloir, passant devant l'escalier et le réfectoire en dessous. Le sol était curieusement chaud sous mes pieds. Je m'attendais à ce que la porte soit fermée à clef, ce qui était le cas, mais je pus examiner le trou de la serrure. C'était un modèle à gorge qui demandait une clef épaisse et courte, sans doute du même laiton mat que toutes les garnitures de porte.

Je dévalai deux volées de marches jusqu'au hall d'entrée. La porte d'Ender était toujours entrebâillée à l'arrière de la maison. Il y avait un joyeux tumulte de voix dehors sous le portique et, essayant de ne pas être vue, je traversai le hall sans un bruit. Le Français continuait à déclamer son texte confus. Je m'introduisis dans la chambre du vieil homme, ne sachant pas trop où chercher. Une flotte de babouches en cuir était alignée avec soin sous son lit, son pyjama plié sur l'oreiller. Les voilages étaient attachés avec des rubans, et je pouvais voir l'intérieur de sa salle de bains : le caillot de mousse laissé sur son blaireau, l'anneau de poils dans le lavabo. Je n'avais pas le temps de me sentir honteuse. Je fouillai sur son bureau, ses étagères affaissées, dans ses placards, sans rien trouver. Je commençai à retrouver mon sang-froid. Dans les tiroirs de son bureau, je ne découvris que des enveloppes, des boîtes de *baklavas* (sa réserve personnelle), ainsi qu'un tas de pages dactylographiées en turc.

J'entendis des bruits de bottes sur le sol au-dehors de la pièce, de joyeux éclats de voix dans le couloir. Le vieil homme revenait – j'en étais sûre –, et je me glissai dans sa penderie, en retenant mon souffle. Ma tête frôla une rangée de patères. Toutes sortes d'objets y étaient accrochés : des pelotes de brindilles, un sifflet sur une cordelette, de grandes perles bleues avec des yeux peints dessus, et des clefs sur des anneaux en métal. Comme Ender n'apparaissait pas, j'en détachai deux, courtes et épaisses, une en laiton, l'autre en métal argenté, et je regagnai le hall à la hâte. Alors que je me dirigeais vers le portique, j'étais certaine qu'une grosse main allait s'abattre sur mon épaule, et que j'entendrais le « Tss-tss » réprobateur d'un résident dans mon dos. Mais cela n'arriva pas. Je sortis sur les marches et me mêlai à tous les courts-séjours, tandis que le Français poursuivait son étrange performance. Il disait : « Adieu ! Adieu ! Adieu ! »

Gluck semblait plus amusé qu'intéressé. Ses sourcils touffus formaient des accents circonflexes au-dessus de son nez. Je m'approchai de lui et demandai : « Tu sais à quoi ça rime, tout ce charabia ? » Il désigna d'un geste la pancarte accrochée au cou de l'épouvantail, sur laquelle on pouvait lire : DOUX ET NÉGLIGEABLE. « C'est très polémique, commenta Gluck, mais je ne comprends pas trop l'intention. D'un point de vue esthétique, toutefois, je dirais que c'est assez réussi. »

Il y a autre chose que vous n'apprendrez pas aux Beaux-Arts : la véritable inspiration ne se manifeste que quand votre invitation est arrivée à expiration. Tous les préparatifs que vous mettrez en place et toutes les dispositions que pourrez prendre ne la feront pas venir à votre porte. Elle vous trouvera dans votre sommeil, ou occupé à des tâches ménagères, ou encore en train de recevoir ces idiots de voisins, que vous aurez laissés entrer, faute de mieux. Et quand elle finira par se montrer, il faudra vous réveiller rapidement, tout abandonner, virer les imposteurs pour lui faire bon accueil, parce qu'elle mettra moins de temps à disparaître que vous n'en aurez passé à l'attendre. Il n'est pas de meilleure compagnie que l'inspiration, et c'est précisément pour cela qu'elle vous brisera le cœur quand elle s'en ira. Alors ne perdez pas de temps à lui demander de s'essuyer les pieds. Étreignez-la sur le seuil.

Les *comics* du garçon étaient exactement là où je les avais laissés : étalés sur la table de travail, avec la molette en verre posée sur la page intérieure du numéro 5. J'allai allumer mon poêle et remplir la bouilloire. J'avais encore les nerfs en pelote et besoin d'un thé léger pour me calmer. Allongée sur le canapé, je contemplai le plafond moucheté de peinture et pensai à Victor Yail. Son visage déformé par le chagrin. Ses lunettes embuées par les larmes. Sa voix brisée. J'essayai de réfléchir à la manière dont j'allais lui annoncer la nouvelle, mais toutes les formules qui me venaient à l'esprit étaient banales : « Votre garçon est mort, je suis navrée... Il s'est donné la mort... Nous l'avons jeté à la mer... » Comment dire les choses autrement ? Les faits, eux, ne changeraient pas.

Alors que le feu brûlait gaiement dans le poêle, je me laissai tellement absorber par le spectacle des flammes que mes pensées commencèrent à se brouiller et à dériver. Je me fis mon thé et l'emportai devant la fenêtre. Aucune promesse d'éclaircie dehors. Des nuages comme des empreintes de pouce fuligineuses sur un manteau de cheminée. En me retournant, je me cognai la hanche contre la table de travail et la molette roula légèrement sur la page. Quelque chose capta mon attention : le grain de l'image sous le verre. Des disques de couleur indistincts.

Me penchant au-dessus, je collai mon œil à la molette comme s'il s'agissait d'une loupe de diamantaire. À travers le verre, je vis la substance imprimée des illustrations. Leurs couleurs étaient constituées de minuscules rangées de points : magenta, cyan, jaune et noir. Certains se chevauchaient, d'autres étaient espacés, le reste formait des masses compactes. Une galaxie qu'on ne pouvait voir de loin. Une chose qui était là sans l'être.

La cloche du déjeuner sonna, mais je restai dans mon atelier. Je sortis les tasseaux de bois que j'avais gardés sous mon lit, les époussetai, coupai tous les angles avec une scie à onglet, et les assemblai avec des vis pour fabriquer un châssis. Je déroulai toute la toile dont je disposais sur le sol de l'atelier et la tendis sur le cadre en clouant des semences au marteau. Je me retrouvai bientôt face à un rectangle vierge d'un mètre vingt sur deux mètres soixante-quinze. Il s'étalait sur toute la largeur de mon atelier et pas un pouce de toile ne me faisait peur. En attendant que la couche d'apprêt sèche, je restai à proximité, projetant l'image que j'avais en tête. Il me paraissait inutile de faire un carton : le mural que j'avais imaginé était très simple – une pure abstraction – et mieux valait laisser l'idée s'exprimer sans trop de contraintes. Pour commencer, j'avais besoin d'obscurité.

Le garçon n'avait épargné qu'une seule des guirlandes de champignons que je conservais dans ma penderie. Il y avait bien la boîte de pigment cachée derrière l'armoire de toilette, mais cela ne serait pas suffisant pour me faire toute la nuit. Je pouvais moudre ce qu'il me restait, mais j'allais devoir en récolter davantage.

J'organisai ma table de travail comme d'habitude. Je fermai les volets et j'agrafai le store à enrouleur au cadre de la fenêtre. Après quoi, avec un sentiment de tristesse qui me vrilla la colonne vertébrale, j'allai chercher un rouleau d'adhésif neuf dans le placard et je le laissai sur la table pour plus tard.

Quand la cloche du dîner sonna, je l'ignorai. Je m'avisai brusquement que je n'avais pas à attendre la nuit tombée pour récolter ce dont j'avais besoin. Je connaissais si bien le chemin que je pouvais l'emprunter les yeux fermés. Et, comme tous les hôtes étaient allés à la résidence prendre leur repas du soir, je ne risquais pas d'être vue. Je fourrai donc un rouleau de papier d'aluminium dans ma sacoche, avant de m'éloigner d'un pas léger sur le sentier et de me glisser sous le tablier des arbres.

Dans la lumière atone du jour, les bois devenaient autres : fermés, mais moins menaçants. Les pins dégageaient un parfum piquant et désagréable, exhalé par la pluie. Je cherchai les troncs que j'avais entaillés au couteau et les suivis, une encoche à la fois, jusqu'à ce que l'air devienne froid et humide et le sol plus élastique sous mes pieds. Plus loin, j'aperçus l'enclave avec les arbres penchés, et puis l'étroite clairière avec son nid de rondins en décomposition. Les champignons étaient là, tellement ordinaires avant le coucher du soleil. Des grappes d'un brun uni aux marges presque translucides. Je m'agenouillai pour couper toutes les têtes, jusqu'à en couvrir la feuille d'aluminium. Je les enveloppai, les enroulai d'adhésif et mis le paquet dans ma sacoche. En rebroussant rapidement chemin entre les pins, j'eus le sentiment d'avoir oublié quelque chose ; mon couteau, peut-être mon écharpe.

Je m'arrêtai.

Je ne vis rien sur le sol, mais la clairière semblait avoir été pillée, les rondins décapés, abandonnés. Et je sentis que je ne retournerais plus dans ces bois, qu'il n'y aurait plus de pigment après ça. Parce que je serais partie avant qu'une autre grappe soit suffisamment grosse pour être récoltée.

3

Quand le vieil homme vint enfin moucher les bougies sous le portique, je fermai et scellai ma porte avec de l'adhésif. Les morceaux se détachaient du rouleau à grands bruits, et je m'efforçai de ne pas penser à Fullerton ni à ce qu'il avait dû entendre quand il s'en était servi. J'étais responsable de cela, je le savais, et c'était ce que je dirais à Victor au téléphone. Mais il n'y avait rien que je puisse faire au sujet du garçon avant le matin. Le seul moment où j'étais certaine que le doyen quittait son bureau, c'était juste après le lever du soleil, où il aimait prendre son *türk kahvesi* sous le porche avec Nazar. J'allais devoir m'introduire à l'intérieur de la résidence avant cela, mais rien ne servait de gâcher l'obscurité.

Mes échantillons luisaient sur le mur : un damier de bleus. Ils étaient mon guide à tous points de vue : non seulement parce que je pouvais peindre à leur faible lumière, mais aussi parce qu'ils m'aidaient à évaluer mes mélanges et mes nuances. Tout le travail que j'avais accompli ces dernières saisons – trouver la bonne composition du pigment, apprivoiser toutes ses facettes et peaufiner ma technique – se concrétisa cette nuit-là. Aussi loin que remontent mes souvenirs, c'était la première fois que je savais exactement ce que j'avais à peindre et comment y parvenir. Je n'aurais pas su dire s'il s'agissait de clarté ou d'un simple prélude, mais j'espérais que cet état ne me quitterait jamais.

Je vidai tous les champignons qui se trouvaient dans ma sacoche. Une écume bleue s'échappa d'un coup du plastique éventré, comme si j'avais découvert un lagon souterrain. Je ne mis pas longtemps à les enfiler ; huit guirlandes de champignons au total, que je suspendis à la tringle de ma penderie pour qu'ils sèchent. Je retirai la seule guirlande restante des profondeurs où je l'avais cachée ; son éclat était légèrement plus faible que le reste, mais elle s'avéra extrêmement productive une fois broyée dans le mortier. Après avoir versé toute la poudre sur la plaque, j'allai consulter mes échantillons, vérifiant les proportions d'huile et la taille des champignons indiquées dans les marges. Je choisis la nuance et l'éclat qui me convenaient, je procédai aux mesures, j'ajoutai l'huile de lin à la poudre, et je travaillai le mélange à la molette jusqu'à obtenir la bonne consistance : suffisamment fluide pour garnir les poils de martre d'un pinceau moyen et suffisamment épaisse pour tenir sur le tranchant d'un couteau à palette. Puis, chargeant le plus gros pinceau rond que je possédais, j'appliquai la peinture sur la toile vierge.

J'avais envisagé de tracer des repères au compas pour me guider, pensant que cela paraîtrait plus propre si les cercles étaient précisément dessinés. Mais je changeai d'avis. Même si je voulais en faire une image purement abstraite, je ne devais pas me contenter de faire du coloriage. Mieux valait peindre les cercles qui se chevauchaient à main levée. S'ils étaient imparfaits, très bien. Il fallait qu'ils aient l'air créés par la main de l'homme. J'imprimai donc un grand geste circulaire à mon pinceau, en me servant de la rotation naturelle de mon épaule – des touches rapides, fluides, qui venaient du bras tout entier, pas juste du poignet. Et, quand la peinture commença à manquer, je rechargeai le pinceau et je continuai avec les mêmes mouvements circulaires, encore et encore, travaillant de la périphérie vers l'intérieur, épuisant toute la peinture pour réaliser un cercle complet. Il reposait sur le côté gauche de la toile, parfaitement circonscrit dans les limites du cadre – le plus clair des trois que je prévoyais de peindre. D'une nuance tellement rayonnante qu'elle m'apaisait comme une veilleuse, tellement lumineuse que j'arrivais à distinguer les traces de pinceau et les fibres de la toile apprêtée en dessous.

Le mortier et le pilon, la molette et la plaque, les pinceaux et le couteau, la table de travail : tout devait être lavé et séché à nouveau avant que je puisse entamer la phase suivante. Je me mis à la tâche avec beaucoup d'empressement, impatiente de recommencer, et consciente de l'obscurité qui faiblissait. Quand tout fut nettoyé, je décrochai l'armoire de toilette, sortis la boîte de tabac et j'allai la poser sur la plaque. Encore de l'adhésif à décoller et à retirer – je repensai à Fullerton – et, au moment où le couvercle s'ouvrit, un nuage de poudre bleue faillit me faire éternuer. Je versai tout son contenu sur le marbre, j'interrogeai mes échantillons pour les bonnes proportions, je mesurai l'huile de lin à la cuiller et travaillai le mélange à la molette. Cette peinture-là devait être un peu plus fluide, d'un ton plus profond, d'un éclat plus riche. Quand elle fut prête, je l'appliquai sur la toile avec les mêmes gestes amples. Ce cercle était supposé être exactement de la même taille, et je devais estimer sa dimension d'instinct. Sa moitié gauche était censée chevaucher l'autre cercle. Ainsi, comme les deux disques se superposaient à moitié, les deux tons fusionnèrent, leur intersection révélant sa propre nuance.

Je continuai à travailler jusqu'à ce que toute la peinture soit utilisée : le mural montrait deux disques resplendissants de couleur bleue, l'un très légèrement plus clair que l'autre. Il ne me restait plus de pigment pour faire le dernier cercle. Des oiseaux pépiaient dehors ; il ne me restait plus beaucoup de temps avant le lever du jour. La peinture aurait eu besoin de sécher, mais comme je ne pouvais pas la laisser à la vue de tous, je la couvris avec des draps, en fixant des pinceaux au bord supérieur du cadre de manière à écarter le linge de la surface. Je me frottai les mains au savon. Et, m'assurant que les clefs du vieil homme étaient bien dans ma poche, j'ouvris la porte en tirant sur la poignée jusqu'à ce que l'adhésif se déchire. Le soleil n'était pas encore tout à fait levé. Le voile de rosée sur les pelouses avait une odeur familière. Plissant les yeux pour affronter la lumière, je courus vers la résidence, toujours dans mes habits de peintre, avec du pigment sur le bout de mes chaussures et de l'huile de lin dans les cheveux.

La fatigue me tomba dessus au moment où j'atteignis l'entrée. Mes muscles brûlaient et piquaient. Mais je continuai, montai l'escalier en m'efforçant d'atténuer le bruit de mes pas. Les lames du parquet produisirent des croassements jusqu'à ce que j'arrive sur le palier. La porte du réfectoire était grande ouverte et j'entendais Gülcan s'agiter bruyamment dans la cuisine. Elle travaillait dix fois plus que quiconque : dernière couchée, première levée. Je ne savais pas ce qui la poussait à le faire, mais elle le faisait toujours avec le sourire.

Je gravis une autre volée quatre à quatre – les dernières marches étaient moquettées et étouffèrent mes pas. Il y avait des logements inoccupés dans l'aile est, mais j'ignorais à quelles portes ils correspondaient. Je devais deviner. Je collai mon oreille contre le bois et j'entendis des ronflements. Je choisis une autre porte : silence. Tournant la poignée sans à-coup, de peur qu'un seul grincement puisse réveiller tout Heybeliada, je la poussai et me glissai à l'intérieur. Le matelas nu était constellé de taches. Le jour se levait à la fenêtre. J'étais seule.

J'avais beau m'efforcer d'inspirer et d'expirer lentement, impossible d'empêcher mon cœur de battre la chamade. Mes os ne me portaient plus. Je laissai la porte entrouverte et jetai un coup d'œil dans le couloir. Pendant un bon moment, rien ne bougea. Je me demandai ce qui arriverait si le doyen renonçait à son café turc. Combien de temps allais-je l'attendre ? Jusqu'à la cloche du petit déjeuner ? Jusqu'au déjeuner ? Je pensai à mon mural, et j'en éprouvais une fierté si grande que j'en eus le rouge aux joues. L'idée me traversa l'esprit que même si le doyen me surprenait, je partirais bientôt et pourrais transmettre mon message à Victor en personne. Cette idée me rendit nerveuse. Et je commençai à ne plus savoir à quel saint me vouer : avais-je seulement besoin de passer ce coup de téléphone ? N'était-il pas plus prudent de terminer mon travail et de partir avec tous mes documents en règle ? Était-il vraiment important d'informer Victor maintenant ?

Soudain, un cliquetis de griffes me parvint du couloir. Nazar fonçait vers l'escalier. Je vis le doyen sortir lentement de son bureau, fermer la porte à clef. Il était tellement indolent dans ses mouvements. Il racla sa canne en bambou le long des plinthes et bâilla. Une fois sur le palier, il s'appuya sur la balustrade. Je crus qu'il m'avait vue. Mais à ce moment-là, Nazar gémit plus bas dans l'escalier et il se retourna. « Ah, te voilà, dit-il. Je croyais qu'on était d'accord, que tu ne ferais plus ça ? » Sur quoi il descendit l'escalier et, alors qu'il était hors de ma vue, je l'entendis dire : « Avance, gredine, tu vas te faire piétiner. »

Je laissai passer quelques instants avant de sortir. De la poussière en suspension vibrionnait dans la lumière oblique au milieu du couloir, et je passai à travers avec l'assurance d'un enfant se ruant sur des arroseurs de jardin. Je devais marcher à pas feutrés mais rapides, et j'étais certaine que chaque fois que la semelle de mes chaussures claquait sur le parquet, quelqu'un m'entendait en dessous. Mais je parvins à la porte du doyen. La clef en laiton ne correspondait pas à la serrure. L'autre s'y inséra aisément, et elle tourna.

Je ne m'attendais pas à trouver les rideaux tirés à l'intérieur. Une odeur aigrelette de mégots de cigarettes empuantissait l'air : caractéristique. C'était l'une des pièces les plus spacieuses de la résidence et les plus ornées. Les sofas verts avaient été disposés en vis-à-vis, comme pour accueillir un tournoi de conversation, et des appliques en pampilles de cristal était fixées sur tous les murs. Le doyen possédait un imposant bureau ancien en merisier. Les murs étaient tapissés d'un papier peint à fleurs et de couleur vive. Les tapis aux motifs labyrinthiques étaient immenses et somptueux, et des chaises recouvertes de tissu crème étaient placées dans tous les coins (sans qu'on sache bien quel était leur usage). Sur la desserte se trouvait un plateau argenté avec des verres à *çay* à bords argentés sur des soucoupes de même couleur. L'appui-tête en cuir de la chaise de bureau était fendu et usé. (Il y a des années de cela, j'avais été reçue dans cette pièce quand on m'avait présenté le refuge, et le doyen m'avait expliqué non sans une certaine fierté l'histoire de l'étrange presse-papiers sur son bureau, une mouette en fonte ayant appartenu à son auteur préféré : « On m'a juré qu'il trônait jadis sur les manuscrits de Gürpinar. Il existe des preuves photographiques, je vous assure. » La mouette était toujours sur le bureau quand, quelques jours auparavant, nous nous étions tous les quatre perchés sur ces sofas verts pour l'écouter parler d'un garçon appelé Fullerton. Comme cette après-midi semblait lointaine à présent. Et le presse-papiers n'était plus là.) Je perdais mon temps à regarder bêtement les effets personnels du doyen. Mais la pièce était tellement luxueuse comparée à ma chambre, et je devais lutter contre l'envie de m'endormir sur les coussins moelleux du canapé. Je n'étais qu'un corps souffrant. J'avais l'impression qu'on m'avait martelé le cerveau.

Je m'approchai du meuble en tek derrière son bureau. Il était là : le seul téléphone du refuge. Son socle était sophistiqué, doré, finement ciselé. Le combiné en jade était si lourd que mon coude s'affaissa un peu quand je le soulevai.

J'entendis un roucoulement dans l'écouteur. La ligne fonctionnait. Je composai le zéro pour avoir l'opératrice. Rien ne se passa. Au bout d'un moment, la ligne se coupa en grésillant. Je fis une nouvelle tentative et j'obtins la même réponse. Ce devait être zéro. Zéro pour l'opératrice. Ou avaient-ils changé pour un-zéro-zéro ? J'essayai avec ce numéro.

« *Allô ! En quoi puis-je vous aider ?* »

Je m'étais imaginé que l'opératrice serait turque.

« *Allô ?! Vous aviez besoin de moi pour vous assister ?* »

J'avais dû joindre une standardiste pour l'international.

« Je dois passer un appel à Londres, dis-je précipitamment.

— *Pouvez-vous parler plus fort, s'il vous plaît ? Je ne vous entends pas très bien.*

— Non, je ne peux pas, désolée. » Mais je chuchotai plus clairement : « Je dois – passer – un appel – à Londres.

— *Connaissez-vous le numéro, madame ?*

— Seulement le nom et l'adresse.

— *Je vais devoir les noter.*

— Il s'appelle Yail. » J'épelai, et elle répéta en utilisant l'alphabet phonétique. « Son prénom est Victor. Il est médecin, si ça peut vous aider à trouver son numéro. » Puis je lui donnai l'adresse. « Faites vite, s'il vous plaît.

— *J'ai votre numéro. La connexion ne devrait prendre qu'un moment.* »

Un trille. Un autre. Un troisième. Et puis…

« *Bonjour, vous êtes sur le répondeur des Drs Yail et Fleishmann, cabinet de Harley Street.* » Une voix d'homme, très lasse, mais pas celle de Victor. « *Le cabinet est ouvert de dix heures à dix-neuf heures, du lundi au jeudi. Si vous appelez en dehors de ces heures et souhaitez prendre rendez-vous, laissez votre nom et le numéro auquel nous pourrons vous joindre. Après le signal sonore, parlez aussi distinctement que possible. Merci.*

— Oui, il s'agit d'un message urgent pour le Dr Yail, dis-je. Il est très important que je parle à… »

Un long bip dans mon oreille.

« Allô ! Il y a quelqu'un ? »

Un grésillement de bruits parasites.

Je recommençai :

« C'est un message urgent, s'il vous plaît, pour le Dr Yail. J'ai de très tristes nouvelles concernant son fils. » Je marquai une pause, ajustant la formulation dans ma tête. « J'ai bien peur de devoir lui annoncer que Jonathan est mort. C'est arrivé hier de bonne heure. » Cela paraissait tellement froid, tellement définitif. « Je suis navrée de devoir vous l'apprendre dans un message comme ça… j'aurais tellement voulu ne pas être celle qui vous l'annoncerait… je suis vraiment désolée… C'est Elspeth Conroy à l'appareil… le Dr Yail sait qui je suis. *Vous* savez qui je suis, Victor. C'est terrible de devoir dire tout ça à une machine. Je suppose qu'il doit être tôt chez vous. Il est tôt *ici*. Le soleil vient à peine de se lever… Victor, je suis vraiment désolée. Il fallait que je vous prévienne. La pauvre Amanda doit être folle d'inquiétude. Mais nous n'avons rien pu faire. Il s'est noyé… C'était les rêves… ils avaient fait de sa vie un tel enfer, mais il… il n'a pas souffert… C'est compliqué de vous dire exactement où je me trouve. Vous connaissez bien Istanbul ? Si vous arrivez à prendre un ferry pour Heybeliada, c'est… » Un autre long bip. « Victor, vous êtes là ? »

Mais la ligne s'était coupée. Je décrochai et raccrochai plusieurs fois avec le doigt pour tenter de l'obtenir à nouveau. Rien, à part la tonalité. Je reposai le combiné, me disant que j'allais devoir rappeler, mais quand ? Le doyen ne quittait presque jamais son bureau. J'avais laissé passer mon unique chance.

Il fallait que je sorte.

La porte paraissait très loin de moi à présent. J'étais incapable de courir. Je me sentais oppressée. Je tournai la poignée, jetai un coup d'œil dans le couloir. Inondé de lumière. La voie était libre. Mais, en sortant, la serrure me donna du fil à retordre. La clef en laiton, si docile la première fois, refusait à présent de s'insérer. Je bataillai un moment avant de comprendre que c'était la clef argentée, *l'argentée*. Je parvins enfin à fermer la porte et m'enfuis. Au même moment, quelqu'un arrivait sur le palier. Je m'agrippai aux lambris pour stopper ma course. Mes chaussures crissèrent sur le sol. Je manquai décrocher un tableau du mur : il se balança avant de s'immobiliser.

Gülcan apportait le petit déjeuner du doyen sur un plateau : du jus d'orange, des toasts et deux œufs à la coque. Quand elle me vit, ses bras tressaillirent. Le jus trembla dans le verre.

On ne se parla pas. Elle clignait nerveusement des yeux, comme un lapin. Je joignis les mains, articulant en silence : « S'il vous plaît. » Et, après un moment, elle soupira et hocha la tête d'un air grave. Je continuai dans le couloir, passai devant elle, puis descendis l'escalier avec cette sensation au creux du ventre d'avoir avalé de l'essence de térébenthine et de l'avoir fait passer avec une flamme.

Le petit déjeuner était le troisième repas d'affilée que j'avais manqué, ce qui poussa MacKinney à venir frapper à la porte de mon atelier. Elle me tira des tranchées les plus sombres du sommeil : de ces rêves qui vous viennent seulement dans des moments d'épuisement total, qui extirpent vos peurs et secouent la terre de leurs racines dans votre conscience. Une boucherie, un sol couvert de sang, un seau et une serpillière – des choses auxquelles j'étais bien contente d'échapper. « Knell, c'est presque l'heure du déjeuner. Tu es là ? » Mes volets étaient toujours fermés et les stores toujours agrafés. Des lambeaux d'adhésif pendaient à la porte. « J'entre. »

J'étais sur mon canapé sous une pile de couvertures. La fatigue avait eu raison de moi ; je n'avais pas allumé le poêle quand j'étais rentrée, et je m'étais endormie en frissonnant.

Mac me regarda.

« Tu as un lit, tu sais. Je te conseille d'essayer. » Puis, constatant le désordre : « Mince ! Tu as travaillé !

— Je suis aussi stupéfaite que toi. » Je me redressai, balayai la pièce d'un rapide coup d'œil. Le mural était appuyé contre le mur, couvert de draps. « Mais il n'est pas fini. »

Elle remplissait déjà une carafe d'eau.

« On pensait que tu nous battais froid, mais j'imagine que tu étais dans ton truc. Il ne m'était même pas venu à l'esprit que… enfin, tu vois ce que je veux dire. » Comme il n'y avait pas de tasse propre, elle me passa la carafe. Je bus à même le bec, trempant mon menton et le devant de ma chemise.

« Alors, qu'est-ce que c'était… un éclair de foudre ? Ou un parfait accident ?

— Je ne sais pas trop. Un peu des deux.

— Eh bien, si tu as réellement retrouvé ta muse, ne la garde pas pour toi. On a tous besoin de sa compagnie. » Elle examina le plafond. « Où est-elle ? Je peux te l'emprunter juste une après-midi ? Je jure de te la rendre.

— Ce n'est pas toi qui disais : “Oh, merci, monsieur. J'aurai terminé ma pièce en un rien de temps ?” »

Elle croisa les bras, yeux baissés.

« Je ne me souviens pas voir été aussi obséquieuse. » Et, écartant mes pieds, elle s'assit sur le canapé à côté de moi. « De toute façon, à ce que je vois, je n'ai pas à m'inquiéter d'être la première à partir d'ici. Dans combien de temps verrons-nous ton nom sur le tableau d'affichage ? »

Je haussai les épaules.

« Il me faut encore une nuit de travail, peut-être deux.

— Seulement ? Ouah, c'est sérieux. Il vaudrait mieux que tu prennes rendez-vous avec le doyen, alors. Qu'il commence à s'occuper de la paperasse.

— Il se pourrait que ça ne soit pas aussi simple.

— Bien sûr que si. Va lui demander. » Me tapotant les mollets, elle se tourna vers moi et sourit. Je voyais les empreintes de doigts grasses sur ses lunettes. Il semblait inutile de lui parler de mon appel passé en cachette dans le bureau du doyen. Moins elle en saurait sur mes agissements, moins elle serait compromise par association.

« J'ai toujours pensé que tu serais la première d'entre nous à y arriver, tu sais. Pettifer va être dévasté, pauvre vieux, et on verra peut-être même Q verser une larme quand tu partiras. Mais je suis sûre qu'il ne pleurera pas devant toi. Qu'il gardera un semblant de dignité. Quant à moi… » Elle m'empoigna la jambe. « … il faudra qu'ils me séparent de toi à la scie à métaux. » Nous rîmes ensemble. À cet instant précis, j'étais à la fois heureuse et désespérée. Puis une idée lui vint à l'esprit. Je la vis éclairer son regard.

« Tu veux bien me rendre un service quand tu seras de retour dans la mère patrie ? demanda-t-elle.

— Bien sûr. Tout ce que tu voudras.

— Si tu pouvais envoyer une lettre à mes enfants pour moi, je t'en serais vraiment reconnaissante.

— Je ne partirai pas sans ton mot.

— Ils auront peut-être déménagé, alors il vaudrait mieux mettre ton adresse au dos, au cas où, hein ?

— C'est comme si c'était fait. J'irai leur apporter en main propre, s'il le faut. »

Elle me prit la main et l'embrassa.

« Tu es une amie formidable, Knell… tu sais ça ? J'ai toujours su que tu trouverais le moyen de sortir d'ici. » Mes ongles encroûtés de peinture blanche attirèrent son attention. « Mais regarde-toi un peu, tu as la peau sur les os. Tu as intérêt à faire un déjeuner correct aujourd'hui.

— J'y penserai.

— Le voyage de retour sera long, tu sais. C'est important de rester en bonne santé.

— Je vais très bien.

— Promets-moi juste que tu mangeras. Un bol de riz, un peu de fruits… c'est tout ce que je demande.

— Si j'ai faim, Mac, je mangerai. Ne t'en fais pas. »

J'allai faire couler la douche dans la salle de bains. Ma chemise de travail sentait étrangement fort. Je me déshabillai et j'enfilai un peignoir pendant que l'eau chauffait. Quand je retournai dans l'atelier, Mac avait allumé le poêle et se tenait debout à ma table de travail, un des *comics* de Jonathan à la main.

« Ils sont à toi ? demanda-t-elle. Ils sont incroyablement sombres.

— C'est Fullerton qui les a dessinés.

— Sans blague ! » Elle s'assit avec la bande dessinée, les pieds sur la table. « Je croyais que tu avais dit qu'il était musicien.

— C'est ce que nous supposions.

— Je ne me rappelle pas y avoir beaucoup réfléchi.

— Très bien : ce que *moi*, je supposais. »

Elle hocha distraitement la tête.

« Eh bien, ses dialogues ont besoin d'être retravaillés, commenta-t-elle, mais son sens du drame est admirable…

et les dessins, c'est vraiment quelque chose. Tu es certaine qu'ils sont de lui ?

— Je les ai trouvés dans son atelier.

— Ça ne veut pas nécessairement dire qu'ils sont de lui.

— Je sais. Mais fais-moi confiance.

— Mmh mmh », marmonna-t-elle, tellement absorbée dans le numéro 1 qu'elle semblait indifférente au fait que je cherchais à l'éviter. « Va prendre ta douche. J'en suis au passage avec la vieille femme en vison. Ça commence juste à faire peur. »

Plus tard, lavée et plus alerte, je lui expliquai tout. Au sujet de ma relation avec le garçon et des traductions de Quickman, ce qu'elles signifiaient. Elle ne parut pas surprise. En me servant de la molette, je lui montrai le nom de Jo Nathaniel en caractères d'imprimerie, et lui laissai voir les rangées de points de près. Elle laissa échapper un petit hoquet de fascination. Je lui parlai vaguement, sans mentionner aucun nom, des difficultés que j'avais rencontrées avec la commande du mural, et lui dis que c'était de voir tous ces cercles minuscules sur la page qui m'avait permis de trouver une nouvelle approche. « Pas d'éclair, dis-je, plutôt un très lent tremblement de terre. »

Elle m'écouta attentivement, impliquée et bienveillante, comme si un metteur en scène lui donnait des indications dans une oreillette. Mais toutes ses réactions étaient à l'imparfait : « Ce genre de chose m'arrivait tout le temps, disait-elle. Le nombre de culs-de-sac dont j'ai dû me dépatouiller comme ça… Tu n'imagines pas à quelle vitesse je travaillais avant. » Je lui dis que je l'attendrais à Londres, que ma porte lui serait toujours ouverte, que j'irais voir ses pièces partout où elles seraient montées ; toutes les platitudes dont on abreuve des amis quand, dans son for intérieur, on craint que ce qui existe entre nous à cet instant précis ne soit dilué par la séparation.

- - - - -

Non seulement les résidents étaient déconcertés de voir Ardak distribuer des plâtrées de moussaka derrière le comptoir, mais sa lenteur à servir les obligeait à faire la queue depuis la porte du réfectoire. Et, alors que j'attendais dans la file, je les entendais cancaner dans un mauvais anglais sur ce qui avait dû arriver à Gülcan. Mac se mit à parler avec Lindo en espagnol, et je ne savais pas où poser les yeux. Q et Tif étaient à notre table, serviette glissée dans le col, devant d'affreux monceaux de nourriture, et ils ne s'empiffraient pas avec leur enthousiasme habituel.

Quand j'arrivai devant le passe-plat, je tendis mon assiette à Ardak, qui me la prit des mains en soufflant. Il me servit une telle plâtrée de bouillie brune qu'elle déborda. Quand je voulus lui reprendre l'assiette, il la retint, et me jeta un regard mauvais.

« C'était quoi, ça ? demanda Mac, alors que nous nous éloignions. Tu as oublié de dire merci ? »

Je m'efforçai de garder le silence, mais Pettifer commençait déjà à chercher une explication à l'absence de Gülcan quand nous arrivâmes à la table. Il se poussa pour laisser Mac s'asseoir.

« Oui, mais il ne doit pas y avoir que ça, Q, c'est plutôt le vieux qu'ils auraient mis au service autrement, non ? À mon avis, ils l'ont virée, et Ender est là-haut en train de plaider sa cause.

— Ça me sidère, dit Mac, la vitesse à laquelle tu échafaudes ces histoires à dormir debout. La pauvre fille a sans doute une gastro et elle aura jugé préférable de ne pas contaminer notre nourriture.

— J'espère que tu as raison. » Il planta sa cuiller dans la bouillie qui remplissait son assiette. « Je n'en peux plus de ce gruau.

— Lindo dit qu'il a entendu quelqu'un vomir tout à l'heure, dit Mac. J'espère qu'elle va bien. »

Tif garda le silence un moment.

« La nausée du matin, peut-être.

— Bon sang, Tif, mets-la en veilleuse, s'emporta Quickman.

— Eh bien quoi, je ne vois pas pourquoi la parole de Lindo passerait avant la mienne.

— Ce n'est pas de ma faute s'il dit des choses plus sensées que toi, dit Mac.

— Tu n'es pas obligée de le citer, non plus. C'est l'oracle ibère ou quoi ? »

Et là je perdis patience.

« Est-ce que vous pourriez tous, pour une fois, essayer de vous taire ? Qu'est-ce que vous en dites ? » Je les avais laissés spéculer aussi longtemps que cela les détournait de la vérité concernant l'absence de Gülcan, mais je ne supportais pas de l'entendre calomniée. Son seul tort était d'avoir monté le petit déjeuner du doyen un tout petit peu trop tôt, et je ne pouvais pas lui en vouloir si elle décidait de parler.

« Vous me donnez le tournis, vous tous, dis-je en repoussant mon assiette.

— Tu m'avais promis que tu mangerais, dit Mac.

— Désolée. C'est totalement immangeable.

— Il y a plein de pain et de yaourt là-bas. Même Ardak ne peut pas gâter ça.

— Je prendrai quelque chose au dîner.

— Je savais que tu trouverais une excuse.

— Est-ce que tout va bien ? demanda Q.

— Parfaitement bien », dis-je en souriant.

En vérité, à l'instant où j'avais vu que Gülcan n'était pas derrière le comptoir, mon cœur avait commencé à tambouriner. Je m'attendais à ce que le doyen descende à tout moment et attire l'attention du réfectoire d'un claquement de mains. « Finissez vos assiettes, tout le monde, allait-il dire. Knell a des informations importantes… »

Mais tout ce qui arriva, c'est que Mac se pencha à l'oreille de Tif et lui dit : « Knell s'en va.

— Hein ?

— Elle recommence à peindre. J'arrive de son atelier. Dans quelques jours, elle sera partie.

— Mac, *arrête*, dis-je.

— Allez, je suis fière de toi. » Et, jetant un coup d'œil à Q, elle ajouta : « Il y a une toile chez elle grande comme un panneau d'affichage. Je n'ai pas encore vu ce qu'il y avait dessus, mais si on lui demande gentiment, on aura peut-être droit à un petit vernissage.

— Tu es sérieuse ? demanda Q.

— C'est vrai que j'ai recommencé à peindre, dis-je. Pour le vernissage, je ne sais pas.

— C'est merveilleux !

— On verra. Je n'ai pas encore tout à fait fini.

— Mais après tu nous laisseras la voir, pas vrai ? insista Mac.

— Peut-être. Sans doute. Je n'ai pas décidé. »

Pettifer se leva de table, faisant s'entrechoquer des plats.

« Excusez-moi, mais ça suffit, je n'en peux plus de cette pâtée. Je vais voir ce qu'il y a d'autre. » Il emporta son assiette vers la cuisine. Je ne l'avais jamais vu marcher aussi vite. Le dos de sa chemise était marbré de transpiration. La peau de son crâne dégarni était rose et paraissait irritée.

« Quelle mouche l'a piqué ? demanda Mac.

— Tu aurais pu ménager un peu son ego, dit Quickman. Il venait à peine de se faire à l'idée de ton départ et maintenant tu restes, même si je ne suis pas encore sûr à cent pour cent de comprendre pourquoi, et voilà que c'est Knell qui s'en va. C'est rude pour l'organisme, de se réjouir comme ça pour les autres. »

Mac rit doucement.

« Je te l'ai dit : je ne suis pas encore satisfaite de la pièce. Je dois trouver une solution à un millier de trous dans la logique de l'intrigue. Tu sais ce que c'est.

— Ah oui, je me souviens. Les trous dans l'intrigue. Les services de la voirie finissent par les boucher. »

Elle sourit.

« Eh bien, ne nous oublie pas, Tif et moi, quand tu seras de retour à la maison. » Quickman sortit sa pipe de sa poche. « Parce que nous, on ne sortira d'ici que si quelqu'un revient chercher nos cendres. Ce qui, je peux te l'assurer, est loin d'être une fin aussi romantique qu'il y paraît. »

Les champignons n'étaient pas suffisamment secs pour être réduits en poudre. Après une journée entière passée à côté du chauffe-eau, ils avaient blanchi et s'étaient ratatinés, mais il fallait qu'ils soient déshydratés. Malgré tout, à la nuit tombée, je décrochai deux des guirlandes les plus sèches et les dépouillai. Je devais essayer, au moins pour préparer un lot de peinture. Et il y avait cet échantillon sur mon mur qui luisait toujours, et dont je savais qu'il avait été réalisé au premier stade de mes expérimentations avec le pigment, quand j'utilisais des chapeaux beaucoup plus humides. Ces toutes premières nuits, passées à tester les possibilités du matériau, à jouer avec des mélanges d'émulsions et de pâtes, avaient produit une noix de peinture brillante que j'espérais pouvoir reproduire. Le plus difficile étant d'arriver à déchiffrer mon écriture dans les marges du petit carré de toile : certains 7 ressemblaient à des 1, certains 9 à des 8, mais grâce à l'esprit méthodique que m'avait inculqué mon père, j'arrivais toujours à m'y retrouver. *Ne jette jamais tes chutes*, disait-il, quand je le regardais réparer un pied de table ou poser un nouveau siphon dans la cuisine. *Un jour, ce bout de ferraille que tu bazardes sera la seule pièce qui fera l'affaire.*

Pulvérisés dans le mortier, les champignons humides formaient un amalgame bleu visqueux. J'ajoutai l'huile avec parcimonie, en respectant les mesures notées sur l'échantillon, et après avoir insisté un peu avec la molette, le mélange devint plus malléable, et je finis par obtenir une peinture aussi épaisse que de la crème aigre. Instinctivement, je l'aurais allongée avec de la térébenthine, mais je me retins, sachant qu'une seule erreur gâcherait le lot entier.

L'éclat de la peinture était de bon augure. Et la nuance paraissait suffisamment riche pour ce que je comptais en faire. Elle fit quelques difficultés pour garnir la brosse, tombant en petits grumeaux – je dus mettre ma main libre en dessous pour les rattraper –, mais une fois le premier coup de pinceau donné, elle coopéra. L'opacité onctueuse de la matière diffusait un éclat absolument magnifique. D'ailleurs, le résultat obtenu avec ce pigment plus humide était meilleur que je n'aurais pu l'imaginer.

Je la travaillai de la même manière que les autres peintures, avec des gestes amples et fluides et, même si elle finissait par accrocher, la glisse était très bonne pendant les premiers mouvements – je pouvais la sculpter, ajouter des textures et des inflexions en tirant et poussant les soies.

Les deux cercles que j'avais mis à sécher la nuit précédente étaient encore vibrants, légèrement frissonnants sur la toile. Le dernier cercle, plus épais, les recouvrait dans la partie centrale, créant un effet que je n'avais jamais observé avec de la peinture ordinaire : une douleur que je pouvais à la fois voir et ressentir, comme si elle n'était pas seulement contenue dans la trame de la chose elle-même, mais faisait partie de moi. Cette simple chose que j'avais créée était tellement saturée de tristesse, tellement pure dans sa substance que je pleurai rien qu'en la regardant. Mes larmes jaillirent sans que je puisse les essuyer assez vite : elles roulèrent sur la table, coulèrent dans mon cou. Je me sentis près de m'effondrer de fatigue et de soulagement. Le tableau montrait des cercles d'un bleu scintillant dans un vide croissant en intensité quand l'œil passait de gauche à droite. L'abstraction d'une vérité complexe. Une façon de la comprendre. *L'Écliptique*, voilà le nom que je lui donnerais. La seule peinture que je refusais de sacrifier. La seule chose réelle que j'aie jamais mise au monde.

4

On envoya Ender me chercher. Il avait dû guetter un signe d'activité, parce qu'à peine avais-je allumé le petit bois et fait fumer le poêle qu'il vint cogner à ma porte. J'étais en peignoir et presque sous la douche. Il n'attendit même pas que je l'invite à entrer. La porte s'ouvrit et il se planta sur le seuil, la radieuse lumière de l'après-midi dans son dos, à arracher un lambeau d'adhésif qui pendait sur le cadre au-dessus de lui, comme s'il s'agissait d'un serpentin. En me voyant à peine vêtue, il ne s'excusa pas, mais détourna la tête et se couvrit les yeux.

« Le doyen demande que vous parlez avec lui, annonça-t-il. Il m'a dit de m'assurer que vous venez. Alors vous allez venir maintenant, oui ?

— Une minute, dis-je résolument. Laissez-moi enfiler quelque chose. »

J'emportai une brassée de vêtements propres dans la salle de bains où je m'habillai, me lavant au lavabo, et y mettant plus de temps qu'à l'ordinaire. Les rides autour de mes yeux étaient striées de peinture blanche. Ma frange était poisseuse. Après ma toilette, un dépôt de crasse auréolait la vasque.

Quand je ressortis, Ender était toujours sur le seuil. Il me lança un regard consterné et glissa sa montre à gousset dans son gilet.

« Vous êtes trop en retard pour le déjeuner maintenant, dit-il. Mais il y a du *salep*, de l'*ayran* et des fruits, si vous voulez. »

Je déclinai d'un mouvement de tête.

D'un geste, il montra la toile couverte appuyée contre le mur.

« Vous travaillez ? demanda-t-il en haussant un sourcil.

— J'étais en train de travailler, effectivement. Il fait froid dehors ?

— Excusez-moi ?

— J'ai besoin de mon manteau ou pas ?

— Non. Il y a du soleil, beaucoup de soleil. »

Je l'enfilai quand même. Ender souffla d'énervement.

« Finissons-en », dis-je.

Le vieil homme m'escorta sur le sentier sinueux au lieu de couper par la pelouse comme d'habitude. Il marchait un pas devant moi et n'arrêtait pas de se dévisser le cou, comme pour s'assurer qu'il pouvait toujours me mettre la main dessus. De dos, ses cheveux argentés semblaient incroyablement épais. Des touffes de poils s'évasaient des plis de ses longues oreilles et scintillaient presque au soleil. Il avait une démarche saccadée qui semblait le faire souffrir. En haut des marches du portique, il s'arrêta pour me tenir la porte. Et les rôles furent brusquement inversés : c'est moi qui le guidai dans le hall, puis dans l'escalier. Je croisai Crozier et Gluck sur le palier. Ils me saluèrent discrètement, en soulevant leurs tasses de café. C'était la première fois que j'étais contente de les voir. Je souris et leur souhaitai une bonne après-midi. Gluck en fut si surpris qu'il bafouilla : « Euh… oui, vous aussi. » Le vieil homme était toujours dans mon sillage, les narines sifflantes. Nous gravîmes une autre volée de marches, recouvertes de moquette moelleuse (Je me demandai combien de résidents avaient suivi cette même procession à l'échafaud) et longeâmes le couloir d'un bon pas jusqu'au bureau du doyen. « Vous attendez », dit Ender en frappant trois coups.

La porte s'ouvrit brusquement et nous tombâmes sur Ardak. Il salua le vieil homme d'un bref signe de tête mais m'ignora. Ils échangèrent quelques mots en turc, puis Ardak nous frôla en passant et s'éloigna dans le couloir. À l'intérieur, le doyen se préparait un verre, devant la desserte, près de la cheminée.

« Je vous en prie, asseyez-vous, Knell, dit-il en désignant les sofas. Je suis en train de préparer ce que j'aime appeler un "rafraîchissement de l'après-midi". Je vous en fais un ? C'est juste de la limonade, un trait de grenadine, de la glace pilée et des graines de grenade. Si vous pouvez vous procurer de la menthe fraîche, c'est encore meilleur, mais je n'en ai pas.

— Non, merci, dis-je.

— Vous ratez quelque chose. »

Ender ferma la porte et resta posté là, comme un directeur de prison. Au moment de m'asseoir, je remarquai Gülcan dans un fauteuil à côté du bureau ; elle m'avait été en partie dissimulée par la silhouette émaciée du doyen devant la desserte, mais je la voyais à présent, enfoncée dans les coussins, la tête en arrière, en train de tripoter ses cheveux. Elle ne me regarda pas. Nazar fut la seule à le faire, en réalité ; paressant dans une flaque de soleil sous la fenêtre, elle fit rouler ses pupilles pour croiser mon regard, redressa le museau, puis vint vers moi. Je lui tapotai la tête et elle se coucha à mes pieds.

Son verre à la main, le doyen prit place sur le sofa en face de moi. Il remua la glace avec une paille.

« Je suis perturbé, Knell, dit-il. Je n'aurais jamais pensé devoir vous faire venir pour que nous ayons ce genre de conversation. Et c'est extrêmement décevant. » Il prit une généreuse gorgée et laissa échapper un petit soupir satisfait. « Dois-je présumer, à voir votre absence de réaction, que vous comprenez où je veux en venir ?

— Il n'est jamais prudent de présumer quoi que ce soit. On m'a dit que vous vouliez me parler, c'est tout. »

Le doyen fit la moue et hocha tête, sans que je sache exactement pourquoi.

« Très bien, dit-il. Alors discutons des faits. *Onus probandi…* » Il se pencha pour poser sa citronnade sur l'étrange table en verre entre nous. Et, au moment où je m'attendais à ce qu'il se redresse, il sortit deux clefs de sa poche de poitrine – une en laiton, l'autre argentée –, et les posa brusquement sur le plateau. « Ender a découvert ceci dans vos affaires hier soir à l'heure du dîner. Je vous fais mes excuses pour cette intrusion dans votre vie privée, mais les circonstances l'exigeaient. »

Nazar posa la tête sur mes orteils et gémit. Mon cœur battait à tout rompre ; je n'arrivais pas à le calmer. Je décidai qu'il valait mieux ne rien dire du tout.

« Évidemment, je n'ai pas besoin de vous dire d'où elles ont disparu, ni quelles portes elles ouvrent… »

Garder le silence était la meilleure stratégie. Jusqu'à ce qu'il n'y ait plus aucun doute possible.

« Ajoutez à cela les informations que j'ai reçues de Gülcan hier, poursuivit-il. Il ne faut pas lui en vouloir… elle a été tellement retournée par toute cette affaire qu'elle ne se sent pas bien du tout. En fin de compte, c'est son gagne-pain qui est en jeu, vous comprendrez donc qu'elle soit venue me trouver. Et puis… » Le doyen s'interrompit pour glisser un dessous de bouteille sous son verre embué. « Et puis il y a la question de mon téléphone, que j'ai trouvé légèrement décroché hier soir, phénomène que je n'arrive décidément pas à m'expliquer… je veux dire, je me dois d'être très attentif à ce genre de choses, comme vous le savez, à cause de ma mauvaise vue, et si le combiné n'est pas bien raccroché, on ne peut recevoir aucun appel, ce qui nous met tous en danger. De toute façon, je ne vous apprends rien… »

Il s'assit à nouveau, croisant les jambes.

Je fis de mon mieux pour prendre un air impassible.

« Je ne savais même pas que vous aviez un téléphone, dis-je.

— Knell, s'il vous plaît. Vous vous êtes trouvée dans cette pièce un certain nombre de fois. Vous l'avez vu. Vous l'avez entendu. J'en ai parlé. Ne rendons pas cette conversation plus pénible que nécessaire. » Il regarda Nazar en plissant le front. La chienne ne bougea pas. « J'ai contacté la compagnie du téléphone. Ils vont m'envoyer la liste des appels sortants. Ça prend un peu de temps, bien entendu, mais je devrais la recevoir demain. Et si je découvre que vous avez été en contact avec qui que ce soit en vous servant de cette ligne, et que vous avez donné le moindre renseignement concernant l'endroit où vous vous trouvez… eh bien, cela pourrait constituer un grave manquement, un grave manquement.

— Un grave manquement à quoi ?

— À la raison d'être de cet endroit. Au code d'honneur. À l'intimité de tous les artistes abrités sous ce toit et à tous ceux qui les ont précédés. Ça ne sera pas pris à la légère par les membres du conseil, je vous assure. »

Je ressentais le même désarroi qui m'avait saisie aux Beaux-Arts, quand on m'avait demandé de justifier le contenu « profane » de mon mural *Députation* devant le conseil d'établissement. Je n'avais rien concédé à l'époque, alors pourquoi le ferais-je maintenant ?

« Je pense qu'il va falloir attendre de voir ce que vont donner ces relevés téléphoniques, parce que je vous promets que je n'ai parlé à personne. »

C'était techniquement exact : je n'avais fait que parler à une machine.

« Holà, j'espérais sincèrement que vous n'adopteriez pas cette ligne de défense avec moi », déclara le doyen. Il étendit le bras sur le dossier du sofa. « Que les relevés montrent quelque chose ou pas, il n'en reste pas moins que vous vous êtes introduite par effraction dans mon bureau, ce qui constitue une violation manifeste du règlement. Et donc, pour autant que je sache, vous êtes face à une alternative. Soit vous restez avec nous, vous travaillez ici, continuez comme à l'accoutumée. Vous essayez d'accepter ce qui est arrivé à votre ami et de trouver cette motivation que vous recherchez. Et tout reprend comme avant… »

Il me laissa le temps de mesurer la gravité de ma situation. Je me méfiais de tout ce qui sortait de sa bouche.

« Si ces conditions ne sont pas acceptables, alors je n'aurai pas d'autre choix que d'imposer des mesures bien plus sévères. »

Il s'interrompit à nouveau, comme s'il anticipait une réaction. Mais je me contentai de croiser les bras.

« Vous serez escortée hors de la propriété sans papiers, dit-il, sans aide financière pour assurer votre voyage de retour, ni recommandation d'aucune sorte de ma part. Tout le travail que vous avez réalisé ici restera en notre possession et vous perdrez les protections dont vous auriez bénéficié autrement. En résumé, vous serez totalement désavouée. Et, qui sait, la police veillera peut-être à ce que vous soyez arrêtée pour violation de propriété privée. Nous avons des amis très dévoués au sein de la police locale. Je crois savoir qu'elle peut se montrer assez impitoyable sur ces questions. Suis-je assez clair pour vous ? »

Il se pencha pour prendre son verre et boire une gorgée.

Je réussis à calmer suffisamment mon cœur pour dire :

« Et si j'ai déjà terminé mon travail ? Il se passe quoi ?

— Aux dernières nouvelles, vous ne produisiez pas grand-chose. »

Le doyen lança un regard derrière moi, à Ender, supposai-je, pour avoir des éclaircissements.

« *Aux dernières nouvelles*, répétai-je en le foudroyant du regard. Il se trouve que j'ai achevé mon mural la nuit dernière. J'ai fini. En fait j'allais prendre rendez-vous avec vous pour organiser mon départ. »

À ces mots, il renifla. Cela semblait presque l'amuser. Il but une autre gorgée de son rafraîchissement de l'après-midi.

« Eh bien, vous m'en voyez ravi, Knell, mais les choix demeurent les mêmes. Je ne peux pas vous laisser partir en sachant que vous représentez une menace pour cet établissement.

— Je suis censée rester ici en attendant que vous me jetiez à la mer, c'est ça ?

— Pas exactement. » Il touilla la glace dans son verre. « J'ai l'espoir que vous finirez par apprécier cet endroit à sa juste valeur. Vous avez trois bons amis en résidence auxquels vous avez manqué de respect dans votre hâte à utiliser mon téléphone. Que va-t-il leur arriver, à eux et à leurs travaux, si vous persistez à jacasser avec des étrangers ? Vous compromettez plus que vous-même. » Et, vidant son verre jusqu'à ce que la grenadine lui ensanglante le bout du nez, il ajouta : « Dans tous les cas, les gens trouvent en général à s'occuper… demandez à Ender. Il écrit à sa sœur en Arménie tous les jours, et pas une seule de ses lettres n'a été envoyée sans que je l'aie d'abord lue. Elles sont farcies d'histoires de son invention. Vous n'avez pas idée de ce qu'Ender est capable d'imaginer, les choses dont il s'attribue le mérite. Mais demandez-lui s'il est plus heureux avec ce qu'il a ici ou avec ce qu'il aurait hors de cette résidence… il vous dira. »

Je tournai la tête pour regarder le vieil homme. Il avait une main sur le chambranle, l'autre sur la hanche, et il fixait les motifs du tapis. J'étais incapable de dire s'il écoutait impassiblement ou faisait mine de ne pas comprendre.

« Ender accepte ce qu'il veut, ça le regarde. Je ne vous permettrai pas de me censurer de la sorte.

— Ce que je veux vous faire comprendre, c'est que nous avons tous besoin de cet endroit pour des raisons différentes. » Le doyen se tamponna le nez. « Gülcan est désemparée : elle a fait de grands sacrifices pour avoir le poste qu'elle occupe ici. Il y a des gens qui comptent sur elle. Ardak aussi, moi-même, *tout le monde*. Il existe un code d'honneur qui régit le fonctionnement de ce refuge, et vous nous avez montré le peu de cas que vous en faites. Ce qui, comme je l'ai dit, est une immense déception pour nous tous. » Il fit signe au vieil homme d'approcher : deux petits mouvements des doigts. « Ender va vous reconduire à présent. Je vous donne jusqu'à l'heure du dîner pour réfléchir. Mais vous n'avez pas vraiment le choix, comme vous le savez. »

Ender ne me quitta pas d'une semelle. Il m'escorta dans les couloirs vides, dans l'escalier, et jusqu'à ce que nous nous retrouvions à nouveau dehors, au soleil, retournant lentement vers mon atelier. J'eus alors l'impression d'être un vieil animal de zoo qu'on aurait capturé au moment où il allait réussir à s'évader, et qu'on ramenait à sa cage en l'exhibant, pour l'exemple. Il me poussait à avancer en marchant juste derrière moi. J'essayai de voir de la bonté dans le ciel et de la beauté dans ce qui m'entourait ; les îles voisines étaient verdoyantes, les ferries laissaient des traits de craie sur la mer, les immeubles de Heybeliada étaient blottis tout en bas, attendant d'y abriter des familles l'été prochain. Mais ces choses que je considérais autrefois avec révérence me remplissaient à présent d'angoisse.

Le vieil homme me raccompagna jusqu'à ma porte.

« À la cloche du dîner, dit-il, je reviendrai pour vous chercher.

— Ça va se passer comme ça dorénavant ? »

Il me considéra d'un air absent.

« Un chaperon à tous les repas ? Parce que, je vous le dis, ça commence déjà à être pénible.

— À la cloche du dîner. Je reviendrai encore.

— Très bien. Mais si ça doit devenir une habitude, vous pouvez frapper et attendre sur le pas de la porte comme tout le monde. »

J'entrai et il s'en alla, coupant directement à travers la pelouse.

L'atelier était plongé dans le noir, mais je laissai les stores baissés et les volets fermés. La chaleur du dehors n'avait pas encore pénétré les parpaings et le sol était frais sous mes chaussettes. Je n'allumai pas le poêle. J'allai me jeter sur mon lit, la tête la première. Le matelas sentait le renfermé. Les draps avaient été enlevés pour couvrir le mural et le tissu découvert dégageait une curieuse odeur musquée. La fétide odeur corporelle de centaines de nuits sans sommeil, qui ne m'appartenaient pas toutes. Je ressentis le besoin de me lever, mais je restai exactement là où j'étais, la joue pressée contre les ressorts, jusqu'à ce qu'elle me picote et devienne froide. Je m'imaginai rester couchée là pour toujours. Et je me rendis compte que si je devais rester là, sans rien faire, à voir passer mes journées à l'intérieur de l'atelier sans plus aucune motivation, alors autant aller me jeter sur les rochers. Le garçon resterait perdu et mon mural aussi. Mais si je partais maintenant, si je découpais la peinture du châssis *maintenant*, je pourrais l'emporter avec moi. Je pourrais contourner les grilles avant la cloche du dîner et essayer de rentrer chez moi. Et, même si je n'avais pas de papiers, au moins j'aurais mon travail. Au moins j'aurais la vérité. Cette pensée me donna des ailes.

Je courus à la salle de bains, sortis l'écrin à bijoux, récupérai les *jetons* et ma bague en opale.

Je pris autant de guirlandes que je pus en voir au fond de ma penderie. Les champignons se détachèrent presque tout seuls. Je les fis tomber de la table sur une feuille de papier d'aluminium que j'enveloppai d'adhésif pour les protéger de la lumière. Sous l'étagère, je trouvai ma valise. Le paquet de champignons tenait dans la poche de devant. Ensuite, je décrochai mes vêtements des cintres, vidai les tiroirs de ma table de nuit et jetai dans la valise les *comics* du garçon. J'enlevai tous les échantillons du mur, les ficelai et les fourrai dans la valise, j'arrivais à les caser. Je fis de la place par terre pour la toile, repoussant les tables devant la porte, étalant les draps pour la protéger, la posant à l'envers sur le béton. Je m'accroupis avec mon couteau, coupant le long des semences en laiton, appuyant fermement, chirurgicalement, afin que la toile se détache du bois. Et puis je soulevai le cadre – un rectangle vide, encombrant mais léger – et me retrouvai debout au-dessus de cette toile à nouveau vierge, revenue exactement à mon point de départ.

Quand je la retournai, je discernai simplement trois cercles blancs en relief. Je n'avais pas le temps de m'inquiéter de savoir si la peinture se craquellerait pendant le transport, ni si la dernière couche était suffisamment sèche. Comme la toile mesurait un mètre vingt de haut pour plus de deux mètres de large, la rouler n'était pas une mince affaire ; je n'avais pas de tube en carton ni de manche à balai pour me servir de guide. Anticipant la difficulté, je posai une longueur de ficelle le long du bord, puis je repliai la toile vers l'intérieur, en serrant bien, jusqu'à ce que la trame s'incurve naturellement. Je continuai jusqu'à obtenir une sorte de grosse cigarette traversée par une ficelle, et posai de l'adhésif sur toute sa longueur pour tenir le tout. Je l'imperméabilisai avec une feuille de plastique noir et de l'adhésif, de l'adhésif et encore de l'adhésif, puis je nouai les extrémités de la ficelle pour former une sangle. Je me relevai pour la tester, portant le rouleau dans mon dos, à la manière d'un carquois. La ficelle me comprimait la poitrine, mais elle était bien attachée et rendait la chose portable. J'espérais juste qu'elle serait assez solide pour résister dans la durée.

Le carreau de sa fenêtre était tacheté par les silhouettes des pins et déformé par les reflets de la résidence, mais je distinguais assez bien la tête de Pettifer au-dessus de sa table à dessin pour voir la tristesse de son expression. Le regard perdu dans les arbres, il ne me vit même pas arriver. Quand je parvins sur le sentier pentu conduisant à sa porte, mes mouvements précipités semblèrent lui faire peur.

« Knell ? Mais qu'est-ce que… ? » Il ouvrit le loquet pour me laisser entrer. « Tu pars déjà ?

— Chut. » Je le bousculai pour passer et jetai ma valise sur son lit. « Ferme la porte.

— Quoi ?

— Fais-le. »

Il s'exécuta.

« Oh, bien sûr, pas de problème. Tu ne me déranges pas. Je veux dire, ce n'est pas comme si je pouvais être en train de…

— Chut. »

J'allai baisser les stores. Il y avait une simple feuille de papier sur la table à dessin : un croquis de porte voûtée surmontée d'une sorte d'auvent avec un motif d'écailles de poisson.

« J'essaye d'inventer un nouveau type de marquise, dit-il. Rétractable mais solide. Parfaitement inutile, en fait. Mais je suppose qu'il n'y a aucune raison valable pour que nous restions dans le noir, non plus… Allume une lampe au moins.

— Non !

— Que se passe-t-il ? dit-il. Je commence à transpirer. »

Il se tamponna le front avec sa manche.

« J'ai besoin de ton aide, Tif. C'est vraiment important.

— Bien sûr, dit-il en prenant un air concerné. Qu'y a-t-il ? »

Son poêle me chauffait les mollets.

« Je ne peux pas aller à la résidence moi-même... ne me demande pas pourquoi, fais-moi juste confiance.

— Bon, dit-il avec une certaine hésitation dans la voix. D'accord.

— J'ai besoin que tu ailles chercher Mac pour moi. Dis-lui que si elle a quelque chose à me donner, elle ferait bien de l'apporter maintenant.

— Tu m'as l'air affolée. Est-ce que tout va bien ?

— S'il te plaît, Tif. Fais juste ce que je te demande.

— Très bien, mais je suis... » Il s'interrompit. « Et Q ? Je le fais venir, lui aussi ?

— Oui. S'il est là.

— Où voudrais-tu qu'il soit ?

— Va le chercher, Tif.

— Ok, c'est bon, je vais mettre mes chaussures. » Il se dépêcha d'aller les récupérer sous son lit et noua gauchement ses lacets. Une main posée sur le loquet de la porte, il se retourna. « Il faut que je coure ? Parce que, franchement, vu mon état de forme, je ne vais peut-être pas arriver jusque là-haut.

— Ça m'est égal. Fais le plus vite possible.

— Eh bien, si je passe la quatrième, je risque de couler une bielle. » Il sourit. « Écoute, je n'ai pas besoin de savoir ce qu'il se passe exactement, ni ce qu'est cette chose que tu as là... » Il désigna d'un geste la toile roulée dans mon dos. « ... mais, s'il te plaît, jure-moi que ça ne va pas m'attirer d'ennuis.

— Tu n'as rien à craindre, dis-je. Ce n'est pas toi qui leur poses problème. »

Un hochement de tête répété.

« Tu es comme cette jolie fille qui me faisait voler des friandises à la boutique de l'école.

— Je n'ai pas le temps de me pencher sur tes souvenirs, Tif.

— C'était une simple observation. Tu veux que je ferme derrière moi ?

— Oui. Vas-y. Ramène-les. »

La porte s'ouvrit et se referma dans un flot de lumière. À travers un interstice dans le store, je vis Pettifer monter la pente d'un pas lourd et disparaître. Il sifflotait un air joyeux que je ne connaissais pas. Je me retrouvai à nouveau seule, dans la pénombre de sa chambre. Harcelée de petits bruits : le tic-tac des conduites d'eau encastrées dans les murs, le crépitement des braises dans le poêle, le jacassement fébrile des oiseaux dans la forêt, des mouettes et des corbeaux sur le toit. Je n'arrivais pas à me détendre. Mes doigts tremblaient. Ma colonne vertébrale était tendue comme un câble. J'avais besoin de m'asseoir, mais comme je ne voulais pas me défaire de la toile, je tournai en rond dans la pièce.

Il y avait des dessins et des ébauches de fenestrations originales sur le mur. Des vestons en tweed étaient accrochés à un porte-manteau près du chevet de Tif, et son meuble à plans était parsemé de bibelots. Sa maquette de bateau, entièrement peinte et vernie, trônait sous un dôme de verre. Je crus qu'un énorme insecte s'était posé dessus, mais c'était en fait une fente dans le verre que Tif avait colmatée avec deux sparadraps disposés en croix. Je soulevai la cloche pour examiner la maquette de plus près. Elle était si bien montée qu'elle aurait sans doute flotté, mais les couleurs étaient ternes et appliquées sans soin. Tous les joints débordaient de gouttes de vernis ; des coulures avaient durci sur la poupe. On aurait dit qu'elle avait été assemblée par un homme et qu'on avait laissé un enfant la décorer. Quand je la reposai, le socle en bois s'écroula et un morceau tomba dans le tiroir entrouvert au niveau de mes chevilles. En me baissant pour le ramasser, je remarquai que le tiroir était plein à craquer de feuilles de papier à dessin, abîmées sur les bords. Je ne résistai pas à l'envie de sortir la feuille du dessus, m'attendant à trouver un plan en élévation ou en coupe, le fragment d'un projet de cathédrale visionnaire. Mais non. Il s'agissait plutôt d'une représentation artistique. Une pièce moquettée avec une grande banquette carrelée et des colonnes ornées, des femmes très minces, dessinées au crayon, étendues sur des serviettes ou se baignant à une fontaine. Je reconnus aussitôt la pièce. Le cartouche indiquait : CALDARIUM (ÉBAUCHE PRÉLIMINAIRE). Je fourrageai dans le meuble, fouillant tous les tiroirs, la même image s'y trouvait répétée : différentes esquisses avec d'infimes changements, ou encrées avec de légères variations de nuances. Caldarium après caldarium après caldarium…

Je déchirai le dernier en deux et le roulai en boule dans mon poing. Puis, dans un état second, sans réfléchir, j'ouvris la porte du poêle et je le jetai dans les flammes. Mais je n'étais pas satisfaite. Les tiroirs en étaient remplis. Je froissai autant de dessins que je pus en ramasser et les mis au feu, en les tassant. Une fumée noire s'épaissit autour de moi, saturant la pièce. Le poêle ne pouvait pas tout absorber. J'avais la gorge sèche et irritée. Près de suffoquer, je dus me précipiter dehors pour respirer un peu d'air. Et, alors que j'étais penchée au soleil et que de grandes langues de fumée s'échappaient par la porte, j'aperçus Quickman, Mac et Pettifer qui descendaient la pente. Quand ils virent la fumée, ils se mirent à courir au petit trot, manquant glisser sur le sentier. Mac accourut en disant : « Est-ce que ça va ? Qu'est-ce qui s'est passé ? » Mais Pettifer me passa devant en s'écriant : « Dieu tout-puissant, Knell, qu'est-ce que tu as fait ? Espèce de folle ! » Je me tournai et vis la porte du poêle ouverte et des scories de papier brûlé danser dans la pièce comme des grains de poussière. Pettifer s'arrachait les cheveux. « Est-ce que… oh, nom de Dieu, *tout*. Elle a *tout* brûlé. C'est des années… des *années* de ma vie ! Espèce de cinglée ! Qu'est-ce que je t'ai fait ? »

Il était tellement cramoisi que je crus qu'il allait s'étrangler.

« Calme-toi, dit Q. Il y en a quelques-uns là-bas. Ils sont intacts, regarde. Tout n'est pas perdu. »

Il ramassait des feuilles de papier par terre, sur les chaises, partout où elles étaient tombées.

« Ne me dis pas de me calmer ! Elle me demande d'aller te chercher, et quand je reviens, je tombe sur *ça* ! » Tif faisait les cent pas d'un mur à l'autre. « Je vais… je vais la tuer, putain ! »

MacKinney me prit par le bras.

« Mais qu'est-ce qui t'a pris ? »

Je ne répondis pas. Je repoussai son bras et retournai à l'intérieur.

« Knell, dit-elle. *Knell !* »

Je pris la valise sur le lit.

Quickman se mit à me parler très vite en me regardant fixement :

« Ne fais pas ça. Ne pars pas comme ça. Ça ne va rien arranger. » Il s'avança, bras tendu, pour essayer de prendre ma valise. « Tif s'en remettra. N'est-ce pas, Tif ? Tout va bien se passer. Si on se serre les coudes, ça va bien se passer. » Je le laissai se rapprocher un peu. « Très bien, maintenant, allez, assieds-toi. On va ranger ce bazar, d'accord ? Tout va bien se passer, je te le promets. »

Mais je filai.

« Merde ! s'emporta Quickman. Elle ne veut rien entendre. »

Mac tenta de s'interposer quand je passai la porte, mais elle n'y mit aucune conviction ; elle se plaqua contre les parpaings comme si elle craignait d'être brûlée, et tendit le bras pour m'attraper l'épaule, saisissant ma toile à la place. La sangle m'étrangla un instant, et puis Mac lâcha prise. « Knell… s'il te plaît ! Ma lettre ! » Je m'arrêtai, et me retournai dans la pente, le sol glissant se dérobant sous mes pieds. Elle se hâta vers moi, brandissant un carré de papier en signe de reddition. Je tendis le bras pour le prendre, des échardes de soleil dans les yeux. « Quoi que tu fasses à partir de maintenant, continue », dit-elle en pressant la lettre dans ma paume. Aucune déception dans sa voix. Juste de l'approbation. Des vœux d'encouragement. Je fourrai la lettre dans ma poche. « Ne t'arrête plus, tu m'entends ? Si tu dois partir d'ici, alors cours et ne te retourne pas. » Ce que je fis.

Je gravis la pente en courant, avec le rouleau de toile qui me giflait les jambes et ma valise légère mais gênante. Sautant par-dessus des racines d'arbres, j'arrivai sur le sentier et, sans me retourner, sans même adresser un geste d'adieu à Mac ou à quiconque, je courus le plus vite possible, les cailloux giclant sous mes pieds. La masse indistincte de l'atelier du garçon déclina sur ma gauche, la résidence se dressa sur ma droite. Je continuai à courir, visant les bois derrière mon atelier, et ensuite l'escarpement. Mais, arrivant du côté est de la résidence, j'aperçus Ardak qui se hâtait dans ma direction, muni d'un extincteur. Je jetai un coup d'œil par-dessus mon épaule : une fumée sombre s'élevait au-dessus des arbres. Quand Ardak me vit, il marqua un temps d'arrêt, manquant trébucher. Il était pris entre deux urgences. Je continuai, déjà à bout de souffle. Il pivota comme une girouette quand je passai devant lui à toute allure, puis je l'entendis me crier après, en turc : « *Dur ! Hey ! Nereye gidiyorsun !* » Lançant un regard en arrière, je vis qu'il me poursuivait. L'extincteur était renversé dans l'herbe. Je commençais à faiblir. « *Hey ! Dur !* » La valise faisait prise au vent. À présent, Ender traversait la pelouse à toute vitesse sur ma droite et je ne voyais pas d'autre moyen d'y arriver que de lâcher ma valise. Elle tomba dans mon sillage et, d'un coup, je retrouvai de l'élan. « *Dur ! Hey ! Dur !* » Je passai devant mon atelier, devant un autre, puis un troisième, et je franchis l'orée des pins, Ender et Ardak toujours sur mes talons. Les broussailles me griffaient les mains et les chevilles. Au milieu des arbres, je continuai à chercher les entailles que j'y avais faites, mais j'étais trop essoufflée pour y voir clair et mes foulées étaient bien trop saccadées. Si je maintenais cette trajectoire, j'étais certaine de me retrouver à proximité du coin à champignons, mais je serais alors allée trop loin ; il fallait que j'oblique vers l'est avant d'atteindre la clairière.

Le vieil homme gagnait du terrain. Je n'arrivais pas à distinguer les bruits que je produisais des siens. Les bois bruissaient de pas, de craquements de branches, de respirations haletantes. Je ne sentais plus mon corps. Il n'était plus qu'une enveloppe en mouvement. Et puis, surgi de nulle part, quelqu'un se dressa devant moi. Je me cognai violemment contre sa poitrine, le renversant comme une quille. Je tombai sur lui, me relevai en lui enfonçant le genou dans les côtes. Il tenta de m'attraper par le pied, mais je m'esquivai.

J'étais contusionnée et essoufflée, égratignée et crottée. Les arbres commencèrent à s'éclaircir. Je sentis l'odeur de la mer, qui apparut devant moi. Et je parvins au bord de la corniche, emportée par mon élan, réussissant tout juste à m'arrêter, précipitant un mélange de terre, de galets et de pommes de pin dans le vide.

Ce n'était pas un à-pic. D'abord escarpée, la pente s'aplanissait en plage de galets, baignée par la Marmara. Je n'avais aucun autre endroit où aller. C'était en bas ou en arrière. « *Dur !* » Ardak était derrière moi. Ender aussi. Leurs visages luisaient de sueur. Leurs chemises étaient déchirées et couvertes de sang. Le vieil homme n'avait pas de chaussures aux pieds. Il en portait une dans chaque main. « Où vous pouvez aller ? demanda-t-il, haletant. Pourquoi ? Pourquoi courir ? » Il se racla la gorge et cracha. « C'est ok. C'est ok. Vous ne pas bouger. » Et tous deux s'approchèrent tout doucement : des employés de fourrière dans un parc. Ardak se tenait les côtes. « Où vous pouvez aller ? » répéta le vieil homme. Faire machine arrière ne m'avancerait à rien. La seule issue était en bas.

Je fonçai sur la gauche.

« *Pouah. Sen delisin.* »

Ils renoncèrent à courir.

Des arbustes persistants bordaient l'escarpement devant moi : un enchevêtrement de troncs en surplomb qui allait faciliter ma descente. Je m'agenouillai, le rouleau de toile se pliant, traînant par terre, et je tâtonnai dans le vide pour chercher à saisir une branche. La mer battait les rochers en contrebas. Elle sifflait et bouillonnait. Je n'étais pas sûre que la branche résisterait. Mais Ardak et le vieil homme s'avançaient vers moi d'un air triomphant. Je la laissai supporter mon poids, en plantant mes pieds dans la pierre friable et la mousse. Je me laissai descendre comme au moyen d'un treuil, de branche en racine et de racine en branche, jusqu'à ce qu'il n'y ait plus rien à quoi se raccrocher. Je dus alors lâcher prise en priant pour trouver un point d'appui. Mes chaussures accrochèrent la roche, puis dérapèrent. Je dévalai l'escarpement, en roulant sur moi-même, et sentis une vive et soudaine douleur à l'épaule. Plus qu'une chute, ce fut une très longue dégringolade, et cela se passa si vite. Arrivée en bas, secouée, battue, blessée, j'éprouvai le sentiment écrasant de ne pas avoir survécu, que mon âme avait quitté mon corps quelque part dans la pente. Et puis un sentiment de victoire. Un immense soulagement. En même temps que la prise de conscience fulgurante de la douleur dans mon épaule droite. Je me sentais près de perdre connaissance, mais mon cœur s'y refusait. Le choc et l'adrénaline le faisaient trembler. Et d'une manière ou d'une autre, je savais que je devais me relever, parce que le vieil homme et Ardak devaient être là-haut sur la falaise, cherchant mon corps dans les éboulis. Ils ne tarderaient pas à descendre la pente avec la barque sur leurs épaules. Ils me jetteraient dedans. Et ensuite ? Je ne m'étais pas blessée pour rien. Je me forçai à me remettre debout.

La toile s'était détachée. Prise de panique, je scrutai les vagues qui se brisaient, les rochers. Je faillis flancher à l'idée de l'avoir perdue. Mes genoux commencèrent à se dérober. Mais, à ce moment-là, je l'aperçus suspendue à sa ficelle, quelques mètres plus haut sur le rivage. Elle s'était prise dans les herbes qui dépassaient des éboulis. Une couche de plastique était en lambeaux, l'adhésif était éraflé sur les côtés mais, dans l'ensemble, elle était dans un état correct. Meilleur que le mien.

Je levai les yeux : aucun signe d'Ender ni d'Ardak, rien. Juste la lumière très blanche et les arbres contre le ciel. Je n'entendais rien d'autre que le ressac derrière moi. À chaque mouvement de tête, ma douleur se creusait. Je m'étais brisé ou déboîté l'épaule. Mon bras pendait, inutile. Je me traînai en direction de ce que je pensais être le sud, suivant le rivage jusqu'à ce que les vagues se calment, clapotent gentiment. Je finis par atteindre la clôture grillagée et les panneaux de mise en garde : DIKKAT KÖPEK VAR. Il n'y avait pas d'autre moyen de traverser la baie. Il fallait y aller à la nage.

L'eau m'engloutit petit à petit. Elle n'était pas aussi froide que je m'y attendais. Le sel brûla mes plaies. J'essayai de nager en tenant la toile en l'air avec mon bras valide, mais je n'avais pas assez de force dans les jambes. Enroulant la ficelle autour de mon poignet, je laissai traîner la toile derrière moi. Je savais que je ne pourrais pas garder la tête hors de l'eau très longtemps, alors je battis des jambes jusqu'à ce que mes forces m'abandonnent. Bientôt, je sentis le courant me saisir, me retourner, s'emparer de moi. Ce ne fut pas aussi soudain que je l'avais imaginé.

Puis je clignai des yeux et je me retrouvai à plat ventre sur les graviers, dans le noir. J'avais la bouche sèche et grande ouverte. J'avais tellement d'eau salée dans la gorge que je dus la vomir. Je respirai à pleins poumons et ça me réveilla d'un coup. Les ardillons de la douleur se manifestèrent de nouveau, en bien pire. Je rampai sur un bras. Le rouleau de toile n'était plus à mon poignet : sensation de brûlure à l'endroit de la ficelle. J'arrivais à peine à voir ma propre main devant moi. La seule lumière provenait de la lune, d'une rangée de maisons au loin et de quelques projecteurs jaunes sur l'autre rive. J'étais trempée et glacée. Je m'étais échouée dans la baie, apparemment. Je me trouvais sur une sorte de plage constituée surtout de fragments de coquillages et de débris rejetés par la mer. Je m'y écorchais les genoux. Je priais. Pour que mon rouleau de toile émerge dans le noir, me frôle. En vain. Couchée sur le flanc, j'espérais que la douleur me tuerait.

Mais le vent soufflait plus fort à présent, rudoyant tellement mes oreilles que je m'assis. Je me relevai avec effort, cherchant à m'orienter. Le contour noir d'une jetée sur ma droite. Des berges hautes plantées d'arbres des deux côtés. Le rivage dessinant un arc parfait entre les deux. Et derrière moi… je me retournai pour regarder. Derrière moi, un chemin de terre de couleur claire. En terrain plat. J'avançai en chancelant pour l'atteindre. Il y avait des blocs de béton à enjamber, du bois flotté. Ce que je pensais être un pin dépouillé dans l'obscurité était, en réalité, un poteau téléphonique. Je suivis les fils affaissés au-dessus de ma tête.

L'autre côté de la route était bordé par un mur. Je laissai courir ma main le long des pierres, progressant péniblement dans le noir. Je continuai à avancer, comme MacKinney m'avait enjoint de le faire. Mon épaule me faisait tellement souffrir que je ne pouvais pas en plus pleurer pour mon mural. Je le chercherais le matin venu. La mer ne pouvait pas tout prendre.

Je hâtai le pas. La route décrivait une courbe sur la droite… vers le nord-est ? J'avais du mal à m'orienter. Et puis, surgissant dans l'obscurité, je vis un bâtiment blanc peu élevé et un terrain vague ceinturé par une clôture grillagée. En m'approchant, j'aperçus des palmiers décimés. Une autre jetée, des échelles et des escaliers descendant dans l'eau immobile. Je vis au moins une centaine de chaises longues et de transats empilés en colonnes, des parasols pliés et appuyés les uns contre les autres. Je vis une cabine téléphonique coiffée d'un auvent à l'extérieur de la clôture, une toute petite lumière brillant au-dessus.

Mon épaule me lança quand je m'en approchai en clopinant. Je m'appuyai contre l'auvent de la cabine. Le combiné était intact. Le fil relié. La ligne opérationnelle. Je composai le un-zéro-zéro et j'attendis. Des nuages passèrent lentement devant la lune.

« *Allô ! En quoi puis-je vous aider ?*

— Je demande Victor Yail. 46 Harley Street, Londres.

— *Avez-vous le numéro, madame ?*

— Vous allez devoir *le* chercher.

— *Vous n'avez aucune raison d'être impolie.*

— Désolée de vous avoir vexée. Passez-le-moi, s'il vous plaît.

— *Mmh mmh.* »

Bientôt, le trille de la sonnerie. Mon bras était paralysé. Je ne pouvais pas me retenir de trembler.

« *Allô ! Cabinet du Dr Fleishmann.*

— Victor Yail, s'il vous plaît. Faites vite.

— J'ai bien peur que ce ne soit le Dr Fleishmann qui reçoive ce soir. C'est à quel sujet, si je puis me permettre ? »

Un chevrotement hystérique résonna dans mon oreille. Je me rendis compte qu'on me réclamait de l'argent. Je laissai donc le combiné pendre pendant que je fouillais ma poche à la recherche d'une pièce. Je trouvai le *jeton* du garçon. Il s'inséra parfaitement, cliqueta dans les entrailles de l'appareil. Mais il n'arrêta pas le bêlement.

« *Allô ! Mademoiselle ?*

— S'il vous plaît, passez-moi Victor. Il s'agit de son fils. J'ai appelé hier…

— Allô ! Vous êtes toujours là ? »

Trois autres bips et ça coupa. Je raccrochai violemment et le combiné se cassa.

J'avais trop froid, j'étais trop fatiguée, j'avais trop mal. Il fallait que je trouve un abri, n'importe quoi.

Il y avait un écriteau décoloré sur la clôture : HEYBELIADA PLAJI. La grille n'était pas cadenassée ; je tournai le verrou. Les gonds gémirent quand j'entrai. Mais le bâtiment principal était fermé, les portes défendues par des chaînes, les fenêtres par des volets métalliques. Tout ce que je pouvais faire, c'était me glisser entre les piles de chaises et de lits de plage. J'en renversai une colonne sur les parasols, qui dégringolèrent par terre devant moi. Leurs ombrelles avaient l'air chaudes et protectrices. Me mettant à genoux, j'allai me blottir dessous. Je m'allongeai sous leurs toiles à l'odeur de renfermé, leurs baleines, leurs ressorts et leurs pieds. Les étoiles étaient des joyaux dans les interstices au-dessus de moi, et moi je n'étais plus rien, ni personne.

La lumière du jour teintée de bleu par les parasols. La moiteur douillette d'une tente. Je me réveillai en me sentant plus épuisée que je ne l'étais avant de sombrer. Une douleur continue au niveau de la clavicule et fusant dans mes jambes. Je restai sur le béton, les yeux fermés, à compter les secondes. Tout faillit s'éteindre. Sans résistance de ma part. Mais j'entendis à ce moment-là les sabots d'un cheval à proximité et le cliquetis de son harnachement. La peur me maintint éveillée. Le bruit d'une charrette roulant sur la route et une voix au loin qui disait doucement : « *Woe, woe, ayy.* » Et soudain, une autre voix, bien plus proche, juste à côté de ma tête. Je tressaillis, retenant mon souffle. Des pieds grattèrent le sol… si près de moi. L'homme continua en turc : une conversation à sens unique. Je crus sentir une odeur de fumée à nouveau, mais non. Des bruits de pas précipités et du mouvement au-dessus de ma tête. Bruissements et murmures. On soulevait les parasols, un par un. Je ne pouvais rien y faire. Je restai là, à attendre, comme un pou sous un rocher. La lumière du jour se grisa. J'étais exposée. L'homme déploya son ombre au-dessus de moi. Il avait les mains sur les hanches. Une cigarette fumante aux lèvres. Je me mis à genoux, le regardai en plissant les yeux. Et je vis qu'il portait une chemise bleu clair avec un écusson brodé : POLIS. Il dit quelque chose qui n'avait pas de sens. Le répéta plus fort en agitant les bras. Je mis trop de temps à réagir : il s'avança vers moi, me prit la main et me releva par le coude. Il aurait pu aussi bien m'abattre. Je hurlai si fort que les corbeaux s'envolèrent des palmiers. Tout devint blanc.

Mes yeux s'ouvrirent ensuite sur la croupe luisante d'un cheval. Un homme coiffé d'une casquette noire tenait les guides, face à la route. On m'avait assise dans un *fayton* découvert avec l'homme de la POLIS à côté de moi. Le cheval marchait au pas sur le chemin de terre. Nous suivions l'arc de la baie, la mer sur notre gauche, la plage au sable grossier éclairée par la lumière du matin. Un sloop était amarré sur les hauts-fonds, ballotté par les vagues. « *Adiniz ne ?* » dit le policier. Je le regardai, effrayée. Il m'offrit une cigarette. Je refusai d'un mouvement de tête. « *Anliyor musunuz ?* » Ses bras étaient étalés sur la banquette de la calèche. Le cheval continuait à avancer. Je ne disais rien. Je regardais vers la mer. J'observais la gîte du sloop à l'ancre. Les canots retournés près de la jetée. Un bosquet d'arbres de l'autre côté de la baie. Et puis j'aperçus quelque chose parmi les débris sur la plage : une longue forme noire sur les graviers. Ma toile roulée, toujours dans son plastique. La mer me l'avait rapportée.

Je me mis debout dans le *fayton*. Les roues tournaient vite, mais je sautai. « *Hayır ! Hayır !* » appela le policier. La douleur de la chute me déchira en deux. J'étais tombée sur la route et je m'étais cogné la tête. La dernière chose que j'entendis, c'est le *fayton* qui s'arrêta en dérapant. Et toutes les voix sinistres que j'avais refoulées dans mon esprit s'échappèrent, tandis que je gisais là, en sang. Elles disaient que je devrais rester dans la poussière, que c'était là ma place.

Un type de plafond familier, bas et moucheté. Une pièce rose pâle. La douleur était assourdie, et des liquides s'insinuaient en moi par un tube. Le bras droit en écharpe. Assoiffée. Dans un coin se tenait un homme brun, dans un uniforme repassé d'un blanc immaculé. Il avait trois galons dorés sur ses épaulettes et un air consterné. « Vous savez où vous êtes ? » demanda-t-il en me regardant émerger.

Je fis non de la tête.

Je n'étais pas dans un lit mais sur un brancard matelassé. On m'avait passé un treillis bleu pâle. « C'est l'École navale, l'infirmerie, dit-il. Vous avez été amenée par la police. » J'essayai de m'éclaircir la voix, mais aucun son ne sortit de ma bouche. « Vous voulez boire ? » Il remplit un gobelet à la fontaine à eau près du mur et me le tendit. « Votre clavicule est cassée. Elle ira mieux dans un mois, peut-être deux. On vous a fait des points de suture à la tête, mais la cicatrice, ça ira je crois. Je peux dire que vous avez eu beaucoup de chance. » L'eau était si froide que je ne savais pas le goût qu'elle avait. « Encore ? » demanda-t-il.

Je bus le verre d'un trait et j'acquiesçai d'un marmonnement.

Quand il alla à la fontaine, je remarquai qu'il se tenait voûté comme un adolescent. Il était cependant bien trop âgé pour être cadet. Ce devait être un officier. Il me tendit le gobelet.

« Quel est votre nom ?

— Elspeth, dis-je d'une voix enrouée.

— Ah, vous pouvez parler », dit-il avec un grand sourire. Ses dents étaient aussi blanches et droites que les coutures de son pantalon. « *Elspess*. C'est bien. J'aime ce nom. »

Je le regardai en clignant des yeux.

Il alla chercher une chemise en carton sur une tablette fixée au mur. À travers le verre armé de la porte, je pouvais voir le couloir. Des photographies encadrées de cadets de marine en tenue d'apparat y étaient accrochées du sol au plafond.

« La police vous amène ici et me dit : "Elle n'a aucun papier. Elle n'a pas de nom." Ils pensent que vous n'avez rien à faire ici et donc que vous ne méritez l'aide de personne, mais ils ne veulent pas que votre sang coule sur leurs jolies chaussures, alors ils me persuadent de vous examiner. Il y a des gens dans cette vie qui n'ont pas la bonté de Dieu en eux. Vous comprenez ce que je vous dis ? »

Je le regardai en clignant des yeux.

Il feuilleta le dossier, relisant ses notes.

« Mais maintenant vous avez un nom. *Elspess*. Donc, vous voyez… vous êtes une personne maintenant, comme moi et comme eux. Vous êtes comme tout le monde. » Il retira une pochette en plastique transparent du dossier. Mes jetons de ferry en lestaient le coin inférieur. Elle contenait également des feuilles de papier froissées. Il me les tendit pour que je puisse les examiner. « Je ne leur ai pas montré ça, dit-il, mais il faudra peut-être que je le fasse, dans mon propre intérêt. »

C'était la lettre de MacKinney. Très endommagée par l'eau. Il n'y avait aucune trace de son écriture cursive habituelle. Juste quelques mots tapés à la machine. L'encre avait bavé et était délavée :

PROPRIÉTÉ DE PORTMANTLE
À RENVOYER SVP (CONTRE RÉCOMPENSE)

J'en eus le souffle coupé. « Où est-ce que vous avez trouvé ça ?

— Dans vos vêtements. Vous avez de la chance que je l'aie trouvée avant la police. »

Je me tus. Je ne comprenais pas pourquoi Mac me l'aurait donnée. Elle avait dû se tromper de lettre.

« Vous savez, des gens comme vous, j'en ai déjà soigné, continua le médecin. Ils viennent de cette grande maison, quand ils tombent malades. Je ne peux pas dire que je suis content de cet arrangement, et je n'aime pas beaucoup les gens de là-haut, ni leurs amis de la police. Mais je suis médecin ; je ne vais pas dire non à des gens qui ont besoin de soins. Et peut-être que vous ne le savez pas encore, mais être dans la marine ne vous rend pas riche. » Il replia la lettre dans son dossier avec un petit sourire. « Alors je vais peut-être devoir la montrer à la police pour qu'on puisse partager cette récompense en argent. C'est ce qu'ils aimeraient. Prendre l'argent et ne pas poser de question.

On pourra tous s'acheter de belles et grandes maisons. Pour notre retraite. » Reposant le dossier sur la tablette, il s'immobilisa devant la porte en me tournant le dos. Il tendit le bras droit vers la poignée, sans se décider à la tourner. « Mais je pense que j'ai toujours préféré les bateaux aux maisons. Je suis un marin. Alors ce que dit la police n'a pas d'importance. »

Il se retourna brusquement.

« Cette perfusion se retire très facilement, je peux vous montrer. Ensuite je pense que vous pourrez vous lever. » Il y avait de la compassion dans sa voix, de la franchise dans son expression. « Parce que, vous savez, il se passe des choses étranges ici quand je suis de garde. Les cadets n'aiment pas rester à l'hôpital. Ce qu'ils aiment, c'est être dehors avec leurs amis. Et comme les portes n'ont pas de serrure, je ne peux pas les retenir. » Il s'approcha et commença à retirer la perfusion de mon avant-bras. « Oui, ils descendent l'escalier et passent le portail. Personne n'essaye de les arrêter. C'est fou. »

Après avoir sorti la petite aiguille papillon de ma veine, il tamponna la goutte de sang avec un coton, puis jeta le tout dans la poubelle. Je le remerciai, mais il ne réagit pas.

« Je vous ai donné de la codéine pour votre clavicule. Le reste, il faudra le faire vous-même. Bonne chance. »

Il ferma la porte derrière lui et elle ne se verrouilla pas. Il s'éloigna sans un bruit dans le couloir.

Je me levai. Le sol semblait bouger. J'éprouvais un tiraillement au niveau du sternum. Si j'arrivais à retourner sur la plage, me disais-je. Si j'arrivais à trouver mon mural sur le rivage. Si j'arrivais jusqu'au ferry. Si j'arrivais à rejoindre le continent. Si j'arrivais à rentrer chez moi.

Je feuilletai le dossier du médecin pour récupérer mes jetons de ferry. Je rasai les murs, passant devant les photographies encadrées des cadets prenant la pose dans le couloir. J'avais le bras en écharpe, mais je tressaillais de douleur à chaque pas. Il n'y avait pas de panneau de sortie, seulement une porte en acier sur ma gauche. Je courus dans cette direction et débouchai dans une cage d'escalier. Je descendis les marches en béton quatre à quatre et me retrouvai à l'air libre. C'était l'après-midi. Des garçons en uniforme bleu foncé étaient sur la place d'armes. Ils tournèrent la tête quand je passai devant eux d'un pas pressé. Ils marmonnaient, les yeux braqués sur moi. Cinq en tout. Des fumeurs. Des matelots qui n'avaient rien d'autre à faire que téter des cigarettes et regarder bêtement des femmes blessées. Un vaste bâtiment blanc avec trop de fenêtres se dressait derrière eux. Je sentais l'odeur de la Marmara mais ne la voyais pas. Des mouettes se chamaillaient dans le ciel.

Je continuai à avancer.

Encore vingt, trente mètres avant la grille. Un cadet plus âgé, en grand apparat, montait la garde dans une guérite en bois. La barrière était baissée, mais je pouvais la sauter s'il le fallait. Je m'en savais capable. Je continuai, ignorant la douleur, la repoussant. J'étais pleine d'espoir. Le garde allait me laisser passer, je le savais. Mais voilà que les autres cadets se moquaient de moi à présent, criant : « *Allez ! Allez !* » Quand je jetai un coup d'œil derrière moi, ils avaient disparu. Il n'y avait plus que des voitures sur la place d'armes. Des places de stationnement. Je commençai à ralentir.

Devant moi, le garde était sorti de sa guérite. Il était en train de lever la barrière. De sa main gantée, il me pressait de passer. Mais, derrière moi, les cris enflaient, se faisaient plus distincts. Ils venaient du ciel. « Ellie ! disaient-ils. Ellie ! »

Quoi que tu fasses, m'avait avertie Mac, *continue.*

Alors je continuai.

Mais je vis alors un panneau vissé au milieu de la barrière, laquelle se soulevait lentement, décrivant un arc dans le ciel. Stationnement interdit. Défense d'entrer. Non, autre chose. Ses lignes pointillées devinrent plus contrastées, plus nettes.

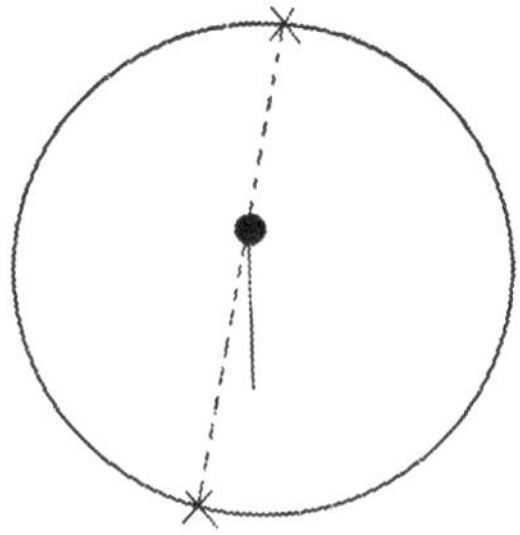

Je m'arrêtai.

L'après-midi tout entière parut s'éteindre progressivement autour de moi.

Les cris continuaient à résonner : « Ellie ! Ellie ! »

Je me retournai, levant les yeux sur le toit de l'immeuble. Il n'y avait personne. Juste une rangée de conduits de cheminées noircis. Un treuil en métal. Mais la peinture de couleur vive avait complètement grisé. Il y avait une bruine étrangère sur mon visage.

« Ellie, attendez ! Ne bougez pas d'un pouce ! Je descends. »

Je le vis. Il était à la fenêtre tout en haut, agitant les bras.

Un type studieux.

Victor Yail, 46 Harley Street, Londres.

L'opératrice avait dû le trouver.

QUATRIÈME PARTIE

CLARTÉ

1

La route était flanquée d'arbres dépouillés et de bas-côtés en herbe. Par moments, nous passions sous une passerelle vide, et le marquage au sol s'incurvait légèrement vers la gauche ou la droite, mais j'avais l'impression que nous roulions en ligne droite depuis que nous avions quitté l'hôpital. Des voitures qui n'étaient que de petites taches à l'horizon se rapprochaient vite et nous croisaient bruyamment. Le jour n'avait pas encore fait place à l'obscurité, mais il s'y préparait. Tous les globes en verre des lampadaires brillaient d'un orange trouble, prémices d'un éclat plus vif. Victor maintenait une vitesse régulière : pas plus de quatre-vingts et pas moins de soixante-dix. Il conduisait le coude à la portière, tenant lâchement le volant d'une main. L'autre restait posée sur son genou gauche et se soulevait de temps à autre pour mettre le clignotant avec la lenteur d'un homme ramassant des tickets à un guichet. Bientôt, les *hummocks* commencèrent à se dresser dans les méandres de la route devant nous. Puis le loch, noir comme de la suie, envahit peu à peu le pare-brise, et je le suivis des yeux, côté conducteur, jusqu'à ce que le profil de Victor se brouille dans la vitre, et que tout se fonde dans une étendue de mer.

« Ça va, vous tenez le coup ? » demanda-t-il.

Je détournai le regard, tripotant la boîte à gants.

« C'est difficile à dire. »

Je laissai ma vision s'accommoder à nouveau. Il y avait des tas de choses entre moi et l'eau là-bas – haies, pâtures, fourrés d'arbres –, mais j'avais du mal à les concilier. Chaque fois que j'apercevais un bouquet de pins, je me sentais à la fois chez moi et loin de chez moi. Être dans une voiture, ne pas mettre en doute la solidité de la terre ferme qui filait sous les roues, suivre la route qui me ramenait dans un endroit que j'étais certaine d'avoir quitté des années auparavant, toutes ces choses n'étaient pas faciles à accepter ni à comprendre, et elles semblaient pourtant être le cadet de mes soucis.

« J'essaye de ne pas y penser avant qu'on soit arrivés. C'est encore loin ?

— Oh, plus maintenant, répondit Victor. Cinq ou dix minutes. On va bientôt croiser un panneau, je suppose. »

Il me raccompagnait à ma propre demande. Il m'avait fallu un bon moment pour le convaincre. Il avait essayé de m'en dissuader avec de faux prétextes. Mais à présent nous étions à cinq ou dix minutes de Luss. À cinq ou dix minutes de la vérité.

Une infirmière et un brancardier étaient sortis en courant pour venir me chercher. Du sang ruisselait le long de mon bras. Il suintait de l'endroit où la perfusion m'avait déchiré la peau. J'étais debout sur un parking dans un pyjama d'hôpital bleu, l'autre bras en écharpe. « Allez, ma jolie, on va vous ramener à l'intérieur », dit l'infirmière, sa main bienveillante posée sur mon épaule valide. Elle me guida jusqu'à l'entrée, sous l'annexe, en passant devant les ambulances en attente. Le brancardier nous tint les portes vitrées ouvertes, me demandant si j'avais besoin d'un fauteuil roulant. Je lui dis que non, je pouvais marcher. Mais des voix continuaient de se faire entendre par intermittences comme une radio mal réglée. Je continuais à voir des cadets en uniforme : le couloir en était plein. Ils s'écartèrent pour nous laisser passer, secouant la tête, marmonnant leurs insultes en turc, crachant par terre. « Voilà, mon chou… on va vous mettre ici », dit l'infirmière, qui me fit asseoir près des ascenseurs entre des plantes en pots. Le terreau était sec et jonché de mégots tordus. Quand les portes de l'ascenseur s'ouvrirent, des cadets s'attardèrent dans les cabines éclairées aux tubes de néon, articulant des mots que je ne comprenais pas. Les murs paraissaient encore couverts de photos : d'anciens vaisseaux dans des cadres dorés, de grands navires et des frégates en acier. Je me perdis un moment dans leur contemplation. Je crus sentir une odeur de *salep* tout chaud. L'infirmière m'essuya le bras avec une lingette humide qui piquait. Après quoi Victor Yail sortit en trombe de l'ascenseur, passant juste devant nous. L'infirmière le héla : « Docteur, elle est là ! » et le brancardier siffla.

Victor glissa en tentant de faire volte-face ; il chancela, retrouva son équilibre. Me voyant entre les plantes, il porta la main à sa poitrine et s'écria : « Oh, Dieu merci, vous l'avez trouvée. Bravo.

— Où est-ce que vous la voulez ? demanda le brancardier.

— Là-haut dans le service, répondit l'infirmière. Il faut lui remettre sa perfusion.

— Oui, elle en a besoin, dit Victor. Mais mettons-la dans un fauteuil cette fois.

— Elle n'a pas voulu de fauteuil roulant, dit le brancardier.

— Non, un fauteuil normal, je veux dire.

— Oui, ça ira très bien », acquiesça l'infirmière.

Ils parlaient de moi comme si j'étais un enfant qui avait séché les cours et qu'on avait surpris en train de chaparder.

« Alors très bien. On retourne là-haut, ma belle.

— Attendez. Laissez-moi d'abord l'examiner, dit Victor.

— D'accord. Je monte préparer cette perfusion.

— Merci. Oui. »

Le brancardier s'attarda.

« Vous voulez qu'on vous aide à la remonter ?

— Non, je peux prendre le relais, dit Victor en s'accroupissant. Mais merci... j'appellerai si j'ai besoin de vous.

— D'accord. »

Le brancardier s'éloigna vers le petit groupe de cadets qui jouaient aux dés dans le corridor. Ils ne lui prêtèrent pas la moindre attention.

Je sentis les mains de Victor sur mes genoux. Accroupi devant moi, il se pencha pour capter mon attention.

« Ellie ? Vous vous souvenez de moi, n'est-ce pas ? C'est le Dr Yail. *Victor.* Vous m'entendez ? »

Je restai silencieuse. L'ascenseur sonna, les portes s'écartèrent, mais la cabine était vide.

« Elspeth, regardez-moi maintenant. Regardez-moi. »

Je le regardai. Je scrutai son visage. Son nez pelait à cause du frottement de ses lunettes. Sa barbe était fournie mais taillée avec soin. La peau de ses paupières avait un aspect cireux, et ses iris étaient d'un vert profond, pareils à deux moitiés d'olive. Ces détails, je les avais remarqués à de nombreuses reprises auparavant. Il n'avait pas beaucoup changé en dix ans. Presque pas.

« Je vous entends, Victor », dis-je.

Son expression se relâcha de manière visible.

« C'est très bien. Je savais que vous en étiez capable. » Il me tapota les genoux et se releva. « Je suis très content de vous voir en un seul morceau. » Il m'aida à me mettre debout. « Beaucoup de gens se sont fait du souci pour vous.

— Vous avez eu mes messages ? demandai-je.

— Mmh mmh. Ne vous en faites pas pour ça pour le moment. Le chef de service m'a montré vos analyses sanguines. Vos enzymes hépatiques sont encore légèrement trop élevées. Il va falloir régler ça avant toute chose.

— Je suis désolée pour Jonathan.

— Oui, je sais que vous l'êtes. Mais nous n'avons pas besoin de parler de cela pour le moment. »

Il me guida par le coude, pressant le bouton de l'ascenseur d'un petit coup sec.

« Je veux que vous vous reposiez et je veux que vous soyez perfusée... rien d'autre pour le moment. » Les chiffres éclairés ne bougeaient pas. « Où est-ce qu'il peut bien être, nom de nom ?! » Et quand il finit par arriver à notre étage et que les portes s'ouvrirent, un cadet de la marine en tenue civile nous attendait. « Vous pouvez appuyer sur le troisième, s'il vous plaît ? » lui demanda Victor. Le cadet leva les yeux au ciel, mais appuya quand même sur le bouton.

On me débarbouilla, on me donna un peignoir et on m'installa dans une salle commune. Victor fit tourner mon fauteuil vers la fenêtre. « Voyons voir si ça vous parle, hein ? me dit-il. Je ne sais pas trop à quoi vous avez été habituée dernièrement, mais il y a pire comme endroit. » Il s'assit à côté de moi sur une chaise en plastique, parcourant en silence les notes dans mon dossier, tandis qu'une poche de liquide transparent s'infiltrait en moi. De temps à autre, il levait les yeux pour surveiller l'évolution de mon état, souriant quand je croisais son regard, ou se levant pour ajuster ma perche à perfusion.

Je ne comprenais toujours pas comment je m'étais retrouvée ici. Pendant un moment, j'observai le mouvement des voitures en bas. Je les regardai faire des créneaux. Je vis un homme descendre d'une petite Ford

Anglia, poser son *fedora* sur le toit pour prendre un bouquet sur la banquette arrière, et s'en aller tête nue. Je vis même une ambulance passer tout doucement avec l'inscription VALE OF LEVEN HOSPITAL peinte sur le flanc. Je remarquai les mêmes mots peints au pochoir sur les dossiers des fauteuils roulants et sur des panneaux à l'extérieur des bâtiments annexes. Mais j'étais incapable de faire le lien entre cet endroit et celui où je me trouvais auparavant. J'étais incapable de voir les transitions entre les matinées et les après-midi, d'un mois à l'autre. Et mon esprit continuait à peindre des choses dont je ne pouvais être sûre qu'elles existaient. Des rouleaux de cordages laissés au bord du trottoir. Des bouées de sauvetage accrochées à la grille. Des uniformes de la marine. Alors j'écoutai simplement le tic-tac de la pendule murale derrière moi et j'étudiai les gouttes qui tombaient dans la perfusion en parfaite synchronie. Je constatai que le compte des minutes m'apaisait. Je restai là seize minutes de plus. Portmantle s'éloignait de mon esprit, la baie de Heybeliada s'estompait, et le mural m'échappait. Je me levai et j'essayai de tourner mon fauteuil dans l'autre direction.

« Holà, minute papillon, dit Victor. Laissez-moi faire. Vous êtes sûre de ne pas vouloir profiter de la vue ?

— Je veux voir l'horloge. »

Il plissa les yeux. « Très bien. » Il me fit pivoter et déplaça ma perche à perfusion.

Je regardai la fine aiguille rouge des secondes faire le tour du cadran, m'en émerveillant, me sentant de plus en plus en sûreté à chaque rotation de son mécanisme.

Au bout d'un moment, Victor plia ses notes sous son bras. Mon goutte-à-goutte était terminé et il alla le dire à l'infirmière. Quand il revint, il avait enlevé son blazer, et retroussait les manches de sa chemise. Il tira sa chaise tout près de moi.

« Ils vont encore vous prendre du sang, je pense. Mais on vous a injecté une bonne dose de thiamine, et ça devrait rendre les choses un peu moins nébuleuses. Vous êtes toujours sérieusement sous-alimentée. Il faut commencer à vous redonner des forces, alors aujourd'hui, on vous donne un régime thérapeutique. Une fois que vous vous alimenterez correctement, ils m'autoriseront à vous laisser sortir. D'accord ? »

Je haussai les épaules, en grimaçant.

« Votre clavicule va vous faire mal pendant encore un mois environ, mais c'est le cadet de vos soucis. » Il me sourit pour me réconforter. « Vos analyses de sang nous disent qu'il y a eu des toxines dans votre organisme. Nous pensons que c'est une réaction à vos comprimés, mais les analyses ne sont pas très concluantes. Ils essayent donc de voir comment vous réagirez après quelques perfusions. Vous commencez à avoir un peu meilleure mine. Vous avez repris des couleurs en tout cas. »

Je regardai l'aiguille des secondes accomplir une autre révolution.

« Est-ce que Jonathan va bien ? demandai-je en m'adressant à la pendule.

— Oui, il va bien, répondit Victor avec détachement. Ma secrétaire, par contre, vous avez failli lui donner une attaque. Elle a pris quinze jours de congé pour se remettre.

— Je pensais vraiment que…

— Je sais. »

Victor lança mon dossier sur la rangée de chaises à côté de lui.

« La police ne sait pas trop comment vous vous êtes blessée. Vous vous rappelez quelque chose ?

— Je suis tombée.

— D'où ? Du ciel ? »

J'avais oublié son goût immodéré pour les petites blagues.

« D'une falaise, dis-je. Et ensuite je me suis cogné la tête. Par terre, je pense.

— Eh bien, c'est parfaitement possible. » Il inspira, croisa les bras. « Ils ont dû vous tirer de sous une jetée. Vous le saviez ?

— Non.

— C'est la vérité, j'en ai peur. Vous étiez dans un drôle d'état.

— Où ? demandai-je.

— Hmm ?

— Où est-ce qu'ils m'ont trouvée ?

— Dans un village du coin. J'ai oublié le nom.

— Où ?

— Une minute, je l'ai noté. » Il se pencha en avant pour récupérer ses notes, les feuilleta. « Luss, dit-il. La jetée de Luss. L-U-S-S. »

J'en eus le souffle coupé.

Victor parcourait la page couverte de ses pattes de mouche en hochant la tête.

« D'après la police, vous campiez là-dessous. Et il est précisé que vous aviez volé une bâche de bateau pour vous y envelopper. Ils ne savent pas vraiment combien de temps vous avez passé là. Vous avez des éclaircissements à apporter là-dessus ? »

Je n'avais même pas la force d'articuler un son.

« Enfin, quand ils ont voulu vous embarquer dans leur véhicule, vous avez perdu connaissance. Alors ils vous ont mise dans une ambulance et conduite ici. Vous avez eu de la chance de vous trouver à proximité d'un bon hôpital. Ils vous ont immédiatement mise sous perfusion. »

Luss, pensai-je. *L-U-S-S.*

« Ils ont eu mon nom grâce à une ordonnance trouvée dans votre poche, continua Victor. Je leur ai demandé de vous garder ici le temps de prendre un train. Mais il y a de gros travaux sur la ligne, ce qui provoque des retards en cascade. J'ai dû prendre la voiture. Ça m'a pris un moment pour m'organiser. Et le temps que j'arrive, eh bien, vous aviez déjà signé votre décharge, pour ainsi dire. J'aurais voulu être là plus tôt.

— Jim sait que je suis ici ?

— Je vous demande pardon ? dit-il en plissant le front. Jim ? »

Je lui dis que j'étais venue à Luss pour l'enterrement de Henry Holden, et que j'avais découvert que Jim Culvers vivait dans le vieux cottage. Je lui dis que j'avais passé plusieurs mois avec lui. Il assimila ces informations sans presque le moindre changement d'expression.

« Dois-je en déduire que c'est là que vous étiez terrée depuis la dernière fois que je vous ai vue ? Avec Jim Culvers ?

— Pas tout le temps.

— À quel autre endroit ?

— Je ne pense pas pouvoir l'expliquer.

— Essayez.

— C'est difficile de séparer la vérité du reste.

— Eh bien, je peux vous y aider.

— Une partie de moi se sent encore là-bas. Je sais que je n'y suis pas… je sais que c'est impossible. Mais ça fait mal de penser que je n'y ai jamais été. Ça se tient, ce que je dis ? » Sans que je sache d'où elle venait, une grande vague de tristesse me submergea. De grosses larmes perlèrent au bord de mes paupières et roulèrent sur mes joues.

Victor posa ses notes.

« Chhhut, tout va bien, dit-il. Les choses vont mettre un certain temps à se stabiliser. Je n'aurais pas dû vous bousculer comme ça. » Il me proposa son mouchoir. « Allez-y. Il est propre. »

Je le pris et me tamponnai les yeux. Je n'arrivais pas à les détacher de la pendule.

« J'ai quelque chose qui pourrait vous aider », dit-il. Se levant, il sortit son portefeuille en cuir de la poche de son pantalon, examina son contenu, et se rassit. « Elle était là-dedans la dernière fois que j'ai regardé. Mince, où est-ce qu'elle est ?... Ouf, c'est bon. Je l'ai. » Il sortit une photographie rectangulaire, pliée de manière à tenir dans un portefeuille. En me la passant, il dit : « Nous l'avons prise cet été. Dans notre maison de Norfolk. Il ne voulait pas poser, mais Mandy a eu gain de cause... et je suis content qu'elle ait insisté. Ce n'est plus tout à fait une demi-portion, mais essayez un peu de lui enlever ce costume. »

Sur la photo, Jonathan Yail n'avait pas plus de onze ans. Il était perché sur un mur de pierres sèches, les bras tendus et les poings serrés. Le vent soufflait dans ses cheveux. Un ciel couvert derrière lui. La lumière du soleil sur son visage. Il était vêtu d'un maillot moulant bleu et d'une cape qui ondulait. Sur sa poitrine, l'emblème jaune et rouge de Superman, cousu à la main. Son expression était celle d'une absolue concentration. J'étais très contente de voir son visage.

« Vous voyez un peu ce que je dois supporter ? » dit Victor. Il retourna la photo dans mes mains, montrant du doigt la légende qu'il avait écrite : À NOUS LES BROADS ! AOÛT 62. « Il est sur le point d'entrer au collège. Il est toujours aussi pénible, mais je crois que le monde n'aurait plus aucun sens si je venais à le perdre. Je ne trouverais jamais le moyen de faire face à quelque chose comme ça. Alors réjouissez-vous que ce que vous aviez imaginé ne soit pas arrivé. Et continuez à penser à ce bonheur jusqu'à ce que le reste devienne plus facile. »

L'amitié que j'avais nouée avec MacKinney au fil du temps, l'admiration que j'avais éprouvée pour Quickman, la complicité taquine que j'avais partagée autrefois avec Pettifer : autant de choses auxquelles il était difficile de renoncer quand on n'avait rien pour les remplacer. Mais les évoquer n'était pas nier leur existence. J'étais capable d'accepter la vérité et d'être néanmoins reconnaissante de mes inventions. Et je savais que Victor ne les rabaisserait pas.

Cette après-midi-là, dans la salle commune, alors qu'une autre perfusion s'égouttait en moi, un autre milk-shake thérapeutique crayeux pas tout à fait terminé dans ma tasse, je me sentais plus lucide mais pas moins tiraillée intérieurement.

« Je comprends que je n'ai pas vraiment été là où je crois avoir été », me surpris-je à dire. La phrase jaillit si brusquement du silence qu'elle fit sursauter Victor. « Mais je n'arrive pas à décider ce qui est pire : garder cet endroit pour moi seule pour que personne ne puisse le partager, ou bien tout laisser sortir pour qu'il disparaisse. »

Victor avait passé le temps à remplir des papiers, et venait d'entamer une grille de mots-croisés dans le journal. Il leva les yeux.

« Eh bien, vous n'êtes pas obligée de partager quoi que ce soit si vous n'en avez pas envie. Mais j'aurais tendance à penser qu'il est toujours préférable de parler de ses expériences plutôt que de les refouler. Et vous savez que j'ai le plus grand respect pour votre imagination. » Il ne chercha pas à prendre des notes. « Je suis votre médecin, dit-il, mais je suis aussi votre ami. Je serai là pour vous écouter quand vous vous sentirez prête. Je ne vous obligerai pas à parler. » Je faillis tout lui révéler à la hâte, de la même manière que Jonathan m'avait un jour expliqué l'univers de Superman. Mais impossible de m'y résoudre. J'avais le sentiment que si je prononçais le mot « Portmantle », je le déprécierais, et je n'étais pas encore prête à m'en défaire.

Victor retourna à ses mots-croisés.

« Naturellement, j'aimerais vous faire arrêter le Tofranil, dit-il sans me regarder. Ça a peut-être été une énorme erreur de vous l'avoir prescrit. Mais on ne peut pas dire que vous ayez respecté les doses.

— Personne ne vous le reproche, Victor.

— Je m'en veux au nom de tout le monde.

— Vous avez fait ce que vous pensiez être le mieux.

— C'est peut-être en cela que j'ai manqué à mes devoirs… en n'écoutant pas. J'ai fait beaucoup de bourdes en vous traitant. En rentrant, je relirai toutes mes notes pour voir ce que j'aurais pu mieux faire. Mais pour l'heure, je suis simplement content que vous alliez bien. » Il dévissa le capuchon de son stylo et soupira. « Quatorze vertical. "*Atavique*". En huit lettres. Est-ce que ça ne serait pas "primitif" ? Est-ce que ça rentre ?

— Il se pourrait que Jim soit toujours là-bas, vous savez. À Luss. Au cottage.

— Oui, l'idée m'a effleuré. » Il me regarda. « Mais je ne suis pas sûr que vous ayez envisagé cette possibilité de façon rationnelle, Ellie. Continuez à vous reposer. Laissez la thiamine faire son effet.

— Il faut que je retourne sur cette jetée, dis-je. J'ai laissé quelque chose là-bas. C'est important. »

Il m'ignora.

« "Primitif" a l'air de coller. Sept vertical : "*Taille au couteau*". Sept lettres.

— Victor, il faut que j'y retourne.

— Oui, je vous ai entendue, dit-il en remplissant les cases. "Sculpte" semble aller, mais ça veut dire que mes autres lettres ne sont pas bonnes.

— *Victor.* »

Il croisa les jambes, me regardant par-dessus ses lunettes.

« Je ne crois vraiment pas que cela vous aide de retourner là-bas. Il vaut mieux continuer à vous projeter dans l'avenir. Pour l'instant, reposez-vous et nous rentrerons en voiture demain matin, si tout va bien.

— C'est important pour moi... je dois le trouver.

— Vous n'écoutez pas, Ellie.

— Je vous en prie. Si vous venez avec moi, vous comprendrez pourquoi.

— Asseyez-vous et détendez-vous. Nous n'allons nulle part.

— Mais j'avais recommencé à peindre, dis-je. Je *peignais*, vraiment.

— Vous n'avez jamais eu de mal à peindre, si ma mémoire est bonne. C'était de vous arrêter, le problème.

— Eh bien, j'ai terminé mon mural. »

Cela dénoua quelque chose en lui.

« Quand ça ?

— Hier.

— Hier, vous étiez sous une jetée.

— Avant alors. S'il vous plaît, Victor. Il faut que vous me rameniez là-bas. »

Il tira les poils gris sur sa tempe.

« Je ne sais pas.

— Je l'ai laissé sur la plage quelque part. C'est la meilleure toile que j'aie faite de toute ma vie. Je ne peux pas l'abandonner là sans rien faire.

— Elle représente quoi, cette peinture achevée ?

— C'est abstrait. Il faut que vous la voyiez. Je ne peux pas la décrire avec des mots.

— Il n'y aurait pas des bateaux dedans ?

— Non, pas un seul, dis-je. C'est de l'abstraction pure.

— Et comment l'avez-vous transporté au juste ? Même s'il est deux fois moins grand que le mural que j'ai vu dans votre atelier, c'est...

— Je l'ai découpé sur le châssis et je l'ai roulé.

— Pour quoi faire ?

— Pour pouvoir le transporter. » Je le dévisageai, implorante. « Qu'est-ce que ça peut faire, Victor ? Si vous ne m'amenez pas là-bas, je trouverai un autre moyen. Je prendrai le bus. J'irai à pied. Ne vaut-il pas mieux que vous veniez avec moi ? »

Il remua sur son siège, plia son journal et le mit de côté.

« Le médecin du service veut que vous restiez ici jusqu'à demain matin. Je ne peux pas vous faire sortir sans son accord. »

Je sentais qu'il fléchissait, alors je continuai à le harceler :

« Emmenez-moi quand ils diront que ça va. »

Il soupira avec agacement.

« Je dois vraiment rentrer à Londres dans l'après-midi. J'ai des rendez-vous, d'autres patients à voir.

— S'il vous plaît, Victor. C'est important.

— Je comptais juste rester ici une nuit.

— Alors accompagnez-moi en rentrant chez vous.

— Vous êtes exactement comme Jonathan, vous savez. Je ne réagis pas bien à ce genre de harcèlement. Ce n'est pas ainsi que j'aime faire les choses. »

Mais je voyais bien qu'il avait déjà pris sa décision.

La route plongea et nous nous retrouvâmes à longer le loch, presque au niveau du rivage. Des bateaux et des bouées rouge vif y étaient amarrés de façon désordonnée. Des canots, des sloops et des bateaux de plaisance bâchés. Je n'avais pas envie de demander à Victor si lui aussi les voyait. Je les laissai disparaître confusément derrière la limite des arbres qui s'épaississaient. Encore un virage et un panneau nous accueillit à Luss.

« Mieux vaut que vous me guidiez à partir de maintenant », dit-il.

Nous continuâmes à rouler, passant devant des cottages bas en pierre, des toits d'ardoise, des murs de fermes en forme de cheval d'arçon, des clôtures en fil barbelé. Nous laissâmes la prairie derrière nous, sapins, chênes et châtaigniers, monstres couverts de lierre. Les *hummocks* ressortaient dans la faible luminosité, d'un brun morcelé et embrumés sous les nuages.

« C'est étrange, remarquai-je. Tout est comme dans mon souvenir.

— Pourquoi en serait-il autrement ?

— Ce n'est pas l'endroit que je m'imaginais, c'est tout.

— Je ne comprends pas ce que vous voulez dire.

— Je sais, Victor. Ce n'est pas grave. »

Les granges enduites de stuc du Colquhoun Arms étaient sur notre gauche à présent. Je demandai à Victor de tourner à droite puis, freinant rapidement, et tournant encore, nous nous retrouvâmes sur la route où Geoff Kerr m'avait conduite après les obsèques. Des cottages beiges pittoresques aux cheminées fumantes des deux côtés et du vert partout. Devant nous : la jetée. Une plage de galets et une eau tranquille. Un vaste ciel s'assombrissait au-dessus des collines couvertes de givre sur l'autre rive du loch. Il était familier et pourtant étrangement dénué de sens, ce paysage. La toile de fond d'une pièce que je n'avais pas vue.

« Vous devriez vous garer », dis-je.

Victor s'arrêta lentement. Nous étions juste devant la jetée à présent, et je me sentais toujours totalement détachée de ce qui se trouvait derrière le pare-brise. J'essayai de me projeter le soir où j'avais quitté cet endroit pour Portmantle ; quand Jim m'avait accompagnée jusqu'au bus qui devait m'emmener à Balloch. Je m'imaginais encore que j'avais continué jusqu'à Glasgow, pris le train pour prendre le ferry de Douvres à Calais, puis Paris, Milan et Istanbul, via Belgrade et Sofia. Je me souvenais de ce périple dans les moindres détails : des bruits de la gare de Lyon à la porcelaine mouchetée dans les voitures du train en passant par les brèves conversations que j'avais eues avec d'autres voyageurs. La morosité hivernale de Luss avait bizarrement moins de réalité dans mon souvenir.

Je descendis de la voiture et Victor me suivit. Il y avait une construction bardée de bois sur la gauche de la jetée et une promenade en planches usées qui s'avançait sur le lac. Près du bord, l'eau était si claire qu'on voyait le lit de galets. Plus loin, elle se ridait et tourbillonnait, comme agitée par quelque chose tout au fond. Je descendis sur les galets par les marches sur le côté. Il y avait un vide sous les pilotis de la jetée, et je me mis à genoux pour fouiller, d'une seule main, dans le sable, le gravier et la fiente d'oie. Mon écharpe me tirait sur le cou.

« Vous pouvez me dire ce qu'on est censés chercher ? demanda Victor dans mon dos.

— C'est comme un tube, d'environ deux mètres cinquante. Enveloppé dans une feuille de plastique noir.

— Ça devrait être difficile de passer à côté. »

Je ratissai le sol humide et sombre des deux côtés des pilotis.

« Il n'est pas là, en tout cas. »

Les mains dans les poches de son manteau, Victor scrutait la rive, de droite et de gauche.

« Cette plage fait tout le tour. Sur des kilomètres.

— Il ne peut pas être loin d'ici.

— Essayons de ce côté, dit-il en indiquant le sud.

— Le cottage est de l'autre côté. Le tube a plus de chances d'être au nord.

— Si vous le dites.

— Non, vous avez raison. Le courant a pu l'emporter plus loin. »

J'allai vers le sud, ratissant la côte du regard, jusqu'à ce que la plage s'amenuise et qu'on ne puisse plus avancer. Rien ne flottait sur le loch que j'aie envie de voir.

« Rebroussons chemin », dis-je.

Victor m'emboîta le pas sans un mot. Il marchait quelques mètres derrière moi, observant mon comportement, pas tout à fait impliqué dans mes recherches.

« Ça va durer combien de temps ? demanda-t-il.

— Hein ? »

Je scrutais à nouveau la plage côté nord, vers la jetée.

« Dans combien de temps allez-vous renoncer ?

— Vous pourriez m'aider, vous savez, au lieu d'espérer mon échec.

— Vous pensez que c'est ce que je fais ?

— Je ne sais pas trop.

— Accélérons le mouvement, Ellie. Il se fait tard. »

Mais Victor ne comprenait pas que l'obscurité était notre alliée. Si le plastique s'était déchiré, l'éclat de la peinture se diffuserait et nous pourrions peut-être apercevoir une phosphorescence bleuâtre quelque part dans la nuit noire.

Je cherchai sur les galets un relief quelconque, au cas où le mural aurait été en partie enseveli. Il n'y avait rien. Je zigzaguai en long et en large, inspectant la plage côté chaussée dont elle était séparée par de gros rochers. Rien.

Nous nous retrouvâmes sur la jetée, et je jetai un coup d'œil par les fenêtres de la remise en bois pour m'assurer qu'on n'avait pas trouvé et laissé ma toile là, appuyée dans un coin comme un objet perdu. Mais non. Ce n'était qu'un débarras rempli de cartons.

Victor était resté sur la rive, adossé au capot de sa voiture. Il consulta sa montre.

« Vous n'avez pas regardé par là, dit-il, en indiquant le nord avec son pouce. Je vous attends. J'ai des cailloux plein les chaussures. »

Je longeai la bande de galets. Quatre petits canots étaient amarrés sur les hauts-fonds, arborant des couleurs et des noms différents, leurs grands-voiles enroulées et ferlées autour de leurs mâts en saule. Il n'y en avait qu'un seul à ne pas être bâché.

À côté de moi, une haie de séparation courait sur presque toute la longueur de la plage. Et, dominant la haie, un *hummock* hérissé de grands arbres. Des cottages étaient éparpillés le long du rivage. Je savais que Jim Culvers ne m'attendait dans aucun d'entre eux. Je comprenais qu'il m'avait quittée. Je ne savais pas exactement quand, mais il n'était plus là. Et il n'y avait rien à récupérer au bord de l'eau, rien que j'espérais voir. Alors je rebroussai chemin en traînant les pieds. Et chaque pas que je faisais sur les galets semblait me décourager davantage.

Victor était déjà dans la voiture. Les vitres s'embuaient et je percevais les voix bourdonnantes des informations à la radio. Il baissa sa vitre en me voyant approcher.

« À la météo, ils annoncent une tempête et de la foudre pour ce soir, dit-il. J'aimerais avoir quitté l'autoroute avant, tant qu'à faire. »

Je hochai la tête. Je ne voulais pas penser au trajet jusqu'à Londres ni à mon appartement vide.

Il démarra le moteur. Mon épaule me faisait mal. Alors que je gravissais le talus, je jetai un dernier regard en direction de la jetée et j'aperçus un objet flottant qui frottait contre les pilotis, au milieu du ponton. En forme de grosse cigarette.

Je me précipitai, oubliant la douleur.

« Ellie ! »

Arrivée au milieu de la jetée, je me couchai sur le côté qui ne me faisait pas mal, puis sur le dos.

« Ellie !

Je me glissai sous le garde-corps.

Victor courut après moi.

« Vous allez encore vous blesser. Sortez d'ici. »

Les eaux paisibles du loch se ridaient sous moi. Mes jambes pendaient dans le vide.

Victor avait dû le voir dans mon regard à ce moment-là, parce qu'il se précipita les bras tendus pour me rattraper. Mais je me laissais déjà tomber.

2

Victor pataugea jusqu'au rivage, secouant ses bras trempés et enlevant son manteau. Sa chemise était rincée, translucide, et je voyais les poils emmêlés de son torse en dessous. Il avait retiré ses lunettes pour les protéger, et battait des paupières pour chasser l'eau du loch qu'il recrachait aussi par la bouche. J'étais sur la grève, mon rouleau de toile à côté de moi. J'étais trempée et, privée de mon écharpe, la douleur me transperçait le côté. Toutefois, mon soulagement était tel qu'il parvenait à la contenir. Victor n'avait pas cette consolation, sinon celle de me voir là, saine et sauve.

« Un de ces jours, dit-il, dégouttant à mes pieds, je vous trouverai un autre thérapeute. » Il se pencha pour reprendre son souffle. « Qu'est-ce que vous essayez de me faire, bon sang ? J'ai cinquante ans, nom de nom. Je ne suis pas fait pour ça. »

J'étais trop essoufflée pour garder le sourire.

« Vous n'étiez pas obligé de venir me chercher.

— J'ai glissé en essayant de vous rattraper.

— Je vous ai dit que je me débrouillais.

— Et comment étais-je censé le savoir ? J'ai cru que vous appeliez à l'aide. » Il se laissa tomber sur la grève à côté de moi, frissonnant. Le rouleau d'adhésif et de plastique miteux était posé entre nous. Il y jeta un coup d'œil.

« Alors, c'est ça ? Ça ne ressemble pas à grand-chose vu d'ici. »

Ma main ne le lâchait pas.

« C'est ce qu'il y a à l'intérieur qui compte.

— Eh bien, ce n'est pas toujours vrai, croyez-moi. Ce truc a intérêt à en valoir la peine. Il n'y a pas beaucoup de peintures pour lesquelles je me jetterais dans un lac glacé.

— Je croyais que vous aviez glissé. »

Il me regarda du coin de l'œil.

« Désolée, dis-je.

— Eh bien, ce n'est pas trop tôt. » Il se tapota les mains pour enlever les graviers, chaussa ses lunettes. « Mon royaume pour une serviette.

— On peut se sécher près du feu, suggérai-je.

— Où ça ?

— Dans le cottage de Henry. C'est à cinq minutes dans cette direction. »

Il regarda vers le nord.

« Il se pourrait que ce ne soit pas une si mauvaise idée. Je claque des dents.

— J'entends ça. »

Il serra la mâchoire pour arrêter le spasme.

« Vous ne regretterez pas d'avoir fait tout ça quand vous le verrez, dis-je. Je vais vous le montrer.

— Je veux juste me sécher et rentrer à la maison.

— Elle est à vous… la peinture. Je vous la donne. »

Il se frotta les genoux.

« C'est très gentil, tout ça, mais je n'en veux pas, même si elle vaut une fortune. Je ne prendrai pas votre travail.

— Vous avez bien gardé le portrait que j'avais fait de vous.

— Il avait une valeur diagnostique.

— Cette peinture aussi, probablement. Je ne l'aurais pas retrouvée sans vous.

— Eh bien, j'ai déjà posé un diagnostic vous concernant, et on ne peut pas dire que ça se soit très bien terminé. À nous deux, nous ne faisons pas une publicité formidable. » Il se leva et me tendit la main. « Allez. Trouvons-nous un endroit où nous sécher et après nous prendrons la route. »

Je le laissai me relever.

Nous marchâmes le long du rivage, trempés et tremblants. La toile se pliait et s'affaissait dans mes mains.

« Vous feriez mieux de vérifier qu'il s'agit bien de ce à quoi vous pensez, dit Victor. Les gens jettent toutes sortes de cochonneries dans les lacs, vous savez. »

Mais je voyais bien, à la disposition de l'adhésif tout autour, à la façon dont les extrémités étaient renforcées, que cette chose contenait bien mon mural. Si le plastique extérieur était déchiré, les couches intérieures semblaient intactes.

« J'espère simplement qu'il n'est pas esquinté. Si l'eau a réussi à s'infiltrer, je ferais aussi bien de le remettre à l'eau.

— Il est sans doute plus trempé que nous le sommes.

— Je savais que vous trouveriez un moyen de me remonter le moral, Victor.

— Vous avez de la chance que je vous adresse encore la parole. Je n'ai pas été aussi trempé depuis le jour où j'ai déclenché les extincteurs automatiques de l'hôtel pendant mon voyage de noces. » Il rit par le nez. « Un cigare. Je n'ai fumé qu'un seul cigare de toute ma vie et j'ai failli mettre le feu à tout l'immeuble. »

J'imaginai la scène et, bizarrement, cela me redonna le sourire. Nous longeâmes la plage d'un pas lourd. Les dernières lueurs du jour déclinaient au-dessus de nos têtes, et les silhouettes sombres des mâts des dériveurs hachuraient le ciel.

Quand nous atteignîmes le sentier envahi d'orties qui conduisait au cottage, Victor resta en retrait. Il n'y avait aucune lumière à l'intérieur et le toit moussu s'affaissait de façon inquiétante en son milieu. La cheminée était tombée en ruine. Il y avait un trou gros comme une brique dans une des fenêtres. L'impression générale que donnait l'endroit dans l'obscurité était celle d'une épave échouée. Je m'avançai dans les herbes hautes. Une part de moi-même espérait encore tomber sur Jim de retour des bois avec son panier de cueillette. Une part de moi-même pensait à Portmantle.

Comme les ferrures de la porte d'entrée étaient scellées par la rouille, je conduisis Victor à l'arrière, dans le jardin embroussaillé. Un fût d'essence rouillé était couché dans les orties. La porte de derrière n'était pas fermée et il devait rester un ou deux shillings dans le compteur, parce que l'ampoule s'alluma quand j'actionnai l'interrupteur. De la vaisselle sale s'entassait dans l'évier de la cuisine, et la table était recouverte de reliefs de nourriture rassis, de tasses remplies de thé croupi. Il faisait plus frais dedans que dehors. Il régnait dans la pièce une pénible odeur de lait tourné, et Victor se couvrit la bouche.

« La vache ! dit-il. Aucun traitement au monde n'arriverait à me faire supporter ce bazar. Pour me garder ici, il faudrait me menacer avec un couteau. »

Mais ce n'était pas là que j'avais réellement vécu. C'était juste le lieu que mon corps avait hanté.

Je posai le mural sur deux chaises de cuisine et j'allai chercher des allumettes dans les tiroirs. Il n'y en avait pas. Victor avait déjà écarté le rideau de perles et jetait un coup d'œil dans le salon. Il alluma les lumières et, s'avançant dans la pièce, il dit : « Eh bien, c'est une façon de vivre, je suppose. »

Je le suivis.

Un matelas était étalé près du feu. Des couvertures sales, qui ressemblaient davantage à des housses pour protéger les meubles, étaient posées dessus. Le foyer était rempli de papiers et d'écailles de pommes de pin à moitié consumés. Les rideaux étaient collés au cadre de la fenêtre avec de l'adhésif. Une table pliante était encombrée de chiffons et de tubes de peinture durcis, de bocaux d'eau saumâtre et de bouteilles d'huile de lin trouble. Quelques plantes étaient éparpillées sur la table et sur le sol, et des pétales roses écrasés macéraient dans un seau. « Tout ça, c'est à Jim, dis-je. Ou c'était à Henry. Je n'arrive plus à faire la différence. »

Je trouvai des allumettes près du foyer et m'accroupis pour enflammer une partie du petit bois qui restait dans le seau à charbon. « Il n'y a pas du papier à brûler là-bas ? » demandai-je.

Mais Victor avait l'esprit ailleurs. Il se tenait, bras croisés, près du mur à l'autre bout de la pièce.

« Ellie, dit-il, venez voir ça.

— Je croyais que vous vouliez vous sécher.

— Venez donc jeter un œil. »

Je laissai le petit bois s'éteindre en crépitant et j'allai le rejoindre. « Franchement, on va attraper une pneumonie si je n'allume pas ce feu. » Et quand je tournai mon regard vers ce pan de mur qui le fascinait tant, je vis qu'il était couvert d'images, collées à même le plâtre. Des photographies aux couleurs éclatantes montrant une végétation luxuriante, des maisons d'un blanc étincelant au bord de la mer, des hommes conduisant des chevaux et des calèches, deux énormes bâtisses nichées dans une dense forêt de pins. Je m'approchai de façon à pouvoir lire les légendes imprimées dans les marges.

Les seules voitures autorisées sur les îles sont celles de la police et les véhicules utilitaires. Elles sont remplacées par des calèches appelées « phaétons » (« faytons » en turc)...

« *National Geographic*, si je ne m'abuse », commenta Victor. Il s'avança vers la fenêtre, où se trouvait une autre table chargée de matériel. Je n'arrivais pas à détacher mes yeux du mur. « On dirait que vous avez pris mon exercice au sérieux. Peut-être un peu trop. »

L'attraction la plus visitée de Heybeliada est le Aya Triada Manastiri, un séminaire grec orthodoxe datant du XIe siècle, qui domine l'île depuis son sommet septentrional...

« Au moins je comprends maintenant ce que vous essayiez de me dire dans ce message. Ma secrétaire n'est pas arrivée à décrypter vos propos. Elle a cru entendre "Istanbul", mais la ligne n'était pas très bonne. Vous étiez pour le moins confuse à la fin. » Victor formait à présent une tache indistincte à la périphérie de ma vision. « J'ai cru que vous disiez "bouille" ou "bille" quelque chose. Je devrais sans doute faire tester mon audition. »

Au sud de l'île se trouve le sanatorium de Heybeliada, un refuge pour les malades de la tuberculose à la pointe de Çam Limani Yolu.

J'étais sous le choc. Il devait y avoir dix ou vingt de ces images, découpées dans la revue et collées sur le mur. Tout autour, je reconnus les lignes de ma propre écriture au crayon. Des rubans et des rubans de texte griffonné qui sinuaient tout le long du mur. Je l'avais directement copié de la revue, mot pour mot.

« Au cœur des Îles des Princes », par ~~gratté sur le mur avec une lame~~. Si nous savons peu de choses sur l'île avant de descendre du ferry, nous avons néanmoins fait quelques recherches préalables. Car il s'agit autant d'une mission d'exploration que d'une promenade de santé. Heybeliada se trouve à une vingtaine de kilomètres de la côte d'Istanbul, la deuxième plus grande île d'un archipel que les gens

du pays connaissent sous le nom d'Adalar. Elle est couronnée, au nord et au sud, par deux collines escarpées et boisées, et sa partie centrale s'incurve en une plaine habitée où les insulaires vivent et exercent leurs métiers. Pour l'essentiel, l'activité y est saisonnière. L'hiver, les petits immeubles d'habitation et les maisons en bois efflanquées demeurent vides et obscurs, mais avec le retour des beaux jours, ils se remplissent d'estivants stambouliotes, qui s'installent sur leurs balcons chantournés, prennent des bains de soleil sur les plages rocheuses, s'attroupent comme des mouettes sur la scintillante mer de Marmara, et boivent gaiement sur leurs toits-terrasses jusqu'à la nuit. Son nom turc – l'île de la Sacoche – évoque sa forme au niveau de la mer. C'est tout en haut du sommet sud-est, au milieu des pins parasols et des grenadiers, que le sanatorium de Heybeliada est situé. Et nous sommes...

J'entendis un bruit de boutons entrechoqués dans un bocal. Victor tenait un flacon de médicaments en verre dont l'étiquette avait été arrachée. Il le secoua longuement et les cachets cliquetèrent faiblement à l'intérieur. Il versa un monticule de comprimés dans sa paume. « Je ne sais pas combien il y en avait au départ... une soixantaine peut-être, mais il semblerait que notre bilan toxicologique soit à côté de la plaque. » Il prit un comprimé et l'examina. « C'est bien du Tofranil. On dirait bien que vous avez arrêté de les prendre. Alors, je ne sais pas à quoi est due l'anomalie révélée par votre analyse de sang, mais je ne pense pas qu'ils y soient nécessairement pour quelque chose.

— Alors quoi ?

— À vous de me le dire. » Il me frôla en passant. « Ça pourrait être les peintures à l'huile. Elles sont pleines de produits chimiques. Ou l'essence de térébenthine, peut-être.

— Je ne sais pas. »

Je tournai de nouveau mon regard vers le mur, repérant un passage plus bas :

Quand nous avons quitté le débarcadère des ferries, on nous a conseillé de prendre un fayton, *une carriole à cheval. Le meilleur accès au sanatorium se fait par l'est, par un chemin de terre qui conduit à une clôture surmontée de pointes de lance, interdisant l'accès à la propriété. En grimpant vers le sommet, on croise des panneaux d'avertissement agrafés sur les arbres :* DIKKAT KÖPEK VAR/ATTENTION, CHIEN MÉCHANT. *Mais nous ne sommes pas inquiets...*

La vue sur la mer depuis le promontoire offre aux tuberculeux de l'air frais et du calme en abondance, loin du tohu-bohu et des bruits de la ville. Construit à l'époque où la maladie était une épidémie mortelle, le sanatorium a été ouvert en 1923, un an après la création de la République turque. Le bâtiment, auparavant propriété des autorités grecques, a été rénové sous l'égide de Mustafa Kemal Atatürk, le fondateur de la Turquie moderne...

C'était la transcription exhaustive de tout l'article, griffonnée du plafond aux plinthes. Qui se poursuivait longuement et de façon détaillée :

La plupart des patients sont des étudiants originaires des quatre coins de l'Anatolie venus étudier dans les universités d'Istanbul. Ils profitent de l'air marin pendant la journée et se livrent à des discussions animées le soir autour d'un çay *ou d'un* salep.

L'amitié remonte le moral des patients ; les activités aussi...

Victor s'affairait devant le foyer. Il déchira quelque chose, gratta une allumette, et j'entendis le souffle soudain d'un feu qui s'embrase.

Des concerts sont organisés et des films projetés pour les résidents dans la salle commune deux fois par semaine. Le sanatorium est également doté d'un centre de rééducation, où des artisans locaux tels que Ardak Yilmaz (à droite sur la photo) viennent enseigner le travail du bois. Bien qu'il se soit forgé une excellente réputation au fil des années en tant que centre de chirurgie thoracique, l'établissement pâtit aujourd'hui d'un manque cruel de financements, et le médecin en chef s'inquiète de ce que...

« Venez vous réchauffer, dit Victor. Il est bien parti maintenant. » Il était agenouillé devant la cheminée, les deux mains tendues vers les flammes. La lumière orangée dansait sur son visage. Il avait l'air tellement immergé dans son rougeoiement, et j'étais si transie de froid et nerveuse que je fus incapable de résister.

M'agenouillant à côté de lui, je vis qu'il avait déchiré les premières pages d'un autre magazine pour alimenter le feu. L'humidité inconfortable de mes vêtements commençait à me gêner. Nous restâmes à genoux un moment, sans un mot, laissant nos corps se réchauffer doucement. Et puis je dis :

« Je ne sais pas si je m'en remettrai, Victor. »

Il garda les yeux fixés sur les flammes.

« Tout va bien se passer. On va travailler là-dessus ensemble.

— Je ne suis pas sûre de pouvoir rentrer avec vous. Pas encore. J'ai toujours cru que je pourrais vivre en me privant de tout tant que j'avais la peinture. Maintenant, regardez-moi… je serais mieux dans une usine, à faire quelque chose d'utile. Je pense que je serais bien plus heureuse comme ça. »

De manière plutôt inattendue, il passa son bras autour de moi.

« Elspeth, dit-il, vous avez vingt-six ans et vous êtes toujours en vie. Et le soleil se lèvera demain, comme il le fait toujours. Vous n'avez pas à vous soucier d'autre chose pour le moment. » J'avais envie d'appuyer ma tête contre son épaule, mais la douleur était trop forte. « Où est passée votre écharpe ?

— Elle est tombée dans le loch.

— Alors je ferais bien de vous en bricoler une autre. » Il tendit le bras pour retirer la taie sale de l'oreiller sur le lit. Il la déchira le long de la couture, la plia en triangle, et passa mon bras à l'intérieur, en la nouant sur ma nuque. « Il y a des gens qui tiennent à vous. Souvenez-vous-en. Je n'ai jamais vu Dulcie Fenton faire du sentiment pour qui que ce soit, mais elle vous apprécie sincèrement… et pas seulement parce qu'elle y a intérêt.

— C'est du moins ce qu'elle s'efforce de faire croire.

— Non, je la crois tout à fait sincère. Elle a dû m'appeler vingt fois pour me demander si j'avais de vos nouvelles.

— Elle s'inquiétait très probablement pour l'exposition.

— Au début, peut-être. Elle m'a dit que vous lui aviez écrit. Elle m'a cassé les oreilles avec ça, en fait… je lui ai dit que ça vous ferait du bien de voyager seule, qu'il n'y avait pas lieu de s'alarmer. Mais même après le début de l'exposition, elle continuait à m'appeler à votre sujet. Je crois même qu'elle a téléphoné à votre mère plusieurs fois. Tout le monde disait la même chose. Que vous étiez *en voyage*. Personne ne savait où vous chercher. »

Il déchira une autre page du *National Geographic*, la roula en boule et la jeta dans le feu. Je n'aurais pas su dire quelle heure il était. La pendule de la cheminée était fracassée et enterrée à l'extérieur, mais ça n'avait pas d'importance. Nous étions en train de sécher, lentement mais sûrement, et bientôt nous retournerions à la voiture et il me raccompagnerait à Kilburn, où personne n'attendait mon retour.

« Alors, qu'est-ce qu'on fait maintenant ? On reprend nos séances hebdomadaires ? demandai-je. On fait comme si ça n'était pas arrivé ?

— Si vous pensez que ça peut vous aider.

— Je doute de pouvoir encore m'offrir vos services.

— Personne ne le pourra. Après ça, je vais tripler mes honoraires. Je serai bien trop cher pour attirer le moindre chaland.

— C'est probablement mieux ainsi, dis-je. Vous avez une mauvaise influence sur les gens.

— Précisément. Le monde s'en portera mieux. Je vais me lancer dans le show-business, dit-il avec un grand sourire. La clarinette, ça a toujours été ma vocation. Je dois pouvoir trouver ma voie là-dedans. »

J'eus un petit sourire en coin.

« Vous pensez que je plaisante. J'ai vraiment eu... » L'ampoule s'éteignit au-dessus de nos têtes, ainsi que la lumière de la cuisine. « Je suppose que le compteur est arrivé en bout de course. On devrait prendre la route. C'est bon, vous êtes sèche ? »

L'hôpital m'avait rendu mes misérables habits de peintre : un chemisier en pilou moucheté de peinture et un pantalon en coton tout raide. Ils étaient crasseux et encore humides, mais je me sentais bien réchauffée à présent.

« Pas tout à fait, répondis-je.

— On mettra le chauffage dans la voiture. »

Il m'aida à me relever. Les flammes dispensaient la seule lumière qui subsistait à l'intérieur du cottage. Elle tremblait sur le sol, et les mouvements de nos corps l'occultaient par intermittences. Victor prit le seau de pétales macérés. En le soulevant, il renifla le liquide pour s'assurer qu'il n'était pas inflammable, puis le jeta sur les flammes. Elles crépitèrent et grésillèrent avant de s'éteindre en dégageant une odeur de pétard mouillé. Pendant un instant, il fit si sombre que je ne voyais plus où était Victor. « Attendez, dit-il, j'ai des allumettes dans ma poche. » Je l'entendis les sortir et les manipuler maladroitement, mais avant qu'il ait pu en craquer une, le fond de la pièce s'éclaira peu à peu d'une lumière bleu pâle. Devant moi, je distinguais à présent la silhouette de Victor, cuivrée comme la lune. « Mais qu'est-ce que c'est que ça ? »

Il s'approcha instinctivement de la lueur bleue : comme un papillon de nuit attiré par la lumière d'un porche. Je le suivis. De l'autre côté du couloir se trouvait le débarras que j'avais vidé avec Jim. La porte était fermée mais un bleu diaphane filtrait par les interstices du cadre, entre les gonds. Victor me regarda, un peu inquiet.

« C'est bon, dis-je. Vous n'avez rien à craindre.

— Vous en êtes bien sûre ? »

Il hésitait à présent, alors je tournai la poignée et le fis entrer.

« Nom de Dieu, Ellie !

Les murs étaient tapissés de panneaux à peindre en bois, retournés ; il devait y en avoir plus d'une centaine. Victor y prêta à peine attention. Il avait les yeux rivés sur la guirlande étincelante près du chauffe-eau, accrochée au portant à vêtements au fond de la pièce. Quand il s'en approcha, tout son corps parut illuminé tant l'éclat des champignons était puissant. Il s'avança encore plus près, la main en visière. « Qu'est-ce que c'est ? demanda-t-il, tandis qu'il en prenait un entre ses doigts. C'est incroyable ! » Mais j'étais en train de me diriger vers la porte et je ne lui répondis pas. Je traversai le couloir, le salon, et j'écartai le rideau de perles. Victor ne me rappela pas. Il était subjugué.

L'évier de la cuisine s'était légèrement teinté de bleu lui aussi. Des gouttes de pigment avaient durci sur les bords de la plaque de mélange posée dans la cuve ; le manche de la molette qui séchait sur l'égouttoir à côté en était moucheté. Je ressentis des picotements d'allégresse le long de ma colonne vertébrale.

De mon bras valide, je débarrassai la table, envoyant valser nourriture et vaisselle. Je soulevai le mural et le laissai tomber sur le plateau comme un quartier de viande. Avec mes ongles douloureux, je décollai l'adhésif aux extrémités et sur toute la longueur. Je retirai le plastique. Un halo de lumière très pâle. La toile se déroula, s'étala sur la table, humide dans ma main. Elle déborda, effleura le bout de mes chaussures.

Victor entra en faisant cliqueter le rideau de perles. Il resta sur le seuil, abasourdi. Trois cercles bleus s'épanouirent sur ses lunettes, m'empêchant de voir ses yeux. Je crus qu'il allait dire quelque chose, mais il se ravisa. Il s'approcha lentement de la toile, croisant les doigts sur sa nuque. C'était un geste de capitulation. Il ne me posa aucune question. La peinture avait chassé les ténèbres de la pièce.

Remerciements

Ce livre n'aurait pu naître de mon imagination sans la générosité et le soutien d'un certain nombre de personnes. Tout d'abord, un remerciement spécial à mon ancienne éditrice Jessica Leeke, qui m'a accordé le temps et l'espace dont j'avais besoin pour poursuivre mes idées. La confiance qu'elle m'a témoignée aura été très importante. Merci à tous ceux de chez Simon & Schuster, tout particulièrement à Rowan Cope, Jo Dickinson, et Carla Josephson. Mes remerciements vont plus que jamais à mon agent Judith Murray et à l'équipe de chez Greene & Heaton ; à Grainne Fox chez Fletcher & Co., et à Ed Park chez Penguin Press. Je suis grandement redevable à Jonathan Lee, Karen Brodie, et au British Council de m'avoir donné l'opportunité de vivre et d'écrire à Istanbul ; à November Paynter, Anlam Arslanoglu, et aux personnels du SALT et de Noa Apartments de m'avoir hébergé aussi chaleureusement pendant mon séjour. Ma gratitude éternelle va à Cansu Ataman, Caroline Hesz, et Machiko Weston pour les diverses traductions qui figurent dans le présent roman. Merci à Shumon Basar, Robert Weston, Simon Johnson, Ellis Woodman, Funda Kucukyilmaz, Sema Kaygusuz, Sam Alder, Jack Cocker, Derek Dunfield, Peter Irving, Alistair Windsor, et la chaleureuse cuisine du Galata Kitchen ; un énorme merci au professeur

Ian Crawford et au Dr David Lloyd pour m'avoir assisté dans mes recherches ; au Birbeck College et à mes collègues en écriture créative, pour leur soutien. Merci à la famille Hesz, à mon frère Nicholas pour son aide *tous azimuts*, à Katy Haldenby, et à ma famille, notamment à mon grand-père qui m'a mis sur la bonne voie au moment où j'en avais le plus besoin. À JB et RH pour l'inspiration. Par-dessus tout, merci à ma femme Stephanie, pour son amour et la compréhension qu'elle a de moi, choses absolument extraordinaires. Chaque jour passé avec elle est clarté.

Cet ouvrage a été composé et mis en pages
par ÉTIANNE COMPOSITION
à Montrouge.

Imprimé en France par CPI
en août 2017

N° d'édition : 56189/01
N° d'impression : 140330